断水刀法

天山嘉遁 著

北方联合出版传媒(集团)股份有限公司
春风文艺出版社
·沈阳·

图书在版编目（CIP）数据

断水刀法 / 天山嘉遁著. —沈阳：春风文艺出版社，2023.3
ISBN 978-7-5313-6368-2

Ⅰ. ①断… Ⅱ. ①天… Ⅲ. ①侠义小说—中国—当代 Ⅳ. ①I247.5

中国版本图书馆CIP数据核字（2022）第235749号

北方联合出版传媒（集团）股份有限公司
春风文艺出版社出版发行
沈阳市和平区十一纬路25号　邮编：110003
辽宁新华印务有限公司印刷

责任编辑：姚宏越	助理编辑：孟芳芳
责任校对：张华伟	封面设计：黄　宇
印制统筹：刘　成	幅面尺寸：170mm×240mm
字　数：433千字	印　张：22.5
版　次：2023年3月第1版	印　次：2023年3月第1次
书　号：ISBN 978-7-5313-6368-2	
定　价：69.00元	

版权专有　侵权必究　举报电话：024-23284391
如有质量问题，请拨打电话：024-23284384

目录 Contents

前　言 …………………………………001
第一章　刀法重现 …………………………001
第二章　惊鸿之剑 …………………………006
第三章　月下讲刀 …………………………010
第四章　掌门议事 …………………………019
第五章　黑风峡谷 …………………………026
第六章　大会前夜 …………………………030
第七章　弃剑大会 …………………………038
第八章　灭门之灾 …………………………049
第九章　祸不单行 …………………………057
第十章　谁是凶手 …………………………063
第十一章　追查凶手 ………………………073
第十二章　东厂出手 ………………………079
第十三章　酒客，刀客？ …………………089
第十四章　龙门客栈 ………………………098
第十五章　伊水重逢 ………………………108
第十六章　赵遁酒醒 ………………………119
第十七章　彼此珍重 ………………………127

第十八章	海棠依旧	136
第十九章	新的开始	145
第二十章	金刀印厂	155
第二十一章	巡狩少林	168
第二十二章	发现线索	177
第二十三章	开始抓捕	185
第二十四章	灭欲归案	193
第二十五章	龙五审讯	201
第二十六章	通奸事大	209
第二十七章	公审前夕	215
第二十八章	分析凶手	228
第二十九章	岳阳公审	237
第三十章	会后的事	255
第三十一章	九江独钓	260
第三十二章	书院论道	266
第三十三章	秦淮遇险	271
第三十四章	血溅鸡鸣	279
第三十五章	有关账册	291
第三十六章	决战前夕	301
第三十七章	抽刀决战	308
第三十八章	卫雄之死	329
第三十九章	月娴日记	338
第四十章	抽刀断水	344
第四十一章	别杨公公	352
后记		357

前　言

在江湖上，当你不知道为何要拿起刀的时候，大概也不知道很多事其实是不需要用刀的。只是，刀，岂是说放下就能放下？

第一章　刀法重现

岁末飞雪似酒浓，堂柳摇曳醉千钟，天地尽是茫茫处，只余。一坛病酒半卷风。梅开非是离别季，奈何。水自漂流终向东。试问冬去春归否，匆匆。来时相逢烟雨中。

临安府，涣丘。《周易》第五十九卦，名曰涣。涣之六四爻云，涣有丘，匪夷所思。

江南已经多年未下过雪了。这两年的冬末春初，不知何故，飘雪连连。涣丘山笼罩在一片茫茫的白色中，分不得青竹、黄草、流水、枯木，寒鸦也懒得出来巡绕，还是等到真正的春暖花开，一声鸦声论道，才能让天下晓得，君子纵如乌龟般趴着不动，那也不是在虚度光阴，他其实无时不在储备，无时不忘当初的天理与心性。只不过这心与性，是他人万万评价不得的。

大雪压青松，青松先趴一会儿。然暖终是要取的，柴是要砍的。砍柴，也需要一把好刀。

这世间的好刀，不可胜数。削铁如泥，刻木如腐者，尚算不得上品。有藏于鱼腹，觥筹间奋起风雷，刺独夫于刹那者；有图穷而现，一掷欲解天下荼毒者；有出身名炉，千锤万打，举之可号令群雄者；有迅如疾风，狭如柳叶，一念间取人首级者。

刀者，侠也，剑者，儒也。侠儒之大者，剑毁其半刃，而成刀。

涣丘山上，雪中，刀光，好冷的光，只是不够亮。一棵矮瘦的枯杨只剩下小半截，带着几片新叶。枯杨生华，非吉非凶，却也可除去，且当作过冬御寒的引火之物。

咔，咔，咔……刀将枯木劈成小段，扔进了毕毕剥剥的炉中。屋中无他，一床，一桌，一椅，一裘，一壶，一炉，一碗而已。

屋中的男子，三十多岁，也许四十多岁，反正是个中年人，没人知道他的名字，附近的人都管他叫赵先生。也许他真的姓赵，也许他根本不姓赵，大家懒得去打听，干脆姓赵好了。

赵先生拿起壶，倒了一碗，猛喝一口，面色红润起来，吭吭咳了几声，把刀放在桌上。

这是一把漆黑的刀，刀的背，斑痕累累，刀的刃，如江南的初雪。刀的主人已记不起这原是一柄剑，还是一把刀。

江南的雪天，只适合饮酒，不适合杀人。

可有人偏偏要来看刀。

"阁下来了许久，可否下来共饮一杯？"

赵先生静静地坐着，说话的声音不大。

来人却是吃惊不小。千里凌烟客，江湖久负盛名，轻功不是第一，也是第二。自恃成名多年的绝技，竟还瞒不过一个如今江湖上名不见经传，只不过是一村夫酒鬼的耳朵，这不可接受。

"赵大侠的十里听音，在下佩服之至，哼，哼……"尾音未落，来人已落门外，大大方方推门走了进来，站在赵先生面前。这人四五十岁的年纪，身材矮瘦，冷冷的眼神下是一脸的鄙夷，似乎说出的"大侠"两个字对眼前这人实在是过于抬高了。

赵先生的绝技之一，号称"千里听音"，原是听力极好，来人故意说成十里，语气里充满了嘲讽，赵先生毫不理会。

"来者皆客，阁下请喝一杯吧。"说罢，赵先生推碗过去。

"谢了。"来人并不客气，端起碗，一饮入口，顿时吐出多半，"这是什么酒，又辣又苦。"

赵先生笑道："赵酒。荒山野村，买不到黄酒，只有这点当年从北方带过来的存货，大雪天正好御寒，总是聊胜于无吧。"说完，赵先生继续喃喃自语，"高粱甘醇，小麦本香，然天性躁急者饮之，入口必辣，忧郁不快者，回味必苦。"

来人暗自觉得好笑，难不成这是个酸腐的书呆子？

"赵某与阁下素不相识，既然在大雪天远路而来，必有缘故吧？"赵先生问道。

来人早就无心听赵先生这一通不知哪来的赵酒论，好容易忍他问到正题，便迫不及待地说："既然先生问起，我也不用隐瞒，我便是抽刀门追风堂堂主，江湖人称千里凌烟客的李灭欲。"

"哦，原来阁下是李灭欲。"

"先生远在临安山野，也知李某的名号？"李灭欲面有得意之色。

"没听说过。"赵先生尽量想表达一下尊重之意，可最后还是遗憾地摇了摇头。

这副表情尤其让人生恨。李灭欲怒火腾起，又强行压住。心想，此番来还有正经事，没必要跟个乡村酸儒浪费时间。想罢，他提高了音量："你听说过也罢，没听说过也罢，本堂主今日前来与你本无相关，只是听说门中叛徒丁嵩曾到过贵地，特奉抽刀门袁掌门之命，问问这人后来去哪了。"

赵先生慢慢端起碗，才发现最后一点酒刚才已经喝完了。他无比遗憾地把碗放下，抬了一下略有些疲惫的眼皮，懒懒地说："李堂主何以知道丁嵩来过这里？就算他真的来过，你刚也说了，现在人并不在此，我怎么会知道人去哪了？"

"我想赵先生似乎不太晓得江湖规矩，我抽刀门问话，向来问一答十，只有一种人敢不老老实实回答。"李灭欲话中带着狠。

"是哪一种人？"赵先生不紧不慢地问道。

"死人！"李灭欲话里满是杀机。

赵先生抬起头，看了李灭欲片刻："阁下既有灭欲之名，说明也是遵循朱夫子存尽天理，灭尽人欲之教，何以动辄起愤愤之心，与我这样一个山野村夫一争长短。如阁下定要找个名目，要个胜我的名声，我改天请江湖朋友传下话去，与李先生竞技，赵某不是对手，甘拜下风便是。但丁嵩去哪里，我不知道。就算知道，也不会告诉你。出卖朋友的事，赵某从来不做。"

"哈哈——"李灭欲一阵狂笑，笑声十分刺耳，震得房檐上的雪纷纷下落，"李某堂堂追风堂堂主，纵横江湖十数年，赴峨眉，战武当，纵不敢说是武林顶级，江湖中对手也可谓不多。赵先生在江湖连个名号也没有，何谈胜负名声！哼，既然赵先生甘愿为朋友赴死，那李某不妨成全你。我就看那丁嵩在九泉下领不领你的情！"

赵先生长叹一声："乡野命贱，朋友义贵。既然终不破此执念，你我且到屋外动手。莫要打破了我这好好的一副家当。"言罢，把屋中桌椅摆正，拿起桌上那把黑漆漆的刀，走出了屋门。

屋外的雪，好大，积雪，好深。

003

"这厮是酒喝多了找死，就凭这把柴火刀也敢跟我动手，可惜杀了他也是白费力气，显不出我的威名。"李灭欲边骂边跟着走了出去，顺带踢翻了屋中的椅子。

风吹得紧，雪下得更紧。雪中的两人，如泥塑般站着不动。许久，李灭欲竟找不出赵先生的破绽。

"这家伙到底是深藏不露，还是根本不会什么武功，故作镇定?"李灭欲性急，剑比他的性子更急。第一剑，便是君子存天理，直奔赵先生咽喉而来。李灭欲挥剑时，把剑招也喊了出来，看得出他对自己的剑术十分满意。

"哼，你这首剑便欲取人性命，有何天理可说?"赵先生口中叱道，躲过了这一剑。

第二剑反身以躬，直刺赵先生双目；第三剑静以致诚，直奔赵先生胸口……刹那间，李灭欲接连攻出七剑，皆指向赵先生几处致命大穴。

赵先生皱起眉头，此人剑法凌厉，颇得理学剑宗真传，不失为一等一的高手，可是杀伐之气过重，估计他手下的冤魂不少。

"看着像灭欲剑法，练得不错，像那么回事，李堂主是跟你们袁掌门学的，还是跟峨眉灭欲师太学的?"赵先生边闪躲边调侃着。

见一个寂寂无名之辈竟然躲过了自己七招，而且还识破了灭欲剑法，李灭欲又惊又怒。

第八剑，李灭欲突然一跃而起，有八尺多高，向赵先生面部刺去，这一剑暗藏三种变化，笼罩了对手左中右三路，剑招变化之快，令人防不胜防。看来赵先生已无躲避之余地。李灭欲心里很满足，但这种满足未过刹那，赵先生于其面前消失不见!

李灭欲见三剑刺空，并不惊慌，在空中急速转身，这转身舒展、潇洒、漂亮，最主要的是，太快了，紧接着反身刺出上下两剑，在雪地的映照下，剑格外亮，只见两道寒光。那寒光闪耀处，李灭欲仿佛看到了赵先生的黄泉路。

这一式，便是抽刀门的绝技之一——惊鸿一瞥，据说是从刀法化出的剑招。多年来，李灭欲练了不下十万次，临阵从未失手。这次当然也不会例外，因为他转身时看到赵先生确实如他预料，方才已经闪到他的身后，好像就是为了见证这惊鸿一瞥最后一击的厉害。不过这个赵先生能闪过前面三剑，已经实属不易了。

李灭欲的剑，离赵先生的胸口不远了。李灭欲开始了胜利者的联想。

一切尽在掌握，惊鸿剑法，不，应该是灭欲剑法，又多了一个胜利的范例。只不过这个赵先生，连个名都没问清楚，只是个草芥孤魂而已，赢了似乎也不算多么光彩的事。但此行能够把敢于庇护丁嵩的人杀了，回去袁掌门那里自然也可以交代。也许就此将传说中的断水刀法传授自己，未来便有了竞争掌门的资格。刹那间，李灭欲的想法很多，想法也很好，好到让自己露出了微笑。

然而，想法多了，手就慢了。好的剑客从不憧憬，只有回味。

笑容，僵化的笑容——凄惨的笑容——恐惧的笑容，李灭欲脸上出现了诸多表情的变化。赵先生的刀已刺入李灭欲的心脏。李灭欲的剑，离赵先生尚有一寸之距。赵先生只攻出一刀，便结束了战斗。

"断水——刀法？"李灭欲眼神呆滞，口中的热气驱赶着鲜血顺着嘴角滴在雪上，他不相信这一切真的发生了。当赵先生的刀抽离时，李灭欲倒在雪地上挣扎了几下，突然睁大了眼睛，望着这灰蒙蒙的天，这白茫茫的雪，这是江南难得一次的瑞雪，人世间是如此美好，片刻前的人生也是如此充满希望。

他攻出的这一刀是断水刀法？

他怎么会用断水刀法？

李灭欲带着两个疑惑，离开了这个曾让他扬名驰骋的江湖，是如此不甘。天地不仁，以万物为刍狗。江湖不仁，刀尖舔血的日子，每多一道光环和美誉，便多一分名声，无形中又会多一分欲望和压力。一招不慎，曾经的光环皆离身而去，如刍狗一样躺在雪地里，无人理会。这是一种遗弃，还是另一种解脱？这个问题，李灭欲没有机会想了，但赵先生要想，因为赵先生还活着。

赵先生将刀上的血在雪中擦拭干净，正要回到屋子里，却发现李灭欲的手边仿佛有几个歪歪扭扭的字，走过去仔细辨认了一下，原来李灭欲用尽最后一口气力，在雪地上写了人生中体会最深的两行字。

"断水刀法我已看过，和传说中的一样"！

赵先生轻轻叹了一口气，这位近年武林中风风火火不可一世的高手才俊，还未来得及写上名字和日期，就去另一个世界体会理学与道学了。

雪，下得越发大了。

几天后的雪晴之时，涣丘山上堆起了一个矮矮的土包，若不是前面立着一块并不算很平整的石板，总算略有些墓碑的模样，无人知道这是一座新坟。那是李灭欲在此间的归宿。名动江湖的抽刀门追风堂堂主，在人生尚有无限可能的时候，生命戛然而止，宣告了大多数人最终的归宿只有这一种。石碑上还刻着两行小字："断水刀法我已看过，和传说中的一样"。赵先生不愿李灭欲暴尸荒野的一念之仁，将会导致断水刀法在江湖的重现不再是个秘密。李灭欲既然死前拼尽全力写了这些字，也就一并尊重他的愿望吧。至于如此会给赵先生带来无穷的烦恼，也就不必过多在意了。

第二章　惊鸿之剑

月下小径彷徨，烹茶煮酒夜凉。抬眼望苍空，星汉昨日模样。梦摘吴钩西墙，指下秦筝铿锵。疾马控弦处，沙场点兵正忙。

早春，月下，长白山。

早春的关外，天气还是有些冷。关外的月亮显得尤其冷耀，当每道光扫过刚刚冒头的青草时，地上的虫儿都忍不住打一个冷战，却不想轻易结束这舒服的冬眠。长白山的夜，寒冷中更透着一股肃杀之气。山腰处，有一片古香古色的建筑群落，在人迹罕至的关外，显得颇为壮观，单看其大门顶处一块烫金的门匾，"抽刀门"三个字写得苍劲有力，可知这就是关外第一大门派的气派。而落款处赫然书写着题字者大名，这便是本朝炙手可热的权势人物，司礼监秉笔太监——黄韬。这匾额质地乌黑，懂行的人一看便知是阴沉木中的极品，据说是司礼监派监理盐税的太监从湖广襄阳挖过来的。按常理，襄阳并不产阴沉木，只是那监盐的太监听说只有在阴沉木上，才更显黄公公的书法笔力，专门派人远赴南洋购买，先从陆路运到云南、四川，再走长江水路运到襄阳，让人事先埋在城外五十里的湖泽之地，然后买通一名农户，假称在种田时意外挖出此祥瑞。据说此举颇得司礼监赏识，那太监不久就调回东厂出任指挥了。而这一路长途跋涉运输的费用，自然也在盐商交税折的现银里出了。本朝以来，税收不再收取实物，而是为了方便储存、运输，直接收银子，银子炼成朝廷统一标准的官锭，损耗是无法避免的，这笔损耗自然还是要加在交税人身上的。每次冶炼损耗的多少，就全由地方官定了，这笔钱不用上缴朝廷，也就成了官员一笔不小的"小金库"收入。

月光掠过门匾，即便寒冬已经过去，春日将暖，金字表面上仍罩着一层寒霜。易云，履霜，坚冰随时复至。

倒数第二间，东西各有一大块平整的开阔地，是抽刀门弟子平时的演武大厅。以天为盖，以地为榻，以风雷为伴，以水为鉴，这是抽刀门习武的祖训，所以演武大厅也不必过多耗费银钱，尽管如此，矗立在两边的几十根巨型油蜡风灯，却是实打实的南洋货，而罩住每个火苗的透明琉璃，则是用滇玉反复打磨，耐得住火温，又能保持其通透。月光和灯火下，东演武厅聚集了七八个抽刀门的弟子，其中一个穿深青色衣服的中年男子正在练习剑术，人群中不时传出叫好之声。

只见那男子剑招迅疾而熟练，步伐平稳扎实，练到略有得意之时，忽地向空中一跃，拔地而起七尺多高，向左前、正前、右前连刺三剑，干净利落！不仅如此，从空中下落时身体竟然做出旋转拧身的动作，向后连刺上下两剑，行家看得出，那上一剑是虚的，目的在于晃敌方的视线，吸引对方的注意力，真正厉害的是下面一剑，出剑手法也与常人迥异，其手臂挥剑呈螺旋状向前猛刺，堪称电光石火，志在必得。

"好剑法！"人群中一片欢呼。

中年男子落地稍稍向右斜了一下，不过也马上稳住了下盘。一名二十岁左右的青年弟子赶紧跑来，递过一条毛巾："吴副堂主擦擦汗，您这惊鸿剑法真是绝了，让我大开眼界，什么时候小弟能练到堂主这份火候，也不枉来了抽刀门学一遭。"中年男子脸色微红，擦去额角的汗水，赶忙说："师弟过誉，师兄这点道行，只能在私下献丑，哪登得上大雅之堂，师弟天资聪慧，未来成就自是无限。"

"吴副堂主不必过谦，依我看您这惊鸿剑法已经炉火纯青，在未来的弃剑大会上定能替我们审势堂扬威，到时掌门必定将您提拔为正堂主，之后就会亲授您断水刀法！"说话的是一名二十四五岁的男子，中等身材，清瘦中透出一股精气，正是抽刀门审势堂青年才俊沈日新。这话说得大家频频点头。沈日新是审势堂近几年崛起的一位弟子，虽然是带艺入门，但进步神速，堂中弟子皆看好其是接替副堂主吴道海的不二人选。至于吴道海，大家期望他在弃剑大会上更进一步，谋求个堂主的位置，也显得审势堂人才济济，英杰辈出。

此时吴道海向大家一抱拳："吴某感谢大家支持提携。然就惊鸿剑法而言，实不敢托大，抽刀门的规矩是纵起九尺，转身轻盈，攻出前后五剑后落地平稳。吴某经过数年苦练，一跃不过七尺，勉强攻出五剑，至于转身轻盈，落地平稳，还是差距颇大。弃剑大会只求显我苦练之诚心，并不奢望掌门之垂青。"

"吴师兄何必过谦，据说本门惊鸿剑法创自首任掌门的一位好友，是一位居于洛水的天姿绝色美人，只有这等世间仙人方能将剑法运用到翩若惊鸿、婉若游龙的境界。自那之后，门中传人也无人能够一跃九尺多高舞出此剑法，为避免惊鸿剑法和断水刀法失传，之后历代掌门也并不严格恪守一跃必须九尺的规定。师兄这每跃必能七尺以上，已经是本门这几年少有的成就了。"此话一出，如盛夏里的一丝清凉，沁人心脾，又如二月的春风，片刻的轻柔，即刻化开了冻在吴道海心中的霜雪。若非审势堂的淑慧女子方月娴，又有谁能做到呢？

"然而，前日听到门中传言，忠信堂的副堂主郑若飞得谷若智长老亲自指点，已经一跃八尺以上，这空缺三年的忠信堂堂主，她可是志在必得哩。"另一弟子言道。

"哼，恐怕是谷长老在床上指点的吧。"一旁的少年弟子柳岐言道。众人皆知，柳岐年不过十八九，然看事颇为老到，只不过出言嘲讽向来毫不留情，因此在门派中人缘一般。柳岐继续说："什么一跃八尺，那郑胖子一身肥肉，能飞得起来？也不知谷长老被灌了什么迷魂汤，每日与那郑若飞形影不离，倒是倾囊相授，也不看看对方是不是那块材料。"

旁边又有一人说："谷若智长老原来担任忠信堂堂主，与郑若飞就混得不清不楚。谷若智在三年前诛逆之后，被提拔为长老，这郑若飞更加抓紧巴结，不就是想图个近水楼台先提拔的方便？袁掌门接任以来，竟然也熟视无睹，真是咄咄怪事！"

"袁掌门自己消受着离仙儿、贝仙儿，怎么好管谷长老这底下的私事？"一名弟子带有揶揄地做了一番猜测。

吴道海一看越说越离谱，局面不对，赶紧圆场道："各位师兄妹慎言，毕竟你我都在门派之中，精诚团结才是。吴某不才，定当苦练，不辜负众位厚望便是。只不过，前堂主丁嵩师兄被门中定为叛逆，我想袁掌门也许对本堂会有些偏见。"

众人闻此言，皆低头不语。三年前，抽刀门面临灭顶之灾，前掌门卫雄在京中大内作乱被当场击毙，掌门大弟子，也就是审势堂堂主丁嵩侥幸出逃。新任掌门袁自甘到任后，整肃抽刀门，清查卫雄同伙及余孽，已经派出抽刀门第一追踪高手追风堂堂主李灭欲清剿丁嵩。前一段据门中传言，李灭欲已经有了丁嵩行踪线索，并向袁自甘保证有信心有能力拿下丁嵩。这一两年，审势堂弟子在抽刀门不得不低头做事，低调做人，若非吴道海上下维系，带领一干兄弟做了些让抽刀门扬名的事，审势堂估计早被忠信堂并作分堂了。然而每个人心中，着实种着一颗不甘、不服的种子，似乎就等待着这个春天的到来。

夜渐渐深了。众人正待各自回房休息。沈日新突然发现远处风灯柱子后面，似乎有人影闪动，忙厉声问道："是谁？鬼鬼祟祟，出来，见不得人了吗？"

果然，不远处传来一阵冷笑，这笑声忽高忽低，时断时续，带着一股扭曲的狰狞。众人一惊，四处寻找，终于在演武厅西南角的风灯后转出一人，此人身材矮胖，皮肤略黑，其貌不扬，然双眼射出两道狡猾之光。看到此人，吴道海不由得心头一紧，脸色显得不自然起来。

此人边走边摇晃，来到众人身前："我当是谁这么晚还在用功，原来是审势堂的各位兄弟。吴副堂主，小弟刘斯文见礼了。"

刘斯文把副堂主的"副"字故意拖得很长，就是想让人听出嘲讽。人们见到他那张肉渣饼的脸，顿时感到恶心，连抡起巴掌要不要扇下去，都会再三纠结和犹豫。脸可以打，脏了手就不值得了。最后八成会骂一句，哪个不开眼的把这癞头从热油锅里给捞出来了，让山脚下平西村的野狗少了正餐，只好为一坨屎争斗好久。

吴道海知道刘斯文这两年跟郑若飞打得火热，武功虽然不知如何，但拍马屁的功夫绝对一流，不光深得郑若飞喜欢，连谷长老对他也青睐有加。很多人猜测，郑若飞如果争得堂主之位，恐怕这副堂主非他莫属。吴道海心想："今晚刘斯文来者不善，想必在附近已经藏了很久，我们几个只图背后几句的痛快，刚才那些话搞不好全被他听了去。这要回去再传给郑若飞和谷长老，那就不太好了。"想罢赶紧满脸赔笑："原来是刘师弟呀，深夜来此，是散步路过，还是专程过来指教呢？"

刘斯文奸笑一声："不瞒吴副堂主，小弟半夜做个梦，梦到郑堂主正在练剑，巧了，练的跟吴师兄一样，也是惊鸿剑法，哎呀呀，那简直登峰造极呀，小弟想一窥剑法的精妙，可是离得太远，总是朦胧看不清楚，小弟越是走近，发现堂主离得越发远了，焦急中出了一身大汗，竟然醒了，就再也睡不着。于是就在院子里走走，刚刚这凉风一吹呀，突然想起师姐嘱托有个重要的事还没向审势堂众兄弟姐妹传达，就赶忙满院子找，跑得我满头大汗，终于看到了吴副堂主，抱歉打扰了。"

吴道海心想，这纯属胡说八道，但也无心与他计较，"刘师弟说是有重要事情传达，敢问何事？"

"明天上午辰时，袁掌门在议事堂议事，恭请本门正副堂主参加，吴副堂主莫忘准时参加哟。袁掌门有事情请各堂共同商议。"刘斯文边说边偷看审势堂各位弟子的表情。

"这么说，若不是郑副堂主托梦，刘师弟便想不起通知我堂参加了？"方月娴冷冷问道，同时，也没忘了把副堂主的"副"字音拉得很长。

"哎哟，瞧我这眼神，方师姐也在呀，师姐真是越来越清雅了，小弟失礼啦。"刘斯文一面说着一面笑着弯下腰去，两只眼睛却仍向上紧勾勾地盯着方月娴，咕咚一声，狠狠地咽下了一口口水。

柳岐历来看不惯刘斯文的做派，今看到他对本堂如此无礼，如此重要的事情竟然半夜才向吴副堂主通报，不禁火撞心口。

柳岐故意提高了嗓音："春夜寂寞冷，师姐剑法精。黑夜寻觅去，莫把长老惊。哼，看来郑副堂主这一剑厉害，把刘师兄从美梦里扎到了演武厅，来，师兄把郑师姐春梦剑法的精髓给小弟开开眼吧？"说着将手中剑向刘斯文甩去。

一道寒光，一股冷风，疾扑刘斯文那肉渣脸。

众人一片惊呼。没想到柳岐年轻气盛，火气上来，手中加了六七成的腕劲。

刘斯文久在江湖，经验比武功丰富。虽然一直在和吴道海交谈，但眼光早就把在场人暗自打量了几遍，他看出柳岐对他的敌意，因此不敢大意。柳岐手臂刚一抬起，他就加起万分小心。寒光一闪，刘斯文忙侧身闪躲，在剑身擦鼻尖而过之际，突然伸出右手，稳稳抓住柳岐剑柄。这一手，也让审势堂的弟子暗暗喝彩，看来刘斯文并不像传闻中那样饭桶，全靠拍马屁上位，手底下还是有些功夫。

"嘿嘿，师弟这是在考较愚兄反应力呢。哎，堂中实在事务繁忙，比不得师弟每日勤加苦练，师兄马上要甘拜下风喽。"刘斯文说着拿起手中剑，轻轻地抚摸着剑锋，细细地打量一番，口中啧啧称赞，"好剑，好剑。吴副堂主，莫忘了明早的大会。各位，我先告退了。"说罢，转身离去，并没有把剑归还柳岐的意思。

吴道海一看刘斯文并没有过多刁难，悬着的心放了下来，回头跟柳岐讲："以后做事不可鲁莽。刚才那一下，若是被掌门知道，少不了你的责罚。"

吴道海正在跟柳岐说话，余光发现刘斯文刚走出七八步，猛地转身，将柳岐的剑突然甩出，剑光绕过柳岐，却直奔吴道海而来，这次刘斯文使出十成的腕力！

这真是出人意料！吴道海准备不足。他虽然始终对刘斯文小心防范，但怎能想到刘斯文会转身向他报复？众人都知道，此举一旦得逞，以刘斯文的小人性格，绝不会承认偷袭，而一定会说打算把剑还给柳岐，怎奈武艺不精，扔得不准云云。搞不好还能骗得谷若智再教他几门绝学。

众人无不担心。情急之下，只见吴道海吸气，甩头，足尖蹬地，瞬时向侧后方退出五尺多远，宝剑当的一声撞到点着风灯的铜柱，火星四溅。

"小子无礼！"沈日新提宝剑正打算追上去，吴道海一摆手，拦住说："算了，沈师弟，并未伤到我。门中形势复杂，大家小心为上。"

说着吴道海脸上突然肌肉一动，眉头皱了一下，然后说："都回去休息吧。"

第三章　月下讲刀

海上潮起时，弯月似吴钩。裁冰及剪雪，谈笑弄扁舟。烹茶遇老客，把酒话岁悠。清风拂心夜，一笑解千愁。

看着人群逐渐散去，吴道海转身，感觉右肩一阵酸麻，歪头看了一下，咬了一下牙,也准备向回走了。忽听身后方月娴低声问道:"师兄,受伤了?"

吴道海一惊,赶紧四周环顾一下,发现其他人都已经走远,才低声说:"还是闪得慢了一些,剑尖擦破了衣服,可能伤了点皮,正准备回房去看看,应该不碍事。"方月娴忙走过来,借着月光,仔细察看,看到吴道海右肩头果然划了一道口子。"刘斯文非善类,我看师兄还是尽快检查一下伤口。"方月娴建议道。

吴道海觉得此话有理,于是也顾不得男女之别,脱下外衣,露出右肩,看见一道轻微的血痕,皮已经划破,伤口有些红肿,渗出一点血,但不严重,似乎并无大碍。

两人这才放心。方月娴一边掏出随身携带的手帕为吴道海擦拭伤口,一边说:"师兄虽然见多识广,但也莫怪我多疑,刚才刘斯文那一招掷剑之法,可是出自本门招式?"

吴道海想了想,之后摇摇头:"你若不说,我还真没有留意。这招看似普通,但暗藏阴狠,与本门武功路数不符,这么多年我也没有见其他人用过。"

"这就对了。"方月娴沉思了一会儿,"师兄可知这招数的来历?"

"哦?这倒要请教师妹了。"吴道海一脸疑惑地问。

"此事说来话长。这里面关系到本门的一个秘密。现在想想,或许与弃剑大会有关。"方月娴说。

"与弃剑大会有关?"吴道海更加不解。

"是的。本门弟子皆知,惊鸿剑法是本门入门剑法,练到一定程度,得到掌门首肯,择其中条件优秀者可进一步修炼断水刀法。于是便有了弃剑大会这个仪式,大家的理解并非真的抛弃惊鸿剑法,而是境界更深一层,武功更上一层楼的意思,师兄我说得可对?"方月娴问道。

吴道海点了点头:"师妹所言极是。不过若依我看,惊鸿剑法本身就极为精妙,若能持续修炼,不半途而废,练到顶级也足以在江湖扬名立万,加之断水刀法并非人人适合练习,所以本门中也有一些高手一直坚持练惊鸿剑法,并未再进一步修炼断水刀法。"

"几年前,当时堂主丁嵩跟我讲过,我们抽刀门的惊鸿剑法虽然在江湖颇有名气,但也不是没有漏洞。比如今晚师兄一跃而起前后挥出的这五剑,应是惊鸿剑法中的精华招式,叫作惊鸿一瞥。我听说当年创立这套剑法之人,是一位绝代美人,她在创立这招惊鸿一瞥时,由于过分注重招法形式的精美华丽,忽视了这一招中存在的致命漏洞。"

"有这种事?那是什么漏洞?"吴道海不由得吃了一惊。

"那便是绝技惊鸿一瞥首先要腾空而起向前刺出三剑，创立招式的人认为，寻常人对这三剑已是难以防范了。但若是遇到高手，对方在防无可防之时，必用地蹚之术从脚下迅速穿过，闪到攻击者后方。当年创造剑法之人早就想到了这一层，于是便有了这拧身回刺的上下两剑，势必出乎对方意料，令人防守不及。"方月娴娓娓道来。

"对，师妹所言极是，这也正是此招的精妙和绝密所在。"吴道海非常自信地说，言语中颇有几分自豪和敬仰。

"然而，如果对方看破这个绝密之处，并有所防范呢？"方月娴问道。

"这……"吴道海沉思片刻，"但我想对方在遭受正面三剑的攻击后，不管用什么身法躲到攻击者身后，只要攻击者出招够快，被攻击之人要想再躲开这回身两剑，纵使事先有所准备，恐怕也发招不及，不过望剑兴叹而已。"

"师兄说得有理，若是寻常高手，这一招自是难防。但刚才刘斯文这甩手一剑，不仅出人意料，而且手法又快又狠。若是对敌之时，对方躲开了我方惊鸿一瞥正面攻击的三剑，闪到我方身后，即刻发出此招，而我方若是转身不及或者转身后出剑不及，岂不是完全暴露在对方这一快剑之下？"方月娴问道。

吴道海一惊，心想果然如此，刘斯文这一招如果练到精熟，一旦给他机会，确实可以克制惊鸿一瞥！想不到师妹竟有如此见识。想到这里，他望着方月娴，似有一种陌生感。

方月娴看出他的疑惑，继续说："师兄不必多想。这也并非我有此见识，而是当时丁堂主已经知晓有人窥破了此中玄机。想那创立剑法之人自是绝顶高手，又身为女流，身体柔如丝缕，其转身自如，当不会被对手抓住如此破绽。但抽刀门习练惊鸿剑术的多为男子，比不得女人身段那俯仰柔转，于是就会在转身和出剑时造成些许迟滞，不能做到行云流水，一气呵成，然高手过招胜败就在刹那间，这无疑是将致命的缺陷暴露给了对手。"

吴道海闻此，不禁倒吸一口冷气。自己常在长白山，很少行走江湖，本以为靠这惊鸿剑法就足以在武林立足，不想尚未出山，败象已存。自己苦练这么多年的惊鸿剑法，竟让人如此轻易破去，如何甘心？

"那么请教师妹，这破解招数又是出自谁手，竟有如此眼力和境界？"吴道海继续追问。

方月娴道："我曾听丁堂主说，哦，不对，是丁嵩说，这飞掷的一剑，脱胎自江湖著名的一字电剑胡波的成名技，夺命十三剑的第九剑。"方月娴想到，丁嵩已成本门叛徒，今晚一再称呼丁堂主似乎非常不合时宜，仿佛犯下了大错一样，说起话来也有些紧张。

不过吴道海并未在意这一点，他更在意的是方月娴话里的实质内容。"胡波之名我早有耳闻，六扇门里难得的高手，想不到竟有如此见识！"吴道海不无羡慕地感叹。

方月娴一笑："那胡波虽然也是快剑高手，但凭他怎配有如此卓识？而且胡波并未见过惊鸿剑法，真要是见了，恐怕早已是剑下之鬼，哪还有什么机会寻求破解之道。"

"那我倒是有些糊涂了，你方才不是说破解之法来自他的夺命第九剑吗？"吴道海不解。

"师兄莫急，听我慢慢讲。我听丁嵩说，看出这破解之法的，正是本门前任掌门卫雄！"

"噢?!"吴道海先是一惊，后是一叹。惊的是卫雄能有如此见识，叹的是也只有卫雄能有如此见识。只是有些纳闷，卫雄怎么会从胡波的夺命第九剑中悟得此法。

方月娴看着吴道海，她很清楚吴道海的疑惑之处，便继续说："师兄知道，我们抽刀门的基础招式是惊鸿剑法，但真正的第一绝技，还是断水刀法。门中弟子皆知，断水刀法的招数，是脱胎于唐代李白的诗句《宣州谢朓楼饯别校书叔云》，但其中的详细背景并不是特别清楚。这些年，我闲来无事，翻阅了本门各种典籍，加之听到门中流传的各种说法，理出了一个大概。当年李白与好朋友李云分别，伤感之余，想起自己的仕途压抑，情绪惆怅，于是在酩酊大醉之后，化剑御刀，竟舞出这天人的刀法，一时长江上波涛怒吼，闪电裂空。李云本就是当时武林高手，见到这世上罕见的刀法，由衷赞叹，当时就详细用图文加以记录。之后他又加上了自己的理解，初创了断水刀法，一直作为家传之学，秘不外传。直到南宋初期，金兵攻占中原，民众迁徙颠沛，恰逢本派首任掌门是一位心学奇才，机缘巧合，从李家后人处得到了断水刀法，并根据自己研习理学和心学的心得，重新做了进一步改进和完善，并独创了与刀法相配合的断水心法，形成了完整的断水刀法和心法，堪称当时武林的双峰之作。他更取李白诗中'抽刀断水水更流，举杯消愁愁更愁'一句立意，创立了抽刀门。同时，首任掌门也发现，当年以李白性情舒展、潇洒不羁的个性，创造的这套断水刀法，招数诡异，不走寻常，普通人练习起来难度很大，而且容易自伤。于是特意邀请了一位绝色佳人朋友，创立这套惊鸿剑法，作为断水刀法的入门套路。门人中资质普通者，单凭惊鸿剑法也可以在江湖扬名立万了，资质优异者，可进一步修炼断水刀法。所以本派有了弃剑大会这一传统，目的就是叫人更进一步。立意在于剑是基础，刀是升华。因此可以说，断水刀法实创自南宋。本是刀法心法双传。但从第三代掌门开始，中间有几任掌门，历经战祸，为了让本门弟子尽快习得断水刀法，抵抗外侮，不得不将传刀方法改进，以图速成，心法就无法再花时间钻研、传授，于是本门形成了重刀招不重心法的传统，加之在对抗敌人之时，门派死伤惨重，所以这刀谱虽然是勉强保存下来，然心法却慢慢失传了。"说到此，方月娴不由得抬起头，仰望着天空，无比唏嘘。

吴道海已经听得有些呆了。

"本朝洪武开国以后，道教获得了至高无上的地位，武当张三丰真人不仅是武林至尊，更是神仙一般的人物，获得朝廷和天下人敬仰。门中曾有一种传言，说张真人曾对本派的断水刀法做过一番指点。张真人认为，李白的潇洒狂放性情，后人再无法比拟效法，抽刀门首任掌门独创断水心法的功用本来就是辅助后人理解断水刀法的招法、身法、步法之理，以此模拟出李白当时用刀的性情与心境。所以练习断水刀法若缺了心法，刀法的威力必将大打折扣。这也是我抽刀门几经迁徙，到了本朝虽然已成辽东名门，但在江湖上比之少林、武当尚逊一筹的原因。张真人曾破例在本门住了两个月，与时任掌门切磋断水刀法。反复研究后，他认为断水心法必是源自李白《宣州谢朓楼饯别校书叔云》中的诗句，而其中的精要，就在'弃我去者，昨日之日不可留''乱我心者，今日之日多烦忧''抽刀断水水更流，举杯消愁愁更愁'这三句。这三句诗定有深意，希望我门派弟子多加钻研揣摩。他还说断水刀法若能发挥应有的威力，远胜他晚年所创立的太极剑法。"方月娴一边轻声地吟诵着诗句，一边似有所思。

"这三句诗又包含怎样的深意呢？"吴道海追问道。

"可惜，张真人当年没有进一步对这三句诗进行解读。他说断水心法博大精深，每个人理解自然会有不同，自己也是一家之言，不想误人子弟。"方月娴回答。

闻此，吴道海脸上不禁显出失望神色。

方月娴继续说："得到张真人的指点后，抽刀门既欣喜得如获至宝，又仿佛坠入云里雾里，不知所云。没人能参透这三句诗到底有什么玄机。后来张真人的说法传到朝廷大内，司礼监要求抽刀门认真研究断水刀法中的心法，于是之后的几任掌门，都忙着著书立说，说得天花乱坠，但于实战毫无价值。结果我抽刀门在相当长一段时间里，不只心法研习没有进展，连刀法也荒废了。直至卫雄当了掌门后，认真对比了惊鸿剑法和断水刀法的招数、套路，尤其发现了惊鸿剑法的漏洞之后，便逐渐参悟了这三句诗的心法要诀。"

"师妹说卫掌门发现惊鸿剑法的破绽，与参透断水刀法的心法要诀有关？"吴道海被方月娴的言语深深吸引，又来了兴趣。

"确实如此。"方月娴继续说，"卫雄本是别派人物，带艺到了本门深造，其人天赋奇才，竟看破了这惊鸿剑法的致命漏洞。他早年和胡波交过手，对胡波的夺命十三式颇为欣赏，铭记于心。后来他发现，夺命十三式的第九剑如果加以改进，正好可以克制惊鸿一瞥。有此发现后，卫雄又进一步仔细研究了惊鸿剑法和断水刀法的招式，发现惊鸿剑法的有些招式作为招法变化、身法舒展的基础训练，确实对入门者有很大提高，但过于注重形式，于实战意义并不大，而且还留下惊鸿一瞥这么大的漏洞，想那剑法的初创者不至于有如此疏漏。他在对张真人指点的诗句反复体会后，终于对本门的弃剑有了新的领悟。"

吴道海此时一言不发，聚精会神，眼光闪烁，正在迫不及待地等着方月娴继续揭晓答案。

"卫雄认为断水刀法心法的第一要诀，就在于弃剑，抽刀门创立的弃剑仪式原有深刻的内涵。与门中以往理解的不同，所谓弃剑并不是什么在惊鸿剑法的基础上继续练刀，使功夫更上一层楼，而是更要看到剑法与刀法有着实质不同。剑招轻灵，重招法招式，刀法狂放，重临敌实战，以及随机应变、自由发挥的刀势。惊鸿剑法虽然精妙，但其过于重视招法形式的华美，忽视了对敌乃生死之战的大势。弃剑，说的是通过惊鸿剑法训练的基本招法、身法，达到一定成就后，要果断放弃剑法的形式，注重刀法的实战，不再恪守剑法的原有招式，根据习武人自身特点对剑法加以改造，做到剑随人舞，随心所欲，变化万千，从而进入刀的境界。剑是剑，刀是刀，刀非剑，这就是'弃我去者，昨日之日不可留'一句诗的心法秘诀。师兄你看，惊鸿剑法招法绝美，但胡波的夺命第九剑相当简单实用，这么简单一式被卫雄改进后，威力大增，若练到精熟，便可克制我们数年辛苦练习的惊鸿一瞥。卫雄当年也是看到本门一些弟子在通过弃剑大会的考核后，仍然沿用惊鸿剑法的方法练习断水刀法，过于注重招法的华丽缭乱，失去断水刀法十步杀一人、千里不留行的恢宏气势，感觉不对头，于是反复琢磨当年张真人指点的这几句话，灵感突发想到的。"方月娴一番长篇大论，既深刻又极简单，让吴道海目瞪口呆。他想不到方月娴虽然武功平平，在抽刀门中地位也不高，但对剑法、刀法的领悟已经进入一流高手的行列，就这一点来说，已经远胜过自己。

方月娴看出吴道海的心思，微笑道："师兄无须吃惊。我是天生的理论派，人懒手拙，让我说说道理还行，至于练剑练刀，还真不是我的擅长和喜好。而且，正因为我人微言轻，武功平凡，平时只能做些端茶倒水的事，所以平日卫雄和丁嵩他们谈论武功心得，也不避着我，这些道理，几乎全是卫雄讲的，我只是将零散的内容略加总结而已。"

"想不到师妹竟有如此天赋。若是师妹肯多花些心思在剑法刀招上，我想抽刀门中多数，哪怕长老一级的，也要甘拜下风。"吴道海赞道，"只不过有一点我还不太明白，李白当初作此刀法，还并无惊鸿剑法问世，怎知这弃我去者一句诗，就是弃剑的意思，而且还有这样一番解读？"

方月娴嫣然一笑，在皎洁的月光下，更显出一种清雅之美。她继续说："师兄问到了关键。我平时虽不好舞刀弄剑，却喜欢研究各种典籍。读书中我发现，古人之文，往往惜墨如金，却包含多种深意，后人为加强对古人原意的理解，往往创造出新的理论进行解释，这些解释当然不是古人原话，却无一不是古人想说而未表达的意思。比如后人用卦变、爻变、阴阳五行等解读《周易》，但周文王时期到底有没有卦变、爻变、阴阳五行之说，确实不可考，我看很可能就没有，完全属于后人附会。但卦变、爻变、阴阳五行，又确实在某种意义上表达了《周易》的精神，我想纵是文王复生，也未必会反对。断水刀法也是如此，李白酒后化剑御刀，本就是兴之所至，并无现成的刀谱心法，一时风云俱惊，疑为天人，纵是在场的李云同为武林高手，又能记录和领会几分？但他当时确实感受到了断水刀法的精神。为了这种精神的传承，我想无论是后来的刀谱，还是心法，本就难免加上后人的理解，甚至附会，但唯有如此，才使得断水刀法真正传承了下来。惊鸿剑法的创制，我想也是如此，初衷是为了让门中弟子更容易领略断水刀法的精神。我曾见过卫雄教丁嵩等人断水刀法的招数，惊鸿剑法的飘忽确实与刀法颇有几分神似，作为入门功法，堪称断水刀法的基础。但形式一旦固定，就容易让人忘记了形式背后的目的。惊鸿剑法因其华美飘逸，所以门中资质平庸者，一生以恪守此剑法为满足，无意再付出辛苦多迈一步；资质较佳者，也无非是看到断水刀法是通往门中上升渠道的不二法门，终不过是名利欲望驱使；只有少数资质上乘者，看到惊鸿剑法是断水刀法的基础，二者有密切的内在联系，但也就仅此而已，根本看不到刀法与剑法有着本质的差别，舍不得已经有所成就的惊鸿剑法的华美招数，还在用练剑的方式练刀，不知这惊鸿剑法其实只是作为入门各项基本功的修炼。真正看到惊鸿剑法的致命漏洞，进而发现弃剑精髓的，近年来恐怕只有卫雄了。但可惜，卫雄还未来得及将这一发现在门派正式公布，就已身死大内。"

吴道海听完如醍醐灌顶，浑身竟有说不出的舒服和痛快。"师妹方才所言，发人所未发，实为武学至理，让吴某有茅塞顿开之感。依师妹所言，卫雄掌门确实是武林少有的奇才，刚才你说了他对断水刀法之心法领悟的第一重境界，但当年张真人提出的诗句，不知卫掌门是如何理解的？"吴道海的言语中，对卫雄重新充满了敬意。

方月娴道："很遗憾，我也只是从卫掌门与丁堂主等人的闲谈与指点中了解到这些，至于其他，我也不清楚了。"

吴道海不禁一声长叹。

突然，他又想起另外一件事，便问方月娴："方师妹，你说这刘斯文的掷剑之法，是从何处学来？方才你说这事或许与弃剑大会有关，那他是误打误撞，还是也发现了惊鸿剑法的破绽之处，或是他对断水刀法也有了刚才师妹的这一番理解？会不会郑若飞也参悟到了这一点？"

这个问题有些超出了方月娴的预想。她想了一下，说："弃剑的真正含义，是卫雄发现的，虽然卫雄跟丁嵩等人提过，但绝不会告诉郑、刘二人，卫雄素来重视真才实学，应该看不惯这二人的小人嘴脸。这二人都是利欲熏心之辈，尽干些投机取巧的事，他们也断然没有这个悟性。从刘斯文这掷剑的手法看，不像卫掌门传授给丁嵩改良后的招法，更像是原汁原味的胡波夺命第九剑，威力本身就小得多，而且他的手法还不够熟练，否则师兄你刚才就没么轻易躲过去了。如果单用胡波的夺命第九式，其实并不能完全克制惊鸿一瞥，尤其遇到本门的高手，胡波未必能讨到便宜。当年卫雄受此招启发，专门根据惊鸿一瞥的发招方式，对这一招进行了改进，于是威力便大了不少。刘斯文私下练习这一招，我猜他可能不知通过什么途径听到了惊鸿剑法有破绽这个传闻，但似乎他听的还不是个完整版本，只听了些只言片语就急于求成了。郑若飞对弃剑大会是志在必得，她肯定是想赢所有人的，如果她真知道惊鸿一瞥的破绽，就不会夜夜混在谷长老的房间里，训练什么一跃八尺……看样子郑若飞还在坚持原有的训练方式。无论如何，既然刘斯文亮出这手，师兄防患于未然总是好的。刘斯文这人人品，着实不堪……"

方月娴说的不无道理。想起刘斯文这回掷的一剑，吴道海仍心有余悸，便又问道："既然惊鸿一瞥有这么大的漏洞，如果弃剑大会比武时，刘斯文或郑若飞真使出类似夺命第九剑这样的招式，可有防范破解之法？"

方月娴答："其实当年卫雄看出惊鸿剑法的这一破绽，目的在于对弃剑有新的领悟，反而没有花太多精力研究这一招的反破解之法，他可能认为门中弟子一旦领悟了弃剑的真正目的，在练习断水刀法后自然会想出反破解之法。"

吴道海喃喃道："难道这一招竟是无法破解？这便如何是好？"

方月娴道："师兄莫急，我倒是有个法子，不知道行不行。"

"师妹快讲。"吴道海催促道。

"那就是师兄攻出惊鸿一瞥时，不要跳得太高，这样以刘斯文的身法，便没有足够时间闪到身后，做出这夺命第九剑的一击，可是如此一来，惊鸿一瞥的潇洒飘逸就没有了，观赏性也大打折扣。但临阵迎敌，还是以取胜为先。我想以师兄武功,胜刘斯文应该难度不大。刘斯文练习这一手,无非也是意在突袭。当对手得意扬扬攻出惊鸿一瞥,自认必然得手之时,刘斯文这出其不意的一剑,说不定真能起到作用。所以师兄一跃七尺,不高不低,既可以在一定程度发挥惊鸿一瞥的威力,同时还使得刘斯文无机可乘。所以,师兄没能做到一跃八九尺,反倒符合了弃剑的含义,只有你放弃了曾经孜孜以求或是引以为傲的东西,才能真正进入下一个境界。"方月娴说。

"原来如此,透彻!"吴道海向方月娴拱手道,"吴某感谢师妹一片至诚,将这弃剑秘诀告知于我。否则我至今还在苦苦执迷那腾空九尺之道。"

方月娴道:"师兄不必客气。这也算是法有因缘。万物相反相成,有绝世剑招,自然有绝世的破解之道,随后再生反破解之道,循环中武功的境界便提高了。无论如何,惊鸿一瞥的破绽并不能影响惊鸿剑法仍是世间绝妙之剑法,一跃九尺的身法于武功精进也是没有坏处的。习武之人首先要通过各种基础的学习,全面提高身体的能力素质,所谓无招胜有招,也是先有招才行。无招的不是没有,而是不执着,不拘泥。剑法修炼到一定境界而不执着于剑法,才能进一步领略刀法的精义。若是仅仅执迷于无招,那岂不是从未学过武术的莽汉无赖都身怀绝世武功了?"

吴道海频频点头:"师妹所言皆是至理。未来的弃剑大会,主要比拼惊鸿剑法,而惊鸿一瞥是剑法中威力最大的招数,谓之撒手锏不为过,但从目前情况看,反倒是谁用得好,用得彻底,反而会败得更快了。我看刘斯文来者不善,他很可能知道了这一秘法,自己偷偷练习,想在弃剑大会一举成名。"

"嗯,刘斯文此人心地不善,说什么梦见师姐练剑,搞不好是他自己在寻找练剑之处。"方月娴正说着,突然想起,刘斯文是从东厅西南方向而来,而那正是本门药房所在,想起吴道海那红肿的肩头,急忙提醒道:"师兄你再看看肩头的伤口,莫让刘斯文这小子在剑上偷偷下了毒。"

吴道海也是一惊,刚才说得投入,忘记了肩膀的伤口,现在感觉隐隐有些麻木。赶忙再次扯开肩头的衣服,在月下仔细观看,伤口比刚才更加红肿,还流出了脓水,有一股难闻的味道。方月娴赶紧凑过来,闻了闻,用手抹了一点脓水,放在嘴里,吴道海急忙道:"师妹小心。"

只见方月娴一开始紧皱双眉,不过片刻,紧绷的脸就放松下来:"放心吧师兄,这刘斯文虽然在药房偷了一些乌头毒,但他哪里知道,药房里的乌头都是诸葛堂主用蜂蜜熬过的,没什么毒性了,只能入药而已。师兄回去用清水略微清洗,明早就没事了。"

"原来师妹还通晓医学。看来还是诸葛兄医者仁心救了我呀。好的，多谢师妹。夜已深，就此别过。"说罢，二人分手离去。

回房后，吴道海感觉一身疲惫，也来不及做明早议事的准备，倒头便睡去了。

第四章　掌门议事

原是浅薄人，久伪岂能真？强作欢颜笑，滚滚入红尘。旦夕自绝矣，了此抽刀门。

惊蛰这一天，春雷初动，万物萌芽。虽然长白山的天空仍然有些灰暗，气候还没有暖和起来，但对于一切生发的物种来说，对春江水暖的感应，是冥冥中注定的先验本能。草开始冒头了，虫儿也躁动起来。

卯时三刻，吴道海已经早早地起来了，肩膀的伤口也完全好了，一切准备完毕，正打算去议事堂。吴道海是个谨慎的人，如此重要的事情，尽管议事堂离住处没有多远，但早一刻到达，还是体现对掌门的尊重。刚出门口，沈日新急急忙忙地跑了过来，满头的汗也来不及擦，边喘边说："师兄赶快去议事堂，袁掌门他们都到了，就缺您一个，袁掌门正发脾气呢。"吴道海大惊："怎么会到这么早，议事不是辰时才开始吗？"

"都是刘斯文那个王八蛋昨晚使坏，袁掌门本来通知的是卯时三刻，他故意跟我们说是辰时，看来就是故意让我们晚到，受到掌门责罚。"沈日新气呼呼地说。

吴道海疾奔议事堂。刚到门口，就听袁自甘正在用他独特的雌雄混杂的音调厉声责问："我看这抽刀门的规矩是该好好立一立了，通知各堂卯时三刻准时议事，怎么到现在还不见审势堂和攻心堂的人，是不把我袁某人的命令放在眼里吗？"

吴道海这才知道，被坑的不止自己，还有攻心堂堂主诸葛愚。

"郑副堂主，你们把我的吩咐都通知各堂了吗？"袁自甘看着一旁站立的郑若飞。

郑若飞赶紧抱拳鞠躬，她身材本比较矮胖，鞠躬俯身的幅度大了一些，从远处看如一个圆圆的球。"禀掌门，已经全都通知到位了，我们是挨个通知，一直忙到晚上呢，是吧，斯文？"郑若飞一边说着，一边柔柔地看了刘斯文一眼。那一眼，如春日里一道浅浅的闪电，热烈而并不刺眼，如二月里一阵轻拂的风，吹开了冻在刘斯文心头的冰雪。见师姐问自己，刘斯文赶忙收起早春的遐想："是的，禀袁掌门，郑副堂主，我是挨个堂通知的，至于攻心堂和审势堂什么情况，我就不知道了。"

门口的吴道海看到郑若飞和刘斯文这一对山鸣谷应的表演，他心知，此刻做什么都已经于事无补。看到袁自甘不断摇晃那已经快掉光毛发、呈横向椭圆形的头，上面的一层光闪闪的油已经冒起恼怒之烟，看来解释也必然是徒费口舌。他又偷看了一眼站在袁自甘附近的长老谷若智，他那半青半白的脸，也看不出个表情，只是这郑若飞的山鸣，得到的便是刘斯文的谷应，彼谷应了，此谷如何？吴道海正纠结如何面对这一棘手局面，诸葛愚也急匆匆赶到了。

堂中诸人都已经看到了在堂口纠结徘徊的他俩，但袁自甘不发话，谁也不敢出声。

今天抽刀门的议事堂，难得人员相对齐整。

堂中正坐的那人，披着重重的羊皮袭，这身羊皮，如罩在身上的壳子，即使炎炎夏日也不肯脱下。这便是抽刀门新任掌门袁自甘。他的左右，有两位似乎有些姿色的女子，一位叫作离仙儿，一位叫作贝仙儿。在袁掌门的眼中，纵使西施、昭君复生，也难敌二仙的美貌。而在刘斯文的眼中，二仙如挂在房檐的咸鱼，只可望一眼，然后狠狠咽一口唾沫。因为心中有个声音不断在提醒他，别吃，馊着。在谷若智看来，女人长相是次要的，风情才更为重要，尤其是灭了灯后的风情。其实诸葛愚知道，自己每日研制的各种地黄汤、逍遥散，数量不可谓少，可似乎还是不够。这次刘斯文故意摆自己一道，极有可能与药品分配有关。

袁自甘坐在正中的椅子上，椅子前的书案太高了，搞得他得抻直了脖子才能把光油油的脑袋冒出桌面，活像一只乌龟，而这还得靠两只短手撑住眼前的桌案。稍微疏忽，就得靠二位仙女把自己架上去。

三年来，袁自甘竟第一次感到这也许是个羞辱，可恶的卫雄，把个案子弄这么高！

其实他是有点错怪卫雄了。卫雄身材伟岸，和他是不一样的。

不必再说袁掌门挺直了脖子伸出脑袋，也不必说二位美人左右扶持着这位威风掌门，单是堂下几位长老，面目像夏日里的番茄，都把自己当成鲜果了。

谷、李、胡、涂四大长老全到了。谷长老名谷若智，年近六旬，但仍一脸的意气风发，因诛灭卫雄立了首功，从堂主升任长老，且排名第一，还曾主持过抽刀门一段事务，有句俗话讲，谷长老也曾经是阔过的。在那段时光里，他也收获了人生的第二个春天，那就是终于得到了一直心痒觊觎的郑若飞。虽然他最后未能正式成为掌门，有些辜负了"美人"心，但郑若飞还是紧紧追随自己。平心而论，和追随袁自甘的离、贝二仙相比，郑若飞的选择当然也是对的。李长老名李若仁，职为长老，其实年纪并不大，也就四十多岁，但其身后的势力背景不容小觑。他本是大内都知监少监，从四品的官职，但该监历来苦寒，是大内十二监中最为下下的职位。在一个沙尘布满京城的日子，不知什么原因，他有幸被提督西厂的司礼监秉笔陈公公看中，本打算调入西厂充实力量，但后来听闻其为人心胸狭窄，又好自大吹嘘，觉得放在身边不合适，便趁着诛灭卫雄之际，派到抽刀门，配合谷若智熟悉门务，原意是打算拔擢其为抽刀门掌门。不料事出意外，提督东厂的黄公公竟然说服司礼监掌印的吕公公，安排了袁自甘来到抽刀门。李若仁不仅没能当上掌门，在长老中排名也落后于谷若智，故常有愤愤之心。胡若勇、涂若信两位长老原就是抽刀门长老，掌门易位后，抛卫追袁，看起来也是全心全意。然后便是忠信堂主持堂务的郑若飞，郑若飞身材较矮，但横向较为突出，面色略黑，长发及臀，平时用绿色的头巾扎住。容貌如果非要找一句赞美的语言，五官尚齐全，位置也都正确，这个评价大体是比较准确的。郑若飞身旁站着忠信堂的刘斯文，大家不太理解，这场合怎么会有刘斯文参与的余地。然后就是断水堂堂主许道茂，明月堂堂主贾似忠。追风堂堂主李灭欲追杀丁嵩未归，不过也有堂中弟子作为代表参加。只差吴道海和诸葛愚两人。诸葛愚，他本名叫诸葛瑜，父母当年寄予厚望，期望他能够集诸葛亮和周瑜之大成，故很早就费巨资访名师教儿子文才武功，不想后来家道中落，父母竟在灾荒中染病早亡。诸葛瑜年轻时即入抽刀门，因天分高，功夫进步很快，是门中青年才俊，一度誉为抽刀门未来的希望，后又得到掌门卫雄的亲传，据传他的功夫已经不在四大长老之下。不过后来不知何故心灰意冷，无心钻研武功，醉心奇门星象、占卜医疗，慢慢把自己的名字诸葛瑜也改成了诸葛愚。但在抽刀门，倒是无人敢小看他。

吴道海和诸葛愚不能在堂口迟延太久，只好相视苦笑，无奈地摇摇头，走进了议事堂。

袁自甘看二人进来，不无嘲讽地说："二位，来得挺早！"

吴道海自知多说无益，只是低下了头，说了一句："属下知错，请掌门责罚。"

诸葛愚向袁自甘一拱手："愚未能早到，失礼失礼，望掌门海涵。不过愚昨日酉时听刘斯文传达口信，今日议事时间是上午辰时，而且之前抽刀门也一直延续辰时议事的习惯，不知何故提前了？"言罢眼望刘斯文。

刘斯文闻此，扑通一声立刻跪下了，脸作愁云，眉眼下拉，用低哀的声音向袁自甘说："掌门明鉴。昨日掌门亲口说要改一改抽刀门一贯懒散的风气，今后议事一律卯时三刻，斯文听得真真切切，岂敢假传？"接着又转头向诸葛愚说道："昨日向堂主传达议事,见堂主正在炼丹,不敢多做打扰。想是堂主正在聚精会神,未听清斯文的口信,以为还是按原来的老规矩,辰时开会。无论如何,一切错都在斯文,还请堂主见谅。"

诸葛愚明知刘斯文在瞪眼胡说,可竟然也一时语塞,不知如何答对。吴道海看那刘斯文一脸粉饰了几分真诚的苦愁之相,暗想自己早就知道这小子既然敢这么干,肯定有其颠倒黑白的本事,现在看其无耻和算计还是超出了自己想象,愣是编出一个诸葛愚炼丹的情节,袁自甘八成会相信,看来这抽刀门也许早晚会属于像刘斯文这样的人。

果然不出所料,袁自甘重重哼了一声:"诸葛堂主为本门炼制丹药,劳苦功高。不过现在不是卫雄当掌门的时候了,一切都要按新的规矩。今天就在这里把规矩给定下了,以后门中议事,一律卯时三刻。大家可记好了,下次再犯别怪我不教而诛!"说罢,狠狠地盯了吴道海一眼。吴道海心知自己沾了诸葛愚的光。若非诸葛愚一直在给袁自甘研究各种采阴补阳之秘法丹药,袁自甘不愿为些小事误了大局,今天的责罚是跑不掉的。想起不经意之间,自己已经连续两次受到诸葛愚恩惠,吴道海暗自感激。

见诸葛愚和吴道海都老实服帖了,袁自甘这才言归正传:"我,袁某人,来到抽刀门执掌三年,感谢诸位捧场,更感谢朝廷的支持,尤其是司礼监吕公公、黄公公、陈公公的信任,让不才从锦衣卫辖下的六扇门来到这辽东长白山,主持抽刀门的事务。实话说,廖化当先锋啊。但是,为了朝廷,我也必须担下这副担子。我知道,在座的各位,很多都是卫雄当年的小兄弟。说实话,这三年来,我很难,尤其让你们认可我就更难。但是有一条,不管你们认可不认可我,朝廷和司礼监,永远是抽刀门头顶的天!我知道,你们当中有的人,还打算着这山望着那山高。但我不行,我的背后,只有司礼监这一座山,我头顶这块云,它也只能在宫里!既然安排袁某人做了掌门,你们的头顶只能有这一个天,那就是朝廷,是司礼监,对司礼监的吕公公、黄公公以及其他各位公公,必须忠心!对不忠心的人,吃里爬外的人,袁某向来是不客气的。"

谷若智当即表态:"袁掌门到本门执掌后,有一个最大的不同,那就是对司礼监的忠心。众所周知,我抽刀门与一般江湖门派最大的不同,就在于我们时刻受到司礼监的恩泽,我们是给司礼监办事的,没有忠诚,再高的武功,再能办事,也不能用。我提议,我们要把这些刻在议事大厅的屏风之上,让所有门人弟子知晓。日后传到朝廷和司礼监,也让公公们知道袁掌门和我们的一片赤诚。"

郑若飞立刻面露笑容道:"谷长老真是说到我们心里了。"

其他人也争先恐后，纷纷表态，气氛一下子热烈起来，似乎谷长老和郑副堂主的提议醍醐灌顶，又如佛门中的棒喝，一下子让大家顿悟了。吴道海和诸葛愚只好也跟着表态。

看着大家众星捧月般追捧着郑若飞，离仙儿和贝仙儿冷眼旁笑，撇了撇嘴。

但袁自甘听完，则是颇为满意和受用。谷若智和郑若飞的提议，将他早晨的恼火一扫而光，若是他还能再进一步，从抽刀门调入东厂、西厂，或者是内行厂，担任个指挥使，那么人生登峰造极的高潮，也不过如此了。

袁自甘看时机差不多了，清了清嗓子："鄙人到抽刀门任职，那是托了司礼监吕公公的恩典，黄公公的举荐。来的日子不算短，但跟大家面对面打交道的机会不算多，今天听了大家的提议，很好。这两三年，我私下里了解了很多关于本门的情况。我觉得，抽刀门最大的问题，就是缺乏规矩，门规简陋，子弟松松垮垮，所以才出了卫雄这种逆贼。卫逆久怀谋反之心，你们几个长老、堂主难道平时一点都没看出来？"

众人皆低头不语，只感到脸上一阵发热，十分不自在。胡若勇看表现的机会来了，于是率先打破了这种尴尬和沉闷："禀袁掌门，卫雄，哦不不，卫逆这厮，平日里一副道貌岸然的样子，在门派中利用掌门淫威，与门中弟子拉拉扯扯，被他蒙蔽蛊惑的实不在少数。我等也是眼瞎心迷，才没发现这个恶贼的卑劣行径。"

"哼！我也知道，我说卫雄这个贼恶，你们当中有人不爱听。毕竟过去都是卫雄的兄弟嘛。我听说到现在还有人在偷偷念着卫逆的好。今天我就把话说清楚了，卫逆谋反一案是司礼监黄公公主持，报吕公公亲定的，这个问题谁要是脑子糊涂，屁股坐歪了，那他的心一定也是歪的，那就不单单是跟抽刀门为敌，而是跟整个江湖为敌，跟朝廷为敌，与卫逆同罪！所以我才一直强调说，卫雄党羽，在抽刀门必须得清理干净了。"袁自甘厉声道。

"报告掌门，关于卫雄的党羽，其实我们有件最重要的事情要做，那就是追杀丁嵩。掌门派李灭欲查访是无比英明的决定，前段时间，李灭欲已经传回消息，说是在浙江发现了丁嵩的行踪，我想不日即有进一步消息。到时我们无论是活擒了丁嵩，还是诛杀了丁嵩，都是最大的功绩，完全能让吕公公、黄公公、陈公公看到我们对司礼监的忠心。"李若仁善于抓住一切表现自己的机会。当初选派李灭欲，也是李若仁积极主张的，无非想借此表现自己的见识和功劳。他刚才这番话，也变相提醒袁自甘，我在司礼监也是有人的，各位公公那里也是说得上话的。

袁自甘当然知道李若仁提陈公公的意图。毕竟陈公公执掌西厂，近年来势头正盛，在司礼监与黄公公执掌的东厂已有分庭抗礼之势。他虽然不知李若仁与陈公公的关系到了何种程度，但毕竟是陈公公举荐来的，袁自甘还是觉得少惹为妙。"李长老说到了关键。卫雄虽已诛杀，但丁嵩漏网，始终是司礼监和朝廷的祸患。这次派李堂主追踪，很快就查到了踪迹，李长老可谓荐举得当。将来司礼监的恩赏，那是少不了二位的。"袁自甘少有地鼓励了几句。

"可是，丁嵩毕竟是卫雄大弟子，武功不弱，李堂主能否顺利将其抓回来，或是一举击杀，我看也有变数，稳妥起见，若由忠信堂再派两三名得力好手，配合李堂主行动，岂不更好？"谷若智在一旁插话道。

李若仁不由得大怒，他心想谷若智这是故意的，不想让自己独得功劳，所以打算让忠信堂去抢功。"哎哎，谷长老此言差矣。我听闻原本李灭欲就是惊鸿剑法的高手，功夫在丁嵩之上，此次袁掌门又将灭欲剑法三十六式中的半数传给了李堂主，怎么会拿他丁嵩不下？谷长老这是怀疑灭欲剑法的威力喽？"李若仁的话中不仅带着不满，而且开始把话锋引到袁自甘处。

"袁掌门的灭欲剑法独步江湖，又得峨眉灭欲师太的指点，自然不会出现意外。不过，那卫雄本就在江湖交往甚多，若是丁嵩再找几个帮手，李灭欲一时拿他不下，不是耽误了司礼监的大事？"谷若智也不甘示弱。

当谷若智说到"得灭欲师太指点"时，袁自甘恶狠狠地瞪了他一眼。一旁的诸葛愚差点笑出声。但谷若智似乎毫无察觉，还在滔滔不绝。

"好了，不要争了！"袁自甘说话中带有十二分的不满。袁自甘原从六扇门来到抽刀门，自知武功不足服众，曾向黄公公提出借断水刀谱研习一番，但黄公公说卫雄斩杀后，断水刀谱一直在吕公公处保管，待时机成熟也许吕公公会亲自授予。袁自甘几次央求，黄公公碍不过，只好将袁自甘派到峨眉山，请灭欲师太破例将峨眉剑法灭欲三十六式传给袁自甘。灭欲师太看在黄公公的面子，不敢不答应。不料袁自甘在山上学艺也不老实，酒后夜闯灭欲大弟子、掌门师姐东方敏的闺房，闹得峨眉派人尽皆知。所以灭欲师太仅传了二十四式后，就不再传授，下逐客令请袁自甘离山。袁自甘只得自己再自创十二式，凑足三十六之数。今天谷若智竟然提到灭欲师太，袁自甘想起了东方敏那桩糗事，怎能痛快？

"两位长老说的都有一定道理，既是如此，许堂主，你就带两名弟子与李堂主会合吧。"袁自甘做这样的安排，是因为他确实担心追杀丁嵩出现意外，既然已知丁嵩行迹，派断水堂堂主许道茂过去，追风、断水两位堂主，拿下丁嵩应该可以万无一失。许道茂也是抽刀门好手，而且曾跟卫雄学过一些断水刀法，就算他丁嵩有几个狐朋狗友，对付起来也不在话下。

但在诸葛愚来看，显然袁自甘还有另一层意思，安排断水堂的人，而不是忠信堂的人，那就是作为对谷若智失语的惩罚。你想捞便宜，以后说话就得过过脑子。

"许堂主，之前让你们重新修订的抽刀门门规，准备得如何啦？"袁自甘继续问道。

许道茂赶紧弯腰，正式地鞠了一躬，然后才回答道："报告掌门，按照掌门的训示，我们一共制定了一百三十三条门规。"

"嗯，这事办得不错，今天你把事情交给明月堂的贾堂主继续跟进，明天就去跟李堂主会合吧。本掌门等着你们的好消息。"袁自甘难得露出一丝满意的微笑。

袁自甘对众人说："半月之后，正式举办弃剑大会。最近几天，经吕公公恩准，黄公公还将派特使送来断水刀谱。按惯例，弃剑大会优胜者可以继任忠信堂堂主的位置。待本掌门研究完刀谱后，将继续向门中堂主以上人员传授断水刀法！"

议事堂一阵兴奋，这是三年来的头一次。无论如何，抽刀门似乎看到了一个新的开始。三年来，抽刀门似乎已经忘记了断水刀法，以至于有时发现，虽然作为江湖上鼎鼎有名的抽刀门，其实绝大多数时候也可以不用刀。铲除二三流的毛贼草寇、地痞流氓，惊鸿剑法就足够了。至于顶级高手，又有几个不是用司礼监的名头和长白山的酒肉摆平的呢？连上个月黑熊山的寨主范通抢了抽刀门向司礼监缴纳的貂皮，袁自甘见那范通身材魁梧，力大棍沉，招法迅猛，纵使打伤了门下七八个弟子，也不敢轻易冒险，实怕招架不住，坏了名声。于是一顿好酒好肉，加上离、贝二仙轮番把酒调情，竟使得范通与袁自甘兄弟相称，做了朋友。长老堂主中有人感觉此举过于辱没了抽刀门的名头，想仰仗惊鸿剑法和学得残缺不全的几招断水刀法，好好教训教训这个范通。但在胡、涂二位长老的劝说下，还是忍下了。因为一旦打不赢范通，不死即伤不说，还会折了自己名头，以后还如何在江湖上混？打赢了范通，又抢了袁自甘的风头，以后怎么在抽刀门混？没有神奇刀法在手，就没有必赢的把握。这已经成了这两三年抽刀门的奇耻大辱了。如今听闻，断水刀谱终于要回归本门，纵无心法指引，刀谱本身就是神一样的象征，叫抽刀门人如何不重新看到希望？人在江湖，是有尊严的。多少人舍生取义，无非是要个面子而已。纵使脸皮厚如城墙的袁自甘，又岂能甘心和放心自己那残缺不全的灭欲剑法？倘真能习得全套断水刀法，以自己的悟性，加上离、贝二仙的聪颖，没准真能领会断水心法，届时自己也将是一代刀神，什么卫雄，什么少林、峨眉、武当，都不在话下。

抽刀门上下，都在以无比期盼的心情，盼望着弃剑大会的到来。

第五章　黑风峡谷

　　雪夜赴黑风,长箭悬铁弓。衔枚趁月色,晨蹄暮痕轻。秉贞体大义,执正论衡平。止战在攻心,审势息刀兵。多染沙场血,方悟捭阖功。

　　对于长白山而言,惊蛰过后,春天才算正式到来,万物始萌。《黄帝内经》曰:"春三月,此谓发陈,天地俱生,万物以荣,夜卧早起,广步于庭,被发缓形,以使志生,生而勿杀,予而勿夺,赏而勿罚,此春气之应。"再过几天,就是抽刀门弃剑大会的日子了。长白山,抽刀门,尽是一派热闹的景象。就连附近方圆几十里,也充满了春的欣欣向荣。但有一个地方,似乎总是例外。

　　黑风峡谷,两山陡峭,路上尚有些未融化的积雪,有的已经凝结成了坚冰。两岸的野兽和天空的鹰鸟偶尔啼叫一声,也能够在峡谷里反复震荡好久。谷内的冷风,带着回旋,一遍又一遍扑在两旁的峭壁之上,带下来的积雪和沙石不断滚落在长长的古道上。十几只麻雀在半空中飞来飞去,终于落在地上,想千方百计在这荒凉之地寻觅一些可以果腹之物,忽然,又一齐飞起。因为,由远而近的马蹄声,意味着有陌生人闯进来了。

　　一匹黄马疾驰而来,马蹄将古道上的碎石碎沙踢得四处乱溅,这是一匹好马,但也是一匹疲惫之马。马上之人还在狠命抽着马鞭,恨不得此马能够四蹄腾空。忽觉马腿一软,一下子向前扑倒下去,马上人毫无准备,直摔了出去,幸好平素功底还比较扎实。只见此人双手撑地后顺势往前一滚,已出去一丈多远。回身细看,黄马口吐白沫,几下有气无力的嘶鸣后,不再动了,眼神中充满了对生命的不舍和慨叹。一匹本可以继续驰骋江湖的名驹,归宿只是累死了,这与耕田拉车的俗马有何区别?好在这是一匹骟马,死了倒也无牵无挂,到阎君处哭诉一下,也许转世投胎当个太监,享些荣华,也就是了。只不过不晓得阎君是不是能连畜生也一起管了。如果依照书上说畜生变人的故事,那料想是不会假的。

　　马上人变路上人,亦是无奈而难免。此人万千的焦急,也只得化作无奈。正自沮丧之际,忽闻谷中阵阵狞笑,笑声响彻山谷,令人心绪不宁。

　　"哪里的鼠辈,躲躲藏藏,有本事出来!"马上人急运丹田之气,这一声吼便是独门的内家功夫猿啼音,声音利用内力发出后,在两侧山谷反复震荡,形成持续回响。此声一出,便知发声人内力深厚,必是一流好手。

"好，不愧为猿啼轻舟，侯少侠内力轻功果然深得袁掌门真传，在下佩服得紧呢。"不知何时，两丈外已站定一人，夜色朦胧，一身白衣，分外显眼，然此人从何而来，却莫名其妙。

马上人正是袁自甘在六扇门时的得意弟子侯子山。袁自甘来到抽刀门后，几番想将自己这名弟子也调过来，安排个位置。但考虑到六扇门归锦衣卫统领，锦衣卫处，自己也需要个耳目，故最终罢了此想法。此番司礼监黄公公将断水刀谱送还抽刀门，觉得事情比较重要，派个稳妥一些的办理此事较好，于是想到了侯子山。一来目前东厂任务过重，人手实在不足；二来侯子山是袁自甘徒弟，由其代表司礼监去，既圆了师徒相聚之愿，也显出对袁自甘的器重。考虑到必须在弃剑大会前将东西送到，所以侯子山一路马不停蹄，风餐露宿，眼看长白山不远了，不想还是在黑风峡谷出了岔子。

"侯捕头如此匆忙，有何公干，能否与侬讲上一讲呀？"白衣人一口的江浙腔调。侯子山仔细打量，但见白衣人身材不高，清瘦有余，却是一脸的病态，顿生鄙夷之心。只是颇为疑惑，两侧尽是陡峭悬崖，有的地方还附带坚冰，对方的突然出现自己竟丝毫察觉不到，难道此人竟有如此绝顶轻功？纵是抽刀门追风堂堂主李灭欲以轻功闻名江湖，恐怕也难以做到。这到底是何方人物，想想后背不觉生出一丝凉意。

"在下侯子山，袁掌门自是家师，敢问阁下拦住去路，有何赐教，在下洗耳恭听便是。"侯子山一看对方来者不善，自己又有要事在身，不愿多生枝节，故言语中多了几分客气。

"噢呀，侬看看，侯捕头何必明知故问的呀，若不是侬背上的那个东西，吾岂敢开罪锦衣卫和抽刀门呀。"白衣人不紧不慢地说。

"找死！"侯子山暗骂道。但事关重大，见对方轻功卓绝，知道不是庸手，侯子山也不愿平白树敌，故强压怒火道："仁兄，萍水相逢，我背上这包中有金有银，虽不多，但也足够花一阵子。若是仁兄看得起我，我愿交仁兄这位朋友，这些金银给老兄买包龙井，今日别过，他日相逢，必当一醉方休。将来若有用到小弟之处，抽刀门和锦衣卫必定听尊驱使，如何？"

白衣人听完一阵阵冷笑，尖锐刺耳，侯子山顿觉胸中气血翻腾，心中暗暗感到不好，对方的笑声中竟带了内力，也不知是哪派的邪门武功，忙掏出栀子金花丸，含在舌下，闭目调息，稳定心神。

"哎哟哟，堂堂六扇门捕头，锦衣卫的红人，没想到说话还这么客气，真是出乎意料。今天吾来此也不难为侯捕头，吾家自有上好的狮峰龙井，不必侬破费。吾只想捕头把包里那本小册子给吾留下，便饶你去。你回去可以花上一大笔钱好好喝顿酒，庆幸自己遇到李爷我，还能有活命的机会。"白衣人的语气很狂妄。

侯子山感到了一种羞辱。不过向来谨慎的他听闻对方自称李爷，内心仔细盘算，可一时也想不起哪个姓李的在江湖中敢如此狂妄，就算抽刀门的李灭欲也不至如此。侯子山越想越火，骂了一句"小子你真是找死"，抽出宝剑，一招君子存天理，向白衣人面门刺来。白衣人侧身闪过，侯子山翻腕，宝剑横扫，又是一记逐欲轻发，白衣人一跃腾空，脚未落地，侯子山快剑又到，一招性外无心，直奔白衣人心口。白衣人喊了声"好剑法"，后退一丈多远，又躲开了这一剑。

侯子山怒道："因何不还招？"

白衣人笑嘻嘻地说："侯捕头不愧为袁自甘的爱徒哇，袁某人刚学会不久的灭欲剑法这么快就传给了你，还是派你专程去峨眉老灭欲那学的呀？"

"小子你管不着。既然识得是灭欲剑法，我劝你尽早逃命。"侯子山大声说。

"咿呀呀，看来你还真把自己当回事了。想我江南李氏兄弟想拿到手的东西，还没哪个敢说个不。你在动手之前最好自己掂量清楚了。"白衣人话语不多，但侯子山大惊失色。"前辈莫非是江南烟雨无常兄弟中的白无常李飞羽？久闻前辈退出江湖多年，为何今日与晚辈为难？"侯子山口气突然软了下来，因为他深知厉害。多年前，无常兄弟在江湖中号称双煞，最为狠毒，手下几乎不留活口，但所杀之人据说也多是罪有应得。此兄弟已经退隐多年，今重出江湖，必有大事发生……

侯子山正在胡思乱想，李飞羽道："侯捕头，既知我名，那废话也不必多说了。你把包里的册子给我留下，自己去抽刀门逃命。谅那袁自甘知道你遇上了我，也不会苛责于你。等我将册子内容翻看几天后，便原物奉还，绝不食言。若小子自恃从袁自甘那里学了两下子灭欲剑法，自不量力还想过过招，李爷的名头想来你也晓得。"

侯子山见事已难躲，断水刀谱是受黄公公所托，哪敢有失，只得咬牙晃动宝剑："既然前辈不肯放过在下，在下且要领教一二。"说完不等李飞羽亮出兵器，挺剑直奔对方，出手便是袁自甘传授的绝技，灭欲剑法。几年来，侯子山深得袁自甘信任，故袁自甘利用他往来抽刀门跑腿送信的闲暇，将自己创制的灭欲剑法中的十二路传给了他，侯子山因此武功进步不小。

可是，他今天遇到的对手，实在超出了他的认知。李飞羽如鬼魅一般，侯子山的剑竟是沾不到对方丝毫。侯子山恼羞成怒，越打越急，剑招不断加紧。眼看十二路用尽，自己汗都出来了，却哪里刺得到李飞羽半点影子？

李飞羽一阵狞笑："怎的？袁自甘怎么没把太监剑法都传给你，只传了区区这几招哇?"

李飞羽好像在故意同侯子山戏耍,并不急于反击,而是利用极快的身法游走于侯子山周围,弄得他眼花缭乱,满头大汗,气喘吁吁。十二路灭欲剑法很快就用完了,侯子山见赢不得对方,不得不将袁自甘私下偷偷传授给他的惊鸿剑法也使了出来。

李飞羽一阵冷笑:"没想到袁自甘真是不要脸,侯捕头并未加入抽刀门,他怎敢将惊鸿剑法传授给你?"侯子山大惊,李飞羽居然识得惊鸿剑法,慌乱之中,本就不熟练的剑法更是错漏百出。侯子山浑身已经大汗淋漓,觉得身上背个沉甸甸的包袱真是累赘,早知道就先摘下来再打了。如今遭遇强敌,什么灭欲剑法、惊鸿剑法,全都不灵,即便这样,袁自甘当初教自己时还遮遮掩掩,不肯尽数传授。情急之下,侯子山突然一跃六尺多高,向李飞羽连刺三剑。没想到李飞羽竟消失不见了!

侯子山正准备在空中转身回刺,无奈这一招他练得太不熟练,加之刚才体力消耗过大,只感觉腿部承山穴被李飞羽一脚踢中,顿时半身麻木,摔倒在地。李飞羽抢步跟上,抓起侯子山后背的包袱,又连点他风门、厥阴俞两穴,侯子山顿时全身瘫软,脑中昏昏沉沉。

迷迷糊糊中仿佛听到李飞羽一阵阵的嘲讽:"哈哈,捕头这惊鸿一瞥,可谓有前无后,回去跟你两个师姐好好练练腰吧。算了,吾目的已达,今日李爷我心情不差,也不杀你了。你的穴道一个时辰后可以自行解开,滚回去后让袁自甘把脖子洗干净,等李爷有空了去把他那颗乌龟头砍了下来,让你那师姐离仙儿改伺候李爷吧,嘿嘿……"

侯子山浑身又疼又麻,四肢酸软又无力,头脑昏昏沉沉,竟晕了过去。也不知过了多久,谷中凉风吹过,他醒了过来,强忍疼痛,活动下筋骨,似乎穴道已经解开,再找李飞羽,已不见踪迹。他正暗自庆幸捡回一条命,突然又暗道一声不好,往身后一摸,果然,包袱不翼而飞。此惊非小!

侯子山惊出一身冷汗,已经顾不得身体的疼痛,四处急寻。他判断很可能被李飞羽抢走了,大呼倒霉的同时,还是不甘心地寻找了一番。他运气是真的不错,找来找去,发现身后不太远的石头上,包袱还在。借着月色看不太清,似乎是已打开的模样。侯子山踉踉跄跄地扑去,发现盛有断水刀谱的木盒封印完好,盛有黄公公回函的盒子也是完好如初,金银亦在。他百思不得其解。李飞羽明明可以拿到的东西为何反而不拿了。然已无暇多想,整理好包袱,拖着疲惫的身躯,他继续向抽刀门进发。

第六章　大会前夜

夜饮一壶酒，一杯一彷徨。思量古今事，报应未曾爽。

抽刀门，消愁厅，灯火昏暗，影子中是一男两女。

袁自甘举起一杯酒，对一女子说："自从接下这抽刀门，我是步步谨慎，这都是责任哪。"

灯下摇曳着一位年轻女子的倩影，二十岁的模样，生得春风婀娜，碧波荡漾。万种风情只差一种，那便是美。此女唤作贝仙儿。

"哎呀，袁掌门誉满江湖，哪个不知呀，来到这抽刀门鞠躬尽瘁，谁都知道是黄公公有意栽培，以后就算不像黄公公一样出入司礼监，若是弄个东厂指挥啥的，还是难事吗？"贝仙儿媚声说道。

袁自甘得意扬扬："仙儿过誉了，岂敢岂敢，哈哈，来，我们喝一杯诸葛堂主亲酿的地黄甘露饮，永承黄公公甘露。"

"小贝这话真是说出了我姐妹的真情实意，若非袁掌门提携，我俩虽在抽刀门京城分堂，也只不过是端茶送水的下人，哪里有机会来到这长白山大院登堂入室。自从来到了这里，那些弟子哪个不是对我姐妹高看一眼，远不是那卫雄当掌门时的光景。哼，也是那逆人有眼无珠，让我和小贝两颗明珠暗投在沟渠之中了。"另一女子略带些哀怨地说。只见此女样貌略显成熟，身材瘦高，接近三十岁的年纪，叫作离仙儿。

"哎，两位美人不必介怀，在抽刀门有我袁某，你们不会再受委屈。所谓长风破浪终有时，也到了你们脱离蓬蒿的时候。"袁自甘自鸣得意地说。

可随后他又叹了一口气，端起酒杯，一口喝了下去。

离仙儿坐到袁自甘旁边，为他又满了一杯酒，颇带深情地说："看到掌门脸上还略有愁云，明天就是弃剑大会了，难道还有什么不顺心的吗？"

袁自甘望着眼前的二仙，将杯中酒又一饮而尽，心想命运终是待己不薄，人生有二仙作为红颜，又有何求？这离仙儿略长几岁，难得的是懂得天理人心，给你千般抚慰；贝仙儿青春活泼，又是让人感到万种风情。可恨当年卫雄那一刀，让老子现在天天靠诸葛愚的药顶着。想起诸葛愚，想起抽刀门，袁自甘怒气一下子上来了，把酒杯重重地摔在桌子上。

"哼，天杀的卫雄，该死的抽刀门。老子当年在六扇门多好，说不定去东厂还更容易些，顶不济也混个锦衣卫指挥，结果偏偏到了这个鸟不拉屎的地方。"袁自甘恨恨地说。

二仙赶紧过来安慰："掌门勿怒，说说看，这又是抽刀门的谁惹到您了？"

袁自甘重重呼了一口气："这门派都这样。那个李若仁天天自以为是，经常不把本掌门放在眼里，要不是看在陈公公面子，早就收拾他了。还有那个谷若智，他跟郑若飞那点破事我就不说了，简直入了邪了。天天喊的调子挺高，其实百无一能，替我担不起一点事。胡若勇和涂若信，两个人也不知道靠什么混上的长老，就知道附和，上次议事堂我看他俩都要睡着了。底下那些堂主、香主也是不成器，只有那个诸葛愚算有点才华和本事，就是天天不务正业，给本掌门配的药还经常缺斤少两，一会儿说什么原料不足，一会儿说什么虚不受补，我看就是不实心办事。"

"那个吴道海，我看还是蛮踏实肯干的嘛。"离仙儿说。

袁自甘摇摇头："基础一般，武功方面我看难有大的长进。办事倒是认真，但审势堂的人，终究跟卫雄、丁嵩之流不能完全脱开干系，我心里对他们感觉不是很踏实。"

"难道掌门不打算用他，而是用郑若飞？"离仙儿不解地问道。

"是呀，师姐说得对，我就看那个郑若飞不是什么好人。"贝仙儿一旁插话。

"我哪能不知道。不过郑若飞是谷若智一力荐举的，虽然我不喜谷若智这人，但其当年诛杀卫雄是立过功的，要不是他一直向我们透露卫雄盯着海升票号追查，我们怎么会发现卫雄这个吃里爬外的逆贼。"袁自甘说到这里，情知说漏了嘴，赶紧停了一下，喝了一杯酒，继续说，"现在谷若智在黄公公那里也是挂了名号的，他的面子也得给。谁让吴道海自己不走上面的路子呢，他还真以为这堂主是做事做出来的？真是幼稚。"袁自甘边说边摇头。

"掌门看沈日新和刘斯文这两个人怎样？"离仙儿问道。

"沈日新这人潜力大，武功底子好，进步也快，人还算踏实，但未来不好说，得看他是不是跟本掌门一条心。刘斯文，哼，地痞泼皮一个。"袁自甘眼光中略带些鄙夷，心想离仙儿怎么会重视刘斯文这么个人。

袁自甘的心思被离仙儿看出来了，她说："不是我看重刘斯文此人，而是其人甘居人下，毫无底线，为达目的不择手段。他早就垂涎郑若飞，但一直压抑自己的感情。我看吴道海、郑若飞之流将来都不是他的对手。"

"师姐说得太离谱了，就郑若飞那坨肉，我当初就没弄明白谷若智是怎么看中她的。刘斯文尽管长得难看，好歹年轻几岁吧，抽刀门女弟子又不算少，怎么会看上这么个货？"贝仙儿表达了不同意见。

袁自甘道："我也看出刘斯文此人并非善类。但一来武功太差，根本不是郑若飞和吴道海的对手，一时在门中估计也难有表现机会。二来几位长老也没人看好他，全靠自己溜须拍马，也难。毕竟这是抽刀门，不是西厂，做人做事，还是得有点实力的。至于你们说他和郑若飞的关系，我也感觉有点异样，但又说不上来是怎么回事。"

"好啦好啦，我们不要再说其他人了，明天就是弃剑大会了，我们姐妹还是第一次参加门中这样的头等盛事呢，不是说几大门派都会派代表来吗？我一定要看看，峨眉派那个东方敏到底长什么样子，把我们掌门迷惑成这样。"贝仙儿鼓起两个腮帮，娇声中带些喷气，气声中又带些媚，让袁自甘不由得陶醉，诸葛愚的地黄饮终于开始发挥效力了。

"哎呀我的仙儿，我早说过那是峨眉派嫉妒灭欲师太传我剑法，给我造的谣言，事实上绝无此事！"袁自甘说着举起右手，竖起了两根手指，"我的心中从来只有两位仙子美人哪。"说罢，袁自甘一手揽着离仙儿，一手拥着贝仙儿，向内房走去，地上留下的是款款衫衣。

突然，三人身后咣的一声响，消愁厅的门，与其说突然被推开，还不如说是被撞开，跌跌撞撞闯进一人，口中喊着："师父，黄公公的亲笔批文，到了。"

袁自甘与离仙儿从内房一跃而起，飞速穿好衣服。"好快的速度！恭喜掌门功力精进。"一旁的贝仙儿一句赞美的话语，让累得摔在地上的侯子山差点起不来，也不愿起来。在心爱的人一句温柔的话语之前，就算不是赞美自己，只要听到她的声音一出，也是心满意足的。哪怕因此被掌门发现而处罚，把门规抄上一百份，也是极好的。侯子山是硬汉，但不是傻小子，硬汉与傻小子的区别，就在于是否理解温柔。还好，侯子山是理解温柔的，他不仅理解，还希望去反复品读。只看掌门给不给他这个机会。

"子山哪，你辛苦了，一路上可顺利？"袁自甘对侯子山的及时到来，感到非常高兴。但又对其搅了自己刚刚被二仙撩拨起来的大好情绪，感到十分不满。这么一折腾，诸葛愚的药又白吃了，一会儿还得加分量。诸葛愚的供给本就不足，这么浪费，总是让自己有一种寅吃卯粮的感觉。所以袁自甘的语气中多少带有一丝不快。

"师父，还……还算顺利。"既然断水刀谱和黄公公的批文都完好无损，侯子山也不愿再提遇到李飞羽的意外，尤其面对自己朝思暮想的贝仙儿，怎能讲起被戏耍的情节？男人要面子和尊严，在心爱的女人面前尤其如此。

"断水刀谱和黄公公的批文都拿回来了？"袁自甘急不可耐地问道。

"是的，师父。"侯子山说着将包袱打开，取出这两件让他一路压力沉沉之物。

袁自甘喜出望外。"既然如此，那你把刀谱和批文放下，赶紧去休息吧。"袁自甘不冷不热的一句，让侯子山不快不慢地迈开了腿，望了一眼若有情意的贝仙儿，只得回房去喝那剩下的一坛知柏消意酿了。

诸葛愚，在抽刀门是一个谜一样的人物，既为人正派，又最会看人下菜碟，谁能喝地黄甘露饮，谁能喝知柏消意酿，是断断不会错的。而让诸葛愚最为孤独的是，这么多年，无人让他感到意外，都是一帮俗人。是呀，只有俗人，才成就了他这样的真人。都是真人，他诸葛愚岂不成了俗人？

袁自甘打发了侯子山，赶紧把门关上，与离仙儿、贝仙儿重新点起大堂的火烛，焚香，磕头，然后用颤抖的双手，准备打开盛有断水刀谱的盒子。

这个盒子，非同小可。这个盒子的到来，意味着吕公公对他出任抽刀门掌门的正式认可。而断水刀法，是他一直梦寐以求的东西，有了它，自己才能名副其实地坐稳掌门；有了它，自己再也不需要看他人脸色办事；有了它，自己离东厂指挥使的位置就越来越近了，自己在江湖上的地位，很有可能超越少林、武当的掌门，峨眉那更不在话下，到时东方敏那个小妮子，哼，还敢不拜服于下？这一切，都与袁自甘当初在大内见识卫雄挥出断水刀法的威力有关，那的确是鬼神皆惊。当初卫雄能够得到司礼监的器重，无非就是靠着一本刀谱嘛，现在自己也有了，上天对自己不薄哇。

离仙儿、贝仙儿对刀谱没有太大兴趣，但也深深明白，刀谱对眼前这个男人的重要性，而眼前这个男人，对两姐妹的未来，也是如此重要。

三个人的焚香是虔诚的，祷拜是真心的，因为在这样一个私密的场合，在到手的名和利面前，没有人还有工夫惺惺作态地作伪，都是恨不得一口就吞下去。

盒子拆封了，里面有一本不算太厚的册子。是的，断水刀法，总共也就九九八十一路，又能有多厚呢。袁自甘已经等不及了，他一定要尽快翻开这本册子，看看这究竟是什么样的魔物。

他打开了，甚至连封皮都没仔细看，就打开了。

册子里是一幅幅画工精美的图画，每一页都详细记载了各种招式。

离仙儿和贝仙儿也十分好奇，一起凑过来观看。

可是看着看着，二仙的脸突然红了起来。贝仙儿惊呼一声："这……这是什么！"

是呀，这是什么？离仙儿看明白了，袁自甘也看明白了。这哪里是什么刀谱，分明是一本春宫图。

袁自甘慌忙将册子合上，重新看看册子的封面，这才第一次认真看清楚，哪里是什么断水刀谱，封皮上赫然写的是"灭欲功法"。袁自甘的脸登时通红，想起刚才翻看的几页，有的配图背景确实有些峨眉山的模样。

贝仙儿一阵冷笑："哼，刚才还在说清清白白，这下可好，连黄公公都知道了您在峨眉山惹的风流债。"

"妹妹且休要胡说。"离仙儿虽然也有些恼火，但立刻又感到此事并不简单。断水刀谱为何变成了春宫图？黄公公特意安排送这个过来，想表达什么意思？这是袁自甘和离仙儿冷静下来后，开始考虑的首要问题。

袁自甘心想，难道自己在峨眉山的不堪举动被黄公公知道后，特意用这种方式提醒自己？可当时自己确无更多非分举动，这册子难道是江湖中有人想故意败坏自己名声？

袁自甘的想法，被离仙儿说了出来。不过离仙儿想得更远："掌门您看，制作这本册子的人可谓居心叵测，用心极为险恶，黄公公本来说这次将断水刀谱送来，可是没有刀谱，却送来这个，是不是意味着这个事情已经足够影响掌门在抽刀门的地位，是否有人觊觎此位，想以此做文章，故黄公公传书以做提醒？"

袁自甘听完，深感有理。他顾不得理睬贝仙儿那股醋意，赶紧又把黄公公的批文拆开，这是上次他将抽刀门议事的情况上报后的回复，指望司礼监看到自己的一片忠心，也许黄公公回复的批文中有进一步的提点。

这次打开，让袁自甘更加吃惊，离仙儿也是一脸的惊诧，贝仙儿好容易横吞下酸意，正准备来安慰下掌门，见到公文后，也惊呆了。

公文上竟是如此邋遢的用一坨黄狗屎圈成的一个圆圈。等待期盼多日，侯子山一路小心护送的，竟是一圈狗屎！这圈狗屎圈在黄公公的名字上，恰恰符合司礼监的行文程序，表示黄公公对此的态度是，知道了。袁自甘闻了闻，这是如假包换的狗屎，绝对是真实无误的，问题是，为什么是狗屎，黄公公向来严谨，这次是想表达什么意思？

袁自甘、离仙儿、贝仙儿三人一夜集体失眠，陷入了沉思……

袁自甘睡不着，脑子里将所有这些细节串在一起，终于得出了一个基本的考虑，那就是，本来指望的断水刀谱和黄公公赞赏忠心的批文，变成了春宫图和狗屎，说明黄公公对自己在峨眉山的行径十分不满意，或是有人向黄公公施加了压力。能给黄公公施加压力的，莫非是陈公公，或是吕公公？而用狗屎圈阅，表明黄公公认为自己做的这些，就是一坨狗屎。黄公公对自己的不满已经达到了极点，甚至不惜侮辱自己名字。不传断水刀谱，意味着自己的掌门位置很可能不保，这可是大事件。袁自甘躺下又起来，在消愁厅踱步，叹气，愁云满面。

"掌门可否将子山叫来，看看临行时，黄公公可有特意吩咐？"离仙儿提议道。

"对呀，我真是糊涂了，小贝，赶紧把子山叫来。"袁自甘觉得这是目前唯一的希望了。

片刻时光，度日如年。贝仙儿领着侯子山进来了。袁自甘赶紧半跑到他面前，"子山，你从京城离开时，黄公公可有什么吩咐的话让你带给我？"

"没有哇，师父。"侯子山感到很纳闷。

"你再好好想想，这对你师父很重要。"离仙儿赶紧又追问了一句。

侯子山看袁自甘和离仙儿神色凝重，又焦虑万分，感觉里面有事，于是歪着头，翻起眼睛，认真地回想了一下："黄公公确实没有任何交代，不过贴身侍卫冯七将东西交给我的时候，说了一句话，意思是让袁掌门莫辜负黄公公的厚望。别的就没什么了。"

"哦，黄公公还是信任我的，还是信任我的，这就比什么都重要。"袁自甘自言自语了好几遍，"子山，你先回去吧，今天的事不要跟任何人提起。"

"是，师父。"侯子山不知道发生了什么，也不敢多问，默默退了出去。离开之前，偷偷望了一眼贝仙儿，贝仙儿的眼光中还是有些哀怨，侯子山的心如破碎的琉璃杯，扎在胸口，咬牙转身而出。

整整一夜，袁自甘将地黄甘露饮换成了参芪桂枝汤，用于提神。他写了一封两万多字的长信，向黄公公详细阐述自己的心迹，尤其重点讲到了抽刀门的混乱、难管，自己战战兢兢、如履薄冰的困难处境，当然，也把一些人添油加醋地抹黑一番，其中就有吴道海、诸葛愚、李若仁等等。消愁厅的灯彻夜未熄。

在这弃剑大会的前夜，抽刀门别处的灯又何尝熄灭。在良辰美景的春夜，抽刀门第四重院落，还有的房间灯火辉煌。偶尔传出"几处早莺争暖树，谁家新燕啄春泥"的嘤嘤笑语，听到的人都猜得到，谷若智又在指导郑若飞的惊鸿剑法了。

谷若智作为长老，分到的房间本就十分宽敞明亮，而且为了指导郑若飞，他还将楼上两层直接打通，三层的层距加在一起，从地面到屋顶有十几米高，足够练习一跃而起的惊鸿一瞥的。就算首任掌门死而复生，这屋顶的高度也是足够的。屋顶的高度，与感情的深度，爱意的浓度，在女人看来，必须一致。尽管男人总是认为，这是多么肤浅的一致。

灯下晃动的是郑若飞圆圆的身形，剑随人转，剑光，烛光，窗外的月光，谷若智赞许的眼光，随着一个圆圆的身形，照耀着堂室。不得不说，郑若飞的剑法在谷若智的指导下，有了长足的进步，可以算得上快剑了，只是缺乏了惊鸿的飘逸。但是，剑法首先是用来杀人的，威力震慑敌人，美只留给懂得欣赏的人。郑若飞只需要赢得弃剑大会的比试，赢下谷若智，何须飘若惊鸿？

郑若飞剑招越来越快，突然一跃而起，跳到七八尺的高度，向前方快速刺出三剑，接着拧身回转向身后刺出两剑，之后稳稳地落地收招。她拿起旁边早已准备好的毛巾擦了擦头上的汗："若智，你看这次我练得怎么样？"

谷若智脸上露着满意的笑，说："已经好很多了。我看你这一跃而起的高度，应该在八尺左右，已经是门中这几年少有的。剑法也耍得很快，就算堂主来了，也并不输于他们。若飞，我明天看好你夺魁。"

"那是多亏了你指导得法，尤其关于一跃而起的高度，本门除了李灭欲的独门轻功，就只有若智你的训练方法最简单有效，而且这成果让人感到幸福。"郑若飞说到"幸福"两个字时，特意眨眼笑了笑。

谷若智脸一红："说的哪里话，还不是为了你特意想出这么个办法，本门中哪有这样的训练功法。不过在本门，惊鸿剑法的精要就是高度，跳不到一定高度，眼光、视野、刺剑、转身回刺都会受到很大局限，达不到高手的境界。"

"所以嘛，在谷长老这里才能学得这独门秘法，也是谷长老的面子，那诸葛愚才能把那么珍贵的灵芝左归丹拿出来给我们服用，每晚都增进功力。"郑若飞脸上绯红，在烛光映照下，宛如夏日的番茄。

谷若智身体感到有些燥，口中感觉有些渴。不过想想明早的大会，知今晚不可任性。于是端起一杯知柏消意酿，喝了一口，不得不佩服，诸葛愚简直是医仙一样的人物，一口下去，燥热全无。不过谷若智不知道，这酒中把黄檗、黄连、大黄、知母、竹叶、泽泻这些苦寒药全招呼上了，怕药力不够，还加了一点点芒硝，又担心太苦，兑了好多蜂蜜进去，喝完不连夜腹泻就不错了，哪里还提得起半点欲望？

谷若智冷静下来，于是有了更进一步的真知灼见："若飞，你这惊鸿剑法虽然练得不错，但还是有些不足，那就是转身还有些慢，影响了这一招的威力。"

"那你就还是嫌我的身材不够柔软灵活呗。"郑若飞悻悻地说。

"若飞你该知道，我绝无此意。若有此想法，改天必让卫雄捉了索命去……"谷若智一时情急，手足无措，只得竖起右手三指，指天发誓。

郑若飞见谷若智拿出一直不愿提的卫雄发誓，情知他是真着急了，也感觉自己有些鲁莽，赶紧说："好了好了，我们不要再提卫雄这个人了。"见谷若智还没有平复情绪，郑若飞接着说："那你看，我如何改进为好？"

郑若飞是懂谷若智的。每当激起谷若智好为人师的自豪时，他便冷静起来，貌似聪颖起来。

"按你的出招姿势，我感觉莫不如攻出前面三剑后，不做转身的动作，而是仰身向后，向后……向后翻滚半周刺出后面两剑，速度会更快，更令人防不胜防。"谷若智一边说，一边偷看郑若飞，生怕她会生气。

"你还是嘲笑我身材不好嘛，居然还想出这样的动作来讥笑我，让我在天下人面前像个球一样做出惊鸿一瞥，谷若智，你是何居心？"郑若飞气得脸又红又涨。

看着谷若智那欲言又止、左右不安的样子，郑若飞一声冷笑："哼，想不到你和别的男人一样，我从来都是这个样子，你们觉得我的身材不好，不愿和我在一起。早知今日，何必当初。为了学这惊鸿一跃的高度，我付出了我的代价。我曾经天真地认为，这个代价换回来的不只有剑招，还有感情，可是我错了。男人对女人，终究只是个猎奇与征服，征服完肉体，又想征服思想。你们把征服后女人的顺从叫作感情，可你们面对的是一个个活生生的女人，有血肉有情绪的人，她们永远不是你们的奴隶！"说罢，郑若飞转身出去，只留下一记重重的摔门声。

屋中的谷若智默默地发呆。他不知道自己该如何同郑若飞解释，甚至不知道该不该解释。

"若智，这式剑招是我花了几天时间为本门一些弟子想出来的，像你门下的郑若飞，恐怕这种修炼对她益处更大。但你要记住，除非万不得已，不要轻易向她提出这个建议，她首先会产生自卑的情绪。不可为了武功的精进，置人的尊严而不顾。世上武功高也好，低也罢，人也总是个人而已。"此刻，谷若智想起了卫雄曾经对自己说过的话，自己从来不怎么相信，笑他的迂腐，如今却全都应验了。此时此刻，想起卫雄，竟是如兄弟一般。谷若智的胸口隐隐作痛，尤其在郑若飞离他而去的夜里，他体会到了莫名的孤独。

郑若飞的房间，与其他堂主、副堂主一样，都在第三重院落。她气冲冲地从演武厅的边缘走过的时候，并未发现在演武厅阴暗的一角，还有两个身影，一个矮矮的，一个高高的。

矮矮身影那人低声说着："您说，我这招剑法真能打赢师姐和吴道海？"离他不远有一个高高瘦瘦的身影，一身黑色的衣服，头部和面部也用黑布包裹着。他背着手冷冷地说："赢他们两个算得了什么？以后你只要老老实实按我说的办事，我让你打赢所有抽刀门的败类。"

"是，是，斯文对此深信不疑。"矮矮的人又说，"在您这一段时间的指导之下，斯文不仅惊鸿剑法有了长足进步，而且还学会了这一招绝世剑法，按您的吩咐，斯文的兵器已经改成刀了，反正依我看，这刀法、剑法动作都差不多，使出来也没什么差别。只不过前辈大恩，斯文连个名号也不知道，不知将来如何报答为好。"

"哼，你这种人，还指望什么报答。看好自己的小命吧。明天遇到你那个肥师姐，不要下半身冲动，你不全力以赴，堂主就是人家的了。"黑衣人话中带着鄙夷。

"是，是，斯文不敢折了前辈面子，一定竭尽全力，对师姐绝不留手。前辈您看我这招现在练到几成了？"刘斯文说着抬起头，再找眼前人时，已经踪迹不见。

他摇摇头，感叹这真是个怪人。正准备回房休息，黑暗中发现郑若飞气冲冲地回去。刘斯文暗想，谁惹得师姐这么大火气，看方向像是从谷长老那里回来，难道是吵架了？刘斯文心中不由得又喜又怜惜。不过想起明天和师姐免不了刀兵相见，刀剑无眼，若不全力以赴，怎会是师姐对手，可是自己如何忍心将师姐伤在剑下？但愿师姐早早败给他人，不要和自己对阵为好。

这一夜，好长。

第七章　弃剑大会

互不自信的我俩

都闭眼吧

天冷

雪花

汗湿了脊背

血喷在脸颊

春分，庚午日。卦辞曰，太白入荧惑，驿马动，杀气起，有贼必来，利客不利主。

诸葛愚早起焚香后，竟占出这样一卦，不禁心头一震。他从墙上摘下了很久不用的闪电追风劈，轻轻擦去了刀鞘上的尘土，按了按刀把上的弹簧，噌的一声，刀身已经急不可耐地跳了出来，房间里如同一道闪电划过一般，好亮的刀。久不用刀，刀还依旧。十五年前，江湖中谁不畏惧此刀？"遇攻心则反侧自消，江湖逢刀不敢战"，就是当年对抽刀门攻心堂堂主诸葛愚的最高评价。能让诸葛愚重新拿起刀，自然不是简单的一卦，而是一直暗地对江湖的观察产生的敏感。谨慎起见，诸葛愚又拿起几瓶七味止血丹，此药炼制不易，光是三七和红花，就都是极难获得之物，而且丹药熬制好后，又要每年清明后在鲜地黄汁中浸泡十天，以做药引，然后需在艳阳天气里自然晾晒半个月，中间不得逢雨天，遇雨则全丸作废。再检查一遍，看都准备好了，诸葛愚将刀背到身后，向演武大厅走去。

春分季节的长白山，就变得有些美丽了。虽然比不得江南的草长莺飞，但好歹有了一些春的颜色，草带些青青冒出了头，有的野花已经有了一点红朵，河溪的冰已经逐渐融化，鸟儿开始轻快地鸣唱。卯时初，太阳就已经无限明亮了。

今天的抽刀门异常热闹。三年来，这还是首次举行弃剑大会，每个人都欢欣雀跃地准备着。毕竟，人活着就要有一点希望，能给人带来希望的人，就是可以追随的人。大家都是普通人，或者叫俗人，可是，这又有什么不对呢？

从抽刀门的山门到后面每一重的院子，墙壁、房屋、家具全都刷新一遍。在抽刀门的正门口和演武厅的两排柱子上，都贴着斗大显眼的抽刀门门训。各堂弟子整齐地站在演武大厅四周。各堂堂主和几位长老都设有座位，来的客人也都在前排设有座位。郑若飞和吴道海虽然已经主持堂务，但因要下场竞技，而且只是副堂主，因此没有座位。抽刀门的规矩是严格的。

抽刀门多数弟子都到了，但袁自甘和谷若智、李若仁两位长老在议事堂接见客人，暂未露面，而是由胡若勇、涂若信两位长老代为维持秩序，并招呼身份相对低的客人。只见人群中有一壮汉，高人一头，膀大腰圆，扯着嗓子大声喊道："我袁兄弟在哪里，为何不见我兄弟来见哪？"胡若勇一看，原来是黑熊山的寨主范通，赶忙过来招呼："范寨主少安毋躁，袁掌门正在接见司礼监派来的贵客，辰时必定准时赴会。寨主请先品尝我门诸葛堂主亲酿的参芪三花饮，这可是多年珍藏啊。"范通听完哈哈大笑："他娘的诸葛愚这小子，就是道道多，我来尝尝这是什么好酒。"

旁边一名别派弟子问道："敢问胡长老，这三花是哪三花？"

"这个嘛……"胡若勇一时还真答不上来。

"原来是海沙派何香主，这三花指的是菊花、玫瑰和葛花，尤其葛花本有醒酒之功，加上菊花散去酒中辣味，玫瑰香韵疏肝，这酒喝了是断然不醉的。"说话的正是方月娴。

"久闻抽刀门方师姐博闻强识，闻名不如见面，海沙派何家史有礼了。"此人向方月娴微微拱了下手。

演武厅众人大多彼此认识，于是一起热闹喧哗着，就等袁自甘等人的到来。一旁的诸葛愚心想，这范通近几年与袁自甘走得颇亲密，自诩为袁自甘兄弟，但仍不得入议事堂会见，可见哪怕在江湖中，身份和等级也是远胜所谓兄弟的。能一起喝酒，未必能一起议事。而卫雄时，却不是这样。

议事堂里，袁自甘虽然一夜未睡，一脸疲态，但仍然满面春风，心情愉悦。因为抽刀门来了有史以来最尊贵的客人，司礼监黄公公派来的特别代表，冯七。冯七可是黄公公面前第一红人，武功不弱，而且极度忠诚，协助黄公公掌管东厂，在大内是炙手可热的人物。今天能来捧他袁自甘的场，足见黄公公对自己的钟爱。春宫图和狗屎带来的抑郁被一扫而光。袁自甘相信，只需冯七回去向黄公公美言两句，断水刀谱定会快马送来。袁自甘见到冯七，两只手握紧他的手："冯公公，苟富贵，毋相忘，苟富贵，毋相忘啊。"冯七含笑点头："袁掌门见外了，我们皆是兄弟，好说好说。"贝仙儿手中托着一个非常华丽的木盒，站在袁自甘旁边。袁自甘将盒子拿过来，双手捧到头顶："冯公公一路辛苦劳顿，一点敬意，承请笑纳。"冯七打开盒子，一看，原来是一张一万两的银票。冯七微笑着把盒子扣上："袁兄不必如此，小弟知道老兄来到抽刀门不易，花费之处甚多，弟孤身一人，无甚花费，黄公公那里一向关照，故兄此番好意就免了。"袁自甘颇感惊讶，心想难道送少了？赶紧又满脸赔笑："冯公公旅途劳顿，这点意思就只是买些茶叶，其他进项袁某另有安排。"

"不，不，袁兄误会了，黄公公那里规矩严，兄弟也实不敢破例。"冯七赶紧解释。

袁自甘招呼冯七坐在自己上首，接着接待其他各大门派的代表人物。华山派掌门顾高深，青城派观主闫革，衡山派掌门青松子，泰山派陆冠道人都来了，少林、武当两派掌门身份尊贵，不便出席，但也派了门下多名弟子前来，算是给足了袁自甘面子。不一会儿，门下弟子禀报，峨眉派灭欲师太派首席大弟子东方敏带十九名弟子，也于昨日到达长白山，住在海升客栈。今日将上山恭贺。听闻东方敏前来，袁自甘心花怒放。不过听到其住在海升客栈，不由得心头有些莫名的不安。"为何放着我的断水客栈不住，跑去住海升客栈，那可不是她们该去的地方。"不过众人寒暄打招呼，也容不得袁自甘有时间多想。一旁的贝仙儿又鼓起了腮帮，心想倒要看看这东方敏是何等姿色。不一会儿，又有弟子报告，大内北镇抚司二太保韦康因公务也到了长白山，恰好也住在海升客栈，听闻抽刀门有此等盛事，可能也会抽时间拜访袁掌门。

袁自甘兴奋异常，今天真是多喜临门，韦康那是杨公公的得力手下，坐镇北镇抚司，那是锦衣卫的核心，多少人想巴结都巴结不到哇。这要因此得以结交，自己未来岂不是又多了一条出路？

但冯七颇感惊讶，他对韦康来到这里，还住在海升客栈，感到非常意外。因为北镇抚司虽然隶属锦衣卫，但最近几年已经脱离东厂和西厂管辖，主要原因是皇帝在大内又新设内行厂，内行厂直接指挥北镇抚司，专职负责监督东厂、西厂及其他锦衣卫机构，由杨公公领衔，遇事可不通过吕公公，越级直接向皇帝报告。韦康此番前来到底为了什么，难道是针对自己而来？还是他住在海升客栈另有目的？冯七隐隐感觉有些不安。

袁自甘见众人陆续到来，辰时也快到了，马上招呼着大家，一起奔向演武大厅，离仙儿、贝仙儿跑前跑后地张罗伺候。

辰时整，众人皆已落座。在数百人齐呼抽刀门门训后，袁自甘宣布，弃剑大会正式开始。顾高深和闫革听到抽刀门弟子喊出"统领江湖"的门训口号时，互相对望了一眼，颇不以为然。再看看少林和武当的弟子，也多愤愤不平，但碍于冯七坐镇，谁也没说什么。

前面的比赛多类似于表演赛，无非是离、贝二仙带领一干女弟子进行的惊鸿剑舞，一些弟子展示下个人才艺，尽管竞技已经逐步开始，登场的也无非都是些位阶较低的弟子，无甚看头。客人们喝酒、喝茶聊天的居多。

这时，主持的弟子再次登场，宣布下一场竞技，是忠信堂刘斯文对阵审势堂沈日新。此言一出，场面上安静了不少。虽然大家不熟悉刘斯文，但沈日新之名，很多人都听过，他是近年来抽刀门的青年才俊，大家都想一睹其风采。

待刘斯文与沈日新一登场，两人身材长相一对比，大家不禁哄然而笑。沈日新可谓英姿勃发，剑眉虎目，举手投足之处带有一股英雄气概，而刘斯文外形极其邋遢，长相极其猥琐，尤其一张肉渣饼的脸，让人心生恶心。

刘斯文手中拎刀，向沈日新一抱拳："师弟见笑，为兄不才，斗胆约阵，请师弟剑下多多留情啊。"沈日新道："师兄莫谦，还请师兄刀下留手才是。"说罢二人开始进招。

刘斯文单刀劈头盖顶，一招黑云蔽日，向沈日新头顶砍来。弃剑大会虽然提倡使用惊鸿剑法，但对一些带艺入门的弟子，也并不排斥他们使用原有武功。故刘斯文使出的正是其原有五路断魂刀的招式。沈日新不敢怠慢，身形一闪，一招惊鸿贯日，用剑压住刀身，并顺势削去。刘斯文撤刀，转身，刀随人转，一手峰回路转，直扫沈日新腰部。沈日新腾空而起，还一招轻云蔽月，直刺刘斯文左肩。刘斯文忙回刀隔挡，刀剑相撞，火花四射。

"好剑法！"众人一声喝彩。

见众人只说好剑法，刘斯文脸有些红，急将五路断魂刀一一施展。五路断魂，讲究仁义礼智信五路，每路各有十招，其实刀法稀松平常，无非是福建武林的野路子，取个文雅的名称做噱头而已。刘斯文首先封住门户，不急于进攻。而沈日新则有条不紊，施展开惊鸿剑法。

吴道海在旁观看，师弟这惊鸿剑法，把剑术中的劈、刺、撩、斩、抹，发挥得淋漓尽致，光凭剑术而论，已经不弱于自己了，只是发招的火候略显急躁，不够沉稳，一味图快图猛，但年轻人有此造诣，已经十分难得，他暗自为师弟高兴。

而郑若飞则有些不安，她已经发现，刘斯文有守无攻，刀法显得凌乱，看来不是沈日新的对手。

刘斯文五路断魂刀刀法招数尚未用尽，就已经深感吃力，险象环生。再不变招，非败不可。于是刘斯文急攻几招后，跳出七尺多远，右手持刀，左掌立于胸前。这是惊鸿剑法的招数，难道刘斯文要以刀御剑？沈日新感到有些意外。

果如所料，刘斯文二度与沈日新斗在一起，便使出惊鸿剑法的招式，不过其以刀为剑，发招略有不同。沈日新虽然对惊鸿剑法再熟悉不过，但对其改剑为刀的套路，还有些不适应，因此刘斯文抢回了一些先手。

方月娴仔细看了一会儿刘斯文的招数，跟旁边的吴道海低声说："师兄，刘斯文的惊鸿剑法，个别处有断水刀法的痕迹，有的招式似曾相识，不知道谁教的他。"

"有这样的事？"吴道海听完，也集中精神看了一会儿，果然发现刘斯文的刀法，与传统的惊鸿剑法不尽相同，有些根据用刀的特点进行了改进，不得不说，改得很好。

吴道海问方月娴："你看沈师弟能否应付？"

方月娴道："刘斯文招法不熟，应该是最近学的，不出意外，沈师弟应该能赢他。"

袁自甘也开始关注起刘斯文的刀法。他看出刘斯文的刀法对惊鸿剑法进行过改编，他实在想不到，刘斯文竟有如此能力，恐怕就连自己都未必改得这么好。

巳时，太阳升空，场上暖和起来。刘斯文和沈日新已经斗到四十回合了。本来几乎是一边倒的比赛，现在两人基本达到势均力敌。场外人也都屏气凝神地注视这场比赛。见许久赢不下刘斯文，沈日新不由得焦急起来。他看刘斯文下盘有些不稳，步伐开始乱了，疾攻出一招六龙齐首，一剑中化出六种变化，向刘斯文刺来，刺得刘斯文眼花缭乱。只见刘斯文"哎哟"一声，左膝盖触地，左手撑在地上，右手的刀也掉在地上。胜负已分。

众人鼓掌祝贺沈日新赢下这一局。说实话，沈日新确实赢得实至名归。

沈日新见刘斯文摔倒，赶忙凑过去："刘师兄见谅，小弟失礼了。"沈日新右手刚碰到刘斯文左臂，想搀起他来，不料刘斯文嘿嘿一笑，右掌拍出，用的是福建少林的大力金刚掌，直奔沈日新心口！

这个意外，出乎沈日新意料，猝不及防！情急之下，他只能猛吸一口气，脚跟点地，身体尽量向后纵。人虽然跳出去了，但掌力还是有五成打在了身体上，沈日新仰天摔倒，一口血吐了出来。

场上刹那间发生的变化，众人皆惊。吴道海和诸葛愚赶快跑到沈日新身前，诸葛愚连点沈日新期门、肩井两穴，将七味止血丹塞到沈日新口中。吴道海忙问："诸葛兄，如何？"诸葛愚看沈日新面容逐渐恢复血色，终于放心，说："好在日新平时吐纳功夫扎实，这一掌没全打上，无碍，回去休息半月左右应能康复。"吴道海忙叫堂下弟子将沈日新抬回房间调养。

人群混乱中，刘斯文站起身，拍拍膝盖的泥土，再次嘿嘿一笑，做出了胜利的姿势。郑若飞欢呼雀跃，大声喊道："本场胜者，忠信堂，刘斯文！"

诸葛愚和吴道海愤愤不平，来到袁自甘面前："掌门，之前明明沈师弟已胜，刘斯文左膝跪地，右手扔刀，胜负明显已分。刘斯文趁沈师弟搀扶之际，不仅突袭，而且痛下杀手，实非武林正道所为，愿掌门依抽刀门门规第七十二条，加以惩戒。"袁自甘尚未发话，郑若飞横着就蹿了过来："二位此言差矣。谁说刘师弟左膝跪地就败了？主持弟子宣布了吗？这分明是刘师弟斗智斗勇的策略，只能怨沈师弟江湖经验不足，吃此小亏，将来莫要轻易信人，这才是后福呢。"

终于又见到了郑若飞，谷若智满心的愧疚战胜了良知，也赶紧过来向袁自甘说道："郑堂主所言非虚，刘斯文确实是合理利用规则，无可厚非。"袁自甘看了看其他几位长老："你们几位觉得如何？"李若仁默不作声。胡、涂两位长老纷纷点头："掌门说的是，掌门说的是。"袁自甘气不打一处来，心想，我说什么了，就我说的是。算了，看你们一副不担责任的样子，实在让人恶心。"本掌门决定，本场胜者，刘斯文。诸葛愚，吴道海，你们下去吧，让人好好照顾沈日新。"袁自甘做了最后的裁断。

吴道海与诸葛愚悻悻而归。郑若飞高兴地跳了起来，也不顾男女之别，竟同刘斯文来了一个突如其来的拥抱。两个球状的身体，合成了一个葫芦。请来的客人无不哑然失笑。

紧接着是第二场，忠信堂副堂主郑若飞，对阵审势堂堂主吴道海。看到今天两个主角终于出场，场上报以热烈的掌声。

吴道海闪去外套，擎剑在手，怒目而视。诸葛愚和方月娴均劝道："此战意义重大，不可为方才之事乱了情绪，有账不怕日后算。"但吴道海尽管已近中年，血气不减，见郑若飞如此行事，岂能不给她个教训？

郑若飞登场，满脸得意，她就是要用这一招扰乱吴道海的心绪，增加自己的胜算,现在看,她的计谋正在奏效。

二人虽在同门,此次却是第一次拆招。吴道海抛弃原有的谦逊,一出手便是惊鸿剑法的杀招,攻势凌厉,同时,略微留些余地,他只是要教训忠信堂的人,而不是要取对方性命。郑若飞毫不示弱,虽为女流,剑势不弱,招法迅捷。片刻间,二人已经拆了二十余招。外来的客人有一些是首次得见惊鸿剑术,赞叹与欢呼声不断。大家心想,难怪抽刀门近年来在江湖崛起,单是剑法就如此与众不同,郑若飞与吴道海仅是副堂主级别,可是这剑法武功已经高于小派的派主掌门了。

一旁的谷若智一直关心场上的局势,他明显看到,吴道海的武功已经超出他的想象。他原以为吴道海的剑术武功,无非靠的是勤学苦练,其人天分有限,前两年一同外出执行任务时,见其对敌剑招沉稳,基本功比较扎实,但实力也就属于门中的中上而已,距离几位堂主尚有差距,达不到一流高手水准。所以自己指导郑若飞时,并未将吴道海放在眼里,认为以郑若飞现在的功力,稳赢而不能输。今日观之,吴道海眼界宽阔,身法灵活,发招收招俨然已有大家风范。而且谷若智发现,吴道海的惊鸿剑法明显有一定变化,并未严格恪守剑法的原招原式,隐隐中化剑招为刀术,大大增强了招法的实用性,有的改动自己也是由衷赞叹,非对武学有高深的造诣,岂能如此?这,这,吴道海是一直深藏不露,还是得了高人指点?谷若智越想越乱。郑若飞剑法未乱,谷若智心已乱了。

也许真有心心相印一说,也许郑若飞低看了吴道海,也许如今的吴道海真的是士别三日,人到中年,突然领悟到进入绝顶高手的路径。三十回合后,郑若飞渐渐不敌,被吴道海逼得全场团团转,裹住长发的绿巾已经脱落,一头长发甩来甩去,更加影响了视线,头汗出,齐颈而还,防守多,攻击少,只能靠身体快速旋转,避开吴道海招招致命的攻击,但强弩之末的态势已经暴露。

抽刀门观战之人多数不解,原本一场势均力敌的比试,怎么这么快就分出了高低?吴道海太早就确定了优势,这哪里是两个副堂主的较量,纵使长老出手,也不该如此。

方月娴也没想到自己一番月下论刀,竟对吴道海产生如此大的影响,更未想到吴道海领悟力如此之强,其对刀法、剑术的理解之深刻,恐怕还在当年的丁嵩之上。吴道海人到中年,在江湖中本来难有进一步造诣,多少人少年就功成名就,到了中年已成为一方霸主,之后便很少亲自出手了。江湖中哪里还有中年人成长的空间?看来吴道海要创造一个例外了。

前来观战的嘉宾更是惊叹不已。郑若飞本已将惊鸿剑法发挥得可圈可点,可是谁也想不到这剑法还能像吴道海这么用。看着看着,人们几乎忘了,吴道海手中到底是剑,还是刀,只是觉得,吴道海每出一招,郑若飞应付得都很吃力。

吴道海一直是个善于学习的人,但只是善于学习,并不适合在这个江湖打拼。还好,吴道海有一种让人说不出的、颇似机缘巧合的顿悟。前些日听方月娴讲起抽刀门的历史,吴道海如窥法门,每日独坐冥想,颇有心得,此后竟是一发而不可收,进步神速。今日看刘斯文改剑为刀的套路,他又突然临时有了新的体会。可贵的不在成名早晚,而在于每天都在进步。

贝仙儿看着郑若飞节节败退,心里竟然也有一种说不出的痛快。她笑嘻嘻地对袁自甘说:"看来你的郑堂主要输哇,差距真不是一般的大。谷长老的床,看来也是白上了。"离仙儿向贝仙儿使了个眼色:"小贝勿闹。"不想袁自甘马上有了回应:"看着吴道海的招法,是个可造之才,如果其参与卫逆不深,与那丁嵩划清界限,倒是门派一个好用的人选。"

袁自甘正在思考吴道海未来的使用,以及郑若飞输了此阵自己如何与谷若智协商她的安置问题,突然演武厅外匆匆跑进来一名弟子:"启禀掌门,有要事报告……"

人太多,各种声音过于嘈杂,袁自甘连续两遍都没听清他说什么,于是不耐烦道:"你大点声音,有什么见不得人的?"

只听来的弟子大声道:"报告掌门,京城牛栏山派弟子前来,告知其寨主尹千杯掌门无法参加弃剑大会,因为尹寨主半月前死于断水刀法之下。寨中传言是死于卫雄索命。"这弟子原本是个大嗓门,这消息又几乎是扯着嗓子喊出来的,这下全场人都听到了。

大家先是一惊,接着竟然全场哄堂大笑。

袁自甘气得脸通红,脑门青筋都露出来了:"尹千杯那个醉鬼,本来就本事低微,只会玩命喝酒,死了也就死了,凭什么说是死于断水刀法之下,还杜撰一个卫雄索命,难道牛栏山弟子二锅头都喝多了?速速退下,你去账房拿二百两银子,派人去吊唁安抚一下,告诉牛栏山,莫要胡说,卫雄是朝廷要犯,这么胡扯是要追究责任的。"袁自甘说完,众人又是一通哄笑。大家的注意力全都从比武场被吸引到了袁自甘这里。

可是就在大家分神的时刻,比武场分出了胜负,吴道海右手捂住左肩,鲜血直流,显然被郑若飞刺中了。本来吴道海稳赢的比试,为何发生了反转?大家都没看清,莫名其妙。

只见郑若飞欢呼雀跃,一跳七尺多高,连跳三次,脸上红光迸发。谷若智在一旁笑容满面，频频示意，眉眼中带着浓情蜜意。郑若飞飞奔过来，扑在那个男人身上，两个人紧紧拥在一起。

可那人却不是谷若智，而是刘斯文。两个人兴奋地说，堂主终于属于本堂了。"刘堂主?""不，不，应该是郑堂主才对嘛。""死相，亏待不了你。""哈哈，师弟感谢师姐。"谷若智一阵心酸，郑若飞还在责怪自己。自己做出这冒天下之大不韪的牺牲，可是郑若飞不知道，也不会领情。难道自己一句善意的劝告，对女人的伤害真的这么大吗？看来卫雄才是懂女人心的。

方月娴和柳岐忙跑过来扶起受伤的吴道海："师兄，怎么回事，不是稳赢了吗？那郑若飞已经被打得没有还手之力了呀。"吴道海脸上带些惭愧道："吴某不才，让师弟师妹失望了。"说着扶了一下左腿，感觉足三里处隐隐发麻。方月娴感到情况不对："师兄，莫非遭了暗算？"吴道海皱了下眉头："应该是。本来我正待扩大优势，箭步直冲，用游龙三剑取胜，可是左腿足三里处莫名地酸麻，站立不稳，摔了一下，我感觉是被人用石子之类的硬物打了一下，发暗器之人认穴奇准，腕力之强，江湖少有。我半身酸麻，于是就着了郑若飞的道。她这一剑，已无法闪避，用尽力气总算避过要害。"

"是谷若智！"方月娴和柳岐齐声呼道。"师弟师妹慎言，我们没有证据，方才我刻意看了地上，除了满地的石砂，别无他物，就算他谷长老发出的是石子，我们也无法证实是他暗算。"吴道海无奈地说。"可谷长老以一手天女散花闻名江湖，在门中更是独一无二，加上他和郑若飞那人尽皆知的奸情，不是他还能是谁？这老小子还敢在天下武林同道面前抵赖不成？"柳岐愤然道。"愚兄感谢贤弟仗义。可是我等在门中没有长老庇护，加之丁嵩出逃，袁掌门更是视我等为眼中钉、肉中刺，门中我们哪还有伸张正义的机会。至于说天下武林，哼，从来就没有什么正义，不过是权势和利益角逐的名利场罢了。"吴道海继续说。

方月娴望着吴道海，觉得年近不惑的吴师兄，不像以前那么憨直，似乎越发通透了。"师兄我扶你回去休息吧，这弃剑大会不看也罢。"柳岐道。"不，下一场该是刘斯文和郑若飞争夺堂主之位的终极战了，这才是最精彩的，我哪能错过！"吴道海苦笑道。"可是他俩有什么好争的，无非就是做做样子，然后让郑胖子顺利登上堂主嘛。"柳岐不解。"小师弟你错了，没那么简单，你看刘斯文绝对有备而来，就等着看好戏吧。"方月娴冷笑着说。

吴道海他们正说着，那边主持已经宣布，第二场竞技，郑若飞胜。下面不做休息，直接开始第三场，郑若飞对阵刘斯文，胜者为忠信堂堂主。

郑若飞只喝了一口水，来不及休息。谷若智表示抗议："郑堂主刚刚经历一场恶战，刘斯文以逸待劳，不公平。"李若仁道："刘斯文也是刚刚拼完，有什么不公平的。而且谁当堂主，还不都是你忠信堂内部的事，你谷长老还搞不定？"谷若智看着袁自甘，袁自甘一撇嘴，骨子里看不起这个老头，心说你护犊子也有点过分了。所以，一切按照原计划进行。

至于郑若飞，倒是不在意，刘斯文几斤几两自己还不清楚？他是断然不敢造反的。

两人见面，互道一声"师姐""师弟"，便开始了比试。

两人太熟悉不过，为人熟悉，剑招熟悉，所以不应该有任何意外。但是，意外就往往出现在熟悉的人中。

刚才郑若飞不适应吴道海的打法，现在同样不适应刘斯文改剑为刀的招法，加之与吴道海一场恶斗，消耗了太多体力，于是平日不放在眼里的刘斯文，竟与她打了个势均力敌。郑若飞不由得有些焦虑，不断向刘斯文使眼色："师弟你差不多就行了，你师姐累了半天，扛不住你这么折腾的。"但刘斯文视若不见。郑若飞一看不见效，只得抛出自己的媚眼，目光中春意盎然，弄得刘斯文差点无法把控，几次出现险情，昏着迭出。但是，刘斯文还在坚持，居然挺得住，不仅防守有余，还经常抽机会反攻。

"人心坏了，师弟这是看中了堂主这个位置，他是真的想抢了。"郑若飞不禁感叹人情冷暖无常。自己这一生，居然没有找到一个可以信任、可以依赖、可以托付终身的男人。可是她不知道，谷若智是爱她的，在不争堂主的时候，刘斯文也是爱她的。可对于郑若飞这样的女人来说，爱必须是无条件的。人间爱情的悲剧，莫过于此。

眼看过了四十招，郑若飞赢不下刘斯文。谷若智越看越急，但他也不敢再帮郑若飞，因为刚刚突施暗算的时候，虽然绝大多数人的注意力都集中在袁自甘那里，他总觉得诸葛愚的目光，始终没有离开他。

此时，演武厅又跑来一名弟子，向袁自甘大声禀告："报告掌门，山西杏花村断魂刀宋鸣在十天前死于断水刀法之下，特派弟子前来报丧！"

袁自甘此番吃惊不小。宋鸣非尹千杯可比，七七四十九路断魂刀法独霸江湖，在山西堪称一绝，寻常高手胜他不易。众人听闻，也不由得吸了一口凉气。袁自甘赶紧问道："怎么知道是死于断水刀法之下？"门下弟子说："报告掌门，对方弟子说，宋大侠死后，发现其身旁有血写的几个字，经核对，确系宋大侠笔迹。"

"是什么字？"袁自甘问道。

"断水刀法我已看过，与传说中的一样。"弟子回答。

演武厅一阵骚乱。大家开始相信，此事与尹千杯的死，绝对存在某种关联。袁自甘故作镇定道："诸位不必议论，此事过于蹊跷。但想来仍可以推测得出，是有人故布疑阵。那卫雄虽死，但大弟子丁嵩漏网，至今尚未抓获，不排除这小子利用他学的几招三脚猫的断水刀法兴风作浪。不过各位放心，本门已经有了丁嵩下落的线索，已派追风堂堂主李灭欲、断水堂堂主许道茂前去追杀，相信不日即有消息。"众人听闻抽刀门派出追风、断水两位堂主，可谓考虑缜密，也就不再担心了。

袁自甘稳了稳心神，从离仙儿手中接过毛巾，擦擦额头的汗，赶紧喝了一杯参芪三花饮，顿觉甘甜无比，一身的疲劳全无。

可是，还不到一盏茶的工夫，又有弟子匆匆跑了进来，与其说是跑进来，不如说是滚进来。"报……报告堂主，大事不好，据浙江方面消息，追风堂堂主李灭欲上个月在临安死于断水刀法之下，墓碑上刻有'断水刀法我已看过，与传说中的一样'几个字。据河南消息，断水堂堂主许道茂五天前在洛阳同样死于断水刀法之下，死前身旁也是这样几个字，'断水刀法我已看过，和传说中的一样'。现在浙江、河南两个分堂都陷入混乱，一时卫雄索命之说纷然。"

袁自甘惊得酒杯掉在地上，李灭欲、许道茂二人何等身手，区区丁嵩绝无可能轻易杀了两个人还毫发无损。

不只袁自甘大惊，演武厅内的人也都是大惊失色。袁自甘不由得看看冯七，冯七的脸色也起了变化。

而此时下场比试的二人，也出了意外。

原来那郑若飞见赢不下刘斯文，越发焦急，不得不咬牙使出惊鸿剑法的杀招惊鸿一瞥。心说，刘师弟，你可别怨我，是你逼我的。可是郑若飞现在的体力，跃起八尺多高就已经耗尽了大半体力，再完成空中转身回刺真是难上加难，若是转身过慢，此招的威力不存，自己将没有任何把握赢下这场较量，那么一直以来自己辛苦、酸楚的付出岂不是全都付之东流？此刻，郑若飞想起昨夜谷若智那不经意刺痛她的语言，心想老谷的话未必不可靠，今天既然自己已经完不成转身的两剑，何不一试？

刘斯文，苦练两个多月的夺命第九剑，正在等着师姐的惊鸿一跳！

郑若飞，果然跳了，拼尽全力地跳了，一跃果然八尺多高，演武厅一片惊呼，好俊的轻功。郑若飞攻出三剑，直奔刘斯文的三处大穴。而刘斯文突然就地一滚，到了郑若飞的身后，鲤鱼打挺站起来，夺命第九剑已经准备好！

郑若飞见三剑刺空，并不着急，在半空中突然向后仰身，旋转半周，如一个圆球一样,在半空滚动着,飞一样向身后刺来!

这招出乎所有抽刀门弟子的意料,惊鸿一瞥不是这么练的。但大家无不认为,这是郑若飞最明智的选择。就连吴道海和方月娴也不禁赞叹,好思路,好创意。

这一招,也出乎刘斯文的意料!他没想到郑若飞变化了转身方式,竟然这样快,自己本只想刺伤郑若飞,但情急之下来不及变招,自己的剑竟是对着郑若飞的咽喉,郑若飞的剑也直奔自己的心口!一面是自己梦寐以求的忠信堂堂主之位,一面是自己朝思暮想最爱的女人,这一剑,是刺,还是不刺?

第八章　灭门之灾

梧桐新叶已知秋,旧月如钩挂琼楼。可怜星满此夜空,落坑才晓曲中柔。谁知命中有此劫,管他天意与人谋。倚天利刃尚背负,长剑长歌尽风流。

曾是那一剑的温柔,剑招里蕴含师姐的娇羞。刘斯文从福建来到京城再到长白山,无时无刻不充满对未来的幻想与冲动。这一刀他势在必得,定要劈出一个机会。郑若飞也只待这惊鸿的绝世一剑,割去过去的耻辱,划出一个崭新的未来。谁人愿在蓬蒿里,仰天大笑先须忍。这一剑,带着刘斯文的幻想,和郑若飞的憧憬。只不过,相对而来的幻想撞上憧憬,要么牺牲,要么破碎。

现在还是那一剑,物是人非,温柔消散,杀气凌厉。

郑若飞多么希望自己和刘斯文都扔掉手中的剑,用这样的绝世剑招,最终换来一个深情拥抱。

刘斯文只希望他和师姐都能把剑尖偏离几寸,留条命,就是极好的。可是,当他们都拼尽全力使出了自己的绝招,只能互相看着对方身后的黄泉路。在黄泉路上,他们竟然也是擦肩而过,反向而行。

那是只有刹那的时光,那是电光石火的片刻,那是鲜血喷涌的时刻,本是热热的血,也随着寒剑一起变冷了。

两个倒在地上的人,对视了一眼。

刘斯文毕竟体力消耗很大,夺命第九剑未能如期地刺入郑若飞的咽喉,而是刺入了对方的胸口。刘斯文没有想到,在最后的时刻,郑若飞拼力将剑向下压低了两寸,离开了刘斯文的心脏,刺入了刘斯文的左腹,可是刘斯文感到心口好痛。

刘斯文口中淌着血,呼吸急促,费了好大力气才说出话:"师姐,为何救我?"

郑若飞脸色惨白，微喘着气，勉强露出一点笑容："师姐知自己不堪，长相又不好，难得师弟垂怜，我岂不知？我不爱那谷若智……"话未说完，已经喷出一口血来。接着她又用微弱断续的声音说："其实想想，就是师弟做堂主，也很好哇。师姐也可以安心陪弟，度过下半生，那也是……很好的。"说罢，郑若飞一口鲜血猛喷出来，终于闭上了眼睛。

"师姐……救师姐……"刘斯文用那点微弱的力气喊着，可是，除了嘴角的血涌了更多出来，谁又能听到他这尽管是发自灵魂却如此微弱的呼喊。泪水和血水混在一起，在口中反复吞吐的时候，是一种苦的味道。刘斯文仰望着天空，春分的天空好美，那必定是郑若飞的灵魂刚刚拂过，可他睁大了眼睛，却看不出一丝的踪迹。

比武场外的所有人，无不惊于眼前的意外。诸葛愚一个箭步跳过去，先探了一下郑若飞的鼻息，已经气绝身亡，又赶忙来到刘斯文的身旁，看还有救，立刻将背包中的药散药丸给刘斯文涂在伤口，含到嘴里。

谷若智发疯一般跑到郑若飞尸体旁，如野兽般向诸葛愚咆哮着："为什么不救她，去救那个畜生！"

诸葛愚摇摇头："神仙难救。"

谷若智呆呆地看着死去的郑若飞，脸上已经做不出任何的表情。"我曾经天真地认为，这个代价换回来的不只有剑招，还有感情，可是我错了。男人对女人，终究只是猎奇与征服，征服完肉体，又想征服思想。你们把征服后女人的顺从叫作感情，可你们面对的是一个个活生生的女人，有血肉有情绪的人，她们永远不是你们的奴隶。"这竟然是郑若飞对他说的最后一句话，面对自己最爱的人，自己连一声道歉都未来得及说，一个男人终生的痛，莫过如此。

可是，谷若智还没忘了他长老的身份。他从发呆中恢复了过来，恢复得很快，快得不仅让抽刀门的弟子感到意外，也让他自己觉得意外，不知何时修炼成了这样一种本事。只见他回头吩咐弟子，把郑堂主好好葬了，接着回到观看台的袁自甘处。这区区二三十步的距离，谷若智似乎走了一生，他没有流下一滴眼泪。在感到泪将涌出的时候，他将泪逼回到了心里。他是抽刀门排名第一的长老，将来也许不只是抽刀门排名第一的长老，这个信念阻挡了眼泪，也将他与郑若飞的美好岁月画上了休止符，尘封在内心的深处。只待其功成名就的时候，在某一天再半真半假地揭开这片伤疤。将来他也许会在郑若飞的坟前倒上一杯怀念的酒，可那也同时会是一杯庆功酒，是一杯庆祝自己功成名就、仕途圆满，终于可以回忆过去的酒。

谷若智来到袁自甘身边，发现袁自甘表情异样，神色凝重，眉头紧锁，有些吓人。离仙儿看袁自甘的表情，绝非因为死了郑若飞、伤了刘斯文的缘故，于是赶紧走到身旁，关心地问道："掌门，怎么了？"

袁自甘压低了声音问离仙儿："仙儿，你也算是见多识广，刘斯文刺死郑若飞的招法，你可认识？"

离仙儿回答："看着陌生，不像是抽刀门的招法。"

"那就对了，那是胡波夺命十三式的第九剑。"袁自甘与胡波共事多年，对胡波的招法当然熟悉。

"掌门是说刘斯文私下和胡波有接触？那胡波目的何在？"离仙儿有些惊讶。

"胡波和我是故交，不至于瞒我去教我门下弟子剑法。从刘斯文的发招来看，这第九剑的确克制了郑若飞的惊鸿一瞥，这样的奇思妙想我都没有想到，更别说是胡波的见识和悟性了。而且就算胡波有这见地，也不会跟刘斯文混在一起呀。这就奇了，这就奇了呀。到底谁教他的呢？"袁自甘百思不得其解。

想着想着，袁自甘突然有了一种莫名的恐惧，因为他知道，还有一个人熟悉胡波的剑法。可是，不会是这个人的，绝不会是这个人的。

比武场开始骚乱起来，诸葛愚指挥弟子们给刘斯文现场治疗，其他弟子慌忙收拾场上的残局，包括郑若飞的尸体。

审势堂的弟子都目睹了刚才发生的一切。柳岐道："诸葛师兄为人太厚道，刘斯文这种人就该死掉，还救什么救。"有几个弟子颇赞同这种看法。方月娴与吴道海均看清了郑若飞死前故意压低了剑势，救了刘斯文一命。二人无尽的唏嘘，一切过往恩怨，皆烟消云散。

正在混乱之时，又有弟子慌慌张张过来："报告袁掌门，山东巨鲸帮、洛阳金刀门弟子前来报丧，两派掌门在本月初均死于断水刀法。"袁自甘还未说话，华山派掌门顾高深就厉声问道："何以见得是断水刀法？"弟子答道："详情不知，但对方弟子均说，在两位掌门尸体旁均发现用血迹写的两句话，经确认，确系二人笔迹。""是什么话？"青城派掌门闫革声音中带有些颤抖。

"断水刀法我已看过，和传说中的一样。"这名弟子的回答，已经完全在大家不甘心的意料中。

在场人员均大惊失色。此时袁自甘忽然听到人群中有人低声说："死的这几个有的是抽刀门的，有的是当年在大内参与围攻卫雄的，江湖上只有卫雄会断水刀法，不会是卫雄索命来了吧。"

"是卫雄索命来了！"

"真的是卫雄索命来了！"这种声音在长白山上蔓延开来。华山派、青城派、衡山派、泰山派四位掌门脸上变了颜色。

袁自甘又想起了刘斯文使用的刀法，想起这诡异的夺命第九剑，头上也渐渐冒了滴滴冷汗。不过他打死也不相信卫雄索命这荒谬的说法，因他根本不敢相信。不敢相信所以不相信，一种恐惧战胜了另一种恐惧。袁自甘当然恐惧断水刀法重现，但更恐惧他会以鬼魅的方式重现，这，决不能接受。

于是袁自甘勉强鼓足勇气，大声说道："众位安静，莫要上了贼人的当。这定是有人故弄玄虚。当年几位掌门与袁某都在场亲见卫雄伏诛，我等都是习武之人，厉鬼索命一说纯属一派胡言。"说罢，袁自甘命诸葛愚将刘斯文抬过来。

刘斯文伤虽不轻，但经诸葛愚一番救治，已经止住血，性命无大碍。袁自甘问刘斯文："我问你，你赢了郑若飞的那最后一招谁教你的？若敢说谎，我这就一掌毙了你！"

刘斯文已经失去了师姐，见目前这形势，恐怕堂主之位也要凉，于是不敢欺瞒，吞吐着向袁自甘说："禀掌门，两个月前，弟子在山上碰到一名黑衣人，自称能教我绝世武功，两个月就可以打赢门中弟子，包括吴师兄和郑师姐。"说到郑师姐，刘斯文言语有些哽咽，"弟子一时迷了心窍，就跟他学了两个月。最后赢师姐这招，就是他教我的，说这是惊鸿一瞥的克星，还说他是专克惊鸿剑法的高手。可我只想赢师姐，没想到害了师姐。"刘斯文想起师姐平日待自己的诸般照顾，又想起最后那压低的一剑，眼泪再也忍不住了，放声大哭。

"你先莫哭，且说说那黑衣人什么长相特征。"袁自甘继续问道。

"那人每次都夜里来找我，穿一身黑衣，头面都用黑布罩着，看不清五官，只觉得高高瘦瘦，说话好像略有点河南口音。"刘斯文回答。

"哦，好，你先下去休息，继续认真回忆，想起什么来随时告诉本掌门。"袁自甘看刘斯文那里暂时问不到什么新东西了。从目前的信息看，胡波是湖南人，绝非河南口音。这又是谁？袁自甘感觉头有些大了。

这时谷若智自言自语："卫雄身材也是高高瘦瘦，老家靠近河南，说话夹带河南口音。"谷若智的话，又引起一番新的骚动。在场若说对卫雄的接触和了解，谷若智绝对是最有发言权的人之一。

"真的是卫雄索命了！"

"真的是卫雄索命来了！"虽然是春日的大白天，但抽刀门里充满恐惧。贝仙儿紧紧抱住离仙儿："姐姐，我有些冷。"离仙儿咬着嘴唇道："妹妹别怕，就是卫雄复生，我们这么多人，难道还怕他一个不成。"

袁自甘将信将疑地看着谷若智:"谷长老,你这话当真?"

谷若智僵直地坐在那里。"卫雄身材也是高高瘦瘦,老家靠近河南,说话夹带河南口音。"口中反反复复就这一句话。

看来谷若智是犯了疯病,袁自甘气得懒得理他,恶狠狠地说:"今日是卫雄做鬼也罢,是他人故造声势、浑水摸鱼也罢,我袁某豁出这条命,也要带着抽刀门上下驱鬼辟邪!"

"对,驱鬼辟邪,驱鬼辟邪!"胡若勇和涂若信两位长老带着一干抽刀门弟子齐声响应。

突然,远处有个声音幽幽传来:"那你们抽刀门就准备满门做鬼吧。"这声音不断重复,忽远忽近,忽大忽小,飘忽不定。贝仙儿听完突然有种说不出的恶心和眩晕。离仙儿也有一种欲吐的感觉。李若仁等人感觉心脏不停地翻腾,气血自丹田不断上涌。谷若智突然时哭时笑,情绪极其不稳定。

"大家注意调整呼吸,这是伊川魔音。"诸葛愚大喊道。

吴道海按住心口,又运功强压住胃里不断翻涌的气血,问方月娴:"何为伊川魔音?"

方月娴正自难受,好容易心绪平稳,稳了稳气息,只见她脸色苍白,勉强说出七个字"伊川剑客司马信"。

方月娴声音不高,但周围的人听得真真切切。

袁自甘听到"司马信"三个字,后背感到一阵阵凉意,头皮开始发麻,手不禁有些抖了起来。他望了一眼冯七,现在他的希望全放在了冯七身上。

从刚才听到李灭欲和许道茂死于断水刀法的消息,冯七就已经隐隐感觉到情况颇有蹊跷。现在听到了司马信的魔音,他更感到事情的背景复杂。司马信久不在江湖露面,此番与断水刀法重现的传闻同时出现,岂能是巧合?事情和死去的卫雄之间的关联越来越密切。冯七感觉到此事非同小可,立刻转身跟袁自甘说:"袁掌门,此事我看并不简单。我猜可能与当年的卫雄之死有关。吕公公送来的断水刀谱你要保管好。"

袁自甘一脸诧异:"可是冯公公、吕公公并未将断水刀谱交给在下呀。"冯七一听感觉情况不对。但大敌当前,已经无暇再问这些细节。司马信武功深不可测,十几年前曾令江湖闻风丧胆.之后江湖上突然少了此人的消息。如今现身抽刀门,自己要做好最坏的打算和准备。

这时刘斯文忍着剧烈的伤痛,让人将自己抬到袁自甘身边,说:"袁掌门,这个声音,与教我刀法的黑衣人似乎是同一个人。"

"我猜到了。"袁自甘恨恨地说。

魔音不断重复，忽远忽近。离演武厅不远的房顶上，出现了十几个白衣人，十几个人分成两队，扯着两道白色的条幅，使用轻功提纵之术，从房上飘落到演武厅第一排柱子前。两道张开的横幅，用血红的字写着："天道灭卫雄冤死大内，正义存惊天隐秘当揭"。其中两个白衣人又从手中展开另一短幅，上写四个字"诛灭抽刀"。正好是一副对联的内容。

"哼，诛灭抽刀，口气不小，我倒要看看何人有这个本事！"一个又粗又闷的声音说道。众人闪目一看，原来是黑熊山寨主范通。范通久在长白山里，很少出去，于是养成了一种莫名的自大和勇气。他觉得就算袁自甘，也要高看自己几眼，这个不知什么地方跑来的司马信，能算老几？当着天下武林，正好展示下自己的实力。

只见范通四处观望，大声喊道："司马信，哪呢？出来，有种跟你范爷大战三百回合。"

只听鬼魅一般一阵阵冷笑："范通，你就是个饭桶，凭你，也配？"众人四处寻觅，仍不见人的踪影。范通气得满脸通红："司马信，别以为自己了不起，老子压根没把你放在眼里，你再不出来，我骂你八辈祖宗。"

范通最后一个"宗"字还没有完全落音，只见一道黑影，从对面十几丈外极速飞出，一道寒光，已经没入了范通的心脏。

范通一口喷出的鲜血，掩盖了"宗"字的尾音。他甚至没有看清对方拔剑，觉得刚刚看到黑影飞起的时候，自己就已经走上了黄泉之路。

突如其来的死亡，让他来不及思考和准备，就大大方方地接受了这个结局。当人莫名地自大，产生了一种不知从哪里来的自信的时候，当这种自信膨胀到敢玩命的时候，哪怕只是图个嘴上的痛快，生命的戛然而止，往往是他们必然的归宿和最好的回报。

黑衣人已经跃出六七丈远，剑尖的血一滴不剩全滴入了土中，不得不说，人快，剑更快。可是，在一干掌门、派主等江湖高手面前，在长白山著名的抽刀门众弟子济济一堂时，这样有恃无恐地杀人，让人很没有面子。虽然范通的表现，确与他的名字相符，有插标卖首的嫌疑，但在这里，他并不是一个人。

众人纷纷拿出武器，刀枪剑戟，三节棍，护手钩，峨眉刺，连环铲，口中嚣嚣，目中火烧，然后偷偷地回忆了一下范通遭受的那突如其来的天外飞鹰般的一击，纷纷认为，此刻，自己还是应该再冷静和理性一些，莫要和此人动怒，不妨先听听他要说什么，然后再跟他算账不迟。

来人的确是司马信，河南洛阳人，号称伊川剑客。传说谁也不知道他的武功有多高，因为和他交过手的都成了死人。他近九尺的身材，瘦瘦高高，一身黑衣，这次没有蒙着脸，清瘦的脸上透着凌厉的杀气。

司马信看着众人那躁动不安又强行隐忍的样子，发出带有嘲讽的冷笑："你们这帮鼠辈，还想弄啥？信爷今天只想看看抽刀门的断水刀法究竟有何厉害，与其他门派无关。不想死的就滚。"语气中竟是如此傲慢。

众人一片沉默。

当不得不用实力说话时，每个江湖中人都变得异常理性。人们似乎突然就明白了，原来江湖的一切乱象，都根源于人的胡乱吹牛。

诸葛愚的左手伸到背后，准备摘下自己的刀。但立刻被方月娴一把拉住，冲他摇摇头，示意不可如此。这是有效的，诸葛愚毕竟不叫诸葛傻。

司马信又是一阵长笑，这笑声里又加了魔音，扰得人心神不宁。

于是有的人在气血不稳、大脑缺氧的时候，竟然认为自己号令群雄的机会来了。

这人就是李若仁。李若仁对自己的武功并不自卑，他认为自己一路走来，完全靠实力上位，但上天何其薄幸，让自己在抽刀门屈居第三位，与理想差距甚远。他袁自甘有什么本事？若不是靠着黄公公，他的灭欲剑法能胜得过自己吗？再看看这些江湖中所谓的掌门、派主、帮主，什么华山派、青城派，什么少林武当，如今被个司马信吓成这样，将来传出去有何颜面，以袁自甘、谷若智今天的表现，日后司礼监还能重用他们吗？如果今日自己能够一战成名，冯七正好可以作为历史的最佳见证人。而那离仙儿，自己也着实喜欢得紧……

不得不说，李若仁对自己的考虑，合情合理。

他唯一漏算的是，他的对手，司马信的武功到底有多高。他也许认为这个时候计算这些意义不大。

李若仁出手了，司马信点头表示认可，这算是个男人。

李若仁来到抽刀门不久，对抽刀门的武艺尚不熟练，所以他并未使用惊鸿剑法，而是用其原有武功，若仁十八式，这是他第一次在这么多人的场合展示他的独家武学。

"仁远乎哉，我欲仁，斯仁至矣。"李若仁默念着若仁剑法的心法口诀，走位飘忽，靠的是上乘的轻功，忽而击敌前，忽而击敌后，忽而声东击西。剑法分立仁六剑、达仁六剑、不欲六剑，尤其这最后不欲六剑，最为轻灵，招数又极为质朴，与袁自甘灭欲剑法的境界不相上下。最近一段时间，李若仁又参照袁自甘的灭欲剑法对原有剑招进行了改进，于是招法更加浓缩，爆发力更强。

凭此剑法，李若仁绝对可以跻身江湖一流高手之列。但临阵对敌，只有胜利和失败。纵使武林宗师，也只能先打赢了，再拿名头说话。

伊川剑客，剑如伊川，涓涓细流，连绵不绝，没有哗众取宠的招式，却招招笼罩着剑劈龙门的威力。

司马信的恐怖之处，还并非剑招。

司马信的人生信条里，出剑不论胜负，只论生死。他当年在巅峰期选择退隐江湖，是因杀虐太重。多年伊水田园的洗礼，洗去的是争强好胜的急躁，而不是剑决生死的信念。

司马信的剑，证明了他依旧恐怖。

因为胜负已分，生死已定。

司马信耐心看完了若仁十八式的表演，得出"不过如此"的结论后，连多发一招的机会都没有留给李若仁，第十九招，司马信一记循理论心，在剑招发出诡异的变化后，不可思议地刺入李若仁的心脏。

李若仁至死不明白对方这一剑如何可能，就撒手而去了。当鲜血从胸口喷洒而出，泄去了上头的燥热后，李若仁似乎感觉到自己还是着了伊川魔音的道，怎能如此不冷静？现在，他终于彻底冷静下来了。其实，排名第三，又有什么不可接受的呢？袁自甘必定不甘心掌门之位，很快就会积极争取向上爬。谷若智已经快六十岁了，冢中枯骨，还能支撑多少日子？自己只需要再忍上一段时间，掌门会有的，离仙儿也会有的。在正确的时间，才去做正确的事，真的很难吗？

李若仁的死，让在场的人彻底冷静下来了。袁自甘以近乎哀求的眼光看着冯七，冯七见识了司马信的剑法，也绝不敢轻易冒险。袁自甘又盯着谷若智、胡若勇、涂若信，眼神里充满了期待，期待着，你们三个不能联手上去吗？胡、涂二人用惊鸿剑法缠住司马信，谷若智抽空发出天女散花，不是有赢的机会吗？

可是三个人，选择了联手沉默。

于是袁自甘也只好沉默。

大家都沉默了。

吴道海实在忍不住了，大喊一声："大家一起上，司马信一个人能打赢我们这么多人吗？"

这一喊声，把大家从噩梦的沉迷中惊醒过来。吴道海说得对呀，这么多高手，别说司马信，就是武林宗师也敌不住哇。

于是顾高深首先道："吴堂主说得有理，闫革兄，你先上，小弟紧跟。"

闫革转头向陆冠道人道："陆兄你泰山剑法以刚猛凌厉著称，我看这头阵非你莫属，你缠他几回合，兄弟们一拥而上，如何？"

陆冠道人连连摇头："我看衡山剑法破绽最少，出招最为稳定，青松兄先上为妙。"

"哎呀，还是华山顾兄打头阵最为妥当……"青松子赶紧闭上眼睛，摇头晃脑地说道。

众人一通扯皮，扯得似乎都有些道理。

忽然有人提议："抽刀门既然号称统率江湖，实为此次聚会之盟主，久闻袁自甘掌门灭欲剑法独霸武林，还是由袁盟主带头先上，我等紧跟其后。"

袁自甘心中暗骂，这是哪个孙子出的馊主意？只见他把头晃得如中了风一般："有少林武当众师兄在，哪有我牵头的余地？"

少林众和尚，武当一干道士一听此言，扑通一声，齐刷刷全跪在冯七的脚下："我等都是入门不久的弟子，恳请冯公公做主垂怜！"说罢齐声号啕。

冯七哭笑不得。

司马信哈哈大笑，笑了好久。"你们这帮龟孙。一个有种的也没有。堂堂抽刀门，连个会断水刀法的都没有，还叫啥抽刀门？我看干脆随了你们袁掌门的峨眉风月，叫灭欲门得了。今天老子心情好，不想杀太多人。给你们三个月时间，自己练刀去，三个月后，信爷再来灭你的门。到时，信爷还要在武林公布一桩天大的秘密。你们这帮江湖门派的龟孙到时也都来听听。"

说罢，司马信在一阵阵幽幽的冷笑声中，带着十几个白衣人不知所终。那三个条幅，已经稳稳地贴在了演武大厅的柱子上。

这司马信最后离开的笑声，也一定是带了很强的魔音，因为在场的很多人，出现了大小便失禁的情况。

第九章　祸不单行

河南有义士，伊水闻其名。读书观大略，江山指点中。策马刺骁将，挽弓射豪雄。狂狷何足伐？明月绕群星。

司马信走远了，众人才从恐惧之中缓过神来。袁自甘的胆气也终于恢复了。

"哼，居然让他跑了，我们早该集中全力将其擒下，详细审问这厮背后到底还有谁，丁嵩是不是和他一伙的，可惜可惜。冯公公你看，我们正考虑如何把他活捉，这厮自己胆虚跑了。"袁自甘话语中竟然还带有一些不满和遗憾。

华山派掌门顾高深也说："袁掌门说的极是，我们早有心将司马信击毙，但考虑到拿个活的更为有利，结果犹豫了一下，让他捡个便宜。"

冯七瞪大眼睛看着他俩，看着在场群情激昂的英雄豪杰，深深地感到自己长期在司礼监，脱离江湖太久，太不接地气了。

离仙儿看到演武大厅一片狼藉，空气中混着一股浓浓的屎尿味道，这实在有点说不过去，太不体面了，于是赶紧说："时候不早了，已经快到未时，我想大家都饿了，袁掌门已吩咐将本门所有空闲房间都打扫了出来，大家先简单做些休整。消愁厅安排了酒宴，给各位远道而来的客人接风。"冯七见这离仙儿处事尚得体，跟着袁自甘倒是个好的助手，于是心底的厌恶也就减少了几分。

众人做休整，这是一句体面话，其实就是让大家换换衣服，洗净那些污秽之物，否则，带着它们，是断断商议不了下一步的大计的。他人休整，冯七没有这样的时间和空间，趁大家不在，冯七将袁自甘叫到一旁："袁掌门刚才说没有收到断水刀谱？这是何意？"

袁自甘见冯七这样问，更加纳闷："冯公公是说黄公公已将刀谱送来？"

"对呀，委托侯子山送来的，刚才我看到侯子山也在场，他没给你吗？"冯七感到有些疑惑了。

袁自甘深感情况有了变化，于是不敢隐瞒，便将事情过程全部告诉了冯七，包括春宫图和狗屎的事，以及自己一晚没睡写了两万多字表明心迹的信。

冯七明确告知袁自甘："出意外了。黄公公送来的的确是刀谱，批文也是加以肯定的语言，黄公公向来行事谨慎，怎会做出涂狗屎这样的事？你袁掌门也太糊涂了。"袁自甘急得满头是汗，一面急着不停赔不是，一面责令侯子山速速赶来。

侯子山到后，见袁自甘和冯七均面带怒容，登时腿有些发软。"子山，我问你，黄公公托你带来的东西，中途可曾出过意外？"袁自甘厉声责问，语调激动。侯子山知道隐瞒不了，面带愧色："弟子不敢欺瞒掌门，确有意外。"侯子山便将黑风峡谷之事和盘托出。袁自甘抡起巴掌，啪的一声，抽在侯子山脸上："逆徒何不早说，耽误了大事。"侯子山低头，不敢说话。冯七见于事无补，便道："你下去吧。"侯子山没敢动。袁自甘怒道："滚！"侯子山这才退了出去。

袁自甘脑门又冒汗了，赶紧鞠躬向冯七赔罪："自甘处事不力，教徒无方，这下丢了刀谱，也丢了黄公公的颜面，犯了大罪，闯了大祸了，还请冯公公替我美言哪。"说着抓住冯七的手，再也不松开。冯七虽然心有不满，但此刻再追究也于事无补，于是忙说道："袁掌门不必过于自责，黄公公处我自会替兄解释。不过江南无常兄弟都出面了，看来这背后应该有一个大的阴谋。我总隐隐地感觉和卫雄之死有关。"袁自甘道："当年不小心让丁嵩漏网，我就知此事麻烦，所以三年来一直追杀丁嵩，没想到还是输了一着。谁能想到丁嵩能勾结司马信和李氏兄弟？"冯七道："这些目前还只是猜测，也不能说就一定和卫雄、丁嵩有关，也不排除那司马信和李氏兄弟贪图断水刀法，故意做出这些恶作剧。""是是是，冯公公教诲得极是。"袁自甘赶忙迎合道。冯七接着说："一会儿在消愁厅先莫要过多涉及这个话题，免得引起江湖骚乱。目前还是以稳定人心为主。"袁自甘竖起大拇指："冯公公处事周全，考虑缜密，不愧是黄公公的心腹爱将。"说罢，二人也去略做休整了。

未时三刻左右的时候，容光焕然一新的人们又重新聚到了一起。仿佛上午和中午发生的一切，都已经成了陈年已久的往事。谷若智眉开眼笑地跟冯七闲谈几句，与郑若飞的燃情岁月和如歌往事，像蛛丝一样轻轻抹去。

郑若飞死前刺歪的那一剑，已经成了抽刀门女弟子的头号议题，远远超越了什么断水刀法重现、什么司马信。议论者分为两派，即若飞真爱斯文派和若飞因怒若智移情斯文派。午时的时候，前一派是主流，甚至有女弟子还流下了几滴伤心泪。过了未时，大家冷静地思考和分析后，后一派因为剧情更加复杂，更具想象空间，所以就占了上风。

最可怜的是李若仁，一心想在江湖扬名固然不假，但确实客观上也是为抽刀门牺牲的，居然没有人关心他，也没人议论他，仿佛此人从来没有存在过一样。不过，值得安慰的是，还是有两个人的小心思，因他而起。

胡若勇与涂若信出奇地高兴。李若仁死了，他二人的排名都提前了一位。不仅如此，考虑到谷若智的年纪，袁自甘的未来，这二人竟然也憧憬起自己的前途。他们是比李若仁更成熟的。此时开始，二人说话做事似乎也没那么如影随形，如出一辙了。

刘斯文、沈日新伤得重，自然无法继续参加聚会，其他抽刀门弟子都来了。吴道海只是轻伤，他也想看看这事态将如何发展。

几大门派也都到齐了。酒席正式开始，胡若勇、涂若信领衔，带领众人喝的是长白山特酿，唤作榆树钱。酒如其名，入口绵柔，酒香浓郁，带有厚重的乡土气息，让人一喝就多，多了脑子就发晕了。

胡若勇向袁自甘提议："既然刘斯文赢得了弃剑大会的胜利，应当顺理成章推举为忠信堂堂主。"为了在与涂若信的争斗中夺得优势，胡若勇抢先一步，想拉拢自己的人马了。谷若智恶狠狠地看了胡若勇一眼，眼神中充满了妒忌之火，火中还带有深深的恨意，这眼神持续了不短的时间。几天之后，这又成了抽刀门女弟子的重大议题。谷长老是妒忌谁呢？最后这个问题大家总算达成了一致，谷若智妒忌的是刘斯文，恨的是郑若飞。爱之切，恨之深，这是千古传下来的道理。

不满胡若勇提议的可不只是谷若智。袁自甘拍案而起，可惜胳膊太短，直接拍到了桌子沿上，这桌沿是包着生铁的，痛往心里钻，手却不能抖。抽刀门掌门，武林高手袁自甘，此刻最大的压力就是，明明很疼，手却不能抖。因为他知道抖了手，疼的就是脸了。"胡长老，我看你是喝多了吧。今天我抽刀门面临大敌，断水刀法重现，我门中两名堂主死于断水刀法，司马信今日上门挑衅，又安然逃走。我正欲与冯公公、诸位大侠商议未来对策，你胡扯什么，那刘斯文私下与司马信暗度陈仓，刺死郑若飞，本就是待罪之人，你还敢为其张目，居心何在？"

此时，冯七终于发了话："来人，胡长老喝多了，抬下去。"此刻胡若勇出了一身汗，酒有点醒了，心说这下亏大了。自己干的这事确实犯了大忌。哎呀，怎么能喝完酒如此控制不住自己呢？今天的酒也是不行，早知道喝什么榆树钱，入口虽顺，但上头上得厉害。记住了，这辈子再也不喝了。

此刻，涂若信也不由得头上冷汗直冒。他刚刚还埋怨自己光顾喝酒，贪图这酒甘甜不辣口，喝起来没完，结果被胡若勇抢了先机，现在看，自己是多么幸运哪。以后房中要常备此酒，这真是自己的幸运酒。

袁自甘、冯七以及各大门派首领，喝的是山西杏花村的汾酒。这酒能让人时刻保持清醒和冷静。冯七道："诸位掌门、派主、帮主以及师兄弟，冯某今日来抽刀门，本是替黄公公表达祝贺。不想门中遭此变故，死了一位长老、两位堂主、一位副堂主，还有黑熊寨的范兄弟。归根结底，恐怕与断水刀法重出江湖有着密切关联。据我所知，断水刀法向来只传抽刀门掌门，卫雄死后，江湖中应该无人会整套刀法。当然，卫雄生前确曾教门下少数人一些招式，这也是事实。现在刀法重出江湖，可以断定，绝非鬼魅妖仙，我猜定是有人拿着残缺不全的断水刀法混淆视听。比如，抽刀门叛逆，卫雄一案的漏网之鱼丁嵩，就有最大嫌疑。"

"冯公公思维缜密，总结分析得有理有据，论证合理，堪称我辈楷模。"袁自甘率先赞道。大家也纷纷点头认可，不愧是东厂的人。

冯七继续说："当然，这么大的事，丁嵩一个人完不成，所以出现了司马信。我敢断言，丁嵩背后是一个庞大的集团，也不会仅仅是司马信一人。我听闻李灭欲死之前去过临安的涣丘山，山上住着一名叫赵先生的刀客，江湖有传言其人武功很高。我派出多路人马打探，才知道此人看上去三十多岁年纪，叫作赵遁。现在我猜测，李灭欲八成死于他之手。如果是这样，断水刀法的线索就和这个赵遁联系上了。诸位见多识广，可知道江湖中有此人物？"

大堂中顿时炸开了锅，诸人议论纷纷，可是谁也没听过赵遁这个人，别说赵遁，大家仔细回忆江湖中姓赵的顶级高手，也如大海捞针一般。

"贫道行走江湖多年，从来没听说过赵遁这个名字，江湖中姓赵的高手也寥寥无几。保不齐这名字是个假名，不知是哪路高手故作玄虚？"青城派的闫革说。大家听了纷纷觉得有理。

冯七一看，大家也提供不出什么有价值的线索，正打算继续说。突然，大堂角落里站起来一个人，袁自甘一看，是本门辈分较低的一个弟子，便问道："什么事？"

此人说："报告掌门，关于这个赵遁，我有一个情况，不知该不该说。"

"那还有什么不该说的，赶紧向冯公公禀报。"袁自甘眼前一喜，这功劳，捞得稳当。

那人说："之所以说该不该，是因为弟子也不确定是不是就一定与这个赵遁相关。"

"那也不妨说来听听。"冯七温和地说道。

"是这样，前些年，卫雄做掌门的时候，有一段日子，门中来了一个姓赵的年轻人，当时应该不到三十岁的样子，他经常和卫雄谈天说地，好像有时还比试过武功，但我记不得名字是不是叫赵遁了。因为属下辈分低微，并不负责具体接待事宜，只是偶尔忙的时候，替人过去帮助打扫一下这人房间，所以见过面。但后来这人就走了，我也再没见过。"这名弟子说。

"哦，那你回忆一下，这人多高，长什么样子？"冯七立刻来了兴致和精神。

"因为我是偶尔替班才能接触此人，所以见面次数很少，而且时间久了，面貌现在也回忆得不是很清楚，只是印象里他个头中等，不胖不瘦，面貌算得上潇洒英俊，好像经常冷着面孔，不爱笑。也就这些了。"这名弟子回答道。

"既然你打扫过他的房间，那么对他的随身物品可能会有印象，据你观察，这人携带物品可有特征，平日可有什么喜好？"冯七不愧为东厂办案高手，问得很细。

"那我就没怎么留意了。"弟子努力地想着，袁自甘和冯七用期盼的眼神看着他。

"哦，我想起来了，这人是有个特点，随身携带一个酒葫芦，应该是爱喝酒，门里有时也会安排我拎一壶酒过去。"弟子答道。

"他喝什么酒？"冯七继续问道。众人皆不理解冯七问这个问题是为什么。袁自甘毕竟出自六扇门，觉得冯七绝不是胡乱问问题的人，赶紧向弟子盼咐："你好好回忆一下。"

这名弟子想了想说："不一定，有时赵酒，有时西凤，有时还喝过杜康。但赵酒居多。他似乎酒量也不是很大，一喝赵酒就咳嗽，但咳完继续喝。所以我有印象。"

"我再问你，当时负责接待赵遄起居的是谁，包括跟你交接过班的弟子都有谁？"冯七追问道。

袁自甘一听，高！东厂的问话水平就是高于锦衣卫。这一下子就可以获得很多线索。

"当时姓赵的起居多数是卫雄亲自安排，有时让丁嵩安排。一般是丁嵩直接交办给我。好像极个别的一两次，门中有女弟子跟我交过班，但我记不清是谁了。"这名弟子边回忆边说。

"你再好好想想，这个很关键。"冯七继续追问。

"当时好像是郑若飞师姐负责？我实在记不清了。可能是郑若飞师姐，不过也有可能不是。"弟子有点犹豫不定。

袁自甘听完泄气了，两个线索，丁嵩和郑若飞，一个跑了，一个死了。但他又不甘心，回头看看谷若智："谷长老，你可听郑若飞之前提过这件事？"谷若智不紧不慢地回答道："报告掌门，我和郑若飞也不算很熟悉，没有听她讲过这方面的事。"袁自甘冷冷地看着谷若智，心说此人真是厚颜无耻，昨日还在卿卿我我，耳鬓厮磨，如今人死了，一句"不熟悉"就打发了。

能让袁自甘发出厚颜无耻的评价，江湖中人可谓不多。袁自甘没有得到进一步的线索，彻底泄气了。

但冯七还是满意地点点头，向袁自甘说："这弟子不错，赏他点什么吧。"袁自甘赶忙说："谨遵公公吩咐。"接着向弟子说："回头你要再想起什么，可以向我，也可以直接向冯公公禀报。"

冯七再次把眼神聚焦到堂上之人："各位，听到了吧，这个赵遄，看来是真有其人。刚才的对话，我们至少可以得出以下几个基本判断：第一，此人来过抽刀门，而且是卫雄亲自接待，至少也是掌门大弟子丁嵩负责安排，说明此人来头不小；第二，此人曾和卫雄比试过招，说明他很可能在这个过程中接触过断水刀法；第三，此人尤其爱喝赵酒，很有可能是河北一带的人；第四，虽然此人来得神秘，但门中至少还应有别的弟子与其接触过，而且是女弟子，可能是郑若飞，也可能不是，现在郑若飞已经死了，我们要注意排查其他女弟子的线索。诸位，这信息量还少吗？"

"冯公公高见。""冯公公果然明察秋毫。""难怪冯公公深得黄公公信任，能够协助提督东厂，绝不是浪得虚名。"堂上阵阵赞扬之声。冯七很享受这种赞扬，因为他觉得自己确实当之无愧。这么多年，在大内，自己的武功虽不是最出色的那一类，但仍然能够迅速上位，靠的就是出色的分析能力和逻辑推理能力。东厂人员是办案的，不是打打杀杀的江湖莽夫。

冯公公继续说："现在看，丁嵩、赵遁、司马信，这些线索串联起来，就是一伙叛逆之徒，借卫雄之死，想故意颠覆武林，造反朝廷。我等必须群起而攻之。此事我会尽快回京城报告黄公公。司礼监和东厂绝不会坐视不管！"

众人无不报以热烈掌声。冯公公不仅心思缜密，而且一下子能看穿问题的本质，袁自甘不禁暗暗有些自惭形秽，心想，自己总觉得当年在六扇门也是一把好手，现在跟人家冯七一比，还是差了好多。今天冯七这番推理和总结，自己就做不到。众人听到冯七的话语，抽丝剥茧般地把复杂的局面分析清楚，而且说东厂会直接牵头查办，无疑给了大家最大的信心。大家终于可以从对司马信的恐惧中走出来了。众人正在兴致勃勃准备筹划未来之时，忽然有抽刀门弟子慌慌张张跑进来，气喘吁吁的声音中还带着微微的颤抖。

"报告掌门，大事不好，刚从山下传来消息，峨眉派掌门大师姐东方敏等十九名女弟子，上午被发现在海升客栈被人奸杀。北镇抚司二太保韦康也不知所终。"

听到这个糟糕的消息，袁自甘又陷入了混乱。看来今日抽刀门，真的是祸不单行。

第十章　谁是凶手

惊雷奋出泽地，电火割破暗空。闲来对饮白山处，惯看塞北春风。抽剑脚踏凌波，置酒挥毫汗青。古今成败皆朝露，谁敢自称英雄？

抽刀门刚刚摆脱了司马信之祸，又来了东方敏这个坏消息。袁自甘感到一种说不出的烦恼，又不得不应对这些压力带来的不安。今天连续几次意外与惊险，已经让袁自甘脆弱的心脏感到难以承受。

东方敏是峨眉派灭欲师太首席大弟子，也是未来峨眉掌门的不二人选，江湖身份地位非同小可。东方敏不仅死了，还死于奸杀，就在抽刀门的山脚下，就在一干掌门、派主的眼皮底下，不只是问题大了，责任也大了。

众人来不及再考虑司马信的事。冯七向袁自甘道："袁掌门，此事我们必须下山一看究竟。"袁自甘道："冯公公说得是，我也正有此意，我们这就速速下山。"于是，众人饭也没吃完，便一起下山去了。

离仙儿和贝仙儿一直好奇，东方敏到底是什么样子，于是也跟着下山去了。除了受伤较重的刘斯文和沈日新，其他抽刀门弟子见袁自甘下山，不敢不一同下去，否则，以袁自甘的狭窄心胸，那责罚是轻不了的。吴道海虽受了轻伤，也是要下山来的。幸好，有柳岐和方月娴在身边能够照顾。诸葛愚也可随时检查他的伤情。

于是抽刀门弟子居然下来了二百多人，连伙夫都下来了好几个。袁自甘火冒三丈："你们难道去客栈给死人炒菜吗？都过去干什么？"吓得几个人赶紧退后，一言不敢发。

多数人都下山了。那死了的李若仁、郑若飞的尸体就停在大院，一时竟也无人管了。沈日新人缘较好，有三五个弟子主动留下来照顾他。刘斯文比较凄惨，一个人躺在房里，孤孤单单，冷冷清清，想爬出去再见一眼郑师姐，又恐伤口绷裂，害了性命。幸运的是，刘斯文的房门没有关严，在春风的轻拂下，吹开了一道窄窄的缝隙。从缝隙中，刘斯文能够窥到郑若飞躺的担架，和郑若飞部分尸躯。门里门外，一生一死，窄窄的门缝中多看师姐一眼，刘斯文的伤口就更加疼痛一分。他不断告诫自己，师姐已经死了，一切都已过去，自己需要考虑在抽刀门的未来。但纵是无耻的他，也做不到让一切转瞬即逝。

刘斯文躺在床上，不断地问着自己，当初其实仅仅是垂涎于师姐的地位而已，何时郑若飞竟在自己心中有了如此重要的位置，以致自己一再愧疚和自责？在争夺堂主那一战时，自己还在想用司马信教自己的剑法刺伤郑若飞获得胜利。其实他并不是不清楚，刀剑无眼，以他的功力如何能保证自己击出的一剑，只是刺伤，不是刺死？无非是自己内心生起的遮羞布，故意掩盖了一切而已。无论如何，师姐是伤是死，自己都可以找到一个内心过得去的解释和借口。他感到，这块遮羞布现在已经生出，正在覆盖自己的心。

刘斯文似乎明白了一件事，导致自己未能完全走出自责的，并非自己对师姐的爱意，而是师姐临死那压低了两寸剑尖的惊鸿一瞥，当长剑刺破了那罩在良心上的遮羞布，导致阴暗的心偶尔暴露在外，见了光亮。

刘斯文感觉自己的伤口越来越疼了。他甚至不敢隔着门缝再去看郑若飞一眼。因为每多看一眼，他都会多想起师姐的一分好处，甚至感觉多了一分爱。然后马上扭回头，闭上眼，告诉自己，那不是爱。也许睡眠可以修复自己被刺破的遮羞布。但郑若飞的死宣告了这种修复也许终刘斯文一生，也是难以彻底的。这一点，刘斯文是比不上谷若智的，他皮厚，但心黑得还不够。所以，他连个堂主也混不上，谷若智已经是长老了。

在这个春光明媚的午后，疲惫不堪的刘斯文终于睡了。他梦到了弃剑大会和郑若飞比剑，他没有用刀，而是用剑，剑法很好，和师姐不相上下，他感觉不用司马信教他的剑招好像也能赢……忽然，刘斯文惊醒过来，满头是汗，原来是个梦。此时，一阵凉风吹进来，他隔着门缝又看到外面郑若飞尸体的时候，觉得自己的伤口再一次疼起来了。

申时末，袁自甘、冯七等人来到了海升客栈。客栈老板王掌柜是抽刀门弟子，一看掌门来了，赶紧上来行礼。袁自甘问道："老王，这到底是怎么回事？"

王掌柜哭丧着脸说："昨日申时末，也是这般时候，东方敏等十九名峨眉女弟子到了本店，我们当然热情接待了，特意腾出来四间最大的客房，供师姐们休息。因看天色略晚，她们就准备今天上午上山再拜会掌门。师姐们晚上吃饭，聊天都一切正常。可上午一直到辰时，也没见师姐们从房中出来。我以为连续几天赶路，想是累了，就没敢打扰。又过了好一会儿，还是没有动静，我就让手下一名女仆去敲门看看，谁知敲了好久没人回应。推门进去，才发现师姐们出事了，四间房都推开，都出事了。"

"昨天晚上和今天早晨，你就没听到什么动静吗？"袁自甘问道。

"报告掌门，因为各位峨眉师姐都是女弟子，又要求清静，所以我们特意选择离其他住客的房间距离较远的地方安排了这么四间房。我住的地方也离这里比较远，所以昨天晚上和今天早晨，我是毫无察觉呀。"王掌柜委屈道。

看到问不出什么线索来，袁自甘十分丧气。

"王掌柜，离这四间客房最近的住的是什么客人？"冯七问道。

袁自甘介绍道："老王，这是司礼监冯公公，你好好回答。"

王掌柜一听，吓得腿一软，扑通就跪下了。他哪里见过宫里的官，还是公公级别的，平时就算见个小宦官，就已经腿脚发抖了。王掌柜用颤抖的声音回答："回公公，离得近的只有韦康大人了，距离峨眉师姐们四间房最边上一间，再隔两个房间就是。韦大人是昨日酉时末到的本店，我们本来安排了上等房间，但韦大人觉得嘈杂，自己要求搬到这里。因为韦大人住在这里，附近我就没敢再安排其他客人。我还问过韦大人，峨眉师姐住在这里是否方便，韦大人说不妨事。于是就这么安排了。过了戌时，韦大人吃完晚饭，就不让小的们伺候了。所以我们也就没敢来打扰。"

"峨眉弟子四间房是紧挨着吗？"冯七继续问道。

"不是的，因为师姐们众多，普通房间安排不开，我是特意挑了最大的四间，所以彼此并不挨着，都互相隔了一两间房。"王掌柜答道。

"带我们过去看看。"冯七说道。

"这，大家都要去吗？"王掌柜面露难色。

"怎么，你还有意见？"袁自甘不满道。

"因为峨眉众师姐死状有些……有些不雅，为了峨眉清誉，掌门看是否只派少数人去现场查勘，其他人就在小店大堂坐等消息如何？"王掌柜小声说。

"嗯，王掌柜考虑周到，我看就不必都去了吧。"冯七向袁自甘建议道。

于是冯七、袁自甘等人经过短暂的商议，决定由冯七、袁自甘、顾高深、闫革、青松子、陆冠道人、谷若智、胡若勇、涂若信去现场查看。少林和武当两大派虽然也有弟子在场，但考虑到出家人的身份，以及和峨眉的关系，不去为妥。

贝仙儿提议和离仙儿也要一同去，因为死的都是女弟子，有女人在场，做事更方便一些。冯七认为这是一个好建议。而袁自甘则清楚两个女人的心思，就算是死人，她们两个也想看看这东方敏的姿色如何。

其实，看了又如何？若是东方敏生得美，二仙等于彻底输给了这个死人，上天连争的机会都没给；若是东方敏生得不美，那袁自甘偏去闹那东方敏的闺房，二仙岂不是更没面子？这根本是一场必输的较量。但女人，往往就喜欢在这种较量中，痛并纠结着，终其一生。方月娴看着二仙那按捺不住的样子，不禁心里一阵感叹。

出人意料的，袁自甘竟让诸葛愚和吴道海也一同去。这使得贾似忠很不满意。同是堂主，输给诸葛愚也就算了，怎么吴道海一个副堂主还能受到掌门器重？尤其可恨的是，眼看要超越自己的地位了。

其实袁自甘有时候还是精明的。他知道门中诸弟子中，唯有诸葛愚对现场勘验、尸体查验颇有经验心得。此外，今天抽刀门损失惨重，他不得不考虑空着的三个堂主人选。吴道海今天的刀法表现，让袁自甘生了将其收归己用的想法。

于是，众人在王掌柜的引导下，奔东方敏等人房间而去。

一路上，袁自甘心情忐忑而复杂。东方敏死在自己的地盘，还一下死了十九个峨眉女弟子，虽然海升客栈不属于抽刀门的产业，但毕竟这两年委托自己代管，自己哪逃脱得了这个责任？放着好好的断水客栈不住，为什么要住这个条件一般，防卫措施也不严密的海升客栈？这下灭欲师太那里，自己该如何交代？袁自甘越想越烦。

很快到了东方敏等人房间门口。王掌柜刚刚推开门，贝仙儿就一跃而入，离仙儿紧跟其后，袁自甘一脸的不高兴，咳嗽一声："离儿，贝儿，冯公公在此，怎可没有规矩？"二仙吓得赶紧站在一旁。冯七未发一言，进入房中，其他人也陆续进入房中。

只见房中物品凌乱，五名峨眉女弟子横七竖八，有的躺在地上，有的靠在床边，有的横卧在床上，有的倒在桌椅旁，个个衣衫不整，肌肤裸露之处甚多。弟子们的行李包裹也都散乱在房间各处，衣服、随身物品到处都是。

袁自甘一皱眉，吩咐诸葛愚道："诸葛堂主，门中尸体检验，你最拿手，过去看看吧。"

看着袁自甘那跃跃欲试又强行忍住的样子，诸葛愚心中暗叹。"报告掌门，愚不才虽然有点尸体解剖之末术，但那都是限于男子，这女子嘛，属下独身多年，连个女伴也没有，实在缺乏经验。久闻掌门在六扇门时，就精通现场勘察，还是掌门亲自检查为妥。"诸葛愚说道。

袁自甘看诸葛愚那个样子，恨得直咬牙。不过他环视中好像已经发现了东方敏的尸体。"好吧，那只好本掌门去看看了。"说着看了一眼离仙儿和贝仙儿。离仙儿酸酸地说了一句："想去就去，看我干吗。"贝仙儿紧跟袁自甘："我也去看看。"袁自甘哭笑不得。冯七道："辛苦掌门了。"接着对其他人道："虽然男女有别，但兹事体大，我们也顾不得那些俗礼了，大家在房间仔细检查一下。其他那三个房间也都一并看一下。"

冯七接着回头问王掌柜："房间你们没动过吧？"

王掌柜道："吓死我们也不敢，发现情况后，原封没动，着人严加看管，一直到公公来。"

冯七点点头，诸人开始分头行动了。

且说袁自甘径直来到东方敏的尸体前，后面跟着贝仙儿。躺在床上这个，就是东方敏。

好久不见，不想如此。峨眉那一晚，东方敏妩媚多姿，今日却只有冷若寒冰。

贝仙儿看到了，她看得很仔细。东方敏身材修长，五官还算标致，但论总体姿色，其实算不得美人，与自己也就在伯仲之间。但是伯一点还是仲一点，美一点还是差一点，见仁见智，一下子并不能说得清楚。而贝仙儿是一定要搞清楚的。

袁自甘见东方敏上衣仅存不多，胸乳半露，裙裤也多有撕扯之痕迹，但四肢无明显伤口，只是有两三处轻微擦伤和瘀痕。咽喉处有一条明显的红色血痕，当为致命之处。袁自甘内心不断在想，看来这确实是奸杀了。

可是，到底是强奸，还是通奸，还是强奸演变为通奸？其实无论哪一种，袁自甘心中都无法接受。他脑子里不断幻想着昨夜的场景，心中五味杂陈。

此时，贝仙儿的问题似乎有了答案，她经过一番残酷而激烈的心理斗争后，认为还是自己更美一些。这个答案让她稍稍心安了一点。可马上又恨了起来。在峨眉山待了区区几个月，那袁自甘就将自己和离仙儿抛之脑后，看上这个姿色还不如自己的东方敏，男人寂寞了，就饥不择食吗？

袁自甘看着东方敏的尸体，长长叹了口气，不忍多看下去，又接着检查其他人。十九人，死法大同小异，全都是大半身赤裸，死于咽喉一击。

而吴道海来到东方敏尸体旁，发现她的佩剑就扔在尸体不远的地方。这是一把一尺多长的贴身佩剑，剑锋锋利无比。剑上并无血迹。东方敏身旁不远处，有一小块不整齐的丝布，像是被利刃划下来的，布上绣有图案，但残缺不全了。再仔细看看布料，极其秀美华贵，与东方敏和众弟子身上服饰截然不同，吴道海感到奇怪。

谷若智、胡若勇、涂若信三人这回算是见了世面，四个房间，十九名女弟子，逐个细细查看，都看花了眼。贝仙儿在一旁低低骂了一句："死变态。"

而此时的离仙儿正在翻弄着散在屋子角落死者的遗物，突然一声惊呼，大家都被吸引过来。

原来每个屋子里，都发现了几本同样的小薄书，有的是半露在女弟子的包裹外，有的被扔在屋中，有的在尸体旁。这些书的封皮上，都写着同样四个字——"灭欲功法"。离仙儿打开一看，竟然和袁自甘收到的春宫图一模一样！

众人看后，无不摇头叹气。"没想到峨眉弟子都如此不堪。真是世风日下，人心不古哇。"

袁自甘更是羞臊得面红耳赤。"看来东方敏八成是自愿的，最多也是半推半就。可恨当年在峨眉山，跟老子装什么清纯玉女。人家摸得偏偏老子就摸不得。"袁自甘又羞又恼。脸上和脑门上，红了又绿，绿了又红。离仙儿知道，这是男人自尊心受到极大伤害的表现。但此时，她并不想安慰他。

"看来真相已经大明，定是这帮峨眉弟子行为不检，勾引男人，着了算计，被人先奸后杀。看这样子，纵不是通奸，也是半推半就。你们看，这帮女弟子身上伤口都很少，也很轻微，定是寻欢作乐之时不小心伤的，致命一击应是咽喉处，是被人玩弄后扼死的。"谷若智首先发表了看法。

胡若勇、涂若信也赶忙点头称是，心说，居然又被老谷头抢了先。

冯七问道："大家都是这么看的？"

顾高深等人也点头同意。

冯七又看看袁自甘。袁自甘还陷在疑惑中，面上表情未置可否。"若是通奸，这伤也没必要有哇。"这是袁自甘的疑虑之处。

此时吴道海道："报告冯公公，袁掌门，属下有不同看法。"

"哦，说来听听。"冯七看着吴道海，面上好像带有一丝期许。

"就算是峨眉众弟子行为有污，可也不至于大家同时与人作乐，还一起被扼死，这不合常理。王掌柜，昨晚可有大拨的客人住在这里吗？"吴道海问道。

"这倒没有，小店本来客人就少，昨晚除去峨眉众师姐，也就十几个客人，其中顶多是有两三个人结伴同行的。大拨客人没有。"王掌柜答道。

"这就更加奇怪了。若是两三个人，如何与这十九人同时淫乐，还逐个杀死？这些峨眉弟子都会武功，东方敏武功不弱，看到别人被杀，自己怎么会毫无反抗？而且据我观察，杀死这十九人的手法极其类似，貌似是一种高明的锁喉之功。若没有大拨的客人，我猜测，是不是某个武林帮派昨夜袭击了海升客栈？"吴道海提出了他的疑问。

冯公公满意地点点头。吴道海是个有头脑的。

大家觉得吴道海的疑问不无道理，但都没有回应。不是不回应，而是都在等冯七的说法。冯七有了说法，大家就可以迎合了。

冯七终于开口了："吴堂主的分析合情合理。此事确有蹊跷。你前面说得都对，就是最后，咱家不认为这是一个武林帮派所为，而是一人所为。"

"一人所为？"众人一片惊呼。

"诸位可认识这锁喉的手法？"冯公公继续问道。

华山派顾高深回答："当前江湖中以指力闻名的，不外乎天山派的鹰爪功，少林派的大力金刚指，嵩山派的大嵩阳手。可我刚才也细细看了，看样子跟少林的大力金刚指比较接近，但这个指法要更霸道，不像少林武功发招总要留些余地。"

"顾掌门所言是理。这并非少林派的武功。"冯七斩钉截铁地说道。

"那么，武林中哪里还有这么厉害的指法？"陆冠道人问道。

"依我看，这是江西龙虎门的庐山擒龙手。"冯公公言道。

龙虎门在武林中向来神秘，很少在江湖露面，门下弟子也极少，所以多数人对该派武功不甚了解。冯七这么一说，大家不知该如何回答，顾高深等人也含糊起来了。

"哦，那看来还是冯公公见多识广，顾某井底之蛙了。"顾高深抱拳道。

"顾掌门不必过谦，本来龙虎门武功就极少在江湖显露，我前些年听说该派曾偷学少林武功，被江湖人不齿。今日致死东方敏这些人的指法，看着是有点像大力金刚指，但明显要更霸道，所以我判断定是庐山擒龙手。"冯七向众人解释道。

谁也没见过庐山擒龙手的招式，所以冯七的意见自然是对的。而且，依在场人的身份，如果冯七的意见不对，谁的意见敢称正确呢？所以必然又是大家对冯七的见识由衷地表示赞同。

但是，吴道海的疑问，也颇具合理性。庐山擒龙手和奸杀如何扯上关系？纵算这致死的一击，确实是庐山擒龙手，然东方敏等十九人，分布在四个房间，无论是强奸还是通奸，十九人怎会任人宰割，被人逐一杀害？

此时，一直在窗口检查的诸葛愚有了新发现，也有了他的看法。

诸葛愚看到窗口残留了一点点粉红色的粉末，他用手指抹了一点点，用鼻子闻了一下，立刻就发现，这就是传说中的松骨软筋散。四个房间，每个窗口都有。此药粉必须充分燃烧后才能发挥效力，在窗口的这些，应是作案之人施粉时不小心漏出来的。

任何罪犯，进入现场，必然同现场发生物质交换。这是诸葛愚多年的经验。所以他不放过每个角落和细节。袁自甘出身六扇门，这个道理也是懂的。但他自从看到东方敏的尸体后再无心关注其他。冯七，在东厂历练多年，想来也是懂得的。但他这次似乎并未勘察这么细致，就已经胸有成竹似的。

诸葛愚向袁自甘和冯七报告了他的发现。冯七非常满意这个发现。因为这个发现，进一步印证了自己的推断。

冯七转身问道："王掌柜，你是何时发现韦康韦大人不见了？"

王掌柜说："自从上午发现了峨眉师姐们的尸体，小的马上担心起韦大人的安危，立刻推门进去，发现房间空空，不知何时，韦大人已经不知所终。"

冯七微笑道："这就对了。"

在场所有人都是一片疑惑，怎么就对了？

冯七接着向王掌柜道："请带我们去韦大人房间。"

于是众人出了东方敏房间，随王掌柜来到韦康居住的房间。

冯七推门进去，其他人也都陆续进来。大家不知冯七来韦康房间是什么目的。冯七仔细查看韦康房间，眼观，耳听，鼻嗅。他感觉房间味道不太对，隐隐有一点膻味。

冯七问王掌柜："昨日韦大人可点了羊肉？"

王掌柜道："没有哇。昨日韦大人虽然点了两坛酒，但菜就要得很少，肉类只要了一碗剔骨肉，其他的都是炸花生、拌萝卜之类的小菜了，感觉他喝酒不太喜欢吃菜。"

冯七看到桌上果然还有一些剩余的菜，和两坛已经打开的酒。他走过去，发现一坛已经空了，另一坛还有一小半没喝完，把鼻子凑到酒坛口，闻了闻，又向酒里仔细看了看，之后把诸葛愚叫了过来："诸葛堂主，听说你精通各种药品食材，你看看这酒里加了什么?"

诸葛愚过来,把酒端到窗口向阳处,仔细看了看,又闻了闻味道,便了然于心了。

"报告冯公公,这酒里泡了一味药材,叫作淫羊藿,因为其需要用羊油炒制才能更大发挥功效,所以这酒中和屋中,才有一股羊膻的味道。"诸葛愚回答道。

"那么请问诸葛堂主,淫羊藿这味药材有何功效?"冯七继续问道。

"顾名思义,是男子壮阳的极品。"诸葛愚回答得很干脆。

此时,冯七更显示出一副胸有成竹的样子:"诸位,我看奸杀东方敏等人的凶手,应该能猜到八九不离十了吧?"

众人皆惊,连线索都没有,怎么就八九不离十了?

冯七依旧用他那出色的推理进行了简单的总结:"凶手,就是韦康!"

在众人惊诧的眼神中,冯七进一步说明了他的理由:韦康住在海升客栈后,夜间独自一人喝酒,酒中加入了淫羊藿这等壮阳之物,因春日寂寞,饮酒过多,导致药性发作,同时又发现一众峨眉女弟子秀色可餐,且其中不乏行迹浪荡、招蜂引蝶之人,于是使用松骨软筋散将大家迷倒,逐一奸污。那些峨眉弟子本就意志不坚,看到韦康也确实一副英俊倜傥模样,便半推半就地从了。事后韦康酒醒,怕事情败露,又杀人灭口,自己便逃之夭夭。

"冯公公真是高瞻远瞩,运筹帷幄。"谷若智、胡若勇、涂若信唯恐他人抢了这新鲜的马屁,也顾不上词不达意了。也不知冯七讲的这个推论,跟高瞻远瞩、运筹帷幄到底有什么关系。

别派掌门都暗自好笑。不过平心而论,冯七的推理确实合情合理。

但是诸葛愚有一个疑问,认为不得不提醒,就说了出来:"冯公公,属下有一事还不解,请公公指点。"

"你说吧。"冯七看到诸葛愚此刻能提出问题,也是颇有些欣赏此人的能力。因为冯七知道,刚才自己只是简单地总结,有的环节并未完全说透,有疑问才是有脑子的。而诸葛愚,看来是个有脑子的。以后作为李若仁的替代人选,可以考虑培养一下。

诸葛愚道:"刚才公公也说,东方敏等十九人的致命一击,是龙虎门的庐山擒龙手。可据我听说,韦康韦大人是少林派的俗家弟子呀。"

冯七用赞许的目光看了一眼诸葛愚,他喜欢这个有脑子的问题。"方才诸葛堂主所言非虚,那韦康确实是少林派的俗家弟子。但众位有所不知的是,韦康在加入少林派之前,曾在龙虎门习武,据说因为酒后追打本门大师兄,被逐出师门。后来这人便来到京城，因武功高强，选入了锦衣卫北镇抚司。但此人嫌龙虎门的名头不响，为润色出身背景，仰仗北镇抚司的名头要挟少林的方丈性空大师，要求加入少林派，做了俗家弟子，还学了不少少林派的功夫。"冯七向大家介绍道。

"什么？韦康原是龙虎门弟子？冯公公何以知晓？"众人内心疑问，但无人敢说。大家只是疑惑地看着冯七。

大家的表情，冯七看得明白。"众位皆知，冯某在司礼监一直协助黄公公掌管东厂。在很长的一段日子里，锦衣卫，包括北镇抚司，每一个人的出身来历，冯某都做过详细调查。韦康韦大人也不例外。"冯七这回算是把大内这点机密都给抖搂出来了。

众人心服口服，原来如此！种种迹象已经显露，凶手就是韦康。虽然没有直接人证，但物证俱在，动机、手法、间接人证已经可以形成证据环，这就是东厂的能力。众人又是一片赞美和吹嘘之声。当场谷若智、胡若勇和涂若信三人就向冯七鞠躬到地，表示要向冯公公学习这办案推理之术。冯七感到，人生的价值，无过于此。

诸葛愚觉得此结论下得似乎仍有些仓促。吴道海也隐隐感觉有的地方不尽合理。但冯七的结论，此时此刻，谁敢再质疑？见大事已定，众人纷纷离开客房。吴道海突然想起一事，重新到东方敏房间拿走了那块小小的绸布。

袁自甘代表勘察人员，向外面人宣布了这一消息。因韦康毕竟是北镇抚司的二太保，身份敏感，且涉及大内的体面，所以向外面这些层级低的人宣布时，并未透露韦康的信息。只是说东方敏等人被江湖高手用迷药迷倒，先奸后杀。众人听得云里雾里，但又不敢多问。

冯七此刻觉得有必要马上赶回京城，向黄公公禀报抽刀门发生的一切。司马信、赵遁等人兴风作浪的信息固然重要，但此刻居然发现韦康的犯罪线索，这个事情，比司马信、赵遁等人更为重要。他已经等不及了，连晚饭都没吃，只带了些随身的干粮，就快马踏上回京城的路了。

可是，有一个人，依然疑惑重重。抽刀门的掌门袁自甘始终想不明白，东方敏等人为什么要住在海升客栈，她们到底从哪里拿到的这些图册，而这些图册第一次出现是与李飞羽有关的，他隐隐感觉，此事或许与司马信、赵遁等人还是有某种意义的关联。但他也不能否认冯七推理出韦康问题线索的合理性。只是感觉不能理解的是，十九人都是习武之人，东方敏更相当于准一流高手，武学修为不同于常人，怎会在行乐时轻易受伤？袁自甘不知一向精明的冯七，为何对此视而不见，难道就因为他是太监，不懂男女之事，而有所忽略？自己到底是提醒，还是不提醒？

袁自甘经过再三纠结，还是决定，维护冯七的推论才对自己更有利。断水刀谱换成春宫图的事，黄公公用狗屎圈阅的事，都需要冯七帮自己去圆话。算了，反正种种线索指向韦康，他确实也脱不了干系。至于到底是不是韦康干的，管他呢，顶多让他们东厂、内行厂、峨眉派自己斗去，搞不好他还能渔翁得利呢。

于是，在天黑的时候，抽刀门弟子又都回到了山上。其他帮派见无其他事，便都住在不远处的断水客栈，只等明日各自回去了。

第十一章　追查凶手

早春夜微凉，钩月挂西墙。有风恨无雨，酒醒断愁肠。山村更漏晚，独坐候晨阳。且看云起处，浮沉两彷徨。

来到抽刀门三年，只有这一年春分的这一天，袁自甘第一次感到无尽的疲惫。这一天发生了太多的事，抽刀门可以说遇到了生死时刻。放下刚刚发现的奸杀东方敏事件不说，就是丁嵩勾结司马信、赵遁、李氏兄弟一事，就已经不是表面看上去那么简单了。他们到底有什么目的，下一步他们打算干什么？袁自甘心里一点底数也没有。断水刀谱，司马信扬言三个月后再来，今日看他的武功，自己没有胜利的把握，抽刀门其他人更是不行。若是丁嵩、李氏兄弟一起来了，再加上那个神秘难测的赵遁，抽刀门被灭门绝不是危言耸听。自己作为掌门，今天的事情，有必要在晚上给大家做个总结，鼓舞一下士气。否则，门派名声扫地不说，这要传到司礼监那里，就将断送自己未来的一切。

酉时末，大家简单吃过晚饭，都被袁自甘喊来前厅议事。门派已经没剩多少人才，所以连资深一点的普通弟子也都来了。

人齐了。很安静。

袁自甘又恢复了往日的威风，坐在正中的椅子上，把头伸了出来，口中念念有词。声音不算高，可是大家必须勉强听着，大气也不敢喘。按理说，今天是抽刀门名声接近扫地的一天。但袁自甘仍能有如此威信，并非在于他稳稳地坐着，而是别人其实已经跪了好久。

袁自甘的大意是说，今日我抽刀门遇到了极大的麻烦，这个麻烦是抽刀门自找的。当年虽然除去卫逆，但是跑了丁嵩，早晚都会有这样的局面。抽刀门每个弟子都有责任。现在你们戴罪立功的机会来了。冯公公已经回京向黄公公禀报，司礼监绝不会不管。你们也都看到了，现在长老、堂主空出了很多，以我和宫里的关系，那自然是推荐谁谁上位。现在就是你们证明自己实力的机会。袁自甘讲了大概半个时辰，主要意思无非是这些。但见他摇头晃脑，唾沫在空气中飞舞，一时天花乱坠，口水纷飞。

讲完后，众人一起鼓掌称赞，此起彼伏，不绝于耳。

袁自甘在一片赞颂之中，重新找回了自信。他看了一眼诸葛愚和吴道海，发现二人仍在闭着眼睛，呆若泥塑，神情中隐隐有一种怡然自得。袁自甘大怒，手指狠狠地捏在桌子的边缘，这是铁的，还是手疼。

"诸葛愚，吴道海，你们两个累得要睡着了吗，还是对本掌门说的不屑一顾？"袁自甘终于忍不住了。

诸葛愚不慌不忙，睁开了眼睛，向袁自甘一抱拳："属下哪敢。刚才属下听到掌门教诲，深感责任重大，正在思考如何按照掌门的训示去做。"

吴道海也赶忙说："属下也一样。"

"那你倒是说说，怎么个做法？"袁自甘冷笑道。

诸葛愚说道："目前看，断水刀法重出江湖似乎已经无须质疑。但我抽刀门中除前掌门卫雄，应无人会用完整的断水刀法。所以属下建议袁掌门打破常规，尽快拿出断水刀谱，将断水刀法传授门中弟子，以应门中突发之变故。"

"这个本掌门自然知道，无须诸葛堂主操心。"袁自甘的话里带有十二分的不满。这个诸葛愚，难道知道我丢了刀谱，故意让我难堪吗？袁自甘越想，心里越恨。不过他眼睛转动，立刻又有了新的主意。

"刚才诸葛堂主既然说到了传授断水刀法，正与本掌门想法一致。我听说门中有的弟子原来练过一些断水刀法招式，至于练到了什么程度，本掌门还不掌握，需要看你们逐一练过后，我再因材施教，单独指导。"袁自甘看着大家说道。

"谢掌门！"众人高喊。

"那么从明早开始，本门但凡接触过断水刀法，会个一招半式，或者就算只是看到，没有受到正规传授的，都可以将你们会的、看到的演示给本掌门看，离仙儿、贝仙儿详细加以记录，以备本掌门日后逐一指导所用。"袁自甘拍板决定了。同时，袁自甘还决定了另外一件事，那就是丁嵩、司马信等人的踪迹要继续追查，那个赵遁是何方人物也要查。还要留心韦康的踪迹，有了消息随时报告。此外，东方敏等峨嵋弟子身边的春宫图小册子的由来也要查清，肃清这种毒害武林的东西，也是本门的责任。这次要派出抽刀门的得力人员去查访，任务就交给审势堂和攻心堂，诸葛愚和吴道海必须亲自带队，其他人由其自选。"既然司马信号称伊川剑客，死于断水刀法之下的多数人距离河南也不远，你们首先就去洛阳伊水，司马信的老家去查访。在出发之前，你俩先把自己会的断水刀法演示给本掌门看看，以备以后帮助你们提高。"

袁自甘越说越得意于自己的借刀杀人之计，心说："哼，你俩不是不听招呼吗？那你们就去替老子蹚蹚河南的浑水。"

吴道海心中暗暗道苦，可那也没有办法，人家掌门这明面上还是重用你俩，再讲条件明摆着要自绝于抽刀门哪。

议事结束了。对于抽刀门的众弟子来说，还能怕什么呢。明早，又是新的一天。

接下来的几天，袁自甘与离仙儿、贝仙儿忙了个不亦乐乎，把每个人刀法招式全面记录，正面姿势、侧面姿势、背面姿势，图画、文字说明。离仙儿知道，刀谱丢了，袁自甘只好用这个笨办法，尽可能多掌握一些刀招，于自己的功力进步总会有益，而且还可以冠冕堂皇地指导下属，教他们原本不会的招式，让大家相信刀谱就在这里，掌门的面子还能撑一阵子。也给黄公公、冯七等人想办法帮忙，尽可能赢得一点时间。也不知是不是卫雄冥冥中帮忙，每个弟子所学的断水刀法竟大部分都不相同，这样汇总到袁自甘这里，尽管是碎片化的，但是袁自甘和二仙，总还有点总结的天分。于是近一个月过去，袁自甘倒是将断水刀法的招式掌握了个十之四五，每日勤加练习，略有得意。但是袁自甘又后悔将诸葛愚打发走得太仓促，这地黄甘露饮的配方没让他留下来，存货喝得越来越少了。

在袁自甘开始收集刀法的第三天，诸葛愚和吴道海就不得不启程了。吴道海于断水刀法一窍不通，诸葛愚倒是会一些，被袁自甘连哄带吓地演示了一遍又一遍，在离、贝二仙详细记录后，终于催促他启程了。考虑到既是暗访线索，人不宜过多，诸葛愚、吴道海准备带上方月娴一同启程。因为二人发现，方月娴虽然很少在江湖行走，但其人博览群书，知识渊博，遇事每每有独到见解，武功虽不算高，但足以自保，正是个得力帮手。出行前，沈日新自告奋勇，要一同前往。见他伤势原本不重，在诸葛愚的调理下，已无大碍，吴道海同意了。柳岐也想同去，诸葛愚要求他留在门中，观察动向，如有情况，也好有个报信之人。

诸葛愚等四人一路南行。春分后的景致，越往南越绚丽多彩。从浅黄的迎春，到白色的玉兰、粉红的杏花，草长莺飞，绿柳成荫，如此多彩的景色，是长白山平时很难看到的。此行任务较多，而且风险不小，故诸葛愚和吴道海在路上便把袁自甘的要求向方月娴和沈日新细细说清楚了。当提到韦康和东方敏等峨眉弟子时，方月娴问道："二位师兄，前段时间一直没能请教，这东方敏等人到底是怎么死的？为何掌门又让关注韦康的踪迹？其中有什么关联吗？"诸葛愚说："既然一路同行，此事也不宜再向师妹和沈师弟隐瞒。"于是诸葛愚就将当天在海升客栈的情况向方月娴和沈日新做了描述，包括冯七的一系列推断，有些细节吴道海又进行了补充，基本算很全面地还原了。

"两位师兄觉得冯七的推理如何？"方月娴问道。

"冯七的推理有他的道理，看不出明显的不妥。但我总感觉有点怪怪的，一种说不上来的感觉。"诸葛愚道。

"师兄觉得哪里奇怪？"方月娴接着问道。

"我就不太明白，韦康作为北镇抚司的二太保，权力炙手可热，可谓要风得风，要雨得雨，有什么必要在峨眉派女弟子身上找这种便宜。如果只是喝酒加了淫羊藿，不至于如此。那淫羊藿我知道，虽是壮阳之物，但并非催情之物。而且连续奸杀十九人，太过匪夷所思。不知道为什么冯七置这些疑点不顾。"诸葛愚说出了他的疑惑。

"师兄的疑惑确实有道理，任何行为总要有动机，现在看不出韦康明显的作案动机。对吧？"方月娴问道。

"是的，我感觉不明显。"诸葛愚说道。

"吴师兄觉得呢？"方月娴继续问吴道海。

吴道海道："现场有一个重要细节，就是东方敏的佩剑。如果确实是峨眉派弟子不检点，东方敏又何必用剑？冯七等人虽看到了这个情况，但无人重视。我后来详细检查过，宝剑附近还有块小小的绸布，并非峨眉弟子衣饰。"

"师兄刚刚提到的这个细节，我认为是非常重要的疑点。既然绸布不是峨眉弟子的，出现在现场，很有可能是作案人留下的。这应该是作案人留下的直接证据。如此重大线索，为何冯七作为东厂办案高手，却不重视呢？"方月娴提出这个问题，提醒了诸葛愚。

"我当时有个感觉，似乎冯七一开始就信心满满地认定了一切都是韦康所为，道海以为如何？"诸葛愚说道。

"诸葛兄所言有理，我当时也隐隐有点这种感觉。"吴道海附和道。

"吴师兄，那块绸布可带在身上？"方月娴问道。

"就在我的包袱中。"吴道海说着解开包袱，取了出来，拿给方月娴。

方月娴仔细看了看这块绸布，质地精良，一看就是上等材质，绸布在原有花纹之上，还绣有长短不齐的图案，织绣的做工也是十分精美。

"两位师兄，这块绸布，可是难得之物呢。"方月娴道。

"哦，何以见得？"二人齐声问道。

"首先，这布料应该产自四川的绵阳，是蜀锦中的上品。尤为可贵的是，织成这蜀锦的生丝是最为昂贵的越王丝。当年唐太宗第八个儿子李贞坐镇绵州，称越王，兴建霸气恢宏的越王楼，成为天下名楼。此楼收天下文人咏楼之作，集川中最上品之锦绸，将诗文一一刺在蜀锦之上，号称越王锦，自此天下闻名。这些锦绸所用之生丝产自扬州，产量极少，本就极为难得，一路沿长江运到蜀中，又借越王锦之名声，身价倍增，后人称为越王丝。到了本朝，虽然丝绸、棉布的产量与唐相比，增加了很多，但这越王丝产量很小，仍是稀缺难得之物，所以非大富大贵人家不能置办。"方月娴介绍道。

"以韦康的地位身份，可穿得起这等绸布？"吴道海问道。

"这个我说不好。但前日我观察过冯七的服饰，其材料也没有如此华贵。我想着韦康在大内地位应该不及冯七，不似是有资格穿越王丝的人。"方月娴道。

"但韦康作为锦衣卫北镇抚司二太保，掌管诏狱，可是身份显赫之人哪。"吴道海又追问道。

方月娴笑道："师兄有所不知，本朝太祖时期，锦衣卫身份地位确实非同小可。但自从成祖皇帝设立东厂以来，锦衣卫逐步沦为东厂的附庸，卫的地位远低于厂。后又设立西厂、内行厂，大内关系可谓错综复杂，其中虽然偶有厂督兼职锦衣卫，或者皇帝信任某个锦衣卫指挥，导致锦衣卫地位突然上升的，但整体而言，锦衣卫的身份地位是远不及三大厂的。那冯七是协管东厂，身份自然在韦康之上。据我所知，现在厂卫皆由大内二十四监之首的司礼监统制，西厂经常从皇帝处直接领受命令，所以地位日渐尊贵，目前已经和东厂分庭抗礼了。无论东厂还是西厂，执行任务除了厂里的太监宦官，主要的依靠力量就是锦衣卫，尤其负责诏狱的北镇抚司，更是捉拿和审讯犯人的主要力量，里面高手林立。内行厂专门缉查东厂、西厂和锦衣卫的人员，看这些人是否忠心办事，所以也是小瞧不得。厂审厂推，每个案子都是按厂卫的意志，也就是司礼监的意志实行。现在司礼监首席太监，就是掌印太监吕公公，吕公公以下，又有黄公公、陈公公、杨公公、董公公等七大公公，号称大内八虎，又叫八大金刚，在朝廷说一不二，权势熏天。"

"想不到师妹不出抽刀门，尽知天下事。这些难道也都是书上有写的吗？"吴道海问道。

方月娴脸红了一下，回答有些支吾："我也是看看各种杂书，加上听各种传闻说的。"

诸葛愚略带沉思道："这么说这块布料不是韦康的？从吴师弟描述情况看，这块衣料应该就是凶手留下的。难道韦康不是凶手？"

方月娴继续说道："两位师兄请看，这布料上绣的图案，上面是两条短线，下面一条长线，正是易经八卦里的震卦。这可能与凶手的个人特征有关。"

诸葛愚道："可是武林中并无八卦门，以太极功法擅长的就是武当派了。但武当派以内功见长，不以指法见长，也不会有这么霸道的外功招式。"

"这个震卦能代表什么意思？"吴道海问道。

"那可就太多了，易经里，震代表东方，代表雷、草木、马、鸣叫、道路等等，光是易经列举的，就有好几十种呢。实在难猜。"方月娴道。

三人见分析不出答案，皆陷入深思中。好一会儿，方月娴打破了沉默："诸葛师兄，刚才你说，在房间窗口发现了松骨软筋散的粉末，那么你进入房间的时候，可曾闻到类似玫瑰的香气？"

这一下提醒了诸葛愚。"对呀，我当时怎么没有想到这一层。那松骨软筋散必须充分燃烧后发出香气，才能将人逐渐迷晕。但该气味极难散去。东方敏等四五人一个房间，要想将她们制服，药量必是用得很大，我去时门窗尚在紧闭，就算女仆开门发现尸体时散去一些味道，现场也应该残留药的味道，绝无可能散得干干净净。"诸葛愚道。

诸葛愚和吴道海深感方月娴的分析有理。"按师妹所说，这奸杀一案尚有不小的疑点，而且凶手也未必是韦康？"二人问道。

方月娴回答说："是的。不瞒两位师兄，我完整地听完这个过程，就觉此事不可思议。最让我感到疑惑的是，为何东方敏等人的行李被翻得乱七八糟，既然是奸杀，为何会翻行李呢，凶手想找什么呢？所以，我感觉，奸杀一事恐怕仅仅是表象，像是有人为了掩盖真实目的，故意布局成现在的样子。"

诸葛愚和吴道海恍然大悟。方月娴的分析相当有道理。现在来看，此事确实蹊跷，定有他因。但背后到底是什么，三人完全猜不出来。

过了好一会儿，沈日新说："算了，不管东方敏等人是被奸杀也罢，另有缘由也罢，凶手是不是韦康也罢，反正跟我们一时也没什么关系。我们此行，还是以寻找司马信、赵遁等人踪迹为先，其他的，我看可以先放一放。"

诸葛愚道："沈师弟所言不差。我们先办要紧的。"

方月娴听到赵遁这个名字，似乎脸色略微红了一下，不过很快就恢复了正常，另外三人并未注意。四人一路边说边走，奔洛阳而去。

第十二章　东厂出手

　　早春寒犹重，风卷雪飞纷。壶酒解烦忧，杯茶洗心尘。闭窗沉思处，轻眠灯渐昏。长安有老客，却非魏晋人。

　　有人去洛阳，有人回京师。

　　傍晚，通州，潮白河岸，夕阳照在河面，闪闪金光，粼粼波光。在杨柳依依的大道上，疾驰来一匹快马，这已经是第四匹快马了。马是好马，但也经不起长途奔袭，它的三个前任已经殉职在驿站，成了差役改善伙食的牙祭。马肉，本并非美味，煮了味酸，烤了不好熟不说，吃了还极易上火。但驿站的差役已经半年没吃到肉了，朝廷已经欠俸快一年了，据说这个月还要用胡椒和苏木顶替饷银，各地无不骂声一片。本来按制度，驿马是不得宰杀食用的，但差役顾不得了。娘的，当差就是为了吃肉，没有肉吃当什么差，总不能天天抢老百姓的。现在老百姓也没什么可抢的了，官府甚至都琢磨不出新的剥削名目了。

　　冯七一路回京，换了三次马，虽然叮嘱驿站差役对疲惫近死的马匹悉心照料，但他不是不知道，八成还是要照料到大家的肚子里，只不过给七爷个面子，莫要当他面杀了吃就行了。这就是冯七的通达，也是他比一般官员还强的地方。进了通州，就离紫禁城不远了，冯七一路紧赶，争取今晚一定回到大内，虽然城门、宫门此刻即将关闭，但以他的腰牌，想是无人敢拦。

　　马疾速奔跑，穿过了一片小树林。可是这一会儿，冯七在马上总是隐隐感觉有什么地方不对头，似乎有人在跟踪自己，他将马速慢慢控制下来，不断回头向四周张望，结果什么也没有发现。

　　刚出了林子，突然一道黑影从身体斜后侧袭来，身法快得不可思议。不仅身快，出掌更快。掌风劲厉，直扑冯七肋下，好刁钻的掌法！

　　冯七双脚离镫，身向后翻，已落在两丈以外。

　　来人见一掌击空，颇为意外。本以为十拿九稳，没想到这冯七的功夫超过自己的预期。

　　"好身法，七爷不愧为东厂高手。"突袭者说话了，带些南方人的口音。

　　冯七见此黑衣人身材中等，身形较瘦，黑布遮面。从刚才对方偷袭这一掌看，其人掌法劲猛，出招诡异，身法奇快，定是高手，自己险些着了他的道。

"朋友，报个名字吧，七爷刀下不死无名之辈。"说着，冯七将背在身后的雁翅刀抽了出来，因为若不用武器，自己没有胜利的把握。

"嘿嘿，区区就想试试七爷的功夫，没有报名字的必要。"黑衣人说着纵身过来，如一道黑色闪电，向冯七面门就是一掌。

冯七赶紧闪身，刀向对方咽喉削去。黑衣人低头，左掌奔冯七心口拍来，冯七侧身闪过，刀招还未来得及变化，对方右掌又奔自己软肋而来，冯七大惊，吐气吸胸，向后纵出七尺多远，勉强躲开这一掌，但头上已见冷汗。

仅一个回合，冯七就有些捉襟见肘。对方武功之高，令冯七惊异。他不敢怠慢，握紧手中刀，同时偷偷从镖囊中拽出闪电回形镖。这暗器，冯七还是第一次派上用场。

双方正式动手。冯七小心翼翼地施展开形意刀法，对方没用兵器，竟是一副空手夺白刃的架势。冯七见对方如此高傲，不由得大怒，多年来，死在自己刀下的高手不算少，今天岂能容你如此嚣张？形意刀法，讲究的是身与形合，形与意合，意与刀合。冯七身形意与刀的结合，堪称行云流水，而且冯七的招数，实用性和目的性极强，少了很多过渡性的花哨招数，攻击力大大提高。

但是，目的性太强的刀法，很容易被人看穿招式，计算出自己的攻击路线。因此，很多绝世刀法、剑法都无法完全抛弃一些看似无用的动作和招数。有无相生，有之以为利，无之以为用，无用的招式背后，恰恰总是蕴含雷霆一击。

冯七太现实了，太注重刀法的杀敌实用，少了对刀法意境上的思考，故进不了真正一流高手的境界。不到十个回合，对方诡异的掌法已经让冯七险象环生。看不透对方的出掌套路，每每出乎意料，自己纵有好刀在手，仍是防不胜防。

冯七咬牙支撑着，以他的性格，绝不会主动认输。

第十二个回合，冯七与黑衣人拆招后，对方已从身旁绕过。等冯七再转身时忽然感觉后背被人击了一掌，自己登时眼前发晕，胸口发热，气息不畅。冯七不解，明明没有给对方近身的机会，这一掌是怎么打上的？他稳住心神，又提刀冲过去。又打了两三个回合，结果肩头感觉也被打了一掌，可是刚才黑衣人明明还在三尺以外！这是什么时候打上的？对方如何做到的？冯七感到有些恐惧了。

结果不到二十个回合，冯七共被对方打了三掌。冯七感觉已经支撑不住。看得出，对方出手留有余地，并未发全力，否则今日自己性命不保。即便如此，冯七仍感觉心口怦怦直跳，气血翻涌，一股腥气直冲咽喉处。被掌打处，也是火辣辣地疼痛。但自己受的这三掌，根本都没看清对方怎么发出来的，莫名其妙，难道对方有帮手在暗处，还是用了暗器？

"黑煞无影掌！你是江南烟雨无常兄弟里的李飞鸿？"冯七终于猜到了眼前这个可怕的敌手。与此同时，左手的闪电回形镖已经出手，直奔对方双眼！

对方正在得意方才的一通戏耍，见冯七手中发出一道寒光，赶忙低头，闪过这一镖。

"哼，雕虫小技，你以为就这能伤得了你李爷？"黑衣人一阵冷笑。

笑声还未结束，黑衣人突然一捂肩头，咬牙道："好小子，黄韬那个阉货居然把闪电回形镖传给了你，今天算你命大，李爷改天再跟你算账。你回去告诉那阉狗，冤仇因果，该报必报，他之前做下的恶，该还债了。"说罢，黑衣人向树林深处纵去，刹那间消失不见。

冯七强忍疼痛，找回快马，咬牙爬上马，一刻也不停留，直奔大内而去。他知道，自己此番伤得不轻，若不赶紧让黄公公调治，这条命怕是要交待。

深夜，京城，司礼监，灯火摇曳。

司礼监秉笔太监黄公公还在阅批公文。黄河再次决堤，户部的银子还不够一百万两，就是尽数拿去赈灾，怕也是杯水车薪。而这一百万，还不是完全能拿得出来的实数，目前尚欠各级京官一年的俸禄，若是这么算，这户部已是亏空了。前段时间，户部尚书王士孺票请内阁，要求加征山泽税，表面上是向百姓征收山林砍伐以及湖泽鱼盐的税，但实际上，本朝开国以来，这些名山大川尽掌握在江湖各大门派手中，如此收税，等于直接从各大门派嘴里夺食。谁去执行这个惹得一身膻的事情？四名内阁大学士，票拟意见时竟只写了个名字，毫无意见，就报到了司礼监这里。

黄公公自然知道其中关节。"一帮贪官和滑头！"黄公公暗骂。最近司礼监掌印太监吕公公陪皇帝闭关清修，陈公公带西厂一干人马，不知在搞什么。杨公公那里，平时也是阴阳怪气，对东厂的事问东问西，也不知哪一句是皇帝想问，哪一句是杨公公自己的意思。杨公公还禀明皇帝，将北镇抚司从黄公公手里抢了过去，而黄公公还不得不在司礼监到处弥缝维持。于是这司礼监的日常事务，竟是全压在自己和东厂身上。

人手不足，尤其是能干实干的人不足，是目前最大的困难。谁都知道，大内二十四监，最不缺少的就是饭桶。但就是饭桶里，好歹也得选出点人来。

谈何容易！黄公公虽然已经让董公公从大内二十四监和京城各衙门搜罗一批忠心能办事的人充实锦衣卫和东厂，但这董公公居然处处打自己的算盘，报上来的名单都是他自己的私党。这帮人平时与董公公整日饮酒作乐，称董为干爹，有的互相之间不是称姐夫就是唤舅子，这太监攀起亲戚，也是轻车熟路，只不过不知道一帮阉人，这姐夫舅子的从何论起。

夜半了，黄公公已是多日不曾好好休息。朝廷不太平，江湖不太平，黄河也不太平，如何能让人放心。袁自甘那里，不知是否一切顺利。冯七也去了多日没回。没有冯七这个帮手，东厂的事务，自己不得不每事躬亲，近来已是疲倦不堪。黄公公显得有些焦急。这壶君山毛峰已经泡过三遍，仍未唤人换茶。实在感到困乏的时候，他将桌旁一片黄澄澄的叶子拿过来，嚼在口中，辛辣入口，呛鼻，勉强打起点精神。后来还是感觉不过瘾，索性将叶子弄碎，卷在湖州进贡的盘纸里，用蜡烛点燃，深吸一口，吐出一口淡蓝色的云雾，顿时感到一身轻松，精神倍增。此物唤作逍遥草，原是海外的东西，后来有人将种子带到云南、河南一带种植，长得也很好。叶子长成后，或者自然晒干，或者用火炉烘烤，呈金黄色，可以驱除瘴气、蚊虫和寒湿，若是能点燃后吸上一口，分外提神，一身的忧郁愤懑之气全无。当然，需要将叶子碾碎，用苏州、湖州的盘纸来卷，口感才佳。黄公公吸了两口，烟雾弥漫在夜空中。推开窗，天空的月亮，干净、清澈，照着眼前的袅袅青烟，他陷入了半睡的冥思中。

"来人哪，烫一壶兰陵醉，备一碟花生，要炒得半生不熟的，冯七到了。"黄公公醒了。不得不佩服，黄公公这犬守夜的功夫，在大内是首屈一指，往往人在庭院之外，黄便知其已来。多年从未失误。

顷刻，冯七已到，步履有点乱。灯光下，面色惨白，嘴角略带些血未擦干净。黄公公知道，碰上硬手了。不待冯七讲话，急忙到其面前，连点阳明经天枢、太乙几处大穴，将两粒当归玉泉丸送入其口中。冯七静坐片刻，面色转淡黄，后来略透红润，精神好了不少。他拱手道："谢黄师。"言毕，拿起兰陵醉，一饮而尽。"哈哈，好酒，痛快。"这么多年，冯七虽是下属，但与黄公公已结成亦师亦友的关系。若是换作旁人，如此放肆恐怕是早就去慎刑司领杖了。

"碰到高手了？"黄公公并未急于问抽刀门的事，而是先过问冯七的伤情。

"禀公公，遇到点小麻烦，碰到个人，吃了点小亏。"冯七说道。既然是汇报工作，也就恢复了"公公"的称呼。

"谁？"黄公公加重了语气，他知道，冯七不是个服输的人，能让他吃这种亏的，江湖上恐怕不多。

"江南烟雨兄弟的黑无常，李飞鸿。"冯七回答道。

"怎么，烟雨无常兄弟又露面了？难怪你吃了亏，这李飞鸿掌力凶猛，招数怪异，轻功又极好，你能活着回来就不错了。"黄公公平静地说。

"属下明白。"冯七知道，黄公公这番话已经是莫大的褒奖了。

"李氏兄弟为何要为难你,从出手看,不像要取你性命。"黄公公问道。

"回公公,属下只见到李飞鸿,但未见到他哥哥李飞羽。李飞鸿让我带话给公公,说冤仇因果,该报则报。"冯七知道,黄公公最不爱听"阉货"这个词,所以他不能把李飞鸿的话原文复述。

"哼,屁话,他李氏兄弟何时有资格教育起老夫来了?"黄公公把手中的逍遥草扔在茶杯里,残草入水中,灰色的烟升起。

"是,属下也是不忿,与其起了争执,不想还是平日练功不到,被他连打三掌,折了我东厂的名头。"冯七把因果关系倒过来讲,把李飞鸿的袭击,说成自己主动与其争斗,突出了自己的忠心。黄公公听了,还真是认为理所当然如此。

"你也不错了。他的黑煞无影掌甚是厉害,就是我也不能完全破解。我看你受伤不少,能活着就好。不过他李飞鸿功力虽然在你之上,你也不会白吃亏吧?"黄公公每一句话都带着自信。

"公公明鉴,他也没讨到太大便宜,趁其不备,被我的回形镖划破了左肩,您知道,这镖的打法是您亲自传授,纵使他武功高强,也难完全躲开,而且镖上还喂了滇蛇之毒……"冯七始终不忘,一切胜利的果实,要归于黄公公。

"嗯,"黄公公听后比较满意,"不过你要记住,这回形镖,只限于保命,平日不可擅自使用,习武者,当以德为先,不可妄自斗狠。"黄公公扬扬自得。

"谨遵公公教诲。"冯七的伤势,终于慢慢恢复了。

看到冯七面色逐渐正常,已无大碍,黄公公问道:"抽刀门袁自甘那里可还顺利?"

"属下正要报告,抽刀门那里情况不妙,发生了两件大事,属下觉得这两件事都非同小可,所以连夜从长白山往回赶。想尽早向公公禀报这一消息。"于是冯七就详细将司马信搅扰抽刀门,从而引出赵遁的消息,还有断水刀谱出了意外,说明江南李氏兄弟也参与了,以及东方敏等人被奸杀的消息全部报告了黄公公,而且将案子涉及韦康,以及自己的推理也报告了黄公公。

作为一个深得信任的下属,其被信任的要诀,就是不管好事坏事,不管对的还是错的,都要报告,不要遮掩。当然,也不能不加修饰地全盘报告。就比如说黄公公的批文被换成了狗屎,就没必要报告了。

"哦?想不到这段日子,出了这么多意外。"黄公公略微皱了下眉头,尤其听到断水刀法重现江湖,他深感忧虑。

"属下判断,司马信隐居多年后重出江湖,加上李氏兄弟再次露面,还有那个不知名的赵遁,估计都是那个漏网的丁嵩勾结的,恐怕是和三年前抽刀门掌门卫雄被暗算一事有关。您知道，三年前就有人说在京城见过司马信，而且当年丁嵩就算被卫雄拼力救出，若无人帮助，他身负重伤，也绝无可能逃过东厂和锦衣卫的追杀……"

"一派胡言！谁说卫雄是被暗算的？他仗着断水刀法，不听招呼，意图谋反，才引起武林各大门派群起而攻之，你我也是在吕公公的授意之下对卫雄出的手，否则以我等与他的交情，何至于此？"黄公公向冯七怒斥道。

"是，是，公公教训的是。公公先别动怒，您想想，此次确实非同寻常，连司马信、黑白无常都出面了，能是小事吗？只是不知对方是把账算在抽刀门和袁自甘头上，还是想对抗我东厂。不管如何，袁自甘一个人是断难应付的，是不是该给他找个帮手，协助一起深入调查一下？"冯七建议道。

黄公公感到，冯七的存在确实帮了自己大忙。

"你说得也对。看来我们必须派出人手，主动出击，不能坐以待毙。嗯……我看就让六扇门的副指挥胡波去，一来他和袁自甘相熟，互相合作没有障碍。二来他功夫不在袁自甘之下，也算是目前能派出去的硬手了。遇到危险，纵不能胜，起码可以自保。三是胡波曾与卫雄相识，还切磋过武艺，如果遇到会使用断水刀法之人，可以一窥那刀法的真伪。"显然，黄公公对断水刀法重现的重视，要高于丁嵩等人的复仇。

"可是公公，那袁自甘丢失了断水刀谱，我们失了先手。不管对方之前的刀法真假，威力多大，现在对方拿到了真刀谱，如果在短期内练成了断水刀法，那袁自甘和胡波岂不都处于极度危险之中？"冯七问道。

黄公公想了一会儿，说道："此事也是我一直捉摸不透的。当年在大内围剿卫雄，他那刀法可谓震惊鬼神，一时竟无人敢与其单独对战，就是我也无胜算。不得已才采取众人围攻这等下策。说起来也是羞杀我等。后来卫雄伏诛，刀法一直在吕公公处保管。此番传给袁自甘之前，我曾细细看了几天，认真研究了刀法上的招数，觉得很诧异。"黄公公边说边摇头。

"那公公觉得如何诧异？"冯七问道。

"首先，我感到刀谱上记载的多数招式并无甚高明之处，不知卫雄是怎样把刀招发挥出威力的，这一点我始终想不透。明明刀谱上记载的招数，看着平平无奇，但从卫雄手里使出来就是另一种感觉，一种说不出来的感觉，如果硬要形容，可以说是化腐朽为神奇。"黄公公的话语里，带了一些对卫雄的尊重和敬佩。

"哦？难道是卫雄将刀谱的招法做了改变，使的其实不是断水刀法？"冯七问道。

黄公公摇摇头："可以确定，就是刀谱上的刀法。所以这就更无法理解。还有一点让我诧异的是，刀谱上的招数有几处根本有违刀法之理，我怀疑是流传和传抄过程有错误，不然这刀法根本无法连贯。但是和卫雄对战之时，我没发现这种矛盾之处。他的刀法如行云流水般，完全是一气呵成。所以我在认真回忆他当初使用的刀招，试着与刀谱进行对比，可惜年纪大了，加之时间久远，记忆力赶不上年轻的时候，竟是再也不能完全想起来了。故而深感遗憾。"

"想那卫雄虽然武功高强，但未必能达到黄公公的境界，若是黄公公都看不出，江湖中又有几人能看出呢？我想这一点公公也许多虑了。当年围剿卫雄，虽然有其人武功高强的因素，但也与一干高手，尤其那些江湖门派的掌门、派主、帮主为明哲保身、不肯出全力有关，所以才让袁自甘侥幸立功。公公派他去抽刀门，不就是出于对实心办事者要大加奖励的考虑吗？"冯七的话说到了黄公公的心里，黄公公满意地点点头。

"所以此次派胡波出去，只是侦查信息，对方纵有高手，就算断水刀谱在手，短短时间也绝无可能达到卫雄的境界。寻常之人，拿着刀谱去练，也不过做个寻常高手而已，胡波还是应付得了的。毕竟，胡波的武功，非李灭欲等人可比。如此看来，倒是我多虑了。"冯七道。

在派遣胡波的问题上，二人达成了一致。接下来就是峨眉派和韦康的问题了。

黄公公首先发问："依你看，这事情是韦康做的？"

"不瞒公公，韦康确有嫌疑，但我并不深信。这个问题的关键在于，无论是不是他做的，我们也要认定是他做的。"冯七回答道。

"混账，那韦康的人品你我还不知道？怎么做出如此荒唐无稽之事？摆明是被人陷害了。怎么还继续错下去，还要认定是他做的，说说你的理由？"黄公公虽有些恼怒，但他也知道冯七不是个糊涂人，他这么说必有他的考虑。

"公公先别着急发火。先听我试为您析之。这峨眉派东方敏等十九名弟子虽然名义上是去参加抽刀门的弃剑大会，却没有住在断水客栈，而是住在了海升客栈。海升客栈的背景您是知道的，背靠的是海升票号的总管钱军，那可是吕公公的关系。这些年来，海升票号在各地设立海升客栈，在峨眉派还曾经设过一处。当时我就感觉比较奇怪，怎么会在这么人烟稀少的地方开个客栈，明摆着赔钱嘛。两年前，也就是卫雄死后过了一段时间，在峨眉的海升客栈突然关门了，取而代之的就是长白山那里又建起个海升客栈，让袁自甘代管。袁自甘担任抽刀门掌门自然是您的大力举荐，因为抢了李若仁的位置，您还因此差点得罪陈公公。可是吕公公能够同意袁自甘出任掌门，现在看来，也许并不是完全出于给您面子这么简单。放下这些不说，东方敏等人住进了海升客栈，居然他韦康也去了海升客栈。为抽刀门祝贺弃剑大会，无论如何也不该他去呀，这就说明他根本不是为了抽刀门去的，很有可能冲着东方敏等人去的。"冯七又一次开始了他的分析。

"你认为韦康在调查峨眉派？"黄公公问道。

"韦康是不是在调查峨眉派并不紧要，重要的是这两年韦康归杨公公的内行厂指挥，他们平时在关注什么，调查什么，我们是一无所知呀。平日看杨公公总是阴阳怪气的，也不知会不会背地里陷害我们。他们做的一切，别说您，就是吕公公也不是完全知情，他们动不动就直接向万岁爷报告。我在下面可是听了不少内部消息，杨公公可是打算对我东厂不利呀。"冯七说道。

"风言风语的我也听过一些，不过我黄某一心为朝廷办事，问心无愧，也不怕他查。"黄公公一脸坚毅地说道。

"可是这防人之心不可无。此番我们正好借此机会和名义，去调查韦康。调查韦康的过程中，我们就可以顺藤摸瓜，了解内行厂最近到底在干什么。如果与我们无关，我们就收手回来，自然还他韦康的名誉。如果万一发现蛛丝马迹，我们也好事先有个防范和准备。"冯七建议道。

黄公公看了一眼冯七："你的主意倒是不错，不过你怎么知道吕公公会同意我们调查韦康，我们总不好私下调查吧？"

冯七呵呵笑了一下，回答道："报告公公，我认为吕公公必定会同意。您看，首先，这事牵涉峨眉派，那钱军能把海升客栈设在峨眉山，我觉得主要目的根本不是为了赚钱盈利，很可能是看在灭欲师太的关系，而且我听说，峨眉山常有女弟子前来拜会吕公公。这说明灭欲师太和吕公公肯定是能说得上话的。这下峨眉派死了这么多人，灭欲岂能善罢甘休？所以必定会求吕公公派人调查。而韦康有了嫌疑，杨公公就不好出面查了。陈公公目前也有要事在身，自然也不方便出面，剩下的只有轮到黄公公您来查。"

"嗯，你说得有理。但是，就算争取下来我们查，你也不要直接出面，我们不能和内行厂把关系闹僵。"黄公公说道。

"我不出面，那谁去合适？"冯七不解地问道。

"交给冷潇。"黄公公说道。

"可是冷潇是西厂的人哪？"冯七更不理解了。

黄公公道："那冷潇虽然人现在西厂，但多年来一直是老夫提拔上来的，而且他与韦康关系不错，调查分寸能把握好。如果一旦出现意外，杨公公也只会把账算到陈公公头上。"

"黄公公高见！"冯七心想，说起老谋深算，自己终究还是差了黄公公一筹。

"你这就去把冷潇叫来吧。"黄公公吩咐道。

"遵命。不过……"冯七似乎还不愿马上走。

"还有何事?"黄公公问道。

"江湖传闻,袁自甘掌门与抽刀门的离仙儿、贝仙儿似乎绯闻不断,此番我去抽刀门,发现果然如此。而且之前袁自甘在峨眉派学习灭欲剑法,与那东方敏,甚至灭欲师太也有些不良传闻,如不做些惩戒,恐对我东厂盛名有损。"冯七吞吞吐吐说道。

"哼,这个败类!"黄公公一掌重重拍在桌子上,"不过看其办事还算用心,这点男女之事也未造成多么不良的影响,也可先置之不理。对了,我听你刚才说到刀谱被换成了一本春宫图,在东方敏等人房间也见到了类似的东西,这是怎么回事?"黄公公问道。

冯七从怀里掏出一本小册子:"黄公公您看,就是这东西,应该是李飞羽使坏,用其置换了刀谱,我想无非是为了羞臊袁自甘。"

黄公公拿过来翻了翻。"哼,不堪入目。"说着扔在了桌子上。

"本不想将这些污秽之物拿给公公看,别说公公了,就是属下看了也觉得异常气愤。现在的江湖也太乌烟瘴气了。李飞羽这些人使用这种手段也未免下作。"冯七说道。

"你说这本册子也出现在了东方敏等人死亡的现场?"黄公公问道。

"是的,峨眉派弟子几乎人手一册。看来这册子在市面上应该卖了有一段时间。"冯七道。

黄公公又将书拿了起来,前后翻了一会儿。"冯七,你觉得这图上的内容,可有异常?"说着黄公公特意翻开两页,指给冯七看。

冯七认真仔细地看了一下,确实有所发现,不禁敬佩起黄公公的观察力。"是属下疏忽了。原以为这就是一本普通的淫秽之物,所以看了前几页,就没有往下仔细看。现在才发现,从这两页看,虽然看不出人的相貌,但这图画中女人的服饰,像是道姑的装束,身后的背景山石,像是峨眉山,综合这两点信息,难道这是讽刺峨眉派的淫乱?"

"你看看这男的,能否看出点什么来?"黄公公继续问道。

"这……恕属下眼拙,可能画工是个粗糙之人,只能看到此人戴有头巾,没怎么画头发,看不出发型,且多为侧脸、背影,实在看不出更多信息。"冯七答道。

"你说是没画头发,还是本就没什么头发?"黄公公问道。

这一句话点醒了冯七。"袁自甘?袁自甘头发本就不多,画师夸张一点,可以一根也不画。黄公公是说这册子根本就是讽刺袁自甘与峨眉派有染？这么看，那这册子就八成是出自袁自甘的敌人，司马信等人之手了。如果是这样，那东方敏等人的死，说不定也和司马信等人有关？"冯七感觉到事情又有了新的变化。

"这个我还说不好，只是个猜测，需要你暗地去查。将来也好作为给韦康澄清的证据。毕竟，他也是个干事的人。"黄公公说道。

冯七对黄公公产生了一种由衷的敬佩。

冯七退下后，仆人收拾杯盘，只见那黄公公一掌拍过的红木硬桌，表皮之下已成碎粉。看来黄公公真的生气了。

黄公公仰望月空，沉思良久。他让仆人换了一杯曼松倚邦茶，此茶为滇红极品，取自雪山悬崖的古树之巅，待冰雪微融时方可采集，早了，寒湿过重而酸涩，晚了，雪水腐蚀而生霉气。采后需纯日晒发酵，不加一丝炉火炒青，故产量极低。前年滇西五毒教掌门玉龙先生拜访黄公公时，带来让其品尝，因口感略带蜜甜，饮后静气凝神，为黄公公所喜。然黄公公亦知此物不可多得，故平日珍藏不用。今日，是有些例外了。

人生中，总会有些例外，有的人因例外而精彩，有的人因例外而沉沦。黄公公的例外，是精彩与沉沦两个词更替不定的。宦海起伏，江湖名誉，于他而言，纵不是浮云，也是遥远的。这种远，不是物理的距离，而是心灵的隔绝。这世界上总是充满了相对论，最远的距离往往就产生于身边。黄公公不断回味着冯七的话，三年前的点滴，不断涌上心头。这三年来，那预定好的场景不断重复，那几句背得烂熟的台词，他还在不断演绎。有时连他自己也搞不清楚，哪些是看到的，哪些是应该看到的。幸好，有这杯曼松倚邦。自己倚邦而立，邦何尝不是倚己而兴？纵是讨个名字上的头彩，他也感觉自己就要离不开它了。

冯七提醒得对，司马信、赵遁固然要查，但那只是外祸。韦康更要查，这里面的才是内乱。祸从来都起于萧墙之内。只是大内关系错综复杂，查韦康，还需谨慎加谨慎。想毕，虽然已经半夜，但黄公公还是高声唤道："请西厂御前指挥使冷潇前来一叙。"

冷潇，江湖人称嵩阳冷剑，名冠武林，在大内也是屈指可数的真正高手之一。加入厂卫后，但有疑难问题，遇到苦处难题，只要冷潇出马，无不迎刃而解，因此战功显著，深得黄公公信任。后调入西厂，又得陈公公信任。多数的时候，得到一个权谋者认可，不是件容易的事，而靠杀人得到认可，尤难。往往是嘴上认可，心中厌恶得恨不得杀了他。

看来今晚，黄公公必定要夜授机宜了。只不过这机宜，是断断不肯让外人知道的。

胡波，冯七，冷潇，都是大内的精锐，为了抽刀门发生的一切，黄公公一齐派出了这三路人马，这是近年来少有的阵势，东厂开始出手了。

第十三章 酒客，刀客？

黄昏风起兮，花叶满地。残阳如血兮，大漠羌笛。置酒烹羊兮，红尘有客。同醉阳关兮，匹马莫急。古道漫漫兮，携我刀去。我刀断水兮，川流不息。举杯长叹兮，何枝可依？何枝可依，黄昏风再起。

夜晚，长安酒楼，灯火通明，热闹异常。很多人因这里的太白秦酒慕名。太白自是太白，秦酒自是秦酒，但太白遇上秦酒，狂放中带着热烈，于是酒里便有了情怀，喝醉就有了故事。没人在意故事的真假。情到浓处，假何尝不是真。若不能打动人心，真又有何用？酒楼里喝酒的酒客，有老人，有少年，有男人，有女人。每个人有各自的情怀，或是怀念，或是畅想，或是寻找，各自曾经或未来的故事。

夜渐渐深了，酒客大都散去，因为今夜过后，还有明天。只剩那么两三桌的客人，还在买醉今宵。

此时，酒楼来了三位新的客人。走在前面的是两位面罩轻纱的姑娘，一位身着白衣，背着古琴，七根琴弦在灯火下闪亮耀眼，琴身棕黄，一看便是上等梧桐木所制，价值不菲；另一位身着淡紫衣衫，手中是一把太阿长剑。尽管不能完全看清面容，但二人眉目端庄，眼波似水，从走路身姿的婀娜风韵，举手投足的清秀典雅，就可以断定，这是两位绝色女子。走在后面的是一位青衫男子，身材中等偏瘦。只见他脸上没什么表情，眉飞入鬓，双眼射出冷冷的两道光，手里拿着一把刀，刀鞘乌黑，很旧。

长安酒楼之所以名闻关中，一个重要原因，就是从不主动打烊。任何时候客人到，都有好酒，尽管菜不一定了，但是，对于酒客来说，这就够了。

酒，对于江湖人，是和刀剑一样，早已成为身体和生命的一部分。行走在江湖上，或多或少，总要喝点酒的。无论他是刀客剑客，首先他必须是一个酒客。

喝酒的人又各有不同，有的喜爱山西汾酒的清凛，有的偏爱泸州川酒的甜中带辣，有的则对长白山烧酒情有独钟，有的爱兰陵醉的绵柔，有的喜贵州酱酒的醇厚,有的爱赵酒的雄劲,有的只独钟于秦酒古风中透出的简单……有人喜欢与爱的人浅杯低酌,夜半倾吐,每一口酒,吞下的是心事,孕育和沸腾着内心的情感,讲出来的却是平淡,淡到让人失望,失望后却长久地折磨着人心;有人则海碗豪饮,与三五志同道合之友,指点江湖,聊聊这一次广陵散又落入了谁家;有人与他人喝酒,就是与己喝酒,人皆是己,人皆非己,喝到位了,满座皆是自己的化身,喝过头了,不知频频买醉的此人是谁,不知真实的自己到底去了哪里。月下半醉半醒,夜幕中落魄彷徨,到处寻觅,不知归所,竟又是一夜红烛独守。酒醒,酒醉,哪个才是真正的自己,酒客从来说不清楚。

酒客追求的境界,那便是,一碗喉吻润,两碗破孤闷,三碗搜枯肠,胸有文字五千卷,四碗发轻汗,但觉此生不平事,尽向毛孔散,五碗肌骨轻,六碗通神灵,七碗便吃不得了,唯觉两腋习习清风生,亦真亦幻,最后发现,也无非是一觉醒来到天明……

酒入血中,血液奔腾,人便入了情欲。若是好的刀客,刀法便也有了情。怒胜思,思胜恐,恐胜喜,喜胜悲,悲胜怒,刀法竟也是相克之说,用刀的心情不同,刀法的效果也就不同。然万物何曾绝对?金虽胜木,木坚金残,锥钻之铁岂可伐林;水纵胜火,火炎水干,升合之水怎救焚山……

来的这三人,是不是好的刀客,无人知道,但定是好的酒客。三人坐在靠窗的位置,点了三坛太白秦酒。青衫男子一坛,淡紫色衣衫女子一坛,另一坛则放在旁边。白衣女子摘下古琴,唤店小二道:"将这几个小盏,换三个大碗来,先生喝酒,从来都是用碗的。"

店小二听到这天籁般的声音,如得了圣旨一般,毫不犹豫,迅速换来三个海碗。好大的碗。

紫衫女子问那青衫男子:"这碗似乎大些,先生,可好?"青衫男子没有说话,只是点了点头。

紫衫女子拿起碗,给自己和青衫男子各倒了多半碗。白衣女子给自己倒了少半碗。

青衫男子摇了摇头。紫衫女子叹了口气,只得将青衫男子的碗倒满。

白衣女子没有喝酒,而是将琴摆在桌上,先拨了几下琴弦,宫商角徵羽,五音很准。

紫衫女子道:"既来到长安,喝太白秦酒,婉月姐姐就弹那首《长相思》吧。"

白衣女子开始低头抚琴,商音一起,宫音紧随,此曲温婉中略带凄凉,凄凉中略带哀怨,哀怨中饱含着宽容。是的,是宽容。唯有宽容的哀怨,才是女人温婉之美的最好体现。若女人只是哀怨，少了宽容，那么最终留给自己的，不是孤独，便是仇恨。

青衫男子将碗举起，一饮而尽。他是一名刀客，更是一名酒客。他的酒量不大，然酒却是非喝不可。刀在他的手中，酒在他的心中。以酒御刀，是他多年来独特的习惯。偶有人见，他或约三四位酒脱之士于闹市的酒馆，或携二三女子琴歌于山林，酒市纵笑，山林长啸，常人只谓见到了几个俗不可耐的醉鬼或是疯人。纵是琴音可缺，但酒不能少。

或许是碗大了些，或许是酒烈了些，青衫男子一阵猛咳，脸色也渐渐红了起来。紫衫女子赶忙轻敲其背："先生可还好？"

白衣女子也将琴音停下。青衫男子向白衣女子道："此曲甚好，莫停。我也是刚刚略有所思，走了心神，不想此酒如此猛烈。"

"先生可是想起往事？"紫衫女子问道。

"不是。"青衫男子回答得很简短。

"先生宜放开心怀，一切都如预期一般。"紫衫女子说道。

青衫男子笑了一下道："轻云不要多虑，确是酒烈了些。"

看到男子难得笑一下，紫衫女子大为放心了，端起酒碗，也喝了一口，呛得也咳了几声："这酒，比先生老家的赵酒可烈多了。我可，咳咳，喝不惯。"

白衣女子的琴声，逐渐使得夜里的酒楼安静下来，剩下那两三桌客人也逐渐沉浸在这琴声之中，不再划拳行令了。

一曲结束，酒店里响起一阵掌声，尽管掌声并不热烈，但在这深夜的长安城，也算得绝响。

于是白衣女子也开始喝酒。三人一人一坛，碰碗而饮。女子喝酒，本就不多见，绝色女子喝酒，更是酒楼的传奇佳话。多日后，这酒楼生意更加火爆，因为都知道曾有一位叫赵先生的刀客，和两位叫轻云、婉月的绝色女子在这里一同饮酒。

赵先生喝酒，不论男女，只求情投意合，男人喝得，女人也喝得，身份尊贵喝得，身份低微也喝得。但是，赵先生从不与两种人喝酒，一种是丑陋的女人，另一种是太监。

"赵先生好不惬意，别处杀了人，却带着两位红颜知己，跑到这里喝酒，真是羡杀旁人。"只见一人，边说边进了酒楼，直奔赵先生的酒桌而来。此人风尘仆仆，像是赶了好远的路。一身飞鱼服，腰挎绣春刀。不过，这刀要更窄，更长，内行人知道，这叫绣春剑。

"一字闪电剑，胡波？"赵先生问道。

"哈哈，赵先生好眼力。一眼就看出胡某这绣春剑的与众不同之处。怎么，赵先生有佳人相陪，不请我这陌生人喝一杯？"胡波说话间已经走到近前。

"来者皆是客，请坐。"说着赵先生吩咐轻云、婉月坐在两侧，让出对面的位置留给胡波，又叫来一坛太白秦酒，给胡波倒满一碗。

"赵兄弟爽快，谢了。"说罢胡波坐下。

赵先生端起碗来："敬胡指挥。"胡波也端起酒碗，喝了小半碗，脸色立刻涨红："这酒好生的气力。"

说着他又看了看轻云和婉月："想不到两位漂亮姑娘也能喝这样的烈酒，可见赵先生交友不凡。胡某一路来，听了一些赵先生的传闻，今日百闻不如一见。既知我名和身份，赵先生能否赏下大名，好让将来江湖知道我胡某死在谁的刀下。"

"赵遁。"赵先生回答得依然简短。

"敞亮！看来赵兄弟是个光明磊落之人。能跟赵兄弟喝上酒，知道了名字，我就比那李灭欲强了多倍，哈哈。"说着胡波又喝了一大口。

"李灭欲，急了些。"赵遁说道。

"不过赵兄弟，我听说你赢李灭欲那一招，是借用了胡某的夺命十三式的第九剑，可有此事？"胡波说话倒也直来直去。

"这么说不算错。"赵遁说道。

"好思路。那惊鸿一瞥的剑招我曾见过，说实话，若是我，是断断想不出这样的破解之法。当今武林，我想除了死去的卫雄，也只有赵兄弟有此才华和见识了。值得干一碗。"于是四人一起喝了一碗。

"这思路最早确实是卫雄想出来的，我不敢掠美。"赵遁说道。

"那赵兄弟是承认与卫雄有交往了？"胡波问道。

"这个问题我拒绝回答。"赵遁说道。

"好，赵兄弟拒绝得还真是爽快。不过兄弟没有编个理由骗我，这便是君子所为。胡某一路闻赵兄弟踪迹而来，目的就是查找丁嵩、司马信等一干人行迹，今日既然有幸见到赵兄弟，讨教几招如何？否则胡某实在无法回锦衣卫交差。"胡波说着晃了晃手中的绣春剑。

"胡波无礼，竟敢在我家先生这里卖弄武艺，有种先跟本姑娘过过招！"紫衫女子轻云站起身来，眉往上挑，眼角露出杀气。

赵遁看了胡波一眼："先喝酒，月色正好，不要辜负了这关中醇酿，喝完再动手不迟。"说完端起酒碗，又喝了一口。

胡波觉得此人倒是有趣，干脆也坐了下来。只是，两位刀客见面，只喝酒实在无聊。

胡波打破了这种沉默："既然赵兄弟能想到用我这夺命第九剑破解惊鸿剑法，可想过用什么招式破解我这夺命第九剑？"

"惊鸿一瞥前面三剑不攻，直接飞过头顶转身攻出后两剑。"赵遁答道。

"好剑法，这样就可以极大增加转身速度。"胡波赞道。

"但没有前三剑做掩护，这后两剑的突然性就不够，我如果侧身躲开，用我的第六剑长虹贯日刺你的两肋呢？"胡波继续问道。

"我做空中后翻，用赵客缦胡缨，砍你的头顶。"赵遁说道。

"哦，这可是断水刀法的招数了。看来赵兄弟对断水刀法还有研究。来，我们喝一碗。"胡波话中带有欣喜之意。于是二人又喝了一碗。

"我此时黄龙转身，转到你身体的侧后方，剑扫你的腰部呢？"胡波不甘心地问道。

"我用地躺银鞍的身法，刀砍你的双腿。"赵遁说道。

"我纵身起跳，用我夺命第十一剑，做孤鹰一击。"胡波赶紧追了一句。

"我待你的剑招用毕，使出白马流星，逼你空中转身。"赵遁说道。

"好刀法，为这一刀，再喝一碗。"胡波赞道。于是二人又喝了一碗，边说边喝，眼看半坛酒喝进去了。

轻云见胡波每说一招，赵遁都立即回复一招。但赵遁说出一招，有时胡波就要与赵遁喝一碗酒再回复，其实是用这个空隙想破解之法，若是临阵对敌，哪有时间如此考虑。这胡波已经是落入下风了。

"我若接上招，用夺命第二剑，反刺你的双眼，如何？"胡波继续问道。

"我先用长风送雁封你的剑招，后用惊鸿一瞥攻出前后五剑，你防不住。"赵遁答道。

"这……长风送雁接下来应该是酣卧高楼，你怎能接惊鸿一瞥，而且惊鸿一瞥本是剑法，如何能与断水刀法衔接？"说着说着，胡波头上已经冒汗。

"看来胡兄也颇识得断水刀法。不错，按本来之刀法，长风送雁下面确实是酣卧高楼，但临阵发挥，最忌讳死背刀谱。若不能随机应变，完全墨守成规，如何赢得了高手？"赵遁答道。

"乱了，乱了，你这断水刀法根本就是乱打，还跟惊鸿剑法混到一起，这全乱了。"胡波喃喃自语道。

"可那也是赢了你了，你还不赶紧自罚一大碗，谢我家先生不杀之恩？"轻云咄咄逼人道。

093

胡波一脸无奈，端起酒碗，咕咚一声，干了一碗下去。眼看这坛酒就要喝完了。

"婉月，再去给胡指挥要一坛来。"赵遁吩咐道。

"不来了，看来胡某今天是败了。不过你这刀法，太乱……"胡波突然感到一阵头疼，天旋地转，趴在桌子上再也起不来了。

赵遁端起酒碗，又喝了一口，自言自语道："弃我去者，昨日之日不可留，乱我心者，今日之日多烦忧。剑法都可弃，刀法如何不能乱？唯乱而取之，方为刀法更高之境界。"

轻云喜道："难道先生悟出了断水刀法的第二重境界？真是可喜可贺。来，婉月，我们一起把坛中酒喝完，祝贺先生。"

赵遁答道："我拒绝回答你这个问题，但我不拒绝你的酒。"于是三人抱起坛子，竟是一饮而尽。

一坛显然不够，这良辰美景，赵遁喝酒论剑，便赢了胡波。轻云和婉月当然要陪这位年轻的先生好好喝个痛快。赵遁于她们而言，既是受人之托需要照顾的尊贵主人，又是知心的朋友。她们于赵遁而言，酒好，人美，知心，有此三样，人生何求？

果然，轻云又抱过来三坛酒。婉月笑道："云妹妹，看来你今天是非要把我们灌醉不可呀。"

正在三人把酒言欢之际，酒楼又来了四位不速之客。是四位年轻的白衣公子，两胖两瘦。四人要了两坛太白秦酒，就坐在离赵遁他们不远的地方。

只见其中一名瘦的白衣人，对那两个胖的白衣人说："林师兄，郑师兄，此番你们把票号放出去的钱，收回来了多少？"只见那胖白衣人说："不瞒陀师弟、陶师弟，现在真是越来越难。这帮奸商，借钱的时候一个个拍着胸脯，信心满满地说，本利一起付清。结果这到了期，一个比一个能哭穷。"那瘦白衣人道："欠债还钱，天经地义的事，不知道为什么就这么难。有时气急了，真想把他们一个个都砍了算了。""师弟可心急不得，这要都杀了，我们找谁要钱去？"胖白衣人说道。

"眼下这世道不景气，我看他们倒也不像赖着不还。现在到处都缺钱用啊。就拿朝廷来说，不也缺钱了嘛，所以才打我们各大门派的主意，收什么山泽鱼盐税，摆明了和江湖人过不去嘛，我看，就应该把那个户部尚书王士孺宰了才对。"另一个瘦白衣人骂道。另一个胖白衣人说道："陶师弟慎言。这朝廷的事岂敢妄议呀。你知道哪里埋伏着东厂和锦衣卫的人，说抓就给你抓走了。"那个姓陀的瘦白衣人道："可现在钱收不回来，海升票号那催得可是紧，都来我们华山派三回了。"

林姓胖白衣人道："我看没法子，还得用顾掌门想的办法，先让这些商人把每年的利息还上，然后再跟海升票号多疏通疏通，争取他们再发些款子下来，我们再贷给这些商人，等这些商人生意有了起色，周转过来，这本金也是可以拿回来的嘛。"

郑姓胖白衣人道："这也是没办法的办法了。可是最近这山泽鱼盐税也要交，我们收的这点利息，大头都给了海升票号，哪还有那么多钱交税呀？"

林姓胖白衣人道："这事我听说里面关系复杂。恐怕这税也难收。据司礼监的朋友讲，王士孺虽然票拟了意见，但内阁四位学士只签了个名字，都没拿意见，弄得黄公公和吕公公根本无法批红，现在还搁置着呢。所以我们还是先把海升票号的事解决。这帮爷，仗着钱总管撑腰，可是不好伺候。不光得酒肉款待，据说这年轻貌美的姑娘，也得物色几个。可我们华山派，资源匮乏，比不得峨眉派呀。"

这时郑姓白衣胖子往旁边一看："林师兄你看，那边不是有两位绝色佳人吗？还会喝酒呢。"说着嘿嘿一笑。

另三人一看，果然生得好颜色。

四人如同鬼魅附身，来到了赵遁等人桌前。"小妹妹青春几何呀，陪哥哥喝杯酒如何呀？"四人嬉皮笑脸，竟凑了过来。

赵遁起身，刚欲拔刀，突然感觉一阵头晕："不好，今日贪杯，竟喝多了。"

轻云冷笑道："先生不必动怒，这几个杂碎，还无须先生出手。"看那姓郑的胖子欺身过来，轻云一闪身，抬起一脚，正踢到郑姓胖子脸上，直接将郑姓胖子踢飞出去五六尺远，仰身摔在木凳上。郑姓胖子摔得哽了一声，脸上肿得像个包子，鼻子也蹿血了。

婉月在一旁笑道："妹妹你出手好重，就不能温柔一些？"说着拿起刚端上来的酒坛子，对准林姓胖子的脑袋，直接就砸了下去。林姓白衣人躲闪不及。于是头上就如开了油酱铺子一般，鲜血流得到处都是。

两个瘦白衣人一看，不好，对方出手不凡。一咬牙，一跺脚，回身就跑了。两个胖师兄一看，这可好，我们多年的兄弟情谊，今天才得到检验。二人也顾不得身体的伤，连滚带爬跑出酒楼，好容易追上两个瘦师弟，四人不断回头，发现姑娘没追来，才放下心，互相搀扶消失在夜幕中。

赵遁在眩晕中看到轻云这无影脚，婉月这抢坛功，不禁一笑。还没笑完，一口酒吐在桌子上，吐得一旁趴下的胡波满身都是。婉月赶紧过来，帮着拍打后背，轻云去找店家要了一碗凉水。赵遁好一顿吐。轻云和婉月不断埋怨："酒量本来就一般，乱拼什么酒。"

此时，胡波酒醒了。看到眼前和自己身上的狼藉，指着赵遁笑道："功夫我不行，喝酒你不行，咱俩这回是扯平了。下回再比个输赢。"说罢，跟跟跄跄离开酒楼而去。

轻云向婉月道："这可好，来长安的正事还没干，赵爷倒是先喝倒了。"婉月道："还有时间，他也是一路劳累，等他休息两天，我们再探查华山派不迟。"

二人正在说话。忽然从酒楼外跑来一人。此人跑到轻云和婉月近前，说道："二位姑娘让我好找，司马先生让我转告赵先生，说是断水山庄已经建造完毕，正等赵先生回去主持大计。另外回雪姑娘说，龙门客栈也做好准备恢复营业了。"

婉月道："进度好快，那我们事不宜迟，就别在长安逗留了。华山派的事以后再说。咱俩扶着这个醉鬼先回洛阳。"

轻云道："好，一切听姐姐安排。"说罢，三人离开了长安酒楼。

华山脚下，林荫小路，四个白衣人互相搀扶，边走边骂："他妈的，哪来的两个娘儿们，下手还挺狠，下回等我们英雄豪杰四兄弟养好伤，还不来个先奸后杀？就像韦康弄死东方敏一样。"

"两位师弟，你俩可不地道哇，怎么扔下师兄先跑了？"

"师兄哪里话，我们是就近寻找帮手去了。"

"不愧为豪杰师弟，就是讲义气。"

"两位英雄师兄，师弟早就想好了，就算找不来帮手，也会回去拼死一战，救出两位师兄。若真是我们功夫不济，大不了学那桃园结义的刘关张，不能同年同月同日生，只求同年同月同日死。"

"师弟……"

"师兄……"

四人正在互诉衷肠，说到情真意切，声泪俱下处，只听得路边有人一阵阵冷笑："什么华山派四大弟子，今日一见，你们还要点脸吗？林山英、郑山雄、陀山豪、陶山杰，你们四个还有脸自封英雄豪杰？我看明明是临阵脱逃，哈哈，真是可笑。顾高深那个伪君子的脸都被你们丢尽了。"

四人大惊："什么人鬼鬼祟祟？"说着纷纷抽出华山剑。

只见路边已站定一人，一身黑衣，头戴斗笠，背后背着一对判官笔。此人双手抱在胸前，正在冷笑。

"敢讥笑我们华山四杰，我看你是活腻了。"四人齐声喝道。

"凭你们？也配？今天爷爷心情还好，给你们留条命。你们只要告诉爷爷，哪个王八蛋说的东方敏是被韦康奸杀的，就可以砍下一只手，滚了。"黑衣人道。

"小子，敢在华山脚下造次，你是活够了。三位师弟，你们缠住他，待我前去山上叫人。"林山英顾不得摔得腰疼，歪歪扭扭地向山上跑去。

另外三个也打算学大师兄，可是已经来不及了。黑衣人已经飞身而来。

既然走不掉，那就拼死一战，三个打一个，胜算还是很大的。三个人抡起华山剑，呈丁字形站稳，不求进攻，先求保命。

黑衣人唯恐林山英真叫下人来，自己势单力孤，难免吃亏。于是抽出判官笔，与三人斗在一处。华山派三大弟子，不能说全是饭桶，但黑衣人的功夫，让他们感到绝望。判官笔利在近战，三人舞动华山剑，力图拒敌于三尺之外。想法很丰满，现实太骨感。

十个回合。判官笔连点三人大穴，三人顿时血流不止，动弹不得。

"可以回答我的问题了吗？"黑衣人问道。

"前辈爷高抬贵手。我们回答就是。"三人此时哀求的声音倒是齐整。

"那你们听谁说的，东方敏等人是被韦康奸杀的？"黑衣人问道。

"不瞒前辈爷，是宫里传出来的消息，也不知道谁说的，反正都这么传。而且据说大内还派出了冷潇，专门捉拿韦康这个贼孙子。"郑山雄说道。

"哦？本来只想留你们一只手，现在既然你们嘴里不干净，就留下舌头下酒吧。"黑衣人狠狠说道。

"前辈爷饶命啊，这韦康与前辈爷什么关系呀？"三人哭着说道。

"你爷爷我，就是韦康。"黑衣人冷冷说道。

华山脚下，一队火把，围住了三个脸上鲜血淋淋的人。一个白衣胖子焦急地问道："谁把三位师弟打成这样，三位师弟说清楚一点呀。"只听另一名华山派弟子说道："林师兄不好了，三位师兄都被割了舌头。""我们赶紧抬三位师弟上山。"林山英指挥着。

华山顶，论剑厅。掌门顾高深背着双手，眉头紧锁，面有怒容，不远的桌子上，有一张纸条，上面是郑山雄写的两个字，"韦康"。

"韦康，你欺人太甚。这笔账，我们慢慢算！"顾高深一掌狠狠地拍在了桌子上。

此时，有门下弟子进来："报告掌门，我们刚得到消息，洛阳的龙门客栈，最近又要重新开了。"

龙门客栈，过去曾是江湖中消息最灵通的地方。此番重新开业，想必江湖中又有新的动向。顾高深立刻派人常驻洛阳，专门负责打探各种消息，随时报告。

第十四章　龙门客栈

凌波千里外，罗袜染洛尘。轻云竟闭月，挥毫点龙门。一饮风回雪，再醉汝阳春。店家何聒噪，一字抵千金。

洛水之阳，有城名为洛阳。一部中华史，三分洛阳城。自从第一个王朝在这附近建立，第一坛酒在这里酿造，这片土地上的人们和伊川、洛水的文化，就再也洗不去古城的印记。人民造就了古城，古城也造就了人民。河出图，洛出书，圣人则之。圣人者，伊洛人之余事也。所谓"蜗牛角上争何事，电光石火寄此生"，来到洛阳，才能更加切实地感悟到。三千年来谁著史，问天下谁是英雄，这些千古之问，在残破的洛阳城前，都显得幼稚而苍白。

清明节这一天，洛阳城东，自东向西的古道上，来了四匹马，马上三男一女，正在悠悠闲闲，有说有笑，并不急于进城。

只见一位蓝衣青年道："方师姐，你学问大，你说这清明节应当喝什么酒？"马上女子笑道："沈师弟岂不闻，借问酒家何处有，牧童遥指杏花村，自然是喝汾酒啦。"

"可是这已经是河南境内，到哪里寻得汾酒？小弟是问到了河南，该喝什么酒呢。"青年问道。

女子向前看了一眼，只见这中原大地一片辽阔，远处青山隐隐，她口中吟诵道："慨当以慷，忧思难忘，何以解忧，唯有杜康。曹孟德作为亳州人，他最为推崇的杜康酒，如何能错过？"

另两人齐声赞道："方师妹好才学，我们此番就要尝一尝这汝阳杜康的味道。"

来者四人正是诸葛愚、吴道海、方月娴和沈日新。四人从长白山一路南下，并不急于赶路，倒是把沿途的风光好好地饱览了一番。此时吴道海问道："方师妹，听说陕西秦酒也有名叫杜康的，与这汝阳杜康，到底谁为正宗？"

方月娴道："杜康为中华之酒神，史书记载其善酿秫酒，秫者，高粱也。杜康酿酒之时，陕西还属于西戎，何来杜康酿酒之事？直到后来古公亶父率民众居于岐山，陕西方从蛮荒中得以开发，才有了其后人文王居德，武王伐纣的故事。"

诸葛愚道:"师妹果然博学,所说确是正论。"

沈日新继续问道:"方师姐,我们终于来到河南,总可以看看那虎牢关三英战吕布的地方了吧?"

方月娴笑道:"沈师弟,我们已经过了虎牢关啦。"

沈日新懊恼道:"过了?糟糕,竟然没有留意。"

方月娴道:"师弟也莫要遗憾。所谓三英战吕布是根本不存在的。都是说书的后人编的故事。正史记载,那吕布在三国时期,只不过称为飞将,并无过于出彩的战绩。那关羽、张飞才是史书记载的万人敌呢。若是历史上吕布遇到关羽、张飞,搞不好只有一败涂地的份儿呢。"

"那说书人为什么要这么夸赞吕布的英雄了得呢,难道是为了突出和貂蝉的爱情故事?"沈日新问道。

方月娴道:"王允用连环计套住董卓和吕布,我可不认为吕布和貂蝉有什么值得赞美的爱情。无非都是政治的棋子而已。不过按照说书的故事情节,诛灭吕布后,貂蝉莫名失踪,也算是作者为这爱情增添一份凄美的纯真吧。"

"嗯。我也觉得貂蝉突然消失的情节设定,是对吕布、貂蝉爱情的肯定,也是最好的结局。不然后来白门楼吕布被抓,最爱的英雄被兄弟出卖,最后杀头,这貂蝉是在场还是不在场的好?"沈日新说道。

"师弟心地善良,考虑得很是周全,将来定能找一位美丽可靠的姑娘为伴。"方月娴笑着说道。

"那常山赵子龙呢?说书的可是把他说成天将一样的人物呢。"沈日新继续问道。

方月娴道:"史书将赵云、黄忠比作楚汉时期的英布、彭越,说明二人也是猛将。但是说书的将赵云进行了美化,说他长坂坡在曹营七进七出,其实真正七进七出的是三国后期的文鸯。"

沈日新听完敬佩道:"方师姐这是读了多少书哇,知道这么多故事。"

吴道海道:"河南的历史典故太多了。沈师弟还是莫要再问三国了。我们且听方师妹讲一讲,到了洛阳城,我们该看些什么呢。"

方月娴道:"自古以来,洛阳的古迹就很多。比如龙门,据说那是大禹开凿的,名将白起曾在那里击败韩魏联军,一战成名。又比如白马寺,那可是传说白马驮经的地方。还有程门立雪的故地,当年程夫子不仅以理学著称,也是一名剑术高手,他并不赞成张载、周敦颐等一味模拟自然界追求剑理的方法,首次提出来性即理,剑法无外乎心性的剑术心法理论,将遥不可及的天道,向人心拉低了一寸,就这一寸，就创立了当时名震江湖的伊川剑法。当时武功剑道已经成名的杨时大侠为了一窥伊川剑法的奥妙，竟在雪中足足立了几个时辰，等候程师的召见。说起来，这个杨时，与现在的峨眉派也有些渊源，传说他本宗的一位后辈与峨眉的首任掌门交情匪浅，特将部分伊川剑法相授，这就是目前峨眉派灭欲剑法的基础剑招……"

方月娴一改往日的矜持，讲起来滔滔不绝，三人听得津津有味。

沈日新急问道："方师姐，洛阳可还有什么好看的自然景观？"

"有哇，伊水、洛水的美自然不用说，还有那洛阳牡丹，现在正是盛开的时候，岂不闻牡丹花下死，做鬼也风流？"方月娴掩口笑着说道。

"那方师妹看，我们进城后，应该首先去哪里呢？"诸葛愚问道。

方月娴收起刚才玩笑的神态，说道："诸葛师兄，不管如何，这次来河南我们毕竟身带任务，一路上我们也游玩了许多，此次进城，我们还是正事要紧，先去打听那司马信等人的踪迹为好。"

"好。那依师妹看，我们进城后到何处打听为好？"诸葛愚继续问道。

方月娴想了想，说道："前几年，我曾听说洛阳城有一处武林人士常去之地，叫作龙门客栈，主持客栈的是一位女子，叫作回雪姑娘。这家客栈消息最为灵通，想打听什么情报，只要肯花钱，大多数都能办到。也不知现在这客栈还开不开，我们且去碰碰运气。"

吴道海问道："既然这家客栈如此显眼，为何主事之人只是一位年轻貌美的姑娘？"

方月娴笑道："吴师兄，我只说是回雪姑娘，你怎知道就一定年轻貌美？"

吴道海的脸微微一红道："受师妹博览群书影响，我最近也看了些书。其中讲到洛阳的，有一篇三国曹植的《洛神赋》，里面有一句说，仿佛兮若轻云之蔽月，飘摇兮若流风之回雪，是形容那洛神女子的美丽。这姑娘既然叫回雪姑娘，想来必是年轻漂亮。"

方月娴赞道："师兄果然是三日不见，当刮目相看，这学问的精进让师妹十分敬佩。师兄所言极是。传言这回雪姑娘不仅天姿绝色，而且武功极高，不知师出何门。但也有传闻说其出手狠辣，可是朵扎手的玫瑰呢。"

诸葛愚道："既然如此，我们就按方师妹所说，去这家龙门客栈看看。记住，我们只打探消息，一切谨慎。"

午时，艳阳高照。洛阳城热闹异常，龙门客栈异常热闹。

龙门客栈的店面很大，一楼和二楼做了挑空，是吃饭喝酒之处，三楼用于客人住宿。

"五号桌龙门帮客人添两壶汝阳杜康。""二楼靠窗金刀门的杜爷桌上给来一条黄河鲤鱼，延津做法。""七号桌丐帮的兄弟来一只烧鸡、三碗烩面，多放胡椒面。"跑堂的小二不停地吆喝着。虽然已到清明，但天气并未明显转暖，酒馆里还是需要喝酒取暖的。酒，可驱散天寒、心寒、恐惧和抑郁，何况是传说中已经有上千年历史的杜康。

诸葛愚等四人进了客栈，雅间是没有位置的，靠窗也没什么位置了，只得找了个相对偏一些的角落坐了下来。诸葛愚道："这客栈还真是热闹，在长白山就没有这样热闹喧哗的地方。"方月娴道："师兄有所不知。自北宋开始，河南的政治中心虽然在开封，但众多达官贵人、文人、在野的领袖人物，实多居于洛阳。故此地酒肆遍地，茶余饭后，少不了煮酒论雄，秋月春风，于是就形成了以洛阳为中心的信息情报中心。各处客栈、酒馆成了江湖人谈论和打探武林和朝廷动静的好场所。本朝以来，洛阳的江湖地位不仅没降，反而有越发提升的趋势。这家龙门客栈，应该也是经营很多年了，传说背景深厚，别说对江湖中的各大门派了如指掌，就连朝廷每天的动静都瞒不过它。比如皇帝某天朝会研究了山东的蝗虫个儿有多大，能吃多少麦稻；副丞相的公子看中了京城如意坊的哪位头牌；礼部尚书勾引了早与工部侍郎有染的儿媳，二人公开厮打，如妇女骂街般，毫无体统，一旁的户部尚书笑弯了腰，不小心从袖筒中掉出了陕西巡抚送给他的房契……诸多朝堂的大事，都瞒不过这看似远离京城的龙门客栈。虽说龙门客栈主事人是回雪姑娘，但客栈的很多具体事务是由王掌柜一手操持。此人武功虽一般，但有一手出神入化的纵横捭阖之能，正因其出手阔绰，善于交际，结交了诸多庙堂江湖之人，也解决了很多帮派棘手的麻烦和恩怨，故为人口碑极好。龙门客栈在很多地方设有分馆，故天下情报每天都源源不断地汇集而来。各色人等也愿到他这里来喝一杯，顺道了解下江湖和朝堂近期的要闻。"

"哦，想不到小小客栈居然还有这么多的背景情况。"诸葛愚说道。此时，沈日新看到客栈一楼大厅正中有一块巨大的屏风，便问方月娴："方师姐，这是干什么用的？"

方月娴道："听说王掌柜属下中有一个负责文书的，叫作司马朗，是个别出心裁的人，他着人直接在酒馆大厅的正中摆上一块大大的屏风，并特地请来伊川派的大弟子程涵敬作了这幅江山瑞雪图，大气非常。然此图也不过是个背景画，每日下午至黄昏时分，司马朗就会用他那最擅长的黄楷，将收集到的情报直接整理后公布在屏风上，故这龙门客栈每日申时后便不再接收新客，且菜价酒价每隔一刻钟，便要调价上涨。司马朗将这份整理好的情报摘要，称为龙门参考，名曰参考，实则可谓江湖人之指南，其因快速、准确，誉满天下。"

"想不到这外面的江湖不光大，还很丰富多彩呀。这可比长白山有意思多了。"沈日新掩饰不住初出长白山的激动。

这时吴道海又问方月娴："这黄楷是什么意思？"

方月娴道："就是北宋黄庭坚的楷体。北宋年间，苏黄米蔡四大家的书法风靡全国。到了本朝，洛阳民间最喜欢这黄庭坚的楷体，所以研习之人很多。"

诸葛愚道："师妹见识果然渊广。既是如此，我们干脆就在这里先吃些东西，等到申时以后，看看最近这江湖到底有什么最新情况，没准就能打探到司马信等人的消息。"

"太好了，小二，先来四坛汝阳杜康。再将你们的龙门水席逐个端上来。"沈日新已经按捺不住喝酒的兴奋了。四人于是坐下来，边喝边聊，同时也打量着周围各色人等。

只见四人的左首不远处，有一桌围着五六个人，看穿衣打扮似乎是丐帮弟子。前面一桌坐着三个人，是道士模样。而身后居然有三个和尚，也点了两只烧鸡、一坛酒。

吴道海觉得奇怪："诸葛兄，为何丐帮弟子还有钱来这种客栈吃酒，这和尚、道士的，难道连清规戒律也不讲了？"

诸葛愚道："师弟久居山上，是不了解这江湖的肮脏和险恶的。如今的江湖，哪有什么道义和清规，全都是利益当先。不说别的，就说这武林的泰山北斗，少林和武当两派，也是拿着钱到处放债，结果逼良为娼、逼死人命不在少数。这丐帮更是过分，经常充当锦衣卫的打手。后来有些地痞流氓，干脆把自己头发剃秃，或是弄几件破烂衣服，冒充少林和丐帮的弟子，净干些奸盗邪淫的勾当。"诸葛愚越说越气愤，将拳头重重捶在桌子上。

"少林和武当派还有钱放债？这倒是头一次听说。"吴道海说道。

诸葛愚道："我也是听江湖传闻，说是这两派仗着和海升票号的关系，借出钱来，农忙的时候借给农民买种子、秧苗和农具，等到收成时再本利收回。如有歉收之年，就带着一帮和尚道士去强行讨债，家有男丁的拉去两派做苦力，有女人的全逼去青楼卖身，弄得河南、湖北一带妻离子散的不在少数。"

"难道这些事官府不管？"沈日新怒道。

"那少林、武当的背后本就有锦衣卫撑腰，而海升票号在大内也是盘根错节，哪个地方官敢管这事，乌纱帽没了不说，搞不好还会脑袋搬家。"诸葛愚说道。

这时方月娴道:"何止少林武当,现在武林中哪门哪派不得依靠朝廷,不在为锦衣卫办事?就是我们抽刀门,替东厂和锦衣卫也办了不少。"

四人皆不作声。方月娴揭开了遮羞布,说出了一个赤裸裸而又血淋淋的事实。人每当义愤填膺化身正义的时候,从来不想自己也是那作恶的一分子,自己与恶的距离,真像想象中那么远吗?如果方月娴再扎心地发一句灵魂之拷问:"你我,你们,我们,还有他们,难道就真的没做过缺德事吗?"那么场面将更加尴尬。而好在方月娴是通情达理和善解人意的。这样的人知道,话应当说到什么分寸、什么尺度,如果点到即止就可以触及灵魂,何必一遍又一遍去揭示内心的阴暗?

场面确实尴尬了一阵。还是吴道海打破了这种局面:"诸葛兄,刚才你说少林和武当向海升票号借钱放债,这海升票号很有钱吗?"

诸葛愚道:"据我听说,其富可敌国。虽说我不知道海升票号的钱怎么来的,但江湖中确实有很多门派都通过向海升票号借钱放债的方式,为本门获取利益。"

"那我抽刀门可干过此类事情?"吴道海问道。

"我印象里原来卫雄担任掌门时,好像议过此事,卫雄主张辽东地区,本就靠近边境,百姓和商户都相对贫困,我们利息放得高了,钱收不回,放得低了,又还不上那海升票号的利息,所以当时说再看看。卫雄出事后,这事暂缓了一段时间。但袁掌门来了以后,似乎又要提上议事日程。那海升客栈就是海升票号出钱开的,说是归我们代管,利润双方分成。但长白山地区,哪有那么多客人住店,我们自己的断水客栈,都是勉强维持。这下倒好,据说海升客栈不仅赚不到钱,搞不好我们还要贴一部分断水客栈的利润进去。"诸葛愚说道。

几个人正在聊着,突然发现雅间二号啪的一声扔出来一个盘子,摔在地上粉碎,里面人骂道:"他妈的,这是什么黄河鲤鱼,这么多刺,差点扎了老子的嘴。"王掌柜赶忙一路小跑过去:"钱爷,钱爷,您息怒,马上给您换一条。"说着吩咐店小二,赶紧给钱爷换一条又大又肥的鲤鱼。小二不敢怠慢,赶紧吩咐后厨去准备了。

四人不禁纳闷,居然还敢有人这样肆无忌惮地在龙门客栈闹事?不知这个钱爷是何方神圣。

这时只听右边几个客人低声议论道:"兄弟,此人是谁,这么嚣张?"

"这就是海升票号的钱小军,可是总管钱军的干儿子哩。龙门客栈也不敢惹。"一人低声说道。

"原来如此,早就听说钱总管收了十个干儿子,江湖人称海升十狼,最为嚣张霸道。"另一人附和道。

"不知这钱小军是第几个干儿子？"又有人问道。

"第几个？这十个都叫钱小军。为了彼此区别，钱总管把他们唤作钱小军一郎，钱小军二郎，依次下去，直到钱小军十郎。"方才那人又低声解释道。

"那一郎、二郎的，岂不是倭寇的名字？"一人不解地问道。

"你还别说，我还真听说，里面有倭国人哪。"方才附和那人说道。

"这你就不知道了，哪有几个真正的倭国人，不过是内外勾结，烧杀抢掠，坏事做尽。"方才解释那人继续说道。

"可是海升票号不是一直到处放债收债，号称替朝廷抗倭捐了不少款项，还被司礼监封为爱国忠君的楷模吗？怎么会和倭寇勾结在一起？"有人开始表示疑问。

"兄弟，慎言，慎言哪，你有几个脑袋敢在这里乱说，那海升票号势力庞大，不光江湖各大门派都与之交往，就是在东厂、西厂，也有人家的关系，这客栈里这么多人，你知道谁是锦衣卫的眼线，小心你这胡乱言语被抓了去。"其中一个年纪稍长一些的劝道。

"嘘，慎言，慎言，莫要谈论这个话题了……"

诸葛愚几人听了这么几句，不禁摇头叹息。再向周围张望过去，大家无非是谈天说地地闲扯，似乎都在等待申时的到来。只有在他们四人侧后方，一个更为隐蔽的角落，有一个人低头喝着酒，一言不发。桌上除了酒壶，还放着一把长长的铁剑，比一般江湖人用的剑还要长出一截。此人半侧脸，将头上的帽子故意压低，好像刻意不想让人看到他的面容。

在闲聊中，时间过得很快，申时已到。

龙门客栈的酒价立刻从二十文涨到三十文一壶，菜价上涨百分之十。不愧是大店，纵使涨价，亦有节制。

铛，铜锣一响，一位妙龄女子举起一张纯白宣纸，款款走向大堂屏风，上面用工整的黄楷，写着今天第一条消息：当今圣上听取了山东大儒吴浩然讲解论语六章，对"三省吾身"一句尤感兴趣，做出朱笔批红，"即日起，朕也当如此"。

"好，我当今万岁以仁义治天下，真乃明君。"众人啧啧赞赏之声不断。

接着，这位白衣女子又挂上了第二条消息，众人一看，宣纸上写了两行大字："王士孺巧解圣卦，山泽税正式开征。"此信息一出，引起全场骚动。只见有几个门派的弟子纷纷拍桌子骂娘："王士孺这个狗官，还他娘的让不让我们活了。"也有一些头脑显得冷静的门派，向写文书的司马朗问道："司徒先生，可否开解一下，这里面有什么背景内情？"

司马朗笑道："此事说起来有些难以置信。宫里传出的消息说，有一天，万岁爷清修之时，占得一卦，名为天水讼。下诏传示六部和内阁。于是刑部首先上了折子，说是水在下，天在上，水与天相违背，这是朝廷法律过于宽松了，达不到君上的要求，要求进一步对官民严加治理。而只有户部的王士孺别出心裁，说什么圣上将天水讼卦展示阁部，是在指责六部与内阁与陛下不同心同德。因为天水讼的天，是个乾卦，指的是君父，水是坎卦，坎的数字是六，分明指的是六部。天在上，坎在下，卦辞说天与水违行，说的是六部与天子不同心了。从君父的角度看，这一卦是天水讼。而从臣子的角度，必须将卦反过来看，那就变成了水天需了。需者，需要也，等待也。君父需要和等待什么呢？显然需卦中有'需于酒食'的说法，酒食就得用钱买呀，陛下是嫌户部和司礼监内库银子不够了，而臣子还不知道想办法，这不是与君上离心离德了吗？所以户部就再次上了对山泽鱼盐征税的折子，这次司礼监也不敢留中了，几个公公商议后，立刻就批了红。"

司马朗说完，客栈里又是一群骂娘声，群情激愤。

方月娴听得暗自好笑，这王士孺还真是个揣摩上意的人才，这么解释讼卦，可谓前无古人了。

各派弟子可没这么冷静了。几个武当弟子把桌子拍得啪啪直响："他娘的，刚刚把海升票号的银子收上来，这下又要钱，道爷回去就把武当山烧了去，烧得连根毛都不剩，让他收个鸟。"

海沙派和巨鲸帮的说："你们武当不错了。我们天天就靠着打打鱼，偷偷卖点盐，这回把钱都收了去，我们喝西北风去呀。"

那几个少林派的和尚说道："阿弥陀佛，各位施主莫急，我看还是各自禀明本门掌门、帮主，一起请司礼监各位公公出面说话才是道理。"

青城派的几个弟子骂道："秃驴少说风凉话，你们倒是能跟司礼监说上话，我们偏居西南，上哪找大内的关系去。总不能像峨眉派那样出卖色相。"

一旁恰好坐着几个峨眉弟子，一听此言，立刻拔出宝剑："青城的杂毛们活腻了吗？姑奶奶要你们的命。"

青城派也不示弱："哼，你们峨眉上梁不正，东方敏带着一帮师姐妹竟然还怀揣春宫图，勾搭北镇抚司二太保韦康，好不要脸。"

一众峨眉弟子恼羞成怒，举剑过来就要拼命。

王掌柜一看要打起来，赶忙过来劝架："各位大侠息怒，大家千万不要自己内讧啊，我看所有的账都要记在王士孺这个狗官身上。而且，虽然说了征税，但这税还不是靠宫里的太监宦官们来征？大家既然有宫里这层关系，都给宫里办过事，还怕公公们难为大家？若是因为这点小事在小店打起来，那回雪姑娘知道了，责罚起小的，小的可是担不起这责任哪。"众人渐渐安静下来，一来是王掌柜所言确实有理，二来龙门客栈势大，也确实不好惹，在这里动手，得罪了客栈主人太不划算。

接下来几条消息，无非是四川现了祥瑞，山西查了贪官，大内派人考察任命了某个门派的新掌门，大家听了也没什么兴趣。

酉时，酒钱突然涨到一两银子一壶，菜价翻了三倍。大堂静了下来，鸦雀无声，都知道，一定是又有一个重磅消息要公布了。

果然，文书房里走出一位清雅秀丽之女，一身黄衫，款款而来，美目盼兮，巧笑倩兮，实有轻云蔽月之貌，流风回雪之姿。此人正是伊洛四大美人之一回雪姑娘。众人禁不住喊了一声："好相貌！"

回雪姑娘脚步中轻快不失稳重，将用朱砂誊抄的湖州宣纸郑重地挂在大屏风的中央。众人凝神静气，只见上面写了两行字：

断水刀法重出江湖
断水山庄一夜兴起

这真是个重磅消息。大家还未讨论此事，便先各自付了到子时的酒钱。若不如此，今晚酒价恐怕就要涨过白马巷的宅子了。

诸葛愚等四人也开始聚精会神，仔细听着大家的议论。

只听有人讲道："看来之前传闻是真的，前段日子听说抽刀门两位堂主都死在断水刀法之下。还有山西杏花派、洛阳金刀门、青城派等派掌门也都死在断水刀法下。"

"什么，青城掌门也死了，你是说闫革掌门被断水刀法砍死了？那他们弟子还敢如此嚣张？"有人对这个消息表示不敢相信。

"放屁，谁说我们掌门死了？"青城派弟子怒目而视。

"哎呀，反正都这么传，也不知真假。小弟我是听丐帮说的。"

一旁的丐帮弟子立刻更正："各位青城兄弟，我们兄弟保证，本帮绝没听到过这消息。这绝对是有人栽赃陷害的流言。"

另一人道："据传言，这些人死前都挣扎着写下了'断水刀法我已看过，和传说中的一样'这两句话。都说是卫雄索命呢。"

"不过我听说，抽刀门认为是逃走的掌门大弟子丁嵩在作怪。"

"胡说，那丁嵩能有多大能耐，一下子杀这么多人？而且断水刀法只有掌门才能全部掌握，丁嵩充其量会几招就不错了。"

"哎呀，你们有所不知，这丁嵩虽然没那么大本事，但后面帮手可是硬得很哪，传说早就退隐江湖的伊川剑客司马信都出面了，在抽刀门弃剑大会上大闹了一场，吓得少林、武当、峨眉、华山、衡山、青城、泰山各大派掌门当场就尿了裤子。"

"哈哈，仁兄你这么说就过分了。要说别人我信，这少林的性空大师，峨眉的灭欲师太难道也被司马信吓尿了？"

"唉，我听说他们这几位当天有事没去，派去的弟子尿了裤子。"

"何止呀，我听说，那东厂的冯公公也去了，也被吓尿了。"

"嘘，莫高声，岂可在公众场合这么说东厂，说说少林、峨眉也就算了……"

"兄弟，不对呀，我可听说，当时峨眉派并不在场。"

"那你说说，峨眉派弟子当时在哪？"

"嘿嘿，我听说东方敏等峨眉派十九名女弟子，正打算上山，结果看中了韦康那小子，结果他们在海升客栈就住下了。"

"你这太夸张了，那韦康是神仙不成，驾驭十九个？"

"韦康虽不是神仙，但人家有神药哇，淫羊藿听说过没有？谅你都没听过，这可是壮阳神药。抽刀门的谷若智长老亲自鉴定过的。"

此时又有人说："这你们就不知道真相了。那淫羊藿是抽刀门诸葛愚堂主鉴定出来的。因为他长期用来给那谷若智配药，结果药力太大，谷若智一时控制不住，竟将手下的女弟子郑若飞在床上折磨致死……"

"老兄你这又说错了，我听说是那郑若飞脚踏谷若智、刘斯文两船，被袁自甘发现，用门规处死的。那袁自甘其实也喜欢郑若飞。"

"得了吧你，据说郑若飞长得又胖又丑，我有来自抽刀门的独家消息，那袁自甘喜欢的是离仙儿和贝仙儿，还有东方敏。"

"但东方敏和韦康最后在一起，所以被袁自甘灭了口？"

"大概是这样。都是这么说的。"

诸葛愚等人一听，说得越来越离谱，真是哭笑不得。正打算离开。这时客人中有人大声问道："请问回雪姑娘，这断水刀法重出江湖我们倒是有所耳闻，只不过这断水山庄是什么来历，可否告知一二？"

诸葛愚一看，问话的人正是在角落里独自喝酒，头戴帽子，随身携带超长剑那个人。

只见回雪姑娘嫣然一笑："断水山庄是最近江湖新兴起的一股势力，就在洛阳本地的伊水旁，奇怪的是，据说没人见过山庄何时建造，似乎一夜间就拔地而起了。"

"那姑娘可知道山庄庄主是谁？"那人继续问道。

"我只知道山庄有五位庄主。其中有一位姓丁，其他情况就不知道了。"回雪姑娘答道。

"谢了。"说着那人拿出一锭二十五两的银子，猛地一甩手，闪电般向回雪掷来。手法之快，角度之刁，众人一阵惊呼。回雪不慌不忙，轻轻探出左手，用两根玉指稳稳夹住，笑道："客官出手好大方。"回雪将银子拿到眼前，只见上面写着"库平银"三个字。"哼，果然是厂子里的鹰犬。"她心里暗想着。

众人见回雪姑娘出手不凡，又是一阵喝彩。仅仅是这混乱的片刻，众人发现那人已经消失不见。

诸葛愚等四人简单商议了一下，抽刀断水，我们叫抽刀门，他们叫断水山庄，岂不是正对应我抽刀门而来？而且有一名堂主姓丁，莫非是丁嵩？吴道海提议，既然来了，可以考虑夜探断水山庄。诸葛愚同意。方月娴建议，此行凶险，大家务必保护好自己，遇到危险不可硬拼，以逃命为上。大家也都同意了。戌时，四人离开龙门客栈，奔伊水而来。

第十五章　伊水重逢

水中月，风中叶，独坐青石，琴箫共此夜。小楼雨，片刻歇，君已入眠，滴答惊空阶。秋寒彻，霜浸靴，一爵铁血，弯弓射冷月。

夜幕初降，伊水清凉。风吹过河岸，轻摇着河边的绿柳，些许白絮已经飘起，并随风飘进了河边一个院落。这是一个崭新的院落，这是一个恢宏的院落，这是一个人迹罕至的院落，这是一个寂寞的院落。这就是传说中一夜拔地而起的断水山庄。

山庄里面灯火闪耀着，到处都在闪耀着。灯的影子，多过人的影子。在众多灯火的交相映照下，找一处隐蔽之所，并非容易。但深夜拜访的四人，却是必须找到不可的。他们是不受欢迎的不速之客。

诸葛愚等四人小心翼翼地施展着抽刀门独有的惊鸿之舞，这是本门特有的轻功步伐，在纵跃了几处地点后，终于发现在大院的西房顶的一个角落，正好成为各种灯光照射后形成的灯下黑。黑影的地方不算小，足以藏下四个人。越是危险的地方，越是安全。这是个危险的地方。

因为房上藏了四个人。房下，灯火照亮的地方，也有四个人。

其中有一人，正在练习刀法，只见他手舞树枝，以木代刀，脚下轻盈，忽左忽右，进退张弛有度，刀法流畅，绵绵不绝。刀随身转，身随意转，意随山水流行，天地间长度若失，广度若失，唯有刀度。此人一边挥刀，一边口中吟诵着：

弃我去者，昨日之日不可留。
乱我心者，今日之日多烦忧。
长风万里送秋雁，对此可以酣高楼。
蓬莱文章建安骨，中间小谢又清发。
俱怀逸兴壮思飞，欲上青天览明月。
抽刀断水水更流，举杯消愁愁更愁。
人生在世不称意，明朝散发弄扁舟。

看着此人之身形，听着此人的声音，房屋上四人心潮澎湃，沈日新差点叫出来。"这是丁师兄。"吴道海用低低的声音，一面告知大家此人的身份，一面警告沈日新，莫要莽撞。而这一句师兄，是故人久别重逢后，发自内心的一句真实的感慨。

因为丁嵩，已经做了三年抽刀门的叛徒。没想到三年后遇到之时，大家的第一反应，还是师兄。

当你身边的兄弟，昨日还在一起把酒言欢，突然今天，有人告诉你，他是叛徒，是逆贼，总有一些人，是无论如何难以把那个罪恶的形象和昨天联系起来的。这四人，都是这种人。这种把叛逆称为师兄的人，是痛苦的少数人。多数人管他们叫作糊涂人，也有一些人，管他们叫好人。

"好，此断水刀法，果如抽刀断水，欲断还连，取金生水、水生木之意，金欲斩木，而水引之，斩木而生木，寓生于杀，卫公大德焉。"说话的是房下面站立的二人，衣饰一黑一白，清瘦而似病态，正是江南烟雨无常兄弟。丁嵩练完，擦擦鬓角汗水，向旁边另一中年人稽首道："司马先生，根据飞羽兄抢来的断水刀谱和先师之前教我的一些残招断式，这应该就是断水刀法的全部了。"

"哎哟，丁兄弟，莫要把话说得那么难听好不啦，阿拉读书人的事情，哪里能说抢。丁兄弟本是抽刀门大弟子，又是审势堂堂主，这分明是物归原主。"那白衣服的人辩解道。

丁嵩一笑："看来又是兄弟失言了。"说罢他看着那位瘦瘦高高的中年人道，"司马先生有何见解？"

那人正是伊川剑客司马信。司马信没有说话，而是想了好一会儿，然后略皱眉头，问道："丁兄弟，当年老卫除传你刀法，可有心法口诀？"

丁嵩听完脸色有些难看："不瞒先生，抽刀门据说原来本是刀法与心法并传。后不知何故，心法慢慢失传了。所以我们并不知道所谓心法或者口诀。只是我有时看见先师练刀时，会默念李白那几句诗。也许晚辈学艺不精，辱没先师，叫先生见笑了。"

此时，黑衣的李飞鸿言道："司马兄，丁兄弟年纪轻轻，刀法有如此造诣已是不易。观此刀法精妙绝伦，我看这江湖上的多数刀法，未必能赶上此刀法之万一。难不成先生还认为丁兄弟会对我等有所保留吗？"

司马信道："飞鸿贤弟少安毋躁。因贤弟以掌法闻名，于刀剑并无太深研究，且听兄讲。你看此刀法固然精妙，然精在观赏，倘若上阵对敌，又能应用几何？要是我说句不怕丁兄弟见怪的话，若以此刀法，能否守住抽刀的门户尚有疑问，何谈纵横江湖？纵是我等武艺不精，与老卫境界差距甚远，但此刀法就算再熟练数倍，试问能折服大内一众高手吗？"

李飞鸿对司马信的话半信半疑，问李飞羽："哥哥你以剑法见长，你认为如何？"李飞羽低头不语。他实在无法回答。事实摆在眼前，八十一路断水刀法已经按刀谱使尽，纵不说分毫不差，但基本动作也大差不差，若无其他心法或口诀，这刀法的现实表现与江湖传闻确实差距比较大，这又如何解释呢？

司马信又问："丁兄弟，你是否亲眼看到贵师被包括黄公公在内的十二名江湖掌门和大内高手围攻，最后莫名死于袁自甘的剑下？"

丁嵩道："此事千真万确。先师在死前拼尽全力，将弟掷出墙外，若非后来司马先生在城中营救，弟必死无疑。"丁嵩说着眼圈红了，眼泪在眼眶中来回滚动，三年前发生的事情，他历历在目，不敢回忆，更不敢忘记。若非司马信这几年的茯神枣仁汤，恐怕这夜夜的失眠，就已经让丁嵩崩溃了。

"这倒奇了，这倒奇了呀。"司马信说着又问李飞羽："飞羽贤弟，若是用此刀法与你对阵，你有几分赢的把握？"

李飞羽脸色十分难堪，不愿回答。

"哎呀哥哥，你倒是说呀，又没有外人。"李飞鸿急道。

"不瞒司马兄，我估计，我有五六分把握能赢。"李飞羽支支吾吾道。

"飞羽贤弟，你要知道，想帮助丁兄弟，就一定要说出你内心的真实想法。你我剑法在伯仲之间，我看，就算用我的伊川剑法，这断水刀法是断断不敌，你怎么会只有五六分把握？"司马信对李飞羽的说法不太认可。

李飞羽道："司马兄说得夸张了，按你的说法，你认为我俩还能胜得过老卫不成？"

"这就正是奇怪之处。按理说，就算你兄弟俩一起上，再算上我一个，三人联手能否赢了卫雄，都还难说。可是眼前这刀法，怎么会有如此大的反差？"司马信说道。

四人皆沉默不语。

司马信又说道："不过世事无常，天机不妄，众人皆识之因果，非真非假，乃空在其中。你我兄弟若执着于眼前之断水刀法，必不得悟真之断水刀法。若离眼前之刀法，亦不得悟真断水刀法。"

李氏兄弟互相对望一眼，不禁又气又笑，"司马信这段话说得莫名其妙，乱七八糟，是不是痴了？"

这时丁嵩道："各位兄长不必困扰，我们且等赵遁兄弟回来，他当年是和先师深入切磋和探讨过断水刀法的，看看他对刀法的理解如何。有一点可以肯定，先师虽然是带艺转投抽刀门，但确实是依靠断水刀法成名，想是小弟学艺不精，没能发挥刀法的长处。"

李飞羽道："兄弟所言有理。站了这么久，渴得不行了，我看回雪姑娘的茶应该早就烹好了，我们回屋边喝边谈吧。"

说完，四人皆向里走去。司马信走着走着，回头向西房的方向看了一眼，微微一笑。

这回头的一眼，惊出诸葛愚一身冷汗。"难道被发现了？"但看司马信他们都已远去，又不像察觉到的样子。

一旁吴道海问道："诸葛兄，是否还继续跟？"沈日新按捺不住道："我看还要继续跟。虽然已经发现了丁师兄，但他们刚才似乎话中有话，什么卫雄在大内被十二高手围攻，这些我们之前都不知道，看来丁师兄知道很多情况，我们需要多掌握一些。"方月娴也点头同意沈日新的意见。

诸葛愚道："那个司马信的功力深不可测，大家千万小心。偷听时不要闹出响动，我怀疑司马信已经发现我们了。"

吴道海道："我想不至于。我们已经摒弃正常呼吸，刚才用的都是袁掌门传授的独家秘籍，龟息之术，谅他司马信没有这么高的本领。如果真被发现，以我们四人的功夫，虽然赢不了他们，但逃命应该还可以做到。"

诸葛愚道："好吧。万一出现情况，你俩保护好方师妹。"

方月娴笑道："想不到我竟成了此行的累赘。师兄放心，月娴自有逃命的办法。"

于是四人一路跟踪下来。只见不远处，一处厅堂里灯火明亮，司马信等四人走了进去。厅堂的房坡上，正好处于黑暗之处。四人轻身上了房，偷偷揭开一块瓦片，向里面窥探着。

房间中有一黄衫女子，光影处美丽婀娜的身姿，不必看面容，就猜得出是惊艳龙门客栈的回雪姑娘。只见她转过身来，轻盈地将茶壶从小炉火上端下，洗杯、分杯、闻香、试品。回雪轻轻呷了一口茶，双眉微皱，又马上轻快地舒展开，露出一丝会心的笑，笑容摇曳在灯火下，那种自然的风姿和神韵，让人陶醉。甚至令这伊水河畔的春月和清风，都为之失色。

月下有美人烹茶，是男人难得的幸福。

房上偷窥的人，心也是有些醉了。方月娴虽是女流，也不禁心神一荡，心说，天下竟有如此让人心动的女子。

"回雪姑娘煮的茶好香啊，大老远就闻到了。"李飞羽边走边说，随手端起了一杯回雪刚倒好的茶，一饮而尽。

"不怕烫死。"回雪嗔笑道。"哈哈，如果能每天喝到这样的茶，烫死也心甘情愿。"李飞羽调侃道。说着司马信等三人也都纷纷坐下，慢慢品茗。

"你们四位对断水刀法研究得如何？"回雪姑娘又倒了一杯，递到丁嵩面前。

"谢谢回雪姑娘。"丁嵩接过茶杯，慢慢喝了一口。"一言难尽。总归是发挥不出刀法的威力。"丁嵩边喝茶边摇头叹气。

"丁兄莫要着急，我想总会想出办法的。"回雪姑娘劝解道。丁嵩点了点头。

"你们四个，虽然发挥不出刀法的威力，倒是发挥了别方面的威力，我看这主意也只有你们想得出。"说着，回雪姑娘拿出一本小册子，册子封面上赫然写着"灭欲功法"。

四人一看，都哑然失笑。

"李兄，你用这本春宫图把袁自甘的断水刀谱调了包，打算让袁大掌门跟那离仙儿和贝仙儿来个双修吗？"回雪姑娘笑着问道。

"哎呀，吾也是想恶搞一下那个恶人。有一天在街边闲逛，发现有人卖这个东西，我就买了几本。上次劫道的时候随手带了一本，想想正好给袁自甘用上一用，管他跟谁修，也许人家真从中悟出功法来呢。"李飞羽坏坏地笑道。

"这是你买的呀，我还以为你专门画出来，整袁自甘的呢。"回雪姑娘说道。

"吾哪里有那么无聊，画这种东西。而且吾又没有素材可以参考，到现在还孤身一人，回雪姑娘也不为吾物色一个。"李飞羽道。

"呸，你不一直追人家流风姑娘吗？人家看不上你怨谁。"回雪嗔骂道。

"那位姑奶奶的流风猩红针，吾可怕得要死呢。"李飞羽边说，边吐了吐舌头。

正在说笑间，回雪姑娘想起来一件事，问大家道："既然这本春宫图是李兄当时从路边买的，那么我听说这本春宫图还出现在东方敏等十九名峨眉女弟子的凶案现场，这到底是有什么关联？"

"这个我也是百思不得其解。"李飞羽道。"不是江湖传言韦康奸杀了东方敏等人吗？"李飞鸿问道。"那可是十九个女弟子，飞鸿兄你，你真是，哎，你可真是让我无话可说。"回雪姑娘一边说着，一边脸有些红了。

司马信笑道："飞鸿兄弟，你看你把回雪姑娘弄得都不好意思说话了。呵呵，让愚兄告诉你，韦康断无此功力，我看江湖上也没有人有这样的功力，大罗神仙估计也不行。""哦，我明白了，明白了。司马兄好见识。"李飞鸿说完也笑了。

"那么说还真是峨眉派女弟子作风浪荡了？"丁嵩问道。

"丁兄这么说其实也站不住脚。十九人就算都浪荡，也不至于一起当面浪荡，而且眼睁睁地看着其他人被杀，还继续浪荡，太不合常理了。另外，我可听说现场诸人衣服物品被翻得乱七八糟，哪有劫了十九人的色，还带劫财的？韦康不是缺钱之人，那峨眉弟子也不是有钱之人，这是不是韦康在找什么东西？但是如果韦康的目的是找东西，那么奸杀一事可能就有了别的解读。"回雪姑娘说道。

屋顶的几人闻听其言，不禁一起看了看方月娴，没想到这回雪姑娘如方月娴一般冰雪聪明。

"那么依回雪姑娘看，还有什么可能？"司马信问道。

"我觉得是不是有人故作玄虚，做了个奸杀的假现场，掩盖真实的意图，同时嫁祸给韦康？"回雪说道。

"嗯，有一定道理。"司马信道。

"可是据说当时在场的东厂太监冯七做过推理，死者致命的一击是龙虎门的庐山擒龙手，韦康可是在龙虎门学过艺的，这也印证了是韦康做的呀？"李飞羽问道。

"龙虎门是小门派，武功什么样，现在都很少人见过，怎能断定就是庐山擒龙手？而且现在以指法、爪法闻名的门派不在少数，行凶之人稍稍改变一下出招方式，掩盖一下出手痕迹，也不是很难哪。"回雪姑娘说道。

"嗯，回雪姑娘这个说得有道理。兄弟我这许多年浸淫于掌法，深知这出手方式也是可以掩盖的。比如我的黑煞无影掌，也可以打出少林金刚掌的效果，不是内行，很难区分。"李飞鸿道。

"飞鸿贤弟所言不虚。我行走江湖这么多年，倒是对龙虎门有所耳闻，跟他们原来的掌门紫阳道人还有过一面之缘。可是从来只听说过庐山升龙掌，没听说过什么庐山擒龙手哇。看来这里面确实有疑问之处。"司马信说道。

众人正在议论之时，司马信耳朵突然动了动，房顶的后坡似乎略有响动。他向屋中人使了个眼色，众人立刻明白了，屋内的空气死一样的寂静。正在房顶的诸葛愚等人，看到屋中人似有警觉状，也马上屏住了呼吸。

这时诸葛愚突然发现房屋后坡黑影一起，连续纵跃，没几下就消失在夜幕中。看不清此人的相貌，但背后长长的宝剑，令人印象格外深刻。

"朋友，来了许久，何不下来喝杯茶聊聊？"司马信屋中喝道。

诸葛愚暗道糟糕，替人背了锅了。可如今别无他法，只能硬着头皮面对。于是四人对视一眼，飘身跳到屋外院子之中。

李氏兄弟早就从屋中一跃出来，司马信、丁嵩、回雪姑娘也都陆续出来。借着灯光，双方都看得清清楚楚。诸葛愚等四人也都摘下了蒙在脸上的黑巾，因为，没有必要再遮掩了。

丁嵩一怔。

三年不见，伊水河畔，故人重逢。

一言皆无。只有河畔的春风，却如刀割般，寸寸都在心上。

许久，丁嵩叫了一声："师弟，师妹。"略带颤抖的声音，回荡在夜空之中。

"师兄！"四人还是这一句。这是在心里犹豫和挣扎了好久的一句。

"师弟，师妹……一向可好？"丁嵩问了一句可以回答也可以不回答的问题。

"你说呢？"诸葛愚反问了一句可以回答也可以不回答的问题。

丁嵩沉默了。众人皆沉默了。

"我们现在是不是该叫你一句，丁庄主？"诸葛愚故意用带有冷嘲的语气，打破了这种沉默。

"诸葛兄弟，你说得不错，丁嵩现在是断水山庄的五位庄主之一。"丁嵩答道。

"那么，你就是承认背叛师门了？"诸葛愚道。

"什么是背叛，背叛了谁的师门，你是说袁自甘吗？"丁嵩反问道。

"无论如何，不管掌门是谁，三年前你不辞而别，无声无息，难道不是背叛？"诸葛愚问道。

"我若不走，难道还由着那帮无耻小人继续追杀我吗?"丁嵩继续反问道。

"若有隐情，何不解释?"

"若可解释，何须背叛?"

在诸葛愚和丁嵩的一问一答中，众人又是一阵沉默。

"丁兄可愿随我回去，有冤屈尽可向本门兄弟说明，若是有人害你，愚与你共生死，同进退，如何?"诸葛愚问道。

"嗬，我说诸葛愚你脑子是不是坏了? 你还真以为你们那个无耻小人袁自甘会给你们辩解的余地?"回雪姑娘一旁嚷道。

"哦，原来是回雪姑娘，见过了。姑娘好身手。不过，今天是我抽刀门家事，望姑娘不要插手。"诸葛愚冷冷地说道。

"现在丁嵩是我断水山庄的人，恐怕由不得你胡来。"回雪姑娘扬起了眉毛，眼角露出杀气。

"丁兄怎么说?"诸葛愚向丁嵩说道。

"诸葛兄弟，我与抽刀门已如同路人。请恕兄无法遵从你的要求。"丁嵩道。

"如同路人? 三年了，我等了你足足三年。你可知这三年审势堂的兄弟是如何度过的? 我都带兄们咬牙撑过去了。我不是说我有多了不起，我只是要等一个机会，我希望你能亲口告诉我，你不是抽刀门的叛逆。然后带着我们，把失去的都亲手拿回来!"吴道海再也无法忍耐，向丁嵩吼道。

丁嵩一阵心酸，泪珠含在眼圈，滚动着，挣扎着，终于流回心里。可是烫得心里好疼。

"堂主，丁师兄，我们一起回去，可好? 我沈日新对天保证，有我的一天，就有师兄的一天。"沈日新的脸上带着满满的诚恳和坚毅。

"哎，吾说你们几个，不要再难为丁兄弟了好不好? 依吾看，你们简直是一帮糊涂蛋。"李飞羽骂道。

丁嵩没有说话。

"既然如此，你愿做丁庄主，我也不阻拦。我只问你一句话，李灭欲和许道茂他们都是你杀的?"诸葛愚问道。

"诸葛兄弟，他们虽非我杀，但确实也因我而死。"丁嵩回答道。

"既然如此。我别无他话，只看今日有无本事将丁庄主带回去了。"说罢，诸葛愚抽出背后的闪电追风劈。

三年来，闪电追风第一次出鞘。刀好亮，好冷。

丁嵩如同木偶般，僵硬地拽出身后背的风雷斩。

院子里起风了。

吴道海心中一团乱麻，已经完全忘记了身处险境。沈日新气血上涌，抽出宝剑，已经做好死拼的准备。方月娴暗道不好，敌强我弱，诸葛师兄怎会如此鲁莽。心中暗自焦急。

司马信等人见丁嵩亮刀，知他自尊心强，也不好出面代替，只好在一旁仔细留意。

诸葛愚、丁嵩，持刀站在风中良久。

能攻心则反侧自消，江湖逢刀不敢战。

不审势即宽严皆误，武林遇丁要深思。

多年前，前一句颂扬的是抽刀门攻心堂堂主诸葛愚，后一句则是赞美审势堂堂主丁嵩。

如今，攻心与审势，两位抽刀门的高手，竟要对决了。

没有人看清到底是谁攻出的第一刀，对决就开始了。

二人使用的都是惊鸿剑法，但用刀使出来，殊为不同。少了剑法的轻柔飘逸，多了雷鸣滚滚、闪电破空的气势。吴道海在一旁观战，竟看得如痴如醉。他发现二人用刀使出来的惊鸿剑法，与之前弃剑大会上刘斯文和自己的均不同，与断水刀法的精神似乎更为接近。司马信仔细观察二人的刀法，不由得暗自赞叹。以刀驭剑，二人堪称武学奇才。而且司马信发现，二人的惊鸿剑法，有诸多与断水刀法暗合之处，而这种暗合，是刚才丁嵩演练刀谱刀法时，未能展示的。

三十回合，眼看惊鸿剑法即将施展完毕，诸葛愚与丁嵩势均力敌，旗鼓相当。

穷则变，二人变招了。这种变化，让司马信等人大吃一惊。二人都开始使用了断水刀法！

虽然每人的招式并不齐全，但都浑然成为一个整体。

司马信发现，丁嵩此番使用的断水刀法，与刚才演练过的招法大同小异，但是经过重新编排过的，给人的感觉是，威力大增。

诸葛愚的刀法，似乎与丁嵩是相反相成。诸葛愚攻势凌厉，丁嵩防守严密。同一套刀法，发挥了两种不同的威力。招法都是刀谱上的，只是打乱了出招的次序，竟有如此神奇的效果。

"好刀法！"司马信和李飞羽齐声赞道。

可惜二人好像招式并不多，每人只有十余招的套路，眼看穷尽处，又将是不分胜负。

此时，诸葛愚攻出一招逸兴思飞，丁嵩用小谢清发压住诸葛愚的刀身，顺势一招青天览月刺向诸葛愚左肩。诸葛愚转身，劈出一刀赵客缦胡缨，这一招出乎丁嵩意料。

"这是好刀法。"吴道海赞道。

司马信和李飞羽刚刚沉迷在刀法中，对此反应不及！

"丁兄弟小心！"司马信叫道。

只见丁嵩突然向后纵出五尺远，竟然闪开了诸葛愚这致命一击，这正是惊鸿剑法的体迅飞凫的身法！

诸葛愚刚有些发愣，丁嵩突然向前直扑，攻出一记白马流星，这是一招连环刀法。

诸葛愚身前已经门户大开，虽然奋力挡开了前两刀，第三刀实在变招太快，再也来不及抵挡和躲闪，丁嵩的刀正向自己左臂而来。

诸葛愚闭上了眼睛。吴道海、沈日新皆是一声惊呼。

丁嵩的刀，好快！

刀刃擦着诸葛愚的衣袖快速滑过。

刀身轻轻拍了拍诸葛愚的左臂。

仅此而已。

丁嵩的刀，好柔。

丁嵩笑了，诸葛愚也笑了，在场的人都笑了。

吴道海的眼泪再也止不住了。

"谢师兄手下留情。"诸葛愚道，"不过师兄，今日你虽然放过我，日后见面，我们恐怕仍是敌人。"

"喂，那个姓诸葛的，你师兄已经饶了你，你也太不知好歹了吧。既然如此，先来领教下姑奶奶的回雪冰魄针！"回雪姑娘怒道。

这时方月娴冷冷说道："回雪姑娘，你下午在龙门客栈说起断水山庄有五位庄主，看来除了现场这四位，难不成姑娘就是第五位庄主？"

回雪昂起头道："当然不是我。第五位庄主自然是我家赵先生，只不过听说这个醉鬼在外面喝多了，还没回来呢。"

"什么，赵……你说你家先生？他叫赵什么……"方月娴脸色似乎很差，咬了下嘴唇问道。

"废话，不是我家先生还是你家先生？看你这说话颠三倒四的样，估计也不是什么好人。几位兄长，我看他们定是袁自甘那个小人派来刺探情报的，不可放他们走！"回雪疾声说道。一把回雪冰魄针已经扣在手上。

117

司马信和李飞羽点点头，也各自亮出兵器。吴道海和沈日新心说不好，正准备拽出宝剑护住方月娴。

方月娴冷笑一声："回雪冰魄针就了不起了？"只见她疾从怀中掏出一物，向司马信等人晃了一下。

啪，啪，啪，连响几声，火光四起，烟雾弥漫。

司马信等人从未见过此物，大惊失色。

回雪姑娘纵是身法极快，也未曾想到，对方手中火光刚起，便有闪亮之物已经到眼前，简直躲无可躲，逃无可逃。

好在方月娴目的不在伤人，所以暗器并未打到司马信等人身上。但方月娴等四人也借着烟雾，迅速逃走了。他们从断水山庄大门纵身出来，奔伊水河畔飞速而去。

此时，在山庄门口的另一条路上，缓缓来了三匹马。左边马上坐着一位白衣女子，背后背着古琴，右边马上坐着一位紫衫女子，手中提着长剑。中间一位身穿青色衣衫的男子，半睡半醒地伏在马背上，马上挂着一把又黑又旧的刀，还有一个大大的酒葫芦。

两位女子生得风华绝代。

只见她们不断在埋怨着："好容易把长安的酒醒了，到了洛阳又要喝。这次回到山庄，你可以喝个够了。"紫衫姑娘看到山庄门口跑出的四人，四人也看到了他们。

"谁？"紫衫姑娘一声喝道。

四人并不答话，急匆匆向另一方向奔去。方月娴不禁回头看了一眼，紫衣姑娘仿佛很漂亮，白衣的也一样。而马上那位醉酒的青衫男子，被紫衫女子喊得略有些酒醒，抬起头，半睁着迷离的双眼，也似乎看到了方月娴。

月光朦胧，酒意朦胧，匆匆的一眼，又何尝不是朦胧。

方月娴继续回身跑去。醉酒之人又低头，继续伏在马上，哇的一声，吐了一口酒出来。

"先生，到了，我们到山庄了。"说着，紫衫女子和白衣女子搀着青衫男子进了断水山庄。

司马信等四人惊魂方定，正在检查方月娴打出来的到底是什么东西。回雪姑娘在地上，捡起了一些形似海棠花瓣的碎铁片，但还是猜不透这是什么暗器。此时两位女子已经搀着这位醉酒的先生进来了。"原来是赵遁兄弟和轻云、婉月两位姑娘回来了。"丁嵩喊道。众人马上围拢过来。司马信略微皱了下眉头："怎么酒还没醒?"紫衫姑娘埋怨道:"本来已经醒了,结果进了洛阳城还要喝,就在回雪妹妹的龙门客栈喝的,这倒好,把妹妹的库存倒是清了个底。"回雪姑娘笑道:"姐姐休说先生,我看你和婉月也喝了不少哇。"李飞羽赶紧说道:"算了,赵兄弟一路劳累,飞鸿,你赶紧扶他回去休息。两位姑娘也赶紧回房休息吧。刀谱我们等明天赵兄弟酒醒再研究。"

此时,李飞鸿过来搀扶赵遁,回雪也过来帮忙。赵遁睡眼惺忪中,发现回雪姑娘手中闪亮之物,突然一把抓过来,看了一眼,问道:"此物何处得来?"

"何处得来?我们几个差点着了大道。想不到那女子看着柔弱,竟有如此手段。算了,明天再说吧。"回雪恨恨说道。

赵遁拿起一只类似海棠花瓣的碎片,借着月光和灯光看了又看,口中喃喃自语道:"海棠镖。"说罢摇摇晃晃地随着李飞鸿往卧室方向走去。只听他如着魔一般,口中始终反复默念着一句词:"试问卷帘人,却道海棠依旧。"

"哇……"一口酒,"哇……"又一口酒,"哇……"再一口酒……酒不断吐到地上。

婉月顾不得身体的疲惫,赶快跑过来,与李飞鸿轮番拍打着赵遁的后背。轻云赶紧跑到房间倒了一杯清水出来。灯光下,细心的婉月突然发现,酒中有红色之物。"司马兄,飞羽兄,你们赶紧拿些药来,赵先生吐血了。"

第十六章　赵遁酒醒

春微凉,酒润喉,谁又能把握岁月的哀愁
今夜再次看到你的双眸
如晴空中的月儿,大漠中的弯钩

三天了,赵遁躺在床上,整整三天。他做了许多梦。他不知道自己中间有没有醒来过,也不知有没有说过梦话。是酒醉,也是疲惫。酒醉吐血,伤的是胃。只是不知道,赵先生伤的是胃吗?

三天里,断水山庄发生了一些事。司马信和李氏兄弟知道了丁嵩与诸葛愚对战时使用的那几招断水刀法,原来是当年卫雄传授。丁嵩直到遇到诸葛愚,才第一次在实战中使用出来,想不到威力完全超过了自己的想象。猜测诸葛愚的那几招,也是卫雄传授的了。几人发现断水刀法竟然可以这样灵活地使用,于是灵感大发,想出来不少种自由组合的套路,演练起来也是各有妙处。司马信和李飞羽从开始对断水刀法的疑惑、怀疑,变成了兴奋。只不过有一点遗憾的是,他们无论如何创造,似乎都不及卫雄传授给丁嵩和诸葛愚的那几招更加巧妙。

"老卫就是老卫,他天马行空的思维,不拘常规的套路,招法初看出乎意料,其实又在意料之中,这种化平庸为神奇的能力,确是我等不及。"司马信叹道。于是原本打算与赵遁探讨断水刀法,也就暂时搁置了。因为几人认为,既然已经发现了这刀法的奥秘,再向个年轻人请教,似乎面子上有些挂不住。

三天里,丁嵩除了陪司马信等人探讨刀法,还有一个更重要的事情,让他头疼不已、无可奈何的事情。这就是接受三位姑娘的轮番拷问。

"海棠镖是什么武器?"

"这东西为什么又冒火,还有烟?"

"打得这么快,这是抽刀门的独有暗器吗?"

"打暗器的姑娘叫什么名字,多大年纪了,成亲了吗?"

"那姑娘是不是认识赵先生,怎么认识的,有什么交往?"

"抽刀门可有很多海棠花,是否有一位叫海棠的姑娘?"

"方月娴是否还有别的名字,比如方海棠之类?"

"抽刀门是否有姑娘专门从事卷帘一类的事情?"

"丁兄你再想想,再认真回忆回忆,可还有什么补充,哪怕是只言片语的细节也好?"

丁嵩每天被这些问题折磨两三遍,令他哭笑不得。

三位姑娘看再也拿不到更多的口供了,于是把丁嵩说的做了一番总结:赵遁确实去过抽刀门,但与前几天夜里来的这位女子是否很熟悉,丁嵩无法判断。他的原话是,也许很熟悉,也许没那么熟悉,这你得问你家先生。这位女子叫作方月娴,是审势堂的弟子,感觉年龄超过了三十岁,但到底多大年纪,丁嵩说不上来。若是对三十岁这个年龄非要较一番真,丁嵩也不能完全确定方月娴一定过了三十岁。海棠镖从没见过,更不是抽刀门的暗器。抽刀门远在长白山,地处苦寒,海棠树应该较少,也许有,也许没有,丁嵩没注意过。抽刀门没有姑娘或者女弟子叫作海棠,方月娴是否有别的名字,丁嵩不知道。抽刀门弟子历来要求自力更生,自己事情自己做,所以没有女子专门从事卷帘的事情。

三位女子最终得出一个结论,丁嵩能说的应该都说了,不像在有意隐瞒。三人于是紧接着又得出第二个结论,丁嵩这样的男人,将来是万万不能嫁的,因为太过于粗心。

于是三个人开始商议,要不要问先生。

婉月建议不要去问,因为赵先生脾气不大好,目前我们掌握的线索太少,不仅得不到答案,搞不好还惹火了他。轻云和回雪不这么认为,她俩觉得可以想想办法,也许能试探出一些情况。

于是,第四天,在一个阳光明媚的早晨,当赵遁睁开眼睛的时候,有三个女子,早已围在他的床边,齐齐地盯着他。不知道这种目光盯了他多久。

"先生醒了,先生终于醒了。"婉月端过来一盆清水,"先生洗脸。"回雪端来一碗浸泡了辣椒的粥:"先生该吃饭了。"轻云手中拎了一壶酒:"醉鬼,你还喝吗?"

赵遁惭愧地笑了笑:"不喝了。我睡了多久?"

"三天!赵先生,你睡了整整三天了!这是第四天的早晨,你看,这是个阳光明媚的早晨。"三个姑娘一起说道。

"哦,惭愧,惭愧。不想这汝阳杜康有如此气力……哎,对了,三位妹妹,我说过梦话或者胡话吗?"赵遁不好意思地说道。

"没……"婉月姑娘刚说了一半,回雪姑娘马上用眼神暗示了她一下。

"哎呀,先生,你可是说了不少哇,我都记不住了。我就记得什么海棠镖哇,试问卷帘人,却道海棠依旧哇,也不知道在说什么。"回雪边说,边又给轻云姑娘使了个眼色。

"对呀对呀,先生,方月娴是谁呢,似乎是您的故交。"轻云坏坏地笑着。

说罢,她们三人目不转睛地盯着赵遁。

只见赵遁一脸的呆滞,"哦。"

三人满怀期望的结果,就是这样一句"哦",好不泄气!

这样的结果,回雪姑娘是不甘心的。"赵先生,你三天前吐血了,吐血前你认出了打我的是海棠镖,还说了一句试问卷帘人,却道海棠依旧。然后你就吐血了,三天昏迷不醒。梦里不断重复着方月娴的名字。"回雪姑娘急道,说着向另两位连连抛出需要配合的眼神。

她俩知道,回雪这话里有真有假,但唯有如此,才能拿到口供。三人一起盯着赵先生。

半晌,赵先生终于说了一句:"哦?"然后半信半疑的表情看着三人。再无其他。

这是疑问,还是默认?

"先生,这镖为何叫海棠镖哇?"回雪姑娘说着拿出那晚捡起的碎片。

"因它状似海棠花瓣。"赵遁答道。

"那试问卷帘人,却道海棠依旧是指什么意思呢?"回雪继续问道。

"那是李清照的《如梦令》。"赵遁答道。

"那李清照是哪个门派的,长得漂亮吗?"轻云赶紧问道。

回雪气得拽了一下轻云的衣服角。

"我没见过。"赵遁说道。

"哎呀,轻云妹妹,李清照是宋朝的女词人,不是江湖中人。"婉月笑着向轻云解释道。

"先生,那晚我听说方姑娘打出了这种海棠镖,虽没有伤到人,但着实把回雪妹妹吓了一跳,于是妹妹情急之下,甩出一把回雪冰魄针,好像打中了方姑娘。您知道回雪妹妹的冰魄针毒性可是很强的。您若是与方姑娘熟识,是否我这就赶快让回雪姑娘去寻她,把解药送过去?"婉月轻声问道。

回雪和轻云差点笑出来,心说婉月这招真是厉害,这下看先生怎么应对。

赵遁此时微微闭上眼睛,好一会儿,嘴角动了一下,像是微笑,又像是忍住了。"哦,好吧,知道了。"还是只有这一句话。

赵遁此时起身,走到脸盆旁,洗脸。坐在桌旁,喝粥,辣椒泡在粥里,这种吃法也是少见。片刻,便吃完了。

既没有得到肯定的答案,也没有得到否定的答案,也没有任何细节,三人彻底泄气。婉月的送解药计策似乎被赵遁识破了。她不知道是怎样被识破的。后来有一次她和回雪再次聊起这个细节的时候,回雪说:"姐姐,你的计策欺骗性还是很强的,只是有一点可能漏算了,妹妹的回雪冰魄针单根毒性还可控,但组合毒性却是极强,一把针打中方月娴,她怎么也撑不过第二天哪。""先生这人,其实精明得很。他了解我当时下手不会客气,也了解姐姐心思细腻,是个十足的大好人,看到方姑娘遇险,而方姑娘又似乎与先生相识,绝不会等三天才想起去安排送解药。所以就算我真的用暗器打了方姑娘,姐姐必定已经把解药送过去了。"

三个人原想赵遁会讲一个美丽的故事,哪怕不美丽也行。没想到故事没有,只有寥寥可怜的几个字,而且用得最多的字,还是在说一个死了超过一百年的女人。

赵遁没有故事,只有平淡,比白水还平淡。平淡到三位好奇心如此重的女子,不得不再端给他一碗泡着辣椒的粥。"没吃饱吧,给你。粥里泡辣椒,真是没见过这么奇怪的吃法,不怕辣死。"轻云姑娘道。赵遁笑了笑,又吃了一碗。

日上竿头。得知赵遁已经醒来,身体已经恢复得很好,司马信让人来叫赵遁和三位姑娘一起去大堂议事,并传过话来,流风姑娘也来了。

断水大堂,迎来了其矗立在伊水河畔以来最热闹的一天。山庄的五位庄主,四位绝色佳人，九位英雄式的小人物齐聚一堂。

世间何为英雄？聪明秀出谓之英，胆力过人谓之雄。有酾酒临江，横槊曹公；有紫盖黄旗，多应借得，赤壁东风；更有南阳卧龙，功名尽显八阵图中。英雄一怒，席卷六合，并吞八荒，苍天为之变色，神鬼为之愁索。

可是他们，都堪称十足的小人物，司马信、李氏兄弟已多年不在江湖，早是过气之人，丁嵩成了人人喊打的抽刀门叛徒，赵遁于江湖而言，目前还只是个传说。回雪姑娘虽然已有小小名气，但无非是个客栈主事人而已，至于轻云、婉月两位姑娘，也只是前段时间在长安客栈留下一段喝酒的佳话。流风姑娘，在江湖中几乎没露过面。九个人都爱喝酒，本无兴趣蹚江湖这片浑水。然他们都有个毛病，就是看着不爽的事，就想参与参与。

是拿命参与！

温酒三杯吐然诺，气冠五岳素霓生。霜刀只为不平事，事了拂衣藏身名。小人纵死侠骨香，不惭世上英与雄。

五个爱喝酒的男人，四位绝色的女人，他们也许算是英雄的小人物，因为他们也是为一个道理，才聚到了一起。婉月姑娘是女人中的温玉，轻云姑娘是女人中的游侠，回雪姑娘是女人中的绝色，流风姑娘是女人中的英杰。又比如，纵无这些，单凭着她们四人追随赵遁等人，定要寻求个道理出来，便也对得起英雄这个名号。

可是就有那么一种人，数量不少的人，断断做不成英雄，又不甘心做个小人物，于是就做了小人。今天断水大堂里，就要谈到一个。

抽刀门的现任掌门袁自甘，就是一个小人。

"前段时间司马兄到抽刀门一番折腾，现已经闹得江湖尽知。伊川剑法和伊川魔音，又打又吓，这回抽刀门和几大门派算是声誉扫地了。"李飞羽说道。

"你们兄弟两个也不差，不仅调戏了侯子山和袁自甘，而且还教训了冯七那个阉货。"司马信道，"不过黄阉的回形镖差点让飞鸿兄弟吃了大亏，怎么样，服药后，这几天没有再复发吧？"司马信问李飞鸿。

"这次多亏了司马兄医术精湛，我看已经全好了。也是我太不小心，本以为躲过去了，没想这镖还能绕回来，大意了。"李飞鸿说道。

"那可是黄韬那狗贼研究了好长时间的暗器呢。据说就是给东厂那些阉货保命用的，不然那帮饭桶早就不知死了多少回了。"司马信说道。

"流风姑娘，听闻你刚从抽刀门赶回来，那边情况现在如何？"赵遁问道。只见流风姑娘着一身红衫，傲冷的神情中带着几分巧妍，眼角眉梢透出一股飒爽之气。

"禀告赵先生，各位庄主，自从司马庄主大闹了抽刀门的弃剑大会后，那袁自甘怕三个月后我们去找麻烦，让抽刀门弟子将自己会的断水刀法逐个演示给他看，打着个别指导的名义，其实是为了自己学习刀法。稍有不如意者，便对门下弟子痛加责罚，抽刀门弟子苦不堪言。"流风姑娘说道。

"这个老王八！"丁嵩听完恨恨地说道，"诸位有所不知，抽刀门中会几招断水刀法的弟子并不是很多，不通过弃剑大会的考核，卫掌门是甚少教授断水刀法的，通过者，像我和诸葛愚这种堂主身份，也就会那么十几招。袁自甘此举分明是想一边偷学刀法，一边排斥异己立威。"

"丁庄主此言不差，据说审势堂和攻心堂的弟子受罚最多，那诸葛愚来洛阳之前，也是被袁自甘各种威逼利诱，将刀法一招一式演示给了他。"流风姑娘说道。

"我们夺来刀谱，原打算嘲讽一下袁自甘等人，不想倒是苦了门中弟子。"丁嵩不无遗憾说道。

"流风姑娘，那海升票号可与袁自甘接触了？"赵遁继续问道。

"据我所知，已经开始接触。但目前袁自甘还没明确表态同意在抽刀门设立海升票号的分号，很多人说是袁自甘担心银子放不出去。要是都放给长白山附近的山匪，又担心收不回钱来。不过海升票号店大欺客，已经逼迫袁自甘代管一家海升客栈，就在断水客栈附近，说是收入两家分成。表面看袁自甘捡了个便宜，但是因为客人稀少，海升客栈根本赚不到钱。尤其东方敏等人被奸杀以后，海升客栈现在也没什么人去了。这下断水客栈的利润倒是全贴补了海升客栈。袁自甘知道海升票号无非借此逼迫自己，但也只能打掉了牙往肚子里吞，看来同意开设海升分号已经指日可待了。"流风姑娘把情况介绍得比较清楚了。

"我倒是有些不明白，那海升客栈不赚钱，袁自甘大可以报个亏损哪，何必倒贴断水客栈？"李飞羽不解道。

"李兄不了解其中内情，那海升客栈的背后是海升票号，票号与宫里关系紧密得很，开海升客栈据说也是宫里点头同意的，袁自甘要是敢说客栈亏损，那得罪的可不只是钱军了。要是东厂和锦衣卫派人来查账，还怕找不出袁自甘的问题？到时他的掌门八成是不保的。"赵遁说道。

"赵兄弟这话不差，现在的东西厂，内行厂，锦衣卫，有几个好人，几个没干过缺德事的呢？"司马信说道。

司马信的一席话，大家都深以为然。

此时婉月姑娘道："如此看来，一切皆如预料般，那么下一步我们是否仍按计划实行？"

"还是有意外。"赵遁说道。

"先生指的意外是什么？"婉月问道。

"春宫图。"赵遁的回答很简短。

"先生难道酒还没醒，春宫图怎么会是意外？"轻云姑娘笑道。

回雪姑娘道："既然春宫图是李兄从街市买的，说明此物已经流传比较广了，先生是想说东方敏等人身边出现此物，另有玄机？"

赵遁点了点头，示意回雪继续说下去。

"前几日我与几位兄长也分析过，所谓韦康奸杀东方敏等人一事蹊跷甚多，这里面到底有什么玄机，却不在我们的计划和预料中。"回雪姑娘说道。

"回雪姑娘说得不错。大家想想，东方敏等十九人住在了海升客栈，而没有住条件更好、更为方便的断水客栈，而恰恰韦康也住在那海升客栈。这个海升客栈里面到底有什么隐秘？"赵遁问道。

"先生是说，那东方敏等十九人根本不是为了去给袁自甘的弃剑大会助威，韦康也不是，他们都是另有目的？"婉月问道。

"说得不错。"赵遁向婉月点头示意，表示非常赞许这个推断。

"我就说那袁自甘当初在峨眉山调戏东方敏未遂，老灭欲怎么也不至于糊涂到再派东方敏羊入虎口，婉月姑娘这么一说，我倒是觉得合乎情理了。"李飞鸿道。

"此事会不会与海升票号有关？"回雪提出了一个大胆的假设。

"也许有，也许没有。不过如果真的有，那么韦康作为内行厂的人，他在客栈的出现和失踪，就有了很多猜想。"赵遁说道。

"这话如何说？"丁嵩问道。

"丁兄想也知道，这海升票号的钱军，应该是吕公公的人，与那黄公公关系应该也不差，但唯独与杨公公关系一般。现在韦康受杨公公管辖。内行厂查的就是东厂、西厂和锦衣卫，而且可以绕过司礼监，直接向皇帝报告。韦康突然出现在海升客栈，目的何在？我听说此番黄公公又派西厂的冷潇借着东方敏的案子来查韦康，东厂、西厂、内行厂全都卷了进来，岂是一个简单的奸杀案？这里面岂不是有很多微妙的关系？"赵遁的几句分析推理，众人恍然大悟。看来这下大内是要热闹了。

"那这些又与我们的计划有什么关系呢？"轻云姑娘问道。

"表面看是没有。但轻云妹妹要知道，若无海升票号的干系，也许当初卫雄掌门未必会死呢。"赵遁说道，"所以，下一步，我们一定要把这个意外考虑在内，行事需要再小心，考虑需要全面。"众人都同意赵遁这个说法。

"刚刚流风姑娘说起袁自甘在抽刀门排除异己的事，我们做事虽求快意恩仇，但也是冤有头债有主，连累抽刀门弟子不是我们本心，杀掉的那几个本来就是罪有

125

应得。既然刀谱大家都已经看过，我看是否将其送回抽刀门，就让那个袁自甘自己看去，看看他能悟到几分，我们再光明正大地跟他算账。人无我有，显不出我等本色，倒显得我们小气，让江湖上笑我们胜之不武了。"赵遁建议道。

丁嵩首先附和："我同意赵兄弟的说法。本来先师卫雄也主张武功的兼收并蓄，不愿意拿本秘籍故步自封。我们就和他袁自甘看同一本刀谱，赢得他心服口服。"

"虽然此招会增加我们获胜的难度，但赵兄弟和丁兄弟的说法也在理，我也同意。"司马信说道。

李飞羽道："刀谱是我抢回来的，但说实话，若不是受几天前丁兄弟与诸葛愚对战的启迪，我还真没发现这刀谱的价值。现在来看，刀谱的价值反而不在其本身了，需要我们自己证悟心法。而且断水刀法本是抽刀门的武功，我李氏兄弟也不稀罕。鸿弟以为如何？"李飞鸿点头道："一切听哥哥的。"

四位姑娘也赞成赵遁的意见。但派谁送回去呢？赵遁把目光放在流风姑娘身上："流风妹妹，虽然你刚从长白山回来，一路辛苦，但这里面你轻功最好，又打得一手好暗器，此行你仍是最佳人选。还是辛苦你再跑一趟吧。"

流风一笑："先生不必客气，吩咐就是。流风自当效劳。"

"姑娘到抽刀门，要小心谷若智，这老头打得一手天女散花，我虽然没见过，据说也是江湖上一绝。"丁嵩提醒道。

"丁兄多虑了。凭我姐姐的流风猩红针，别说什么弱智，就是不弱智，甚至把那袁自甘钉死，想来也不是什么难事。"回雪姑娘面带倨傲地说道。

"小心为上，速去速回。"赵遁叮嘱道。

"先生放心，莫要挂念。我明晨就动身。"流风姑娘说道，"三位姐妹，拜托你们照顾好先生。"流风接着又向轻云、婉月、回雪交代了一下。三人点头。

"回雪姑娘，你的客栈还要正常开，多留意下韦康和海升票号的消息。"赵遁继续说道。

"谨遵先生吩咐。"回雪答道。

"侬客栈里的汝阳杜康，再给搬二十坛来吧，吾兄弟可是喝了好几天茶了。"李飞羽笑嘻嘻地说道。

"存货都被你家赵兄弟喝光了。我安排人再去买些回来吧，不过看来你要忍几天了。"回雪姑娘说道。

"不妨，先生离开陕西时，特意安排我着人买了三十坛太白秦酒，估计这一两天也该运到了。"婉月说道。

轻云一脸的不满道："姐姐何时做下这么大的买卖？先生再喝到吐血，你自去送药照顾。"

众人一片笑声。

此时，一名龙门客栈伙计闯了进来："回雪姑娘，不好了，东厂的人把客栈围了，正在闹事。"回雪姑娘眼眉倒立："好哇，惹到姑奶奶这来了。我这就回去。"众人皆要同去。

回雪姑娘道："现在大家身份不宜在东厂那里暴露，还是我一个人去为好。"

"回雪所言有理，这样，轻云，你陪回雪过去一趟，不到万不得已，不要动手杀人。飞鸿、飞羽两位兄长，拜托二位在暗中关照，能不露面尽量不要露面，有情况及时告送我们。"赵遁安排完，又征求了司马信的意见。

"兄弟安排甚为妥当。谅东厂也派不出什么像样的高手，他们四人足够应付了。"司马信说道。

四人沿伊水河畔，一路疾行，奔龙门客栈而去。

第十七章　彼此珍重

当你举起酒杯，我一饮而尽。当我举起酒杯，你知我已喝醉。

你举起酒杯，我举起茶杯，两只杯碰到一起，撞出了岁月的泪。

在陈酒与新茶里，寻觅曾经的梦想。晃动着黄昏的筷子，穿起了弯月和晨阳。

清明这一天的夜里，即使是龙门客栈，也已经没有什么客人了。这实在不是一个适合夜里喝酒的日子。人对死亡，总是忌讳的。追忆亡者，是为了未亡人活得更好。所以过了黄昏以后，客栈里就很少有客人还继续喝酒了。在这样的夜里，没有谁会喜欢招惹晦气。

客栈的王掌柜原打算最后的两拨客人离开后，早一点打烊。楼上住的客人估计也开始准备睡去了。他计算着时间，感觉已经差不多了，甚至可以说，相当久了，可是客人并没有要走的意思。清明节夜里买醉，不怕惹上晦气吗？

这话对，又不对，因为整个客栈只有一个人在喝酒。

在二楼靠窗的位置，坐着一个酒客，穿一身黑色的衣服，头戴着斗笠，背后背着一对判官笔，似乎是会武功的江湖中人。他已经喝了十九碗酒。

汝阳杜康早已没货，他喝的是一种极烈的酒，叫作宁城烧锅，客栈里很少有人点这种酒。酒很贵，因为得跨过长城，到塞外的草原才能买到。酒很辣，劲很足，如一道火线，从喉咙烧到心肺，常人喝一碗都会呛得直咳。能喝下十九碗，不只会让人钦佩他的酒量，更会让人恐惧，是多么冰冷的心，如此的烈酒，都不会燃烧到沸腾。

喝酒的人，一言不发，除了叫添酒以外。

是真的没有一句话要说，还是没有人可说？

话，但凡能说出来，就不那么在意了。所以，他要么特别在意，要么毫不在意。

可是，既然毫不在意，还喝这么多烈酒做什么呢？

第二十碗，喝酒人开始慢慢一口一口地喝了。王掌柜才发现，原来之前的十九碗，每一碗竟然都是一饮而尽。从这一碗开始，喝酒人似乎才开始慢慢品尝。

酒的辣，都是品尝出来的。喝酒人开始咳嗽了。

离他并不算很远的地方，坐着四个人，正好围住了一个方桌。四个人穿着普通的布衣，但能看出身材健壮，腰中都挎着一把比江湖人用的普通刀短一些的弯刀。王掌柜知道，这种刀，叫作绣春刀。尽管四人一身平民打扮，但从言行举止，看得出是锦衣卫的人。

四人没喝酒，也没有点酒。他们从接近黄昏的时候进来吃饭，一直吃到了这般时候，王掌柜感觉到情形并不正常。

而就在今天下午，楼上也来了几位奇怪的客人，自从进了房间，点了酒菜，再也没出来过，也不允许任何伙计进去。他们也各自佩戴着刀剑，但穿着要更富贵，花钱也更为大方。

司马朗看出情况不妙，建议通知回雪姑娘，王掌柜说再等等，回雪姑娘今天也有要事，非必要先莫要惊动她。

客栈的大厅，只剩下这五个客人。

黑衣人还在品酒，一言不发。四个布衣人不时打量着他，偶尔互相间低头咬耳，又像是在刻意等什么人。

过了一会儿，只见一人向其他三人使了个眼色，似乎是等得有些不耐烦了。另一人摇摇头，示意再等等。

黑衣人喝到第二十一碗。桌上只剩下两个菜，其他的地方都被酒碗占得满满的，店小二要去收，黑衣人不肯。

"一碗酒，一条命。"黑衣人终于说话了，声音低沉。店小二吓得赶紧躲得远远的。有一布衣人已经按捺不住，拍桌而起："看来韦爷除了峨眉的十九条人命，还沾了别的案子?"

其他三人一看,既然已经暴露身份,索性不再遮掩。四人围住黑衣人,但并未拔刀。

黑衣人正是北镇抚司二太保,现在内行厂听差的韦康。

"一碗酒,一条命,趁我这碗酒没喝完,你们可以逃走三个人。"韦康冷冷地说。

"这么说,韦爷是认下峨眉派的案子了?"其中一个布衣人说道。

"认又如何,不认如何?你们来之前不是已经定了韦某的罪吗?"韦康头也不抬,继续喝酒。

"韦爷是自己人,也知道规矩。是不是韦爷做的,我们不做评断,只需要韦爷陪我们回诏狱走一遭。一切但凭公公们的公断。"布衣人说道。

"哈哈……"韦康的笑声中带着阴森和恐怖。

"诏狱?你们几个杂碎也配跟我说诏狱?我就是诏狱的祖宗!"韦康说着喝完了这一碗酒。

"死到临头,还敢在这跟我们摆谱,等着阎王催你上路呢!"另一布衣人早就对这无休止的废话忍无可忍了,抽出绣春刀,奔韦康劈来。另三个也只得拔出刀来,说道:"兄弟小心,这家伙手头硬得很。"四人,四把绣春刀,将韦康围在中央。碗碟碎了一地,一片狼藉。

搅了韦康的酒兴,不可原谅!"子时还没到,今日还是清明。明年的清明节记得让人在坟前替你们烧纸,如果有的话!"韦康抽出判官笔,出手便是杀手。

四名锦衣卫刀法虽然并非一流,但胜在互相配合,上下左右,奔着韦康的致命处一起招呼,一时竟也做到了无懈可击。

韦康强攻了几步,又退了数步,每次发现某人的破绽,打算一击而中,不料另一人立刻就补了这个缺口。十几个回合,韦康没有占到便宜。他不由得怒火大起,从未打过这么窝火的仗。

这时一名布衣人的刀向韦康左肩劈来,韦康竟是毫不躲闪,左手的判官笔迎着刀,顺势递过去,直刺对方胸口。对方被这种不要命的打法吓得稍一迟延,刀刚砍到肩头,判官笔已经刺入心脏,鲜血奔流。

布衣人一声惨叫,倒身气绝。韦康左肩受伤,眉头一皱,忍住了疼。不想一人又在后背砍了一刀,鲜血染满了黑衣。韦康低低哼了一声,右手判官笔斜刺入后方,正扎入对方小腹。

另两人大惊失色,眼看两名同伴刹那间死去,他俩是继续拼命还是逃命?

韦康擦了擦嘴角渗出的血迹，呼叫小二："再来一碗酒。"

店小二饶是久经江湖，也未见过如此惨烈的现场，吓得一时不敢过来。司马朗倒了一碗酒，送到韦康面前。

韦康一口喝下大半碗，面色开始红润，不过血也流得更厉害，汩汩而出。"兄弟，你可以，谢谢。"韦康向司马朗笑了一下，然后撕下几块衣布下来，把自己的伤口勉强缠上。

两名布衣人还是决定逃命。对韦康这样的亡命之徒，赌上自己的性命实在不划算。朝廷只给了他们糊口的俸禄，可没给玩命的价钱。

然而，逃命的时候，是不允许考虑过多的，两个锦衣卫考虑太多了，他们就已经逃不掉了。

不是韦康要命的判官笔刺来了，而是楼上催命的东厂小太监下来了。二人暗自恨悔，关键时候，逃就是了，这回可好，上头的人来了。

东厂的几个小太监看几名锦衣卫居然把韦康拼了个两败俱伤，心想看来这帮蝼蚁还是有用的。这桃子此时不摘何时摘？韦康看又来了几个东厂的，心知眼下形势严峻，脱身不易。东厂的几人，各自把武器都亮了出来，将韦康围在中央。两名锦衣卫也只好加入战团。

上司督战，二人不得不改变逃命的想法。不过他俩从另一个角度一想，这回人多了，没准还立个大功，二人想着想着，终于战胜了恐惧，精神重新抖擞起来。

但这几个东厂的人并不傻，他们看到了韦康的战斗力和这种不要命的打法，还是希望这两个锦衣卫蝼蚁能够先去送死，打个头阵。但这两名锦衣卫显然让他们失望了。长期做蝼蚁，拼命是不得已的意外事件。他们可以不要尊严，但没人有权要求他们没脑子。

大家就这样僵持着。王掌柜一看，形势不好，赶快安排人去叫回雪姑娘。东厂不是好惹的，无论战局如何，都少不了狠狠讹诈客栈一番。

韦康看到这帮围着自己所谓的同僚，都是每天和自己一样声嘶力竭喊着忠心尽职，如今却不敢前进一步，自己心中不由得一阵苦笑。他端起剩下的半碗酒，又是一饮而尽。

"好酒！"韦康把碗重重地摔在地上，准备痛快厮杀！

"韦兄清明夜有好酒喝，真是好兴致。喝酒不叫兄弟也就算了，在人家美人的客栈杀人不合适吧？"众人见一人边说边走上二楼。此人衣着普通，帽子遮住半边脸，背后的长剑与众不同，比寻常的剑长出一大截。

"哦，原来是冷兄弟。兄弟不远千里而来，也是来捉拿韦某的吗？"韦康一眼就认出来人。

王掌柜和司马朗一看，来人正是曾在酒店饮酒，还向回雪姑娘掷出库平银之人。

此人正是人称嵩阳冷剑的西厂高手，冷潇。

冷潇向韦康一抱拳："韦兄，好久不见！"

是的，二人确实好长时间未见了。上次见面，还是很久以前。

那是山海之际，永平客栈。夜晚，凉风。客栈里只有两个人在喝酒，两坛烈酒，唤作"炮打灯"，除了一把刚从地里拔出来的带皮花生，桌上没有其他食物，这已足够。这个世界往往就是这样简单，而只有少数的人，才明白简单的可贵。

冷潇与韦康，就是这样的少数人。冷潇举起一杯酒，喝下半杯，这半杯酒从嘴唇，到舌头，喉咙，胃，最后流到心里，火势终于停住了，面上有了一丝红润。"韦兄，有一个问题我始终不解，我听说前段日子，大内十二高手围攻卫雄，据说黄公公也亲自动手了，这事到底是传闻还是真的？如果卫雄有此功力，怎么败于袁自甘之手？"

韦康抄起海碗，一饮而尽，然后剥了两颗花生放在嘴里，细细地咀嚼着，好甜。"冷老弟，前段日子的事，我也不在现场。若不是当时你我兄弟奉陈公公差遣，别有公干，真不甘心错过这一场武林盛宴。"韦康说着，重重地把酒碗蹾在桌子上，不住地扼腕叹息。

"韦兄所言不差，这卫雄，可一度是吕公公面前的头等红人，就连陈公公、黄公公也莫不敬服卫雄的武功人品。不知为何突然下令将其围攻斩杀？"冷潇问道。

"不是说谋逆吗？"韦康说道。

"哼。到现在也没人说清楚谋的什么逆。"冷潇将一杯酒全喝了下去。

"冷兄弟，我听说，当时的十二个人，不全是大内的吧？"韦康问道。

"我也听说了。大内哪有那么多高手？就你我兄弟这种身手的，在大内恐怕也找不出几个来。我倒是听说，当天参加围攻的人，大内只有两个，除了黄公公，还有冯七，此外便是六扇门的袁自甘，剩下九个人据说都是各大派派出的高手冒充大内侍卫，至少有少林的性空，峨眉的灭欲，还有华山派的掌门顾高深以及青城派派主闫革。"冷潇说道。

"兄弟这话与我听到的一样，看来传闻还是有根有据的。可是，既然是卫雄有不臣之心，为何要动用江湖力量呢？大内纵是高手不多，但硬手也不少，如果群起围攻，不至于担心拿不下一个卫雄吧？"韦康问道。

"韦兄这疑惑，我也是一直不解。现在想想，当初陈公公似乎是有意将我俩支走，而黄公公的东厂，也不是只有冯七一人功夫好，但他也没有调用别人，剩下的竟然全是外人，而且动用了江湖力量，这并不符合大内的常规。"冷潇说道。

"你说是谁找的江湖这几大门派？"韦康又问道。

冷潇又倒了一杯酒，沉思了一会儿说道："黄公公和陈公公应该都有这样的影响力。但他俩放着自己手下人不用，去找外人，还是令人费解。而且这样做，也不符合司礼监保密的要求哇。"

"你说会不会是故意不用大内的人？"韦康问道。

"信不过西厂？那不能东厂也信不过呀？"冷潇不解。

"东厂毕竟有黄公公和冯七参与，西厂可是一个人都没有，按理说陈公公也是高手，功夫不在黄公公之下，为何不出面呢？"韦康继续问道。

"韦兄说得有理。还是应了刚才那句，我当时就感觉陈公公故意把我俩支开，而且他好像也在刻意回避此事。兄长你有这种感觉没有？"冷潇说道。

"兄弟说得有道理。现在看，还真有可能是这么回事。那么，陈公公如果是在躲这件事，我感觉搞不好黄公公也在躲。但他毕竟掌管提督东厂，又主持司礼监日常事务，他想躲得干净也做不到。所以不得不拉上了冯七。"韦康说道。

"如果黄公公和陈公公都不愿手下卷入此事，那就难怪去找袁自甘和一堆江湖掌门了。韦兄你说这帮江湖掌门是谁找的，难道是袁自甘？"冷潇问道。

"他哪有这种影响力。如果不是黄、陈两位公公，恐怕就只有吕公公有这样的能力了。"韦康说道。

"嘘，兄长莫要胡乱议论哪。吕公公平时并不出面，怎会有机会认识这帮江湖人士？"冷潇说着看了看四周。

"呵呵，兄弟你也过于小心了，此处离京师几百里，哪里会有吕公公的耳目。吕公公倒是不接触江湖人士，可他那个跟班钱军呢？我数了数，这几个门派可都从钱军那借钱呢。"韦康道。

冷潇恍然大悟。若说还有人能调动这几大门派，确实只有钱军了。可是钱军有什么必要这样做呢。二人想不明白。

酒至半酣。韦康端起一杯酒："兄弟，若是有一天你被命令追杀我，你是动手还是不动手？"

冷潇笑道："兄长醉了，你我都尽忠办事，哪会有这一天？"

"我是说如果，如果真有这一天呢？"韦康一脸严肃。

"有我一天，便有兄一天。到时你我各自亡命天涯，彼此珍重。"冷潇道。

"兄弟说得好凄凉，我俩一起亡命天涯，不是更好？哈哈……"

"哈哈……干了这杯！"

二人各倒了一大杯酒，一饮而尽。

山海之际，夜潮起了，风吹过客栈，伴着海浪声，和两个天涯浪子的酣睡声。

龙门客栈，二人再次相遇，距上次离别，已快三年。

"小二，有没有花生？来上一大把，我和韦兄要再喝几杯。"冷潇喊道。

王掌柜赶快过来亲自收拾桌子："客爷，这洛阳别的好东西没有，就是花生最好。马上安排送来。酒也换新的来。这可是从塞北运过来的宁城烧锅，不知客爷可喝得惯？"

"少啰唆，先来两大坛，花生要带皮的。"冷潇吩咐道。

二人对坐。冷潇身上出着汗，韦康身上淌着血。

冷潇回身向几个东厂的小太监道："刀伤药拿来。"

更大的上司来了，小太监还未动手，锦衣卫早就把药拿了出来。两个锦衣卫开始帮韦康敷刀伤药。

"滚！"冷潇一声怒喝。于是两名锦衣卫赶紧把两具尸体抬了出去。不得不说，这件事，他俩想得很周到！

冷潇亲自为韦康敷药。锦衣卫的药，比飞鱼服、绣春刀还要讲究，顿时止血。冷潇又帮韦康包扎好伤口。

花生摆上来了，带壳的，两个满满的大盘子，酒也端上来了。两个大碗。冷潇把花生倒在桌子上，混在一起，酒碗，却是一人一个。韦康笑道："还是老规矩，难为兄弟都还记得。"

二人将酒倒上，两只碗碰到一起，沉闷中透着清脆，这是久违的声音。"兄弟，干！"

"这酒好生气力。"冷潇赞道。

二人又倒了一碗。开始剥花生吃。花生好甜。

"兄弟可有问题要问我？"韦康问道。

"问题我有。但兄可以回答，亦可以不回答。"冷潇说着，一口喝进了大半碗酒。

韦康端起酒碗，一饮而尽。脸色由红渐白，这是喝通透了。

"那我可有话要问兄弟了。"韦康道。

"兄长请说。"冷潇喝下了剩下的半碗酒。

"兄弟可是奉东厂之命来抓我？"韦康问道。

133

"是的。"冷潇回答得很干脆。

"好,为了兄弟这份干脆,我们干一碗。"说着二人又是一饮而尽。

"兄长既然问了,我也有个问题要问。"冷潇道。

"兄弟请讲。"韦康道。

"东方敏等人可是兄所杀?"冷潇盯着韦康问道。

"不是。"韦康的回答,很简单干脆,没有犹豫。

"哈哈,兄弟果然没看错人,我们再干了这一碗。"冷潇的两眉之间,开始显得舒展。

二人又喝了一碗。王掌柜一看,这韦康酒量深不可测,二十几碗烈酒喝下去了,居然无恙。

"那韦兄可知凶手是谁?"冷潇继续问道。

"这却不知。"韦康的回答依然很简单。

"韦兄为何去海升客栈?"冷潇又问道。

"这个恕我不能回答。"冷潇问得很直接,韦康拒绝得也很干脆。

为了这个直接和干脆,二人又干了一碗。

"那么,韦兄,弟只有最后一个问题。"冷潇话语停顿了一下,看着韦康。

"兄弟尽管说便是。"韦康的答复里透着一股子爽快之意。

"韦兄可愿随我回东厂?弟曾说过,有我的一天,便有兄的一天,兄替杨公公办事,杨公公那里自会说情,而我在黄公公处,也可保兄周全。"冷潇说着,端起一碗酒,举在眼前,等待韦康的答案。

韦康一阵冷笑道:"兄弟是故作糊涂,还是过于天真?韦某此刻已经卷入东厂、西厂、内行厂争斗的旋涡里,那黄韬明知我的为人,还专门从西厂抽你过来抓我,显然醉翁之意不在酒。我若随你回去,不仅无人救我,而且最后必落个身败名裂的下场。一入诏狱,岂有实情?冤案也必办成铁案。我到时真成了奸杀十九名峨眉弟子的凶手。纵定不了峨眉派的事,随便给我安排个什么别的罪名,也都是你我兄弟干过的轻车熟路之事吧。"

冷潇低头不语。他知道,韦康所说并不错。

趁冷潇不备,韦康突然推开旁边窗户,一跃纵身跳到窗外,向大街跑去,身法极快。

几名东厂的小太监和两名锦衣卫大惊,"莫要让他跑了!"拽出武器,正准备跳窗。

冷潇喊了一声:"且慢。"

说着抽出自己的长剑，出其不意，剑起落处，几具尸体横七竖八，倒在楼板之上。冷潇自言自语了一句："兄长，今日起，你我各自浪迹天涯，彼此珍重。"说着一剑刺向自己的右肋，鲜血迸出。冷潇仰身摔倒在椅子上，又端起一碗酒，喝了小半口，呛得连连咳嗽，血流得更快了。

此刻，回雪姑娘和轻云姑娘恰好进了客栈，看到了眼前发生的一切。

回雪骂了一句，"呆瓜！"冲了过来，一把夺过酒碗，扔在一边，喊着王掌柜把金疮药拿来。一番紧急治疗后，看性命已无大碍，安排小二将冷潇扶到房间。司马朗已经安排伙计将尸体抬出，开始清洗楼板。

王掌柜建议，明天客栈是不能营业了。

"呆瓜。"回雪姑娘又骂道。

"确实，够呆。"轻云也骂了一句。

不过二人相视一笑，不由得怜惜起这个人来。

子时快到了。窗口突然出现了一个黑衣人，回雪吓得一把钢针扔了出去。结果此人哎哟一声，随后已经出现在酒楼里，右肩流着血，三根回雪冰魄针已经打中了。王掌柜一看，正是刚刚逃走的韦康。

韦康咬着牙，喘着气道："两位姑娘，行个方便，我要把我兄弟带走。"

"你真是更呆，你受着伤，他也受了伤，怎么走？"回雪姑娘说道。

只见韦康并不理她，径直走到冷潇的卧房，将他背在身后，略带踉跄地向一楼走去。

"喂，你是傻的吗？不要命了？"轻云骂道。

只听韦康口中喃喃道："一起亡命天涯，不是更好？"

"真是两个有病的人！"回雪姑娘气得一甩手，扔过两个瓶子过去，"白瓶的外敷，红瓶的内服。"

韦康一手接过去，向回雪一笑："谢谢姑娘。说句心里话，两位姑娘是韦某此生见过最美的女人。"

说罢，韦康背着冷潇，摇摇晃晃，慢慢地消失在夜幕里。

"彼此珍重。"回雪和轻云轻声将这句话体会了几遍，说完朝房顶大声说道："两位李兄，烦回去告诉赵先生，遇到了两个比他还呆的，已经没事了。"

子时到了，清明过去了。又是新的一天。

有多少人在梦里，曾经不断念叨着这样一句话："彼此珍重。"

无论是生离，还是死别。

第十八章　海棠依旧

一爵海棠露，两岁山河茫。十指拨古弦，断得几人肠。竹林酣晋梦，羌管鸣汉唐。终碌石火中，战兢蜗角上。

从寅时开始，下了一阵微微的细雨，辰时已经停了。所以人们早起的时候，看到杨柳又抽出了新枝，新鲜的绿色透出丝丝生机，空气中蕴含雨后泥土清新的味道。没有太阳，一切生命仍然欣欣向荣。

回雪和轻云用了整整一晚上，处理客栈的各种应当在夜晚处理的事情，显得有些疲惫。但上午，她俩还是回到了断水山庄。

听司马信说，赵先生早早就起了，但自己一个人在后院的屋子里，不知在神神秘秘地弄什么。于是回雪姑娘向后院走去，刚走到赵先生的屋旁，发现窗子开了一道不太宽的缝隙，回雪并没有急于敲门，而是从窗缝中偷偷地向里面看去。

只见赵遁手中正端着一只长长的铁管子，这管子有两尺多长，管子的后端是弯的托把。赵遁将托把倚在肩头，只睁着一只眼睛，正在瞄着摆在屋子另一端的一只酒坛，面带微笑。回雪很好奇，这赵先生又在玩什么花样？

突然，听屋里啪的一声，从铁管子不知喷出什么东西来，一阵烟雾起，对面的酒坛立刻应声而碎。

"啊！"吓得窗外的回雪姑娘一声惊呼。

赵遁向窗口一看，透过窗缝，看到了回雪惊奇的眼神。"进来吧，干吗偷偷摸摸的？"

回雪迅速跑进了屋子。只见赵遁身旁的桌子上，摆着一杯茶，还有一本书，封面上写着《神器谱》。书旁，摆着前两天回雪拿给赵遁的那片海棠镖。

"先生，您这是什么暗器，如此厉害？看着比我的回雪冰魄针还要厉害呀。"回雪姑娘是暗器专家，一眼就看出赵先生端着的这东西，又快又准，绝非凡品。

赵遁笑道："这并非暗器，而是一种火器，叫作火绳枪，有人说其十发有八九中，即使飞鸟在林，皆可射落，所以也有人管它叫作鸟铳。"

"哦，先生说这东西是打鸟的？我看打人也厉害得很呢。"回雪说道，"不过先生说这个叫作火绳枪，难道需要用火点绳子吗？我怎么没有看到您刚才点火呢？"

赵遁道："原来这东西确实需要一手持火点燃绳引，另一手端枪瞄准，但这样准头就大打折扣了。我嫌麻烦，所以前几年做了下改进，不用点火了，你看，只要用手指扳一下这个东西，就可以自动打着火石，直接把铁丸子打出去。"说着赵遁向回雪演示了一下。

"哇，这玩意儿好好玩。我也来打一下试试。"说着回雪姑娘把长管抢了过去。

赵遁笑道："姑娘莫急，这东西一次只能打一下，再打需要重新装火药和铁丸子。"

回雪姑娘端着火绳枪，看了又看，突然想起方月娴来，于是她眼珠转了转，问道："先生，这东西是抽刀门的独门暗器吗？"

"不是，这是我前些年在浙江火器营，与一位将军聊天时才第一次见到的，是军队的东西。后来我自己根据书上记载自己仿制的。抽刀门哪里有这个？"赵遁答道。

"不对呀，我见上次抽刀门那位姑娘，就是叫方月娴的，用来打我的好像就是这种东西，但又不太一样。"回雪姑娘说道。

"是吗？你说说怎么个不一样？"赵遁问道。

"首先，她那个明显短得很，大概只有六七寸，所以随身携带很方便，不像先生这个这么长。然后就是她用的那个可以连着打好几次，打出来的好像也不是实心的铁丸子，也不是形似海棠花瓣的飞镖，我总感觉是什么东西爆了，裂成了这种像海棠花瓣的碎片，那天地上有好多呢，您看，我这还有。"说着回雪又拿出两三片类似海棠镖的东西。

"什么？只有六七寸，这怎么可能？还能连打好几次，这又是如何做到的呢？"赵遁面带奇怪地看着回雪姑娘。

回雪姑娘笑道："先生既知道这东西叫海棠镖，怎么不知道这东西来历，还问了这么多问题？"

赵遁略有些不好意思地说道："我猜测，如果将实心铁丸改成空心铁壳，内填充火药，确实可以产生炸开的效果，在铁壳制作时做些手段，也许能够形成海棠镖的效果的。但把管子做得这么短，就很难打准了，而且连打几下，这个到底是用的什么办法，我想不出来。"

回雪面带神秘的微笑看着赵遁："猜测？先生真的想不出吗？"

赵遁点点头："确实想不出。"说完他又自言自语了一句："不想一句玩笑，竟也能成真了。"

"先生说什么玩笑，什么成真了？您与那方月娴是老相识了吧？"回雪姑娘问话时，坏坏地笑了一下。

赵遁把火绳枪又从回雪姑娘手里拿了过来:"流风是否已经出发?"

"哼,先生就会回避问题。不说也罢,我看你能憋得几时?"回雪鼓起腮帮说道,"流风一早就走了。走前还特意叮嘱婉月姐姐,不许把那个什么太白秦酒那么快运过来,说先生是个呆人,见到酒就不要命了。"

赵遁摇头道:"有酒不喝,岂不更呆?"

"不过,昨天那个韦康,酒量可是大得很。听说喝了二十几碗宁城烧锅呢。他和那个叫冷潇的,真是两个更呆的人,也许真要一起亡命天涯了。"回雪说着,顺道把昨晚的情况向赵遁介绍了一下。

"哪里会有那么简单。此二人性格,我还是略有了解的,不是遇事退缩之人。不查个明白,怎会甘心逃去天涯?有此二人,也许我们的胜算还会更大一些。"赵遁说道,"你去把他们几个叫到大厅,我们把下一步计划再商议一下。"

"就知道商议商议,人家轻云一晚上没睡。"回雪嘟囔道。

"这倒是我的疏忽了。好了,知道你们两个昨晚辛苦,赶快去睡,先睡到黄昏再说。"赵遁看了一下已显得疲惫的回雪,脸上带着歉意的笑。

回雪看了他一眼,冷不丁一把抓起桌上的那本《神器谱》,边走边说:"我倒要看看这是个什么东西,居然还能凭此结识姑娘。"

"哎呀,不是的。"但见回雪头也不回地出去了,赵遁无可奈何地叹息一声。

"试问卷帘人,却道海棠依旧。知否,知否,应是绿肥红瘦。"赵遁自言自语地默念这几句词,看到雨后窗外的叶子,绿得浓翠,山庄的花开得正艳,其中恰有几株西府海棠,迎着轻风摇摆。他拿起桌上的海棠镖。这不过是炸开的一片寻常的铁片,却真的如海棠花瓣一般。这需要花多少心思,试验多少次,才能产生这样的效果。他看了好久,若有所思。

回雪和轻云果然一觉睡到了黄昏。不知什么原因,二人都说了一句梦话,叫作"彼此珍重"。

长白山,抽刀门,也是黄昏。

只见一矮胖子,如球如团,手中握刀,刀随球转,沙叶纷飞。

"掌门好刀法。"离仙儿和贝仙儿欢呼着,赞叹着。为进一步显示袁自甘的刀法高超,贝仙儿忙端过一盆凉水,急向袁自甘泼去。她本以为袁自甘可以凭借刀法的快速旋转,用刀风将水一滴不剩地拨打出去,显示出哪怕是残缺不全的断水刀法,也被掌门发挥得淋漓尽致。

但是,刀并不是雨伞。断水刀法,也不是泼水刀法。果然,正当白光起舞之时,一声惨叫,凉水全浇在袁自甘头上,长白山的春天,也还是冷的。

叫声，骂声，哭声，还有一句埋怨声。三个人的声音齐出。

"早就说这缺斤少两的断水刀法不行。明天你们两个赶快派人去冯公公那催问一下刀谱的下落如何了。最近门中弟子都给老子好好练灭欲剑法。灭去你们的人欲，也就存了天理，存了天理，还怕他伊川剑客个鸟。"袁自甘恼羞成怒地说道。

"遵命。"离仙儿说着，赶紧把毛巾拿过来擦去袁自甘头上的水，先擦的是脸上的，后擦头上的，好像这些都是汗水一样。袁自甘的自尊心，哪怕是只有三个人在场，也是要维护的。

"矮胖子，自己不行还嘚瑟。"贝仙儿见马屁没拍成，心中懊恼，暗自骂道。

春夜，烛火，床帏，锦衣凌乱。袁自甘过早地进入了闲者时间，或者说，还没有忙起来，就闲了。他很丧气。这些东拼西凑的断水刀法，远没有想象中的威力。但这凑起来也有三四十招了，怎么也不至于如此呀。到底是刀法残缺不全导致的，还是另有缘故？目前的刀法别说赢司马信，看起来还未必胜得过自己根据灭欲三十六式改编的灭欲剑招。令他更加气恼的是，诸葛愚等人一去好多天，地黄甘露饮的存货越来越少，自己不得不省着点喝。原本不应该少的，怎么会消耗得这么快？他看了一眼床上百无聊赖的离仙儿和贝仙儿，百爪挠心，百感交集，就是没有开心和高兴。

"我说二位心肝，老卫平时除了练刀，还有什么独特功夫没有？"袁自甘打破了沉默，他不甘心，定要寻找一些潜在的秘密。

"掌门爷，就是本门的轻功，惊鸿之舞哇。"离仙儿道。

"那老卫平时可服用增加功力的补品丹药吗？"袁自甘问道。

"补品丹药？没听说。"离仙儿媚媚地回答。

"没有吗？不应该呀，那卫雄年纪还不如我，功力却深厚得很。难道不是靠服用补药增强的功力？"袁自甘喃喃自语了好几遍。

"不对，诸葛愚似乎还专门为卫掌门，呸呸，卫逆贼配了一种药，叫什么来着？……对，叫作栀子升降散，这个东西据说只给卫逆一个人配的，别人根本都不知道。我还是有一次去药房，不经意发现的。"贝仙儿忽然想起这么一个情节。

"有这样的事？"袁自甘眼前突然一亮，如获至宝。

"哎呀妹妹，我原来也听说过这个药，但据说那是给卫贼治眼病的。"离仙儿说道。

"不对，离儿不要被谣言欺骗了。我看那老卫的眼睛可没什么毛病，而且习武之人，哪有眼睛总出毛病的？这里面一定有些不可告人之处。你听这名字，升降散，岂不是喝了可以提升身法轻功的意思？搞不好老卫的武功高强，根本就不在于什么断水刀法，关键而是在这里，关键就在这里呀。我就说呢，凭这区区几十招刀法，何以当年那么厉害？原来诸葛愚那货果然有独门秘籍。若非贝儿提醒，我还在纠结于追回那刀谱。如果真有这增加功力的大补之药，有了深厚的内力，就是寻常武功，也打得司马信满地找牙呀。"袁自甘一扫郁闷灰心之气，开始恢复了信心。

"贝儿，你说的这个栀子升降散，库房中可还有存货？"袁自甘带着莫大的期盼问道。

"我记得应该还剩好几坛子呢，都在地窖放着，不会有人动的。"贝仙儿说道。

袁自甘大喜："贝儿速速取来。本掌门要品鉴品鉴。""老卫果然不全靠刀法，这下可被我发现了诀窍，哈哈，我早就说过，这个江湖，很多事情，看着像刀法的事，其实根本是另有诀窍。"袁自甘非常自得于自己这个发现。

突然窗外扑哧一声笑，是一名女子的笑声。这女子也许意识到此笑的不雅，赶紧纵身一跃，借着灯光，一抹红影飘然而去。

袁自甘大吃一惊，"是哪个不开眼的跑来偷窥，抽刀门谁有这么大的胆子？"袁自甘立刻飞身蹿出屋子，上房，四处张望，哪里有个人影子？

离仙儿和贝仙儿取回来栀子升降散。先取来一坛，库房里还有六坛。

"太好了！"这是最后的希望，"有此物，我袁自甘就有了卫雄一样的功力，功成名就的一天，就仿佛马上从天而降，砸到自己的头上。"这突如其来的幸福，完全驱除了方才突如其来的丧气。一夜，袁自甘如厕十九次，肝肠寸断。

第二天，他在发烧中，喃喃间反反复复就一句话："还是用的刀，还是用的刀，那晚我分明看到了嘛，卫逆用断水刀法力敌大内十二高手，最后那一刀，成了我永久的痛……我怎么会认为他不用刀？都是江湖中的事，哪能不用刀呢……"也许是发烧后的昏迷中，也许是沉睡的梦中，袁自甘终于看到了，自己变得年轻，年轻得与侯子山一样，左手搂着离仙儿，右手揽着贝仙儿……

梦，总是现实的提示，只不过有时是从相反的角度提示的。栀子，清肝火力量极强，辅之以片姜黄、大黄，完全可以扫荡肠胃，推去一切陈腐，必得如此，僵蚕、蝉衣两味药方能进一步发挥作用，将火透出。一派清火之物，怎会增加功力？整整一坛喝下去，袁自甘尚有命在，也应该感谢那一抹红影的扑哧一笑，保留了他的元气。

袁自甘病了整整四天，时而昏迷，时而梦幻，其实，时而也真实。只不过，他已经分不清了。到了第五天，他不得不醒过来了。因为海升票号派来人了，是钱军第四个干儿子，叫作钱小军四郎。袁自甘知道，海升票号抽刀门分号的事，已经摆到眼前了。如此重大的事，哪能自己一个人背锅？谷若智、胡若勇、涂若信必须到场，堂主级的，只剩下了贾似忠，也喊了来。就连还没完全康复的刘斯文也被叫来了。

钱小军四郎一副半官半商的打扮，见到袁自甘就开门见山了。语气还算客气，但言语中也蕴含不容商量的意味。无非是说：海升票号在几大门派都设了分号，这是一本万利的生意。像有的门派不够资格直接设分号，还都是通过恒升、民升、信升等几个二级票号才给他们放的款子，融资成本可就高多了。这次给抽刀门机会直接设立分号，从海升票号直接拿款，利息可是再优厚不过，几乎可以算稳赚不赔的生意。这都是钱总管看在袁掌门天大的面子才给的待遇。至于海升客栈，不赚钱的话，可以关门，一心做好分号就行了。

袁自甘对对方突然提出关闭海升客栈感到很奇怪。当初言之凿凿的，似乎设立海升客栈比开分票号还重要似的，逼得自己贴钱也要开，这下怎么又不开，关门了？难道跟东方敏等人死在客栈有关？可钱军一向是只关注银子，从不关注客栈营业的呀。不管什么原因，海升客栈关门，自己倒是可以省下一笔银子。如果票号实在挣不到钱，此番省下的银子也许也够补这个亏空。所以为了不得罪钱军，他倒是倾向于同意对方这个提议。

想到这里，袁自甘向谷若智等人问道："众位认为如何？"谷若智道："袁掌门高瞻远瞩，但凭掌门做主。"胡若勇、涂若信也是如此表态。

"一帮滑头。"袁自甘暗自骂道。

"钱公子，这事就这么定了，抽刀门同意设立分号！"袁自甘气得当场就做了决定。

"好，袁掌门果然干脆，一言九鼎。那就从下个月开始，我海升票号每月定期向贵派发放银子，利息嘛，前两年就给你们最大优惠，就按照分号最优待的标准，二厘五。你可知道，放给别家的都是三厘了，再到了那些小门派手里，哪个不得一分以上？这生意可是有大赚头哩。回头袁掌门赚了银子，可不要忘了我呀。"钱小军四郎笑着说道。

"岂敢岂敢，钱总管那里，还得希望公子多多美言才是。"袁自甘弯腰下去谦卑地说道。

"哎哟哟，这事一成，我们就是亲兄弟，讲义气嘛。"钱小军四郎嘿嘿一笑。接下来免不了又是在抽刀门一顿海喝。正喝在兴头上，门下弟子跑来报告：黑熊山最近又来了一名新寨主，据说是死了的范通的小舅子，非说是范通死在抽刀门，抽刀门至今没拿出银子抚恤，带了一帮人来要银子了。

袁自甘听完，气得啪的一声把碗摔在桌子上。"这是什么年头，都欺负到老子头上了。各位弟子，抄家伙，为了抽刀门的名誉，必须教训他！"钱小军四郎喝多了，胆壮了许多，非要跟着去，说要见识下抽刀门的精妙武功。于是袁自甘带着钱小军四郎，三位长老，贾堂主，一众弟子，雄赳赳来到了山门之外。

只见黑熊山的一众土匪，拥着一个高大的汉子，这汉子生得比范通还要高半头，络腮的胡子，头发打着卷，手中一把长柄的钢斧，看着分量不轻。

袁自甘手提灭欲六扇剑，本打算亲自动手，一展掌门雄威，振奋下抽刀门的士气。可是看了看这人的大斧，感觉今天好像喝的酒有点多，脚下有些发软，头有点晕，肚子有点胀，总有一种想去厕所的感觉。

袁自甘一咬牙，回头向胡若勇说："胡长老，久闻你在本门以勇武著称，今天可与之一战？"

胡若勇一看掌门点名自己，众弟子都在，哪敢推托。"掌门放心，区区小派，待我前去送死！"说完感觉不对，"呸，待我前去将他弄死！"

只见胡若勇把心一横，头左右一晃，拎手中单刀，直接蹿了过去。黑熊山众土匪一看，这胡若勇又黑又瘦，与新寨主站到一起，感觉像一只猴子碰到了一只骆驼，不由得哑然失笑。胡若勇虽然是硬着头皮冲上来的，但也不是完全被动。他迫切需要一战成名，坐上李若仁的位置，成为抽刀门实质上的领导者之一。这范通的小舅子无非仰仗有点气力，能有多大本事？只见他向对方骂道："不开眼的小子，在这长白山，你算什么东西，还敢过来撒野？先报名字，然后爷爷送你上西天！"

只听对方说道："我叫费武，范通是我姐夫，今天我特来替我姐姐要回姐夫范通的抚恤金。"

"哄……"抽刀门弟子一片哄笑。钱小军四郎笑得都直不起腰来了，边笑边说道："我说费武啊，你这个名字起得好，和你姐夫的名字有异曲同工之妙。哈哈……"

只见费武向钱小军四郎一抱拳："谢谢这位英雄夸奖。"众人又是一阵哄笑。黑熊山的土匪，感觉羞愧得都要钻到地缝去了，心说这个费武就是缺心眼，要不是看在这孙子有些本领，早就应该宰了他，省得我们跟着丢人。

胡若勇一看，原来对方是个傻小子。岂不正是自己立功的好机会？想罢抡起单刀，奔费武劈来。他原本也是用剑的，最近从袁自甘那里蹭了几招断水刀法，于是觉得在抽刀门里已经很不一般了，就改成了用刀。费武一看，胡若勇开始动手了，也不再说话，抡起钢斧，与胡若勇战在一起。

胡若勇知对方力大，尽量避免单刀与钢斧碰撞，用灵巧的身法与之周旋，想待对方力竭之时再找机会出必杀之招。但没想到对方虽然身材高大，倒也十分灵活。胡若勇想要迅速取胜却也不易。不仅如此，对方仰仗力大斧重，频频发动进攻。十几个回合，胡若勇围着费武，闪转腾挪，忙了一身汗，却占不到丝毫便宜。胡若勇越打越急，从一开始的急于求胜，到现在居然开始担心失败，担心坏了名头。赢不了，输不起。胡若勇心态乱了。结果忙中出错，手中刀正碰到斧子上，当的一声，刀脱了胡若勇手，飞出五六尺远。

胡若勇一抖手，"糟糕，大意了。"转身就跑，回去捡刀。费武见取得优势，紧追不舍。

袁自甘骂了一句："真是饭桶。"

一旁的涂若信听了，十分高兴。胡若勇在竞争中已经出局，要看他的了，于是大喊一声："费武，休要猖狂。你涂爷来教训你。"提着宝剑，纵身上去，替下胡若勇，大战费武。

涂若信身材矮胖，与袁自甘有些形似。但气力要胜于胡若勇，手中宝剑也较普通剑加重了分量，如此施展剑招才能更加得心应手。涂若信很自信，施展的是本门的惊鸿剑法。虽都是胖子，但他的剑法可比郑若飞高明了许多。费武仍然套路不变，抡起钢斧，虎虎生风，似乎没感觉到累。有几次，涂若信本来已经发现了对方的漏洞，一个剑招递过去，结果担心碰到对方斧子，又急忙抽身出来。八九个回合，涂若信等不及了。他冒着宝剑被钢斧碰到的风险，攻了上去，他觉得自己力气大于胡若勇，还不至于宝剑被击飞，若侥幸成功，此战便赢了下来，一战成名，取李若仁而代之，然后坐等谷若智退让，将是何等荣耀。

宝剑硬碰钢斧，不知涂若信的自信从哪里来，迷了心窍。当的一声，涂若信的宝剑与胡若勇的单刀殊途同归，碰到钢斧后，火星四冒，飞出四五尺远。涂若信一看不好，转身回去捡宝剑。

费武正待追赶，胡若勇已经手执单刀冲上来，"好小子，让你尝尝胡爷刀法的厉害。"十个回合，刀飞了，胡若勇捡刀。涂若信掐剑诀冲上，十二回合，剑飞起，涂若信跑去捡宝剑，胡若勇抡刀跟上……

也就打了一炷香的工夫，胡、涂二位兵器各被打飞了五次。但二人越战越勇，轮流捡兵器，绝不下战场。袁自甘气得鼻子都歪了，抽刀门两位长老，被个名不见经传的傻小子打成这样，传出去哪还有面子？他想让贾似忠去助阵，结果发现人没影了。

"贾堂主呢？"袁自甘厉声问道。

"禀掌门，贾堂主肚子疼，去茅房了。"有弟子答道。

袁自甘心里有一种说不出的恨。他转身看着谷若智，谷若智呆若木鸡，面如枯槁死灰。

"谷长老，你何不用天女散花，打那费武？"袁自甘强压心中怒火，提醒谷若智。

"报告掌门，谷某怕失手伤了自己人。"谷若智面无表情地说道。

"哎呀，门中谁不知道谷长老手底下干净利索呀。还是赶紧出手相助吧。"袁自甘急道。

谷若智充耳不闻。

袁自甘又急又怒，但又不好当众发作，此刻还要团结一切可以替自己送死的力量。于是他强压怒火，脸上挤出比哭好看不了多少的笑，低声说道："谷长老，近期我听闻门中新招了一名女弟子，叫作董华，长得颇有风韵，回头由您指导她的入门功夫如何？"

唰，唰……六支镖打出。谷若智还未来得及回答，但天女散花已经出手，直奔战场而来！

谷若智的暗器，无论在抽刀门，还是江湖上，都算是赫赫有名。

也许是董华的风韵刺激了他，打得太急了。谷若智根本没有看清战场的局势，就出手了。六支镖，倒有五支稳稳钉在胡若勇和涂若信身上。二人哎哟一声，双双摔倒。

袁自甘听到不远的地方，似乎又有女子扑哧一声笑，这笑声是如此熟悉。他心中一惊，赶忙向四周环顾，却什么都没有发现。他已经无暇顾及女子的笑声是真实还是虚幻，急忙又把注意力转移到战场，然后狠狠瞪了谷若智一眼，不过并没有发作，因为仍有一支镖，打在了费武的面门，打进去半寸多深。谷若智起码功大于过。

只见费武扔掉钢斧，仰面摔倒，气绝身亡。黑熊山众土匪四处逃窜。

抽刀门弟子顾不得追赶，赶紧围住胡若勇和涂若信，只见二人的肩膀、两肋，四处飙血。胡若勇被打了三支，涂若信被打了两支，但涂若信更胖，气血充足，飙血更加严重。好在都不在致命处。袁自甘吩咐赶紧拿来金疮药，给二人紧急救治。之后，抬回房间。

又是黄昏，袁自甘懊恼，丧气，加上有一点紧张，感觉身体极度疲乏，他快要撑不住了。一个费武，就把抽刀门搅得如此。这要司马信他们来了，如何迎敌？他甚至有点怀念起诸葛愚和吴道海了。众人纷纷散去后，袁自甘几乎是被离仙儿和贝仙儿架着回的房间。回到房间，点亮蜡烛后，袁自甘突然发现桌子上有一本书，他走过去，借着烛光一看，书的封皮上赫然写着"断水刀谱"！袁自甘一下子激动了，用颤抖的双手，哆嗦着打开刀谱，先是闭上眼睛，接着又忍不住睁开眼睛，果然是断水刀法的图谱！

"天哪，这是上天跟我开玩笑的吗？这是真的吗？不会，这绝不是真的，不可能是真的。"袁自甘说着一把抓起刀谱，扔到屋外。此刻，袁自甘眼前突然发黑，顿时感觉天旋地转，摔倒在地上。

袁自甘，这个可怜的掌门，他已经开始怀疑一切，尤其怀疑一切对自己有利的东西了。

第十九章 新的开始

深山有肠路，恋之且彷徨。忽觉林深处，斜透有霞光。流水浸甘冽，洗剑透冷霜。来复有平陂，天道只平常。

谷雨，春天的最后一个节气。雨生百谷，清净明洁。万物润得新生，春之生发之气，到了这一天，实至名归。

袁自甘从噩梦中醒了过来。离仙儿把他扔出去的断水刀谱捡了回来，在床边陪着他，看着他从沮丧、痴狂、崩溃到逐步恢复平静。人在崩溃之后，往往产生希望，而此时，若有对的人，用对的语言，对的方式，就会唤起一个人的新生。离仙儿并没有什么对的语言，她不是很会。但她似乎是对的人，而且用对了方式，她能够做到默默陪伴，哪怕一言不发，也足够了。她知道全本的断水刀法对于袁自甘的意义，更知道袁自甘对于自己的意义，这样一本改变人生和命运的刀谱，有什么理由不像生命一样好好珍惜？袁自甘的种种不堪，离仙儿岂能不知。但一个女人，不够自强和自立的女人，也有追求美好生活的权利，离仙儿爱袁自甘，实因为爱自己。但她真的一点都不爱袁自甘，全是为了自己吗？可怜的她，是不敢去想这个问题的。她怕，一旦开启对这个问题思考的闸门，自己灵魂深处的这一问，答案会让她崩溃般地意识到，也许她还是有些爱着袁自甘的。

本是善假于物，变得被物同化。爱自己和爱袁自甘已经到了无法分开的程度，这并不是离仙儿的幸福，而是离仙儿的悲剧。贝仙儿就是这样看待这个姐姐的。她认为，袁自甘就是拿来利用的，自己的美好生活需要另外追寻。所以她看中了侯子山。

在袁自甘昏迷的这几天里，离仙儿和贝仙儿，有了相识以来第一次重大的分歧。但是，这并不是根本分歧。

因为离仙儿初尝了侯子山的体贴后，也是脸红心跳不已，终于有了一个还算是男人的陪伴，尽管这是短暂的温柔，于她而言，也堪称刻骨铭心了。虽然她这样的人，本就没有骨，更谈不上有心。至于贝仙儿，也没有完全放弃袁自甘。她的情欲，还没有完全战胜理智。袁自甘能给她的，侯子山一时还给不了她。可是侯子山能给她的，袁自甘估计此生再也给不了她了，尤其诸葛愚不在的时候。

谷雨正在滋润着长白山，终于到了冰雪融化、万物真正复苏的时候，离仙儿、贝仙儿也遇到了人生中的谷雨。但是，她们也都知道，袁自甘这个平台，是终不能舍弃的。没有平台，二仙算得了什么呢？没有平台，离仙儿必是泯然众人。但贝仙儿也许还有凭借青春的浪荡和伶仃的姿色再一次拼搏的机会。这也是二人面对袁自甘和侯子山的重大分歧，但终究不是根本分歧之处。

袁自甘终于清醒了。久经江湖的他，再一次站了起来，这也算是离仙儿扶他起来的。他再一次意识到了断水刀法的价值，不断地反复向自己暗示这个价值，强迫自己内心达到确信的程度。他要用断水刀法，重拾自己的一切。离仙儿默默的陪伴，是他恢复信心的重大动力。看到被离仙儿重新修补好的断水刀谱，袁自甘终于抽出了刀，在演武大厅练了起来。他奇迹般地发现，比起之前残缺不全的招法，刀谱系统得多，流畅得多，每演练一遍，都有新的提高。其实这样的发现，算得上什么奇迹呢。但袁自甘实在太需要奇迹了，于是在强烈的心理暗示作用下，就有了这样一个奇迹。

"这确是好刀法。"袁自甘暗暗敬佩。虽然隐隐感觉到有些地方似乎平庸了些，但是，"这确是好刀法。"袁自甘不断提醒着自己，每提醒一次，自己对刀法的领悟似乎就深了一层。

抽刀门的弟子都知道了，袁掌门真的有断水刀谱，也许不日就会传授给他们以对抗那司马信。众人皆欢呼雀跃。因为就算卫雄在时，大家也没有这么近距离地接触断水刀法的机会。袁自甘的声望，竟是大大地提高了。

谷若智结识了董华，董华的姿色胜郑若飞多矣，然性情却要温顺多了，并不需要自己还要指导功夫这么多烦琐的伎俩，便同自己开始一起度过余春。仅此一条，谷若智就开了心颜，早把郑若飞忘到了九霄云外。但是，轻易到手的东西，哪怕是美色，保质期也过于短暂了。谷若智与董华厮混了不短的日子后，便开始空虚起来。董华就不足以填补这个空虚了。

胡若勇和涂若信的伤好了。他们开始向抽刀门弟子演讲，自己是如何已经把那费武逼到山穷水尽之处，谷若智居然多管闲事，以至于让他抢了功劳。至于兵器被打飞，那自然是故意漏个破绽，自己早就做好了击杀费武的准备。不过胡若勇的口才不及涂若信，故事讲得不如涂若信好，于是这声望慢慢也被涂若信赶超了过去。但是到底谁能更进一步，接替李若仁，袁自甘尚未表态。

出乎所有人的意料，刘斯文居然被提拔成了堂主。有人说这是谷若智的大力举荐，因为与费武之战后，袁自甘对谷若智并不满意，想推翻关于董华的承诺。是刘斯文创造了董华和谷若智私会的条件。在谷若智享受完董华后的空虚时刻，又是刘斯文不断寻觅女人来填补谷若智的精神空白。刘斯文对谷若智的忠心耿耿，最后得到了回报。于是，一个曾经爱着并最终抛弃了郑若飞的男人，大力推荐了曾经爱着并最终杀死郑若飞的另一个男人，去接替郑若飞的位置。结局便是，作为死人的郑若飞，成了最大的输家。从此刻起，郑若飞彻底在抽刀门消失了。要不说，有些人，必须千方百计地活着才是呢。

也许是袁自甘实在感觉不妥，也许谷若智还没有彻底丧心病狂，终究还是得要点脸，最后他俩终于商议了一个掩人耳目，也是为了掩盖良心不安的做法，抽刀门几个堂主轮换一下吧，不要让刘斯文这么赤裸裸地接替郑若飞。于是安排明月堂堂主贾似忠到了忠信堂任堂主，刘斯文到了审势堂担任堂主，成了吴道海的上级。也是，若说到审势堂，还有谁比刘斯文做得更好呢？诸葛愚从攻心堂被安排到了死去了许道茂的断水堂。于是目前还剩明月堂、攻心堂、追风堂三个堂主空置。门中有弟子传言，那是留给离仙儿、贝仙儿和侯子山的。

二仙也听到了这个消息，但并不是传闻，而是袁自甘在床上的枕边风。二仙自知武功低微，难以服众，便央求着袁自甘教她们练习断水刀法。袁自甘说："好好好，不只你们，将来整个门派，我都要教的，因为两个月后，大敌当前，我们必须同仇敌忾，灭了司马信、丁嵩那些人才行。"

至于还在河南的诸葛愚等四人，是否要召回来一同学习刀法，袁自甘却是只字未提。谷若智等人也没有提。

谷雨的这一天，流风姑娘回到了断水山庄，她顺利完成了使命。而且，两次偷笑，将袁自甘吓得不轻。她把抽刀门之行所闻所见，讲给轻云等三位姑娘的时候，四人一起在房中忍不住哈哈大笑。婉月姑娘不得不边笑边提醒着："小声些，先生正在后院练刀，莫扰了他。"

"是吗？我还没有见识过先生的刀法，我们一起去看看如何？"流风建议道。几位姑娘经不住她的一再央求，于是一起到了后院。此时，发现丁嵩几个人也正在一旁观看。

赵遁练习的正是断水刀法。

这个江湖很不可思议，最常见的一种武器，刀，也是最不可捉摸的一种武器。在江湖上行走，有谁又不会练几下刀呢？一个初出茅庐的雏儿，也知道把刀磨亮，背在身后，用刀的威严弥补内心的不安。越是内心不安，越是需要一口好刀，甚至不惜倾尽囊中所有，也要置办一口名器。哪怕是背在身上，装到刀鞘里，也未尝不是一种尊荣与华贵。大家手中都有刀的时候，人与人的区分，反而过分把注意力放在了刀上，而忽视了人。

真正的好刀，往往并不名贵，而是融入了刀客的悲喜，刀的一生，便是人的一生。每一处的光辉与斑痕，都是一部说不完的故事。一套好的刀法，往往是一场精彩的人生，一招一式，莫不从人生的感悟中来，莫不是从莫大的悲喜中来。将自己的功力、意志转化为刀的力量、速度、变化，谓之刀客。将自己人生的感悟，转化为刀的精神，谓之刀神。刀神不一定取人性命，而必取人之灵魂。

赵遁的刀，是一把黑漆漆的刀。好旧的刀，这实在算不得什么宝刀。作为一名刀客，赵遁似乎只有刀是最差的了。赵遁的刀法，是断水刀法。有了刀谱作为参照后，丁嵩等人自然认识。

但赵遁的断水刀法，多有不可捉摸之处。赵遁的刀法，每一招都似乎蕴藏多种变化，每一招都不使老，很难猜透这一刀后，紧接着会是哪一刀，绵延不绝，变化无穷。但一切变化，都不脱离断水刀法。与卫雄传授给丁嵩、诸葛愚的刀法不同，赵遁的刀法似乎并未刻意编排，只是随性而至，随招而发，永远在变化之中。

丁嵩、司马信、李氏兄弟看得目瞪口呆。几人原以为，通过观看丁嵩与诸葛愚的对战，已经领悟了断水刀法的诀窍，只待进一步发掘而已，但看了赵遁的刀法后，才觉得自己原来的想法终究归于浅陋。

顷刻间，赵遁已经演示了好几种不同风格的断水刀法。有的让人感觉惊雷滚滚，杀气腾腾；有的让人感到精神振奋，快意恩仇；有的让人感到压抑，有的让人感到恐惧，有的让人陷入沉思……几人无不诧异，这竟是同一部刀法？

"赵兄弟好阔的刀法！"司马信拍手称赞道。

"赵兄弟于断水刀法的境界，实不在卫师之下。"丁嵩也是由衷地钦佩。

见赵遁已经收招，轻云赶紧把毛巾递过来，可是发现赵遁并没有汗，不禁尴尬一笑。此时婉月拿过来一壶太白秦酒，赵遁一口喝下大半壶，脸色立刻红润，但也咳了几声。

"哈哈，还是婉月姑娘更懂得赵兄弟。"李飞羽笑道。

轻云瞪了他一眼："要你管。"这时流风姑娘埋怨道："婉月姐姐，跟你说莫要把这太白秦酒这么快就运过来,你看这酒鬼,见了酒就不要命了。"

婉月笑道:"你以为没有这太白秦酒,他就要命了?这酒再不送来,他就要去回雪那里抢那又辣又冲的宁城烧锅了。"

回雪姑娘一旁说道:"要克制先生这酒病,只要流风姐姐的猩红针,钉上几针,管保先生一口都不敢喝。"

"是呀,流风姑娘这猩红针,打上去痛痒难当,别说酒了,喝口温水都如同全身被蚊叮虫咬,流出来的血都能毒死人哩。"李飞鸿吐着舌头说道。

"是吗?李兄是怎么知道的,莫非干了什么坏事,被流风姐姐教训过?"轻云姑娘笑着问道。

李飞鸿一时语塞,脸色也红了起来。众人一阵大笑。

丁嵩说道:"大家莫要取笑了。还是谈正事要紧。赵兄弟,并非愚兄捧你,这断水刀法经你施展出来,令我等大开眼界。以兄弟看,是否真的有断水心法一说?"

赵遁说道:"其实所谓心法,可以说有,也可以说没有。此刀法的渊源,以及当年张真人的指点,想来丁兄也是知道的。赵某练刀,也无非是根据对那四句诗的理解。所谓弃剑,之前卫掌门应该已经向丁兄讲过。所谓乱刀,这几日我想轻云和婉月也和大家聊过长安酒楼的事,之前丁兄与诸葛堂主的过招,说明对这一层意思也有深刻的理解。而抽刀断水水更流一句,我的理解是,刀法的变化,实源于刀客的心性。抽刀岂能断水?刀客将心性赋予刀法之中,抽刀向水,水流不绝,但心已释然,性得释放,此心性的变化,蕴含在不变的水流之中,正如招法的变化,蕴藏在不变的刀谱之中。绝妙的刀法,一定是富于变化,然真正多变的是刀客的心。心有七情:喜,怒,忧,思,悲,恐,惊,不同的心情,运用出的刀法也不相同。于是恐胜喜,喜胜悲,悲胜怒,怒胜思,思胜恐,刀法也有相生相克之处。所以能把握人心的变化,进而操控人心的变化,才是真正的刀神。"

众人听赵遁讲刀,皆若有所思。谷雨时节,果然一切都有了新的开始。不只是刀法,大家推而广之,对剑法、掌法、暗器之法的理解,也有了如获新生一般的理解。

司马信道:"赵兄弟这刀法的相生相克之说,我行走江湖多年,还是第一次听到,但感觉耳目一新,酣畅淋漓。"

轻云说道:"先生所言,句句在理,我虽只善用剑,仍是获益匪浅。先生堪称刀神。"

赵遁忙摆了摆手,言道:"然而,这世上,却又哪来的刀神?每个人自己实是自己的刀神,只不过,绝大多数人,绝大多数时候,丢失了。"

此时回雪姑娘道："你们一帮舞刀弄剑的，别再转文了好不好，我看还是我和流风妹妹来得简单些，爽快些，心情不好，就一把暗器过去，管他喜不喜，愁不愁呢。"

婉月笑道："两位妹妹正是将心与情，运用到了暗器之打法，早就暗合了先生所说的断水刀法之理呢。"

此时，赵遁在人群中发现流风已经回来了，知抽刀门事情已经办好，便问丁嵩："丁兄，断水刀谱可留有副本？"

丁嵩道；"这个自然。不然单凭记忆，还是怕会出错。婉月姑娘花了好长时间，临摹了好几本呢，画得跟原本几乎一模一样。"说着，丁嵩从怀里拿出一本，递到赵遁面前。

赵遁把刀谱翻了翻，点点头，称赞道："果然如此，婉月妹妹不只典雅温婉，更是蕙质兰心。"赞完继续问流风道："流风妹妹，袁自甘拿到刀谱后，可将诸葛愚等人召回？"

流风道："那袁自甘拿到刀谱，就如同犯了神经病一般，一开始给扔到窗外，后来被离仙儿捡回来。好容易回归正常了，就每天自己练刀，离仙儿和贝仙儿也经常陪他一起练，他声称为了对抗我们，要把刀法传给整个抽刀门。但奇怪的是，他一直迟迟没有召回诸葛愚等人，按理说以诸葛愚的武功，回去可是他的得力帮手哇。"可能觉得说得不到位，流风干脆就将抽刀门发生的一切，简要地又向各位介绍了一遍。

司马信说道："姑娘有所不知，那袁自甘本就是个嫉贤妒能之辈，他定是怕诸葛愚学了全套的刀法，反胜过他。原来我以为，他对诸葛愚的期望，还在于那个地黄甘露饮。方才听闻姑娘的介绍，你那两次坏笑，看来袁自甘是地黄甘露饮也用不上了。"

李飞羽向流风笑着说道："姑娘这一去好厉害，竟是给丁兄弟报了一半的仇。"

"妹妹刚才说，刘斯文现在是审势堂的堂主？"赵遁眉头一皱问道。

"是这样的。也不知这抽刀门抽的什么风，把个厚颜无耻之辈捧上堂主的位置。丁兄，这下你的审势堂的兄弟们惨了。"流风回答道。

赵遁说道："既然如此，丁兄，麻烦你尽快寻到诸葛愚等人的下落，把这本刀谱给他们吧。不然，他们定会吃了刘斯文的亏。回雪妹妹，你同丁庄主一起去吧。"众人深感赵遁考虑得周到，丁嵩也是十分感激。

只有回雪姑娘看了一眼赵遁，又向婉月姑娘做了个鬼脸。婉月也一笑。回雪拉着丁嵩出门，故意大声说道："走吧，丁大庄主，也不知道是我陪你去，还是你陪我去。某人可是憋着担心了好长时间呢。还真是沉得住气呢。"

丁嵩如云里雾里，不明所以，只好跟着出来，路上问回雪道："你说的什么意思？"

回雪悻悻说道："什么送刀谱，明明是担心我的暗器打中了人家，婉月姐姐送的药不够用。早知如此，还不如当初跟他说实话呢，结果还是什么消息都没套出来……"

丁嵩更是一头雾水，也不好多问，只好跟着回雪，沿伊水一路打听和寻找。回雪有龙门客栈的情报网，没过多久，就探得诸葛愚等人的消息。

沿伊水而上，便是洛水。水边有一古旧的宅院，诸葛愚等人就住在这里，正在对下一步如何行动举棋不定。丁嵩和回雪的出现，让四人惊讶不已。

丁嵩道："几位师弟师妹，这便是断水刀谱的副本，按照赵庄主的安排，现将它送给你们。抽刀门处，已安排另行送到。这样做是为了继承先掌门卫雄门户开放、兼收并蓄的遗志。袁自甘等人正在门中练习刀法，但听说没有将你们召回的意思。此外，诸葛师弟已经被调离攻心堂，刘斯文成了审势堂的堂主，赵庄主怕各位吃了暗亏，特意让我把刀谱送来，希望大家勤加研习。赵庄主特意让我转告各位，他对抽刀断水水更流一句的理解，是将刀客的心性融入刀法之中，水流不断，刀客的心性在断水中得到释放，从而提高刀法的境界。不知这种理解对不对，希望各位一起参详。"

诸葛愚接过刀谱，向丁嵩一拱手："感谢师兄。赵先生对断水刀法的理解，卫师原也有些暗示，但不及他说得透彻。替我向赵先生表示感谢。审势堂处，我自会想办法替你关照那些兄弟。"说着看了一眼吴道海等三人，将刀谱交给了方月娴保管。

回雪这一次仔细观察了一番方月娴，发现这位姑娘应该比自己年长，到底长多少岁却是难以判断，容貌并不比自己出色，但举手投足的姿态，一颦一笑的神情，却有着百般的娴柔，千般的婉媚。这是一种端庄处隐含的妩媚，眉目的清秀间却含着一点淡淡的忧思。

"她并不是一个绝色的美人，却是一个让人看了难忘的人。"回雪姑娘暗自想道。

只见方月娴打开了断水刀谱，翻了几页，发现中间夹着一块残损的铁片，如同海棠的花瓣一般，铁片下压着一张白色的字柬，上面写着："试问卷帘人，却道海棠依旧。想不到，这就是海棠镖。"不过字迹歪歪扭扭，写得甚是丑陋。方月娴看着字柬，一开始面带淡忧，后来又不由得笑出来。不得不说，这笑，也是让人难忘。

回雪姑娘鼓起腮帮,向丁嵩说道:"你看,先生哪里是让我们送刀谱来了,分明是怕,碧云千里锦书迟了,你看那白色字柬不定写了多少回纹字、柔肠事呢。"说罢,回雪姑娘向方月娴道:"我知道姑娘叫作方月娴,上次断水山庄一别,我家先生吐了三天血。姑娘可认识我家先生?"

方月娴并未回答,却反问道:"贵庄赵庄主可是又喝了许多酒?"

回雪姑娘笑道:"看来先生这陋习,竟是这么多人都知道。"

方月娴低声道:"赵庄主有姑娘照顾,想是很好的。替我感谢赵庄主仁厚,如此关心我们审势堂的弟子。刀法我们必定好好练习。"说完,侧过脸去,再无表情。

此番话竟是滴水不漏。回雪什么信息都没探到。但在话语之外的情绪,回雪还是有一种女人天然的感觉,她相信,这种感觉不会错。

谷雨这一天,还真是下雨了。回雪姑娘和丁嵩冒雨回到了断水山庄。

"这么快,刀谱送到了?"赵遁问道。

"当然送到了。先生的心意也送到了。原以为先生让我去送药,原来是替先生送信。我这个暗器高手都不得不佩服先生的手法之快,都不知道什么时候放进去的。"回雪姑娘说道。

赵遁脸色一红:"并非有意瞒着回雪妹妹……只是,见那海棠镖确实思路精巧,由衷赞叹而已……谢谢。"

回雪笑盈盈地看着赵遁:"是吗?先生?莫不是又在骗我?"

"当然不是。"赵遁说道。

"当然是!"当回雪姑娘把这番情节说给另三位姑娘时,三位一起说道,然后四人一起笑了起来。这是春的笑语,虽不及夏的热烈、秋的深蕴和冬的爱暖,但是笑声中透出纯净、清澈和友爱。

洛水旁的古宅院里,四人一边翻看刀谱,一边畅谈。诸葛愚说道:"看来这个赵先生,叫赵遁的,非同寻常。听闻他年纪并不大,但对断水刀法能有如此见解,实在是某生平所罕见,其见地简直直追当年的卫掌门。"沈日新道:"诸葛师兄是否太高看此人了?"诸葛愚道:"并非如此。虽然我未见过此人,但听他对断水刀法的一番描述,非绝顶高手,断然无此见识。更为可贵的是,他毫无保留地告诉我等,说明他的见识搞不好还在此之上。而且,单论这份胸襟,我所见过的,只有当年的卫掌门可以媲美。"

吴道海看着方月娴,问道:"我感觉这个回雪姑娘与你对话的意思,似乎方师妹认识这个赵先生?这赵遁究竟是个什么样的人?"

"不瞒师兄，这位赵先生曾经到过抽刀门，当时还是卫雄掌门健在的时候，我与其确有过一面之缘，但对其人的了解，不是很深。而且好多年过去，有些记忆也模糊了。"方月娴抬头望着远处的天空，缓缓说道。

见方月娴与赵遁并不熟悉，而且看到方月娴神色里隐约带有一丝惆怅，诸葛愚和吴道海也不便再问。

"既然已经发现了丁师兄行踪，我们也拿到了刀谱，可否回抽刀门复命了？"沈日新问道。

"不妥。"诸葛愚说道，"没听丁师兄讲吗？现在刘斯文已经做了审势堂堂主。我们若此时回去，他岂能放过你们三个？而且前日柳岐师弟已经传过消息来，印证了丁师兄说的消息。柳岐还说侯子山也不回六扇门了。离仙儿和贝仙儿带着一帮弟子，都在跟随袁掌门学习断水刀法。如此大的变化，袁掌门至今都没有通知我们，这是刻意在排挤我们。我想出于安全考虑，我们暂时不宜回去。"

"不回去，我们又能做些什么呢？"吴道海问道。

"那我们就在这里自己练习断水刀法，静观其变。"诸葛愚说道。

"此外，我们还可以继续探查一件事。"方月娴说道。

"什么事？"三人一起问道。

"那便是海升票号。根据前段时间柳师弟的信息，现在海升票号已经在抽刀门开了分号。海升客栈也关门了。而东方敏等人又是死在海升客栈。这一切的悬疑，总是与海升票号有关。而且这两番见到丁师兄，我感觉他背叛抽刀门似乎另有苦衷或者隐情。不知师兄师弟你们注意到没有？"方月娴说道。

"我有同感。我觉得丁师兄心中有一股仇恨，而且话里话外，似乎卫雄掌门的死也并非谋反那么简单。"诸葛愚道。

吴道海说："当年对此事，小弟也有所怀疑，以卫掌门为人，怎么会生出谋反谋逆之心？只不过人家证据确凿，言之凿凿，我们没有什么怀疑的依据。"

沈日新道："哼，什么证据确凿，最后还不是空口无凭。所有的话还不都是那袁自甘和冯七说的，谁亲眼见到卫掌门谋反了？"

方月娴接着说道："沈师弟这话在理。多年来两厂和锦衣卫诏狱，办出多少冤案，江湖上早就不是秘密。现在朝廷百官自危，都不做事。江湖上两厂也到处插手，搅得乌烟瘴气。那海升票号还不是仗着有厂卫的背景，逼迫各大门派强行向其借贷，再借用这帮江湖势力充当打手，向民间强行借贷，摊派勒索，利息之高，残害之深，令人发指。多少原本殷实的家庭，最后弄得家破人亡，妻离子散。钱军等人打着充实内库的名义，实际上大把的金银在厂卫这帮恶奴手中分配，大内能流入几个钱？这票号的层层抽水，比赋税还要可恶，实在是我大明朝釜底抽薪之恶政。但朝堂就是视而不见，充耳不闻。不就是害怕厂卫吗？"三人听完，不由得一齐扼腕叹息。

"所以这海升票号，我们于公于私，都要查一查。怕是卫掌门之死，可能也与之有关联呢。"方月娴说道。

"师妹，何以见得？"吴道海问道。

"我虽没有直接的证据，但是你看，丁师兄他们所为，似乎不只围绕着抽刀门，还有海升票号。那回雪姑娘的龙门客栈，一定是他们收集和释放情报的中心，最近这些天，我替你们买酒也去过一两次，听到了一些关于海升票号的议论和消息，这说明他们在关注这些。而丁师兄做这些最直接的动力，搞不好就和调查当年大内击杀卫掌门的背景内情有关。"方月娴解释道。

三个人都赞同方月娴的分析。于是，在不急于回抽刀门这件事上，四人的意见达成了一致。

还是谷雨这一天，嵩阳书院，也在下雨。

韦康笑着问冷潇道："这下我们要一起亡命天涯了吧？"

冷潇道："江湖虽大，厂卫尽知，亡命又能去哪里？兄且逃命，弟回西厂，定能维护兄的周全。"

韦康大笑："韦某身负不白之冤，岂是一走了之之人？我定要查出那陷害我之人是谁。"

冷潇道："兄若继续追查杀害东方敏等人的凶手，我就不得不继续追查兄，何苦？"

韦康道："黄韬此番用贤弟，本意也不在此。韦某除洗清自己名声，还有要事在身。此事，恐怕才是黄韬真正想知道的。如今我俩经过生死之劫，我也不再瞒兄弟。当初我确实是奉杨公公之命，一路追踪东方敏等人而来，因为我发现，东方敏等人与海升票号一直有联络。尤其奇怪的是，海升票号本来已经关闭了在峨眉的分号，却又准备在长白山这种偏僻地方建立分号，而东方敏等人居然也一路来了长白山，还住在海升客栈。其中定有隐情。杨公公给我的任务，就是查清峨眉派与海升票号的关系。我想这一定是一个重要的切入点。没想到东方敏等人惨遭不幸，我也成了逃亡之人。但越是如此，越是显得里面确有古怪。"

冷潇道："海升票号在各大门派设立分号，这事江湖尽知，所以票号与峨眉派有联系也属正常啊。为何杨公公非要抓住这一点让兄来查？"

韦康道："其中背景我并不知道。但我在内行厂，听闻峨眉派掌门灭欲师太，可是与那钱军来往甚多，甚至与吕公公都有交往。这一点，连少林、武当也是自愧不如。"

冷潇道："难道杨公公在偷偷查钱军？钱军可是吕公公的心腹哇。"

韦康道："兄弟，我所知道的就只有这些。其他的还得进一步查才能做出分析判断。"

冷潇道："既是如此，兄一路小心。我最近听闻灭欲师太对东方敏等人被奸杀一事十分震怒，已经放出话来，要亲自出山来对付你。那老尼可不是好惹的，兄务必多加小心。"

韦康冷冷一笑："这老家伙果然按捺不住了。"

雨停了。韦康与冷潇各奔东西。临行，韦康嘱咐冷潇道："兄弟为我连杀东厂和锦衣卫数人，虽然做得周密，但毕竟是在龙门客栈，难保客栈不走漏一点消息，下一步还是提前想好说辞，小心为上。"

冷潇笑道："兄自保重。大不了，我们一起亡命天涯。"

谷雨这一天，到处都在下雨。雨水带来了新生，一切都有了新的开始。

第二十章　金刀印厂

月下，抽刀。月光下闪着斑驳的锈。挥刀，鲜艳的血，如喷泉般，好甜的味道。刀光，如月光一样。刀光如水，照在你身上的时候，刀已落下。快意恩仇，好快的刀。

这一天下午，刚刚过了未时，洛阳城就开始全面戒严起来。城中各级大小的官员都纷纷候在城门外，站立两侧，就连省里的巡抚大人、布政使、按察使、都指挥使等大人物也都大老远地从开封赶了过来。显然是有朝中的权贵人物要进洛阳城了。

消息灵通的龙门客栈一早得知了这个消息，今天也是客满为患。客人里面，也包括诸葛恩等人，还有各色的江湖人士。今天尤为难得的是，回雪姑娘亲自主持客栈事务。还有很多人，是特意来此想一睹回雪姑娘的芳容。

虽然申时未到，仅仅是未时初刻，龙门客栈的一名身着黄衫的美丽女子，便举起朱砂誊写的湖州宣纸，婀娜摇摆，如清风中的荷叶般，走到一楼大厅的中央，挂在画着江南瑞雪图的大屏风之上，只不过，这次不再是司马朗的黄楷字体，而是回雪姑娘亲自书写。

众人一声喝彩，客栈沸腾。回雪姑娘人生得美丽，字写得也是清秀脱俗，竟毫不输于司马朗。一个漂亮的姑娘，写得一手漂亮的字，是可以让人重新定义漂亮这个词语的。当即就有本地的富豪愿出白银五百两求购回雪姑娘此幅真迹。回雪姑娘微笑一下，吩咐下去，给这位富豪添一壶汝阳杜康，权当谢意，但龙门客栈的规矩，所有字画概不出售。回雪姑娘再次环视了一下客栈的客人，一眼就发现了坐在不远的诸葛愚等四人，她对着方月娴一笑，吩咐王掌柜为四人多上些好酒，今天免单。

王掌柜问："姑娘，是哪四位？"回雪姑娘一努嘴道："就是那里坐着个清雅姐姐的那四位。"王掌柜立刻明白了。这龙门客栈客人虽多，女人也有一些，但能让回雪姑娘称赞为清雅的，就只有那一位了。

不是方月娴又能是谁呢？

沈日新听闻今天免单，又端上来这么多好酒，立刻高兴起来："月娴师姐，你说这回雪姑娘到底是朋友还是敌人呢，一方面这么大方地请客，另一方面她怎么对你的态度总是怪怪的呢。"诸葛愚道："沈师弟莫要胡乱猜测。既然人家请客，我们不能不领情，来，我们干此一杯。"四人端起酒杯，这次的汝阳杜康酿得似乎更为醇凛，一杯酒下肚，口中回味无穷。方月娴向回雪姑娘点头示意，表示感谢。

回雪姑娘不愧是龙门客栈的灵魂，消息幅已经挂上屏风有些时间了，而这会儿大家的视线才离开回雪姑娘，开始去注意屏风。只见上面赫然写着几个大字："陈公公结束巡狩武当，下一站嵩山少林"。

"什么，西厂的陈公公出去巡狩了？""难怪最近一直没有西厂的消息。"众人开始议论纷纷。

"从武当山去嵩山，不应该走南阳、许昌一线更为顺畅吗？怎么会向西折到洛阳，绕路不说，沿途也不好走哇！"客人中有人小声问道。尽管声音很小，但还是有一些人听到了。

"哎，老兄不知了吧，想我河南名胜，多一半都在洛阳，陈公公平时公务繁忙，本次趁着巡狩，专程来看一看，体验一下中原文化，不也是顺理成章？"有一人说道。

"嗯，还是仁兄所言有理。"问话之人点头称是。

此时有人故意压低了声音，嘿嘿了一声，"你们还真是天真哪。"

众人看去，说话的人一身黑衣，用斗笠把脸遮得严严实实，背后的一对判官笔显得十分显眼。

王掌柜见到此人，马上向回雪姑娘使了个眼色，"那个亡命天涯的老熟人，又来了。"

回雪姑娘怔了一下，之后看了一眼酒柜，转身拿起一坛宁城烧锅，径直送到这位黑衣人桌上。"知你能喝，这坛是送你的。不要惹事。"回雪姑娘冷冷地说道。"知道，姑娘放心。"黑衣人说话时，并未抬起头，似乎不想让人看到他的面容。

回雪姑娘转身回去，脸色好看了许多。客人们见回雪姑娘居然能对这位黑衣人另眼相待，亲自送来一坛酒，这真是莫大的荣耀，不禁开始对此人好奇起来，也注意倾听他所讲的话了。

此人声音依旧不大，不知是故意压低了声音，还是本来声音便如此低沉："你们难道不知洛阳金刀门与陈公公的关系？"

"金刀门？前段死了掌门的金刀门？和陈公公有什么关系呢？"

众人带着疑惑，议论纷纷。

"众位，小弟曾经听到过一个传闻，金刀门的总管何太冲，原不是何家的人，此人据说籍贯是山东莱州，本姓陈的，入了金刀门后，因为替金刀门办了不少事，忠心耿耿，掌门才给他改成何姓。"有人私下议论道。

"陈公公不也是莱州人吗？难道二人有亲？"

"平时看那何总管平和低调，想不到竟还是个权贵人物哇。"众人又是一番议论。

"哼，你们可知那何太冲早年为何入了金刀门？"黑衣人又是低沉的声音问道。众人嘈杂的声音逐渐安静下来。因为这个问题，似乎没有人能答得上来。

"倒要请教这位英雄了。"其中有人开口。

黑衣人不慌不忙，倒了一碗宁城烧锅，喝了一口，继续问道："诸位可曾听说过金刀印厂？"

"当然听过呀，本地大名鼎鼎的买卖，那可是大手笔哩。传说这东西南北的官员，但凡赴京城送礼，都要从金刀印厂买礼盒和包装，若非如此，那京城的大小官员可是不收呢。"一名本地人说道。

"我说兄弟，你这话说得玄乎了吧，送礼还讲究包装？怎见得非要买这金刀印厂的包装盒呢，难道就他的盒子纸张印刷得多么精美不成？"说话的显然是一名外地人。

"这位老弟，看来你还是年轻啊。你可知道，我大明朝对官员的管制和约束极其严格，皇上那是三令五申，下了严旨，绝对不许官员收礼。谁要是敢收，那东厂、西厂和锦衣卫可是要抓去诏狱，严惩不贷的，不光抓收的，那送的也是照抓不误。"本地人似乎对朝局和官场有些了解。

"如你所说，我大明朝的官，岂不是都要抓干净了？"外地人揶揄道。众人一阵哄笑。

那名本地人紧接着说道："诸位莫急呀。我听闻厂卫办事，也有个潜规则在里面。那就是送礼和收礼的，也不能不分青红皂白全给抓了，厂卫的公公们好歹也有三五个走得近的，关系好的嘛。于是他们就想出来一个办法，找些亲信开个印厂，专门做这送礼的盒子和包装，但凡看到用了自家印厂包装送礼的，那便是自己人，就不能抓。久而久之，官员们知道了这个诀窍，那自然都去公公们开的印厂高价购买各种礼盒了。"

"哦，原来如此。老兄此话说得有理。"人群中有人开始附和。

"我听说这金刀印厂，就是何太冲加入金刀门后第二年开的。怪不得这么些年生意这么好，原来是陈公公的关系呀。"

"对呀。你想，这送礼的要是用了金刀印厂的礼盒，厂卫的公公们一看是陈公公的背景，谁还敢抓呀。虽然多花点钱，好歹买个平安嘛。"

"原来此番陈公公来洛阳，是看看印厂的生意呀。搞不好他还有印厂的份子哩。"

"哎呀，还要什么份子，有何太冲在，印厂都是他家的。没有陈公公罩着，金刀门花这么多钱养个印厂有什么用，那么多礼盒卖给谁去。"

黑衣人只问了三个问题，众人七嘴八舌间，竟是把陈公公绕道洛阳的来意推理个清清楚楚。黑衣人又喝了一碗酒，觉得心满意足，起身离开座位，向门口走去。

而此时，客栈里又挂上了今天第二个宣纸幅，上面写着："陈公公已到洛阳，住宿金刀门"。

"你看，我就说嘛。"

"老兄高见。"众人一看推理得到了印证，于是就这个话题，开始了各种联想和猜测，当然，都说得和亲眼见过、亲耳听过的一样。

黑衣人抬起头，向回雪姑娘点头微笑了一下，之后走出客栈。回雪姑娘这次看清了此人的面容，果然是韦康。其实，不必看也是知道的。回雪姑娘更知道，韦康故意借着这三个问题，揭晓陈公公此行洛阳的目的，这个情报对赵先生是有用的，不由得对他心中存了一些好感。同时，回雪姑娘又想到，金刀门何掌门前段时间死于断水刀法，此番陈公公前来，赵先生也要做好这个问题的应对。想到这里，回雪也出了门,向断水山庄走去。

诸葛愚等人这次又长了见识,这厂卫太监们敛财的玩法和花样,真的是让人大开眼界。既然今天回雪姑娘请客,干脆就喝个痛快,顺道继续听听这江湖的各种传闻。吴道海提了一个问题:"按常例,龙门客栈都是申时挂牌,今天怎么未时初就开始挂消息了?"方月娴笑道:"龙门客栈吸引客人的地方就在于情报,情报的最大价值就是时效性。眼看陈公公已经到了洛阳,若是等着申时再挂牌,陈公公恐怕早就住进金刀门喝茶看账本了,众人皆知的消息,还有什么吸引人的价值,挂来做什么呢?"吴道海也笑了:"是这个道理,我竟然愚笨到疏忽了这一层。"

龙门客栈的情报,总是这么及时。几乎在接连挂出两条消息的同时,陈公公也正式进了洛阳城。巡抚带着三司和一众大小官员在城外迎接,见面自然是一番寒暄客套。

"陈公公为了朝廷,一路舟车劳顿,此番又能光临洛阳,体察民间疾苦,卑职深深为公公的夙夜在公所感动。"巡抚的这番话,恐怕是每个上级官员来都要说一遍的,所以显得非常熟练,又不让人感到虚伪。

"哎呀巡抚大人过誉了,咱家只不过是个跑腿办差的,比不得巡抚大人主政一方,日理万机。"陈公公这话,也不知说过多少遍,说给多少地方官听过了。

"公公哪里话,虽都是为朝廷效力,但卑职这点辛苦,可是不敢和公公相提并论哪。公公办的都是大事,卑职才真的是跑腿办差呢。"巡抚见陈公公谦卑,自己哪敢真的照单全收。

"哈哈,巡抚大人客气了。"陈公公边走,边嘴上应付着。

"卑职久闻公公大名,早想结识,恨无机缘。今日得见公公风采,真是百闻不如一见。想不到公公身处高位,待人接物居然如此谦和平易,实乃我大明朝的福气。"巡抚说着,竟有些感动得眼眶里转了眼泪。

"咱家也久闻巡抚大人勤政爱民之名,今日一见,果然是朝廷的忠臣干吏呀。"陈公公一看对方态度还挺真诚,话说得让自己很舒服,就勉励了几句。

巡抚闻听其言,立刻跪倒拜谢,两眼垂泪:"能得到公公如此评价,卑职唯有鞠躬尽瘁,死而后已,不负公公的厚爱。"

陈公公心想,话又说过头了,于是赶紧双手相搀:"大人赶快请起。"之后再不敢做让对方产生期望的任何言语和动作。

巡抚擦擦眼泪:"禀报公公,卑职已经打扫了一处宅院,各种供应均已备好,请公公屈步移驾。"

陈公公摆摆手道:"无须大人费心。咱家原与那金刀门何掌门有些交情,闻其不幸，颇感遗憾。此行我就住在金刀门了，顺道吊唁一下老友。"

"公公此来，本应公家接待，哪有让金刀门破费的道理？既然公公怀念旧人，来人哪，赶快拿一万两银票去金刀门，就说是我的一点意思，特地感谢金刀门对公公的照顾。"巡抚一边说着，一边又从怀里掏出一张银票："禀公公，何掌门的不幸，我也有所耳闻，不知他与公公有此交情，作为地方官，我理应表示一下，请公公代收。"陈公公一看，又是一张一万两的银票，这里外里就是两万两银子，想到这里心下便十分欢喜。"看来这个巡抚的确是个敞亮人。"陈公公心想着，接过了银票，也客套两句："那我就代老友谢过了。"

"公公哪里话，都是卑职该做的。今晚在洛阳府衙，卑职准备了水酒，不成敬意，期待公公赏脸。"巡抚继续说道。

"大人客气啦，如此，今晚就叨扰啦。"陈公公喜上眉梢。

"大人主政河南几年了？"

"不瞒公公，已经三年。"

"可不短了呢。大人未来宏图可期呀。"

"卑职感谢公公，一切还需公公美言哪。"

"好说好说，咱家也是为朝廷举荐人才嘛。"

"请问公公贵庚？"

"咱家属鼠。"

"哎呀，小弟属牛。"

"呦，看来咱家痴长一岁啦，兄弟。"

"兄长！"

"兄弟！"

…………

有了这两万两银子，显然拉近了巡抚和陈公公的关系，陈公公也不再警惕自己说出让对方产生期望的话语了。后面的布政使等人听到二人对话，心下犯了嘀咕，巡抚大人不是属猪的吗？怎么一下子又属了牛？后来即刻明白了，陈公公属鼠，巡抚大人就只好属牛了，不然，让陈公公叫你兄长，你这官还当不当呢？难怪巡抚大人提拔得快，若是我等，稍微不留意，说了不该说的，这帽子没了也就顷刻之间的事。

众官员如众星捧月般，将陈公公送到金刀门，副掌门何太宽和总管何太冲早就率领金刀门弟子在大门口候着了。陈公公在门口下轿，走过去扶起何太宽和何太冲道："二位，不必拘礼，我们里面说话。"众官员见陈公公进了金刀门院子。纷纷赶往龙门客栈，赶快去听听消息，这金刀门与陈公公到底什么关系。河南七品以上的官员，几乎无一例外，全都来到龙门客栈喝酒，位置不够，甚至可以接受拼桌，这还是龙门客栈近年来头一次遇到这种情况。

诸葛愚等人厌烦这些趋炎附势之人，便离开了客栈。沈日新有个提议，去金刀门偷听下情况如何？诸葛愚想了想，也好，但要吸取前次断水山庄的教训，只一个人去，免得人多动静大。

沈日新不禁脸一红，诸葛堂主是怕他们武功不够，成了累赘。方月娴赶忙打圆场道："刚才光顾喝酒了，没怎么吃东西，我们去找个面馆吃碗烩面，顺便等等诸葛师兄的消息吧。"吴道海赞同这个提议。于是四人分头行动。

诸葛愚加了万分小心，来到金刀门。他施展惊鸿之舞的轻功，寻到了陈公公与二何谈话的所在。诸葛愚伏在房顶，揭开一片瓦，蹑足潜踪，屏住呼吸，偷偷向房中看着。

房中只有三个人，除了陈公公，便是何太宽和何太冲。二何脸色很难看。只见何太宽说道："知道公公一路劳顿，本不该和公公说这些烦心事。可是，这几年，确实很难。那海升票号原本是直接放银子给我们，可是自从成立少林分号以后，也不知我们怎么得罪了票号主事的钱小军三郎，非要通过少林分号再放银子给我们，这少林分号肯定从中是要赚钱分利的。这样一来，每年还本付息的压力就比之前大了不少。加之最近少林寺与嵩山派联合成立一家嵩林印厂，又有钱小军三郎给介绍各种人脉，抢了我们不少礼盒生意。这下南有武当印厂，东有少林和嵩山的印厂，我们的生意是越来越难做了。"

何太冲接着说："我看这海升票号和少林派分明是和我们过不去，也是和公公过不去，谁不知道金刀票号是公公支持的。"

陈公公向他俩摆了摆手，说道："你们也不要妄自揣测。我听说开个印厂，成本可不低，少林派佛门之地，哪有这么多钱？"

何太冲道："后宫李贵妃信佛，所以少林寺本来得到朝廷的封赏就多于其他门派。加之海升票号开了分号，赚的钱更多，这些钱用来开印厂也差不多了，再加上个嵩山派，整天打家劫舍，黑钱也不少。"

陈公公道："那海升票号的根底我知道，钱军管得很严，他们赚的钱，也是不敢乱用的，每年还要给大内上交，那钱小军怎敢私自投去开印厂？"

何太宽道："这海升票号就是个黑洞，钱从哪里来的不知道，赚了多少钱也不知道，这要动点手脚，都是他钱家人自说自话，外人又怎么会知道呢。"

陈公公沉默了一会儿，因他知道何太宽所言并非没有道理。"那你们有无与少林派沟通过此事，凡事总有的商量，有钱大家一起赚嘛。"陈公公说道。

"哼，也不知这性空方丈到底有什么仗势，竟是和钱小军三郎串通一气，油盐不进，我和太宽去了多次，屡屡碰了钉子。自从何掌门死后，少林派的气焰就更嚣张了，就连嵩山派也动不动要和我们按实力说话。"何太冲越说越气，一掌重重拍在椅子扶手上。

何太宽一看总管有些失礼，赶忙打个圆场说道："我和冲弟也是想尽了各种办法。这不，前段我们捏到了这性空的一些把柄，打算要挟他一下。"说着他从怀里拿出一本册子，递给陈公公。

陈公公接过来一看，上面写了四个大字"灭欲功法"。陈公公脸色不由得一变，翻开几页，发现这竟是一本春宫图。陈公公的脸色很难看。

"你们是从哪里得到这册子的？"陈公公问道。

"这就是我们印厂印的呀。"何太宽回答道。

"你们，你们印的？你们印它做甚？"陈公公脸色更难看了。

"哎，方才不是说我们捏到了老性空的一些把柄嘛。我们听说，这性空可能与峨眉派的掌门灭欲师太有些不清不楚的关系。"何太宽说道。

"哦，你们怎么知道的，可有依据？"陈公公问话时，似乎脸色发生了一些变化。何太宽以为是陈公公一路劳累所致，也没有太在意，派人给陈公公端过来一杯参茶，继续说道："是这样。那少林派原本有四大护法，分别是性空、性无、性冷和性淡。后来性空当了掌门，性无做了达摩院首席，性淡被派去福建南少林做了掌门，只有这个性冷，没有合适的安排。故而其怀恨于心，后来性空为了安抚他，让他主管少林的财政和内务，结果事务烦琐，还没有实权，于是这性冷就更不满意。前段日子，我和太冲略微施展手段，多花了点钱，就把这性冷争取了过来，现在跟我俩动辄称兄道弟。"何太宽说道。

"那少林寺讲究四大皆空，此人又法号性冷，怎么还会求财？你莫不是信口胡言，蒙骗老夫？"陈公公问话中带些不满。

何太冲笑着解释道："说个粗俗的道理，公公莫怪呀。我觉得，这和尚与宫里的太监，其实有个共同点，就是各种清规戒律要求得太多，按照规定，一旦触犯，就会受到各种惩罚。所以一般都不敢轻易违规破戒。但诱惑太大，也难以把持。"

"呸，你这兔崽子，怎么把老夫一起也给骂了？不过，你这话糙理不糙，说得也是这个道理。"陈公公笑着骂道。

何太宽知道，若非何太冲是陈公公本家亲戚，绝不敢如此放肆。于是他接着说道:"我和太冲兄弟自从结交了这性冷以后,从他那里得知,这性空与灭欲还真是有些说不得的关系。"

"你们有何凭据,倒是说说看?"陈公公脸色似乎逐渐恢复了正常。

何太宽道:"首先,听性冷说,少林、峨眉两派常有弟子私下互相往来,很可能是替掌门互送信件,这和尚和尼姑来往多了,岂不是非奸即盗?其次,性空经常一两个月不在少林寺中,据说就是去峨眉与那灭欲私会去了。"

陈公公道:"你这都纯属道听途说,胡乱臆测,算不得证据。"

"更为关键的是,我还听那性冷提到过,性空从少林寺的账目中套出不少钱来,就是给那老灭欲去买了珍珠粉,以做驻颜之用。只是那性冷于财务一窍不通,说不出也看不明白性空到底怎么把钱弄出去的。"何太冲补充说道。

"哦,那珍珠粉十分名贵,倒确实对保持容颜有些好处。"陈公公点头说道。

"我兄弟俩觉得捏住了性空这个把柄,还怕老家伙不从吗?于是我们就制作了这春宫图,不敢太过露骨,但求点到即可,结果卖了两个多月,也不见少林寺有什么动静,倒是被一些地痞、流氓买去了不少。"何太宽悻悻地说道。

此时陈公公脸色又变得十分难看。"行了,情况我都知道了,你们下去吧。"二何互相看了一眼,只好退了出去。

陈公公靠在椅子上,闭上了眼睛。突然,他鼻子重重地哼了一声,把手重重地拍在桌子沿上。在拇指、食指和中指处,硬檀木的桌子陷进去三道深深的指印。

"好霸道的指力。"房顶上的诸葛愚不由得吸了一口凉气,"看来我最好趁着没被发现,尽快离开,不然从这老家伙的功夫看,我断然不是对手。"诸葛愚正在想着走,发现屋外又进来一人。

"公公,何事发火?"从装扮看,进来的也是一个宦官。

陈公公睁眼一看:"是何六呀,没什么,想起点烦心事。"

只见何六走进屋里,向陈公公一拱手:"小六子知道公公所烦之事。上个月何掌门死于断水刀法之下,这个赵遁也太猖狂了,看来根本没把我们放在眼里。何掌门毕竟是六子堂叔,小六子不才,愿取了这赵遁的脑袋,给何掌门报仇。"

陈公公道:"小六哇,你要知道,你可是我的左膀右臂呀。你本名何宇。有一年陛下安排撰写青词,内阁首辅因病未能参加,于是吕公公就代写了一篇。全篇五百六十七个字,天心甚慰呀。当即宣下口谕,五、六、七是个吉数。于是吕公公就将这三个数字赐给了厂里三个最能干的年轻人。黄公公那里得了冯七,我便有了你和龙五。这是你们之幸,也是老夫之幸事呀。所以,你们遇事要三思而后行,不可鲁莽意气。我知你对那赵遁颇不服气,但眼下不可因个人恩怨,耽误了大事。你的武功虽然得到老夫的不少指点，但眼下还是小心为上，不要轻易惹上赵遁那帮人，他那几个帮手可都不是等闲之辈。而且何掌门之死，也有他种下的因果，将来我再告诉你。你先下去吧，把龙五给我叫进来。"

何六虽有意见，但不敢反驳，悻悻而出。诸葛愚一看，情况已经打探得差不多了，起码知道了春宫图的出处，也算是意外的收获。此处实为龙潭虎穴，还是尽快离开，一切等回去再仔细研究。

洛阳面馆，一男两女，正在吃烩面。两位姑娘，生得天姿秀丽，不断引发客人们啧啧称赞。正是赵遁和轻云、婉月三人。离他们四五丈远，也有三个人，正是吴道海、方月娴和沈日新。轻云和婉月看到了方月娴，向赵遁笑道："又遇到先生的熟人了，但愿先生今天不要再吐血。"赵遁道："莫要取笑，婉月，把酒满上。"三人各满了一碗酒，一起喝了一大口。

"会喝酒的女人，总是更美。"方月娴叹道。

"师姐不也喝酒嘛，师姐也美。"沈日新笑着说道。吴道海则是继续看着赵遁等人。

此时，轻云道："先生，根据回雪妹妹的消息，陈公公已经到了洛阳，而且与金刀门有着这样的关联，他会不会借用西厂的力量，对我断水山庄发难？"

赵遁摇了摇头："此刻他的重点不在我们。而是与少林寺重新分割利益。既然金刀印厂是他的，那么少林寺与嵩山派开的嵩林印厂，岂不是直接从虎口夺食？所以此番巡狩武当和少林，搞不好还是利益驱动。当今皇帝信奉道家，所以武当派的地位得到前所未有的提高，那陈公公动不了武当的利益，还不把折腾的重点放在少林？此时他没必要节外生枝，来惹我们。"

婉月点头道："先生的分析很有道理。可是，轻云妹妹也没有说错，有个人可是狠盯了我们好久了呢。"说着婉月向远处一个座位示意道。

果然，有一人，手中握刀，一边吃面，一边向这边看着，眼露凶光。刀身狭窄，不是很长，绿色的鱼皮鞘，行家知道，这叫作绣春刀。此人，不是厂子里的，便是卫里的。

赵遁吃面，也要喝酒。他已经喝了两碗杜康酒，呛得开始咳嗽。当婉月说完这句话，他已经端起第三碗酒，犹豫了一下，不必再喝了。他也看到了手拿绣春刀的人。

"朋友，何不走近些看看？"赵遁笑着招呼那人。

"恭敬不如从命。"那人竟然走了过来。

"怎么称呼？"赵遁不紧不慢地问。

"西厂，何六，江湖人称金刀快闪。"来人倒也爽快。

"五六七的六?"

"然!"

"龙五、何六、冯七的何六?"

"看来你对我大内还挺了解。既知我名，便应知我来意，金刀门何掌门是我堂叔，死在阁下手里，今日我定要报仇。"何六言语里已经起了杀气。

赵遁叹息一声："我与何掌门，不是私仇。"

何六冷笑一声："私仇也罢，公恨也好，你杀死了我堂叔，这总是事实吧。"

"你来了几个人?"赵遁一边问，一边向何六身后看了看。

何六还以为赵遁惧他有帮手，傲然说道："就我一个，杀你还不够用吗?"

"先生是在考虑谁给你收尸。"轻云姑娘不耐烦地说道。

"贼婆娘，这里没你说话的余地。"说罢何六单手探过来，直奔轻云姑娘的咽喉。好快的动作，说时迟，那时快，何六张开的三指眨眼间已经攻到。轻云喊了一声"好功夫"，赶快闪到一旁。何六的三指抓到旁边的柱子上，一时木屑纷飞，柱子上留下了三道深深的指印。好霸道的指力! 轻云一看对方出手不凡，知道功力不弱，不敢托大，抽出了自己的宝剑。

"轻云，退下。一个姑娘家，哪有天天喊着打打杀杀的。虽然对方得死在这里，还是让我弄死他吧。"说着，赵遁喝了一碗酒。他酒量还真不大，脸都已经红了。

"好小子，你真是煮熟的鸭子，死到临头还嘴硬。今天让你领教下何爷金刀快闪的厉害。"说罢，何六的刀早已离鞘。这是一把好刀，好亮，好快，刀法更快。眨眼之间，刀已围绕赵遁转了三圈，何六已经攻出十一刀。

对于自己的刀法，何六还是比较自信的。大内用刀用剑者很多，何六总是感觉舍我其谁，尤其他对六扇门的胡波最不服气。什么闪电一字剑，都是沽名钓誉之辈的吹捧而已。若是靠真才实学，谁不知道自己是金刀门的真传? 又得陈公公近年来多处指点，自己恐怕早就胜过那胡波不止一点了。至于眼前这人会什么断水刀法，无非是江湖谣传罢了。你看他喝得醉醺醺的，刀恐怕都拔不出来，就得做了鬼。

这个江湖，确实只靠实力说话。但传说也往往并不是虚妄的。传说金刀门何掌门死在赵遁刀下，何六又能比何掌门刀法高出多少呢? 这个最该何六考虑的问题，在一个不服的心态下，何六似乎从未想过。

何六的刀快，而赵遁的酒好。

十一刀，赵遁甚至连刀都未拔，如看客般。

"小子，你竟敢托大。"何六终于使出杀招，金刀十三式。至今还没有人有幸活着看完这十三式的全貌。何六正自得意，忽然一种莫名的恐惧涌上心头。赵遁的刀光一闪，刹那间又消失。

鲜血，尸体，何六惊异而恐惧的眼神。冷风吹过，血已凝干了。恐胜喜。当一个人正在得意的时候，突然的恐惧，会让他顿时失了方寸，他甚至来不及分析这到底是怎样的恐惧，强烈的心理反差之下，放大了恐惧的因素，往往付出极为惨痛的代价。

"你本不该得意，所以更不该恐惧。"赵遁冷冷地说了一句。

面馆的食客见杀了人，吓得纷纷四散奔逃。轻云摇了摇头："先生杀了人，又要我收尸。还写那几个字不？"赵遁摇摇头："他不配。"此时婉月突然发现不远的座位上，散落了好多小册子，一个人正在慌忙地捡着，便走了过去，拾起一本来，"是春宫图。"婉月吃惊道。此人赶忙跪下："女侠饶命，小的也是听上面差遣，混口饭吃。下次再也不敢卖这东西了。"婉月问道："你说你是奉上面差遣，到底谁让你卖这东西的，这东西你从哪弄来的？"

"禀告女侠，这东西是金刀印厂印的，也是印厂的人让卖的。"此人磕头如捣蒜，浑身哆嗦，生怕这三个杀人不眨眼的魔头取了他性命。

"滚！"婉月姑娘骂道。此人头也不回地逃走了。

"金刀印厂印这东西做甚？莫名其妙。"赵遁说着拿起地上散落的一本，吩咐轻云和婉月道，"走啦，回去吧。当街杀人，也不用掩埋尸体了。人家要找，自然会上门的。"说完，赵遁回头看了一眼远处的方月娴，而此刻，方月娴也正在看着他。

四目相对，目光碰撞的时候，又立即分开。方月娴转过头去，端起一大碗酒，一饮而尽。咳，咳，方月娴咳了两声，脸上呈现海棠般的红色。沈日新有些惊呆了，他从未见过方师姐这样豪迈地喝过酒。

赵遁走出面馆，忽然感觉头好重，眼前有些暗了起来，身体不由自主地向旁边一倒，幸好婉月把他扶住了。赵遁倒在婉月的怀里，嘴角渗出了一丝血。"轻云，快来帮忙，先生嘴角渗血了。"婉月喊道。轻云回头看了一眼方月娴，只见她又将一碗酒放在唇边，一饮而尽。她喝完酒的脸色，真的好像海棠花一样。

轻云心想，此人姿色，原比不得我姐妹四人，但总是让人愿看了一眼又一眼，不知她和先生有什么渊源，每次见面，都出事故。想罢，与婉月扶着赵遁一路回去。

方月娴已经连喝了三大碗酒。沈日新怕她出事，赶紧把酒碗夺了过来，扶她起来："师姐，我们该去和诸葛师兄会合了。"

吴道海走到赵遁等人坐的附近，看着何六留在柱子上的指印，不由得暗自吃惊，好厉害的指功，这个功法，为何有种似曾相识的感觉？不过却一时想不起来。算了，还是赶紧把师妹扶回去。看来她和这个赵遁，不像仅仅是一面之缘，不过，她不愿说，他们也不好勉强。吴道海三人也离开了面馆。

吴道海他们离开不久，又有一人来到面馆，一身黑衣，头戴斗笠，背后背着判官笔，他仔细看了看何六留在柱子上的指印，问店家道："这是那死人留下的？"

掌柜的和店小二哆嗦着，一句话也说不出来。此人从腰间摸出一块腰牌，给掌柜的看了看。

掌柜的扑通一声就跪下了，"厂爷饶命，实在是跟小店无关啊。"

"这痕迹是谁留下的？"黑衣人问道。

掌柜的指了指何六的尸体。

此人最后也离开了，边走边自言自语："这就有点意思了。"

黄昏，天色渐渐暗了下来，金刀门大厅，陈公公正在和龙五商议事情。何太宽与何太冲闯了进来："公公，大事不好，何六爷在闹市向赵遁寻仇，被赵遁杀了。"陈公公重重地把手中的茶杯摔在地上，咬着牙说道："这六子，我已经嘱咐他不要意气用事了，这才多大工夫。赵遁啊赵遁，你们别欺人太甚，咱们的账，以后慢慢算。"

龙五问何太宽道："我进来之前，六子不是刚走吗？这也没有多大会儿的工夫哇，你的消息准吗？"

"哎呀，五爷，那还有假？时间是不太长，可是那赵遁，确实只攻出了一刀，就杀了六爷呀。"何太宽一脸的苦愁。

"什么？一刀？六子的刀法不弱，什么样的高手，能一刀要了六子的性命？公公，我看我晚上去断水山庄探探虚实如何？"龙五请命道。

陈公公强忍着心中的疼痛："不，龙五，我们现在的重点是少林派。先不要节外生枝，去惹断水山庄这块难啃的骨头。根据太宽、太冲所介绍，这峨眉派与少林派的确有些暧昧不清之处，你明日就带一队人去峨眉，以巡狩作为幌子，去好好查查峨眉的账目，定要寻出一些蛛丝马迹出来。太宽、太冲，你们尽快联系性冷，就说老夫明日就开拔前去少林巡狩，让他做好里应外合的准备。哼，先巡少林，再查峨眉，不达目的，誓不罢休！"

洛水古宅，诸葛愚带回来了全面的消息。四人商议后认为，下一步陈公公定会

167

将矛头指向少林，八成还会捎上峨眉，看来利益起了决定作用。而春宫图出处的意外发现，似乎对解决东方敏等人的命案，有了进一步的线索，四人决定，明日赴少林一窥究竟。

断水山庄。赵遁已经苏醒。众人开始分析陈公公的下一步动向。因为诸葛愚越来越认为丁嵩、赵遁等人似乎不应是敌人，所以黄昏时分就通过龙门客栈把自己掌握的消息传递了过来。赵遁和司马信商议后，决定山庄派出两路人马，明日即分赴少林、峨眉。赵遁说道："我敢断定，此番少林之行，定会将我们的计划往前推一大步。"

少林寺，这个存在了近千年的古刹，没想到，因为一个包装的礼盒，引来了这么多不速之客。

第二十一章　巡狩少林

夜半听春雨，掌灯披氅衣。清茶沁常心，经书洗倦意。丝竹鸣禅音，烛尽悟菩提。不忍惊岁月，晨钟莫太急。

中岳嵩山，西临伊洛，北观黄河，南据颍水，虽不及泰山的高大、华山的险峻，但其地处中原，为禹王兴发之地，古人称"萃两间之秀，居四方之中，隆然特起，形方气厚，故曰嵩高"。《诗经》曾赞曰"崧高维岳，骏极于天"。山下的嵩阳书院，便是程朱理学的发源之地，二程和朱熹都曾在此讲学，举世闻名。本朝以来，学问尤其注重理学，八股文必以朱子集注之四书为标准答案，二程和朱熹成了读书人心中新的圣人，因此，书院也成了天下读书人争相朝圣之所。只不过，这个所谓的朝圣，有多少是真为了学问而内心对圣人崇敬，又有多少是因科举功名的驱使而专门来讨个命运的庇佑，却是说不清楚，也没人愿意说清楚的。只能看见，读书人虔诚祭拜程朱的时候，与凡夫俗子去土地庙里拜神仙，寺庙里拜佛祖、观音，也没有多大区别。更何况这嵩阳书院里，还真的摆了各类神仙、佛祖的牌位呢。

嵩山之东，为太室山，传说夏王启便诞生于此山，太室三十六峰，峰壑开绽，峻嶒参差，白云蓬蓬，忽合忽散，正如同千年的岁月烟云，片刻间便虚无缥缈。嵩山之西，号为少室山，传为当年禹王之妻妹，也是他第二任妻子所居之地，故名为少室山，也是三十六峰。嵩山七十二峰，起伏层峦，显隐错落，横看竖看，纵穷尽人的一生，也未必参透这远近高低的同与不同。自山而言，山只是山，不同的是人而已；从人来说，人虽不同，然山是什么，最终也是无法参透。

山是空，人亦空，唯此心不空。无明幻化作山，无明幻化作人。然空不是无，幻并非假，若能此心顿悟，化去无明，那才是真山与真人，这便是禅宗的境界了。少林，天下禅宗之大成。若说佛学来自天竺，但这禅宗的佛学，却是我泱泱中华的独特文化。若无魏晋老庄玄学的中介，有无禅宗，还是未知。

少林寺，就在这少室山上。千年少林，自成立以来便是武林的泰山北斗，而武功与佛法的双修，更是别派无法比拟的。少林功夫的一招一式，若是简单地看作杀人的技术，那是至为浅陋和粗鄙的看法。但若说少林的功夫只有佛理，对不得阵，杀不得人，那只是因为说这种话的人太过低微，还不够资格让少林露出功夫给他看。

佛法自在天下，功夫自在江湖，真正少林的功夫，就只能出在嵩山吗？这便如同说儒学只能在山东，道家只能在函谷关一样可笑。话说回来，少林历来不乏沽名钓誉之徒，曲阜不少装模作样之辈。所以，少林派得到武林的尊重，不是后辈不知进取的理由。

本代方丈性空大师，是明白这个道理的。所以，尽管朝廷派出太监巡狩少林派，这还是少林寺成立以来，上千年来的第一次，但也正因为第一次，所以才要更加重视。

陈公公的大队人马进了城。龙门客栈的一众官员，还未来得及细细品味汝阳杜康的味道，便急匆匆尾随而至。令人不解的是，陈公公并未住进少林平时用于接待、环境安静、绿水青山为傍的嵩山客栈，而是住进了熙熙攘攘、名利往来的登封客栈。据说，这里离海升票号少林分号更近，离那嵩林印厂也更近。于是，这登封客栈遇到了百年难得的大生意。掌柜的已经提前清空客栈，全都留给朝廷派来的钦差，宁可空房广厦千间，绝不让陈公公有一丝不得开心颜。

登封客栈住不得，于是附近的嵩阳客栈迎来了近年最好的生意。这不，一行就来了九个人，五男四女，从身带兵器来推断，都是江湖中人。五个男子，并无什么可说，只是那四名女子，实在令登封城生辉。三位绝代佳人，簇拥着一位清雅的女子。这女子，并不及另三人的美貌，但是有谁说过，女子只是靠美貌取胜的呢？

从历史来看，有两种女人，要远远胜于各种天姿佳丽。一种是有故事的女人，譬如传说中的四大美女，西施、昭君、貂蝉、杨玉环；另一种是有事故的女人，譬如《水浒传》里的四个女人，潘金莲、潘巧云、阎婆惜、贾夫人。可是这个女子，缺乏故事，也少了事故。她只是让人感觉，看了一眼，还想再看一眼。

诸葛愚曾说，既然丁嵩并非坏人，还是师兄，那么赵遁也自然不是坏人，李飞鸿、轻云、婉月和流风，岂能是坏人？吴道海和沈日新当然同意这个看法。方月娴心想，他们岂止不是坏人？既然不是坏人，既然同去嵩山，何不一起结伴同行？这实在是个最好的主意。只是忙坏了轻云和流风两位姑娘，她俩自从知道方月娴要同行，便把断水山庄所有的止血药全都带上了。

李飞羽不满道："我和司马兄、回雪姑娘去峨眉山，那也是九死一生呢，老灭欲的剑法可不好惹，能不能给我们留一点？"

轻云鄙夷地看了他一眼："有司马庄主在，就是活的止血药，而且你不是一直对灭欲剑法不服气吗？你们这些人就是矫情。"

婉月笑着劝道："先生此番定不会再吐血了。"

另外三位姑娘不解："为什么？"

"住在心里，方才吐血，那是吐给我们看的。来到身边，何必如此？岂不是让人心疼？"婉月边说边看了一眼赵遁。

"哦，没看出来，原来竟是婉月姐姐最懂先生。"三人半信半疑地调侃道。

可是，从洛阳一路到登封，赵遁确实没有吐血。

"流风妹妹，把你的猩红针拿出来，去扎先生一下。"轻云不满地说道。

"为什么？"流风睁大了眼睛看着轻云。

"因为，我俩白白带了这么多药。"轻云不知该怎么说自己内心的想法。流风和婉月相视一笑。夕阳下，这笑容，好美。

一路上，赵遁与方月娴的话也不多。

"海棠镖，你是如何做到的？"

"还要感谢赵庄主将火绳枪改成鸟铳，解决了点火的问题，所以我才有了进一步的思路。"

"试问卷帘人？"

"却道海棠依旧……"

"弃我去者，昨日之日不可留。"

"乱我心者，今日之日多烦忧……"

众人听不懂二人的对话，也许是在研讨断水心法吧。是的，似乎目前江湖中，真正懂得断水心法的，莫过此二人了。只不过，一个是绝世不出的高手，另一个武功虽然平常，却是绝世不出的清雅。

九人顺利住进了嵩阳客栈。来到嵩山脚下，这嵩山古酿，是非喝不可的。点灯的时候，十八坛，已经喝完了。赵遁已经趴在桌上睡去。于是诸葛愚夜探少林寺的提议，就成了冒险之举。

方月娴道："诸葛兄不可冒险，这少林寺不比金刀门。前次师兄险些被陈公公发现，此番又有性空、性无等一众少林高手，还是不要冒险。"

"不入虎穴，焉得虎子？此刻陈公公必定在少林，只有偷听，才能知道内幕所在。"

"好，我佩服诸葛兄弟这份勇气，上少林，算我一个！"李飞鸿道。轻云也想去，婉月拦住了她。"既是夜探，人不可过多，先生处还要妹妹照顾，莫不如让流风妹妹同去，如有意外，她的流风猩红针，可保两位兄长的安全。"婉月说道。

方月娴佩服婉月姑娘的见识。不知为何，自己似乎越来越和这位姑娘谈得来。于是李飞鸿、诸葛愚、流风三人起身，夜探少林。

晴空，皓月，少林寺，一梦如是堂。

陈公公正在和性空等人闲谈。只见性空深施一礼："陈公公能光临小寺，少林蓬荜生辉。"陈公公赶忙搀住："方丈过于客气了，陈某此来，半是官方，半是私人。某作为少林派的俗家弟子，虽然不进少林的谱系，但按辈分，实在是方丈的子侄辈，岂可乱了规矩？"

性空一脸至诚地言道："不是客气，公公家远房的外甥李二狗，还是小僧本家的表叔，从这个角度论，公公还是少林寺的爷爷呢。"

少林寺的爷爷，也就是少林派的爷爷，古往今来，只有陈公公获此殊荣。管它真的假的，自从陈公公掌管西厂，就注定了必须有李二狗这么个外甥，这个外甥，就是陈公公与江湖各大门派拉近关系的千钟粟、黄金屋和颜如玉。富贵不还乡，正如锦衣夜行。陈公公不愿回山东那个地方，因为那个地方到处都是喊着"苟富贵，无相忘"的乡亲，令人心烦意乱。而少林寺，才是心安之处的故乡。

"此番巡狩，实为首次，还望方丈鼎力支持。"陈公公道。

"那是自然，所有少林派一应事务，但凭公公查问。"性空答道。

"嗯……既是如此，那咱家也不客套了。我听闻少林派与海升票号合作，开了少林分号，相关账目可否让我等一观？"陈公公倒也直截了当。

"这个……想必公公也知道，这海升票号是钱军大总管的生意，这少林分号的账目，若不得其公子钱小军三郎的许可，贫僧也不敢造次。"性空话中，带有一丝推辞之意，但仅仅是一丝而已，马上被他充满江湖阅历的笑容遮了过去。

"这钱小军三郎，又是何许人也？"也不知陈公公是真不知道，还是明知故问，

171

因为他的脸上，漠然到看不出一丝一毫的情绪。

"也许公公不知道这海升票号的运作模式。票号的大总管自然是钱军，钱军有十个干儿子。这一郎始终不离左右，是钱总管的膀臂。接下来便是二郎掌管武当分号，三郎掌管少林和嵩山派分号，四郎掌管峨眉，听说最近搬到了抽刀门。五郎管青城，六郎管华山，七郎管泰山，八郎管丐帮、海沙、巨鲸等一众帮派，九郎管一众二级票号，十郎组织一帮打手，专治各种不服和不如数还本付息的。本朝特重武当，所以二郎管了武当，这少林和嵩山两派，就是三郎主管了。"性空不耐其烦地解释道。

"既是如此，那钱军和我还有些交情，钱小军三郎处，我去解释，方丈只管把账目拿来即可。"陈公公淡淡地说道。

"可是……如此……还是不行。"性空吞吞吐吐道。

"哦，那是为何？"陈公公的话语中已经带了不满。

"海升票号还有个不成文的规矩，那就是但凡查票号的账目，必须有吕公公的签字，加上内阁首辅和户部尚书二人的会签方可。"性空说着，偷偷看了陈公公一眼，似乎陈公公有些生气了。

"这是为何？咱家这次巡狩少林，那也是吕公公点头同意的。我知那钱军是吕公公的人，既然大家都是为吕公公办事的，就是一家人，这点事不能犯了和气吧？至于说会签，这海升票号与内阁和户部何干？怕不是方丈为难咱家？"陈公公边说，边端起桌上的禅茶，咕咚一声，一杯茶全喝进肚子里。

性空傻傻地怔在那里，似乎没了语言。一旁的达摩院首座性无法师，看师兄陷入尴尬，不得不解释几句。"禀公公，据我所知，此番公公巡狩，是有特定的题目，就是查看江湖各大门派是否忠于朝廷，服从朝廷，这查海升票号的账目，似乎不是公公此番巡狩的内容？"

陈公公把茶杯重重地放在桌子上，嘿嘿一笑："这位想来就是性无大师了吧？看来大师对朝局的关注，实在是紧得很哪。刚刚跟方丈开个玩笑而已。咱家岂能不顾圣上和吕公公的交代，莽撞行事？那从明日起，我们便不去票号，直接看看少林派的账目吧。"

"这……"性空和性无都陷入了无声。无声胜有声。

"难道这也不可以吗？"陈公公有些火了。

"禀报公公，少林的账目不在公公查询之列。"一旁有一个和尚说道。

"哼哼，恕我眼拙，这是哪位大师？"陈公公问道。

"贫僧法号了然，是达摩院的枪棒教头。"和尚说道，语气不卑不亢。

"哈哈,什么时候达摩院居然有了枪棒教头?"陈公公不无嘲讽地说道。

"禀公公,若论辈分,贫僧与公公平级,请不要污蔑我达摩院的武功!"和尚的话说得有些过分了,性空和性无手心已经出汗。

"是吗,那今天我倒要以少林后辈的身份,请教下达摩院的功夫了!"说着陈公公甩去了披风。

"哎哟公公,千错万错,都是我的错,公公莫要跟小辈一般见识。"性空赶紧过来劝慰。可是时机已经晚了。

那了然平日只知练武,不修佛法,性如烈火,全然没有少林弟子的谦卑,只见他抄起齐眉棍,举火烧天式,已经亮出了门户。

陈公公根本没把对方放在眼里,他只是挽了挽袖子,赤手空拳,打算空手夺棍。"在我达摩院前,还敢托大,我管你什么公公,好好吃我一棍!"了然性子火暴,一记泰山压顶,砸了下来。

棍快,可是仍不如陈公公的手快。棍子还在半空的时候,陈公公的右掌化爪,直接奔了然的咽喉而来,好快的手法,还不到一个回合,了然已经躲不开了。

眼看了然性命不保,陈公公将食指和中指弯曲,变招向旁边侧上方划去,奇怪的是,手指并未碰到了然,可是了然的左眼已经满是血,眼珠已经到了陈公公的手里。

"好邪门的功夫!"潜伏在房顶的三人大吃一惊。李飞鸿暗道:"我只知道,我的黑煞无影掌已经独步武林,没想这老杂毛的无影指法,似乎竟还在我之上。"诸葛愚暗自思索,"若是这招不变,直接掐住了然的喉咙,那岂不是……"诸葛愚想起金刀门时见到陈公公霸道的指法,突然有所顿悟,"难道,难道是他?可他是陈公公啊,有什么原因呢……"

性无的脸色已经变了,看着徒弟真的成了了然,一目了然,赶快吩咐人扶下去,马上敷药,眼睛自是不保,好歹把命保住。

"呵呵,小无相指。想不到这门绝技已经在少林失传多年,竟被陈公公练成了,可喜可贺。"性空赶忙恭贺道。

陈公公看了他一眼,默不作声,喝了一杯茶,然后把眼珠子泡进茶杯,万翠中染了一片红。

性空大声吩咐下去,自即日起,少林派对陈公公无秘密,一切都向公公敞开。陈公公微笑了一下,把泡着眼珠的茶水喝了一口。性无忍不住心中的恶心,已经出去吐了。

房顶的三人,也忍不住气血翻腾。赶紧回去吧,此人过于酷烈。可是就这刹那些许的片瓦之动，已经被陈公公察觉了。

"房上的几位朋友，下来吧，既然来了，何必躲躲藏藏呢？"陈公公说道。

不好！诸葛愚正要抽出宝刀，只见流风姑娘一甩手，九根流风猩红针依次打出，直奔陈公公。

陈公公连续躲闪，虽然尽数躲过，但头上已经有了些冷汗。

"哼，阁下何不把剩余两针打出来？"陈公公厉声说道。

"你不配！"一个姑娘远去的声音说道。

这九针的功夫，足以够三人逃命了。

第二天太阳还未完全照亮嵩山的时候，陈公公的手下已经分头开始忙碌起来了。可是两天过去，从清晨忙到深夜，竟是毫无所获。陈公公好不沮丧。

身边一个小太监安慰他："公公不必灰心，总会找出马脚来的。"

"但愿吧。"陈公公一声叹息。

"虽然我们这两天没有实质的收获，但也不是毫无发现，小的就发现一个奇怪的地方。"小太监说道。

"哦？你说说看。"陈公公无精打采的时候，听到这话，似乎有人送来了一碗参汤一般。

"公公，有这么一个奇怪的现象，少林寺每年向京城南郊的老李瓜王付出五千两银子购买西瓜。这大兴的西瓜闻名全国倒是不假，可是按照这几年的物价，一个十来斤重的西瓜，也不过八文钱左右，就算他十文，一两银子可以买一百个西瓜了，这五千两银子，可就是五十万个西瓜，少林寺吃得了这么多吗？而且这五千两银子，可不是只在夏天付出去的，而是一年四季都有，难道大兴的西瓜，竟也有老天爷垂怜，四季都能产？"小太监说道。

陈公公眼前突然一亮，这真是个意外而有价值的发现，"这就是掩饰赃款来源了。这必定是掩饰赃款来源！"

于是第二天上午，陈公公把性空叫了来。二人进行了这样的对话。

"请问方丈，少林寺多少僧人哪？"

"禀公公，有僧籍的共六百七十人。"

"混账，我让你说个实数，把那些吃空饷的去掉。"陈公公看性空如此敷衍应付，发火了。

"禀公公，出家人四大皆空，并不聚财，而且少林派历来自收自支，没有朝廷的一分拨款，何来空饷一说？"性空一边说，一边偷看着陈公公的表情。

陈公公嘿嘿一笑："咱家当然知道少林寺没有朝廷的拨款，可是李贵妃信佛，这么多年，出自内库的赏赐，恐怕不在少数吧？这可都是按你少林寺报上的僧籍作为底数的。本来这河南自有巡抚，咱家没有必要再跑这一趟。可是那巡抚的重点，无非在于府州县，大不了再算上河道、盐和丝绸棉布，你们江湖的各大门派可是一直游离在朝廷之外呀。拿了内库的钱，这可是皇上的私房钱，究竟有没有花在该花的地方，这才有了皇恩浩荡，吕公公英明神武，让咱家把你们各大门派好好地巡狩一番。"

性空一看，这陈公公竟然明察秋毫，知道瞒不过去了，"禀告公公，少林派实有僧人五百四十名。"

啪，陈公公把手掌重重拍在桌子上。桌子立刻塌了下去，四根硬枣木的桌腿，齐齐地折了。陈公公脸色铁青："方丈，你竟如此对抗巡狩，还用我仔细替你查验一番吗？"

性空一看，赶紧扑通跪倒："不敢再瞒公公，少林寺实有僧人，是，是，是……三百二十人。"

陈公公坐在椅子上："算你知趣，你且下去，有事再找你。"

性空走了。小太监赞道："公公这体察细情的本事，真是值得小的好好学习。不过您看，这三百二十是实数吗？"

陈公公笑道："谅他性空没有这个胆子再欺骗我，纵有个别差别，大数我看是不会差了。"

小太监说道："按三百二十个和尚算，这五十万个西瓜，一年下来，岂不是每个和尚每天要吃四五个西瓜，这怎么可能？"

陈公公笑道："你这算数倒是精明得很。所以其中必定有诡异。你这就带一些人回京城，好好查查这老李瓜王的账目。另外，你安排人把这个信息通报给峨眉的龙指挥，让他从另一方向注意这个线索。"

小太监遵命，连午饭都没吃就上路了。

峨眉山，灭欲大厅，灭欲师太和龙五正在对话。

"禀报师太，若非大内的安排，龙五断然不敢上这峨眉山，打扰师太的清净。"

"哼，清净个鬼！我门下十九名弟子，死在韦康手里。你们派出那个冷潇，查了好久，半点消息全无。你们陈公公真是好算计，知道冷潇和韦康是好兄弟，让兄弟查兄弟，最后只冤屈了我那徒儿们。"灭欲师太冷冷地说道，一脸的严肃。

"禀师太，冷潇去查，并不是陈公公的主意，而是黄公公的安排。"龙五解释了一句。

"陈公公也罢，黄公公也好，你们肚子里那些花花肠子，难道贫尼不知吗？"灭欲厉声问道。

龙五不敢再作声。

"龙五，我知你是个厚道人。我也不难为你。贫尼近期要下山去追查韦康。你自己在这里查吧。只不过你说的海升票号的账目，已经全数转去长白山抽刀门分号处，就算我给你开个口子，让那钱小军四郎配合你，你此番也是查不到了。至于峨眉的账目，悉听尊便。"灭欲师太道。

龙五赶忙施礼："师太已经帮了龙五大忙，龙五岂敢多求？如此就足够了。"

"只是我峨眉派尽是女弟子，你们这么多人，在此逗留，诸多不宜。"灭欲师太说道。

"这个龙某已有安排，带队的是我从青城派借调的闫萍，便是那掌门闫革的妹妹，师太也认识的。其他的西厂人员，全是太监，纵有不轨的心思，也断无能力。"龙五说道。

"哼，还是断了根的靠谱些。不像有的门派，号称四大皆空，皆是不想，其实一肚子的男盗女娼。"灭欲骂道。

"不过龙指挥，你呢？难道你也是断了根的？"灭欲继续问道。

龙五一笑："龙五原是锦衣卫，故而不曾有此殊荣。此番调查，龙五自当退在三十里外的乐山客栈等候，绝不骚扰师姐师妹们。"

灭欲脸上渐渐有了一点正常的颜色。当龙五正准备转身出去的时候，灭欲叫住了他。

"龙指挥，你知道你这名字不好吗？"

"哦？敢请师太赐教？"龙五道。

"你姓龙，本就触犯了大内禁忌，还叫龙五，你打算飞龙在天吗？"灭欲盯着龙五问道。

"呵呵，依师太的意见，龙某该叫什么？"龙五笑着问道。

"你莫如叫个一二三都好，易经云，潜在渊，见大人，终日警惕，不都好吗？"灭欲说道。

"乾卦初九，潜龙在渊，便是密谋造反，九二利见大人，便是结交朋党。而且，宫中有万岁和太子，龙某哪敢称一二？龙五只是个西厂办事人员，怎敢如乾卦九三，终日乾乾，夕惕若厉？难道有图谋不轨之意？所以，皇帝要想治龙五之罪，不在名字，唯有想与不想。"龙五苦笑着，走出了灭欲大殿。

"这个龙五，倒是通透，不过，跟着姓陈的阉货，可惜了。"灭欲轻轻地叹息道。

第二十二章　发现线索

一阵山风一阵凉，裹紧衣裳，稳稳行囊，一瞥笑夕阳。前朝有何得意事？才跨大河，又济长江，踏冰何惧霜。

一壶浊酒一夜长，纵有琵琶，难尽肝肠，独月挂西墙。今宵与何人对饮？不是孔明，便是子房，渭水待文昌。

乐山客栈，龙五坐在房间，正在闭目冥想。一杯青叶甘露茶刚刚泡好，散发着竹叶般的香幽。房中点着檀香，让人眼前有一种秋水共长天一色般的宁静。也许是认为，檀香与茶香，混在一起的味道还不够浓烈，龙五又推开了窗，让这房中袭来一阵雨后山中春泥的味道。他猛吸一口气，做了个深深的呼吸，在感觉到一片麻木的时候，他终于意识到，原来真的是感冒了。

三月里的峨眉山，就已经有一些湿热之气。而凉风又常常在早晨和晚上不期而至。龙五派出的调查组，已经在峨眉派待了两天，还是没有任何消息传回来，龙五在焦急地等待。不想竟也着了一丝风寒，喉咙又开始发痛，熟悉医理的他，知道这不仅是风寒了。

峨眉山盛产各种草药，唐代李善在《文选注》曾记载："峨眉多药草，茶尤好，异于天下。"所以，龙五在附近的镇上，还是好歹能买到一些可用的药草。他翻开《伤寒论》，用仿桂枝白虎汤之法，以荆芥穗、连翘疏解表之风寒，以淡竹叶清心肺之火，以藿香去暑湿之气，然尚缺山西之潞党参作为养阴滋补元气之用。龙五从京城出来，虽带有辽东产之人参，但该参性温且燥，难以直接来用。幸好，龙五是善于读书的，他将粳米、人参同煮，到了一定火候，又加入大量从峨眉山金顶处采摘的青叶甘露茶，与上述药味同煎，仅一刻钟的光景，药气就已经冲破堵塞的鼻渊，龙五喝了一碗，感觉浑身冒出小汗，几个喷嚏打出来，这感冒已有七八分好了。

此刻龙五终于感到，檀香的味道实在是破坏了茶的清宁，于是熄了香，继续坐在椅子上，闭目呼吸着窗外的空气，心绪一下子稳定和安静了好多。

在桌子上，摆着龙五无论到哪里都会带的两本书，一是《伤寒论》，一是《陆象山集》。与本朝诸多厂卫官员不同，龙五是个爱读书的人；与本朝多数读书人不同，龙五不重朱子，而喜象山，信奉"吾心即宇宙"。正因他有"六经注我，我注六经"的思维，所以给自己开药也是不拘一格，不拘形式，读《伤寒》而不拘泥于伤寒，用药屡屡随心所欲，然每每却有奇效。龙五的根骨中，有一份傲气在，"昂首攀南斗，翻身依北辰。举头天外望，无我这般人"，龙五身处厂卫，但骨子里着实看不起这些厂卫的所作所为。他的傲气，或者可以说狂气，在西厂并不合乎时宜。好在陈公公能用其所长，也好在龙五能够时常静坐静心。

龙五喜静坐，喜在静默中产生自己的智慧和思考。静坐不是如禅宗般，为了入定，而仅仅是排除干扰的形式。所以龙五并不喜过静，蝉噪林愈静的静，更适合他。坐下来，静下来，就可以反观本心。厂卫杀戮无休止，斯人岂能不磨心？所以，厂子里的有些事，龙五会积极去做，有些事，他绝不去做。因为前者，他证明了自己的实力，获得了提拔和认可，因为后者，他就无法得到进一步的提拔和认可。陈公公对他的态度，第一是信任，第二是信任也不能代替警惕。厂卫里的各种关系复杂，厂子里办的事尤其复杂，早就不是非黑即白的局面，经常困顿在黑白不清的混浊地带，龙五也不得不常常静坐思索。

可是，他又能想清楚多少呢？龙五当然愿为善去恶，然而作为西厂的指挥使，习惯了审判别人，若是换个角度，曾经的审判者被人审判一次，又当如何？

身在厂卫，处事当常怀恻隐之心、是非之心、羞耻之心，这是龙五在静坐领悟中得出的判断标准，也是他一切行动的出发点。立场虽各异，但只怀此三心做事，良心尚可安宁，因为他不是心不安还能做事的那种人。

临近中午，龙五吩咐一个小太监去峨眉山看看，目前进展到什么程度了，两天没有消息，龙五内心隐隐有些不安。等一切安排好的时候，龙五感觉有些饿了。也是呢，早饭就没有吃，经过一番药力的折腾，肚子里早就空乏了。于是他来到前厅的酒馆，把店家叫过来，看看有什么可充饥之物，如有些美食，那就更是再好不过了。

此刻的酒店，只有两拨客人。除了龙五，还有一行三人。

"小二，你们这里可有肉？"龙五问道。

"刚刚好，有刚刚在山上捉的野兔。"店小二说道。

龙五大喜，赶快炖来。此时，另一桌的客人敲了一下桌子："店家，我们也要一只兔子！"

店小二赶紧过去赔笑道："三位，巧了，本店刚好新捉的两只野兔，你看你们一桌一只如何？"

那三人看了一眼龙五，点头同意了。龙五此时才注意到这三人，这是两男一女，两个男人看样子都已经过了四十岁，其中有一个瘦高的男子，似乎已经接近五十了。二人长相暂且不论，这个姑娘，却是龙五有生以来见过最美的女人。

只见这姑娘问道："小二，这兔子，你打算怎么做？"

"当然是和那位客官一样，炖了呀。"小二回答道。

"那是不行的。我告诉你，你要首先用开水，将兔子肉炖个半熟，然后用烧开的油，在油里过一番，之后再放入各种调料。这香葱姜蒜自是不能少，还要放入你们的蜀胡椒和川辣椒，记住，胡椒一定多于辣椒。太辣了，就遮盖了兔子的美味，胡椒不够，就去不了腥，也入不得味。"这位漂亮姑娘说道。

"得嘞，姑娘您放心好了。"店小二说道。

"等等，还没完呢，你急什么。在加入调料之后，醋和黄酒是绝不可少的。醋不能用山西的陈醋，那太酸了，也不能用镇江的香醋，那味道又不够，一定要用汉中地区令狐家的米香醋，才最能入味。黄酒要用五年陈的，你知道为什么吗？因兔子本食草之物，草者，木也，难免腥气过重。粮食属土上之物，必合五五之数方好。五年陈的黄酒，既得坤五之数，又有酒味辛辣之杀气，最能抑制兔肉之腥。在兔子熟透之前，不要忘了放一些春韭进去，那会更加提升鲜气。"那位姑娘继续说道。

"呦，看不出姑娘还是行家，连汉中的令狐醋都知道，小店还真是有这个存货呢。姑娘看还点些什么吃？"店小二笑着继续说道。

姑娘说道："你们眉山的圣人苏东坡说过，蒌蒿满地芦芽短，蓼茸蒿笋试春盘。那么蓼芽菜、芦笋、竹笋、川松茸、蒿子秆都是必不可少的，然后再将崧菜与嫩牛肚同炖就好了。"

店小二道："看来姑娘才是真懂东坡先生的。这几样菜可都是小店的招牌呢。"

此时，瘦高的男子问道："这崧菜从未听过，是个什么东西？"

姑娘笑道："就是白菜，唐代韩愈有一次请茶仙卢仝喝酒，就用白菜招待，曾有诗文，晚崧洗切肥牛肚，新笋初尝嫩马蹄。到了宋代，这白菜还是难得之物呢。也幸好宋朝的经济发达，我们不仅吃到了炒菜，还第一次把饼和面条区分开，这当年难得的白菜，现在也入了寻常百姓家，成为大家煮面条时的必备之物。"

另一男子哈哈笑道："想不到哩，回雪姑娘同赵兄弟待久了，不仅学问见长，也能谈诗论文了。"

龙五觉得他们谈得有趣，于是便唤小二道："与我也来与那桌同样的菜品。"

一看眨眼间，店里的招牌菜卖出两份，小二高兴得紧。

"你们有什么好酒？"龙五觉得感冒全好了，不由得心情畅快，想喝些酒了。

"客官您算问着了，要说这酒，我们四川，可是佼佼者。本地的陈酿，首推泸州老窖。远近闻名,那陕西的太白秦酒和老凤酒,可是跟我们比不了的。"店小二眉飞色舞地介绍道。

"那好,先来一坛泸州老窖。"龙五吩咐道。

"客爷有所不知,我们这泸州老窖,也是分不同的档位和价位呢。"小二继续介绍。

"哦?还有这么多讲究,你说说看?"龙五饶有兴趣地问道。

"我们的泸州老窖,都是十年和二十年的陈酿。但因度数不同,又有区别,比如二十年的陈酿,若是二十度的,需要一两银子一坛,三十度的,需要三百文,四十度的,需要四百文,五十度的,需要六百文,六十度的,需要一两半银子才肯卖哩。"小二说道。

"这是什么道理?怎么单单这二十度和六十度卖得贵呢?"龙五有些迷惑。看样子似乎另外一桌客人也有喝酒的意思,听完也是云里雾里。小二便细细解释道:"客爷有所不知。自本朝以来,各酒号都开始酿这蒸馏的烧酒,就是把过去酿造的酒,再蒸一下,如此一来,酒便保存得长久,不会变酸变质。但蒸完后,这酒的度数,可是高了不少,而且下不来了。蒸出来的酒,往往都在六十度左右,所以这六十度的酒,自然卖得贵些。这三十度到五十度的嘛,虽然口感柔和一些,那也无非是兑了水的缘故,所以口感就差了,价格自然也便宜。但二十度的酒,之所以卖得贵,因为那不是蒸馏后兑水的低档货,而是用古法酿造的醇酒,这就不是蒸馏酒,而是酿造酒了,所以要甘甜好喝。过去人说,小人之交甘若醴,就是说这种酒呢。但古法酿酒,最高也就到二十度,所以这酒卖得自然也贵。"

"菜可将就,酒岂能不饮最好?六十度与二十度各来一坛,都要二十年的。我倒要细细品一下这酿造和蒸馏的区别。"龙五吩咐道。

"照那位先生的,我们也是两坛。"那位姑娘吩咐道。说完,两桌客人互相一笑。

酒是个好东西,哪怕下一刻是仇敌,此刻也并不妨碍彼此把酒言欢。酒菜上来,兔子也上来了,真的是川中美味!

龙五打开了两坛陈酿,一口六十度的烧酒,一口二十度的醇酒。前者如兄弟般的感觉,热烈、火辣,从喉咙直入肚肠,在酒渗入血液的片刻,感受到的是快意、洒脱,还略带些温暖;后者却如一位多年的红颜知己,不知不觉醉在她的甘甜之中,那是一种略带着忧伤的平淡。前者,一杯,再一杯,豪气支撑着自己不断喝下去,等到不能喝的时候,便不再喝;后者,喝得却是很慢,慢慢的,直到天旋地转,望着夕阳,等候月光。月光如水,并不是很快,可是,当她照在你身上的时候，似乎知己就在不远处，随轻风而舞，随泽梦而舞……

龙五尚未来得及细品这两坛酒的浓烈甘甜处，未时三刻，打发出去的小太监回来了。他报告了两个消息，闫萍在峨眉派的调查并不顺利，有个同去的小太监在为难闫萍，而闫萍在为难一个叫作霞姐的峨眉派扫地人。

这都什么乱七八糟的。龙五推开酒杯，虽然有些踉跄，但并未喝醉，与小太监一路上山去。他的盘龙断魂枪并未随身携带，因为没必要。

临近黄昏，龙五到了峨眉派。只见闫萍带着二十几个太监，正在内讧，二十几个峨眉弟子，围着一个躺在地上的女子，拉出刀剑，对闫萍等人正在怒目而视。

"怎么回事？"一路上，龙五的酒也醒了不少，厉声问道。

现场另一个小太监低声向他介绍："这些太监里，有一个叫作阿旦的，原来姓什么不知道，因为是前段西厂缺人手，被董公公介绍来的，据说还是董公公同乡。于是他便拜了董公公做干爹，自己也改了名字，叫作董旦。这个阿旦可能自恃董公公的关系，不太把闫萍放在眼里，闫萍安排他去找峨眉弟子问话，他居然扯什么根据东厂办案条例，问话时间一般在上午辰时到下午申时，眼看申时已过，闫萍这属于违规办事，于是千方百计阻挠闫萍安排问话和进一步查证。"

龙五看小太监中，果然有一个不太熟悉的，见此人生得又黑又胖，肚子隆起，但不知是阉割得太彻底了，还是阉割后产生的一种生理捎带心理的变化，此人一身脂粉之气，用左手的兰花指正在指着闫萍，"闫姐姐，你看咱们作为女人，虽然互相理解，不过也得守规矩不是？这厂子里的条例也是有规定的，可不是阿旦为难姐姐呢。"

闫萍骂道："呸，你个不男不女、不三不四的东西，也配跟我讲规矩？"

这时龙五走了过来，"你叫董旦？"

"哎哟，龙指挥，您可来了，您可要给我做主哇。我这一心为了咱们西厂，也是怕闫姐姐出了差错，不好交代呢。"董旦嗲声道。

"你来西厂几年了？"龙五问道。

"小的是今年刚来的，原来一直在大内，掌管酱油和调料的。"董旦回答道。

"哦，原来如此。这也不怪你，于办案的事情，你还不懂，闫萍没有做错，你今后多学着点，慢慢长进吧。"龙五说完，背过身去，准备处理第二桩事了。

"龙指挥您这话可不对了，董公公把我调到西厂，可是看中了我守规矩这个长处。这东厂侦缉条例，可是写得明明白白，你们不会这么久都是违规办案的吧……"董旦还在喋喋不休地说下去。

"董旦，再这么下去，你就是干扰龙某的正经事了。"龙五已经开始不痛快、不耐烦了。

"龙指挥，我可是严格按条例办事的，您可不能……"董旦正在嘟囔的时候，龙五抡起巴掌，啪！一记响亮的耳光，打得董旦眼冒金星。"告诉你，老子这是西厂，东厂的条例管不着。抓起来，连夜送回京城，下诏狱！"龙五打完吩咐道。

"龙五，你敢？我可是董公公的人……"董旦捂着脸，叫嚷道。

啪啪啪，龙五左右开弓，连抽了三个巴掌，打得董旦嘴角冒血。"还敢攀扯董公公，这几下就是替董公公教训你的。你什么东西，狗一样的人，也配提董公公？若是董公公知道你坏了龙某大事，就不是几个巴掌了。"说完，龙五又唤过一名小太监："阿笨，回头你给他带一本西厂的侦缉条例，好好调教调教他，教会了再放出来。"

说完阿笨和另一个小太监把董旦扶下去。

此时龙五转过身来，看地上躺着的峨眉弟子，问道："这又是怎么回事？"

一名峨眉弟子愤愤道："敢问龙指挥，你们巡狩我峨眉就可以欲加之罪吗？就可以为所欲为吗？就可以强行扣屎盆子吗？"

龙五道："此话怎讲？"

"这位霞姐，平时负责打扫峨眉各处房间，只因你们这位闫指挥，要查看我峨眉账目，霞姐出于好意，赶紧把屋子打扫干净，而且把有些平时负责财务的女弟子私人物品带出来，还不是为了你们巡狩行个方便？你们这位闫指挥居然口口声声说霞姐转移账册，霞姐解释几句，你们竟然痛下杀手。霞姐不会武功，可你们愣是用青城派的寒冰掌将霞姐肩胛骨打碎，手段何其残忍！你们倒是看看，霞姐这里哪有账册？"这位峨眉女弟子声嘶力竭，边说边哭。

龙五须眉倒立，眼睛冒火，问闫萍道："是这样吗？"

闫萍道："哼，这帮峨眉妮子，没大没小，知道我带队查账，居然还敢做如此小动作。打都是轻的，按理说应该抓起来，送官府治罪，起码判她个三年五年的……"

啪！龙五一记巴掌，使了八成的掌力，狠狠抽在闫萍的脸上，打得闫萍向一旁摔去，好容易站住，脸上肿得高大，嘴角鲜血直流，不仅打成了灌汤包子，还打出两颗牙齿的馅料来。

龙五指着闫萍和一干太监道："记住，你们是替朝廷巡狩，替我大内巡狩，一言一行都是陛下和吕公公的代表，陛下现在每日尚且三省其身，唯恐一举一动伤了百姓，动摇了国本，你们这帮混账王八蛋，这么乱来，这么败坏陛下和吕公公的名声，你以为我龙某杀不得你们？"

见龙五动了怒，发了大火，众太监纷纷跪下，连同闫萍也跪下了："龙指挥开恩，我们知道错了。"

龙五回身向峨眉弟子说道："各位师姐师妹受惊了，千错万错是龙某管教无方。回头霞姐处，西厂自当有补偿。"说完，安排太监拿来一千两银子，"这些权当给霞姐治病，如有富余，算是给霞姐赔罪了。"龙五双手把银子奉上。

一个年长一些的尼姑带头接了过去，向龙五表示感谢。眼看众尼抬着霞姐回房医治，龙五吩咐道："我们来峨眉时间不短了。陈公公处还在等我们消息。从今晚开始，彻夜查账，定要查出个蛛丝马迹。"

众太监内心，多数都对龙五感到钦佩。闫萍却是恨得牙根痒痒，"好小子，你等着。"

峨眉派弟子对龙五印象颇好。大家认为，这才是西厂指挥应有的样子，于是这查账的配合，反而积极和顺畅起来。

龙五知道，自己身为男子，上峨眉山已经是破了规矩，于是进入账房后，就再也不出来。龙五一熬，便是一晚，小太监也是轮流休息，不敢停歇。直到东方发白，天色渐亮。

通过账目，龙五发现，确实如金刀门所说，峨眉派长期而且大量从一家杭州绸缎茶叶行采购珍珠粉。可是从峨眉账目记载的明细看，却是付了钱的。每笔采购，清清楚楚。根本不存在少林派付款的情况，与少林也没有账目往来，与那京城的老李瓜王也没有账目往来。至于别的方面，峨眉的账目清清楚楚，看不出明显的疑点。峨眉派以女弟子为主，账目做得精细。

龙五陷入了疑惑，这到底是怎么回事？难道陈公公处的情报有误？早饭时刻，龙五吃不下去，喝了一杯青叶甘露，这是地道的金顶货。一口下去，沁人心脾，比乐山客栈的可是要正宗不少。

一杯茶下去，龙五洗了洗脸，一夜的疲劳消去大半。龙五把人都打发出去，继续查探别的事宜。自己坐在账房里，静坐冥想。

"这到底是怎么回事，我在哪个地方疏忽了吗？"龙五不断地问着自己。

半个时辰后，龙五忽有顿悟，吩咐人把峨眉派平时管账目的一个小尼姑叫来。"我问你，每次你们到杭州采购珍珠粉，银子都是你们带过去吗？一路你们几人同行，住在杭州哪里？"龙五问道。

"禀报龙指挥，我们并没有去过杭州哇。我们都是把银子存在海升票号，那家卖珍珠粉的丝绸茶叶庄，在海升票号的西湖分号也有生意，所以每次买进卖出，都是海升票号在账目上直接划转的。"小尼姑答道。

"如你所说，你们在海升票号应当有专门的账册？这账册峨眉山可有？"龙五瞪大眼睛问道。

"我们确实在海升票号有账册，因为平时我们并没有太多现银，出家人外出又不是很方便，大的采购都是海升票号作为中介。但这账册随着前几年峨眉分号的关闭，就不在我们手中了。这账册要么随着分号的撤销就没了，要么是被钱小军四郎带到长白山抽刀门分号了。"小尼姑答道。

龙五好不失望。但他并未绝望，因为线索没断。现在的关键就是海升票号和杭州的绸缎茶叶庄了。就算峨眉派在海升票号的账册无法找到，如果绸缎茶叶庄在西湖分号的账册上，能够清晰记载购置珍珠粉的钱来自哪里，那么这一桩悬案也可迎刃而解。峨眉的账目太过于清晰了，反而令人生疑，不排除有故意作假的可能，而票号涉及多方往来，作假的可能性就很小。想到这里，龙五精神为之一振，马上将这一消息，着人用六百里加急送到少林寺，并立刻派出一队人急去杭州。

少林寺里的陈公公，正在焦急地等待各路人马的消息。他首先看到了龙五发来的消息和安排。陈公公对龙五的处理很是满意。

而派去京城的人也回来了。

"如何？"陈公公着急问道。

"禀公公，那海升票号城南分号的账目，根本不让我们查。说是得有吕公公的签批，内阁和户部的副签才行。我们搬出您的名义和朝廷巡狩的名义，好说歹说，还是不行。"领队的小太监哭丧着脸说道。

"哎呀，这事怨我了。我一时着急，竟忘了这个环节。看来性空那个秃驴没说假话。"陈公公懊恼道。

"不过你们他妈也是饭桶，看不到账目，你们不会想办法，把负责那城南分号日常记账的小伙计偷偷抓几个出来，问问口供不就得了？"陈公公骂道。

"小的该死，居然忘了我们的老本行了。我们马上就回去办！"领队的饭也没吃，带着一队太监风风火火地赶回了京城。

几天后，来自杭州的京城的消息。一忧一喜。

杭州的消息，是个不太好的消息。龙五派去的人是给力的，虽然海升票号西湖分号依旧不让查账，但领头太监对绸缎茶叶庄施加压力，让他们自己想办法把账册弄出来，绸缎茶叶庄一看西厂的人哪里惹得起，而且就是查个卖珍珠粉的事，正当生意而已，何必得罪这帮凶神恶煞？账册倒是拿到了，可惜未能如愿。因为这账册记得笼统且省略，只记载了某年某月从海升票号进账多少钱，至于是哪里进来的钱，看不出来。是不是用于买珍珠粉，也是看不出来。每月海升票号只是通知绸缎茶叶庄定期备货，茶叶多少，绸缎多少，珍珠粉多少，备货数量和品种与收到的银子，只能与一年里的大数对应，每月却不对应，海升票号说了，常规备货，多退少补，年底结算。看来海升票号西湖分号一定还有自己一本小账，这账是万万拿不到的。领队太监不敢造次，赶紧向龙五和陈公公发出了消息，然后等候指令。

京城的太监，费了九牛二虎之力，终于在一个喝酒的夜晚，抓了个落单的海升票号城南分号的伙计，这伙计确实管过账目。据此人交代，那少林寺大宗采购的银子，并不是直接付给卖家，而是首先进了海升票号少林分号的账，然后少林分号再转到京城城南分号，最后由海升票号城南分号组织货源，单独与卖家结算。据他所知，少林寺僧人根本就不怎么吃西瓜，即使购买，也不会跑到京城这么远来买。他知道老李瓜王在海升票号有一种操作，就是把每几天卖瓜收到的散碎银两存入海升票号城南分号，但票号并不马上入账，等到一定数额，票号会将他人转来的汇票，等额存入老李瓜王的账下，然后将老李瓜王的散碎银子作为现银提出来，作为他用。少林寺转入老李瓜王的汇票，很可能就是这样入了老李瓜王在海升票号城南分号的账目，然后票号把现银提出来，用于少林寺的真实意图。但这些银子到底用来干什么，是没有账的，只有掌管京城票号城南分号的钱小军八郎知道。

小太监问道："钱小军八郎不是管丐帮等一众帮派吗，怎么又管了城南分号了？少林派与钱小军八郎熟悉吗？"

小伙计说道："这城南分号正是替丐帮开的。少林与丐帮，历来关系一般。所以一定是少林寺通过钱小军三郎找的八郎，才办成此事的。此中内幕，三郎和八郎，肯定是知情者！"

一众太监听闻，兴奋异常。兴奋之一，果然少林寺没有买西瓜，故意作假，非奸即盗，此中必定有鬼！兴奋之二，知道了真正的知情人！陈公公也是如此。但兴奋之余，又陷入了两难境地。无论是钱小军三郎，还是八郎，都不会好好配合的。这又如何是好？

第二十三章　开始抓捕

苍云蔽古豫，群峰黛正浓。洛风少疾意，落日有晖光。雨后孤亭立，闲参玄与空。壶酒弈浮沉，尽在覆手中。

夜晚，登封客栈。陈公公已经吃过了晚饭，没有喝酒，没有睡意，在房间里不停地踱着步子。新采摘的信阳毛尖，苦味盖过了香气，强烈地刺激着大脑和心脏，一杯喝完，不仅睡不着觉，而且徒增了自己的焦虑。

陈公公已经安排下去，一定找各种门路多要些信阳毛尖，今后无论是审讯还是查案，都用得上。那些总是戌时就打盹的小太监，喝完就能扛到寅时。如果遇到那刁蛮之徒，不配合做证的，给他用上几天信阳毛尖，拿下口供也绝不在话下。

陈公公暗自盘算，综合现有的情况看，少林派大概率是给峨眉派每年送了不少珍珠粉，和尚送尼姑私密之物，足够吸引各方面的兴趣和注意力。这是门派行为，还是个人行为？无论什么行为，对打击少林派都是有利的，传出去，就会让少林派处于江湖中的风口浪尖。现在看性冷长老的说法，还真不是没边没影。如果在此番巡狩少林能有这么个重磅猛料，对自己的江湖声望和在厂子里的地位，都是有积极作用的。而且，这种事本来就可大可小，一下子串联起少林、峨眉两大门派，还能挂上海升票号，这三家谁不得有求于自己？在此中如果能够掌握局面的主动，那对自己，对金刀印厂，是十分有利的。当然，陈公公的预期，本就不完全在个区区印厂。对于本次巡狩，尤其是海升票号的一切，陈公公本就有着更为深切的考虑和打算。不光是钱的问题，作为掌管西厂的秉笔太监，怎么会只考虑那点蝇头小利呢？

但是，处理得好，一切都好，但凡中间有一个环节没处理好，那少林、峨眉也不是好惹的，海升票号更是扎手。下一步如何行动？目前龙五不在身边，陈公公不得不自己担当起思考细节问题的重任。好在，他虽然身处高位，还没有失去这种能力。信阳毛尖不能再喝了，来一杯安神醒脑的西湖龙井吧。

客栈中并没有西湖龙井，这也是意料之中。还好，陈公公到哪都会自备，这种东西无须司礼监统一采购，光是地方大员进京述职，这些地方的特产岂能带得少了？而且，不带茶叶，银票往哪里塞呢？要有好的茶叶，也要有好的礼盒，好的茶叶是一片心意，好的礼盒中才藏有深情厚谊。不然那么多的印厂，费那么大心思，做那么多礼盒，是干什么用呢？

陈公公喝完一杯西湖龙井，思路也渐渐清晰起来。他综合所有的证据，得出如下结论：海升票号的账册肯定是拿不到的。现在可以断定的是，少林派假借老李瓜王，实际转出去了不少的钱，肯定不是用于买西瓜。至于买什么，钱小军八郎和钱小军三郎定能知情。不管这背后有什么背景，只是少林派作假这一点，就可以判断非奸即盗。然后峨眉派采购的珍珠粉，尽管内部做了账目，但并不能得出其合法购买的结论，因为海升票号把账目混同，谁知道峨眉派到杭州丝绸茶叶庄买珍珠粉的钱来自哪里？也许真的来自峨眉派，但绝对不能排除其他来源的可能。一切都根源于海升票号。否则，何必遮遮掩掩，查个账，还用得着内阁和户部副签？显然就是心里有鬼!

疑点已经足够多了,现在缺乏的是直接的证据。既然海升票号的账目拿不到,那只好拿口供了。最直接的当然是钱小军三郎和八郎。可是,这都是钱军的人,也就是吕公公的人,自己没有十足的把握,哪里得罪得起?如果没有三郎和八郎的口供,这性空就完全可以逍遥法外,自己一点办法没有。

现在的突破口有两个:一个是找性冷,让他多交代一些线索,让自己可以发现更多的信息;第二个当然是抓捕,但抓谁呢?自己亲自动手的话,那就没有回转的余地了。此刻,陈公公想到了龙五,只有靠龙五去抓,龙五的能力,完全可以办到,就算办砸,自己也有回旋的余地。

于是陈公公不再犹豫了。安排下去,叫龙五以最快的速度回归嵩山。峨眉山的事暂时交给闫萍负责。然后,明天早晨,亲自找性冷谈一谈。看看这个秃驴,有没有更多出卖掌门的线索。

第二天,太阳刚刚升起的时候,陈公公把性冷叫到登封客栈。性冷大师见到陈公公,立刻拜倒:"参见陈公公!"

陈公公立刻扶起来:"大师不必客气。论辈分,您还是我的师叔辈,不要客气。"性冷感动得眼泪在眼眶里打转,真没有想到,掌管西厂的陈公公,还能讲究门派情谊,如此接地气,岂不是大明朝的福分?而且,本次接见,陈公公连官服都没有穿,便服接见,如此低调,让性冷增加了颇多的亲切感。

"禀报陈公公,虽然公公低调,但性冷不可不懂规矩。我知道公公想问之事。那性空与峨眉派灭欲,我看定有私情。不然为何峨眉女弟子与我少林弟子频繁往来?您也知道这和尚尼姑向来是男女授受不亲的。如果没有掌门的勾搭,下面弟子哪里有这么大的胆子?而且,我也听说过,我派这几年花了好多银子去买珍珠粉给那峨眉派的尼姑,其实峨眉弟子用不了多少,都是那灭欲师太用的,不然老尼姑年过五旬,怎么会容颜不老?您不觉得奇怪吗?性空掌门给灭欲买珍珠粉,这不是私情还能是什么?而且,性空每年经常有两三个月,根本不在少林寺,谁也不知道去哪里了,我私下听个别峨眉弟子说,就是上了峨眉山。您想,他一个少林掌门,没事去峨眉山,去了这么久,难道不是去和灭欲幽会了吗?其中的关节,我相信您只要把账目查清,一切必定真相大白。"性冷大师说得言之凿凿。

"就算你的怀疑有理,也不该私下绘制春宫图吧?"陈公公问道。性冷脸色略微红了一些:"不瞒公公,我也知道此事不妥。但不如此,怎么会引起朝廷重视?而且,贫僧也不是完全捕风捉影,毕竟有不止一个少林弟子和峨眉弟子说起此事,有鼻子有眼,我把这些汇总,略做加工而已,可不是完全捏造的。本朝允许风闻奏事，我这何尝不是如此呢？"

陈公公一想，性冷所说也不是完全没有道理。于是他安排性冷把各种流言知情者的名单提供出来，然后安排小太监逐个录下口供，虽然并不直接，但数量大了，也可用唾沫把性空淹死。此外，性冷还提供了一个信息，就是达摩院首座的性无法师，对陈公公一行，颇不以为然。若是没有十足把握，想抓性空，单是性无那就过不去。而且，最近性空已经把福建少林的负责人性淡调回少林总院，就是为了防止万一。

陈公公听完，也是颇感棘手。这性无的武功深不可测，搞不好还在性空之上，性淡也不是好惹的，这三人聚集在一起，自己身边现在没有可靠的帮手，还真的是有点投鼠忌器。于是，他越来越盼望龙五的回归。

龙五还是靠谱的，接到命令，连夜启程，马不停蹄，第三天就赶回了登封。陈公公大喜，有龙五在，万事何愁？陈公公把所有的线索跟龙五碰了一下。征求龙五的意见。

龙五想了想，建议当务之急，是果断抓捕钱小军三郎，因为尽管钱小军八郎掌管京城城南的海升票号，更为直接地知道少林派套出来的银子到底干什么用了，但是在京城抓人，敏感度太高，而且八郎既然能在京城开票号，说明和一郎及钱军本人关系匪浅，若是稍有不慎，不仅达不到目的，还容易惹了钱军和吕公公。而三郎则不然，地处登封，山高皇帝远，而且陈公公巡狩少林，找三郎例行谈话也是合情合理，这样控制他几天，也不会产生负面效果。更为重要的是，这三郎本就有倭寇血统，随便找个什么通倭的名目，想那钱军和吕公公也只能哑巴吃黄连。而且抓钱小军三郎，仅仅是为了获取关于性空等人的口供，但凡三郎交代清楚，就可以放人，也不至于得罪了钱军和吕公公。

陈公公听完，觉得这个险可以冒。在厂卫行事，不冒险，就什么也做不成。什么都做不成，厂子还有什么价值可言？收益大于成本，当然就可以大胆一试！

于是，抓捕钱小军三郎的任务就落在龙五身上。龙五义不容辞。这钱家子弟，龙五恨不得抓干净了。凭什么民脂民膏都被这帮人搜刮了？多少人被迫在高利贷下妻离子散，多少家境殷实的，最后沦落到卖儿卖女。你钱家赚钱，也太过于没有底线了。龙五就要管一管，他手中的盘龙断魂枪，早就饥渴难耐了。至于会因此得罪了钱军，龙五认为，没什么不能得罪的，凭什么钱军就不能得罪呢？就算是因此得罪了吕公公，那言官谏官连皇帝都可以得罪，吕公公有做得不对的，自己凭什么不能捋一捋虎须？就算真的因此付出代价，反正自己孤身一人，大不了舍出去了。龙五从来不认为杀身成仁、舍生取义就一定是适宜的，但天生以来的看到不平,就要拔刀出来,这是深深印在骨血里,改不了了。多年来,死在盘龙断魂枪下的权贵,不在少数。龙五认为,自己杀的这些人,绝大多数都是该死。这个钱小军三郎,当然也是该死。只不过,为了拿到口供,不能杀死他而已。

很多人劝龙五等待时机,等到钱小军三郎落单,或者喝酒,或者找女人之时,一举抓获,代价最小。但龙五根本没有这个耐性。在到达登封的第二个早晨,他一个人提着盘龙断魂枪,直接踹开了海升票号少林分号的门。

票号有少林弟子,也有三郎的亲信,二十几个人,围住了他。龙五一笑,一帮杂碎!银枪起处,星光点点,鲜血淋淋,对付这帮狗腿子,龙五从来不客气。好枪法,气干云,杀气好重,眨眼之间,已经躺在地上十几个人。龙五的身上,也沾了一些血,没有一滴血属于自己。剩下的七八个人,不敢再向前,只是远远地围住龙五。远远的,岂能围住?不过是用这种行为,告诉钱小军三郎,我们在努力。

钱小军三郎出来了。他必须出来,他不得不出来。他果然有些倭寇的血统,就连手中使用的长刀,也是倭刀。刀身狭长,但材质极为坚硬。

"你打算干什么?"

"抓你。"

"我是钱小军三郎,钱军总管的干儿子。"

"就是你爹我也照抓不误。"

"我的父亲是吕公公的人。"

"我就是替吕公公抓你。"

"哇,哇,你好大的口气。"

简单的对话之后,钱小军三郎挥舞着倭刀,冲了过来。龙五知道这刀不同寻常,劈斩力极强。但他不信邪。

刀劈来,枪直接迎了上去。

"找死!"钱小军三郎暗自得意。这刀下去,必定斩断对方的枪杆,不管你是什么枣木、檀木,还是红木酸枝。

可是,龙五这是纯钢的枪杆。再好的刀口,也只能在火星四溅的片刻,被崩起好高。钱小军三郎岂能例外?

刀被崩起,在三郎发愣的刹那,龙五的枪往前递,直奔胸口!

好快的枪,好亮的枪!一尺七寸的枪苗,在太阳的照耀下,闪烁着恐怖的光!

招法太快,已经无法躲避!龙五把腕子一翻,断魂枪直接扎到钱小军三郎的左肩窝,扎得好深,鲜血奔流,直接蹿出,蹿溅到了龙五身上好多。

三郎一声惨叫，扔掉倭刀，就地翻滚。龙五将对方踩到脚下，吩咐小太监拿绳子捆了。

　　剩下的七八个人一看钱小军三郎这么容易就被抓了，一哄而散。他们知道龙五不会再杀他们，于是临散之时，不忘把票号的银票抓了一把塞到怀里。

　　龙五冷冷一笑，也好，这帮人哪怕拿着银票去挥霍，也总比放在票号剥削百姓的好。

　　钱小军三郎被抓了。这个消息传遍了整个登封，当然包括少林派。性空坐不住了。他赶忙召集性无、性淡开了个紧急会议。两名师弟认为，师兄身正，当然不怕影子歪。而且三郎应该是有血性的，绝不会出卖性空。师兄大可静观其变，绝不可主动投案，失了先机。就算有变，两位师弟拼死也要保护师兄的周全，然后师兄找机会去钱总管那里参上一本，陈公公最后未必讨到便宜。

　　可是，他们太高估这个倭国人了。龙五上午抓的钱小军三郎，下午这个倭国的血性汉子，就把口供交代得彻彻底底了。既然眼下陈公公才是决定自己命运的主子，既然说清楚就可以放了自己，何必去对抗？反正陈公公的最终目标并不是自己。

　　根据钱小军三郎的口供，前几年，性空掌门找到自己，说是每年要给峨眉派买一批珍珠粉，但不能看出是少林寺出的钱。于是自己就找了京城城南分号的八郎商量一下，用老李瓜王存现银不入账的方式，把钱套出来，再转到杭州的绸缎茶叶庄去购买珍珠粉，同时告诉西湖分号不要如实记账，而是把各种生意往来混同起来，这样就看不出到底哪一笔钱是用于给峨眉派购买珍珠粉的，少林派出钱这个痕迹就完全看不出来了。回头再让峨眉派自己做个小账，就真的像是峨眉派自己出的钱一样。少林派的银子就这样洗白了。当然，海升票号少林分号并不白做此事，每单生意自然要提百分之五的手续费，京城城南分号要提百分之三，西湖分号要提百分之二。

　　龙五继续追问："少林派买给峨眉的珍珠粉，到底是给谁买的？"

　　钱小军三郎道："龙长官，我确实不知道，到底少林派是给谁买的。性空的良心不实在，没有跟我说过。"

　　"你再想想，真不知道吗？"龙五问道。

　　"真不知道。"钱小军三郎道。

　　"你知道吗，我可不是吓唬你，你们收这百分之五的手续费，可是犯罪的，本指挥随时都可以将你送到诏狱。"龙五冷冷地说道。

　　"不要这样。龙长官，您看，能否提醒我一下，这到底是买给谁的呢，我可能记不清了。"钱小军三郎哀求道。

龙五看了看他，用右手直接捏住三郎受伤的伤口，指上加力，"你好好想想。"

"啊……"钱小军三郎一声惨叫，"我记起来了，有一次性空掌门喝多了，跟我抱怨，说峨眉掌门灭欲师太，每天居然要用珍珠粉敷三次脸，而且洗澡也要加入大量的珍珠粉，所以这珍珠粉的耗费十分大。所以我感觉少林寺一年采购的珍珠粉，搞不好都是被灭欲一个人用了，而不是整个门派女弟子都在用。"

钱小军三郎的证据，已经基本到位了。龙五把笔录做好，拿给陈公公去看。陈公公拿到笔录一看，不由得眼前一亮。虽然，目前只有少林寺为峨眉派大量购买珍珠粉的证据，并没有性空和灭欲不当关系的直接证据，但少林派采取如此隐晦的方式，显然有鬼。而且根据钱小军三郎的推测，这珍珠粉就是灭欲师太一个人用的。加上性冷的证言，和一干少林僧人捕风捉影的各种说法，抓捕性空的基本条件已经成熟了。

但这是少林掌门，非同小可，没有足够的理由，纵是西厂办案，也不敢贸然抓捕。而且，性空功夫高强，加上性无和性淡在身边，陈公公身边只有一个龙五，抓捕还是相当困难的。

龙五建议道："即使不用勾搭灭欲师太的名目，单是这少林账目作假，就足够追究掌门的责任了。不妨就用这个作为抓性空的理由。"陈公公点头表示同意。

但龙五也担心，性空毕竟是少林掌门，功夫肯定不弱。能否顺利抓捕，确实头疼。陈公公微微一笑："你把性空请来吧，就说我跟他喝茶聊天。"

龙五看陈公公一副胸有成竹的样子，有些疑惑，但还是照做了。

还是登封客栈，客房中。龙五把性空请到了客栈。性空认为，虽然此去有鸿门宴之嫌，但以自己武功，仅仅是陈公公和龙五两个，还不至于强行留下自己。而且性无和性淡就在不远处的山脚下，营救自己也很方便。所以，他大大方方地就来了。

房间里，燃着草香，信阳毛尖已经泡好。陈公公脸上带笑："性空掌门，知道你们河南人喜喝信阳毛尖，咱家特意准备了一些，您品尝一下。"

性空端起茶杯，口鼻都加了警觉，嘴唇碰了一下茶水，舌尖略品了一下，确是纯茶，并无蒙汗药之类，于是大胆喝了一大口："好茶，好茶。"

"当然是好茶。"陈公公笑道，"大师，咱家来此日久，打扰不少。近期准备结束本次巡狩了。"

"哦？那贫僧当摆素斋为公公庆功了。"性空说道。

"大师不必客气。只不过有一事不明，还望大师赐教。"陈公公说道。

"公公客气了，公公有问，贫僧岂敢不言无不尽？"性空说道。

"既然如此，咱家就开门见山了。巡狩以来，有江湖传闻大师与那峨眉派的灭欲师太有染，不知可有此事？"陈公公说完，两眼盯着性空。

只见性空勃然大怒道："公公说的哪里话。我派与峨眉都是佛门弟子，四大皆空不说，就是这门派的清规戒律，我等岂能不守？我作为少林掌门，身系门派安危，已是入了无我之境，岂会做这等荒唐之事？事关两大门派清誉，还请公公澄清此不实之言。"

一旁的龙五静静地看着性空。此刻不禁冷笑道："那么请问大师，每年花这么大周折，甚至不惜买通钱小军三郎，用做假账手法，替峨眉派买大量珍珠粉，是为什么呢？"

"谁做假账了，谁勾结钱小军三郎了？龙指挥莫要血口喷人才好。"性空脸色涨红，有些急了。

"大师，莫怒。现在情况是有些疑点，为了证明大师清白，能否请大师最近不要离开客栈，配合我们调查？"陈公公缓缓说道。

"我要是不同意呢？"性空说着，站起身来。

"那对不起，西厂办案，就只能委屈大师。"说着龙五横在身前，拽出盘龙断魂枪。

"阿弥陀佛，龙指挥看来要强人所难了。贫僧倒也想领教下龙指挥的断魂枪法。"说罢，性空分开两掌，做出防御的姿势。

龙五知道劲敌在前，不敢托大，双手持枪，亮出门户，只等陈公公一声令下，就开始进攻。

陈公公嘿嘿一笑，"大师，你还不束手就擒吗？"

只见性空眼前突然天旋地转，身体摇摇晃晃，倒在地上，两眼睁着，但身体动弹不得。

龙五纳闷，这是怎么回事？陈公公先安排小太监，把性空绑了，绑得结结实实。然后告诉龙五道："这屋中的草香，里面掺了松骨软筋散，一遇这信阳毛尖，药性立刻激发，这性空自然难以扛住。"

"那我和公公为何无事？"龙五问道。

陈公公笑道："因你我喝的是西湖龙井。这龙井茶能够暂缓松骨软筋散的药性，所以你我当然无事。"

哦，龙五明白了。现在性空已经抓获。但是为了防止这秃驴死猪不怕开水烫，还得抓住灭欲那老尼姑才行。

"龙五，你现在马上去汉中，我已经得到线报，老灭欲打探到韦康出现在汉中，已经去追杀了。老夫猜测，韦康身边必有冷潇暗助。你此番去，待他们两败俱伤之际，可坐收渔翁之利，一定要把灭欲抓捕，韦康其人，身背峨眉派十九条人命，尽管是杨公公的人，也可以一并斩杀这个害群之马。冷潇不要害他性命，回来你还要和冷潇一起审讯性空和灭欲口供！此番巡狩，一定要办个大案。"陈公公盼咐道。

龙五听完，即刻起身。奔汉中而去。

而此刻，登封客栈的房顶上，诸葛愚听到松骨软筋散几个字，又是一惊，离真相竟是越来越近了。他向李飞鸿使了个眼色，二人即刻消失在夜色之中。

第二十四章　灭欲归案

川南有古刹，蔽于群山巅。衰世兴默默，名噪源红颜。美人难倾国，冲冠岂覆权？王朝有兴替，民心勿期满。

性空被抓了，被单独关在离登封客栈不远的一个宅子里，重兵把守。登封县衙的捕快，两个时辰一班，人手不够，就向附近乡长里长处把任务压下去，弄个百十号人，还是容易的。而且，这可是西厂的差事，不会亏钱不说，这以后在祖宗祠堂里，完全可以写上一笔，某年某月，替西厂公公看护少林寺和尚，多年以后子孙说起来，也是风光颜面的事情。只不过最终让他们遗憾的是，他们绝大多数人还没死，西厂便撤销了。

性空毕竟是少林寺掌门，那是武林高手，寻常捕快和村庄的保甲如何看得住呢？就是西厂的太监、指挥，人若少了，也是守不住的。陈公公自然想到了这一层。事实尚未查清，绝不可滥用刑罚。虽然重重的手铐脚镣可以上，但分筋错骨的手段都不能用。所以，为了防止意外，陈公公每天都要将性空的几处大穴点住，然后屋中长期燃烧松骨软筋散。不到几天，这点穴都不必陈公公亲自去了。手下功夫强点的太监和指挥，都可以做到了。

陈公公盼咐，在龙五搞定峨眉派之前，不着急对性空进行审讯。就这样熬到他精神崩溃为止。可是，这几天小太监给他报告的情况都是，性空饮食如常，精神状态如常，吃饱就睡，睡醒就吃。这就不大好了。陈公公立刻调整了菜谱，每顿两菜一汤不变，但变更为萝卜凉拌毛尖、竹笋炒毛尖，汤变为毛尖汤。每日喝的白开水,全换成信阳毛尖。初夏将至,陈公公不信性空能熬得过去。

其实,性空方丈能够从容熬过这几天,还因为有一个强大的信念,因为他知道,虽然陈公公是少林俗家高手,但就他一人功夫超绝而已,手下的太监、指挥,功夫平常得很。性无、性淡两位师弟就在山脚下,一众少林弟子,自己平日也待之不薄,若是拼来一战,救出自己并非难事。

性空是终究不懂西厂,也不懂少林的。

陈公公也是做好了各种预案。他早就向性冷问过了少林众人的情况。那性淡的功夫,并不强于性冷,只不过因为平时喜欢溜须拍马,才谋得福建少林这个负责人的位置,此人断然掀不起风浪。至于性无,达摩院首座,功夫是要略强一些,但此人十分贪财,见利忘义,公公有少林和海升票号两大财源在手,还怕搞不定他?至于少林其他僧众,乌合之众尔,谁赢了就听谁的。

于是,陈公公做好了三项安排。第一,性空现在处于被西厂调查阶段,少林派一众事务暂由性冷主持,哪个不服,就是跟西厂过不去,也就是跟朝廷过不去,祖宗三代都要挖出来鞭尸。和尚们并不怕什么挖坟鞭尸,西厂这帮饭桶,给你地图也找不到老子家冢在哪。第二,少林寺一干人等,所有人地位、待遇不变。性无大师协助西厂暂时掌管海升票号事务。第二点刚宣布,性无大师已经跪倒感恩了。第三,性淡大师无故来嵩山,意欲何为?若是福建少林被倭寇骚扰,定拿你是问。性淡一看,性无都已经倒戈,自己何必强出头?于是,在少林寺一众僧人全面支持拥护西厂铲除少林败类的背景下,陈公公一毛不拔,就安顿了少林派。不仅如此,还特意安排性冷给性空写了一封短信,让性无与性淡签了名字。

在这天的黄昏,性空大师收到了这封短信。他在夕阳下,打开信纸,熟悉的字迹,内容如下:

性空师兄,一别安好?俗语说三十年河东,三十年河西。现在是三年河东,三年河西。报应不爽。师兄,曾几何时,当你勾结海升票号,口诵众生平等,肆意放高利贷盘剥附近村民的时候;当你得意扬扬,把珍珠变西瓜,向我们讲着清规戒律的时候;当你与峨眉师妹月下品茗,向我宣讲着四大皆空的时候;当你与师太携手在峨眉之巅,却对嵩山脚下逼良为娼,卖儿卖女视若无睹的时候;当你装出一副清高的时候,当你道貌岸然地谈佛说理的时候……师兄,你是否意识到,你才是那个最卑鄙无耻和最不要脸的烂人呢?遥想当年,师父正当年,我兄弟四人一起学习佛法,参悟武功,何等快活。如今兄在阶下,弟惶恐住持。二师兄掌管海升票号,四师弟回归福建。兄弟四人,四处天涯,莫话凄凉。师兄,只因兄勾结峨眉,私通师太，令门派弟子，有何颜面立足江湖？望师兄迷途知返。往者不可谏，来者犹可追。兄好自为之。

看到落款上性冷的名字，性空并不意外，愿赌服输而已，还能如何呢？但看到信上赫然署着性无和性淡的名字，性空不免悲哀。

好糊涂的师弟呀，一个协助掌管海升票号的位置，就把你收买了？你就是个临时看管的保管员而已，那里怎会轮到你去分一杯羹？就算是卖，你这卖得也太贱了。如今自己已经沦为阶下囚，三位师弟成了座上宾，地位已经不同。再也指望不上他们来营救自己，接下来不狠狠踏上几脚，就已经算是师兄弟的情深了。

陈公公对自己的少林手笔是满意的。但是接下来一点也不能放松，龙五此行，远比少林凶险。龙五的死活事小，能否抓了灭欲师太，实现双审讯，才是大事。

黄昏时分，汉中，定军山。

看着漫山遍野的油菜花，韦康喝了一口白水杜康，吃了一个肉夹馍。汉中的肉夹馍，号称最为正宗，肉肥而不腻，瘦而不柴。肉夹馍是讲究的。但白水杜康是不行的，入口极辣，回味苦，比汝阳杜康回味在口腔的厚重感差了不少。但是，除了白水杜康，还能喝什么呢？老凤酒味道不够厚重，太白秦酿入口不够冲，要是稠酒，那毕竟是女人喝的。本想带一些川酒的泸州陈酿过来，但陕西人从不喝川酒。自己到了汉中，岂可娘娘腔？

韦康要了整整一坛白水杜康。这是大坛。他知道，今天会有一番恶战。所以要喝酒，不论杀了对方，还是被对方杀了，总不忘了这一坛酒。

他是多么爱喝酒！陕西的饭食，能带到山上吃的，恐怕也只有肉夹馍了。米皮是不行的。面皮也不行。

夕阳如血，快要落山。韦康吃到第三个肉夹馍，酒只喝了三分之一坛。生死之战，不可大意。

因为，对方已经到了。

四个三十岁左右的峨眉弟子，簇拥着一个看上去四十岁左右的尼姑。其实她的年纪，远不止此。但是，有浙江的珍珠粉，一点也不能从皮肤看出年纪呢。

"哈哈，没想到不仅师太亲自出马，还带上了情字辈的四大弟子。"韦康喝了一大口酒，不再吃了，也不再喝了。

"韦康，若不是你故意泄露行踪，我们也来不到此。贫尼佩服你是条汉子。"那中年尼姑，正是灭欲师太，她冷冷地看着韦康，似乎正在看着一个死人。

韦康耸耸肩，一言不发。

"韦康，东方敏等十九人的性命，今天应该有个说法。"灭欲师太说道。

"师太认为是我干的？"韦康看也不看灭欲，把饼扔掉，吃掉饼里的肉。

"哼，庐山擒龙手，我们今日倒要领教了！"说话的是情字辈的绝情。

"好吧。我他妈都从来没听说过这门武功，既然你们穷追不舍，来吧。"韦康苦笑道。

"好小子，看你绝情奶奶的峨眉剑法。"说着，绝情攻了过来。

韦康看剑已到，侧身，抢起判官笔，狠狠地向长剑砸去。绝情见对方不按常规出招，把判官笔当成重武器用，看来判官笔一定是精钢打造。想到这里不敢硬碰，赶忙抽身换招，一记金顶朝圣，刺向韦康咽喉。

韦康低头，身随腰转，刹那到了对方身后，左手判官笔点对方命门。绝情知背后恶风不善，纵起八尺多高，即刻转身，峨眉三剑，奔向韦康心口。

韦康眉头一皱，何必如此拼命。双手判官笔横在胸前，紧紧锁住对方剑锋，绝情动弹不得。

韦康双手一撤："回去吧，你不是我的对手。"说完，喝了一口酒。好难喝，刚喝到嘴里，又吐出来。

"爪子竟然还在执迷不悟，那就别怪我们四姐妹不客气了。"说罢，绝情、灭情、断情、无情，四名女弟子上来，把韦康包围在当中。

韦康毫不在乎。既然约了你们，就不怕你们。

可是，四名女子虽然单打独斗能力有限，但组成了峨眉绝情阵，竟是互相配合得天衣无缝。这场打斗远比当初在龙门客栈的要凶险得多。

韦康发现，自己确实托大了，赢下对方不易。最为恐怖的是，灭情一剑奔自己左肩而来，断情一剑却奔灭情右臂而去。这是为了剑阵的配合，不惜自相矛盾，自相残杀。韦康暗自好笑，这一招要刺中我，你们也是两败俱伤，何苦？我不信你们的剑阵真的如此研习。

所以，韦康一动不动，根本没有躲。但是他错了。他看到灭情刺入自己左肩，鲜血奔流的时候，断情的剑，确实刺入了灭情的右臂。对方竟然不惜采用两败俱伤的方式！

哪有这么灭绝人性的剑阵？

韦康一搭肩头："老灭欲，你好狠。竟然不惜损害弟子，也要跟老子拼命，你真当自己是老黄忠？"

灭欲冷冷一笑："我不是黄忠，你也不是夏侯渊。既然你能约在这定军山，那我就随你的愿，斩了你这败类。"

情字辈四名弟子，轻伤不下火线，继续把韦康围在中间。韦康此时才感到，峨眉的女子，并不好惹。自己有各种理由告诉她们，东方敏等人之死，与自己其实无关。但对方既然如此咄咄逼人，有何话说？解释就是认怂，咬牙作战就是！

受伤的韦康功力大减。而灭欲师太根本还没有出手。自己如何能够拼死一战？此刻，他做好了最坏的打算。只是非常不甘心，还没查出真相，就因为自己一时托大，导致这真相恐怕永远查不出了。他感觉有点恨自己的年少轻狂了。

可是，年少轻狂的，何止他一个？正在他被团团包围的时候，有一个人，头戴斗笠的人，手中握着长剑，好长的剑，已经在他身旁。

"说好的一起亡命江湖，你自己倒是来定军山潇洒，不带兄弟吗？"来人说道。

"你来干什么？送死吗？"韦康吼道。

来人一笑："在龙门客栈，我们就该死了。看这定军山，满山的油菜花，绝美之地，我们长年亡命之人，死在这里也算是个好的归宿了，不是吗？"

"好，好，我是夏侯渊，你就做张郃，我们今日，奋力一战，不枉当年一起在永平客栈喝炮打灯！"韦康狂笑道。

来人正是西厂的指挥，冷潇。好兄弟，总会在你需要的时候，出现在你身旁。其实，你根本无须知道，他到底从何处而来。你只需要知道，你在绝境的时候，他必然来，就足够了！

"好哇，大内两大杀手，久闻你们功夫高强，那贫尼就要认真领教了。"灭欲师太又是一阵阵冷笑。

冷潇看着灭欲师太，并不着急："师太，我们兄弟俩的命，今天一定是交待在这定军山了。但是我有一事不明，您凭什么就断定东方敏等十九人，是被我兄弟所杀？"

灭欲说道："冯七的推断，还不足够吗？"

"哈哈……庐山擒龙手，可笑。庐山向来只有升龙掌，哪来的擒龙手？师太行走江湖多年，冯七的这点障眼法看不出来？"韦康说道。

"废话。我还不知道庐山没有擒龙手！但是，淫羊藿呢，松骨软筋散呢？"灭欲师太责问道。

"嘿嘿，师太，想我青春年少，就是纵欲，就算是峨眉十九弟子轮流来，也不必淫羊藿助兴吧！"韦康嘲讽道。

"小子你找死！"无情说罢一剑刺来。

冷潇把无情的剑压下。"这位师姐莫恼，我还有话要说。"

灭欲使了眼色。

"根据我和我兄弟最近调查的情况，本次巡狩少林和武当，无非是陈公公为了一己私利，想必师太在江湖上也听过这传闻，不就是金刀印厂那点生意嘛。为了这点生意，金刀门不惜买通了性冷，印刷了春宫图这样恶心的东西。您知道吗，这春宫图，可是出现在东方敏等人的案发现场。"冷潇一边说，一边把一本春宫图甩了过去。

灭欲接了过来，翻开两页，顿时脸羞得通红，"无耻！"

"是无耻，当然无耻。这松骨软筋散，江湖上得来很容易。至于淫羊藿，哪个大内人员拿不到？我想师太既然知道了庐山擒龙手的说法，就应该知道了东方敏师姐等人的伤口状态。您平心而论，我韦康兄有这指力吗？而据我调查，有这种指力的人之一，前段时间就死在了洛阳的烩面馆。我和韦兄都曾现场勘察过，这指法与少林的大力金刚指非常类似。韦兄到现在还认为是大力金刚指所为，因他后来加入少林，也会金刚指。所以就算没有擒龙手，一样可以栽赃金刚指，这诬陷之法真的是结结实实，让你无从辩解。但据我最近勘察的情况，这根本不是大力金刚指！"冷潇道。

"那是什么指法？"灭欲问道。

"我经过仔细调查，发现这就是少林寺的小无相指！"冷潇说道。

"哼，随你怎么说了，反正老尼也没见过这小无相指。"灭欲仍旧不信。

"真凶就在少林寺，师太不信？"冷潇对灭欲的顽固，有点恼火。

"在少林也好，不在也好，我只知道韦康是最大嫌疑人。"灭欲无法反驳冷潇的说法，开始蛮不讲理起来。

冷潇看了一眼韦康："韦兄，看来我俩终要一起，要么浪迹天下，要么今天血溅定军山！"

韦康把左肩用布条勒住，冷潇抬起长剑。

峨眉情字辈四人结好剑阵，开始发动二次攻击。才十几个回合，无情、绝情分别中了一剑、一笔。冷潇的左腿，也中了断情一剑。韦康的背后，被灭情打了一掌，鲜血从口中吐出。

"兄弟，看来我们今天走不了了。"韦康笑着说道。

"你托大，一挑五，就是找死。算了，做兄弟，有今生，没来世，今天我们死在一起。"冷潇说着，看着夕阳西下，残阳如血，好漂亮的火烧云。不知为何，二人想起了龙门客栈的回雪姑娘、轻云姑娘，那是这世界上最美的两个女人。

剑阵收紧，二人伤口不断流着血，招数开始变得迟缓，体力也有些不支。峨眉四名女弟子受伤也不轻，但师父在旁督战，且眼见胜券在握，于是信心和勇气倍增。

韦康和冷潇已经打算放弃抵抗了。哪怕死得轰轰烈烈也好。

灭欲师太一阵狂笑，笑声中带着悲痛，悲痛到让她忽视了空气里新的动静。

哧，哧，空气中几下微弱的声响之后，灭情、无情两人肩头一阵疼痛，然后感觉一阵麻木，剑扔在地上，二人摔在地上。

"谁？"灭欲吼道。

"姑奶奶我！"

"还有李某！"

声音刚落下，只见定军山顶的不远处，出现了两个人，一个是绝色的美人，一个是丑得出奇的人，背着一把剑。

"回雪姑娘！"冷潇和韦康不禁一阵开心。不是开心回雪救了他们，而是有生之年，还能见到她。只可惜，轻云不知在何处。同时，也对回雪姑娘手下的干脆利落，佩服得五体投地。这么好的功夫，这么漂亮的女人，居然甘心在赵遁手下，也许这赵遁，真的是个人物呢。

来的果然是回雪和李飞羽。灭欲不认识回雪，但认识李飞羽。

江南烟雨无常出面，棘手了。灭欲当然知道这李飞羽绝非好惹之辈。

"原来是李老大，你今天难道要管这闲事？"灭欲说道。

"哦呀，师太说得过分了，区区哪里敢在师太这里管闲事呀。吾只是看不过而已。这韦康显然不是凶手，师太为何咄咄逼人呢？"

"他不是凶手，谁是凶手？"灭欲怒道。

"那得查呀。"李飞羽不紧不慢地说道。

灭欲一看，今天似乎讨不到便宜了，准备打算带四个徒弟离开。

可是，太晚了。因为，龙五也到了。

"师太，一别数日，别来无恙。"龙五抱拳道。

"好哇，龙指挥到得倒是快。你难道要用你的大内三叉戟，把老尼等抓回去吗？"灭欲冷笑道。

龙五看到了冷潇、韦康。三兄弟没想到在定军山重逢。

龙五又看了一眼回雪和李飞羽，点头示意，回雪姑娘做兔子肉的方法，至今铭刻在龙五的内心。

龙五端起盘龙断魂枪："师太，想必你也知道，性空方丈已经被擒。这西瓜换珍珠粉的事情，不会再瞒得住了。龙某并不指望师太能跟我去嵩山，但是，刚才冷潇兄弟说了，凶手搞不好就是少林的人，师太为了敏师姐等十九人，就不想一探究竟吗？能否跟我们走一趟，我和冷兄弟必定保师太周全。"

"哈哈，真是可笑。你们一个杀人凶手韦康，让他兄弟冷潇查韦康，然后又有你这龙五出来圆场，你们大内干的好事！今天就算拼我这条命，也是不服！"说罢，灭欲抽出倚天剑。天色将黑，定军山打了几道闪电，好亮的剑。

"别说废话了，你们三个一起来，要是能挨过三十回合，贫尼跟你们走！"灭欲豁出去了。

"什么？三十回合？大内三叉戟，挨不过你三十回合？"三个人有些恼怒。就算你灭欲功夫再高强，也未免吹牛了。既然如此，何必讲什么道理。尽管冷潇和韦康已经受伤，但战斗力仍在。

四大情字辈弟子当然不能让师父冒险，尽管受伤，但也拉起长剑，做好了拼死一搏的准备。灭欲示意弟子们退下："今日就让你们好好看看灭欲剑法的实战！"

三叉戟，围住灭欲！李飞羽和回雪一看，他们自己的事情，不便插手。

疾如风，快如电！动手了！不到十个回合，冷潇的剑被倚天剑削断了。

"好你个尼姑，凭兵器赢人！"冷潇骂道。

灭欲一笑："有本事你也置办一把好剑。"

二十回合，韦康和龙五感觉手下有些吃力，这女人确实不好惹。灭欲剑法，简直处处灭欲，不留余地，杀势凌厉。如果韦康没有受伤，冷潇长剑无损，何止三十回合，一百回合也不怕。但诸多不利因素下，三人竟处于下风。

龙五一看这局面，纵使三个人拼尽全力，也实在难赢灭欲。大内三叉戟折了名声事小，带不走灭欲，完不成陈公公的任务就麻烦了。事出无奈，不得已该耍些计谋了。

龙五一边打斗，一边寻找机会。终于，在韦康和冷潇缠住灭欲的时候，他寻找到战机，纵身一跃而去，断魂枪直奔无情！

无情受了伤，龙五又来得突然，她实在躲不开这惊艳一枪！

但龙五手下有分寸，只是把枪尖递到无情的咽喉前。"师太，还不跟我们走吗？"

灭欲一看，好卑鄙！纠结了好久，灭欲扔下倚天剑，双手伸出来："捆上吧，我跟你们走。"

"师父！"情字辈四女弟子一起跪下。无情更是羞愧难当，把咽喉向龙五的枪撞去！

龙五赶忙撤枪，略晚了些，无情的鲜血蹿了出来。回雪赶忙飞身过去，把仅有的一瓶刀伤药全都敷了上去。李飞羽跺脚道："哎呀，我的妹妹，不能给我留点吗?"

回雪回骂了一句:"你个老不死的,宰了你的人还没出世呢。"

夜深了。龙五和冷潇吩咐一帮小太监,赶快安排车辆和路上应用之物,用最快的速度把师太送到嵩山,谁耽误了事,要你们的命!之后二人向韦康说道:"兄弟,你还是继续逃亡的好。案子没破,好好保重。"

韦康道:"你俩才需要保重,我总觉得,你俩身边,处处是风险。"二人一笑,"哪有,兄不必多虑。"

回雪白了他们一眼:"你们大内狗咬狗,我就不管了。我和李兄要离开汉中这个鬼地方了。我家先生也不知见了方月娴,又吐血没,我得回去了。"

韦康一拱手道:"回雪姑娘,替我向轻云姑娘问好。"

回雪一笑:"知道了。"

龙五和冷潇,搀扶着峨眉情字辈四个女人下了山。

一路上,龙五暗自钦佩,峨眉的女人,竟然远胜过少林的男人。

其实,这世界上,真正仗义的人,真正快意江湖的,往往是女人。能够让正道不衰的,也是女人。

第二十五章　龙五审讯

嵩山起新亭,浮云化苍狗。独行山间路,清风散闲忧。徘徊且徘徊,进退自有道。忽叹夕阳下,飞鸟正还巢。

峨眉山的行动,各得其所。龙五不辱使命,终于抓捕了灭欲师太,根据陈公公的要求,不做休整,立刻与冷潇一起,亲自带队押送师太前往少林会合。韦康仍然是嫌疑人身份,所以只得继续逃亡江湖一段时间。冷潇关于东方敏等人死于小无相指的判断,毕竟是夹杂着个人猜测的推断,而且冷潇对少林的功夫也并不擅长,这种推断到底有没有为兄弟开脱的因素,是说不清楚的。就是韦康,也不能确定当时东方敏等人就是死于小无相指,毕竟这门失传多年的少林派指法,大家仅仅是听其传闻而已。回雪和李飞羽眼见西厂与少林、峨眉两大门派火并,这事情跟断水山庄表面上没有多大关系,但因为背后牵连着海升票号,也是乐得看个热闹。除了峨眉的弟子继续维持山上的事务,其他人也都陆续下山,向嵩山少林派进发。对峨眉的巡狩,以灭欲师太的主动投案,暂告一段落。

龙五和冷潇，马不停蹄。时间就是一切，尽快到嵩山，实现对性空和灭欲的双审讯，是重点的重点。冷静和心细的龙五，赶路中也不忘派人通知陈公公，虽然海升票号京城城南分号的钱小军八郎动不得，但老李瓜王的老李，也是证据的一环，能抓也是要尽量抓了。陈公公觉得龙五的建议有理，刚准备派人出去，京城的消息就传到了，老李瓜王的老李，因在大兴的宫馨妓馆纵欲过度，死在了床上。至少当地官府经过勘察，是这么结案的。陈公公听到这个消息，真是感到无可奈何。好在老李并不是什么要紧人物，现在自己有钱小军三郎、性空、灭欲三个主要人证在手，这巡狩少林，突破海升票号的一仗，就不怕打输。现在关键的关键，就是审讯了。他对龙五的审讯技术，一贯都是十分认可的。而且此番又有冷潇协助，成功在望。虽然冷潇本来是办东厂黄公公的差，但毕竟归属自己管辖，临时遇到重大任务，自己派人跟黄公公说一声，对方会给这个面子。

为防止意外，审讯的地点，陈公公选择在嵩阳书院，西厂和地方官府派出了重兵把守，而且，要求所有人严格保密。谁敢私自泄露出去一个字，杀无赦。其实，所谓的保密，最终都不会实现。只有一种秘密能守得住，那就是多数人不感兴趣的事情。抓捕了少林方丈和峨眉师太这件事本身，就足以让江湖轰动，更何况，据说又是涉及私情这样人们最喜打探各种细节和隐私的事情呢？要求人们保密，不成了美人在旁，而让人闭目不看？

嵩山书院，摆着三位宗师级的圣人的牌位，二程和朱子，凛然正气必能镇得住这江湖奸邪。在理学宗师的圣像前，在天理人欲已经成了基本的道德观念之时，审讯这两个本该禁欲存理的江湖掌门，最为合适不过。案件还没审，有人已经开始绘声绘色地描述起各种细节和未来的处理。这就是龙五刚刚到达嵩阳书院面临的局面。这也就意味着，案子审下来，无功，西厂那些"诸葛亮"会说，你看，还是我说准了不是？我早就知道是这样，只不过让那龙五抢了个功劳而已。案子审不下来，有过，罪过还不小。那些西厂的"诸葛亮"又要说，这明摆着的事情，还审不下来，龙五也不过如此而已。陈公公重用龙五，无非也是任人唯亲而已。多年以来，龙五早就习惯了在这帮"诸葛亮"的七嘴八舌中处理各种事务。不必反击，更不必解释。对牛弹琴，岂不是徒劳？只要陈公公是明察秋毫的，其他人龙五不必费心去想。但是，最近自从陈公公与闫萍搞到一起，对龙五的信任大不如前。所以此番审讯，龙五可以说面临了前所未有的压力。

"冷兄弟，你看这审讯，当先从何人开始？以何种策略最为妥当？"龙五问冷潇。

"五哥是审讯专才，这些事情岂不是早已胸有成竹，还需小弟多言？"冷潇道。

"不瞒贤弟，本次有所不同，龙某也是倍感压力，所以是真心向兄弟请教。"龙五说得很坦诚。

"五哥既然这样说，做兄弟的不妨说下我不成熟的看法。以我来看，这灭欲师太性格刚烈，且峨眉毕竟有十九条人命案未查清，此时若先逼迫她，容易激出变故。这私情之事，一般宜先从男方入手，打开缺口，之后由女方含糊承认，即可达到目的。不知五哥可同意小弟看法？"冷潇说道。

龙五点头称善："兄弟才识，不在龙某之下。刚才所说这些，果真都是老成谋国之言。龙某深感敬佩。我也赞同从性空身上打开缺口。只不过，如何能拿下性空的口供，为兄还没有足够的把握，请兄弟为我析之。"

"这一路，我也把相关情况认真分析了一下。总的来说，形势于我们是有利的。首先，我们抓了钱小军三郎，他能够证实性空跟他商量，通过老李瓜王套钱给峨眉派买珍珠粉的事。这是最关键的人证。所以这人暂时还不能放，更不能死，一定要好好保护起来。其次，性空当然也知道我们有了三郎的口供，他唯一的侥幸，就是海升票号的账目我们拿不到，只有口供，没有实据而已。但之前你们已经抓了一个京城城南分号的马仔喽啰，起码可以证实老李瓜王的钱就是被套了出来。西湖分号的账虽然拿不到，但通过杭州茶叶绸缎庄，我们起码也知道海升票号做了账目混同，珍珠粉买了是确凿无疑的，峨眉派收到了珍珠粉也是确凿无疑的。不难推断出，这事实定是错不了的。那性空再是侥幸，这个问题他终归心虚。性空虽然是江湖中人，但也是有身份有脸面的，对我西厂也是存有畏惧的。他只要心虚害怕，我们就有赢的基础。至于说他和灭欲的私情，我们只要盯住珍珠粉一事不放，盯住他酒后跟钱小军三郎说的醉话不放，相信要他实话不难。和尚也是怕死怕苦的，性空号称四大皆空，他真空得了吗？他号称性空，实际又空不了，就成为他最大的包袱和弱点。五哥您觉得呢？"

冷潇条理细致的分析，给龙五增强了信心。龙五想，难怪东厂的黄公公对冷潇器重有加，就刚才这一番分析，冷潇的能力也不在冯七之下。无奈的是，厂卫里尽是庸才，好不容易培养出个把人才，也只有冯七逢时得地，获得了重用，至于龙五、冷潇、韦康之辈，还真是一刀一枪，至今还未挣出个体面的前程。厂卫都是如此，朝廷更是不必多说了。

已到初夏。嵩山的初夏并不热，而嵩阳书院里，因为树荫的遮挡，更是有一丝清凉之意。山中四月，桃花始开，确实如此。

审讯室，坐着龙五，冷潇。对面，就是性空。

因为用了药物，点了几处大穴，性空无法跑掉，也没有能力自伤自残，所以龙五吩咐，去掉了性空身上的绑绳。两大高手在场，若还是出了意外，只能说明二人都是饭桶了。以龙五和冷潇的高傲，向来不会多此一举来表示自己的谨慎，因为那只能说明自己的无能。

在初夏的某个山中清凉的时刻，审讯开始了，龙五主发问，性空回答。冷潇一旁记录。

"性空大师，今日龙某得罪，实为巡狩需要，非个人对大师不敬，有得罪之处，还请大师理解。"

"龙指挥不必过谦，有什么问题，老衲照答就是。"

"大师是个爽快人。那龙某也不必绕弯子。钱小军三郎，我抓的。嵩山、京城、杭州，几个地方的票号、商铺，龙某也都查了。少林寺利用洗钱手段，为峨眉派购买珍珠粉的事，大师可否说明一下？"

"钱小军三郎本是个倭寇后裔。一贯奸诈少信。至于说几个地方海升票号的账目，恕老衲孤陋寡闻，西厂可是拿到了吕公公和内阁、户部的签发令？龙指挥可莫要听信外人的谣传哪。"

龙五一听，性空并未直接否认为峨眉购买珍珠粉一事，而是首先质疑自己的证据。有着资深审讯经验的他，其实内心已经确信了，性空在不经意之间，已经泄了底。审讯的艺术，不在于对方说了什么，往往在对方说话的方式，以及没说什么。如果说在此之前，没有十足的证据，龙五尚且对真相存有怀疑，那么性空的一番话，倒是让龙五直接踏实了，因为一个无辜之人，遇到这种问题，第一反应一定是否认事实，而不是质疑对方的证据。

"呵呵，看来大师对我西厂的办案程序了解得颇为深透。既然如此，大师也应知道，龙某既然敢抓了钱小军三郎，区区查账有什么办不到的？那老李瓜王、杭州丝绸茶叶庄的账，可是不必任何签批，轻而易举就能拿到的。至于三家票号的账目，龙某明着当然是拿不到了。可是龙某不会派人偷，派人抢，派人抓舌头问吗？反正只要江湖中人出面，跟我西厂无关即可。"龙五轻描淡写的几句话，确实让性空一惊。他知道这种事西厂干得出来，龙五尤其干得出来。性空的脸色略有些变化，用舌头舔了舔嘴唇，抬起右手，摸了下鼻子，而脚下动了动，脚尖朝向了门的方向。

龙五一看，这显然都是性空精神紧张的表现。自己的诈术起到了初步效果。

"大师，既然银子花出去的事实无法更改，不妨解释解释这来龙去脉，好歹也莫要让我兄弟两个下不了台阶。对于大师来说，也是有好处的。"龙五继续发动攻心之术。

性空沉吟了一会儿，觉得大势于己不利，还不如化被动为主动，于是说道："也罢。事到如今，也由不得我不说清楚。有一年，灭欲师太找到我，说峨眉派想要采购一批珍珠粉，但峨眉收入有限，暂向少林借款，我想少林峨眉，本应互相帮助。但若是少林派人直接购买送到峨眉，难免引起江湖非议，少林派惹了是非也就算了，影响了峨眉派的清誉，那性空的罪过大焉。如果说错，那么错在性空遇事考虑不周，请司礼监责罚便是。"性空几句话不多，但似乎把所有的疑点都进行了解释。尽管这纯属胡扯，但表面上，倒也无可奈何。

"这个老狐狸，一番胡扯，倒是推脱得干干净净。之前还真小看他了。"冷潇暗自骂道。

龙五并未慌忙。他看了性空一眼，继续说道："依大师所言，这每年的几千两银子，是灭欲师太出的面，峨眉向少林派的借款？大师可知道，前几日，灭欲师太已经向我们主动投案，是龙某和冷兄弟专门从峨眉山带回来的，目前就关在隔壁的院子里。大师这番说辞，可与师太事先商议过？若是师太并无此说辞，这欺骗西厂钦差的事，可就视作欺君了。"龙五说完，眼睛紧紧盯着性空。他赌这番说辞，性空绝无可能事先与灭欲商议过。他们做了诸多防范，断然想不到西厂行动如此之快，就算想商议对策，订立攻守同盟，也是来不及实施的。

果然，性空的神色开始有些慌乱。他没想到灭欲这么快被抓了。本想用这言辞搪塞一段，再谋日后的脱身方案，但眼下已被拆穿。

性空陷入沉默不语的状态。

龙五一看，首战基本告捷。下一步应当继续加大火力，但不可用力过猛，操之过急，应当逐步升温。

"大师难道不想想，灭欲师太为峨眉派购买珍珠粉，为何不找别人，单单找大师商议？灭欲和大师平日有何交情，这本身就要交代清楚吧？少林号称四大皆空，不贪图钱财，一年的香火钱也不是很充裕，很多还是靠大内的赏赐改善生活，多年下来，这么多银子借给峨眉，却从不催讨，岂不更是令人生疑？若是再细查起来，购买珍珠粉要是动用了大内的赏银，那可是万岁爷贴己的银子，这个罪过恐怕少林寺担不起吧？"龙五继续说道。

此时性空的脸上已有了一些焦虑神色。

"再说这珍珠粉。真的是为峨眉派女弟子买的吗？龙某完全可以把峨眉女弟子上下仔细查问一番，到时整个江湖都知道了少林派和峨眉派私下这种勾当，两派弟子何以在江湖立足？而且，将峨眉上下追查一番，那灭欲师太自然难逃众人之口，大师真的想这点事情闹得人尽皆知吗？这样对师太真的好吗？况且，大师每年里倒有几个月不在少林，是不是去了峨眉，也是一查便知的，大师不好说亲自送珍珠粉去了吧？"龙五继续施加压力。

性空头上已经见了汗。

"大师既然知我抓了你和师太两个，那么陈公公处，我定然是要有个回话的。大师这里不愿说，我们兄弟俩自然去逼问师太。大师若是真的有情有义，想让我兄弟二人何去何从？"龙五说完，继续看着性空。

这一招果然奏效。偌大年纪，偌高的身份，倘无真爱，如何会置道德和礼仪的约束不顾，做出这等事？既是真爱，性空如何忍心让龙五去逼问灭欲？龙五正是出于这个考虑和判断。

只见性空脸上的肌肉动了几下，嘴唇有些颤抖，两只手反复互相揉搓，口中喃喃说道："龙，龙指挥，老五兄弟，莫去难为她。容我想想。"

龙五一看，压力已经给够，火力已经烧旺。接下来，不应再穷追猛打，而是应当给出路和台阶了。

"大师和灭欲师太都是江湖中人，虽然担任掌门都是司礼监点过头的，但是并不受宫里和朝廷制度的约束。于你二人来说，这些都只不过是个人私情，只是动用了少林寺的公款，殊不妥当，厂里最终也不过是略做惩戒，尚不至于伤筋动骨。以大师和师太的本事，若真是情意未断，尘缘未了，想退隐江湖，结庐而居，做个田园隐士，又有谁能再指指点点什么呢？于两大门派也不产生大的影响。"龙五最后一番话，应该是打动了性空大师。

性空眼望屋顶，尽量不让泪水滚在脸颊之上，但这又谈何容易。冷潇赶忙递过去一块丝巾。丝巾上绣着这样几个字，"明月小楼，孤独无人诉情衷，人间有我残梦未醒"。性空擦拭泪水，看到这几个字，不由得长叹一声，向二人道出多年的心中情结。

原来性空年少之时，并非少林派弟子，而是天山派弟子。当时天山派掌门有一爱女，名为化真人，天真烂漫，而不乏典雅端庄。性空爱之不能自拔。怎奈有一年，从西方很远的地方，有一个叫作欧罗巴的地方，来了一个气质优雅又沉静清秀的少年，少年给自己取了个汉文的名字，叫作逍遥子。此人不仅剑术别具一格，与中原门派大相迥异，而且熟悉火器制作，还常常说出一些带有很多哲理，但中原人从未听过的话。化真人便倾倒于逍遥子的才华，加之二人都有些不拘俗礼的率真天性，便慢慢相爱了。性空见心爱之人已属他人，万念俱灰。在喝了三天三夜的酒后，独自跑到少林寺，从此遁入空门。性空天性扎实稳健，做事认真，很快得到了掌门了空大师的喜欢，便开始有意栽培。过了两年，在一次武林青年才俊的比武大会上，性空遇到了峨眉的女弟子，就是灭欲。他发现，年轻的灭欲，竟然与当年的化真人颇有几分相像，而且灭欲泼辣的性格，也有些化真人不拘俗礼的影子。性空见了灭欲，便再也难忘。此后便寻找各种机会，想与灭欲接近。可是少林、峨眉两大门派规矩森严，接近谈何容易！一开始，灭欲似乎对性空只是略有好感，并未做更深交往的打算。但在长年的偶尔接触中，年轻的灭欲似乎也开始对性空越发欣赏。二人开始锦书鸿雁，寄发情丝。性空越来越不正常的举止，被掌门了空发现。而灭欲的少女情窦，也被峨眉掌门灭幻察觉。于是，了空将这名弟子原来的法号去掉，改成了性空。灭幻也将这名中意的女弟子改名叫作灭欲。无非期待二人斩断情愫，一心修佛，光大门派。一段青涩的恋情就此戛然而止。后来性空与灭欲分别当上了各自的掌门。可是，在一次武林大会上，二人多年未见后重逢时，发现对方仍是自己心中的牵挂，而且性空的谈吐，似乎远远超出少年时期，诗文经典常能信手拈来，话语中，隐隐地总有一种淡淡的感伤，这便深深打动了刚刚步入中年的灭欲师太。她也许认为，性空当是一直未能忘却自己。现在二人都已经是掌门，清规戒律，什么时候约束过掌门呢？于是二人旧情复燃，竟如同干柴烈火，一发不可收拾。为让灭欲青春永驻，性空不惜研究医理，发现珍珠粉对美颜十分有效，于是就有了被西厂发现的这一番举动。

已到夜深，性空讲完，笔录也已经录完。龙五与冷潇安排将性空送回房间，走在院子里，吹着夜风。这是个俗套，但又不断以各种方式重复的故事。也许这才是人性里真正回避不了的东西。感情这东西，空也是空不了，欲望这东西，又岂能轻易灭去？二人又看看院子里亭子上写着的一副大大的对联，上联是"倘灭去一丝人欲"，下联是"便存了一分天理"。这是后人对朱子理学的一句总结。

"原来朱子理学就是棒打鸳鸯。"冷潇笑着说道。

"贤弟说笑了。不过若是那化真人和逍遥子二人真心相爱，又有什么可灭可空的呢？"龙五也不禁叹道。

冷潇赞道："今日审讯取得成功。明天就看灭欲的了。"

这时龙五问冷潇道："兄弟这丝巾递得可真是恰到好处，我看丝巾上的话直接击中了性空的内心呢。看不出兄弟还是个懂情之人。"

冷潇笑道："兄弟哪有这般心思？那丝巾是灭欲随身携带之物，前两天我让人搜出来的。我想手帕上这话，肯定对二人有着深切的意义，所以干脆试了一下。"

龙五道："别说这二人，就是旁人，也容易被这句话打动了。也不知是哪朝的诗人，竟有这般领悟。"

说罢，二人回房睡去了。

第二天早晨，吃过早饭。龙五和冷潇并未急于向陈公公汇报审讯性空的情况。因为总要听听灭欲的说法，才拿得稳。稳了，再报告，这是龙五和冷潇多年在厂子里养成的习惯。

于是在一个初夏的上午，还是昨天审讯性空的屋子，只不过被审讯者换成了灭欲。

"龙某感谢师太对我们的配合。昨日，性空大师已经向我们坦白了一切。我想，师太这里，就莫要让我兄弟重新费一番口舌了吧？"龙五开门见山，直奔主题。

灭欲师太冷笑道："我也知你们在查什么。若我说实话，不难。不过有个条件。"

"哦？有何条件？"龙五问道。

"那便是你们得给我查出敏儿等人到底是谁害的。冷指挥，你说的小无相指，凶手就在少林之类，不会是诓骗我吧？"灭欲师太说着，把头又转向了冷潇。

冷潇一看问到自己，便向灭欲师太坦诚相告："不瞒师太。冷某对于掌法、指法，造诣确实不深。但是冷某恩师，曾以大嵩阳掌闻名江湖，与少林前任掌门了空大师有过数面之缘。恩师在世时，了空方丈对少林派小无相指失传多年，弟子少有研习深以为憾，曾想亲自练习，征求家师意见。家师与方丈探讨多日，觉得此指法过于凶狠，霸道异常，以方丈年纪，已经错过了最佳修炼时间。但冷某当时有幸看到了家师和方丈初试小无相指的指力表现。综合之前在海升客栈的传闻，冷某在一一排除了大力金刚指、鹰爪功、大嵩阳掌等多派武功后，推测这就是少林寺的小无相指。别的门派不可能拿到这少林寺的绝学。定是少林派有人偷偷练成了。"

"哼，你这也不过是自己的妄自揣测而已。"灭欲说道。

"猜测也好，有理也罢，我龙某答应师太，我兄弟二人，定然全力查出这背后真相，给师太一个交代。"龙五边说，边把昨日性空的一页笔录放在灭欲师太眼前。

灭欲看了一眼，知龙五之前所言非虚。既然如此，自己不必再惹得峨眉弟子不宁。"既然龙指挥有应允，贫尼信你一次。我灭欲敢做敢当，性空方丈所言，的确属实。我认了便是。"

龙五大喜，将昨日讲给性空的未来处置前景，也向师太做了一番讲解。之后，要求冷潇不必如性空的笔录记得那般详尽，大体意思对得上即可。不到一个上午，笔录便完成了。

送完灭欲回去，冷潇问道："五哥，我总有个感觉，这性空和灭欲还是跟我们隐瞒了点什么，但我说不上来具体哪里不对。"

龙五道："想必兄弟多虑了。只要这基本事实不错，我们也没必要过于追根问底。毕竟，男女之事，谁愿意在陌生人面前和盘托出呢？"

冷潇认为龙五说得有道理。于是，二人向陈公公正式汇报了两天的审讯情况。陈公公十分开心，"此番巡狩，可谓功德圆满。两位辛苦了。从汉中回来，连个囫囵觉都没好好睡过。赶紧下去休息，剩下的，安排小太监们把笔录细化和完善一下。本公公要考虑在江湖中公审此案！"

龙五和冷潇一惊，"公公，低调处理了就是，何必如此兴师动众？"

陈公公笑道："审讯，我不如你俩。但若论对朝局和江湖的把握，你俩远不及老夫。就这么定了。以后再慢慢跟你二位解释。下去休息吧。"

二人默默退下。刚刚出门，一股疾风暴雨袭来，山中的天气，竟有些凉了。

第二十六章　通奸事大

老墙生绿藤，平湖映草青。古道且轻步，莫使城外惊。

对于传统的中国人而言，奸字是犯了大忌的，无论什么人，与奸扯上关系，就一定在道德上被打入了十八层地狱。

江湖武林，男人的世界，以少林为首，女人的世界，以峨眉为尊。少林大师与峨眉掌门的通奸，足以撩拨每个武林人士内心的躁动，在这些躁动的背后，恐怕按捺不住的人已经开始行动。那灭欲心法的小册子，自从性空大师和灭欲师太被抓了以后，突然卖得脱销了。而一帮少林弟子，在掌门被抓以后，树倒猢狲散一般，开始盗窃各种少林派秘籍，搭配着灭欲心法这本春宫图一起卖，能卖个非常好的价钱。被少林这些不肖子弟偷偷卖出的每一部武功秘籍，似乎都写满了奸淫两字，购买和打算购买者无不想从中窥得那被欲火炼就的九阴九阳。

"江湖之治乱，首在少林峨眉。两大派如不治理，天下武林何以守规矩？"不管真的假的，陈公公确实带了一些这样的心思巡狩少林和峨眉，包括让龙五和冷潇审讯性空和灭欲。

陈公公已经考虑好了，一定要公开审判。要给江湖一个说法，给朝廷一个交代。所以性空和灭欲个人名誉的牺牲，本就在所难免。但这个想法，不能提前与龙五和冷潇说。如果说了，他俩就不会那么一心一意地审讯了。他俩一定会什么都审不出来，因为，龙五和冷潇始终是有底线的。

公审大会，放在哪里合适呢？少林，峨眉，都不是最佳的地点。嵩阳，也不是很好的地点。一定去一个没有去过的地方，这样，当地没有利害关系，避免了在嵩山和峨眉的各种关系错杂和不安全因素。于是陈公公选择了湖南岳阳。陈公公向武林广发了英雄帖，号召大家在小满的季节，齐赴岳阳，参加这样一个别开生面的公审大会。

英雄帖引发了江湖的极大兴趣。不必说华山派的顾高深，也不必说青城派的闫革，就是武当派这种首屈一指的大派，也都激动万分了。更不用说那些巨鲸帮、海沙派、金刀门、丐帮等乌合之众了。韦康知道了英雄帖，当然不能错过。尽管也许会血战一场，但是他觉得，这个险，值得冒。因为，奸杀东方敏等人的凶手，他有点隐隐约约的影子了。所以为了自己的名声，岳阳也是非去不可，哪怕也许会葬身在君山洞庭之间。

断水山庄竟然也接到了英雄帖。陈公公不想和断水山庄关系闹僵，他认为，这个山庄，也许还可以为自己所用。在某一点上，比如海升票号，双方也许还有合作的余地。而且，山庄的一众高手，哪个都在厂卫之上。至于那个赵遁，若能收归自己所用，西厂必定是大内第一厂，自己也是有机会在司礼监掌印的。

断水山庄里，回雪姑娘和司马信、李飞羽都已经回来了。诸葛愚等人也在。大家把所有的消息汇总起来，一致认为，无论从哪个角度，岳阳必须去。大家已经隐隐感觉到了，杀害东方敏等人的凶手，一定是他！

只有他，在诸葛愚的偷窥下，施展了与东方敏等人死因类似的霸道指法。只有他，才可能传授何六那种指法，而且在洛阳烩面馆留下了指印。只有他，施展了对少林寺达摩院弟子的残酷指法，这种指法，连李飞鸿也自愧不如。只有他，被少林掌门性空大师认出了这就是失传多年的小无相指。什么庐山擒龙手，大家现在感觉到了冯七的可笑。大家再结合少林寺不肖弟子卖出来的大力金刚指秘籍，认真比对了一下，发现二者指法相当近似，但打出来的威力差了好多，小无相指要明显更霸道。这是为什么呢？

赵遁似乎有点感想，却说不上来。他看着方月娴，说道："阿月，你觉得呢？"

"阿月，哦，原来先生叫她阿月。"伊洛四大美女一片惊呼。婉月姑娘看了一眼方月娴，看到她脸色已经通红，还带有一丝羞涩的微笑，终于知道，方月娴和自己，尽管同有一个月字，而且对方的容貌并比不上自己，但是，也许先生对这个阿月别有一番情意。而这和先生对自己的情意，总是有一些不同。另外三位姑娘看着赵遁、方月娴和婉月姑娘，然后又彼此看了一眼，得出一个结论，我们四大美人，论单人相貌，都强于那个女人，但是先生似乎对那个女人更加放心不下。这到底是什么原因呢？

方月娴见赵遁问到自己，而且叫自己阿月，她脸红了一下，红色的背后，有一点欣喜，有一点娇羞，有一点温柔。这种温柔，与婉月姑娘典雅的温柔，与轻云姑娘洒脱的温柔，与回雪姑娘睿智的温柔，与流风姑娘通达的温柔都不相同。于是，只好把它叫作阿月的温柔。也许这是独一无二的温柔。可是，四大美人的温柔又何尝不是呢？

方月娴说道："你知道的。《金刚经》里面，有这样的几句话，若菩萨有我相，人相、众生相、寿者相，即非菩萨。凡所有相，皆是虚妄。若见诸相非相，即见如来。所谓佛法者，皆非佛法。离一切诸相，即名诸佛。一切有为法，如梦幻泡影，如露亦如电，应作如是观。所以，我猜，这少林的指法，实只有一种。但分品阶的高低。小无相指，实是小乘的少林指法，所以功法霸道，正因如此，才有所谓失传。其实不是失传，而是少林主动遗弃。而大力金刚指，则继承了《金刚经》佛法，所以指法相对柔和，体现了救苦救难的思想。所以，这练习小无相指的，应该要么是少林的俗家弟子，要么就是佛法修为不高者。"

"方师妹所言，令我茅塞顿开，那人的确就是少林的俗家弟子。现在看，定是小无相指无疑！"诸葛愚赞道。

此时赵遁道："确实有理。可是这些证据还不够。我们不可能当着天下武林去讲这种佛法理论。我们掌握的这些，江湖的这些草莽，又能听懂多少呢？所以，我们还是需要一点直接的证据。"

这时吴道海突然想起一件事，于是问方月娴："师妹，你还记得我从东方敏宝剑旁拿到的那块丝绸吗？何不拿给赵兄弟看看？"

方月娴笑道："我知师兄定会提到这块丝绸，所以我一直带着，虽然我没看明白，但也许他能看明白。"

一句他，说得云淡风轻。这一句的背后，也许会有很多风霜雪雨的故事吧。四个女人都是这样想的。

方月娴把那块丝绸拿给赵遁。二人眼神对望一下，又立刻分开。

赵遁拿起这块丝绸："这绣的是震卦。而且，这似乎是蜀锦呢。"

方月娴赞许地看了他一眼，说道："这些我们都知道了。只是不知这震卦到底代表什么意思，和那人有什么关联。"

赵遁假装没有看到这个赞许。他闭上眼，认真想了一会儿。

"我想，我明白了。当今天子喜欢道家和易经，尤其喜欢把下属按易经封号和起名。震者，三八东方木，代表三。这袍服，丝绸上等，一般人有钱也是买不到的。但御赐是有可能的。衣服上绣着震卦，说明此人在大内一定排名第三。然后，震者,陈的谐音。诸葛兄,你看到过陈公公的衣服,可有绣着震卦?"赵遁揭晓了答案,这个答案至少在逻辑上让大家感到是合理的。

诸葛愚说道:"这个嘛,因为灯光昏暗,我看不清。但似乎他平时穿的,并不是这种高档料子的衣服。"

"这个不奇怪。圣上御赐的官服,平时舍不得穿也正常。诸葛兄,你看他可是喜欢穿青色衣服?"赵遁继续问道。

"是的是的。赵兄弟说得很对。可这是什么原因呢?"诸葛愚问道。

"因为东方属于青色,正应了震卦。"方月娴说道。

于是大家认为,现在就可以基本断定,奸杀东方敏等人的所谓高手,定是陈公公!

但是,陈公公为什么要这么做呢?

吴道海提到了现场翻行李的情节,并说了自己认为是在找什么东西的判断。

"所以,搞不好根本不是什么奸杀,而是老太监故意把姑娘们衣服撕破,掩盖自己寻找东西的真实目的。现场的春宫图,所谓的松骨软筋散,搞不好都是这杂毛的障眼法。"司马信道。

"司马兄这样说,我突然想起,其实从那时窗口的松骨软筋散的残留粉末看,分量并不足以把十九人迷晕到无法动弹的地步。我当时总觉得有地方不对,现在看来,就是这些不对。"诸葛愚道。

"我也想起来了。当时我就感觉,东方敏等人如果是被迷晕后再通奸被杀,怎么会身上的伤相对多又相对重,而且东方敏身边还有宝剑,如果用障眼法,都可以解释了。"吴道海继续补充道。

"那么现在可以总结一下了。陈公公一路追踪东方敏等人到海升客栈,想从十九名女弟子身上拿到一些东西,所以他自恃武功高强,瞬间制服了十九名女弟子,也许是一击必杀。用的当然是霸道的小无相指。这种指法我们也看到了,确实有此威力。但是,制服十九人,毕竟有一个过程,所以出现了女弟子们的反抗,尤其东方敏的武功不弱,一剑划破了陈公公的衣服。杀死十九人后,陈公公翻来翻去,找不到东西,于是只好伪装成奸杀的现场,之后逃之夭夭。但他也许并未想过故意嫁祸给韦康。韦康是被冯七拉到局面里的。这也说明冯七一开始就不认为这事是韦康干的。但出于某种目的,不得不栽在韦康头上。"赵遁的总结,大家点头赞同。

"那么我们如果进一步追问,东方敏等人为什么会去长白山,还住在海升客栈,而陈公公和韦康也一路跟踪到长白山。从流风妹妹传递回来长白山新设立了海升票号分号的情报来分析，所有的一切，一定与海升票号相关。陈公公是西厂的，韦康是内行厂的，海升票号的钱军是吕公公的人，吕公公虽然是掌印太监，其实他能够完全控制的是东厂。西厂本来就有点不大听招呼，内行厂更是因为可以向皇帝直接报告，又监督着东西二厂，所以，我们可以下这样一个判断，这就是西厂和内行厂分别对东厂的攻击，也是陈公公和杨公公分别对吕公公的攻击，攻击的焦点，就是海升票号，攻击的目的，无非是司礼监的掌印权。而东方敏等人，一定是突破海升票号的重要口子，只是我们不知道二者有什么关系而已。我相信，陈公公和杨公公也许知道更多的信息。这次公审大会，也许陈公公也是醉翁之意不在酒，名为打击少林和峨眉，拿到金刀印厂的生意，但根本目的也许是想从灭欲口中知道东方敏等人与海升票号的关系。"赵遁的此番分析，入情入理，令所有人都非常折服。一个三十多岁的人，有如此头脑，司马信等人内心暗暗称赞。

所以，不用犹豫，大家启程去岳阳就是了。大家相信，韦康也一定会去的。龙五和冷潇自然必不可少。想到韦康和冷潇，轻云和回雪还真是再想见到这对亡命之徒。

湖南，岳阳客栈。有人已经早早到了。

"既是处理少林峨眉的问题，就既不可在河南，也不可在四川，免得人家说朝廷有偏袒之心。此外，通奸一事发生以后，华山、青城等派，趁着两大掌门被抓，蚕食了两派不少地盘，几方近期争斗不断。既然牵涉华山、青城诸派与少林峨眉间的恩怨，所以选在中立地区，有助于纠纷的化解。"龙五为陈公公的决定做出的合理解释，总是让陈公公十分满意。多年来，黄、陈两位公公在大内司礼监的地位，分庭抗礼，陈公公领衔西厂，黄公公则分管东厂。陈、黄二人面和而内斗，若无吕公公强势弹压，和杨公公一直觊觎的渔翁得利，恐怕司礼监早已分崩离析。但陈、黄二人并不傻，有内行厂的存在，二人一味斗下去只会两败俱伤。所以此次二人一人坐镇京城，整理户部库银，筹集赈灾，另一人则出来解决这扰乱江湖时局的大事。都是大事，黄公公干的大事，需要战战兢兢，稍有疏忽，便是万千指责与骂名。陈公公干的也是大事，但有权无责，处理一个通奸，从严从宽，都可以讲出道理来，今后专门找个写手，大书特书一番，为朝廷维持了体面，为江湖立了规矩，这底子面子都有的荣誉，岂非他陈某人独享？幸有龙五，在这番与黄公公的争宠中，便只赢不输。更何况，陈公公还有自己的心思在里面呢，当然要有利益，但是这个利益，不能仅仅是钱财的，还要有权力的。

黄公公有冯七，陈公公则有龙五。龙五之智谋，不在冯七之下，论武功，更是大内第一流高手。多年以来，龙五在大内素有公正之名，而且，作为通奸大案的主要审讯者，陈公公带他来岳阳，绝不会有人反对的。

此外，选在湖南，陈公公还有另一个心思，只是这个心思，不便让龙五知道。

"各大门派都通知到了吗？"陈公公问。

"都已通知，少林、峨眉、武当、青城、华山各大派，还有丐帮等一干小门派，小满时节准时赴会。"闫萍答道。

闫萍执行陈公公指示的效率，让西厂和锦衣卫们无不叹服。有这样一名于己言听计从而又有些姿色的女下属，陈公公感到非常满足，因为这样的人，黄公公就没有。而且闫萍还有另一个身份，便是青城派掌门闫革的妹妹。有了这一层关系，陈公公便多了一分外援的力量。

"此外，为了确保场面得以控制，我还专门将冷潇一起叫来了，冷潇也是高手，起码可以帮助一起维持秩序。您知道，这几大派都不好惹，硬手太多，只有您和龙指挥，我怕人单势孤。"闫萍继续补充道。

"好，想得周全，难为你了。"陈公公的话语里带着几分赞许。其实，陈公公不是不知道，冷潇来岳阳是自己亲点的，因为他也是审讯者。何不趁此机会，把冷潇彻底笼络到自己手下？

小满时节，眼看要到了。陈公公竟有一点紧张。

离武林公审大会还有四天。陈公公既兴奋又紧张。"此番下来，少林、峨眉、青城、华山四大派可尽入我的控制。"试想无论朝廷还是大内，又有谁能有此殊荣呢？怕是吕公公也不能够。当然，做好充分的准备是必要的。多年的官场磨炼，陈公公还不至于被未到手的胜利冲得失去理智。

"各大派可都有回音？"陈公公问道。

"禀阁老，华山、青城除掌门亲自参加，门下主要弟子均一同赴会。武当等派也是积极参加。断水山庄也会参加，这可是公公收服他们的良机。"闫萍汇报时，毫不掩饰脸上的眉飞色舞。

陈公公听闫萍称自己阁老，先是一愣，后又以赞许的眼光看着闫萍，这目光中透着温柔，如同今晚的月光一样。今晚的月光，照例还是要照在陈公公的床榻之上。陈公公这种长期漂泊在外的人，当有明月的时候，低头之处，便是故乡。

站在一旁的龙五，一身又热又痒，仿佛此时不是晚上，而是正午。留也不是，走也不是。

"龙五，案件查清重要，但也要对朝廷有用。回去自己反思反思去！"陈公公说。

"属下告退。"龙五悻悻离开。

第二十七章　公审前夕

　　独坐北馆枯木若，冷观南云石心然。震起百里惊匕鬯，雨落窗阶浣溪山。黄衫绝尘案牍至，布艺荷锄归桑田。青词不称刑名赋，丹青何载社稷安？

　　距离岳阳公审还有三天，龙五和冷潇等人还在抓紧核对和修改口供，完善性空与灭欲的忏悔长文，闫萍则紧锣密鼓地张罗着大会的各种琐碎事宜。毕竟，这算是近年来江湖中少有的大事，场面要隆重，尤其每一个细节之处都马虎不得，这里面还关联着陈公公和西厂的体面。只不过这样一来，银子就显得不太够用。大内的专款自然是不够的，就算从少林、峨眉以及岳阳周边一些门派巧取豪夺的一些银子都用上，还是略显捉襟见肘。既然开源不行，那么就只能在节流上想办法。可是，闫萍绞尽脑汁算来算去，发现竟也省不下几个钱。早就派人去青城山找哥哥帮忙想办法了，可是青城派的银子迟迟未到。闫萍显得焦躁起来，她明白得很，只要把陈公公伺候好，以后兄妹二人的飞黄腾达指日可待，花点钱又算得了什么呢。她开始埋怨哥哥只算经济账，不懂谋略，真是有点不识大体了。有时她冷静下来再想一想，其实哥哥那里又能拿出多少钱来呢？各大门派都被海升票号等一众票号盘剥得厉害，而民间百姓的生意越来越难做，正常的赋税都快交不上了，还拿什么归还借款和利息？尽管有些日子好过些的商贩，还能有点小生意做，结果赚的钱，又很快都被海升票号逼着各大门派强行以借款还款名义搜刮了去。前些年，海升票号等票号还讲究个民间自愿借款，这两年居然丧心病狂到把借款和做生意的许可挂钩起来，你确实可以不借款，但是你的生意也别想好好做，总有官府衙门的各种差役找你的麻烦，江湖上的地痞流氓打砸抢，借了款，就有官府和江湖门派保护你了，但高额的利息，也就此欠下了。百姓越来越没钱，各大门派也就没钱了。于是这几年各大门派都是靠着山林海泽的一些额外收入，来归还海升票号的利息，尚可勉强度日。最近，户部把这部分收入也征了税，江湖的日子也就越来越不好过了。杀鸡取卵，涸泽而渔，日子如何长久？这是闫萍都懂得的道理。

　　没钱，也要把大会办得体面和风光，这是闫萍面临的问题。她懂得的道理和面临的问题之间，产生了不小的冲突和矛盾。这让她如何不焦躁不安？就连夜里对陈公公的陪伴，也显得有些敷衍。

　　正在闫萍各种坐卧不宁的时候，终于从陈公公那里传来了一个好的消息。京城的钱小军一郎，居然亲自带队来到了岳阳，而且带来了丰厚的慰问品，一百坛上等好酒，二百斤明前茶叶且不说，考虑到岳阳进入夏季后很快到来的暑湿天气，还特意从云南玉溪调来了三百斤烘烤后的逍遥草，以及专门用于包卷的湖州盘纸，这份细致和贴心周到的考虑，就让闫萍感觉到了处理问题的差距。最为重要的事，钱小军一郎还带来了一万两白银，这可是现银，而不是银票，一下子就化解了岳阳大会所有的尴尬。

钱这东西，就是这样轻易地能够拉近人与人的距离。钱小军一郎和陈公公的距离，当然也莫能例外。

"陈公公巡武当，赴少林，转峨眉，临岳阳，一路辛苦，江湖上无不敬佩公公看问题之准，成效之高。公公真是朝廷的栋梁，我辈景仰的楷模呀。"钱小军一郎满面春风，短短几句话就概括了陈公公的功绩。

"钱兄弟过誉了。咱家受吕公公委托，岂敢不尽心尽力。感谢兄弟特意慰劳，这可解了我们的燃眉之急呀。"陈公公一句兄弟，道出了钱的作用。

"区区何足道哉。能为陈公公做点小事，是一郎的荣幸。自从得知少林峨眉的事以后，钱总管特意安排小弟认认真真把票号的账目梳理一下，尤其把少林与峨眉与本票号之间的账目整理出来，此次也一并交与公公，希望对此次公审大会有些帮助。"钱小军一郎说着，让人把整理的账册拿了上来。

陈公公大喜，这下证据链完整了，公审大会可以确保万无一失，"钱兄弟，请替我向钱总管表达谢意。咱家对今日援手之恩，定会铭记于心。"

钱小军一郎向陈公公拱手道："小事一桩。不敢叫公公费心惦记。不过此次钱总管吩咐兄弟前来，还有两件小事请公公协助。"

"钱兄弟请说。"陈公公道。

"头一件就是，三郎之前不懂事，冒犯冲撞了公公，总管让小弟一定向公公赔罪。此次公审大会既然已经一切就绪，小弟能否将三郎带回？"钱小军一郎问道。

"呵呵，不瞒兄弟，三郎只是在咱家这里简单配合一下调查，每日三餐好吃好喝，可是半点委屈没有受哟。既然兄弟这么说，又是钱总管的意思，今天咱家就把三郎交给兄弟吧。"说完，陈公公吩咐龙五，将三郎放出，交给一郎的人。龙五自然明白，有了这些账册，加上三郎之前的口供，也没什么必要留着钱小军三郎了。

"那么敢问第二件事呢？"陈公公继续问道。

"第二件就是，因峨眉派之前与我海升票号的有些账目还没有完全厘清，分号撤销后，我们拟在长白山抽刀门再建分号，由抽刀门袁掌门那里将原来峨眉分号的事务接过去，所以在公审大会结束后，我可否将灭欲师太也一并带走，核对一下账目?"钱小军一郎问道。

"这……"陈公公沉吟了片刻,"贤弟有所不知,性空和灭欲两位,因为认错态度很好,咱家不会过分为难。虽然不适合再继续担任掌门,但也不至于发生更严厉的处罚。所以,在公审大会之后,灭欲师太就是完全自由之身。"

"这个不需公公费心,钱某自有办法。"钱小军一郎道。

"不过,咱家还有一点需要跟兄弟讲明。虽然公审大会之后,灭欲师太会恢复自由之身,但西厂有些调查的事务,还是牵连师太,所以师太还不能马上就离开西厂的视线和控制。"陈公公继续说道。

"哦?公公还有调查事项?可否告知一二?"钱小军一郎问道。

"这西厂的规矩,我想兄弟也略有耳闻,就是咱家,也不能随便透露的。"陈公公说道。

眼看着陈公公诸多推托。钱小军一郎有些不满:"那公公可否允许在下先见上灭欲师太一面?这样我回去也好跟钱总管回话。"

"这……"陈公公还是有些迟疑。

"难道这也不行吗?"钱小军一郎的语气里面已经流露不满意了。

闫萍在一旁焦急地看着陈公公,不断使眼色。心说我的公公,总得看在银子的分儿上,不要把关系弄僵才好,不然这好不容易到手的一万两,要是出了意外,你让我上哪弄这么多钱去呀。有这一万两,岳阳公审不仅会风光体面,还会有相当一部分的结余,这笔钱可够花上好一阵子了。

这些陈公公当然明白。不过他考虑的是比钱重要得多的东西,至少比眼前这一万两重要得多。他也看到了闫萍焦急的目光,总不能让心上女人如此没有安全感吧。折中一下也许是最好的方案。但是,折中,也需要折中的名目。

"贤弟,不是咱家跟你打官腔。这西厂的规矩森严,不是轻易能破的。灭欲现在属于人犯身份,按理说除了西厂和锦衣卫凭提押票审讯,其他人概不能见。除非有吕公公亲自签署的司礼监牌票。今天贤弟既然执意要见,咱家就给兄弟破个例,但需要我的手下龙五和冷潇带你去,且一直在场,这样将来司礼监尤其是杨公公那里问起,咱家也好解释。"陈公公终于想到了折中的方案,而且自己很满意这个方案。

"老狐狸!"钱小军一郎心中暗自骂道,但也无可奈何。看来见到灭欲师太也只有这一个办法了。"那就一切凭公公安排。"钱小军一郎拱手施礼道。

"龙五,你和冷潇这就带钱公子去灭欲师太那里,钱公子不远千里慰问,雪中送炭,你俩要好生照顾。"陈公公说着向龙五使了个眼色。

三人一起下去了。龙五和冷潇都对钱小军一郎执意要见灭欲有些不理解，至于什么核对账目，根本就是骗小孩的把戏。所以，在灭欲关押的房间，二人格外留意钱小军一郎的言行。

"师太可还安好，一郎奉钱总管之托，特来看望。"钱小军一郎说道。

灭欲师太闭着眼睛，本在椅子上坐着，听到说话声，微微睁开眼睛，看到钱小军一郎，目光有些诧异，不过很快又恢复了常态，"原来是钱公子。哼，死不了的，也算好了。"说着瞥了一眼龙五。龙五一言不发。

"师太，钱总管很关心师太身体呢。"钱小军一郎继续说道。

"谢谢总管关心。从嵩山到岳阳，一路吃喝倒是不错，贫尼这身体也没有什么大碍。"灭欲说道。

钱小军一郎寒暄过这几句，左右看了一眼龙五和冷潇，二人貌似漫不经心，但对自己的一言一行，估计盯得正紧。

"师太，东方敏等弟子的惨案，总管也听说了，深感遗憾。海升票号也愿为峨眉派尽些绵薄之力，日前已经开出悬赏令，对提供线索或者能抓住凶手的，票号将酬以重金。"钱小军一郎边说边不断偷偷打量屋子里的三个人。

"感谢钱总管的鼎力相助。敏儿等弟子的惨死，贫尼绝对要追查到底！"灭欲师太说着，眼中冒出了火线。

"敢问师太，我也听闻了东方师妹等弟子遭遇不幸时的惨状，依您看，凶手达到目的了吗？"因有龙五和冷潇在，钱小军一郎不得不把话说得隐晦些。

冷潇不由得心中暗自好笑，这钱小军一郎，岂不是明摆着否认了奸杀一事，凶手另有意图？倒要看看这灭欲师太如何回答。

只见灭欲摇摇头："东西不在她们身上。"

灭欲这没头没尾的一句话，同时引起了在场三个人的注意。

冷潇暗道，好你个灭欲，看这意思是已经知道我韦康兄弟不是凶手了，居然还要咄咄逼人。

"那东西在……"钱小军一郎欲言又止。

"在它本来应该在的地方。"灭欲回答完，拿起面前的茶杯，喝了一杯水，然后轻轻闭上了眼睛。

龙五一看，灭欲这是不准备再说任何话了，于是向钱小军一郎道："钱公子，师太累了，今天就到此为止吧。"

钱小军一郎一看，此行并非毫无价值。于是便随着龙五一起退了出来。在离开前，冷潇向灭欲冷笑着说了一句："哼，原来师太也知道凶手的目的在于翻找东西，而不是奸杀，师太真的好演技。"然后也走了出来。

打发了钱小军一郎，陈公公来不及释放内心的压力，就迫不及待地分别把龙五和冷潇叫来，他要知道对方到底问了师太什么事情。

答案让陈公公比较满意，二人说的情况大体一致，只是表述上带有个人特点。龙五特地详细描绘了钱小军一郎与灭欲师太谈话时，除了语言之外的神色和语气，冷潇则重点放在灭欲回答"东西不在她们身上"的细节，认为这是钱小军一郎提审灭欲师太的主要目的。这个消息，对陈公公是有用的。"东西果然没在她们身上。"陈公公暗想，从灭欲师太的口气看，她一定知道东西在哪里。公审大会后，一定要抓紧时间，在灭欲师太被钱小军一郎等人觊觎之前，抢先知道问题的答案。这个答案非同小可。

距离公审还有两天，各项准备工作都上了轨道，因为银子上了轨道。闫萍终于有点指点江山的感觉了，成就感油然而生。这召开武林大会的筹备，原并不是很难嘛。你龙五号称能干，还不是因为条件具备，银子到位，换作我，不也是一样干得很好？你龙五比我闫萍能强到哪去？闫萍这样想着，在与陈公公的言谈话语间就流露了，大有建议陈公公继续对她委以重任，将来取代龙五不是难题的意思。不过陈公公还没有被冲昏头脑，西厂事务的错综复杂，各种关系的协调运作，尤其是办理案件的雷霆手段，原不是她三脚猫功夫能做到的。此次武林大会，纵是没有钱小军一郎的银子，龙五一样可以办妥。他是闫萍不断哀求，才让她试试的。在银子的帮助下，这点成绩，就让闫萍如此膨胀，陈公公感到有些不满。

陈公公的不满，还不止于此。因为，就在距离公审大会还有两天的时候，手下小太监来报告，东厂的冯七到了。

陈公公皱了下眉头，有些恼了。黄公公这手伸得有点长了，公审一事与你东厂何关？派冯七来，是想干什么？但是冯七如今在司礼监的地位，已经非同小可，就算看在黄公公的面子，也是怠慢不得。于是陈公公破例亲自出来迎接。

"哎呀，七爷风尘仆仆，一路辛苦了。"陈公公一脸笑容迎了上去。冯七赶忙紧往前跑了几步，施了一个大礼："小的何德何能，敢让公公亲自出来迎接。"起身后，看到一旁的龙五、冷潇等人，"原来五哥和冷指挥也一直在。真正辛苦的才是你们哪。这通奸大案办得漂亮，让江湖懂了规矩，还顺带查出了两派日常管理的各种问题，陈公公指挥若定，五哥和冷指挥汗马功劳哇。"冯七不愧在东厂打拼多年，很会说话。这样的话，谁听了都会很受用。

龙五过来把冯七抱住："兄弟，好久不见。"

陈公公也谦虚道："七爷太客气了。咱家能够出来忙这些，还不是依靠你和黄公公坐镇大内，处理日常的烦琐事务。要说功劳，我看还是东厂居功至伟呢。"

"哪里哪里。"冯七和大家寒暄着，随众人一起回到了大厅。

泡上一杯君山银针后，陈公公直接步入正题："七爷远道而来，想必是黄公公处有所指教？"

冯七赶紧放下茶杯："不敢不敢。只不过您也知道，峨眉派东方敏等十九名弟子被杀的案子，一直是由东厂负责，因人手不足，还特意从您那借了冷兄弟帮忙，如今灭欲师太已经被抓，我收到属下报告，公审大会那天，韦康多半会露面。因此，小的只要提审一下灭欲师太，如果师太能够指证韦康就是凶手，东厂就好拿人了。"

"老七，师太当时并不在现场，如何能指认韦康是凶手？"龙五问道。

冯七一笑："五哥所言甚是。但之前冯某毕竟对现场诸多勘察，已经基本锁定了韦康的嫌疑。所以师太处，无非要个指证和管辖的名分而已。不然，东厂参与帮派之争，毕竟有诸多不合时宜。"

冷潇在一旁冷笑道："七爷是靠什么锁定韦康的嫌疑的，黄公公既然已经委托冷某查办此案，还要一边用人，一边疑人吗？"

冯七赔笑道："冷兄弟说的哪里话，此案还是冷兄弟主持，只不过那韦康武艺高强，捉拿起来不甚容易，此番既然知道他要来凑公审大会这个热闹，冯某来助一臂之力，也是黄公公许可的。人拿到后，自然还是冷兄弟主审，冯某只不过打打下手而已。"

老辣的冯七，几句话说得龙五和冷潇一时无法反驳。看到陈公公还没有表态，冯七从怀里掏出一物："来时黄公公特意嘱托，陈公公做事最讲规矩，因此特意签发了东厂提押票，还请公公过目。"说完把提押票递了上去。

陈公公看完提押票，放在一边："既然是黄公公签批，又盖了司礼监的大印，按理说咱家理应配合。不过公审大会召开在即，咱家也不想出现意外。冯指挥确定只是问东方敏被杀一事，别无其他吗？"

"绝无其他。"冯七斩钉截铁道。

"那好，冷潇，既然你是这案子主审，你陪冯指挥去一趟吧。一定要把事情办好。"陈公公特意把办好两个字加重了音，冷潇自然听得明白。

冯七有心反对，但也没敢说出口。于是冷潇便陪着冯七，再次进入了灭欲师太的看押房。

冯七看灭欲师太总体的精神状态尚可，但已经显出一些疲态。

"师太好，可还认识冯某？"冯七问道。

灭欲抬眼一看，当然认识。"原来是冯指挥，恐怕下一步老尼要叫冯公公了吧。"

"师太说笑了，以冯七资历，哪敢如此奢望。"冯七说完，口气顿了顿，接着说道，"此次前来，是奉了黄公公的指示，单问师太几句话，问完就走，不打扰师太休息。"

灭欲微闭双目，没有回答，也算是默认了。

"据师太看，韦康可是杀害东方敏等人的凶手？"冯七开始发问了。

"贫尼不在杀人现场，不知道。"灭欲回答道。

"韦康也出现在海升客栈，还有诸多现场疑点，冯某早已飞鸽传书给师太，师太难道对此没有疑问？"冯七继续问道。

"当然有。"灭欲继续说道。

"那师太何来不知道一说？"冯七问道。

"没有亲见，当然不知道。若是冯指挥执意要问，那贫尼既不确定是韦康，也不否认是韦康。"灭欲说完看了冷潇一眼。

这个答案，让冷潇内心对灭欲师太升起了一丝敬佩。

"击杀东方师妹等人的招式，异常诡异，又十分凶狠霸道。冯某认为是庐山擒龙手。我听闻前段时间师太在汉中与韦康交过手，可能看出一二？"冯七不甘心地继续问道。

"那次交手，韦康用的是判官笔，没有使用爪法，我无法判断。"灭欲说道。

"哼，区区韦康什么货色，跟贫尼过招，还敢徒手吗？"灭欲眼皮也没抬，补充的话语中有些恼怒式的鄙夷。

这个答案，让冯七比较尴尬。他原以为灭欲师太会非常积极地配合他指证韦康，因为之前在书信中，师太已经表露过此意。到底是什么原因，让师太的态度发生了变化，冯七不解。对这样的局面，冯七有些措手不及。

一旁的冷潇说道："七爷，此前冷某与韦康还算有些来往，据我所知，韦康并不会什么庐山擒龙手。而且据我调查，东方敏等人，也并不是死在庐山擒龙手之下。"

"哦，原来冷兄弟对此已经有了深入调查。那么依兄弟看，杀死东方敏等人的招式，到底出自何门何派？"冯七问道。

"这，因为证据尚不充分，恕我暂时还不宜说。等回到京城，我再向黄公公当面报告我的判断。"冷潇说道。

听到此，冯七鼻子里重重地哼了一声。

"依师太看，韦康为何要杀死东方敏等弟子？"冯七又问道。

"如果七爷认为是韦康杀的，按照七爷之前推断，不就是奸杀吗，又何必问师太？"冷潇说道。

冯七看了冷潇一眼，带着颇为不满的神色。但冷潇的几句话，确实也堵住了冯七的问题。

"东方敏等人为什么要住在海升客栈，而不是住条件更好的断水客栈，师太对此知道背景吗？"冯七又继续发问道。

"七爷，我看差不多了。你的这个问题，已经超出了提审范围，再这么问下去，陈公公处，小弟担不起责任了。"冷潇的几句话，显然下了逐客令。

冯七看灭欲的表情，似乎也不愿回答这个问题。见冷潇如此说，也不好继续在这里停留了，只好悻悻地往外走。忽然灭欲师太在背后说了一句："是贫尼让她们去办一件事的。"

冯七赶紧回头，发现灭欲的脸色十分难看，眼眶发红，隐隐有些泪水含着，却不肯再说一句话。冯七一声叹息，离开了看押房。

忍过钱小军一郎，熬过冯七，陈公公觉得这灭欲师太真是个是非之人，于是下定决心要尽快提审她，问出自己想问的问题。

距离公审大会只有一天了。既然通奸的口供一直稳定，那么，自己关心的那件事，陈公公就打算提前审讯了。可是，正当陈公公打着如意算盘的时候，不如意的事情再一次发生了。那个一直传递坏消息的小太监又来禀报，司礼监的董公公已经到了岳阳，正向这里赶来。陈公公一怒之下，把这名小太监打发去打扫茅房了。

董公公的到来，让陈公公有些措手不及，而且内心产生了一种莫名的紧张。他当然知道董公公在司礼监的分量，虽然排名在自己之后，但能够协助吕公公管理司礼监的人事安排，就是举足轻重的地位，厂子里谁不巴结？而且，其与吕公公的私人关系，也足以让其他人不得不敬畏三分。

董公公为什么而来，陈公公已经没有时间分析了。人已经到了，尽快外出迎接，才是当下最应该做的。于是陈公公带队，冯七、龙五、冷潇等人，均恭恭敬敬地站在大门外，等候这位不是钦差，胜似钦差的人物到来。

半个多时辰以后，董公公在一众小太监的簇拥之下，在一帮锦衣卫的护卫之下，铜锣开道，前呼后拥，坐着轿子，缓缓而来，排场甚大。而岳阳客栈附近的街道，早就被官府整肃干净，见不到一个行人。清理街道的事就发生在刚刚，而在客栈里的陈公公等人，竟然是毫无察觉。其实不是没有察觉，是因为有了前车之鉴，下属没人再敢主动报告了。一旁的冷潇撇了撇嘴，如今这司礼监，排场最大的，除了吕公公，恐怕就要算今天来的这位了。陈公公来到岳阳，还是带着巡狩的身份，地方官员也不过是循例接待，而董公公这规格，可是比封疆大吏的出行还要威风气派。按理说董公公只负责大内的人事安排，对于朝廷官员没有影响力和制约力，但大内制约着朝廷，董公公又是吕公公面前头等红人，于是在王朝的政治潜规则里，董公公就拥有了他这个位置本没有的许多东西。

董公公在客栈门口下了轿子，发现陈公公已经带领一众人员等候，赶忙抱拳施礼："哎呀，折杀咱家了，董某何德何能，敢让陈公公在这里久等。实在是无礼至极，无礼至极呀。"

陈公公赶忙还礼："说的哪里话，董公公能够屈尊到岳阳，实为陈某的荣幸。公公一路辛劳，客栈已经备下酒宴，特为公公洗尘。"

"请。"

"请。"

二人谈笑风生，携手进入岳阳客栈。走进客栈大堂，董公公笑吟吟地对陈公公说道："陈公公，咱家还有一道旨意要宣，咱们宣读完旨意，再共饮一杯，如何？"

陈公公率众人赶紧跪下："恭请董公公宣旨！"

只见董公公从侍从手里接过一个黄色绸缎包裹的锦盒，从盒中取出圣旨，高声宣读："奉天承运，皇帝诏曰，此番巡狩各大门派，司礼监陈震等人不辞劳苦，功绩卓著，升陈震二等侯爵，另赏尚衣监特制震卦服一领，黄金五百两。黄韬处理司礼监日常事务，提督东厂，谨慎妥当，甚得朕心，升二等侯爵，另赏尚衣监特制坤卦服一领。杨顺提督内行厂，严于整肃大内，成效明显，升二等侯爵，另赏尚衣监特制巽卦服一领。冯七、龙五一向协助黄韬、陈震，办事勤快，实为厂卫之楷模，擢升冯七东厂副提督，擢升龙五西厂副提督，钦此。"

旨意宣读完毕，董公公亲手把大家扶起来，面带笑容道："黄公公、杨公公那里，咱家在京城已经单独宣旨。此番诸位喜获荣升，吕公公在万岁爷那里可是诸多美言哪。"

陈公公等人赶紧说道："感谢吕公公提携，也感谢董公公关照。"

"哪里哪里，都是为朝廷举荐贤才。"董公公接着说道，"陈公公，这已是万岁爷第二次赏赐您特制八卦服，这可是无上的荣耀哇。咱家就一件都没有。"

陈公公赶忙自谦道："董公公掌管大内人事，前途自然无量。岂是我等能及的。陛下那里都是火眼金睛看着呢。"说着他一边接过御赐的衣服，一边解开自己的外套，衣服里面露出一个个八卦图案，正是震卦。原来他是将衣服反穿了。

"陛下的深恩，咱家万不敢忘，将八卦服穿在外面，怕磨损了，伤了万岁的圣明，所以这才将衣服略加修改，将图案反穿在里，将万岁的褒奖时刻体谅在心。"陈公公说道。

"哎哟，陈公公真是有心了。这份忠诚，回头咱家一定向吕公公详细汇报。"董公公说着，走近陈公公，小声说道："吕公公处还有几句吩咐。"

陈公公忙正色道："请公公明示。"

"吕公公的意思，灭欲师太处，有些事要咱家单独问问，您看我是今天连夜见见师太，还是明日公审大会后，将其带回京城再问？"董公公问道。

陈公公道："这么急吗？今晚就问？"

董公公道："吕公公是这么吩咐的。所以咱家才紧赶慢赶地一路奔到岳阳。"

"不瞒公公，明日大会后，确实还有些事情需要师太配合，暂还不能交给公公带回京城。如果确实紧急，让陈某先给公公洗尘，之后怎么安排，悉听公公方便。"陈公公说道。

"哦，那就有劳陈公公了。哈哈。咱家这一路可是滴酒没敢沾哪。这回定要尝尝这君山酒鬼的馥郁馨香。"董公公说道。

"原来董公公也知道君山特产的酒鬼酒，此酒确实不错，入口浓香，回味酱香，绵柔中带着辣劲，咱家早就给公公准备好了五十坛，喝不完的给公公运回京城。"陈公公说着，吩咐闫萍，酒宴尽快备好，请董公公入席。

闫萍见到董公公到来，异常兴奋，她觉得展示自己才华的机会来了，不肯放过每一道菜、每一杯酒的细节，尤其是最后的大菜，红烧洞庭甲鱼，是专门请了当地最有名的厨子来做的，色香味俱全，与君山酒鬼酒堪称岳阳双绝。闫萍要用这个俗称王八的美味，拿下董公公的美胃，换取自己未来的美位。

可惜，天有不测，这道菜刚上来，董公公的脸色就变了，不仅一口没吃，而且喝了半杯酒后，怫然离席。

闫萍愕然，在场很多人也是很不理解。陈公公狠狠地骂了几句闫萍："菜单不让我看一眼就自作主张，哪个让你上甲鱼的！"闫萍眼中含着委屈，眼泪都要掉下来了，她不明白，这么好的大补的东西，就算不合董公公口味，也是自己一片心意，如何就惹出祸来了呢？

此时龙五发了一丝厚道之心，悄悄告诉了闫萍："当今万岁喜欢研习《周易》，因此，司礼监排名靠前的几位公公，都曾经被万岁赐过八卦服，黄公公被赐的是坤卦服，坤在后天八卦里数字是二，表示其在司礼监排名第二。陈公公被赐的是震卦服，震在后天八卦里数字是三，表示其在司礼监排名第三。杨公公被赐的是巽卦服，巽为四，因此排名第四。董公公没有赏赐。但吕公公排名司礼监第一位，被赐的当然就是坎卦服，坎在后天八卦里数字是一，坎本身就有龟的意思，所以后来吕公公从不食用甲鱼，也禁止身边人食用甲鱼，董公公是吕公公身边第一红人，今天要是吃了这红烧甲鱼，岂不是要吃了吕公公，这不是犯了忌吗？"

"哎哟！"闫萍顿足捶胸，谁能知道这里的门道哇。陈公公狠狠地瞪了她一眼，司礼监人人知道的事，偏偏你非来逞能，你以为龙五的位置，是那么容易坐上去的吗？将来小心怎么死的都不知道。

陈公公赶紧带着龙五、冯七和冷潇等人，陪董公公到后院屋中喝茶，一再赔礼道歉。此时天色已晚，到了掌灯时分。

董公公脸色铁青，端起茶水，一言不发。正当众人沉默之际，董公公右耳突然动了一下，看着陈公公，说道："怎么，陈公公这驻地，还常有梁上客人光临哪。"

陈公公一惊，仔细一听，果然房顶有轻微的动静，不禁暗自敬佩董公公的犬守夜的听音功夫。

"房上有人。"陈公公低声说道。

冯七拽出雁翅刀，飞身向屋外纵去！刚刚获得提拔，岂能不表现下实力？

冯七刚到门口，只见一团白光环绕，舞动，这是剑光！剑光竟将冯七硬生生地逼回屋子里。

对方是个剑术高手！而且从身形看，似乎是个年轻的紫衫女子。

冯七感到莫大的羞辱，正欲挺刀，做二次冲锋。在屋中灯火闪耀下，从窗子外打入一根根亮闪闪的东西，空气中发出哧哧的声音，刹那将屋中的蜡烛全部打灭！

现在是一团漆黑！

龙五喊道："莫乱，站好位置，保护两位公公。"

此时房屋后窗突然破裂，蹿入一个黑影，在黑暗中，借着月光的亮度，竟准确找到陈公公的位置，探出左手，一掌猛击陈公公肩头，出掌极快！

陈公公侧目闪身，伸出右掌，和对方直接对了一掌，只听砰的一声，黑影人倒退了两三步，陈公公也退了一步，双方都诧异对方掌力之雄厚。

只见黑影人稍愣了一下，立刻再次扑了过来，眨眼间，与陈公公已经拆了五六招。

龙五正要上去帮忙，突然房间侧窗处，一名白衣人如闪电般挥剑跃入，身法比黑衣人还要快，宝剑直奔陈公公刺来。

陈公公果然好功夫，以一敌二，并未退缩。但对方出手之快，招法之狠，超出了他的想象。

龙五和冷潇一看，事出仓促，陈公公准备不足，难免有些吃亏，拉兵器就要助阵。此刻窗外又咻咻飞来几支暗器，形态极为细小，在月色的映照下，闪闪发光，似乎是银针一类暗器。而且，发暗器的似乎还不止一个人，因为手法有快有慢，快慢恰好形成互补之势，令人防不胜防。

眨眼间，龙五和冷潇的衣服已经被暗器划破。但好在对方似乎并不想取二人性命，所以并未打向二人要害之处。

冯七手中捏着回形镖，手心已经出汗，但不敢发出，他怕万一伤到自己人，尤其是董公公、陈公公，那就罪过大了。

此时忽听咻啦一声，白衣人的宝剑似乎刺中了陈公公的袍服，之后，白衣人与黑衣人双双跃出窗外，冷笑一声："陈公公的小无相指果然厉害，改日再来讨教！"说完，飞身消失在夜幕。窗外的暗器也不再发了。此时冯七与龙五立刻跳到院子里，发现人迹皆无。

冷潇重新把屋中蜡烛点燃。龙五和冯七赶忙进屋，查看陈公公是否受伤。只见陈公公安然无恙，并未受伤，只是左边的袍襟处被白衣人割去了一块布。众人赶紧向陈公公道惊。

原以为陈公公经过大风大浪，会坦然处之。可是不知为何，陈公公见到被划破的衣服，脸色惨白，神色十分难看。

董公公以为，也许刺客损坏了御赐的八卦服，陈公公怕不好向皇上交代，于是赶忙安慰道："陈公公不必过于介怀。公公对陛下的忠心，那是日月可鉴的。回头我定当把公公体贴圣心，将八卦服反穿的事向吕公公和万岁禀报，想以万岁的圣明，绝不会责怪老兄。"说完，董公公又看了看龙五和冷潇被银针划破的衣服，将地上散落的银针拾了起来，仔细看了一会儿，问道："诸位怎么会与天遁派结下梁子？"

冷潇问道："公公认为发暗器之人属于天遁派？可属下只听说过天山派，并未听过什么天遁派呀。"

董公公说道："这天遁派其实也是源自天山派，但吸收了一些西域武林的招式特点，就慢慢独立出来了。"

龙五猛然想起性空的口供："难道是当初的天山派掌门之女化真人与那个来自欧罗巴地区的逍遥子所创的新门派？"

董公公一边点头，一边诧异地看着龙五："原来龙副提督也知道这里面的渊源？此事说来话长，江湖中知道内情的恐怕不多了。化真人和逍遥子，就是天遁派的创始人。按年纪说，此二人应该已经六七十岁，江湖上多年没有消息了，是否还活着也不好说。咱家年轻时，曾与吕公公四处巡查，在一个机缘巧合的时候，偶遇了这两位。当时二人创作了一个暗器盒子，里面放有颜色不同的两种银针，名为天遁阴阳针。若是单独打出，各有一种打法，名叫回雪冰魄针和流风猩红针。若两针配合，则能发出快慢不同的两种暗器，打得又准又快。我和吕公公当时甚为叹服。此二人还说，这器械终归是死的，若是能找到天资绝佳的暗器高手，互相配合打出，威力比这盒子还要强上数倍。近年来，我听说洛阳附近，出现了会打回雪冰魄针的人，我还以为是江湖谣言。刚刚我仔细检查了一下，这应该就是天遁阴阳针的打法。现在看来，化真人和逍遥子，是找到暗器的传人了。"

冷潇把银针拿在手里仔细看了看，觉得与回雪姑娘的回雪冰魄针确实很是相像，但今晚的暗器打法又与之前她的暗器手法稍稍不同，难道今晚打的就是天遁阴阳针？听说断水山庄还有一位流风姑娘也善打暗器，难道这二人就是董公公说的天遁派的传人？冷潇正在胡思乱想，冯七在地上果然又发现了另一种银针，只不过这种针略微带些红色光泽。冷潇心想，若回雪姑娘是天遁派的传人，那她形影不离的那个赵遁，莫非也与天遁派有些关联？断水山庄，天遁派，又有什么关联呢？冷潇不断回忆着今晚发生的事，突然想起进攻陈公公那二人逃走时说的那句话，难道陈公公用的是小无相指？这，怎么可能！

想到这里，他偷眼看了一下陈公公，似乎还是一片惊魂未定的样子。公公今晚到底是怎么了？

这时龙五向董公公说道："看来这天遁派的创始人，有些与众不同啊，莫非此门派是以暗器见长的？"

董公公道："不能这样说。此二人才华出众，博古通今，于剑法、刀法、拳法、暗器，都有很深的造诣，可谓难得的武林奇才。当年吕公公一心想将二人收归大内所用，所以他们之间还有些往来，无奈二人不为名位所动，甘愿笑傲江湖，也是令人敬佩了。"

董公公说着，看陈公公还是一副心不在焉的样子，便吩咐龙五，赶快扶陈公公休息去吧，想来公公今天是累了。明日还要召开公审大会，莫要耽误了大事。灭欲师太处，他自去提审。

这回龙五和冷潇不敢像陪着钱小军一郎和冯七那般在一旁监督了。因为这是董公公，代表的是吕公公，谁敢监督？多听一个字，就是脑袋搬家的事。

董公公离开了。陈公公也被扶去房中休息了，扶的人，当然不是龙五。有闫萍在，怎容他人插手？

第二十八章　分析凶手

人常言，三十功名尘与土，却只愿，系马挂剑章台路。谁言难得糊涂，梦里亦醒亦悟。挑灯看吴钩，裁冰剪雪无。隆中三分诸葛庐，子云亭里话江渚。可怜白发丈，笑谈一渔夫。

在这个即将发生在岳阳，近年来少有的武林大会召开的前一天，前一夜，发生了太多的事。龙五怀着无比纠结的心情，还是将灭欲和性空的口供封在两个小盒子里，就等明日开启。本来想让陈公公再审阅一遍，可是他发现，自从晚上刺客行刺之后，陈公公就一直处于焦躁不安、魂不守舍的状态，闫萍使出浑身解数，却仍无法让陈公公的心神安宁下来。

董公公跟灭欲师太已经密谈了一个多时辰，还没有出来。没人知道二人在谈什么。陈公公不断找人打探，董公公谈完了没有？

亥时末的时候，终于传来消息，董公公离开了灭欲师太的看押房，但没有休息，而是又去了性空的看押房。

陈公公再也睡不着了。难道董公公想要二人翻案，好在明天的公审大会给自己难堪？这老小子一心想继续往上爬。但想想龙五和冷潇把口供做得很扎实，又有众多账目以及钱小军三郎的口供作为旁证，不是谁想翻就能翻的，董公公之前并未参与调查，细节都不知道，贸然翻案岂不是自取其辱？而且这案子前段已经专门派人书面报告给了司礼监，吕公公也是认可的，所以谅董公公也没有胆量这么干。可是，他找完灭欲，又找性空，到底是为了什么呢？陈公公越想不明白，就越要想，越是费尽心思地想，反而越想不明白了。

董公公在性空处只停留了不到半个时辰，很快就出来了。所以还没到子时，董公公已经回房，踏实地睡下了。

陈公公一夜辗转反侧，自己也不知睡了还是没睡，也不知那偶尔的闭眼，是什么时刻，闭了多久。

在岳阳城的另一端，有一家洞庭客栈，住宿条件一般，但因各大门派近日已经纷纷涌入岳阳城，城里的客栈显得紧张异常，就连城边的君山岛上的普通农舍，也腾出闲置的房间，住满了客人。所以在洞庭客栈能够定到十几间房，已经是很大的面子了。

这个面子,是属于回雪姑娘的。她近几年把龙门客栈经营得红火,江湖上便多了很多同道朋友。洞庭客栈的老板,也是回雪姑娘这几年结识的朋友之一,很是仗义豪爽,为了腾出房间,把自家的伙计和家属的房间也打扫出几间来,专门腾出来给回雪姑娘的朋友。众人自是百般感激。

流风姑娘说道:"想不到雪姐姐下山没几年,江湖世面混得比我们强多了。"轻云道:"风妹妹这些年到处打探情报,也是出力不少呢。看来师父老人家当初尽早布局的想法是对的,就说不能全指望先生。"说着看了一眼赵遁,做了个滑稽的表情。婉月说道:"先生也是尽力了,卫雄掌门那里先生是提醒过几次的,只不过卫掌门有些大意,也万没想到对方下手这么快,这么狠。"

诸葛愚等人听到卫雄几个字,觉得有些诧异,他们看着赵遁等人,一脸的疑惑,非只言片语所能解。

而赵遁面色平静,他似乎并不想在这个问题上做过多的解释和说明。"两位李兄,今晚多多受累,先说说岳阳客栈的情况吧。"赵遁说道。

"先生就知道两位李兄辛苦受累,要不是我用剑光封住了冯七的出路,回雪和流风两位妹妹打出银针,让那几个不敢轻举妄动,今晚哪能轻易得手?"轻云略带不满地嗔道。

"当然,你们三个功劳最大,赵某是知道的。"赵遁面带微笑,半调侃地说道。

此时李飞鸿说道:"根据之前方姑娘的提醒,我这次故意与陈公公多过了几招,专门留意了他的掌法和指力,我看十有八九方姑娘说得对,陈公公使的可能就是小无相指。可惜吾对此指法平素少有研究,所以还不能完全确定。从招式看,与大力金刚指有很多近似之处,但行指运掌凶猛霸道,缺少慈悲之心,说它只是小无相,达不到金刚水准,应不算过分。"

"以飞鸿兄看,陈公公武艺如何?"赵遁问道。

"若单论掌法,李某不是对手,若非家兄相助,再多打一会儿,我估计要吃亏了。"李飞鸿在众人面前大方承认武功不如对方,这份胸襟之坦荡,让诸葛愚、吴道海颇为钦佩。要知道,李飞鸿也是早年的江湖成名人物,其黑煞无影掌一度独霸江湖,让这样一个人当众认输,非是心胸豁达到一定程度,是万万做不到的。比如他们的掌门袁自甘,就断然做不到。但也只有李飞鸿这样的人,才有不断进步的余地。真正的强者,从不忌惮承认自己的不足与失败,当他们承认失败之余,就已经找到了新的成功之路。

李飞鸿的话里,也包含了另一层意思,那就是陈公公的武功实力非同一般。

李飞羽接着全面又详细介绍了今晚发生的事,然后问赵遁:"以赵兄弟看,黄、陈、杨三位公公都得到提拔，龙五和冯七也提拔了，这皇帝的葫芦里到底卖的什么药？"

赵遁说道："司礼监五大巨头，封了三个，而吕公公没有得到进一步封赏，董公公也没有封赏，说明皇帝已经开始对吕公公一家独大的局面感到不满。近年来，东厂之外又设西厂，再设内行厂，加之此番抬高黄、陈、杨的地位，无非就是分吕公公的权。"

"但皇帝似乎又对黄、陈两位公公也不是完全信任。东西厂向来只有提督，从来没有副提督一说。这回让冯七作为东厂副提督，龙五作为西厂副提督，无非是使用年轻人，制约黄、陈二人。对杨公公，目前似乎信任更加多些。为了分权制约，我们的皇帝也是下了血本，居然给黄、陈、杨封了侯位，太监封侯，也是历代罕见了。"赵遁一边说着，一边露出鄙夷的神色。

"先不说这些大内的权力斗争了，几位，把你们今晚最大的成果拿出来看看吧。"赵遁继续说道。

"今晚幸好有回雪和流风两位姑娘不断打出暗器，震慑住了其他几人，使得他们不敢轻举妄动，不然区区还不易得手哩。"李飞羽说着，从怀里拿出一块绸布，递给了方月娴，"方姑娘请看，这就是陈公公袍服上割下来的，从他们说话中看，这件袍服就是皇帝老儿御赐的八卦服，只不过被这老太监反穿了，所以之前诸葛兄弟看不出来。"

方月娴把绸布接过来，仔细看了一下，布上图案果然是震卦。而且方月娴发现，被李飞羽用剑割下来的这块布，本来就是在衣服上打的补丁，只不过是找了原来相同的材料，刺绘了原来的图案。于是方月娴拿出之前吴道海在海升客栈案发现场拿到的那块布料，在灯下认真对比了一下，几乎完全相同！

方月娴把两块绸布交给了赵遁："几乎完全一样，看来可以锁定凶手了。"赵遁看完，又给屋中的每个人传看了一遍。

李飞羽骂道："怪不得这个老杂毛非要把衣服反穿，还说什么时刻感怀圣恩，分明是做贼心虚。"

"以这老家伙的身手，本不至于留下如此疏漏，看来也是大意了。"李飞鸿道。

"连杀十九人，个个无辜，就算毒蝎心肠，也总有些良心难安吧。"回雪姑娘道，"若非东方敏这一剑，也许真相永远不能被发现了，那韦康就要蒙受一辈子不白之冤。"

"不过还是道海兄有心，及时发现这一现场疑点，并让阿月……哦，方姑娘保存起来，才能让我们有发现真相之日。"赵遁说话中停顿了一下，似乎觉得不妥，又把方月娴的名字从阿月改回了方姑娘。回雪她们几个敏感地发现了这一变化，偷偷看了一眼赵遁和方月娴，忍住了笑。

"哪里，赵兄弟过奖，吴某当初只是感到奇怪而已。若说解开谜团，还是方师妹和山庄各位的功劳。"吴道海拱手自谦道。

方月娴言道："师兄不必过谦，赵先生夸人的时候可不多呢。"

一旁的诸葛愚一直没有说话，眉头紧锁，似有所思。

赵遁问道："诸葛兄有何见解？"

诸葛愚道："现在看，这杀害东方敏等峨眉弟子的凶手，应该就是陈公公了。可是我还有一点不解，以陈公公的身份，有什么重要的事情需要他亲自动手呢？而且从众位之前的推测和分析看，他在现场不断地翻找，可见杀人不是目的，找东西才是目的，他在找什么呢？"

司马信道："诸葛兄弟这疑惑，贫道也有。不知赵兄弟和方姑娘怎么看？"

方月娴看了一眼赵遁，赵遁说道："愿倾听方姑娘高见。"

方月娴略感到诧异，这个赵遁似乎越来越谦逊起来了。她略微一迟愣，发现大家都在看着她，感到有些不好意思，便开口说道："我的推测有两点，一是陈公公要找的东西应该是比较机密的，别人或者手下人既不知道，他也不放心假手他人，所以才亲自动手。"众人纷纷点头赞同这个分析。

"关于第二点，我认为，此事一定和海升票号有关。陈公公是看准了东方敏等十九人无缘无故去了海升客栈，判断这里面定有要事，才决定一路跟踪和下手的。所以陈公公那里一定掌握一些关于海升票号和东方敏等人存在某种关联的证据，或者是线索，或者是比较可靠的传闻。"

方月娴说完，众人深以为然。确实，若非这样的推测，不好解释这些疑点。可是，东方敏等人，或者说峨眉派，跟海升票号到底有什么秘密的关联呢？

众人的眼睛一起集中到了赵遁这里。赵遁看了看轻云等四位姑娘，欲言又止。

轻云道："师父早就说过，一切随机应变，但凭先生做主。"

婉月姑娘道："既然已经到了公审的前夕，陈公公也浮出了水面，这场争斗恐怕要拉开帷幕了。我看方姑娘和诸葛兄、吴兄、沈兄弟，也算是可以信得过的抽刀派门人，先生但说无妨。若有不妥，师父那里责怪下来，我姐妹四人同先生一起领责就是。"

回雪和流风也说道："此番并非先生单独行动，众人一起想办法，不至于再出差错了。"

赵遁此刻神色凝重，深深叹了一口气，然后说道："当年赵某年少气盛，目中无人，凡事喜欢单打独斗，听不进别人劝告，总觉得一切都在自己掌握之中，不想事情筹划上出了疏漏，导致卫雄掌门深陷大内，丁兄沦落江湖逃亡。抽刀门的一众兄弟姐妹，也因此忍受了几年的不堪和困苦。尤其是审势堂的兄弟姐妹，背负了几年的委屈。"

婉月姑娘说道："当年事并不如今日这般明朗，任谁也难处理得周到妥当。先生已经尽到了提醒的义务，卫掌门的事，是个意外，先生莫要太过自责了。此番先生带我们一起，连两位李兄、司马兄都出山了，不正是为了查清真相，弥补当年的遗憾吗？而且又有方姑娘、诸葛堂主他们的帮助，我们胜算岂不更大？"

诸葛愚、吴道海等人听到此事竟然和卫掌门之死有关，而且似乎这位赵遁与卫掌门相交很深，于是都以期盼的眼光看着赵遁。

赵遁说道："婉月所言，我自是知道。只不过卫雄一代豪杰，横死大内，实是几年来赵某心中一件难解之憾事。这次我们进行周密的计划，也是为了避免再次轻敌。正如诸位所说，这次岳阳公审确实出乎我们的意料。不过这个意外，现在看也能够推动我们计划的进程，可以变不利为有利。那么有些事情，我也不再隐瞒各位了。多日以来，大家不约而同地走到同一个阵营，相信都是志同道合之士了。"说着赵遁看着诸葛愚、吴道海和沈日新几个人。

诸葛愚道："卫掌门往日对我们情深义重，此事既然牵涉卫掌门之死，我们几个作为抽刀门的不肖弟子，理应尽些绵薄之力。如果卫掌门之死和丁师兄叛逃，果有冤屈和内情，我等愿追随赵兄弟，查清真相。"

赵遁道："与诸位相处多日，赵某相信大家已经是自己人。因此，今晚也就不再见外。此事说来话长，几年前，赵某曾在抽刀门住过一段时间，其中缘由丁兄更为清楚。当年家师和卫掌门有些渊源，对卫掌门的武学造诣颇为叹服，称卫掌门为中原武林的翘楚。因此曾派小弟专程赴抽刀门，向卫掌门学习断水刀法。而卫掌门能够摒弃门户之见，与晚辈切磋数日，赵某从中获益良多。在抽刀门的日子里，多亏丁兄关照，也多蒙方姑娘照顾，在下对那段日子，实感刻骨铭心。"

诸葛愚和吴道海这才知道，原来当年在门中负责照顾赵遁的竟是方月娴，难怪二人一开始见面就似曾相识的样子。

听到赵遁说出"刻骨铭心"几个字，回雪偷偷看了一眼方月娴，见她脸上忽地飞过一抹红霞，片刻消失，之后，便是若有所思状。其实，婉月她们几个都看到了。

轻云姑娘低声说道："也不知先生这刻骨铭心几个字，是总结的前面哪句话。"流风姑娘听了立刻笑出了声。但见赵遁脸色没有表情，不敢造次，立刻止住了。

赵遁继续说道："本打算此次抽刀门之行，仅仅是切磋断水刀法，逗留时间也不会太久，不想后来出了意外。"

"哦，是什么意外？"诸葛愚问道。

"诸葛兄莫急，听我慢慢道来。诸位都知道海升票号最喜对外放贷，甚至强迫向各大门派贷款，但你们可知海升票号的钱是哪里来的?"赵遁问道。大家一听赵遁把话锋转到海升票号，知道其中一定有莫大的关联，于是都静静地听着。

方月娴道："这正是我们百思不得其解的地方，多年前，海升票号似乎一夜间冒了出来，而且永远很有钱，总是不断地向民间放贷，也不知道钱从哪里来，更不知靠什么生意赚这么多钱。"

赵遁看众人皆茫然不解的样子，简单地说了一句话："海升票号的钱，实来自户部库银和大内库银。"

此言一出，众人哗然。话虽不多，信息量极大。

诸葛愚道："海升票号有这么大胆子，敢把朝廷的钱拿出去放贷？难道朝廷没人查，没人管吗？"

赵遁继续解释道："海升票号当然没有这么大胆子。他们这么干，是朝廷许可的。"

众人又是一阵不解。

司马信道："赵兄弟还是将事情的来龙去脉仔细讲一讲吧，不然大家都要听糊涂了。"

赵遁点头，继续说道："这正是之前一直没向大家透露，而今天要告诉大家的地方。此事说来话长，原来自前朝皇帝执政后期，朝廷政局趋于稳定，百姓生活还算富足，加之老天爷帮忙，竟是一连六七年没有大的天灾，于是税源就有了保证，朝廷的库银慢慢充盈起来，内库也比之前充实了不少。最多时户部管理的库银一度达到了将近两千万两。这也算是我大明朝少有的盛世景象了。后来新君即位以后，吕公公与内阁精诚协作，财政和赋税也都一如既往地平稳。可是天下本无事，恶人便扰之。眼见户部和大内库银充沛，就有人打起了歪主意。以内阁次辅萧川、户部尚书王士孺为首，看准了当今天子出身京外，一度穷苦，故生性贪婪的性格，竟然向皇帝建议，将户部库银和大内库银借贷给民间票号，坐收高息。还美其名曰票号得尽其忠，百姓得其惠，朝廷收其利，实乃一举三得之善政。皇帝下旨请内阁六部与司礼监共同研究。其中不乏反对之声。但司礼监吕公公居然对此大力支持。几个回合下来，内阁首辅告病，便由次辅萧川和户部尚书王士孺领衔上了条陈，司礼监批了红。当然，皇帝对这一做法，显然也是支持的，不然如此大权，岂能让与司礼监独断？"

赵遁讲到这里，喝了一口君山银针，此茶极为难得，属洞庭佳品，入口虽略苦，但回甘浓厚。

他接着说道："在与诸多票号的竞争中，海升票号脱颖而出，不仅获得了户部和大内两处银子的放贷权，而且是独家代理。也就是说，户部和大内以所谓保证银子安全、方便管理为由，所有的库银都只贷给海升票号，当然利息也是比较低的，之后由海升票号统一对外放贷，或者放给二级票号，或者直接放给个人。以一年为期，还本付息。朝廷最终找海升票号拿钱。那海升票号的钱军，本就是市井无赖出身，见有利可图，便将银子放入一众票号，直接坐收其利。后来嫌每年收取利息时太麻烦，干脆把银子贷给了各大门派，各大门派有一帮武林打手，对外贷款不愁收不回来。于是就有了近年来江湖中的各种乱象。"

听到这里，李飞羽说道："乖乖，这帮人还真有点理财头脑哩，吾这个浙江人都自感不如。"

司马信道："天下哪有白拿的便宜。这放出去的银子，哪能确定一定收得回来？一旦收不回来，朝廷岂不是要乱套？"

李飞鸿道："朝廷的银子，哪个敢赖账不还哩？"

"还真是有人就敢不还。"赵遁喝了口水继续讲道。

"一开始的几年，朝廷确实尝到了甜头，海升票号每年能按期还本，也能如数付息。过了几年，海升票号就只付利息，本金就开始找各种理由拖延了。不过有内阁、户部和吕公公他们给打包票，只是一时困难嘛，只要付得起利息，本金早晚会还的。到了后来，就是本金也还不上，利息也付不起了。这下朝廷开始慌了。皇帝震怒，接连派出锦衣卫、东厂到海升票号查账，并延伸到一众二级票号查账，一连几个月，竟也没查出个所以然来。反倒颇有一些为海升票号说好话的言论。皇帝再次派出西厂去查，结论也是大同小异。皇帝一怒之下，革了当时提督西厂的李公公的职，这才有了陈公公的上位。但眼看着朝廷的大把银子，眼睁睁地收不回来了。海升票号的账面，也没多少钱。不只海升票号，就算把一众二级票号、各大门派的财产都抄了充公，似乎也拿不回多少钱来。这下皇帝开始犯难了。毕竟，抄家的动静太大，可是数目众多的银子没了，皇帝那守财奴的心，每天估计都在滴血。"

回雪姑娘道："那钱军本就是吕公公的人，皇帝派厂卫的人去查，那还能查出什么来，我看这皇帝也着实是个糊涂蛋。"

方月娴赞许地点点头："回雪姑娘说的是正理。"

赵遁说道："这话说得极是。正当皇帝一筹莫展之际，祸不单行。黄河的河南段决口，百万灾民流离失所。朝廷用钱的时候到了。可是户部的库存银只剩下区区几十万两，杯水车薪，远远不够。一旦天灾激起民变，就会动摇了朝廷的根本。急得当今皇帝每天去天坛、地坛祈福，那能有什么用呢？而这时，那个萧川和王士孺又来出主意了，说是他俩和海升票号一起商议了个办法，既然贷出去的银子已经收不回来了，不妨把这个责任压实给海升票号，让他们去收。而海升票号呢，则出资三百万两银子，买下朝廷这些收不回银子的债权，将来一旦银子继续追回来，再和朝廷五五分成。皇帝一开始没明白什么意思，萧川继续解释说，简单说吧陛下，就是朝廷既然要不回银子来了，也就不要了，让海升票号去要。海升票号当然要动用人力物力了，所以将来要回来的银子，和朝廷五五分。此外，海升票号再出三百万两银子，解朝廷救灾燃眉之急，这是大大的忠臣之举呀。皇帝一听，这买卖不合算哪，可是眼前朝廷缺钱又有什么办法呢。最后和吕公公商议后，又不得不同意了这个所谓的办法。也是奇怪，根据之前东厂和西厂的调查，海升票号账面本来没多少钱了，可是短短时间，人家真的凑足了三百万两，帮朝廷度过了这次水灾。而少林寺居然也能慷慨解囊，据说从所谓的香火钱里挤出来五十万两，也一并赈济了灾民。最后，由司礼监和户部、礼部，共同颁发了对海升票号的奖励。海升票号因此番善举，竟然也逃脱了责罚，继续代理朝廷库银的对外放贷。"

"真是昏君！"司马信骂道。

这时方月娴问道："既然海升票号的账面上已经没有那么多钱，是靠什么一下子拿出了三百万两银子呢？"

赵遁道："这话问到了点子上。皇帝其实也不是那么好骗的，当时就对此事起了疑心。尤其当少林派还拿出五十万香火钱赈灾，抢了贪天之功，这更是犯了大忌。于是皇帝便派了内行厂杨公公去查少林，可是一查数月，也是毫无头绪。皇帝此时大概有些明白了，大内这些人靠不住。这才有了从大内之外组织力量的想法。而此时贵派掌门卫雄在江湖上的名声，已经传到了宫里，皇帝决定派卫雄偷偷去查。"

想不到居然还有这段缘由，众人不禁一阵嗟叹。

"这就是赵先生所说的意外了吧？"方月娴问道。

赵遁点点头："是的。当时得知此事后，卫雄掌门意气风发，颇有想为朝廷出力，协助整治朝纲的意思。本来嘛，侠之大者，为国为民，是卫雄一生的信念。但家师得知此事后，多次通过书信一力劝阻卫掌门，告知其绝不可蹚此浑水，否则身败名裂不远矣。并特意派赵某二次下山，专程赴抽刀门向卫掌门劝说。"

方月娴道："怪不得后面你几次来，都是显得心事重重，待人接物与之前迥异。"

赵遁似乎没太理会这几句话，继续说道："可当时我也是年轻血性，虽然把家师的话带到，但并未深劝卫掌门，反而内心感到卫掌门所做的是正确的。于是卫掌门只带了丁兄一个人，到处明察暗访，终于有一次在峨眉派发现重要线索。他发现钱军凑齐的三百万两白银，与峨眉派以及海升票号峨眉分号有莫大的关系。于是他匆忙奔赴京城，想尽快向吕公公报告这一消息。"

此时司马信长叹道："可怜的卫雄，一心报国，哪知道错信了大内小人。当年赵兄弟已经预感事情不妙，千里飞鸽向我传书，让我一定赶在卫雄回京前把他拦下来。可惜阴差阳错，还是晚到一步。卫雄在司礼监被高手围攻，已经遇害，我拼尽全力，只救出了丁嵩兄弟。"

闻此，诸葛愚不由得眼中冒火："按两位所说，掌门是因为查到了海升票号的劣迹而被灭口？"

赵遁说道："应是如此。"

吴道海问道："那峨眉派与三百万两银子到底有何关系？赵兄弟可曾听掌门说过？"

赵遁摇摇头："正所谓事发突然。我根本没能来得及见上卫掌门一面，丁兄那里知道得也不是很清楚。可能当时卫掌门感觉事关重大，想最小控制知情范围，连丁兄也没有说。"

"那卫掌门本是皇帝派出去的，就这么死了，难道皇帝不疑心吗？"方月娴道。

赵遁回答道："你说得有理。我们这位皇帝，有个最大的毛病，就是生性懒散，喜欢摆臭架子。那时正赶上他所谓的清修时间，而且他觉得见个江湖人士，没必要每次都自己亲自出面，于是把这件事交给了司礼监去办。于是整个局面就全掌握在司礼监那几个太监手里。要是随意给卫雄捏造个罪名，就这深夜闯宫，意图谋反，就足以害了他的性命。"

"所以卫雄死后，皇帝根本没有多想，在司礼监和内阁的忽悠下，继续信任海升票号，加上他天性贪婪的赌徒心理，又继续让海升票号把朝廷的钱拿出去放贷了？"轻云姑娘问道。

"大体如此。"赵遁回答道。

"不过海升票号在此事后，也马上有了警觉，所以才立即关闭了峨眉分号。"赵遁说道。

"但是他们又在抽刀门开了海升客栈，前段时间还成立了抽刀门分号。东方敏等峨眉派弟子无缘无故去了海升客栈，难道与刚才所说有千丝万缕的联系？加上内行厂的韦康也去了海升客栈，陈公公杀人后不断在翻找东西。如此看来，当年三百万两银子的问题，或者说峨眉派与海升票号的关系，始终没有完全消失。卫雄之后，还有人偷偷在查吗？"方月娴问道。

赵遹对方月娴的推理大加赞赏："依我看，东方敏作为峨眉掌门大弟子，去海升客栈一定是去处理重要事务。韦康和陈公公都是做了这个判断，才一路尾随。只不过陈公公立功心切，急于出手，导致杀了人，露出了马脚，被我们发现。也不知他有没有找到想找的东西。"

"我猜他没找到。你看他在这次巡狩中，处处针对少林、峨眉，除了金刀印厂的生意，我总感觉是在故意找峨眉派的碴，好借机抓捕灭欲师太。从几拨人来见灭欲，他都一副不情愿的样子，一定是在东方敏等人那里没拿到东西，想在公审大会后，单独审讯灭欲师太，拿到自己的有利证据。若是能借此找出海升票号的问题，一石二鸟，对他控制峨眉派和票号，与吕公公摊牌，讨价还价，都是十分有利的。甚至他暗存了扳倒吕公公的心思也说不定。"方月娴的分析，合情合理，大家赞成。

既是如此，明天的公审大会，该何去何从，如何行动？面对大家同样的问题，赵遹只回答了八个字："静观其变，后发制人。"

面对江湖各种势力汇集，东、西厂以及内行厂很可能齐聚岳阳城的复杂局面，可以说，赵遹的八个字体现了他这几年的成熟。对此，婉月等几位姑娘感到放心，而方月娴在久别之后，有一种莫名的欣慰。

第二十九章　岳阳公审

夕下闻鼓，晨霞映钟，沧浪浮沉尽随风。任潇雨，卧山中。古来英杰多消散，多少成败做了泡影。进，终是空，退，亦是空。

已是小满节气。虽还没有到盛夏，但是湖南的天气已经开始有些闷热，空气中总是弥漫着一种湿土蒸发的潮气，让人感到脑袋像被湿巾裹住了一样，呼吸都不是那么畅快了。

岳阳，属岳州府，曾为西周末召公分封之地。古人有幕阜山谓之天岳，州居其阳，故名岳阳一说。然总有人自诩学问做得好，说幕阜山在南，岳阳城居北，按地理方位，应叫岳阴才更为准确。其实说这种话的人是一知半解，岳阳自南梁称岳阳县，属岳阳郡管辖，确实地处天岳山之南。到了隋朝，把岳阳县改名为湘阴县，却将岳阳北部的巴陵郡改称岳州，并将部分原岳阳郡的地区并入了岳州，此岳州就非彼岳州了。所以岳阳之名虽未变，岳阳城却已经到了天岳山北面。原来的古岳阳，实际已经叫作湘阴了。

岳阳楼，就在岳阳城西，下瞰洞庭，前望君山。公审大会的会址选择，也是花了一番心思的。范文正公一生都在追求读书人的气节、责任，一篇《岳阳楼记》名耀千古。

岳阳楼前，腾出一片大大的空地，专门作为本次大会的会场。武林中各大门派，这么多人，显然岳阳楼是坐不下的。所以闫萍选中了楼前这一片大大的空地，尽管如此，各大门派也是要严格限制人数。只有一个门派的掌门没到，就是抽刀门。因为下个月就是司马信约定的挑战抽刀门的时刻，袁自甘正在带领一众弟子日夜操练断水刀法。别说掌门，副掌门也是一个没来。当然，这也是请示了黄公公同意的。本次冯七来到岳阳，也跟陈公公表达了这一层意思。所以，抽刀门通过飞鸽传书，安排了在外的诸葛愚等人代表本门出席。给了四个名额，诸葛愚、吴道海、方月娴、沈日新都能够参会，算是天大的面子了。

不过更大的面子，却给了断水山庄，赵遁等八人一行全能够参会列席。陈公公的拉拢之心，已经有所显露。

可以说，所有该出现的角色都出现了。各大门派坐成两排，左排以武当为首，接下来是青城、华山、泰山、嵩阳等派，当然，少林和峨眉的代表也在此排，不过因为通奸一事，再也不能排到前面了。少林的首席代表是性冷大师，峨眉则是绝情师太领衔。而他们各自看到掌门的心情，天壤之别。性冷暗自得意："哼，师兄，你也有今天。"绝情暗自悲伤："师父，你怎会有今天？"

右排以丐帮为首，接下来是海沙、巨鲸、长江等帮派，本地的天岳帮也在此排中坐着。

司礼监的各位大人，排列坐成一排，陈公公、董公公分居中位左右，两旁依次是冯七、龙五、冷潇、闫萍等人。但最边上，还空着一个位置。外人并不知道这空位是留给谁的。

而本次公审的两位主要人物，性空和灭欲，在会场里单独安排了位置，二人相隔而坐，应该都被点了穴道，身后各有五个小太监紧紧看守。

世界上最遥远的距离，莫过于最爱的人分明就在身旁，不能看，不能说，唯一的交流，只剩下两颗心彼此煎熬。

只见陈公公坐在范公仲淹的画像下，尽管一夜未能很好入眠，但仍是一脸的威严，正气凛然。

"各位，今日选在这个特殊的时间，这个特殊的地方，只望诸位武林魁首，谨记范公的教诲，先天下之忧而忧，后天下之乐而乐，不负朝廷所望。"

"谨遵公公法旨。"声音整齐，如同万马齐鸣。

"嗯。"陈公公满意地点点头。开局甚好。只可惜天公不作美，既没有阴风怒号，浊浪排空，也没发现这个地方能够衔远山，吞长江。

"诸位，今天请大家赴会的目的，想必都已明了。主要是解决少林性空与峨眉灭欲通奸一事，同时考虑到此事一出，引起了近期武林不小的纷争，咱家斗胆，做个调停。"陈公公慢悠悠地说出这样几句。一旁的龙五和冷潇听到第二点，感觉有点诧异，原计划中并无第二点，但近期武林确实不太平，趁着各大门派聚集，陈公公若能一举兼顾，不失为一个良机。

陈公公正待按部就班往下进行，不料在座已有人站起。

"刚才陈公公提到了两点，在下十分赞同。只是不知道解决这两点，尤其后一点，是按朝廷和大内的法度，还是依江湖规矩？"众人举目看去，说话的原来是武当派掌门，端木无牙。

赵遁心想，这个端木倒是挺有心机。他抓住陈公公调停武林纠纷这个与巡狩和公审并无直接关系的问题，做起了自己的文章。武林三大门派，少林、峨眉这次被弹压得不轻，也引起了近期江湖的一阵骚乱，只剩武当派一家风光独好。若是陈公公坚持用朝廷法度强压，一则没有充分的依据，二来一旦处理不好，弄出乱子，都可以推到陈公公头上。若用江湖规矩，武林领袖舍武当其谁？若是利用调停纠纷树立起威信，对未来统一武林，是有大大的好处的。当然，若不是与当今贵妃和国舅有些密切关系，借武当派一百个胆子，也不敢做此想法。

众人等着陈公公的接招。陈公公当然是有备而来。

"原来是端木掌门。此番武林大会，主要在于公审，然后才是调停。审什么呢？我想诸位早已经听说过了，自然是少林掌门性空方丈与峨眉掌门灭欲师太通奸一案。可是，性空和灭欲并不是朝廷官员，咱家当然也不能按朝廷法度去审他们。然而，众位要知道，从来没有脱离朝廷的江湖。正像范文正公所讲，处江湖之远，则忧其君。所以，依我看，今日的公审自然是以江湖规矩，但又不是只讲江湖规矩，还要以朝廷的法度体现风气引领。"陈公公几句话，不仅化解了端木无牙给他的两难，而且再一次把主动权拿了回来。这也相当于向众人宣告，公审大会符合我陈某人心意的，那就是江湖规矩，可不是我陈某人跟武林过不去；不符合我处置心意的，那就可以随意拿出朝廷法度来压制，没有法度，也可以说是风气引领。总之，你们休想跟朝廷过不去。

"好个风气引领，有口号没内容，拿着这四个字，什么都可以装到这里面，就完全可以为所欲为了。陈公公果然老奸巨猾。"赵遁暗暗地想。

"陈公公说得好，正说出了我等此刻的心声。既然是按照江湖规矩，在大会开始之前，有件事情，贫道不吐不快，还望陈公公海涵。"端木无牙说道。

陈公公心生一种莫名的厌烦，你武当此刻捣什么乱？但自己刚说过依照江湖规矩，武当是名门大派，又不好不让端木说话。于是他悻悻地盯着端木无牙，没有作声，但也算是默许了。

只见端木掌门走到中间开阔处，从怀中掏出一物，众人仔细一看，似乎是一本小册子。端木说道："各位掌门、派主，少林性空、峨眉灭欲的通奸一事，我想大家已经有所耳闻。此二人之行径，不容于佛门、道教，也不齿于江湖，所以对二人的公审，我武当派是双手赞成的。可是，杀人不过头点地，做人做事总得有个限度，留些余地。"

说着，端木无牙看了一眼旁边坐着的金刀门，接着扬起手中的小册子，"像有的门派，拿少林、峨眉这点羞耻事，大做文章，竟然绘制成了春宫图册，到处兜售，甚至还夹在给各地官员定制的礼盒之中，弄得各地进京送礼的官员纷纷绕道洛阳，专门去买这种礼盒。金刀印厂的生意最近火得很哪。我武当印厂倒是不在乎少了几单生意，只不过用这种手段恐怕不是范公赞赏的圣人之道吧。我看简直是居心叵测！"端木无牙刚说完，场上引起一阵骚动，众人议论纷纷，好不热闹。

这时嵩阳派的掌门立刻站起来，口中骂道："奶奶的，我说最近我们嵩林印厂的生意越来越差，一开始还以为是受了少林寺的连累，原来是你金刀门横插一杠子呀。何代掌门，你这生意做得不地道哇。"

于是，众人的眼光一起聚焦到金刀门代掌门何太宽的身上。这次大会，何太宽本就不太愿意来。前掌门死于断水山庄之手，这在大会一旦遇到赵遁等人，自己如何处之？要报仇，这点微末武功打不过人家，不报仇，又怕引起江湖耻笑。陈公公派人好说歹说把他劝来，说什么公审大会，一举拿下少林、峨眉两大势力，全武林都在琢磨怎么瓜分两派利益，上门的便宜，金刀门有何理由不占？而且，断水山庄得罪的门派多了，要不服从公公的招安，在大会上引起公怒，一并收拾了也不是没有可能。如果在大会上有上佳表现，陈公公一个保举，这代掌门就成真掌门了。带着这样复杂的心理，何太宽来到了岳阳。没想到，便宜还没占着，麻烦先惹上身了。

何太宽嘿嘿一声："怎么？武当和嵩阳两派的印厂生意做得不好，怪起我金刀门了？我们虽然江湖地位不高，但历来遵守朝廷法纪，谨守江湖规矩，更是把陈公公的教诲日夜铭记在心。说什么我金刀印厂印制春宫图，两位掌门有何凭据？莫不是往我金刀门泼脏水不成？还请陈公公、董公公主持公道！"

这种事，当然是打死也不能承认，何太宽赌对方也拿不出实据。所以不仅话里话外摆出陈公公这个靠山，而且反将了武当派和嵩阳派一军。

陈公公刚要说话，一看董公公正在闭目养神，一言不发，于是自己也就没有说话。虽然没有说话，眼睛却恶狠狠地盯着端木无牙，此处无声胜有声了。

端木看到了陈公公的表情，他当然也听说过金刀印厂与陈公公关系的传闻，但仍是一副不甚在乎的样子。他走到自己座位处，从弟子手里取过一个盒子，接着又回到中间的空地。

"各位请看，这就是金刀印厂最新设计的礼盒，这盒子的底层，设计了抽拉的夹层，正好可以摆放这春宫册子。"端木一边说，一边向众人演示。

何太宽一撇嘴："端木掌门真是欲加之罪呀。谁说这抽拉盒子就一定要放春宫图的？恐怕是武当印厂的新奇思路吧。"

众人听完一阵哄笑。赵遁心想，这端木是有点性急了，这样的证据还不如不摆出来，完全拿捏不住哇。但端木似乎一点也不急。只见他一摆手，几个武当弟子从场外押着一个人进来，此人用绳子绑得结结实实，嘴里塞着布团，说不出话。等武当弟子们把此人押到场子开阔处，何太宽看清了此人的容貌，不禁面色一变。

只见端木无牙向周围一拱手："我武当派向来不说妄语，没有依据的事也绝不胡乱猜测。诸位请看，此人便是金刀印厂的刘阿福。刚才的礼盒设计，就是出自他手，这夹层到底是干什么用的，阿福已经录了一份详细的口供，请两位公公阅览。"端木说着，已经安排人把笔录呈了上去，同时，他掏出了堵在刘阿福嘴里的布。

"阿福兄弟，今天当着天下英雄的面，你倒是说说，这叫作灭欲功法的春宫图，是不是金刀印厂印的，这盒子夹层到底是不是用来专门盛放春宫图的，有司礼监的公公们给你做主，你不要怕。"端木无牙问道。

只见这个阿福偷偷地把头抬起一点，正看到何太宽用恶狠狠的目光盯着自己，赶紧低下头，说道："是，是。"

全场又是一片骚动。此时的何太宽气得脸涨得通红，用手点着刘阿福道："你个恩将仇报的奴才，与前掌门小妾勾搭被我发现，本以为一顿板子能让你幡然悔悟，重新做人，没想到你竟然出卖本门，信口雌黄，跑到武当派那里搬弄是非。"何太宽说着，疾步走过去，抡起巴掌，照着刘阿福就打下去。

端木无牙迅速抬起右手，抓住何太宽的腕子，用起了太极绵力："怎么，何代掌门还要灭口吗？"何太宽顿时觉得整个胳膊都酸麻不堪。武当内力，名不虚传。他赶紧向陈公公求救："公公，这刘阿福人品极差，说话信不得呀。"

但无论如何，人证物证都有。金刀门处于极其被动的状态。陈公公胸中一股怒火无处发泄。

此刻，董公公却说了话："我看这刘阿福的话也不能全信，还是带回诏狱将来慢慢审吧。金刀印厂不能完全洗脱嫌疑，在调查清楚之前，我看，先关停一年，陈公公觉得怎么样？若是果然被冤枉了，将来可以再通过别的途径找补回来。"

陈公公一看，事到如今，也只得如此了。但何太宽可急了："公公，这一年，我金刀印厂可损失不起呀……"正要再说下去，陈公公一声呵斥，何太宽只好闭了嘴。损失点钱是小事，这要如果被人做了文章，说自己公审大会有利益之私，那可就犯了大忌。陈公公久在官场，当然明白这个道理。所以，对董公公这趁火打劫的举动，陈公公反而有点感激。刚才发生的意外，让陈公公意识到，必须快速进入主题。只有进入主题，才能把刚刚失去的一局扳回来。

想到这里，陈公公赶忙吩咐下去，把性空和灭欲二人的口供，让各大门派首领逐个传阅。

会场一下子安静下来。从武当派开始传阅，面对这样重磅的证据，大家以从未有过的专注来体现这份内心的渴望，哪怕是当年聆听祖师爷教诲，恐怕也没有如此认真过。现场只有风声、给茶添水的声音，纸张抖动的声音，以及微微的喘息声。

可是，门派众多，掌门们看得又很细，感觉每传阅一个门派，掌门和帮主不是看下来，而是要背下来似的。

现在传到青城派的掌门闫革手里了。这就引起了华山派掌门顾高深的不满。无论从任掌门时间，还是门派影响力，华山派都应该排在青城派前面。但青城派有个好妹妹，所以就自然先看了。这可不是先睹为快的先，而是地位优先的先。顾高深还真是不知道，闫革到底什么时候有了这样一个好妹妹，他更不知道，青城派究竟还有几个好妹妹。

青城派在看，华山派在做。到目前，大家只是看，还没有一个门派发表过意见，华山派要抢抓这个机会。一定要在把峨眉派踩在脚下的时候，有独到的思路，这样才能近水楼台，得到峨眉派的各种利益。不然，看这形势，青城派要得大便宜了。

"依我看，峨眉派向来都是管教不严，出了灭欲这样的事情，是早晚的事。但峨眉仍然不知接受教训，近期又接连打伤我八名华山派弟子，绝情师太，你看这事怎么处理？"顾高深开始发难了。

绝情师太一看小小华山派也来找麻烦，气得脸色通红，怒道："请顾掌门说清楚，我峨眉弟子何时开罪贵派弟子了，我怎么不知道？"

顾高深勃然作色道："我门下弟子亲眼看到，难道本座还能冤枉你们不成？"

绝情愤愤然，却不知道该如何反驳。此时突然有人一阵冷笑，静静的场子里，众人听得清清楚楚。循音而去，大家发现陈公公那一排的位置上，多了一个人，已把原来的空位占据。此人瘦高，脸色略显晦气，背后背着一对判官笔。

也许是武当派搅局时，也许是众人聚精会神看笔录和忏悔录时，也许不知何时，没人发现，韦康已经进场了。当然，前排的几个人，是知道的。但也只是知道而已。韦康，有权随时来，随时走，因为背后的杨公公。

韦康一脸鄙夷地看着顾高深："你们华山派弟子到处浪荡，拿着本春宫图骚扰人家峨眉女弟子，在大路上就公然动手动脚，还恬不知耻地说修炼什么峨眉第一功法灭欲功法，功夫不济被人打了纯属活该，我看这种弟子，打已经是轻的，宰了才是正道。"

顾高深看到韦康，不由得怒火中烧："原来是内行厂的韦指挥。听韦爷这意思，又是做下路见不平、拔刀相助的侠义事了？"

韦康冷冷一笑，"不敢这么说。只是有些人本就欠揍，还要像疯狗一样乱咬，韦某看了，很不习惯。"

顾高深看韦康态度冷漠又强硬，心想必须拿捏住点要害的问题，才能打压他的嚣张气焰。想到这里，他说道："既然韦指挥如此关心峨眉弟子，为何当初还要在海升客栈做出奸杀东方敏等人的举动呢？今天顾某也要依据江湖道义，在各大门派前，替峨眉派讨个公道。"

顾高深话音刚落，众人的目光又一起转向了陈公公和冯七。东方敏等人的死，江湖上早就传开，冯七的著名推论，在江湖上已经不是秘密。但毕竟没有实据，而且，这里面涉及厂卫的内部斗争，谁也不愿意提。如今顾高深借着公审大会向韦康发难，不失为一个好机会。

李飞鸿听到顾高深这番继续栽赃的言论，正要当众戳穿真相，赵遁示意他，等一下，看看再说。

冯七尴尬地看了一眼陈公公和冷潇，没有说话。陈公公也没有表态。冷潇不能再沉默了。无论是为了真相，还是为了兄弟，他都要站出来说两句。

"顾掌门，谁说的东方敏等人是韦康杀害的，还是奸杀，你听谁说的？我负责这个案子的调查，我怎么不知道？"冷潇问道。

"这，不是……冯公公……"顾高深看了一眼冯七，见冯七扭过头去，心想这厂子里的水还挺深，自己还是多一事不如少一事吧。

"嘿嘿，冷指挥教训的是，我也是听江湖传闻如此。既然是不实消息，那一切就静等冷指挥的调查了。希望不枉不纵！"顾高深特意把最后几个字加重语了气。

"那就不劳顾掌门费心了。冷某心中有数。"冷潇说道。顾高深看生事不成并不甘心，他又面向韦康说道："即便不提峨眉派之事，前段日子我华山山字辈四大弟子，惨遭韦指挥重创，三个人被割了舌头，还希望韦爷在江湖人面前给个说法，不然，今日你恐怕逃不过公道！"

韦康早知顾高深要纠缠此事，也不想再过多解释，只是冷冷地说道："华山弟子平日里骄横跋扈，借着替海升票号收账，一贯欺压良善。后来竟惹到韦某，到处宣扬韦某奸杀峨眉弟子，我就不得不让他们长点教训。没想四个人的武功，实在不怎么样。"

顾高深听到此言，怒道："韦指挥是嫌我华山弟子学艺不精了？既然如此，顾某今日斗胆，倒要在各位掌门面前，领教韦指挥的绝妙功夫，请！"

顾高深特意强调诸位掌门，原有他的小心思，一方面表示和韦康比武是按照江湖规矩，你司礼监的人不能插手，我若是赢了你，只能算你韦康武艺不精；纵是万一失手我输了，各位掌门还能坐视不管吗？在场很多人都听出了顾高深的心思，但几乎所有人都装出一副没听懂的样子。华山派以江湖规矩叫板司礼监内行厂，这场大戏，大家自然是看看就好，而且热闹越大越有意思。

"好哇，久闻华山剑法博大精深，既然顾掌门看得起，韦某当然可以奉陪领教了。"韦康竟是毫不示弱，甩掉外衣，绕过桌子，来到了场子中央的空地。这片空地真不算小，用于高手比武，还真是足够了。

坐在一旁的陈公公一语不发。他心想，这华山派太不像话，公审才进行一半，你们搅的什么局？他本有心发作，但转念一想，如果让韦康好好教训下华山派，也没什么不好，这样自己的下一步收编计划才更加顺利，到时有青城、峨眉、华山西部三大派在手，在江湖中的话语权就完全不同了。纵是韦康不敌，跟顾高深拼个两败俱伤，于自己也是有利的。毕竟，内行厂的坐大，对自己可是没有什么好处。而且，如果顾高深能够杀了韦康，那么东方敏等人的死，就可以干干净净地推到韦康身上，自己的下步行动就更为有利……陈公公还在想着的时候，比武场已经开始动手了。

顾高深的长剑已出，出手便是华山派的看门绝技，君子十九剑。江湖行走，十八剑已经足够，第十九剑是为对手忏悔而用，体现君子之风。而韦康，在动手之前，先看了一眼冯七，心说这都是你给我惹的麻烦，这笔账以后咱们再算。但见韦康并没有抽出判官笔，而是赤手空拳，竟要用自己的掌法空手夺刃。

冯七明白了，冷潇也明白了，韦康这种冒险之法，是要将自己真实的掌法展示出来，借此机会向武林同道证实自己的清白。但冷潇心里着实又紧张了一阵，对手可是华山派掌门，韦康就是拽出判官笔，全力对敌，也未必能胜。现在这样赤手空拳，能有几分胜算？

但是，这才是韦康的性格。最困难的敌人永远是自己，只要自己想好了，没有任何敌人可以成为难题。

"小子无礼！"顾高深这第一招的仙人指路本是刺向韦康左肩，但见韦康敢赤手空拳，感到了莫大的侮辱，一怒之下，直奔咽喉而来。众人一片哗然。这君子剑好不君子。

韦康大胆而冷静。看剑尖离自己只差两寸，顾高深已不可能变招，身体往右一偏，左手的掌风已到。顾高深顿时感觉呼吸困难，不好，韦康的掌法刚猛，来势又快！

好个顾高深，吐气，吸胸，硬是往后退出一丈远。

"好轻功！"众人喝彩。韦康也不禁暗自赞叹。

"好掌法！"顾高深也赞了一句。

"不是要看庐山擒龙手吗，我这就把庐山派掌法施展出来，诸位看看这到底是不是奸杀峨眉派弟子的手法。"韦康边打边说，似乎游刃有余。

顾高深看韦康绝不好惹，也就不再客气，君子十九剑，直奔韦康七处致命大穴。一团白雾将他笼罩在其中。

韦康的庐山掌法施展开来，双手通红，掌风凌厉，吹得顾高深衣角乱飞。冷潇在一旁观看，感觉安心多了。兄弟这套庐山掌法，要胜过自己的大嵩阳手，多年来却从未见他使用过，可谓深藏不露。李飞鸿在一旁也止不住地咂舌赞叹，庐山派在江湖影响力微乎其微，此次大会都没资格派代表参加，不想还有如此精妙的掌法。绝不是简简单单抄袭少林武功，确有很多南派武林的独到之处。

顾高深的压力大了。眼看君子十九剑快要完了，韦康毫无败象。而顾高深额头的冷汗已出。就如同打牌一样，如果自己最大的牌打出，没有对对方形成震慑，他就忘记了自己原本还有很多好牌。

韦康面对这样的机会，从不会错过。第二十回合，在二人侧身换位的时候，韦康突施一掌，从斜方向直奔顾高深前胸。此时的顾高深，脑子已经不够清醒，正打算赶紧攻出君子第十九剑，然后再琢磨换招进攻。他对自己的君子剑似乎有点丧失信心，最后一剑，完全是为了完成招式，根本就没考虑敌人。

这么重要的战斗，如此强劲的对手，自己犯下错误的时候，就应该考虑它的代价。顾高深没机会攻出这一剑，他自然也躲不开韦康这一掌。韦康本打算只用五成功力。但今日场合，虽然不是搏命，但要印证自己的清白，必须把掌力加到七成，这样，才能让大家看清这庐山掌法，与海升客栈的作案留痕，到底有无关系。七成掌力，以顾高深的内力估算，应该能扛得住，不至于害了性命。

砰的一声，韦康一掌把顾高深打出三尺多远，只见这位江湖中赫赫有名的一代掌门重重摔在地上，大口吐血，脸色惨白，但仍紧紧抓住手中的剑。韦康忽觉不忍，忙掏出当归龙荟丸，走到顾高深身边，弯下身递去。同时看了一眼周围，尤其是冯七，大声说了一句："庐山只有升龙掌，没有擒龙手。"冯七已经面露羞愧。

正当韦康觉得已经靠武功洗清嫌疑的时候，岂料，顾高深突然纵身蹿起，一剑直刺韦康心脏。

这个变化，太出乎意料。纵是全力闪避，韦康的左肩仍是挨了重重的一剑。这一剑，让韦康明白了，对这种小人，不可仁慈，不可手软。韦康用肩胛骨硬生生地把剑尖锁住，右掌拍出十成功力，将顾高深直接从场子空地拍到岳阳楼山门处，两丈多远。

这一掌打得顾高深胸骨肋骨肩胛骨，骨骨尽碎，结肠直肠大小肠，肠肠皆折。可叹，华山一派宗师，这般没有尊严地死去。今世做不成君子，只好在另一个世界继续做君子了。

"好掌法！"闫革拍手叫好，"活该，死得活该！"刚才还是同一阵线，此时闫革已经变脸，也必须变脸。翻脸如翻书，这是青城的绝技。

"呵呵，不愧为内行厂指挥使。刚才您用的就是庐山升龙掌？"闫革问道。

"不错，本来不想取他性命。但他自己找死，韦某也只好成全。诸位可以检查下伤口，可与海升客栈手法一样？"韦康说着，看了一眼冯七。冯七见韦康说出来，也干脆不客气了，直接绕过桌子，来到顾高深尸体前。闫革、泰山派的陆冠道人、衡山派的青松子等人也都纷纷围了过来。峨眉派的绝情师太犹豫了一下，还是凑了过来。李飞鸿不嫌事大，也想看看这样的热闹。

冯七撕开顾高深胸前的衣服，只见一个大大的掌印清晰地印在前胸，胸骨尽碎。用手指按压了一下，感觉五脏也应该被打得严重破损，这从顾高深口中吐出的鲜血可以分析出。

看过伤口，所有人都有了结论，但没人说出来。冯七不说话，大家怎么说？

冯七还真的不说话。

"以吾看来，这个升龙掌显然不是弄死东方敏的手法啦。此掌法走的阳刚猛劲一路，注重掌力，然于技巧和手法不甚在意，换句话，叫作重掌不重指。冯公公，吾说得对不对呀？"见大家揣着明白装糊涂，李飞鸿忍不住先说话了。

"哼，原来是李大侠，镖伤好得挺快啊。"冯七看到李飞鸿，是又怕又恨。

"哎哟，公公好记性。还是感谢公公手下留情，能在回形镖下逃命，李某大幸啊。"李飞鸿半调侃说道。

冯七转身回到座位，吩咐人把顾高深的尸体抬走，还给华山派弟子，并且命令下去，顾高深咎由自取，华山派不得找韦康寻仇。谁敢私下行动，就是和东厂过不去。冯七没有一句话给韦康平反，因为那就意味着当众承认自己推断错误，但这一句不得寻仇的效果却胜过平反。冯七瞬间乾坤大挪移般的转变，差点惊掉龙五的下巴。龙五觉得自己能够和冯七同时荣升副提督，还真的是圣恩浩荡了。

陈公公脸色有些难看。双手有些抖动。旁边的闫萍看得清清楚楚。她猜测陈公公对冯七的表态肯定是不满意的。华山派死了掌门，峨眉抓了掌门，青城派一统西部武林的机会来了。她不断向哥哥闫革使眼色暗示。而她那个被猪油蒙了心窍的哥哥，这次反应得相当机敏，与妹妹达到了心有灵犀的程度。

"韦指挥掌法独到，顾高深技不如人，也是命数。但华山、青城历来有联谊之交，今日顾掌门被活活打死，我青城若是不发一声，难免将来被江湖耻笑，闫某斗胆，想请韦指挥指点几招，咱们点到为止，就算闫某输了，将来也好向华山派交代。我来继续领教阁下的精妙掌法，老兄不会看不起我，驳我的面子吧？"闫革见韦康受伤，自己赢面大增，岂能错过这个乘人之危的机会？而且他把进退两头的话都说了，赢了他得名声，输了是保全江湖情义，而且，有陈公公在，韦康岂敢再出重手伤己？

冯七一皱眉，非常不高兴。心说你青城派过分了，我刚说过华山派不许寻仇，你来凑什么热闹？但他也看出闫萍和陈公公关系不寻常，只好先忍下，看看动静。

韦康准备咬牙坚持，虽然肩膀受伤，但闫革这番软挑衅，也要硬接下来。此时他身后忽然多了一个人，说道："兄弟，不要硬扛，下去休息一下，我来领教青城派的绝招。"来人正是冷潇。

冷潇走到闫革近前，抱拳道："虽然刚才大家已经见证了庐山升龙掌不是东方敏等人的致死原因，但事情还未完全查清，韦指挥还需要配合冷某的调查。事关厂子里的大事，闫革要想全了和华山派的情义，冷某奉陪如何？"

闫革一看冷潇换回了韦康，心中暗骂："兔崽子你找死。"脸上却连连堆笑："原来是冷指挥。早就听闻冷指挥与韦指挥交情莫逆，今日一看，果然是兄弟情。也好，你有兄弟情，我有门派义，今日我们就一起全了。"

"那再好不过。"冷潇说着，右手伸到身后准备拽出嵩阳长剑，同时向闫革说道，"闫掌门请亮兵器吧。"

"哎呀，冷指挥是西厂高手，现又在东厂兼着差，今日闫某讨教也是不得已为之，若是不小心得罪，还请指挥万万见谅啊。"说着闫革向韦康深深鞠了一躬。

冷潇觉得这人好虚伪，话说得倒是很谦虚，但也早就听闻此人面善心毒，不知传闻真假。

江湖上的传闻，往往是真的。尤其评价一个人的人品的时候，捏造的东西一般难以流传。流传的东西都有真实的影子。比如，江湖上曾传言京城某派掌门，一贯虚情假意，表面话说得很漂亮，但其实只会趋炎附势和唯上；表面有些君子之风，实际男盗女娼的事情没少干。后来经过冷潇查实，果然如此，一手将其送进了诏狱。所以，面对今日的闫革，冷潇还是加着小心的。

可是闫革恶毒，超出常人的想象。他低头鞠躬的时候，其实左右手各扣了一支毒镖。他用余光看着冷潇，见冷潇稍稍有些懈怠，突然抖手，两支毒镖直奔冷潇双眼。这还不算，闫革背后有一只弩箭筒，射出一支毒弩，直奔冷潇咽喉！

众人一片惊呼，冷潇必死无疑。

青城派早在三年前，在朝廷的主持下，就合并了蜀中唐门。这里面，陈公公和闫萍功不可没。但人们总是记得青城剑法，忘却了唐门的暗器。谁又能料到，闫革的绝技根本不是剑法，而是暗器！

闫革这一击必中的绝杀，练过不下十万次，可谓万无一失。当他得意地抬起头，打算看看冷潇死得多么难看时，眼前的一幕，让他灵魂惊出了窍，冷潇不见了！

只听身后一阵冷笑，笑声还未传到闫革的耳朵里，剑锋已经划过了闫革的颈部。也许，闫革已经离开了躯体的头颅，也听到了这可怕的笑声。

冷潇，冷静又通达的冷潇，岂能不做深入的调查，便贸然出手？其中的冷静，让冯七、龙五也自愧不如。而剑之快，让司马信、李飞羽这样的剑术高手，也是从内心敬佩。

江湖上，一个人看起来通透与豁达，你千万不要以为他不重细节。没有对每一个细节明察秋毫的把握，这种所谓的通透与豁达，岂不成了莽撞？

两派的掌门顷刻毙命，尤其闫革的瞬间毙命，出乎陈公公的意料。这，今晚如何安慰那小心肝闫萍？更为要紧的是，这下西部三大派掌门人全部出缺，下一步西部武林如何统制，自己事先毫无心理准备。陈公公有些乱了，他内心开始埋怨顾高深和闫革不明事理的搅局了。

可搅局的人，何止死去的两个？

武当派掌门端木无牙，见冷潇剑斩了闫革，一下子站了起来："杀得好，冷指挥，像闫革这种偷鸡摸狗的败类，留在江湖上就是祸害。可冷指挥，这不代表你就正大光明。那峨眉的十九条人命，包括首席女弟子东方敏，你打算查到什么时候？到目前为止，韦康的嫌疑仍然是最大，就算是灭欲不讨，今天武林中这么多门派，也不能坐视不管！"

"那么端木先生打算怎么管呢？"冷潇问道。

"自然是冷指挥把韦康交给我武当派，我们组织各大门派，按江湖规矩，一起公审，才是不枉不纵。"端木无牙说道。

"你这是怀疑我东厂的办事能力？"冷潇带着冷笑问道。

"当然不敢。但冷兄弟与韦康的关系，我们也略知一二，您来主查，恐怕武林不服。"端木无牙回答得理直气壮。

冷潇正欲反驳，一个中气十足的低沉声音已经发言了。

"端木掌门，今日之主题是讨论性空与灭欲通奸一案，还请各位不要把私人恩怨带到这岳阳楼。"陈公公终于说话了。但他的表情有些奇怪而复杂。

"陈公公此言我难以赞同，一来这韦康与峨眉的恩怨实在天理不容，二来这也不是私人恩怨，我们按江湖规矩为峨眉弟子讨个公道，同时也替少林派清理门户，与今天大会的目的不能算不合。"端木无牙居然理直气壮。其实他从刚才冷潇出剑已经看出，冷潇的功夫不如自己。于是他立刻做了最佳的盘算，自己如果以东方敏等人案子作为由头出面，又可以借着韦康曾经学艺少林的经历，一举灭了两派的威风，岳阳公审之后，武当岂不是江湖中一枝独秀？

"好，端木掌门言之有理，还请武当派主持公道！"闫萍眼中带着火，声音已经颤抖到要破音了，这种声嘶力竭的嘶吼，围绕着岳阳楼的梁栋，余音不绝。

这样一来，陈公公也不好多说什么。也好，借端木之手除掉冷潇和韦康，也算是给闫美人报了仇。之后自己再掌控局面，也是来得及的。

端木闪掉外衣，正欲动手。此时场边的回雪姑娘偷偷拿银针刺了一下赵遁，赵遁疼得一哆嗦。

"先生睡着了？该出手了。"回雪不满地嗔道。不料这一举动被不远处的方月娴看了个清楚，她扑哧一笑。

轻云问道："她在笑什么？"

流风答道："当然是笑回雪扎得好。"

赵遁脸色发红："莫吵，早已安排了。"

此时只见赵遁身边站起二人，服饰一白一黑，如鬼魅一般。"端木先生错怪韦康了，峨眉惨案祸首实在另有其人。"众人闪目望去，年轻的人多不认识，但资历稍深的都看出，此二人正是江南烟雨无常兄弟，李飞羽和李飞鸿。

李飞羽非哭非笑，径直向陈公公而来，一拱手："陈公公别来无恙乎？"

陈公公一见李飞羽奔自己而来，心中一惊，有一种不祥的预感掠过心头。江湖曾有传言，黑白兄弟同时露面时，往往与死亡有关。今日邀请断水山庄，本想收归为自己人，或者借武林之手除掉，但主题还没开始，对方却先向自己发难了。

"哼，李飞羽，今日到此有何指教？"

"咦呀呀，指教哪里敢当哟。只是想问问陈公公，这峨眉东方敏等十九人被灭一案，您是年纪大了，记忆衰退，还是揣着明白装糊涂？"李飞羽不紧不慢，边说边盯着陈公公的眼睛。

"混账，老夫从何得知？"陈公公言辞中带着傲慢。

"那倒奇怪了呀。东方敏等人死就死了，为何房间被人弄个乱七八糟，还把衣服撕得七零八落，搞成先奸后杀的样子，这不是怪事吗？"

"当然是先奸后杀。这早已不是什么秘密。"陈公公一脸的不屑。

"那我倒要问问陈公公，在一个时辰内，对东方敏等十九名高手实施先奸后杀，当今武林谁有这个能力？怕是陈公公在讲神话故事吧？"李飞羽故意把时间说成一个时辰，想如此逼迫陈公公，让他急中出错，也想借此来增加他理由的充分度。

"什么，一个时辰？"在场的人里，不乏各种风月场的常客，大家窃窃私语，有的在捂着嘴偷笑。

"这……"果然，陈公公情急之下有点语塞。他暗自感觉不妙，已经没有心思再辩解是一个时辰还是两个时辰了，他需要保持镇定，撑住局面。只见陈公公脸色立刻恢复了正常："那你倒是说说，还有什么其他的解释？"

"李某倒是做了个简单的现场分析。今天有很多人参与过当初的现场检查，可以核对一下吾的分析是否有点道理。所谓奸杀的第一个证据，就是房中窗户处发现了松骨软筋散这种药物，此药充分燃烧后，让人浑身酥软。于是有人推断作案人正是用此手段，将十九人迷倒。冯公公，可是如此？"李飞羽问冯七道。

"正是。"冯七的回答简单干脆。

"可是据我所知，东方敏等人四五人一个房间，这种松骨软筋散，必须大量使用才能发挥迷倒的效用。但诸位检查时，在窗口并没有发现大量燃烧后的粉末，房间中也没有闻到该药物燃烧后本应有的浓烈的玫瑰味。"李飞羽说着，面向诸葛愚问道。

"李先生说得不错，当时是我检查的窗口，这两点确实令人疑惑。"诸葛愚道。

"那么这说明了什么呢？"李飞羽继续问。

"说明现场发现的药量根本不足以迷晕峨眉众弟子。"诸葛愚道。

"那迷奸一说就不成立了，对吧？"李飞羽很满意诸葛愚对自己的配合。

"确实如此。"诸葛愚说道。

"既然不是迷奸，作案人又何必多此一举呢？"李飞羽问道。

"当然是故布疑阵，混淆视听了。"李飞鸿在一旁唱和道。

李飞羽此时停顿了一下，发现大家都在睁大眼睛看着自己，知道混淆视听这个说法，得到了大家的初步认可，于是他接着说道："然后李某人很快又发现了第二个疑点。那就是根据李某重返现场，并对尸体的勘察后发现，东方敏等人其实是死后才被剥的衣服。"其实李飞羽这一点完全是想利用陈公公做贼心虚的心理，真假虚实放在一起。他哪里做过什么现查勘察，又怎么可能发现东方敏等人是死之前还是死之后被剥的衣服？

"哦，那作案人不享用美色，而用此手段杀了人，又剥衣服令人出丑，难不成与峨眉有仇？李老弟所言真的是天方夜谭。"陈公公嗤道。

"哈哈，白无常神经错乱了吧。"堂上一片哄笑。

"诸位少安毋躁，且听我说完。"李飞羽不慌不忙，"作案人之所以杀了人又剥衣服，还把房间翻得乱七八糟，其实是想做成先奸后杀的局，根本是掩盖想从这十九人的房中和身上搜到一种东西的目的。"

"是何东西？"端木无牙不解地问。

"这东西，作案人原本以为在这十九位弟子身上，或是闺房行李之中，哪知反复搜寻未果。"李飞羽道。

"到底是何东西，你倒是讲清楚哇。"端木有些不耐烦了。

"端木先生急什么呢。我讲出来恐怕在座有的人要坐不住灭口了。我得先让我的保镖做好准备。"李飞羽回头对赵遁说:"老弟,这湖南的佳酿是什么?"

"自然是酒鬼馥郁香。"

"口感可好?"

"胜老凤酒百倍!"

"那就好,那就好哇。那我继续了。"李飞羽喝了一口酒,赞了一句"好佳酿",然后继续说下去,"此物与海升票号有莫大的关联。"

此言一出,前排就座的大内诸人皆有些慌乱之色。陈公公更是大惊:"这与海升票号又有何关系?我看你这是胡言乱语,混淆视听,龙五,将其拿下!"陈公公已经有些沉不住气了。

"哎哟哟,看把陈公公急的,好歹容我把话说完哪。我今日也不和你争辩。此事自有真相大白的一天。吾今日来,只想告诉大家一个劲爆的事实。那东方敏不愧是峨眉首席弟子,功底到底是非同寻常,在被对方一击扼住喉咙时,给对方留下了点记号。"李飞羽一看龙五要动手,赶紧把话题切到要紧之处。

"是何记号?"龙五问道。

"那就是用短剑割下了对方衣袍上一块布料,这可不是一般的布料,地道的绵阳蜀锦,上面绣着一个震卦。"李飞羽说着,从李飞鸿手里拿过一块绸布,向大家展示,"大家请看,这样的袍布,是谁身上的?"

"啊……"龙五一惊,似乎明白了什么。

"白无常,我看你是活腻了。龙五,你还不将其拿下?"陈公公已经气急败坏了。

龙五恍如丢了三魂六魄一般,呆呆发愣。

此时,李飞羽断然喝道:"老贼,你居然还在贼喊捉贼,那个被割去袍服的便是你!你在司礼监排名第三,所以皇帝赐了震卦袍服给你,被东方敏割去一块,你只好把袍服反穿,暗自在里面打了个补丁。昨晚被吾兄弟又给你割了下来,你还不认罪吗?你身为西厂领袖,自己尚与闫萍淫乱不堪,还有何脸面在这里公审性空与灭欲?这十九条人命,该是偿还的时候了!"说着,李飞羽又拿出昨晚从陈公公身上割下的那块绸布,向众人展示。

其实众人离得比较远,看得并不太清楚。但从李飞羽和陈公公对话的表情上看,八成不是空穴来风。

"好哇,居然污蔑到本公公头上了,看老夫不撕烂你的嘴。"陈公公恼羞成怒,飞身直奔李飞羽。

李飞羽飘出三丈多远:"我说赵老弟,该你动手了,这老杂毛可不好惹,我打

252

不过他呀。"

赵遁站起来，拦在李飞羽身前，拎起酒壶，猛喝了一口，结果喝呛了，不住地咳嗽，断断续续说了几个字："这杂毛还不配我出手。"

陈公公真的气极了，使出少林奔雷掌，直奔赵遁，果真是迅雷不及掩耳之速。只听砰的一声，也不知是赵遁没躲开，还是故意没躲，一掌结结实实打在赵遁的胸口偏右肩的位置，"噗——"一口酒鬼酒喷在陈公公的脸上，所谓馥郁香，便是入口浓香，回味酱香，此番却还带着些血的腥气，陈公公闻着一阵阵地恶心，正在发愣之际，赵遁刀已出手。

没人看清赵遁到底怎么拔的刀，甚至大家都没在意，赵遁是带着刀的。

赵遁这抽刀的动作，招式根本看不清，只见白光一现，刀已经刺入陈公公左胸和肩胛骨的缝隙。鲜血直接流了出来。

陈公公面目狰狞，痛不可当，一下子站在原地，一动不动。

几位姑娘赶紧抢步过来。"先生还好吗？"婉月取出紫雪至宝丸，还没等塞到赵遁嘴里，赵遁又喷出一口血。

方月娴急道："你这痴人，人家是奔雷掌，为什么不躲，想死吗？"

赵遁脸色惨白，笑了一下："婉月，帮我解开衣服。"

轻云气得从婉月手里抢过药丸，直接塞到赵遁嘴里，骂道："都什么时候了，还这样不正经。"

回雪姑娘似乎明白了赵遁的意思："轻云莫急，先生应该是故意暴露弱点，目的是想印证陈公公的出掌手法。"说着赶紧和婉月姑娘解开赵遁的外衣，露出赵遁的胸口和右肩，只见伤口呈暗紫色，尤其指印刻入肌肤，十分清晰。

赵遁让几位姑娘站到一旁，面对陈公公说道："公公虽然用的奔雷掌，但你这小无相指的手法根本难以掩饰，这几个指印，完全可以和东方敏等人身上的指印相互参照印证。今日赵某豁出性命，也请大家做个评断，好给峨眉弟子一个交代。"

众人闻听，纷纷起身，逐渐围拢过来。

陈公公五官已经扭曲，刀口还在滴血，但好在赵遁刀插得不深，总要留下他的性命，因为还有很多真相没有揭示出来。

正当众人往场子中央走时，陈公公突然伸出右手，直扼向赵遁喉咙。

"小无相指！"李飞鸿等人一阵惊呼。

回雪姑娘情急之下，扔出一把银针，直奔陈公公右臂，但为时已晚。她暗自懊恼不该托大，把先生单独留在陈公公对面。

眼见陈公公的右手刚刚触碰到赵遁咽喉的皮肤，赵遁的左手突然将刺入陈公公身体的刀抽出，并迅速向左划。

　　好快的刀，快到如月光一样，月光如水，当月光照下的时候，刀已经着落在身上。就当陈公公的手指刚刚触到赵遁咽喉的时候，赵遁一记长风送雁，已将陈公公的右臂直接斩断。右臂飞出，带着回雪姑娘的十几根银针，右指还在抖动，也不知道是刀砍得疼，还是针扎得痛。

　　赵遁的咽喉部，也留下了几个清晰的指印。

　　李飞鸿赶紧过来："乖乖，这么清晰的指印，老太监没掐死你吧？"

　　赵遁笑道："幸亏婉月的主意，事先把脂粉涂在咽喉处，原是防备万一的，没想到老家伙果然有这一手，这下更清晰了，标准的小无相指，和杀死东方敏等人的一样。"

　　众人围拢一看，这回算是证据确凿了。

　　方月娴眼睛似有些红肿，问赵遁道："前面是奔雷掌，后面是小无相指，你以为你那破刀法，就能保你不死吗？"

　　赵遁抓起酒壶，又喝了一口，把血和酒一起喝下的痛快，让他说了一句："抽刀断水水更流，秘诀在于拔刀的速度和挥刀线路的一气呵成。不到今日千钧一发之际，都无法真正领悟。"

　　"恭喜先生临死之时对断水刀法第三重境界又有了新的领悟！"流风姑娘走过来，边说边把几根钢针钉在赵遁几处大穴，然后向李飞鸿说："你掌法好，赶紧把这个酒鬼的瘀血揉开。"

　　在众人忙乱之际，陈公公咬牙又举起左掌，摇摇晃晃奔赵遁而来，虽然已经无能为力，但他一定要和这个赵遁拼个鱼死网破。他输得太快，太不甘心。他不能接受这样的失败。

　　忽觉一枪，一剑，一掌，一起招呼在后背，他自知这个世界，不再留恋他了。可他还是回头望了一眼，人群中哪里还有闫萍的影子？只剩下怒目而对的三个人，正是龙五、冷潇和韦康。陈公公就这样死了。原本指望在武林大会扬名立万的他，却成了别人的笑柄。也许当他当着龙五的面与闫萍调情的时候，就该知道龙五这霸王枪迟早要刺在自己身上。

　　陈公公死了。李飞羽无限惋惜："呀呀，你们动作也太快了呀，这还好多事得逼问他口供呢，他这一死，线索又断了。卫夫子呀，看来你的冤屈昭雪，又要假以时日了。"

　　龙五冷冷地说："对于这种伪君子，有点按捺不住，是有点急躁了。"

第三十章 会后的事

五月有雪兮，触之逝离。夏夜有梦兮，恍惚飘逸。为君伤怀兮，追恨难改。泪浸素绢兮，俱随往昔。至爱不渝兮，神魂相依。何堪重逢兮，凝喧无语。生死岂隔兮，相携而去。

公审大会以陈公公的死而宣告夭折。

陈公公死了，死在龙五、冷潇、韦康三个人手里，这里面一个是新提拔的西厂副提督，一个是从西厂借调到东厂的大内红人，一个是内行厂的骨干。死了的陈公公，是提督西厂的秉笔太监，司礼监排名第三。

一个提督西厂的秉笔太监，没有吕公公的签批、皇帝的首肯，就这样被杀了，于理是万万不合的。尤其，这里面卷入了西厂、东厂、内行厂几名重量级人物，下一步处理上更显得异常棘手。目前在场官职最大的董公公，就面临这个棘手的难题。

冯七心里已经乐开了花。他想不到龙五等人会犯这种错误，长年在厂卫行走，怎么这点规矩都不懂？这点脾气都收不住？冯七巴不得愿意董公公下令，立刻把这三个人都抓了，以滥权的罪名回去给个处分，以后这厂卫里，还不是自己一家独大？

但是，董公公可不是个鲁莽之人，跟随吕公公多年，眼光还是高的。他知道，此刻若是抓了龙五他们三人，无论定罪还是罢官，于吕公公都没有直接的好处。显而易见，黄公公会成为最大赢家。龙五和冷潇严格说，都是西厂的人，韦康是内行厂的人，一举打击两厂，那黄公公还不立刻让冯七去提督了西厂？这里面牵扯厂卫内部错综复杂的关系，并不是他董某人在岳阳就能够当机立断处理的。就算吕公公也未必能一手遮天，搞不好还要请旨圣裁。而我们这位皇帝，一贯地没个准主意，搞不好还把内阁拉进来一起讨论，最后就会越搞越乱。这未来的事，什么可能性都有，目前最稳妥的办法，就是冷处理，拖下去，拖到京城去解决。

于是在陈公公死后不到半个时辰，董公公就有了主意。他当众宣布三点：第一，本次武林大会结束，少林性空方丈和峨眉派灭欲师太通奸，且造成不良影响，故先暂停二人在两派的掌门职权，停发一切朝廷恩赏，两派由性冷大师和绝情师太代管，最终处理，在回京禀报吕公公后再最后宣布。第二，陈公公杀害峨眉派十九名弟子，有悖天理国法，罪不容诛。鉴于其人已依江湖规矩被处决，此案不再深究。请龙五、冯七、韦康、冷潇四人即刻回京，报吕公公和陛下裁断。第三，咱家和随行一众人员，带着性空与灭欲，于明日正式返回京城，途经南京鸡鸣寺，咱家要在佛祖面前，诵读本次公审大会的情况。董公公看似轻描淡写的处理，大家似乎都无话可说。冯七尽管有些失望，但是，他也知这样处理，算是最合理的方式了。

然而，就在大家准备离开公审大会，各奔东西的时候，赵遁示意司马信，应当在这个时候，做点事情了。此刻，洞庭湖上，天空阴沉，乌云翻涌，一场即将到来的大雨在所难免。在纷乱的人群中，突然传来一阵阵长啸，啸声不仅异常刺耳，而且大有穿透鼓膜直入大脑的意思，有一些人感到突然头晕、目眩、恶心，有的已经开始呕吐。很多人用双手紧紧堵住耳朵，但这啸声仿佛不经耳朵就可以直入大脑一样，越是紧紧地捂住，越是头疼得厉害。

"是伊川魔音！"人群中有人喊道。

"大家莫要慌，只需静静坐下来，调整气息，用内家吐纳引导之法，魔音自然伤不到。"武当派掌门端木无牙朗声说道。

于是会场马上安静下来，尽管雷声已经滚滚，闪电已经划破了岳阳楼上的天空。"阴风怒号，浊浪排空，衔远山，吞长江"的气势，此刻人们有了新的感悟。

司马信见大家都静坐吐纳，现场已经安静，便停止了啸声，走到会场中央，向四周拱手道："各位掌门恕罪，非是贫道有意放肆，实在是我断水山庄有话要向各位传达，不得已才出此下策，万望海涵。"

人群里颇有怒者，但经过认真权衡下司马信的名头和自己手底下的功夫，也就不和这个疯人一般见识了，且听听他要说什么，真要是惹了众怒，到时再一起出气不迟。

司马信见众人颇有怒色，也不理会，继续说道："前段时间，贫道在抽刀门已经发下武林通告，三个月后，我断水山庄将挑战抽刀门的断水刀法。为保障公平，我庄已经将断水刀谱送到抽刀门，勿谓言之不预。届时还请各位武林同道一同观战。此外，我庄还将在战胜抽刀门，清理了武林败类袁自甘后，向武林公布一件天大的秘密。"

司马信话音刚落，人群中立刻骚动起来。

"真是大言不惭，你们怎知就能战胜抽刀门，还清理武林败类袁自甘？"

"对呀，那袁掌门可是司礼监亲自选派，武功高强，深得灭欲师太真传哩。"

董公公见众人越说越不像话，他看了一眼灭欲，只见灭欲已经气得脸涨得通红，浑身抖动，心知灭欲目前对自己还很重要，不可节外生枝，于是马上岔开话题："司马信，你说到时有一件武林秘密要宣布，请问到底什么样的秘密，能否提前透露一二，莫要诓骗大家的好。"

司马信微微笑道："我看除了司礼监，还没有谁有这个胆子欺骗天下英雄。既然说了是秘密，那自然提前透露不得。"

司马信看了一眼赵遁，互相交换了一下眼神后，又接着说："不过，在这里贫道也不妨先放个小消息出来，那就是此秘密与峨眉派十九名弟子的死，以及今日陈公公的死，都是有关的。"

此言一出，无异大雨前的惊雷忽起。

董公公神色略微一变，脸上的肌肉动了几下，难道这个断水山庄掌握了很多内情和秘密？断不可能，也不应该，搞不好又是这帮人故弄玄虚。尽管如此，董公公的神色还是显得很差。

这一切，都被赵遁看在眼里。在新一轮的骚动中，大雨倾盆而至。湖南的大雨，向来没有暴雨不终日之说，往往一下就是一两天，有时还能长达两三天。所以众人选择了最理性的方式，带着议论和疑惑，尽快逃回客栈。

大雨一直下到第二天的黄昏，雨后的岳阳城，空气清新，透出一股难得的清爽，闷在屋子里快要发霉的各位武林高手、大派掌门，感到实在无处施展绝世武功，于是纷纷来到了碧春轩，一睹湘女子的才艺。

第三天的岳阳，就清静多了，人们都开始陆续离开了。对于早晚要走的人，碧春轩也挽留不住，因为姑娘之外，江湖所在，才是男人们最终的归宿。特别是这些自视甚高的武林高手。被人爱万万消受不得，浪迹于江湖才是一辈子最大的荣耀。

江湖无不是通往死亡之路的不二法门。区别仅在于，为什么而死。

司马信在岳阳再次公布了三月挑战之期。从春分司马信第一次在长白山宣布挑战以来，两个月已经过去了，考虑到去长白山的路途不近，似乎也没有很多时间了。李氏兄弟建议现在就可以上路去长白山，一路时间尚有宽裕，可以从容酝酿如何与抽刀门一决高下。但是，赵遁没有回应。

司马信问："兄弟可是认为我们的准备还有不周之处？"

赵遁说道："虽说杀害东方敏等人的凶手陈公公已经被诛，但东方敏和峨眉派的秘密，我们还是不知道。当年卫雄到底查到了什么以至于身死大内，我们现在也没有清晰的底数。扫了袁自甘不在话下，可是卫掌门的冤屈恐怕就成了永远之谜。想到此，弟心实有不甘。"

在场人皆沉默下来，因为赵遁说得很有道理。

此时婉月说道："虽然东方敏已死，但峨眉派疑点最大，这是毋庸置疑的。灭欲师太毕竟还在，我们何不从她身上想办法找找线索？陈公公杀了东方敏等十九人，也没拿到想要的东西，这东西肯定还在，八成灭欲能知道东西在哪。"

轻云道："反正公审大会已经结束，我们何不把她抓来问问？"

回雪笑道："这灭欲师太目前仍在董公公处，你以为从厂卫里抓个人那么容易的？而且我看董公公身形步伐，颇有高手风范，搞不好不比陈公公好对付。"

"既然大会已经结束，二人的公审也算是有了结论，董公公还扣着灭欲和性空干什么呢？"流风姑娘问道。

四个女人面面相觑，不知所以。

此时只见方月娴自言自语："奇怪，奇怪。"

"哦，方姑娘觉得哪里奇怪了？"司马信问道。

众人皆知方月娴常有独到见识，故而目光一起落在她的身上。

方月娴道："董公公既然是回京城，本应顺长江而下，沿汉口、信阳、许昌，一路向北，取道大平原，这才是通常路线。可是他直接东下到南京，去什么鸡鸣寺，这不是绕路了吗？难道死了陈公公这么大的事，他不着急回京向吕公公报告吗？"

"说明去南京这件事比报告陈公公的死更重要。"婉月回应道。

方月娴点头表示赞许："董公公还扣留这灭欲师太和性空方丈不放，一起带到鸡鸣寺，说什么在佛祖面前忏悔，那都是骗人的鬼话。我看定是别有目的。"

司马信此时突然说道："对了，这两天我到处闲逛，听说大会之前，董公公专门提审过灭欲和性空二人，因为不许人跟随，所以提审内容不得而知。"

李飞鸿笑道："老道真会说笑，你那叫闲逛吗？是躲在人家房檐上偷听吧。"

赵遁一摆手："李兄先莫要说笑。司马兄这个消息很重要。你们想，陈公公主持的公审大会，关他董公公何事呢？他来参加本来就会引起陈公公的不满。他冒着同僚不和禁忌，还单独提审了性空和灭欲，此中确实有蹊跷之处。陈公公被杀，他出奇地冷静，甚至是冷漠，只是派龙五他们几个回京报告，说明他自己也认为，陈公公该死。赵某之前向大家介绍过，董公公其实是吕公公的人，而灭欲又和吕公公关系较为密切，案情里牵涉的钱军，也是吕公公的人，所以这一切的背后，一定有吕公公的因素在里面。如果这样推理下来，那么，一定是吕公公怕灭欲和性空落在陈公公手里，被问出不该说的事，特意派董公公来，先发制人。从陈公公的所作所为看，他也许真的有在公审大会之后，逼供灭欲，千方百计寻找在东方敏等人身上没有找到的东西的可能。此番董公公行程诡异，编造借口，绕路南京，怕是已经问到了他想问的东西，特意带着灭欲和性空去鸡鸣寺查证的。"

赵遁的循序推理，让大家折服。

司马信道："那我们是否也紧随董公公，一路去南京鸡鸣寺？"

赵遁眉头皱起："刚才李兄所说其实也是事实，我们距离三个月之期，时间不算太多。如果绕道南京，再耽搁一段时间，八成要赶不及去长白山了。那时岂不是江湖上失了大面子？"

司马信笑道："这又何难，当初只是说定三个月之期，可从没说过三个月整啊，如果能拿到重磅消息，超他个十天二十天的又如何？只要没到四个月，我们都不算违约。"

李飞羽道："司马兄所言甚是。毕竟我们没有定下具体日期。一旦在南京有所斩获，大不了我们几个多跑跑腿，向武林再发通知就是。"

赵遁神色立即一振："既然如此，那我们就做如下安排。烦请诸葛兄和方姑娘等人先回抽刀门，查看袁自甘等人动静，如有消息，请及时飞鸽传书。司马兄带着回雪和流风两位姑娘，暂回断水山庄，安排向武林发送消息，就靠你们了。另外，你们也把岳阳之事告知丁兄，看他还能否想些当年的蛛丝马迹。两位李兄，需要你们去趟京城，看看司礼监对陈公公的死到底是什么态度，以及下一步对抽刀门会有什么安排和举动。我带着轻云和婉月即刻起身，一路追踪董公公一行。这样安排可好？"

回雪道："我看董公公绝非庸手，我们对他武功不甚了解，先生只带轻云和婉月，深入险境，是否再考虑下？"

轻云不满道："妹妹是嫌我和婉月姐姐功夫差，保护不了先生喽？只要一路上他不喝成醉鬼，还有几个人能伤得了他？"

回雪赶忙道："姐姐误会了，哪有此意？"

赵遁道："此次追踪，人少才好办事，人多目标太大。而且我们到南京以智取为主，见机行事，应无大碍。"

流风此时笑着说道："先生既然说智取为主，却把智囊打发回去长白山呢。"说完看了一眼方月娴。

方月娴脸色微红："在下武功低微，只会成为大家的累赘，而且，门中只有我不回，袁掌门处也会起疑，所以我还是，还是和两位师兄回抽刀门吧。"说完她低下了头。

诸葛愚回身看了看方月娴，暗自一笑，然后又正色道："既然师妹原与赵庄主相识，我想以师妹之聪慧，也许能够对庄主有所帮助。掌门处倒是无妨，有我和吴师弟、沈师弟回去即可，他若问起，我们随便编个理由也就过去了。反正他对你也没什么太多印象。"说到这里，诸葛愚感到有些失言。

"师妹在门中一向深居简出，所以见掌门自然就少一些。"诸葛愚赶紧又补充道。

方月娴抬起头，笑道："师兄不必介怀，师妹在门中低微，心里还是有数的。"

此时婉月说："诸葛堂主所言有理。南京之行，有方姑娘同行，相信定会事半功倍。我和轻云妹妹的压力也会小些。"

"哦，对，有您同行，先生不至于天天喝成醉鬼，一路上姑娘可要好好管管他。"轻云道。

于是众人大笑。在董公公一众离开岳阳的半日后，在一个并不是很炎热的午后，赵遹等四人，向着南京也出发了。鸡鸣寺，真是谜一样的存在。

第三十一章　九江独钓

晚来雪映灯火昏，小径玉兰才逢春。轻叩柳下门，莺啼花落痕。此去燕归家，池羽伴华发。九江独钓处，长篙映落霞。

从岳阳到南京，道路其实不算通畅。若是沿长江水路，则需一路先到汉口，自汉口南下奔九江，再北上才能到徽州和南京，这个曾经叫作金陵的地方。

夏季的长江，平静的水面下，孕育着一场场的躁动。只等暴雨来临的时候，它便怒吼着，狂舞着，使劲拍打两岸，似乎要吞噬每一个江上的扁舟。于是总有弄险者，乘风破浪之余，可以一尝鲈鱼的鲜美。若是撒上一些赣州的红椒、徽州的井盐、汉口的菜籽油和镇江的香醋，那就是难得的美味了。但是，据说烹煮的铁锅，必须是产自安庆的王家铁铺，将铁锅锤打一千遍才行。有江鱼，自然少不了江酒。在汉口到九江的沿途，就盛产一种酒，叫作李渡酒。据说当年李白醉在渡口，喝的就是这款酒。此酒入口平淡，回味醇厚，少了江南酒的入口甘美，却是喝了第一杯，就想第二杯，一杯接一杯，能把心喝醉。

方月娴受不住长江上的颠簸，一路上呕吐不止，到了九江的时候，已经面色惨白，不思饮食了。幸有轻云和婉月的照顾。赵遹用了藿香正气散和平胃六君汤，尽管大量使用了半夏、生姜和新鲜的藿香佩兰，但仍不见起色。

在一个艳阳铺照在江边的上午，船家一勺滚烫的热菜籽油浇在鲈鱼上的时候，略带着葱姜和鲜醋的香气环绕在乌篷船里，方月娴难得有了胃口，下得床来，吃了小半条鱼，喝了一碗荷叶莲子羹，还品尝了一口十五年的李渡陈酿。

"咳，咳。"方月娴咳嗽了两声，面色略显得有些红润。而此刻轻云的面色已如晚霞一般了。婉月递过来一碗鸡米头汤："方姐姐好些了吗？先生可是担忧了好多天呢。"

方月娴喝了一口，觉得甘甜无比，神色也好了许多："谢谢婉妹，好多了呢。"说完，二人一起看了一眼赵遁。只见此人已经趴在船板上，酒壶倒在身旁。一侧的鬓发处，湿漉漉的，也不知是洒下的酒水，还是睡梦中吐出的口水，反正应该不会是血了。轻云有些醉意朦胧地用脚踢着赵遁的头，说："起来，继续喝。"说罢，翻身继续睡去。

方月娴和婉月相视一笑，看来今天得把两个醉鬼抬到船舱里了。此时已近黄昏，残阳如血，江边却又下起了蒙蒙细雨。

"青箬笠，绿蓑衣，斜风细雨不须归。看来江南的烟雨，与北方自有不同。更不似北疆，连见到雨水也难呢。"婉月看着船舱外的不远处，有一个渔夫，静静地坐在水边，垂杆落在水里，披着蓑衣，戴着斗笠，不禁喃喃自语道。

当她回身刚刚扶起赵遁的时候，却听见方月娴一声惊呼。婉月猛地转过身，发现方月娴一脸的惊恐。因为，她的后背，顶着一根长长的铁杆，那铁杆的尖头，已经刺入了身体半寸，鲜红的血滴在船板上。在铁杆的那一头，是一张冷峻而狰狞的脸，虽然被斗笠遮住了半个面孔，但仍然令人感到恶心和不寒而栗。方才这个还在江边垂钓，僵尸一般的渔夫，眨眼却到了船上。难道是鬼？

婉月当然不相信鬼魅的说法，但是此人身法之快，世所罕见！赵遁已经酒醉，轻云也不省人事。强敌忽至，婉月感觉到了前所未有的压力。

"无论如何，决不能让他伤了方月娴！"想到此刻，婉月在刹那间，从古琴底部抽出了双刀。这还是她步入江湖以来，第一次亮出自己的武器。只听船舱里响起一阵刺耳的笑声，震得桌上的酒杯也在颤动。

"久闻婉月姑娘天姿貌美，一首天山舞曲乃世间妙音，听到此曲的人只想醉卧大漠，长河嗟叹。原来姑娘竟也身负武功，怎么，要用你的双刀领略下九江独钓的功夫吗？"渔夫似笑非笑地说着。

"九江独钓，李一弦？"婉月表面不露声色，但深知今日恐怕是一场血战。李一弦，号称打遍岭南无对手，当年岭南一战，一根铁杆单挑冷血十三剑，以一人之力差点剿灭整个武夷派，至今福建人听到其名，小孩夜不敢啼。

"敢问李先生可是认错了人？我断水山庄可是与阁下素无恩怨。"婉月见对手不好惹，故不想轻易挑起战端。

"哼，姑娘说得倒是轻巧，素无恩怨四个字，就想把李某打发了吗？"李一弦说着，把一只手背在身后，另一只手握着长杆，仍然顶在方月娴的后腰处，只不过力道略微放松了些。

方月娴紧皱的眉头让婉月看到，疼痛并未缓解多少。血，还在滴答地落在船板上。

"你待如何？"婉月见对方不给面子，干脆直奔主题。

"我倒要问，你们一路尾随董公公，意欲何为？"李一弦反问道。

"不想李先生这样的人物，也自甘堕落，投靠厂卫，成了鹰犬。"婉月一脸鄙夷地说道。

"你所谓的投靠，在李某看来，是为国效力才对。"

"为阉党效力，又有何自鸣得意之处？"

"小姑娘牙尖嘴利，且让李某看看你手底下到底有无真才实学！"李一弦有些被激怒了，撤下长杆，在双手中又晃又抖，只见杆子的尖头乱颤，仿佛有十五六个杆头在舞动。这便是李一弦的独门绝技，金鸡乱点头。常人使用长兵器，无论长枪，杆子，能抖出八九个尖头，就已经是高手了。可是只有李一弦，能抖出两倍的数量！

婉月见激将法奏效，方月娴已经获得暂时的平安，便从怀中掏出两个药瓶："姐姐，蓝色的内服，红色的外敷，躲在一旁，看妹妹收拾了这个村夫！"言罢，婉月不待对方发招，一跃飞起，左手刀直奔李一弦前胸。李一弦横铁杆在胸前，封住刀路。此刻，婉月右手刀已出，直扎对方小腹。

"好刀法，来得好！"李一弦侧身，将铁杆砸向双刀。

婉月见双刀走空，立刻在半空中将身体后翻，双刀顺势抹向李一弦咽喉。

只此一下，没有二十年功力，绝做不到。这一招也大出李一弦意料，想不到这个小姑娘年纪轻轻，轻功已经炉火纯青。

不过毕竟久经大敌，李一弦向后退出三尺远，让开双刀。抖长杆，直奔婉月双眼而来。婉月脚跟刚刚落地，见对方长杆来者不善，慌忙低头，脚下向前一纵，双刀砍向李一弦双腿。李一弦一跃而起，反手长杆刺向婉月后背。

婉月向前纵出五尺多远，已经到了船头。

李一弦不依不饶，挥舞长杆，频频进攻。

婉月所处地势不利，船头空间狭窄，十几个回合后，已经险象连连。方月娴服过药后，见婉月已经不支，顾不得身上有伤，掣出长剑，加入战团，二人一前一后夹击李一弦。

但仍不敌！

婉月喊道："姐姐带先生和轻云先去逃命，有我在此，尚能缠住他！"

李一弦哈哈大笑："你让一个受伤的弱女子带着两个醉鬼逃命，简直是痴人说梦！今天李某便大开杀戒，送你们一对半亡命鸳鸯去见阎王！"

三五回合后，婉月的左肩被长杆划破，鲜血流了下来。

李一弦一阵狂笑："小姑娘莫不如从了李某，留得一条命，做个温良贤淑的李夫人如何？"

婉月咬牙怒目："放屁。看刀！"说着加紧了刀招，可是，左肩的血，流得更厉害了。

李一弦更加得意。因为他发现，这个方月娴，细看一下，似乎风韵还在婉月之上。也许命里让自己投靠了董公公后，有了如此艳遇。所以他也不急于取二人性命，想在对方精疲力竭之后，自己能够如愿以偿。

人，当然是可以得意的，但需要在合适的时间和地点。而且，还需要有得意的资本。

李一弦，有点高估了这些因素。因为他过于自负，竟然忘了，正在酣睡的两个高手，是随时会醒来的。

李一弦正在边打边调戏两名受伤的女人的时候，突然发觉在天色渐渐暗下来的残光里，飞来一道彩光。

到底是人影，还是剑影？

他已经无暇分辨，因为当他看清是一个冷艳的紫衣女子向他飞身而来的时候，剑的寒光已经将他的身体环绕。

纵是他拼尽全力地闪躲，左手的食指和中指，还是被对方的剑各削去了半个。人的手指，在刚断的时候，往往只是感觉一凉，觉得这并没有什么。就在李一弦如疯狗一样扑过去，抓起掉了的手指，妄图粘回原来位置的时候，突然感觉到了一阵钻心的疼痛，痛得他差点扔掉手里的长杆。

紫衣女子冷冷地说道："怎么，你手指头残了，脑子也残了吗？今天姑奶奶给你留下点记号，滚！"

婉月和方月娴大喜，轻云终于醒了。行到水穷处，坐看云起时。但凡婉月遇到危难，轻云必醒。白云剑，永远是七弦琴的保护神。自从天山以来，莫不如此。

轻云一手揽住婉月，另一只手迅速把她肩井穴点住止血，然后把药膏轻轻涂在伤口，说着："姐姐，你的双刀，我的长剑，向来都是共同对敌，从未分开，今日何以独自冒险？"

婉月惨白的脸色中露出一丝微笑，这微笑中，好歹有了一些血色："妹妹，方姑娘是客人，你和先生睡去，姐姐不去接招，谁去接招？而且，姐姐的刀法，有那么不堪吗？"

轻云眼里含着泪水道："姐姐的双刀，天下无双，先生也是倍加赞叹的，谁敢说不堪？"

言罢，轻云手持长剑，婉月分开双刀，方月娴也将长剑握在手中，看着李一弦。

李一弦从衣服里掏出止血和止痛的云南白药粉，吞在嘴里，片刻，又是一阵奸笑："又是一个美人，李某今天这是怎么了，竟然好运连连，三大美人，在这九江渡口，若不一起收了，怎对得起董公公的器重！"

李一弦说罢抖起铁杆，向三人攻来，头脑冷静下来，势道比此前更猛。

轻云骂道："兔崽子你找死！"挥起长剑，第一个冲了过去。婉月和方月娴知道李一弦的厉害，不敢怠慢，手持武器一起冲了上去。

好个李一弦，以一敌三，毫无惧色，他想起了当年在岭南，一人对敌冷血十三剑的时刻，顿时胆气大增，挥动长杆，竟是毫不落下风。

三十几个回合，轻云、婉月、方月娴三人战李一弦不下！

而此刻，李一弦的伤口似乎已经无甚大碍，但方月娴和婉月的伤处越来越痛，影响了战力的发挥。

李一弦竟然略占上风！好在轻云剑法攻势凌厉，笼罩住李一弦，对手不敢贸然进攻。但三个女子，体力能坚持到几时呢？夕阳，已经完全落下去了。月亮已经升起。

江上的明月，伴着在光亮处还能看到的乌云，江风吹起，夏日仿佛有了一丝秋夜的清凉。今晚，竟是个月圆之夜。

每当月圆之夜的戌时，赵遘都要喝酒。可是，他在申时三刻已经喝得烂醉如泥。于是在戌时二刻，他醒了。因为他无论如何，也想再喝一点酒。他睁开眼睛的时候，发现了一个手持长杆的人在发威，自己身边这三个女人，场景并不乐观。但他看到，轻云的攻势凌厉，一时还不至于落入下风。于是他翻了个身，继续睡去了。

在半梦半醒之间，他好像听到一声尖叫："方姑娘小心！"赵遘一个鲤鱼打挺，一跃而起，手里握住那乌黑的刀鞘，眼睛直盯着战场。只觉得头上不断地冒着汗，后背也被汗打湿，酒醒了个七八分。

哪里有人说话。四个人打成一团，已经一个多时辰了。四人已经气喘吁吁，都已是强弩之末了，哪里还有机会分心说话。可是赵遁，好像确实是被一个声音惊醒的。

到如今，也顾不得分析是谁的提醒，赵遁手持乌刀，说了一句："三位姑娘，回来吧。"轻云、婉月听到先生的声音，顿时内心感觉到无比踏实，纵身一跃回来，在她们看来，赵遁醒来，仿佛宣告了李一弦死期。方月娴也撤了下来。脸色通红，呼吸已经不畅，一开始弯腰在一旁，后来干脆坐在船板上。

赵遁拿起身旁的一块毛巾，擦擦婉月头上的汗，之后把毛巾递给轻云，最后走到方月娴身后，不待对方开口，直接点了督脉的几处大穴，然后把方月娴抱起，走入身后的船舱里，轻轻地放在软床上，让她躺好，回身对轻云和婉月说道："你们吃点东西，然后给方姑娘弄点剩下的荷叶莲子羹，在她的伤口处敷一点李渡酒，很快就好了。婉月，你的肩头，也抹一点酒。"

说罢，赵遁头也不回，来到了船舱外，见到这个手持铁杆伤了三个女人的男人。

"你是谁？"

"九江独钓李一弦。"

"没听说过，你要是现在走了，今天就不杀你了。"

"好个猖狂的小子，你也许没听过你李爷一人剿灭了武夷派吧？"

"那又如何，见到赵某，你还能不死吗？"

李一弦从未见过如此狂妄的人，怒火中烧，挥起铁杆，金鸡乱点头，十八个铁尖，奔赵遁前胸而来！

不得不说，这是李一弦此生第一次抖出十八个铁尖。岭南第一高手，发挥了超绝实力！

赵遁嘟囔了一声："哦？"似乎有些诧异。不过仅此而已。

他转身，抽刀，挥刀，一气呵成，行云流水般。

当李一弦看到刀光的时候，如他看到月光一样。

月光如水，并不感觉快，可是当你看到了月光，那光亮已经照在你的身上。赵遁的刀光，也是如此。

只是一招，赵客缦胡缨！

李一弦的面目中间已经裂开了一道缝隙。在鲜血尚未迸出的时候，李一弦只说了一句话。

"好快的刀,可是为什么,充满了如此浓烈的……"

赵遁已经转过身去,走向船舱。

月下的风里,飘荡着一个字,在九江的两岸来回游荡。

"恨!"

方月娴睁开了眼睛,看到了赵遁,听到了风里那个字。

赵遁对她笑了一下:"习惯了,随他怎么说吧。"

方月娴道:"你不恨吗?"

月光下,赵遁看着她的脸孔:"无恨,哪来的爱?"

此刻,轻云和婉月端过来两碗莲子粥,赵遁只是抄起身旁的酒壶,将剩下的李渡酒一饮而尽,然后倒在船舱里。

轻云嗔道:"醉鬼,除了喝酒就是杀人。"

婉月笑道:"他杀人的时候,还是蛮帅的。"

方月娴道:"其实他杀人的时候,是很痛苦的。"

天亮的时候,船离开九江岸,继续往前走了一段,靠岸了。因为方月娴吩咐,前面是九江书院,是陆九渊当年论道的地方,这是赵先生,这个至今没有睡醒的醉鬼必去的地方。于是,三个女人把赵遁扶起来,走在山水交杂的路上。

第三十二章　书院论道

君为山中鹅,孤为林中鹤。秋水作君池,白云任我歌。击水莫徘徊,扶摇恐蹉跎。忽见南山樵,闲时对酒歌。

"昂首攀南斗,翻身依北辰。举头天外望,无我这般人。"在去九江书院的路上,需要跨过梅岭。方月娴等三个人看到漫山遍野盛开着紫色的薰衣草,还有很多不知名的野花,粉色的也有,黄色的也有,三人轻快地漫步在花丛中,婉月还不时地摘下一些花叶,它们除了好看,也都是上等的草药。比如茜草的叶子和根,对轻云和方月娴的伤口止血效果就很好。而赵遁此时的酒已经醒了大半,一个人慢慢地走在后面,脸色很平静,却又若有所思。口中喃喃着,如果仔细听,正是在反复吟诵着上面的诗句。

"方姐姐,这首诗,听起来很熟悉。记得先生原来一个人的时候,常常自言自语这首诗，这是谁写的，讲的到底是什么意思？"轻云问道。方月娴还未说话，婉月已暗自觉得好笑。方才轻云这话，说赵遁先生原来一个人的时候，好像现在赵遁就不是一个人似的。她偷看了方月娴一眼，见她似乎并未领会。"这是陆九渊写的。陆九渊，号象山，所以后人又管他叫陆象山，是南宋时期的大学问家，与朱熹夫子齐名并称呢。一生写过很多诗，想不到你家先生最喜欢的是这首。"方月娴一边回答，一边想着，也是，他的性格，不喜欢这首反倒奇怪了呢。"这首诗，没有太多内涵和意思，就如同表面理解的那样，无非就是诗人的一种自信，或者说，是一种狂妄。轻云妹妹天资聪慧，应该能理解到。"方月娴继续说道。"我看也是，我就没见过几个比我家先生还要狂妄的。"轻云说道。

"不过这种狂妄，我是从心底喜欢得紧，它给了我们一种力量，一种遇到困难从不屈服的力量。我想这也是我们姐妹四个愿意一路追随先生的原因。"轻云话锋一转，看着前方，眼光里是与她这个年纪不相匹配的成熟与坚定。方月娴看得出，她说这句话是内心真实想法的流露。

"可是为了这份狂妄，先生不知付出了多少代价。有时，我真想先生做个普通人更好。"一旁的婉月叹息道。

婉月的话，激起了三个女子的共鸣。三人一起看向赵遁，这个可敬又令人怜惜的男人，在消瘦的面容里面，仿佛有一点让人心疼。

轻云的心，好像被风吹去了。婉月的心，仿佛被云遮住了。方月娴的心，仿佛只在赵遁的呼吸里。

过了梅岭，还要走一段水路，于是四人又租了一只小船。赵遁似乎有些困了，但他并不累，因为在船上，他又喝了两坛酒。轻云和婉月坐在船头，一边聊天，一边欣赏着江边的月色。方月娴伤还没有好，一个人回到船舱，静静地躺着。船过了红谷滩，但还不能靠岸，它需要继续在江上再行驶一段，才能到目的地。远处的滕王阁，在夕阳下，真的有一些落霞与孤鹜齐飞，秋水共长天一色的感觉。王勃，英年早逝的王勃，似乎才华也不比先生好太多呢。这是婉月的想法，至于轻云，除了赵遁之外，还没有一个男人让她能够安然睡去，不去考虑敌人的偷袭。方月娴看着这个夕阳下如孩子般的男人，远望晚霞，却仿佛放不下这个醉倒在脚下的牵挂。

她逐渐领悟到，这是一种带着痛的牵挂。

"远上寒山石径斜，白云生处有人家。"在越过赣北江水后，船终于靠岸了。在前面，有一座古刹。三个女人发现，九江书院，到了。赵遁的酒，也醒了。

世人只知道贵溪象山书院的大名，其实并不知这赣北，还有一处九江书院。只见这个书院的大门口，挂着一副对联，赵遁看了一下这联子，好生霸气。

上联是，六经注我，我注六经，谁言学问只在格物处；

下联是，性即是理，心即是性，我说此心即是理所安。

横批是五个字，吾心即宇宙。

婉月看了说道："吾心即宇宙，好大的口气，这陆夫子，终不及朱夫子内敛。"

赵遁说道："当年程伊川只敢说性即理，然后又犹抱琵琶半遮面地说，性只在心。只有陆九渊才彻底通透，直接说出心即理。从这一点，陆象山有傲气的资本。我们进去吧。"

于是四人一起奔山门而来。此刻，只见大门外，有一个小道士，手拿扫帚，一边扫地，一边紧紧盯着门外的一片竹子。

赵遁见这小道士对竹子格外好奇，于是说道："城墟兴衰古刹钦，斯人千古不磨心。格得此竹又奈何，真理只在方寸间。"

小道士一愣，看着赵遁，看了许久，又在山门处踱来踱去，抬起头，向赵遁施礼道："怪不得师尊很久以前就说今天，这个丙戌日，会有贵客。大侠的一番理论，让小道士破解了多年的困惑，惶恐之处，感到好欢喜。"

赵遁看此人，似乎只有十五六岁的模样，"你能明白心即理的含义？敢问怎么称呼？"

"不瞒施主，小道也是今天听大侠如此说，才明白的。小道士俗家姓王，唤作守仁，师尊曾认为此名过于保守，于是赐名，叫作阳明。"道士答道。

此时风起，吹得山门的旗杆晃动。

"你认为是风动，还是幡动？"赵遁笑着问道。

"答施主，小道认为，不是风动，也不是幡动，是心在动。"道士答道。赵遁神色一变，你竟有如此见识！

但是，赵遁正色告诉他："若无风幡，便是无心。若无心，也无风幡。心本无明，意动识心，夕阳返照，便有大千。"

小道士稽首答道："施主好善缘。无善无恶心之体，有善有恶意之动，知善知恶是良知，为善去恶是格物。"

赵遁喜道："小子可教。"

于是道士引赵遁一行四人进入书院。

轻云问婉月道："姐姐，先生在说什么浑话？"

婉月道："你知，也不知。"

方月娴叹道："恐怕未来乱天下的，就是这个小道士。"

婉月问:"姐姐何出此言?"

方月娴道:"你没听他说吗,一切只在良知。可是,纵有良知,能斩尽这世间万恶吗?就像我们方才遇到的李一弦,若没有赵遁的断水刀法,难道我们姐妹还能劝说他重返良知?"

婉月点头:"小道士说得没错,但是,太低估了世间的险恶。"

赵遁问小道士:"尊师何人?"

道士稽首道:"家师号无为。"

于是,一众四人随小道士进入书院。走过了三重院子,赵遁看到无数在修炼剑法和心法的道士,有的动若脱兔,有的静若处子。但是,还是没有看到无为道长。

随小道士走到后院,发现一个圆圆的土冢。小道士道:"无量天尊,师尊就在这里。"

赵遁看到,在通向土冢的沿途,有一条窄窄的巷子。巷子很窄,但土冢很清晰。赵遁抱拳道:"惭愧,不知书院主人已经仙逝,抱歉。"

小道士说道:"家师说过,生即是死,死即是生。生生死死,方生方死,方死方生。"

赵遁惊诧,难怪十几岁的小道士竟有如此见识,原来其师更是通透。

"可容我祭拜一番否?"赵遁道。

"当然可以,家师曾说,可容一切江湖人祭拜,只要通得过眼前的巷子。"小道士答道。

赵遁心想,既然无为道长有这个遗言,看来这巷子似乎不容易通过。但天性不甘失败的他,怎会错过这难得的挑战机会?赵遁让小道士将方月娴等三人安排在前院,好好休息,好好吃饭。

轻云问道:"书院可有酒肉?"

小道士答道:"就是禅宗的和尚也说过,酒肉穿肠过,佛祖心中留。书院中怎会没有酒肉?这里有赣南的黄牛肉,还有梅岭的陈酿,叫作四特酒。"

婉月问道:"何为四特?"

"那自然是用料特好,用水特佳,酒曲特醇,酒池特古,方有这赣州的四特酒。"小道士答道。

轻云笑道:"既然如此,来个三升。"

小道士答道:"女施主,多了。这四特酒,寻常壮汉,也只能喝得三碗。到了第四碗,便是醉得不省人事。三位姑娘家,纵是海量,可以要个一升足矣了。"

轻云怒道:"姑奶奶就要三升,难道还会少了你酒钱?少啰唆,把四特酒和黄

269

牛肉赶快上来，还要四碟你们当地的蔬菜。"

小道士一看这三位不好惹，于是不敢怠慢，吩咐下去。三位姑娘自是吃喝，赵遁自是闯关。方月娴有些放心不下，总是向门外看。

婉月笑道："姐姐莫要多虑。先生闯关，纵是不成功，也是会回来吃酒的。"

轻云也说道："是的，那个酒鬼，怎么会甘心放弃这么好的酒呢？"

三人边吃边喝，两坛还未喝完，已经醉了。月下，三人趴在桌子上，小道士也不敢来扶。

忽然门被风吹开，一人飘落在桌旁，将半坛酒端起，一饮而尽。

"好酒！"赵遁赞道。

小道士见赵遁这么快回来，知道是闯巷子失败了。

"到底什么是空，什么是无？这个问题，很难回答吗？这个问题似乎很难回答。"赵遁自言自语道。

于是接下来的三天，赵遁回来了十八次，喝了十八坛酒。

小道士知道，三位姑娘也知道，赵遁失败了十八次。

"什么是空，什么是无？难道空不就是无，无不就是空吗？无为道长，为什么把这两句话刻在小巷子的石壁？"这两句话，就仿佛一个强劲的对手，每当看到这两句话，赵遁再难前进一步。

这一晚，赵遁又喝醉了。

轻云道："先生莫要管那个巷子了，我们还要去追踪董公公，在这里已经耽误了不少时日。"

婉月道："你不让他过了此关，过了这个心劫，他不会甘心的。"

轻云道："可是什么空，什么无，你看他这几天胡话连篇，怎么能过得去呢？"

此时方月娴看着睡着的赵遁，轻声说道："有常无常，双树枯荣，南北西东，非假非空。菩提双树，亦枯亦荣，如痴如醉，似幻似真。若论空无，只在执中。大千世间，有是执念，无亦如此。弃此执念，有无皆同。"

月下的赵遁，睡得如同一个孩子，脸色红彤彤，一呼一吸，带着一些鼾声。突然他一跃而起，看着周围："弃此执念，有无皆同！哈哈，我明白了，我明白了。"说罢，纵身而去。

轻云在朦胧中醒来，先生难道疯了？

在第二个清晨，只见赵遁捧着一抔土，放在酒杯里，一饮而尽。方月娴知道，他通过了那条小巷。也许在夜下，与无为道长畅谈了一夜。只见赵遁在喝完一坛四特酒后，舞起了断水刀法。

"抽刀断水水更流，原来断水刀法的第三重境界，不仅在于刀法的一气呵成，还有放下杀敌的执念，从而进入逍遥之境的空灵。"赵遁一边练刀，一边自言自语。方月娴再看赵遁的断水刀法，确实少了很多戾气，多了很多洒脱。可是，恨意并未全然消除，杀气仍然十足。

婉月问道："还有恨吗？"

赵遁道："没有恨，哪有爱？但是，放下恨，才更爱。"

"既然放下了恨，为何你的刀法杀气依然十足？"方月娴问道。

"因为没有杀气，我便保护不了想保护的人。"赵遁回答。

方月娴看了一眼婉月，又看了一眼轻云，这是两位多么善解人意的姑娘。难怪赵遁拼了命也要保护她们。又想想自己，何尝不是他拼命要保护的呢。他既然放下仇恨，已经难得，放下杀气，恐怕一时也难。

方月娴又想，董公公的武艺，没人见过。鸡鸣寺里，赵遁能否顺利拿到他想要的东西？长白山抽刀门之约，他能如愿达成他的愿望吗？

方月娴此刻，有点思念回雪和流风了。也许人集齐的时刻，才能帮助赵遁渡过一个又一个难关。而自己，又算什么呢？

月亮落下，太阳再次升起来了。方月娴感到有些困了。她睡在躺椅的时候，赵遁拿起自己的披风，盖在她的身上。

第三十三章　秦淮遇险

有道是，少年不知愁，愁染少年头。天南地北沧桑尽，欲抽刀，断水流。

谁言小桥那头有人家，秦淮河畔，桃叶渡口。金陵难消芳华处，一片梧桐，候着清秋。

清秋可上西楼，栏杆深叹，卷帘思忧。却道纵有千般事，应下眉头，莫放心头。

当太阳升起的时候，又恢复了夏日的炎热。在赣州地区，这个季节尤其潮闷，空气中总是含着大量的水汽，常人总是睡不踏实。

只有一种人，才会酣然睡着，一直到天亮。那就是极端疲惫的人。从九江岸边遇袭以来，方月娴等三人一直没有好好休息过。好在来到书院后，在半山之中，多少有点清凉之意，能够让燥热的心情略有一丝平复。熟睡的感觉，真的很好。赵遁也没有好好地休息，或者，也可以说他一直在休息。常喝醉酒的人，在迷迷糊糊、朦朦胧胧、半睡半醒中，到底算是休息还是不算呢？但当他每次走近小巷，挥舞着漆黑的刀，领悟着空与无的境界时，他是兴奋的。尽管失败了十八次之多，但他依然不感到疲惫。当成功地走过小巷，来到圆冢前，在这个黎明前的黑夜，与无为道长隔着时空，一番对谈讲习，实则是自言自语之后，他更是感到异常兴奋。于是他回到书院的院子里，破天荒地做了有生以来第一次早饭。早饭比较简单，熬粥。但这已经是赵遹能够想到最复杂的早餐了。赵遹熬粥的方法，是把米直接扔到冷水里面，然后用火一直烧。幸好铁锅足够大，不然不知米汤都溢出来多少回了。不过这样的好处就是，一直熬着，赵遹也不去管它，熬得久了，香味也越来越浓。方月娴三人闻到粥的香味，醒了过来，肚子早就饿了。

"先生居然还会做饭？"轻云诧异地问道。

"估计，也许，应该会。"婉月对自己的答案一点自信都没有。

方月娴走到锅边，终于闻到了一点微煳的味道。她把勺子探到锅底，略感阻隔的涩，捞起勺子，看到了略显暗色的锅巴，笑着说："两位妹妹不必惊慌，你家先生估计是头一次做饭。"

但是，三个人喝得非常甜。此时赵遹已经睡在院子里的藤椅上，鼾声随着晨光一起一伏。

"先生累了，等他睡醒，我们再上路吧。"婉月说道。

在午后最炎热的时候，赵遹终于醒了。喝了自己亲自熬的一碗粥后，赵遹的脸色微红："头一次做，没想到还是煳了一些，你们三个可还吃得惯？"

"吃得惯，吃得惯，我们愿意见证先生厨艺从青涩到熟练的整个过程。"轻云快言快语。

"哦，果然是做得不太好。"赵遹喃喃说道。

喝完粥，赵遹催促上路了。此时婉月说道："先生，你看，轻云的伤虽然好得差不多了，但方姑娘的伤还没有全好，我们是否晚几日再启程？"

赵遹看了一下略在中天西侧的太阳，说："经过九江一战，我们已经落后了董公公不少，还是尽快赶到鸡鸣寺，免得错过了重要的证据。我这里还有一些回雪配制的镖伤药，我仔细辨别了一下，应该对方姑娘的伤有好处，一路你叮嘱她按时服用即好。"于是，在这个闷热无比的午后，四人拜别了小道士，离开了九江书院。临别时，赵遹对小道士说："你的心体四句教，立足于无善无恶的心之体，还是知善知恶的良知？"

小道士答道："是良知。"

赵遹告诉他："你把良知放在第三位，尤其落在有善有恶意之动后面，好像有了善恶才有良知，良知反而不是本体了。了解的人自然不会误入歧途，但也容易引发后人的混乱。"

小道士正色道："赵大侠所虑极是，如何补救为好？"

赵遁说道："这个我也说不好。你可参考佛家无明之说和大乘起信论里的真常心之说，把无善无恶说成无明，或是良知的自我陷落，当是个思路。你若取道家无是万物之本，也是一种解脱之路。"

小道士说道："大侠说到了我的纠结处，我当反复思之。"

于是四人上路了，一路过徽州，奔金陵。路上稍息的时候，方月娴问赵遁："你为何不告诉小道士，无才是根本，良知做不得本？"

赵遁反问："为何这样说？"

方月娴道："你看，他的老师号无为，他怎么会把儒家的良知作为根本？而且此知加一个良字，我不认为超越了象山，反而自说自话，把朱夫子本来可以很全面的知，限制在道德层面，狭隘了呢。"

赵遁答道："你不知，其实心性学，原只在道德层面。其他层面，自有别的一番功夫。当年我的老师逍遥子和师母化真人，游历世间，这方面深有感触。此道士能够把心性学推到道德层面的极致，已经是圣人的水准了。在此刻的世间，还没有人做到呢。"

"那么其他领域，岂不是大受限制？朱夫子的格物，原不是单纯道德的含义吧？"方月娴继续问道。

赵遁看着天空："那是后人的事，我也不知道了。"

此刻轻云不耐烦道："你们俩在说些什么听不懂的东西，眼前金陵古城要到了呢。不远处就是秦淮河了。"

婉月笑道："知道了，妹妹已经对鸭血粉丝汤垂涎三尺了。看来这良知，是解决不了鸭血粉丝汤的追逐，更无论其他。所以我站在方姑娘一边。"

赵遁说道："你们说得对。抓紧进城，让你们吃点好的。我也来品味一下秦淮河畔秋月白的味道。"

三人惊道："强敌就在身边，先生还要喝酒？"

赵遁用手指着远处一家酒幌子："你们看，在江南贡院的对面，不就有一处秦淮人家？"

三人借着夕阳看过去，果然，在一片白墙灰瓦处，有一处酒坊，天还未黑，已经点起了灯笼。走过江南贡院，四人来到了秦淮人家。

婉月道："我听闻本朝的学子，在参加完乡试后，总要在秦淮河畔一醉方休，看来就是这家秦淮人家了。据说美人不少哩。"

方月娴笑道："我看这秦淮河畔当年的十二金钗，远比不上两位妹妹为首的伊洛四大美人呢。"

轻云道："还是方姐姐的话说得甜美。就不像先生，言语里常常带着嘲讽。"

赵遁不解道："近日何曾嘲讽你们了？"

轻云嗔道："是呀，难得最近先生懂得怜香惜玉呢。"

四人说笑间，到了酒家门口。

只见酒家的掌柜直接迎了出来："客人可是来自九江？"

方月娴一愣，未置可否。轻云倒是爽快："是，又怎的？"

"请问哪位是赵大侠？"掌柜又问。

"你眼瞎，三位姑娘，还能有哪位是赵大侠？"轻云骂道。

"哦，失敬失敬。"掌柜惶恐道。

"不瞒四位，早有贵宾给四位预订了酒菜和休息的房间，请吧。"掌柜道。

赵遁疑惑道："敢问是哪位贵宾？"

"这，贵宾不让说，大侠就不要为难小的了。"掌柜答道。

婉月姑娘见状，低声对赵遁道："先生小心有诈。"

赵遁朗声道："既然贵宾有意，我等岂能无情？就让我们四个看看这秦淮人家是不是鸿门宴。纵是鸿门，有三位樊哙，我又何忧？"于是率先走了进去。婉月看了一眼轻云和方月娴："有先生在，当无忧才是。"三人一起跟了进来。

进到酒店的雅间，酒菜早已布好。鸭血粉丝汤、盐水鸭、桂花红枣芋头汤、金陵狮子头、葱拌笋干、虾皇豆腐羹、蟹黄包、红烧河豚等一众金陵菜不必说，居然还有南北结合的鸭油饼、红烧藕盒，桌子的正中央放着一坛秋月白，足足有十斤的量。

赵遁问道："久闻此酒大名，但不知由来。掌柜可否介绍，何为秋月白？"

掌柜答道："此酒本为秋天所饮，尤其在皓月当空时。造酒之人须前一年就将秦淮河畔的美酒浸入桂花，放在庭院里埋上一年，待到来年中秋才饮。目下虽是夏季，但久闻赵大侠素爱喝酒，所以小店提前挖出启封了。"

"看来这位贵宾还真下了不少功夫，把醉鬼的心思打听了不少。"轻云说道。

方月娴道："既然贵宾如此美意，我们不妨既来之，则安之，陪你家先生痛饮一番如何？"轻云和婉月拍手称快。

赵遁看了一眼轻云："你只说我是醉鬼，好像你不馋酒似的。"

于是四人推开窗，伴着明月，望着秦淮河，唯差轻风，但夏季的金陵夜，总好过九江的闷热，偶有风过，还真的略有一丝清凉。

酒喝半酣，赵遁吩咐道："有酒无乐，甚是缺憾，婉月你就此月下抚琴一首如何？"

婉月此时才发现，只顾得喝酒，竟忘了把背后的琴摘下。于是她打开琴匣，思索片刻，指尖便拨在弦上。

此曲初听安静低沉，忽而节奏加快，加入铿锵，忽而又如月色照在湖面，一片宁静，忽而如秋雨滴在巷子里，让人在醉里也不忘倾听。

"哈哈，不愧是婉月姑娘，此曲应是只能天上有，人间哪得几回闻哪。今日听完，我辈此生也不枉了做一回金陵人。"四人一愣，婉月也停止了琴声。只见雅间外走进一人。此人四十岁上下的年纪，身材修长，生得儒雅倜傥，穿着素净。来人向赵遁一拱手："赵大侠近来名动江湖，梅花山庄郭著特来拜访。"

"原来是梅花山庄主人，钟山剑客到了，赵遁久闻大名，闻名不如见面呢。"赵遁赶忙拱手还礼。

"哈哈，赵大侠客气了。此番大侠光临秦淮，让郭某感到蓬荜生辉，一定要结识这位近年来武林的青年才俊。"郭著说着，倒也不客气，坐在一旁，给自己满了一杯酒，一饮而尽。

"这酒好生气力！赵大侠不愧久为燕赵豪杰，方配得上此酒的凛冽。郭某还真是有些消受不了。"说着郭著把酒杯推到一边。

"这么看来，掌柜所说的贵宾，就是郭大剑客了？"方月娴问道。

"郭某原来就听闻辽东抽刀门有一位奇女子，今日见到方姑娘，果然通透。"郭著答道。

方月娴道："哪里敢承此殊荣，郭庄主过誉了。"

此时赵遁又倒了一杯酒，一饮而尽，饮罢说道："感谢郭庄主盛情厚意的一番招待。但赵某无功不受禄，想必庄主此番安排，不会是简单的有朋自远方来吧？"

郭著哈哈大笑："赵兄弟果然爽快人。既然如此，我也不再遮遮掩掩。说句实在话，兄弟此番安排，是因为董公公知道赵大侠一路尾随到了金陵。董公公的说法是，此事与赵大侠毫不相关，何必为难司礼监呢？而且董公公与令师逍遥子和化真人毕竟有过一面之缘，大家做个朋友，喝喝酒，尝尝淮扬小菜不好吗？郭某虽然一向不过问朝廷之事，也不知道此中到底有什么恩怨情仇，但是董公公毕竟是多年好友，他的说法，我感觉也不算过分，敢问赵兄弟，能否给愚兄个薄面，不要在金陵掀起一番血雨腥风。至于抽刀门的事，董公公也有安排，说一定帮兄弟讨个公道。袁自甘嘛，无非是个蝼蚁，他作的孽，司礼监当然知道，赵兄弟要讨个公道，司礼监给你就是，赵兄弟看这番安排可还妥当？"

275

郭著的这番话，给足了赵遁面子。按理说，以他在江湖的地位和与司礼监的关系，他完全不必这么客气。

赵遁当然听得懂。三位姑娘也听得懂。她们三个看着赵遁，不知赵遁对这番可算优厚的条件是什么态度。

只见赵遁并不着急表态，而是又倒了一大杯酒，满杯，一饮而尽。喝得似乎有点多，咳嗽了几声，脸色已经泛红了，然后把酒杯推到一边，说道："按理说郭庄主把我当兄弟，提出这个建议，一点都不过分，赵某应该领情。但是，既然郭庄主认我这个兄弟，就应知道赵某的脾气，让袁自甘去承担一切后果，兄长真觉得袁自甘能操控这一切？卫雄枉死，赵某与卫雄虽有些交情，但也不至于让赵某抛家舍业去拼命。赵某平生不为其他，遇到不合理的事，尤其是不公平，就要管一管。今天郭庄主说到这里，我也提一个条件，只要背后那人答应，赵某立刻收刀回山，回天山也好，去苏州也好，再也不过问江湖事和朝廷事。"

"哦？敢问赵兄弟是什么条件？"郭著对眼前这个年轻人越来越感兴趣了。

"赵某需要那个人站出来，认个错，然后离开，赵某便不再追究任何事，也留他一条性命。"赵遁冷静答道。

"哈哈哈哈，赵兄弟莫不是在说笑？你可知那人动动指头，你的断水山庄也好，你手下这几位貌美的姑娘也好，甚至你的天遁派，你的师父和师母，可以片刻灰飞烟灭。"郭著略有些嘲讽地说道。

"赵某既然做了，就不怕任何后果。"赵遁继续冷静地说道。

这种冷静，让人感到可怕。郭著现在就有一些这样的感觉。这种冷静，又让一些人感到热血涌动，觉得一个男人，该当如此。方月娴等三个女人，就是这种感觉。

郭著看眼前的这个年轻人似乎有点油盐不进，只得无奈地摇摇头："好吧，看来赵兄弟主意已定，那么为兄也就没有办法了。你们几个出来吧，剩下的事，我只好回避了。"郭著说完，婉月突然发现，酒店的客人早就消失得无影无踪。在她们四个的包间外面，已经稳稳站了八个黑衣蒙面人，每人手持一把长剑，但看剑光就知道，每一把宝剑都价值连城。这八人，定是江湖的顶级高手。但这八个人站在外面，婉月丝毫没有察觉到。仅此一点就可以说明，任何一个人的功夫都在她之上。

轻云也是一惊，但是纵是面对强敌，自己也要保护先生。于是她抽出了背后的长剑，向婉月说道："姐姐，保护先生，和他们拼了。"

此时赵遁笑道："轻云退下，你家先生什么时候无能到让你保护了？"然后赵遁向郭著一拱手："郭兄看来此番准备充分，一下子约来八位高手，敢问八位是江湖上哪路朋友？"

郭著略显刻板地笑道："这便是秦淮八剑，一直在蔽庄做点小事。郭某佩服赵兄弟的义胆豪情，所以只要赵兄弟胜得过这八人，愚兄绝不难为赵兄弟，任你去鸡鸣寺了。"

赵遁知道，江湖上哪有什么秦淮八剑，久闻郭著视钱财如粪土，无非是他收买的江湖上的八位高手罢了，于是起身，走出包间，手中握着乌黑的刀："反正郭兄也不在乎砸烂了酒店，那我们就在这里动手吧。八位，请吧。"

这时轻云和婉月挡在身前："先生，杀鸡何用牛刀，让我俩先上一阵，把他们八个打发了算了。"

赵遁脸色铁青："你俩不听话了吗？去保护好方姑娘。这里有我，打发八个饭桶，还让女人出面？"

八个人闻听此言，愤怒异常："好个赵遁，真是大言不惭。今天秦淮河就是你的墓地！"说罢，八人从八个方位一起向赵遁攻来。

赵遁发现，这八人不仅出手狠辣，而且似乎是经过严格演练，形成了八卦剑阵，无论进攻防守，都配合得错落有致。本来每个人的剑法，已经到了至臻化境的程度，八个人有组织的进攻，威力更是倍增。

一开始，赵遁便处于防守状态，险象迭出。轻云和婉月一起惊呼，她们的手心已经出汗。方月娴也是心悬到了嗓子。这次赵遁是真的遇到狠角色了。

好在赵遁凭着灵活的身法，化解了一次次的险情，但仍处于只能防守，无法进攻的状态。偶尔攻出一刀，便立刻被对方的剑阵逼回。郭著坐在一旁，笑眯眯地看着，似乎成竹在胸。

二十几招过去，赵遁已经额头冒汗。断水刀法，尽管赵遁已经领悟了第三重，很难再遇到强敌，但是对方是八个人，你伤了对方一个不难，但对方其他七人立刻围攻上来。面对八个亡命之徒，伤人一千，也必定自损八百。就算勉强伤了对方两三个，但自己也就难保了，这让赵遁非常纠结。

纵是绝世刀法，也没有以一敌多的招式。赵遁很被动！

轻云和婉月无比焦虑地观察着战场。随时准备拉兵器帮先生，但又怕先生责怪，尤其是怕反而帮了倒忙，干扰了先生。方月娴更加焦虑。但她必须强迫自己冷静。她知道，此刻只有她才能作为局外人，分析对手，找到对方的破绽，帮助眼前这个男人渡过难关。

三十招，赵遁的衣服已经被对方划破两处，左肩被对方的剑伤到，出血了。黑紫色的血。对方的剑上竟然有毒！

轻云等人更加焦虑，这种焦虑比自己受伤还要更难受。方月娴用牙紧紧咬着嘴唇，嘴唇已经咬出了血，对方的剑阵一定有破绽，但凡是阵法，就一定有薄弱环节。必须尽快发现它！

快四十招了，赵遁的刀法已经显得迟缓。显然，有体力消耗的原因，也有中毒的原因。郭著的脸上，显得很得意。他知道，自己创造的这套演练多年的阵法，江湖中人，就算顶尖的掌门派主，也很难破解。赵遁能撑过四十招，已经是江湖奇迹了。但赵遁赢的机会，应该没有。

轻云和婉月再也按捺不住，抽出刀剑，要奔战场拼命了！

"两位妹妹不要动。"方月娴喊道，嗓子几乎破音。

"赵遁，对方用的是八门金锁的阵法。开、休、生三门以防守和配合为主，伤、杜、景三门以攻击为主，死门和惊门以纠缠为主。八门互相配合，且每过八招就会互换方位，增加了阵法的难度。"方月娴大声提醒道。

"这我也知道，可如何破解？"赵遁一边打，一边回应着。此时对方一人宝剑差点刺中赵遁左腿。

"但此阵法有破绽，就是缺少阵眼，没有统一的指挥调度。你从南方景门杀入，从东北方生门杀出，对方阵法自乱！"方月娴见赵遁再次遇险，就用了最快的语速说道。

赵遁大喜，因为他也发现了这八个人，唯有这两人功力稍弱。今有方月娴一番提点，更不犹豫，直接挥起刀，连续向景门方向的黑衣人攻出吴钩霜雪和飒沓流星两刀，果然对方猝不及防，配合不及，赵遁一刀斩断了对方左臂！接着，赵遁反身，向东北方向连续攻出长风送雁和青天揽月，一刀正中对方右肋。

此时对方阵法已乱，赵遁干脆一招"横扫六合"，一刀连续向六个方位攻出，速度极快！

月光如水，刀法如月，当你看到月光的时候，刀光已经落在你的身上。只听对方六人一起惨叫，扔掉手中长剑，纷纷捂住眼睛。赵遁的一刀，刺瞎了六人的双眼！

"先生砍得好，痛快！"轻云惊喜地喊道。

方月娴终于松了一口气，身体一晃，差点摔倒。幸好婉月扶住了她，此刻的方月娴，头上大汗淋漓，身上也被汗湿透。婉月赶忙拿过身上的绸布，一边帮她擦汗，一边说道："谢谢姐姐救了我家先生性命。婉月的感激，无法表达。"

方月娴勉强笑了下："妹妹何用客气。"

这时赵遁回过头来，用一种胜利者的顽皮语气说道："方姑娘，你再说得慢点，赵某今天就要归位了。"

此时的郭著，目瞪口呆。他实在无法想象，赵遁能够破解自己一辈子的心血。他也顾不得受伤的八个人，向赵遁拱手道："不想兄弟刀法已经到了登峰造极的程度。"说完又向方月娴鞠了一躬："想不到郭某多年心血，竟被姑娘看破。看来郭某只好退隐江湖了，未来是你们的。"说罢，郭著吩咐人把八个受伤的高手抬到客房，找城里的大夫调治。

此时轻云道："姓郭的，你也过于歹毒了，在剑上喂毒，赶紧把解药交出来！"

郭著惨笑道："我倒忘了这一层，其实无非是剑上抹些乌头附子罢了，只能起到酸麻的作用，无关大碍。此招确实不够磊落。我知以赵兄弟和方姑娘才华，解此毒不难。但还是不给三位添麻烦了，这是解药，外敷即可。"说罢把一个白色的瓶子扔给了赵遁。

婉月帮赵遁把药敷上，果然流出的血变成了鲜红色，之后就止住了。

赵遁一抱拳："郭兄不仅剑法出众，不想于阴阳五行也如此精通。今日若无方姑娘帮忙，赵遁胜不得。所以此番和郭兄较量，只算平手。有缘再向郭兄请教。"

郭著惭愧道："想不到赵兄弟有如此胸襟，如此看来，倒是郭某小气了。有缘再会。"

望着赵遁四人走出秦淮人家，郭著忽然大声说道："赵兄弟，你我一见如故，因此不得不提醒你，此去鸡鸣寺要格外留神，董公公的功夫不仅高强，而且有些邪行，能乱人心智，要小心。"

"知道了！"赵遁回答道。头也未回。

月色下，郭著呆呆地站着，如木鸡一般。"这个年轻人，让人感到天性率真，又有些深不可测，真的让人猜不透。"郭著喃喃自语着。

第三十四章　血溅鸡鸣

昨夜强渡秦淮，今宵再入金陵。三尺玄铁已出鞘，平明寒石没雕翎。快马踏秋行。

山海已发狂怒，狂风尽扫屋亭。忍辞天山温柔语，背水会猎越吴中。琴筝诉我情。

深夜，南京，鸡鸣寺。夜半的钟声刚刚敲过，已经是子时了。禅房里的人还没有睡，他身材不高，略微有一点发福，但还谈不上很胖。只见此人正在背着手踱步。一人弯着腰，站在刚刚入门的位置，毕恭毕敬，大气也不敢喘一口。

"哼，也不知道这个郭著是怎么办事的，江南黑道八大高手，我全给了他，训练多年，号称剑阵天下无敌，结果断胳膊的断胳膊，瞎眼的瞎眼。"此人恨恨地说道。

"禀公公，看来郭庄主也是有些大意了。本来秦淮八剑已经把赵遁逼入败地，刺中两剑，其中一剑还让赵遁那小子肩头中了招，眼看十招之内，必结果了这小子性命。不想冒出来个什么叫作方月娴的女子，竟然看破了阵法的疏漏，一番指点，让这小子逃过一劫。"门口不远处弯腰站立的人说道。

"这个方月娴是什么来历？"此人问道。

"属下连夜翻看了江湖大事记，竟然是毫无记载。后来一个从岳阳跟来的随从告诉属下，此女原是抽刀门袁自甘的手下，据说武艺平平。"弯腰人说道。

"那袁自甘自己就是个饭桶，哪里能教出什么人才？你的情报准吗？"这个人问道。

"属下原也有疑惑。但又听说此人并非新入门派，当年卫雄在时，就已经在抽刀门。虽然地位不高，但不知什么原因，当年卫雄对她颇为器重，而且她似乎与赵遁早就相识，最近不知何故，竟然抛开门户之敌对和赵遁走在一起。令人疑惑不解的是，能让当今两大高手高看一眼，又怀有如此卓识的人，武功却十分平庸。当然，这些都是听说，是否确切，还要花些时间调查印证。"弯腰人说道。

"那还不赶紧去查？把人员都发动起来，要快！"从此人话语的急促中，弯腰人知道，公公此番如此重视，看来是遇到大敌了。

无论庙堂，还是江湖，让董公公如此紧张，这还是第一次。他看了看月色，还不到丑时，但也不想睡了，于是端正地坐在禅床上，闭目养神。这其实是禅宗的正宗心法，戒、定、慧里的定字法，极难修炼。一旦过了定字关口，功力便是一日千里地增长。董公公一边打坐，一边脸色发青，神色凝重，看来还未至忘我之境。只见他抬起手掌，连挥几下，房中几根蜡烛，离他本远，却一一熄灭。弯腰人还未走出院子，发现身后已经一片漆黑。知道定是董公公的百步追风掌所为。

"看来公公入定，还是需要先灭眼鼻口耳触五识才行。"弯腰人暗暗想道。

南京的夏季，天亮得很早。董公公起得比天亮还要早。来到南京已是第三天，也是本次南京之行的最后一天。今天，董公公将如岳阳之约，在鸡鸣古刹，这座曾经被梁武帝四次舍身入住的江南第一寺院，正式宣读西厂的调查结论。之后，便可一路北上复命了。当然，这一切都不过是掩盖真实目的的障眼法。

众人来到南京的第一天，鸡鸣禅师见到灭欲师太的时候，发现师太眼眉低垂，神色疲倦，两眼少了往日的流光溢彩。禅师双手合十："阿弥陀佛，想不到你终于还是来了。"灭欲师太见到鸡鸣禅师，没有什么表情的脸上，肌肉抽动了几下，但还是立刻平静下来，还礼道："大师许久不见，身体依然康健。晚辈十分欣慰。如之前和大师所约，此番特来取回之前寄存之物。"

鸡鸣禅师道："你可想好了？此物一出，一旦落入外人之手，将又是一轮新的血雨腥风。"

"阿敏等人因此而死，当年本想借此保得一份平安，不想终是灾祸。我想此物终是不祥，还是去它该去的地方吧。今后，我也不再过问江湖之事和朝廷之事了。"灭欲师太眼睛有些红，声音略带哽咽。

鸡鸣禅师道："既然你已经考虑周全，那么老衲也不再多说。一切因果，自在循环。"

"敢问钥匙如何取得？"灭欲继续问道。

"你可记得当年送到你处的心锁？"鸡鸣禅师反问道。

"大师确实送过一块心形锁，但并未送来钥匙，也未说明缘由，灭欲不知此物为何，还以为是锁住那物件的同款之物，所以并未过多在意。我之前已经作为礼物送给性空方丈了。"灭欲师太道。

鸡鸣禅师低首说道："阿弥陀佛，何为钥匙，何为锁？无明之人，常谓一把钥匙开一把锁，有明之人，当知锁便是钥匙，钥匙也是锁。"

此时性空方丈从怀中掏出一把铜锁，递给灭欲："不想此物不是关闭之锁，反而是开启之锁。多年来，我对此也领悟不够，如今得鸡鸣禅师开解，终于明白。"灭欲自始至终未曾想过，开启旧物的钥匙，居然会是一把锁。也是，锁与钥匙，谁为因，谁为果呢？常人所谓因果，未必是真因果。以锁开锁，又有何违？

灭欲和性空，走到鸡鸣寺后面的禅院，将心锁放入机关，打开了多年尘封的密道，找到当年存入的东西。

无非是一本厚厚的册子而已！董公公拿到手里，将信将疑，马上安排手下一众人马，认真核对，查看这册子到底意味着什么。

这是两天前的事情了。到了第三天，手下仍未能拿出一个确切的结论，但是，根据初步推断，董公公已经知道这大概是什么东西了。

这东西太重要了！越是重要的东西，越不能出意外。

尽管已经派出厉害角色在九江和秦淮河畔接连阻击，但是看来赵遁等人已经突破了这两道防线。本来断水山庄并不是一个令人放心不下的地方，但是，经过岳阳一战，能够击杀陈公公，赵遁的刀法确实不能小觑。而且此番连闯九江、秦淮河两关，赵遁的实力越发深不可测。虽然鸡鸣寺也已经布下天罗地网，但是惹上这样一个硬手，并非董公公初愿。

董公公一夜未睡，仍然决定今天上午如约启动武林诵读仪式，他必须把鸡鸣寺的事情做完，有个结果，之后尽快返回京城。等回去，一切请吕公公决策。唯一的变数，就是他知道赵遁今天也会赶来。那就来吧。董某还不至于怕了赵某。只是不愿这么快和对方决战，毕竟长白山之战，并非董某所排斥，让断水山庄与抽刀门以及背后的黄公公杀个两败俱伤是最好不过，最后他来个渔翁得利，届时江湖和朝廷必定尽在掌中。他只是不明白，赵遁既然志在长白山抽刀门，何必一路尾随到南京不肯放。

上午辰时，所有人都用过早饭后，董公公来到了鸡鸣寺的禅院大堂。寺外已经围了层层密密的人，尽管岳阳楼下，很多门派掌门已经知道事情的缘故，但是，既然在江湖，就总有凑热闹的。赵遁四人，也是凑热闹的。

虽然只是个形式，但做得庄重了，形式就是内容。董公公在一众僧人、宦官的围绕之下，众星捧月般，根据鸡鸣禅师的指点，先参拜了佛祖，之后，就要进入正题了。他着人取来通奸大案的调查报告以及性空和灭欲二人的忏悔书，望了一眼两旁显得痴呆的性空和灭欲，准备开始宣读了。

此时人群中忽然传来一个女子的声音："那性空与灭欲通不通奸本是两个人的事，最多由两派自己处理，董公公和司礼监这是操的哪门子心呢？"人群中一阵躁动，大家纷纷寻找，最后发现说话的是一位身穿淡紫色衣衫的妙龄女子，手中拿着一把长剑，识货的看得出来，这是名剑太阿。她的身旁还站着一男两女。此人正是轻云。

董公公一看赵遁等人来者不善，正待发作，身边早已有人挺身而出。"姑娘何出此粗鄙之言？此次对武林的巡狩是朝廷的明旨，少林与峨眉为武林魁首，掌门不修佛法，搞起通奸之事，祸乱天下，岂是二人私德？公之武林，以儆效尤，有何不可？姑娘对朝廷的做法，难道还颇有微词吗？"说话的正是昨夜在董公公屋子里那名弯腰之人。他故意小题大做，搬出朝廷，意图鼓动在场众人将赵遁等人一起拿下。果然，在场颇有几个草莽好汉开始用敌对的眼光看着轻云这几个人。

轻云姑娘扬起眉毛，右手抓紧了太阿宝剑。空气一下子静了下来。方月娴见对方搬出朝廷和巡狩压人，混淆视听，显然心怀叵测。这一点若不做分辩，糊里糊涂打起来，对赵遁殊为不利，于是向前迈了一步，向着弯腰人冷笑一声："若本姑娘没有认错，什么时候灵隐寺的和尚也投靠厂卫，做了爪子？"

弯腰人听方月娴居然知道自己的底子，脸色一变，他仔细看着眼前这个女子，仿佛见过，但又没有太深的印象，于是正色道："在下锦衣卫杜三，一向在董公公麾下效力，蒙公公看得起，在南镇府司谋了个小小的指挥职务，姑娘方才说的什么灵隐寺，什么和尚，真是莫名其妙，可是认错了人？"

方月娴不慌不忙："本建法师，你还真是贵人多忘事呀。十年前你与寺中本相长老有龙阳之欢，被弟子发现，为掩盖你们的丑事，竟要灭了全寺的口。法师难道忘了当年断指之痛？你可敢把右手伸出来，让众人看看你的小指有没有长全？"

杜三一惊！他对眼前这位姑娘有点印象了。当年自己被卫雄一刀斩去小指，卫雄也只是稍做惩戒，并未向武林宣扬，所以武林并无多少人知晓。当时似乎就有一位姑娘在场。如今看来，这位姑娘就是当年的见证人了。眼见对方如此揭短，杜三不由得心头火起，脸上一阵红，一阵白，最后黑色笼罩，暗自起了杀机。

"哪里来的婆娘，竟敢在这里造谣惑众？你是哪个门派的？"杜三厉声问道。这句明知故问的话，说明他还在心存侥幸。也许眼前这人对当年的事也是道听途说，也许一切都是自己的多虑。虽然十年前在场那姑娘，与现在眼前这人，面貌有几分相似，但十年风霜，女人不老吗？杜三深信自己的逻辑没有问题。

"报告杜指挥，小人已经打听到，此人就是抽刀门的方月娴。"身后一名小铛太监低声说道。

"果然如此！"杜三恨恨然，"无论当年在场的是不是你，今天惹到杜某，也活该你的死期提前！"杜三暗自咬牙，忽然一跃而起，掠过众人，直奔方月娴突袭而来。

好快的身法！众人还未来得及收起因惊愕张开的嘴巴，杜三已如鹰隼一般，欺到方月娴的身前，探出右掌，猛击方月娴的面门。方月娴立刻感到呼吸一阵困难，对方的掌风里，带着好重的邪劲。以她的武功，尽管已经察觉到杜三不怀好意，但仍然反应不及。

杜三正在暗自得意，没想到一击能得手。这女人功夫实在差劲。

他突然感到后颈一股凉风，不好！杜三顾不得再攻击方月娴，立即缩头，转身，向身旁跃出三尺多远。只听一声轻叱，一位身穿淡紫色衣衫的姑娘，早就挥剑从身体斜后方杀来。剑气，杀气，寒气，三气笼罩在太阿剑上，让杜三感觉到这是一位高手。

轻云正是一位让人不寒而栗的高手。杜三顿时抛开了对女人的偏见，认真对待起这场生死之搏。他虽赤手空拳没有武器，但运掌如风，刚猛的掌法中带着爪法的阴诡，招数不同寻常，兼具南北派武林风格，虽然杂糅，但亦颇有独到之处，俨然自成一家。

而旁观的赵遁发现，此刻轻云的剑法，比前段时间在九江对敌，又长进不少，明显对敌经验更为丰富，发招也更为老到，不再一味图快，而更注重整体剑势的连绵不绝，剑法催动起来，隐隐有雷霆之音。十几个回合，杜三不仅讨不到丝毫便宜，还有一次险些被剑尖划伤手腕。

"好厉害的婆娘！"杜三暗自骂道。原以为凭自己的武功可以快速制服对方，作为要挟赵遁的筹码，在董公公那里立个大功。不想偷袭不成，眼前这个姑娘又如此扎手。杜三越打越急，头上开始冒汗，身体开始燥热。他再偷眼看了一眼赵遁，只见赵遁微闭双目，似乎对这场打斗早就成竹在胸。

"可恨，不知道这小子哪来这么强的信心。"杜三见赢不下轻云，更加焦急。他用余光瞥到方月娴在不远处，正在聚精会神地观战，离赵遁还有些距离，这也许是扭转战局的绝佳机会！

杜三向轻云猛攻几招，趁人不备，突然转身直扑方月娴。轻云一声惊呼，已经来不及救援。

杜三两臂骨骼咔咔作响，似乎暴长了一般，化掌为爪，直奔方月娴咽喉抓去。

方月娴对突如其来的变化，毫无防备，惊吓之余，花容失色。只听"啊"的一声惨叫，这声音雌雄不分，但尖锐中又带有一些嘶哑，似乎不像是女人发出来的。

阳光下，闪过一道光，这是刀光。本应先有刀光，后有惨叫。但现场的人们，总是感觉好像先听到了惨叫，后看到了刀光。

杜三五官狰狞，痛苦异常。见他抱住鲜血猛蹿的右臂，发出阵阵哀号。右掌已经掉在地上，五根手指还在时不时地弯曲扭动。

赵遁的刀还未还鞘，刀身的鲜血顺着刀尖滴在地上，染红了脚下的这块土地。

"杜三，本领不济，还妄想殃及无辜，今天略做惩戒，只要了你一只手，下次就没有这么好的运气了。滚吧。"赵遁冷冷说道。

从九江之战以后，赵遁就不会再给他人机会伤害身边的人。他的刀越来越快，出手也越来越不留余地。因为他发现，对敌人的仁慈，总是会付出沉重的代价。他见杜三突袭，曾想过只用刀将其划伤，但出手后，还是果断地将对方手臂斩下。与其指望对方回心向善，莫如直接废掉对方作恶的工具。有时正义的实现，就是这么简单。

简单的事，往往最难。杜三脸色苍白，哆嗦着疼痛的身体，拾起那只被斩下的断手，看了又看，最后闭上眼睛，狠心地扔在地上，转身回去，却因为站立不稳，差点摔在地上。早有跟班的小太监跑过来三四个将他扶住，背回去，尽快把上好的刀伤药外敷、内服。董公公吩咐抬过软床，让他回寺院休息。

杜三痛得五官狰狞之余，咬紧牙关，坚决不离开。他要亲眼看到董公公为他报仇。他的眼光里有仇恨，有期许，有自信。他完全相信董公公的追风掌法可以将眼下四人全都毙了。当然，如果抓个活口，由他慢慢折磨报复更好。

董公公微闭双目，将手中的拂尘在胸前轻轻甩了一下。他用这缕丝素拂去怒意，拂去懊恼。每战之前，心当如止水。

片刻，董公公睁开眼睛，望着赵遁，朗声说道："赵先生，前些时候你在岳阳杀了陈公公，如今又伤了杜指挥，如此和司礼监过不去，和朝廷过不去，是何道理，咱家倒要讨教一二。"

赵遁冷笑："董公公还真会装糊涂。旁人不知，你还不晓得吗？赵某从长白山追到南京，一路途经洛阳、嵩山、峨眉、岳阳、九江，九死一生，无非就是要讨个真相而已。"

"哦？是什么真相？"董公公故作诧异。

"既然公公愿意装到底，那当着天下人的面，赵某不妨把话说得再明白些，陈公公也好，你董公公也罢，一路打着巡狩武林的旗号，弄出个通奸的武林大案，最终目的不就是想从灭欲师太手里拿到想要的东西吗？现在董公公来到鸡鸣寺，想必东西已经拿到，又何必继续为难性空、灭欲二人呢？"赵遁说道。

在场众人听得云里雾里，但是大家表现得都好像明白了一些事似的，因为大家听得出这里面有故事。一个尚未揭晓谜底的故事，就可以衍生无数新的故事，这种江湖谈资，并不会因为谜底的最后揭晓而结束。江湖，喝酒第一，谈资第二，争斗最多能排到第三位。武功的争斗，永远赶不上舌头的争斗。

董公公正色道："赵先生说的，我是一句也没听懂。咱家来鸡鸣寺能拿什么东西？简直一派胡言。本想回京时候再跟你断水山庄算一算总账，今日既然尔等咄咄逼人，也休怪咱家眼睛里不揉沙子。今日你们四人，是断断离不开这古城。"

赵遁微然一笑："赵某倒要看看董公公，除了说大话，有没有这个本事。不过赵某声明在先，董公公若能把东西交给赵某一观，赵某绝不贪图，看完一定原物奉还，丝毫不影响公公身负之使命。若是执迷不悟，非要在这里跟赵某拼个你死我活，今日赵某就在这里送你上路，到时休说我言之不预，不教而诛！"

董公公听到"言之不预，不教而诛"八个字，火从心头起，这八个字正是吕公公常挂在嘴边，训教司礼监的口头禅，自己也常引用来告诫自己的下属，今天被赵遁冷嘲热讽地引用过去，分明是赤裸裸的挑衅！

"既然如此，怕是留你不得了。"董公公一声低吼，将拂尘交给随从太监，挽起袖子，双掌抱在胸前，却不动手。

这个极其自然的姿势，却是毫无破绽。赵遁破天荒地把刀交给了婉月，正准备飞身跳过去，被婉月一把拉住："先生，你要干什么？"

赵遁看得出婉月眼中的关切，笑道："不必紧张，人家赤手空拳，我若用刀，赢了也不光彩。等着我，一会儿就回来。"

轻云急道："先生这不是以己之短攻彼之长？"

方月娴也劝道："武林各派，有以刀剑见长，有以掌拳为先，各家绝学不同，并无谁占便宜一说。你何必被这些俗名所累？"

赵遁傲然道："三位所说，赵某当然知道。今日只让董阉心服口服，交出东西！"言罢，已经飞身过去，婉月等三人阻拦不及。董公公见赵遁未用刀，心想："小子你真是活到头了，你若用刀，咱家倒还忌惮三分，现在你敢和咱家拼掌法，我让你三十招内就血溅当场！"

这样想着，董公公向赵遁竖起大拇指赞道："赵大侠果然英雄过人，今日能和咱家对掌，真是咱家的荣幸。这份勇气，咱家深感佩服！"

赵遁说道："今日赵某弃刀，向公公请教掌法，只为一事，公公若在掌法上侥幸输于我，当把赵某所要东西交出。"

"那是自然，别说账册，就是董某的命也是你的！"董公公说罢，左手单掌已经拍出，直奔赵遁前胸。

"原来果然是有账册！"董公公得意忘形的一句话，让赵遁心里更加坚信了之前的判断。

这一念头刚刚闪过，赵遁就感到了对方掌风的强大压力。距离还远，但掌风已经压迫了自己的呼吸，赵遁忍不住咳嗽了一声。这便是追风掌法的威力之处。董公公认为赵遁会侧身避开，所以他早就计算好了赵遁的躲避路线和自己下一掌的发招。掌风继续前送，离赵遁胸口已经不足一尺。

而赵遁没有躲！这让董公公很意外，这一掌的化解，要么侧身躲开，要么自恃掌力雄厚，将手臂平伸，对接这一掌。如今赵遁不躲，也错过了接掌的最佳时机，这是要用他的血肉之躯硬扛下来，像岳阳对付陈公公那样？"赵遁哪赵遁，我看你是脑子出问题了，岳阳你手中有刀，还可以拼死冒险，这下你手中刀都没了，而且咱家可不是陈公公，这一掌就让你去见了阎王！"董公公想到这里，脸上已经露出了胜利者的微笑。

轻云、婉月和方月娴都张大了嘴巴，忘了呼吸，嗓子如同被堵住一样，叫声也发不出来了，她们完全看不出赵遁到底要干什么。提醒他都已经来不及了！

此时董公公的掌离赵遁的胸口只有半尺远了。婉月已经闭上眼睛，不忍看下去。轻云拼尽全力，冲破喉咙的哽堵，喊了一声"啊"，却不知道该说什么。方月娴的心脏反复翻腾，她不甘心，处于绝望边缘的不甘心。

这场似乎一出手就应该结束的战斗，在人们的各种惊讶中，发生了变化。只听砰的一声，谁也没看清赵遁用什么接了董公公这一掌。但众人都看到的事实是，董公公已经向后跃出三尺多远，脸色不太好看，左掌向下微微垂着，有些颤抖。细心的人看到他的喉咙处，有反复吞咽的动作，这是在压制气血的上涌。

赵遁则退后了四五步，几声猛咳之后，嘴角已经渗出一丝血迹。谁也没看清到底发生了什么。难道赵遁练就了金刚不坏之身？

只有董公公看清了，赵遁分明是用右掌接了他的左掌。赵遁的右掌，发招非常与众不同，手臂并不完全展开，而是做弯曲状，似蓄力留有余力，而攻出来的爆发力却出奇地强。董公公这一招，表面上将赵遁打得嘴角渗血，但其实没有占到很大便宜，他自己也受到不小的冲击。

"想不到这小子年纪不大，掌力如此雄厚，倒是小瞧他了，差点吃个暗亏。"董公公暗暗对自己的轻敌有些后悔。可是，赵遁这究竟是什么发力方式，董公公还是看不懂。

轻云和婉月看到先生并未落入下风，心情稍稍平复。方月娴没看清赵遁的发招方式，但以她对赵遁的了解，知他定不会以血肉之躯接董公公的追风掌。在如此短距离去接对方的掌，难道这是当年卫雄独创的寸劲之法？

所谓寸劲，讲究在短时间内，将人体的力量集中在一点，爆发出来，这就要求招法不能过于舒展，而是要收缩，掌拳要在出招的半路，将力量爆发到最大，呈螺旋式旋转击出，据说这种方式能最大提升掌法拳法的攻击效果。但是若是将手臂完全伸直了，寸劲的力道已经用完，就没有爆发的效果。常人只会用结果评判行为，但只有卫雄知道，真正的辉煌，无不在过程之中。将寸劲作为基础发招方式的拳法、掌法，都是这个道理。

只是一招，当然不能让董公公退缩。他见赵遁掌力不弱，便丝毫不加留手，全力攻出追风掌法。他摒弃杂念，将精神集中在战场上，进入禅定的境界，眼中只有招式，心中只有取胜一念。

追风掌法，如同狂风卷大旗一般，掌风把赵遁裹挟在其中。赵遁如沧海巨浪上的一只小舟，起伏摇晃。

轻云和方月娴都忍不住发出阵阵惊呼。额头，手心，已经全是冷汗。

但令杜三感到奇怪的是，在如此强大的攻势下，赵遁尽管险象连连，却总是能侥幸躲过杀招。"董公公应该再加把劲，每次就差那么一点点火候。董公公若用足全力，赵遁这小子还能扛得住多久？"杜三暗暗焦急。

已经三十多回合过去，董公公尽管占据表面上的优势，却不能转化为胜势。而且他发现，赵遁化解自己的招数越来越轻松，自己的掌法虽快可追风，但想追到赵遁的身形，却是难上加难。更加恼火的是，赵遁从一开始的消极闪躲，已经变成开始有零星的反击。每次反击，都令董公公感到压力，有些心慌。

心慌了，就再难进入定的状态。董公公的掌法渐渐有些不稳。这一切已被赵遁及时发现，时机已到，他正式从守转攻。他的掌法，此时才系统地施展开。

方月娴发现，赵遁的掌法，与断水刀法有颇多神似之处。见他化刀为掌，却丝毫不显得生硬。刚才是董公公的掌风把赵遁笼罩，现在则是赵遁的掌刀开始反噬，不停游走在董公公身体周围，不断将对手逼入重重绝境。战场的形势发生了反转。

董公公的头发有些散乱，束发的头绳已经掉落。他眼中射出狂热的火焰，嘴里发出野兽般愤怒的嘶吼。追风掌法，已呈大开大合之势，攻多防少，威力倍增，让对手不敢轻易乘虚而入，否则，付出的代价也必定是粉身碎骨。

这种两败俱伤的打法，让赵遁感到很不适应。刚刚取得的优势，立刻又陡转直下。赵遁感觉体力消耗不小，与对方的相持越来越困难，发招不够迅猛，身法也不似之前那么轻盈了。他感到一种莫名的焦虑和急躁，这种焦躁让他拼尽最后的力气，将招法不断加快，一定要在短时间内结束战斗，不是你死，就是我亡！

两个拼命的打法，两个攻多于守的打法，已经出现了两三次掌力的撞击。赵遁虽勉力压住内心的翻腾，还是忍不住吐了一口血。

董公公也并没有强多少，嘴角的血已经不断滴下来，染红了胸口的衣襟。可二人丝毫没有收手的迹象，似乎宁可烧尽生命里最后一滴残存的灯油，也要将对方焚灭。

董公公早就将戒定慧的禅规抛之脑后，拼着最后的气血，猛攻，猛攻。赵遁过度消耗了体力，他的意识已经有点恍惚。而此时董公公不断的嘶吼声，让赵遁感觉比听司马信的伊川魔音还要难受，他似乎每次发招，都在迎合对方嘶吼的节奏。

轻云和方月娴紧张得心脏都要跳出来了。她们还从未见过赵遁陷入如此危难的险境，而且她们看得出来，赵遁的意识开始不清醒了。

此时的婉月，突然快速跑到不远处人略少的地方，扯下背后的古琴，打开，深呼吸几口古城的空气后，弹起那首清心咒。

人群早在赵遁与董公公的殊死拼斗中安静了下来，婉月的琴音，由远及近，一声声清晰悠扬地传到战场。

人们紧张的心情，得到一些舒缓。

与此同时，战场传来重重的一声撞击，这撞击声中带着骨骼碎裂的咯咯声，在安静的人群中听得十分清楚。刚刚得到舒缓的人们，心情立刻又紧张起来。

这时战场上发生了重大的变化，也许，这生死的相搏，已经有了最后的结果。轻云不由分说野蛮地拨开眼前的人群，走近打斗之处，发现有一人已经摔在地上，吐血不止，几次挣扎，身体却难以动弹。

"赵遁赢了！"身后的方月娴惊喜地喊道，与刚刚转回身的轻云紧紧拥在一起。

躺在地上的，正是董公公。他的胸骨、肋骨已经尽断，五脏六腑受到巨大的冲击，他不停地吐着血，几次想说话，却只是吐血而已。他不明白，也不甘心，因为他根本没看清这一招赵遁怎么打到他的。

婉月的清心咒还在持续地传送过来，赵遁胸腔里正在上下翻腾的气血已经停歇，如同夏日喝了一杯冰水，感到无比清爽和甘甜。他已经陷入恍惚的意识，渐渐清醒过来。他走近董公公："公公，胜负已分，请如前所约，将账册交给赵某吧。"

董公公挣扎着，勉强从怀里掏出一本厚厚的册子，扔在一边。赵遁捡起账册，转身正待离去。

董公公用尽最后一丝气力，终于说出话来："赵先生赢我这一招，出自何门派，可否告知，让咱家死个明白。"

赵遁长叹一声："我不知道。"

"不知道？哈哈，好，好，既然赵先生不愿告知，咱家何必勉强？"董公公这句话，已经说得断断续续，残喘之音，没有了多少生命的余力。

赵遁转过身："我确实不知道。"

在无比诧异的眼神里，带着各种不解和疑惑，还有强烈的不甘，江湖一代掌拳宗师，追风掌法的创始人，司礼监的董公公，离开了这个世界。作为掌法的宗师级人物，死于一种叫作不知道的掌法。

赵遁来到轻云和方月娴身边："我回来了。"

轻云眼里含着眼泪，狠狠捶了赵遁一拳："你吓死我们了。"此时婉月已经收起了琴，走了过来。

赵遁道："婉月妹妹，你救了我一命。"

婉月说道："这是婉月早该做的，先生不必客气。这清心咒若是早点弹起就好了，先生现在感觉好些了吗？"

赵遁点点头："内心已感到无比平静。"

此刻方月娴围着董公公的尸体转了几圈，又俯身认真察看了一会儿。

赵遁问道："方姑娘在看什么？"

方月娴道："你这一掌力道可谓空前，以董公公的深厚内力，仍不免胸骨肋骨全折，五脏六腑怕是也碎了。我看当年卫雄掌门的寸劲，也达不到这么霸道的力道。"

赵遁说道："方姑娘果然见识卓绝。方才与董公公对决，确实用的寸劲。可是这寸劲的威力如此之大，我也没有想到。本来我志在账册，不想取他性命的。"说完，赵遁也不住摇头叹息。

打斗已经结束，杜三一看如此结果，不敢再惹其他事端，吩咐小太监们收拾好董公公的尸体，抬着自己，该回京城了。至于性空与灭欲，再也无暇顾及。

赵遁吩咐方月娴和婉月，将性空与灭欲释放，解开他们身上的穴道，并让他们服下各种解药。

江湖人也纷纷散去。散去的时候，众人不断地议论着这样一个话题，金陵城里的武功，恐怕赵遁才是第一。

安排好了这一切，赵遁觉得好累。轻云扶着他，一步一步离开鸡鸣寺，也许今晚，先生需要一个好的睡眠。而此刻，鸡鸣大师双掌合十："阿弥陀佛，赵施主好功夫。老衲深感佩服。"

赵遁忙还礼："大师过誉了。"

鸡鸣大师抬眼看着赵遁："施主，有句话，不知该不该说？"

赵遁说道："大师必有独到见解，赵某愿附耳恭听。"

"施主最后打出的这一掌，不同寻常，可以说登峰造极，江湖中断无第二人能发出如此功力，施主可想过缘由？"鸡鸣大师问道。赵遁一怔。他确实不知自己哪来的如此功力："不瞒大师，赵某与董公公对决的最后时刻，已经感到精神恍惚，想是婉月妹子的清心咒，让我回归常心，故而有此发挥。但我对此仍有疑惑。所以我说不知道这最后一掌的招数，不是虚言。大师可有提点指教？"

鸡鸣大师稽首道："阿弥陀佛，赵施主胜而不骄，此心胸非寻常人可比。依老衲看来，婉月姑娘的清心咒，其实并非施主打出这一掌的原因，在琴音传到施主耳朵之前，施主已经攻出了这一掌。所以，与其说是清心咒激发了你，不如说清心咒让施主恢复了平静。"

赵遁疑惑道："那到底是什么原因，使得赵某的功力短暂爆发？"

鸡鸣大师道："老衲仔细观察了施主的发招方式，似乎是一种蓄力于掌，讲究爆发的出招，重在过程，而不是结果。"

赵遁答道："大师所见极为精到。此法名为寸劲，如大师所说，讲究的是爆发力。"

"施主这种出掌方式，为江湖罕见。可是，此法过于注重力量的爆发，而容易忽视对结果的控制。一切的辉煌尽在过程中，这是不假，常人断难领悟这一点。但是，辉煌的燃尽，不止焚烧对手，也在焚烧自己。赵施主在攻出这一掌时，也在被这一掌吞噬，陷入魔性。若无婉月姑娘的清心咒琴音，恐怕施主的掌法摧毁了董公公之后，下一步摧残的就是自己了。老衲所言，狂妄唐突，未必正确，望施主三思。"鸡鸣大师说道。

赵遁施礼道："大师教诲，赵某谨记在心。"

残阳如血，鸡鸣寺的血迹，已经被小和尚们擦洗干净。赵遁等四人，拖着疲惫的身躯，也消失在夜幕来临之前。

账册已经拿到手。未来就可以赶赴抽刀门，终于到了和袁自甘等人决战的时候了。可是赵遁仍在想，到底婉月的清心咒，是激发了自己的掌力，还是及时压制了自己的魔性？自己赢了董公公的最后一掌，究竟是什么原因？对方不知道自己怎么输的，自己何尝不是不知道怎么赢的。血溅鸡鸣，到底是董公公的血，还是自己的血？战胜了董公公，难道是以输了自己为代价？

这个问题，好难。

第三十五章　　有关账册

> 独坐青石上，晚月照幽篁。琴箫惊谷客，复梦待晨阳。彷徨小径处，林深已断肠。夜静听阶雨，凉夏踏秋霜。镜中添白发，岁里沉墨香。

离开了鸡鸣寺，离开了南京，赵遁等四人立刻一路北上。即使按照司马信在岳阳宣布的修改版的三个月抽刀门之约，时间也已经所剩无几。一路上，赵遁话异常地少，拼了半条命拿到的账册，也只是在路途休息之余简单地翻了几次，便交给了其他三人。他似有心事，除了练刀，就是经常陷入沉思。方月娴发现，赵遁的断水刀法越来越快，威力又大了不少。但是，方月娴的内心总有些隐隐的不安。

这是一个寻常的月夜，这是一个并不寻常的月夜。寻常的是一样的月光，不寻常的是，今晚的月亮，照在远处的水面，粼粼的光里，透着一些寒气，尽管是在夏日，也让人不禁打一个寒战。波光泛起的地方，是大海。当月光照在海天相接之处，若隐若现似有一条银线，它随着浪涛起伏着，时远时近，或明或暗，变幻不定，然而月光却始终未变。

今晚月光，波光，正如赵遁的刀光。刀光依旧，然而刀光中透出的杀气，如月下的波光般难以捉摸。它时而看似距离很远，时而一下子出现在眼前，吞噬着岸边的沙石。刀风卷起巨澜后，莫不沉入生命里的暗渊。

方月娴站在离海不算近，也不算远的一个土丘之上。望着大海出神，耳畔不时传来几声蟋蟀的吟唱和阵阵蛙鸣。看着眼前的海上月色，她又想起了赵遁的断水刀法。

山下，是一个废旧的客栈。这本是海边物产正开始丰富的季节，也是朝廷禁渔期刚刚放开的日子，然而客栈主人却不知去向。大门上悬挂着"碣阳客栈"的牌匾，漆木到处斑驳掉落，尽管如此，还是贴着各种讨债令，有海沙派的，丐帮的，长江会的，还有抽刀门的。每张讨债令上，都按着红红的掌印。院子里杂草丛生，偶尔蹦出几只蚂蚱，也算是美味的消夜了。据说此物与虾穿在一起同烤，盐都不用放，也别有一番山珍海味的美妙。轻云和婉月已经开始准备晚饭了。幸好路过沧州时，多带了些烧饼，否则海边的物产虽丰，充饥却是勉为其难了。傍晚时婉月从海边钓了一条三斤多的海鱼，轻云在废居中翻来寻去，终于找到一只边缘已经破损的大铁锅。想着这样的宝贝还没有被抽刀门或者长江会的匪徒拿走，恐怕是路途遥远，没人愿意千里跋涉背这么一位黑老兄回去的缘故，沿路好歹发发善心，哪怕少抢点东西，都要更值钱一些。强盗总是这样理性的。

这种理性，成就了今晚的美味。当你感恩于某一天的好运时，其实并不知道这好运往往是恶的因果循环意外带来的。靠海地区，取水总是很方便。即使强盗，也总有几样东西，难以独占，是要留给大家的，比如空气，比如水，比如说话。当然，也有过那种自狂到要垄断空气和水的强盗，不过还未来得及认真实施，不是自己疯掉了，便是很快被人们以各种方式处决了。这里水中盐分含量比中原地区要高，所以调料也干脆一并省了。婉月的烹饪手法，是与生俱来的。没过多长时间，院子里已经飘满了香气。轻云生起另一堆火，在火上烤着烧饼，还有下午捉的十几只青蛙，以及海虾穿蚂蚱，杂鱼穿蚂蚱，别有一番味道。

方月娴从土丘下来，大老远就赞道："好香，好香，在这荒郊之处，也只有两位妹妹方有此手段。"走到大门口，看到门匾上的各种讨债令，"哼，长江会的手伸得倒是够长，两湖高利贷的盘剥还嫌不够，居然收起海边的税了。"方月娴自言自语。又看到诸多讨债令里，也有抽刀门的，心中一下子五味杂陈。她知道，从这里向东北方向再走百十里，过了山海关，离抽刀门就越来越近了。那里各种土匪强盗出没，环境复杂，也少不了抽刀门的各种耳目。自己未来该以何种身份出现，是个让人心乱的难题。想到这里，她忍不住抬头看了一眼正在院中练刀的赵遁。

赵遁的刀越来越快，仿佛秋风一般，院子里落叶纷纷。从岳阳一战以来，赵遁的断水刀法一直在不断精进，招法更加流畅，杀气更加凌厉，赵遁对刀法的领悟，更是较之以前有了明显的进步。他每天练刀的时间越来越长，直到耗尽自己最后的一丝气力才肯停下来。方月娴对此总是有种不安的感觉。她发现断水刀法的威力在赵遁的手中发挥得越来越淋漓尽致，而且总是能有新的变化，当然，这也意味着，杀人的套路，也是越来越多。正如海上泛起的月光，随着潮水和波涛，似乎一切尽在大海的掌握中，但你永远也不知月光洒向何处，波涛下一刻如何翻涌。这几天，赵遁的断水刀法，仍然在极速地进展着，每发现一种新的变化，都令他欣喜不已，他不知疲倦地追逐着刀法的登峰造极。方月娴发现，这些变化都十分切合断水刀法的刀理，她不知道，在这条道路上，赵遁还要走多远，走多久。

轻云和婉月的晚饭已经做好一会儿了。可是赵遁还没有停下来的意思。婉月发现赵遁浑身大汗淋漓，招法也因体力的消耗变得有些迟缓，但是他并没有停下来的意思。刀法，已陷入一种无人能止住的疯狂。

婉月轻叹一声，取过古琴，弹起那首熟悉的清心咒。这已经是这些天她第三次靠弹琴才能让赵遁的刀停下来了。

月色，轻风，海浪轻拍着岸边的沙石，都化作琴声的五音。赵遁的刀招渐渐慢了下来，或者更准确地说，是静了下来。忽然，琴音突现几声高亢处，由宫音转到商音，赵遁一跃而起，向前后攻出五刀。

惊鸿一瞥！方月娴认出了这是惊鸿剑法的招式。可是，赵遁的身法已经快到让人无法捕捉他是怎样完成的空中转身，似乎他前后五刀，是在同一时间发出的。赵遁攻出惊骇凌厉的五刀，体力已经再难支撑，他无法如仙子般轻稳地落在地上，而是重重地摔在了地上，手中依然紧紧握着那把黑色的刀。

方月娴赶忙跑过去，将他扶起来："你可还好？"

赵遁坐在地上，闭着眼睛，狠狠地喘了几口气，接着又躺下来，看着天空的月亮，气息渐渐平稳下来。此刻轻云和婉月也赶忙围了过来。婉月一脸的歉意："对不起，先生，这段清心咒弹到这里总是把握不好，想是宫音转到商音过于急促，乱了先生心神。"

赵遁没有立即回应婉月的话，而是仰望了一会儿今晚的星月天空，紧皱的双眉，短暂地舒展后，又凝聚在一起。

"可是感到有些紧张？"方月娴问道。

轻云对这个问题有些不解，先生明明只是练刀有些累，何以会紧张？

赵遁没想到方月娴竟看出了自己的心事。"是有一些。"他简单地回答道。

"三个月的期限已到，离长白山也越来越近，袁自甘不会坐以待毙，以他的性格，定会向司礼监求助，而黄公公号称大内第一高手，也许这次会亲自带人来到抽刀门，你没有战胜他的把握？"方月娴向赵遁问话，眼睛却看着轻云。

"哦，原来如此，还是方姑娘更了解先生的心思。"轻云暗自想道。

赵遁脸色略带些凝重："不只是黄公公，未来的对手恐怕会是整个司礼监。当年卫雄掌门的断水刀法名震天下，对自己的武功极为自信，但在大内，独对黄公公钦佩有加，他不止一次跟我提过，黄公公的功夫，他看不到底。后来我听丁嵩兄说过，当年十二高手在大内围攻卫雄，黄公公只是名义参战，实际自己并没有亲自出手，也许他觉得自己根本没有必要出手。这样的对手，连卫雄都没有胜的把握，何况是我？除了黄公公，吕公公这些年深居简出，没人知道他武功如何，我猜怕是还在黄公公之上。"

"先生是否多虑了，我看先生对断水刀法的领悟不断深化，连杀了陈公公和董公公两名高手，最近刀法比之前更快，更为迅猛，想来对付黄公公也不是难事吧？"轻云宽慰道。

赵遁摇摇头："其实在岳阳时，我已经感到自己的武功到了瓶颈，所以才靠冒险赢了陈公公。当时我就在想，如何在短期内迅速提升自己的刀法，应对未来的抽刀门之约。"

"先生看来是想到了办法？"婉月问道。

"是的。天下武功，唯快不破。我认为短期提高刀法境界的最佳途径就是把刀法变得更快，而这需要靠不断强化意志力，将自身的能力迅速聚集，然后在某个点上爆发出来。"赵遁说道。

"你不断强化意志力靠的是什么？"方月娴问这句话时，内心已经有些隐隐的不安，她似乎猜到了什么。

赵遁看着她，心想她居然连这点也看出来了。看着方月娴无限担忧的神情，赵遁心里一阵温暖。真正懂你的人，并非表面的嘘寒问暖，而是在灵魂深处的关切。他笑了笑，这笑里带着不小的勉强和许多的无可奈何。"是仇恨。"他说道。

"仇恨？"轻云惊愕地张大了嘴巴。

"是的。仇恨是短期让人调动意志力，并爆发强大能力的最佳方式，当年我在丁嵩身上看到过这一点。我也知这种方式并非最佳，但似乎又别无他法。"赵遁说道。

"所以，你在九江船上虽然喝醉，但是早就醒了，就是故意看着我们身处险境，尤其方姑娘受伤后，好让自己爆发强大的仇恨，轻而易举地击败了李一弦？"婉月问道。

赵遁略有些支吾："大概如此，只不过没想过方姑娘会受伤。"

"如此看来，先生该罚。"说着婉月挥起拳头，却轻轻打在赵遁的胸口。

"啊，咳，咳，好疼。"赵遁做出痛苦的样子。

"你看他这虚伪的样子，婉月妹妹真用力了吗，装成这样？"方月娴白了赵遁一眼，对轻云说。

轻云大笑："下次先生再这样，就不劳婉月姐姐动手，我一定把先生伺候得舒舒服服。"

"不敢有下次了。"赵遁说着坐了起来，状态恢复了正常。

"那么在对阵董公公时，一定也是你故意弃刀用掌，为的是将自己逼入绝境，借此积累恨意，进一步调动自己的潜力？"方月娴问道。

"确实如此。"赵遁说道。

"先生不是说这是寸劲之法吗？"轻云问道。

"寸劲之法倒是没错，只不过那需要长期修炼内力。短期内若想爆发寸劲，除此之外，也没有捷径。"赵遁回答说。

"看来你是成功了。"方月娴说道。

"表面上看是如此，可是我对此却越来越疑惑。"赵遁说着，看了一眼婉月。

"这是为何？"婉月姑娘问道。

"就是在我和董公公争斗到最后时刻，其实我已经处于下风，我千方百计调动的恨意、潜力，并不能帮我战胜董公公。他的实力太强，而且他当时已经进入近乎癫狂的状态，他的嘶吼比司马信的魔音干扰力还要强，若非之前郭著在秦淮人家有过提醒，我有些心理准备，当时就已经吃大亏了。即便如此，这样一直打下去，我还是感觉自己快撑不住了，已经准备放弃了。可是，几乎在你的琴声响起的同时，我突然莫名地生出一股力量，正是凭借这股力量，最后打败了董公公。我一直搞不清楚，这股力量从何而来。"赵遁说道。

"我记得当时鸡鸣禅师提醒过你，说你的掌法充满了魔性，在琴声响起之前，你其实已经爆发了惊人的掌力，这种力量你自身也控制不了。"方月娴说道。

"想是鸡鸣禅师看出我用积累仇恨的方式调动意志力和爆发力，从这个角度说，他说得没错。这种方式确实容易对自己形成反噬。可当时的情况并非完全如此，恨意给我的能量终究还是有限，我其实是已经做好放弃的准备了。"赵遁说道，"婉月弹的清心咒，我最熟悉不过，那里面多是消解恨意之音，应该也不是爆发力量的原因。"

"如此看来，这力量的来源岂不是个谜了？"轻云问道。

赵遁没有回答。

"所以离开南京后，你这一路少言寡语，一直默默练刀，每次都到精疲力竭为止，有几次婉月妹妹弹起琴音，才能结束，目的就是寻找这个答案？"方月娴问道。

"是的。"赵遁回答，"我一直寻找那种突发力量的来源，所以我必须每次逼迫自己进入精疲力竭的状态。我发现，人的潜力其实有很大的挖掘余地，通过这段时间的魔鬼式练习，我的刀完全可以更快。但是刀法境界的提升，却往往是在练习终结的时候。这几次婉月妹妹琴声响起之后，我都会对刀法突然有一种新的领悟。尤其今天，我随性而发，将刀法之意用于惊鸿剑法，又有了新的理解和发挥。可惜体力已经不支。"

"也就是说，最近你在练刀之时，虽然没有找到类似对阵董公公时突然爆发的力量，但总是能在婉月妹妹的琴音之中，领悟到刀法新的境界？"方月娴问道。

"确实如此。"赵遁回答。

"如你方才所言，尽管你为了挖掘自己的最大潜力，逼迫自己练到精疲力竭，也只是将刀法变得更快而已，真正让你感觉提高的，是婉月妹妹的琴音让你安静下来的时候？"方月娴继续问道。

"是这样的。方姑娘对此有何见解？"赵遁感觉方月娴三言两语的几个问题，简单明了地将自己的心结总结了出来。能够看出问题的症结，也许离问题的解决就不远了。

此时轻云和婉月也望着方月娴，因为她们二人感觉她的问题里，似乎已经蕴含着答案，只不过这个答案，还需要她进一步点破才行。

方月娴思索了一会儿，娓娓说道："我想起断水刀法的四句心法口诀，之前赵先生已经对前两句有了深切的领会。岳阳一战，你从第三句抽刀断水水更流中，领悟出刀法当绵延不绝的含义，让自己的刀法又提高了一层。后来在九江书院的后巷，你失败了十八次之后，终于在第十九次领悟到破去执念的意义，刀法进入了逍遥空灵的境界。这本是武学的大成境界。但是，从现在的情况来看，我感觉你并未将这两次领悟好好地结合起来。"

"哦？这话怎么讲？"赵遁问道。

"其实，我对你在岳阳的刀法见解内心始终有一些疑惑。但见你刀法确实因此而更进一层，我于武功的见解终归浅薄，便不好再说什么，加之你在九江书院的新领悟，我感觉确是正解，你应该已经找到了一条断水刀法的正确路径。但近日来见你状态反常，尤其你刚才的这番话，让我感觉到你的问题其实并没有解决。"方月娴说道。

"依方姑娘所见，我的问题到底在哪里？"赵遁的疑惑中带着一些焦急。

方月娴笑道："你先莫急，听我从一个外行的角度来分析一下。"她看到轻云和婉月的眼神里也带着焦虑，便稍微停顿了一下，理了一下思路，之后对着赵遁等三个人一起说道，"赵先生为习武之奇才，所以遇到抽刀断水之句，自然是从武功角度来理解，从水的绵延不绝，得出刀法也当如此领悟，这是习武之人的独到见解。赵先生以此理解入手，自然更加寻求刀法的快速和流畅，无可厚非。但是人的体力、能力终是有限的，总有力竭之时，一旦遇到强大的对手，就算拼尽全力也不能取胜，这时往往就会感到力不从心，心生极大的挫败感。这种挫败感一旦产生，又会立刻心生不甘，从而进一步勉强自己，千方百计追求更快、更强，甚至不惜耗尽自己的全部精力。"

赵遁听完眼前一亮，"方姑娘说得对，赵某正是有此感觉。"

方月娴说道："月娴于武功不甚精通，平时只爱读些诗词歌赋之类，李白的这首诗，我读过多遍，也看过一些名家的注解。如果撇开刀法而论，专从文学角度讲，这句话的原意本不甚积极，抽刀断水水更流，举杯消愁愁更愁。以刀断水，怎么能截断水流？人在愁时，难免借酒浇愁，但结果不是消去烦恼，反而更加烦恼。赵先生常喝酒，想必深有体会吧？诗中最后一句，人生在世不称意，明朝散发弄扁舟。感觉有一点孔夫子'道不行，乘桴浮于海'的感觉。若此而论，是否表达出李白的一种道家逍遥自在的境界？从刀法来说，既然抽刀不能断水，举杯不能消愁，何不放下刀与杯，破去对速度、力量和招法的执着，随心所愿，随性所至，也许能进入新的境界。你说在与董公公对敌之时，曾感到力不从心，一度想放弃了。也许正是这种放弃的心态，让你对招法产生了新的理解和领悟，产生了新的力量也说不定。这种新的力量，没有仇恨，没有执着，甚至没有任何固定的因果，它只是你心愿的表达。婉月妹妹的清心咒，对你应该也起到了类似的作用。但无论如何，琴音只能作为辅助，若无你内心之变化，他人也无能为力。今晚我见你把惊鸿一瞥融入刀法之中，而且发展到新的境界，只不过因为最后体力不支，收招不及。我想这应该是你在婉月妹妹的琴音中，领悟到了断水刀法的逍遥之境，这是一个新的开始呢。我想你此刻应该会有很多感悟吧。所以，从这个角度说，我才说你在九江书院对刀法的理解，对破去执念从而进入逍遥空灵的理解，是极为正确的。只是你后来没有好好坚持。"

"放下刀与杯，破去对速度、力量和招法的执着，方姐姐这个说法大胆得很，简直闻所未闻呢。"轻云说道。

"有无相生，难易相成，长短相形，高下相倾，追求而不执着，断水刀法进入逍遥之境才是大成，方姑娘说得甚合易理，竟一语点破多年来抽刀门不曾参透的断水刀法绝密所在，赵某领教了，谢谢你。"赵遁越说越兴奋，他紧紧地抓住了方月娴的手，眉头已经舒展，脸色也变得红润起来。

方月娴的脸红了，她心中欢喜能够为赵遁解开这样的难题，可是面对他突如其来的热情，却不知该如何应对。

"哎呀，光在这里说这些了，大家都饿了吧，赶紧吃东西了。我和轻云妹妹忙了整整一个傍晚呢。来，今晚酒就没了，只能以鱼汤代酒，每人盛上一大碗。"婉月知道，吃饭往往是化解尴尬局面的最佳方式。

"哦，对对，早就饿了呢。说起这锅和碗，可费了我和婉月姐姐好大工夫才勉强找到的，这帮江湖门派就和土匪一样，稍微值钱一点的都抢走了。讨债讨成这样，也离丧心病狂不远了。想是这些东西实在不值钱，又不便携带，才得以留下来。"几人一边向火堆边走，轻云一边抱怨道。

大家围火而坐，端起鱼汤喝了一口，感觉美味无比。鱼汤不解饿，轻云提议可以趁着汤热，把携带的饼掰成小块，泡入汤中。婉月把烤好的蚂蚱与海虾以及青蛙分给大家，赵遁啧啧赞道，想不到这荒野之处，还能吃到如此美味。

几人吃到半饱，赵遁想起账册的事，问道："这几天我专心练刀，没顾得上去认真分析账册，你们都看了一遍吧，觉得有何收获？"

方月娴等三人互看了一眼。"看来先生确实回归正常状态了。"轻云首先说道，"这几天，我们三人还真是花了不少工夫看，账册记载的内容很多，有些地方需要前后参照来看。有的记载不全，可能还需要其他东西印证，但好歹也能猜出个大概情况。"

"你倒说说看。"赵遁看着轻云，静静地听着。

"我发现，东方敏这十九名峨眉弟子，还真是不简单哪，每一个都堪称富甲一方的大富豪了。她们名下的庄园、田产、宅子，就算是王侯贵族，恐怕也难以与之匹敌。"轻云说道。

"这一点我也看到了，开篇几十页，列的全是这些东西，她们只是峨眉的弟子，哪里来的这么多钱财？就是整个峨眉派的资产，也不能有其万分之一。"赵遁说道。

"初步判断，这些财产应该来自海升票号。在册子中间部分，列出了许多账目明细，往往是海升票号进来一大笔银子，她们立刻购置了相应的田产或者庄园，光是江浙的园林宅子，就达几十处呢。"轻云说道。

"不只如此，看来海升票号还按月定期给她们发放薪资，每个月都有上百两银子。"婉月补充道。

"嗯，这个不难理解。以她们的身份，绝不可能有如此众多的财产，肯定是替海升票号代持的，作为回报，海升票号定期给她们发放薪酬，也是堵住嘴的一种方式。"赵遁说道。

"海升票号给她们名下一共转了多少银子，是在什么时间转的，账册有记录吗？"赵遁继续问道。

"有的。我和月娴姐姐初步估计了下，不会少于一千万两白银，时间大体在本朝六年到十三年之间。"婉月答道。

"相当于三分之一的朝廷库银了。哼，这几年正是狗官萧川、王士孺他们把朝廷的银子借贷给海升票号的几年。看来银子果然不是没了，而是被这帮王八蛋偷偷私吞了。"赵遁骂道。

"如此看来，东方敏等人当初为什么去海升客栈也就有了合理的解释，估计就是峨眉分号取消了，抽刀门分号一时还没建立，峨眉分号的相关账目账册应该暂时转移到了海升客栈，东方敏等人很可能去处理或者核对名下财产与峨眉分号相关账目的事，但这些人身上并没有账册，这种核对或者处理应该也都是一些日常小事，当然，也不排除她们是去海升客栈领取月度或者年度薪资的可能。不管怎么说，陈公公和韦康应该是嗅到了这里面的问题，才一路跟随过去。"方月娴说道。赵遁等三人表示赞同这个判断。

"我还发现了一个奇怪的情况，根据账册的记载，那就是三年前，东方敏名下突然处置了一批田产和庄园，从卖的价格看，比市价要低不少，凑了总数三百万两的银子，转回了海升票号。"方月娴说道。

"三年前，就是黄河发水的那一年，朝廷提出债务卖给海升票号的那一年，也是卫雄被害的那一年！"赵遁说着，眼中冒起了火。

"看来卫掌门应该是发现了海升票号这三百万两银子的来源有疑点，正准备向皇帝报告，请皇帝授权他进一步深入调查，结果被司礼监知道了，提前找名目灭了口。"婉月说道。

方月娴两眉倒立，脸色严肃，她咬了一下嘴唇，没有说话。

"有了这本账册，说明我们一开始的判断是对的。当初萧川、王士孺他们建议朝廷把银子借贷出去收取利息，海升票号因为司礼监吕公公的关系拿到了独家代理。这本就是个利润丰厚的买卖。结果钱军等人仍不知足，把绝大多数朝廷库银自己贪了，之后便上欺朝廷，下虐武林各大门派和一众小的商号票号，极尽盘剥能事，最后又以极微小的代价，通过债务处置，让大事化小，小事化了，把贪腐行为掩饰得干干净净。卫雄在峨眉派刚刚查到端倪，就被诛杀灭口。但是，正当钱军他们以为高枕无忧的时候，没想到西厂的陈公公、内行厂的杨公公，不知通过什么途径，也发现了此中端倪，于是内行厂派出了韦康，西厂则陈公公亲自出马，目的直指东方敏等人手中的账册，就有了所谓奸杀的假现场、向韦康嫁祸等一系列江湖波澜。没想到峨眉的灭欲师太早就把账册藏在他处。当陈公公发现账册并不在东方敏等人身上，在海升票号没有拿到应有的东西，于是又将目标转移到了峨眉、少林，弄出个所谓的通奸大案，无非是想找个名目直接控制灭欲师太等人，拿到关键证据，可谓煞费苦心了。"赵遁说道。

"可是陈公公也好，杨公公也好，不都是司礼监吕公公的手下吗？他们这么做，不相当于调查吕公公？"轻云不解地问道。

"你有所不知。正如我之前所说，司礼监虽然以吕公公作为掌印太监，但内部并非铁板一块。三厂之中，只有东厂是吕公公能够直接控制的，而西厂和内行厂，对吕公公只是表面服从，内心无不想图之而后快。吕公公本是前朝司礼监人物，如今依然执掌大内，门生故吏遍布，新任天子如何信得过？陈公公和杨公公也是看准了这一点，才敢于暗自下手调查。"赵遁耐心解释道。

"董公公应该是吕公公的人，他先后到岳阳、南京，看来是吕公公对陈、杨二人的行径已有所察觉，故而想先下手为强，亲自将账册取回，没想到还是败给了先生。"婉月说道。

赵遁点了点头。似乎一切都有了合理的解释。可是轻云有一个问题不解，她向赵遁问道："先生，既然这件事有如此大的背景，那么说明卫雄掌门自从接下任务，一开始就凶险重重，早晚难逃吕公公的毒手。那么有没有袁自甘，对结果似乎影响不大。那我们为什么要如此大张旗鼓地去抽刀门复仇，解决袁自甘呢？"

赵遁以赞许的目光看了轻云一眼："你能够问出这个问题，说明此次下山而来，见识长了不少。我的答案很简单，任何坏事，总要人去做。坏的想法从来不会自己实施。吕公公的主意再坏，黄公公无论纠结了多少武林高手，对卫雄做出致死一击的，仍然是袁自甘对那虚伪交情的出卖。恶的时运，不是人作恶的理由。袁自甘替吕公公充当马前卒，用卑鄙手段，拿卫雄的血换了自己的掌门之位，如今就是他血债血偿的日子！前面过了山海关，就离抽刀门越来越近了，袁自甘的末日，不会远了。"

赵遁说罢，眼睛向东北方向望着，轻云、婉月也一起望过去，方月娴本来心绪复杂，如今看着他们三个，感觉平静了不少，于是也就一起望了过去，眼睛里充满了坚毅的目光。

第三十六章　决战前夕

数载攻读经史，暗藏三略六韬。黄昏独步紫云亭，功成只待运筹。左兴厂卫将帅，右起伊洛英豪。旌旗策马踏抽刀，血染长白山口。

京城，大内司礼监。东厂提督房里的烛光到半夜还没有熄灭，今晚没有月亮，这点火光是整个大内司礼监唯一的亮处。黄公公在房里踱步，眉头紧锁。一个又一个棘手的难题摆在他的面前，他不得不处理。陈公公死了，董公公也死了。司礼监五大公公，一下子就少了两个。二人死因的各种版本，早就传到了京城司礼监。陈公公的消息多一些，董公公的死，略晚，所以消息也少一些。而龙五、冷潇、韦康等人的调查结果与请罪书也到了。

他看了一眼桌子上的另外一沓信纸。那是袁自甘发来的告急文书。三个月期限将至，袁自甘强逼手下苦练断水刀法，不能说没有进展，甚至可以说抽刀门一帮弟子武功大进，然众人慧根终究还是一般。袁自甘不傻，他知道，以目前抽刀门的实力，要应对司马信和江南二李，都没有必胜的把握，更何况对方还有那个最近江湖上名头很响的赵遁。这已经是袁自甘第二封告急文书了。对于这种江湖恩怨，黄公公历来不愿参与其中。因为他自恃身份特殊，怎么能卷入江湖纠纷之中？但这一次，又有例外。

根据从南京传来的最新消息，恐怕账本已经被赵遁拿到手里。赵遁的下一步，就是抽刀门。黄公公并不在乎袁自甘，他在乎的是账本。无论如何，账本应该替吕公公抢回来。或者说，替皇帝抢回来，也是可以的。就是不能留在赵遁这种江湖人手里，那是要酿成危机的。峨眉派已经是一地鸡毛。抽刀门断不容失！

黄公公叫人把冯七喊来。冯七知道，黄公公叫了自己，他一定已经有了初步的主张。

不到一炷香工夫，冯七到了。

"依你看，龙五他们几个，如何处置为妥？"黄公公一边递给冯七一杯茶，一边看着他。

冯七把茶盏放在一边，没敢马上就喝，而是立刻答复道："我看此事需要先请示吕公公，看老祖宗有什么指示。"

"我又何尝不知，只不过他老人家目前在陪万岁爷清修，至少要半个月以后才能出关，我怕时间来不及。"黄公公说道。

"那应该先把龙五他们几个看管起来，也不要抓，先好吃好喝伺候着，这样无论将来圣心和吕公公意思如何，我们都交代得过去。"冯七建议道。

"你说得有理，只是有一桩事，我没想好，特意跟你商议一下。"黄公公说道。

听到跟自己商议，冯七觉得这是莫大的赏识："公公请说。"

"抽刀门袁自甘已经发来两封告急文书了，看来压力确实不小。恐怕我俩都得走一趟。那账本应该就在赵遁手上。此人武功据说深不可测，就连董公公也败在他手里。和他一起的那个叫司马信的，和江南二李，都不是等闲之辈，咱俩就算带上大内几个好手，恐怕也不能做到万无一失。若是约江湖各大门派，又怕将来传出去，耻笑我司礼监和黄某怕了他赵遁。这一层我有点没想好。"黄公公说道。

"所以公公还是想靠我们大内自己的力量解决问题？"冯七问道。

"我不想再有第二个卫雄事件。"黄公公神色凝重地说道。冯七立刻明白了。黄公公是既要里子，又要面子的人。上次围攻卫雄，是吕公公亲自安排，黄公公不得不执行，但他本人始终没有动手，这就是他的坚持。

"公公，卫雄死后，我也没想到断水刀法能重出江湖。现在看，这已经不需要半点怀疑了。抽刀断水水更流，阴阳离绝几多愁。当年卫雄断水刀法的可怕之处，就在于败者明明未败，甚至还在自我感觉良好的时候，直接送了性命。何止刀法，人世间多少失败，是败于自以为不败的时候。这种刀法，不仅是取了他人的性命，更是把灵魂一起取了。仅仅以刀法而论，卑职是见识过的，只能说是精妙，却万万谈不到恐惧的，真正让人恐惧的是人。所以，从这个角度说，无论是当年的卫雄，还是现在的这个年轻人赵遁，他们拿不拿刀，都会让人恐惧。只不过刀在手中的时候，这种恐惧更有说服力。"冯七云里雾里地说这么一通，黄公公有些不满。你小子这是拿赵遁吓唬老夫呢？

冯七看出黄公公的心思，立刻把话题拉回来："当然，就算是当年的卫雄，也断然不是公公的对手。只不过这次对方多了很多人，我们也要做好充分准备。"

"废话，老夫就是问你如何准备。"黄公公尽管修养很好，也不由得有些恼怒了。

"那么依卑职来看，大内虽然高手不少，但真正能拿得出手，能带到长白山帮我们打赢这场仗的，就非龙五、冷潇和韦康不可。他们三人任何一个，武功都不弱于江南二李和司马信。"冯七建议道。

"你说的老夫何尝不知？只不过这三人目前是非之身，我若擅自将他们带到长白山，吕公公那里、万岁那里，不知该是什么看法。"黄公公有些犹豫。

"正因为如此，那就更要带上他们三个。"冯七说道。

"这又是为何？"黄公公不解地问道。

"公公请想，这三个人，一个东厂，一个西厂，一个内行厂，一起杀了西厂的提督太监，这件事本来就不好处置呀。现在您管着东厂，杨公公管着内行厂，他甚至能直接上达圣听，龙五这个西厂副提督提拔的本身就违背了祖制，一看这就是万岁爷的意思，吕公公是断然做不到这一点的。这几个人处理谁，不处理谁，怎么处理才妥当，不光您难，吕公公也难哪。既然这么难，我们索性就把人带走，给万岁爷和吕公公一个深思熟虑的时间和空间。这三人到了长白山以后，让他们直接去与赵遁他们厮杀，如果能立个大功，把账册给夺回来，那吕公公和万岁爷岂不是更加进退有余了吗？如果真是运气差，死了一两个，那也是天作虐，怨不得任何人，也变相减轻了未来的处理难度。"冯七说道。

黄公公看了冯七一眼，心说你小子这借刀杀人的计策够歹毒的。不过事到如今，也没有更好的办法。于是黄公公拿定主意，带龙五他们三个同去。但是，他们三个前期只负责山下警戒，不参与山上争斗，一旦真的形势紧迫，再安排三人上山。

冯七知道，黄公公还是对自己的功夫充满自信。毕竟，就算是卫雄，也未必是黄公公的对手。那赵遁充其量与董公公、陈公公并驾齐驱，而这两位距离黄公公，还是有一定的差距。毕竟，黄公公号称大内第一高手。虽说黄公公身居高位，已经无须再用武功证明自己，但底子毕竟摆在那里的。其实，黄公公还有另一层考虑。他听说这三个人跟赵遁手下那几个姑娘，多多少少有点接触，这三个人杀了陈公公到底是维护大内纲纪，还是与赵遁已经暗通款曲，他不得不防。这三个人一旦出现背叛，那就是毁灭性的后果。尽管这种可能性并不大，但黄公公不能赌。

长白山，抽刀门，这个是非之地，终于惹上是非了。七月初六，长白山竟比往年闷热许多。入夏以来没有下过一场雨，田里的庄稼要枯死了。枯萎的长白山，枯萎的抽刀门。有的人久旱盼甘露，有的人可能彻底枯萎了。

离仙儿，贝仙儿，左一碗地黄甘露饮，右一碗知柏消意汤，既没润了袁自甘的露，也没消了侯子山的意。怎不烦躁！

司马信的英雄帖早已送到，就在七月十五这天，只剩下整整九天的时间。约在鬼节，正是来者不善。岳阳的消息，南京的消息，都已经传来，事情已经起了变化。也许，一切都才刚刚开始。

司马信、李氏兄弟、丁嵩，本就极难对付，现在又加上个赵遹，真是雪上加霜。抽刀门如何应付，谁来应付？好在京城已经传来消息，黄公公亲自出马，不仅带上了冯七，还有龙五、冷潇、韦康等一系列大内好手。这让袁自甘心安了不少。可是他有些不明白的是，虽然黄公公同意他约请了各大门派，但又不同意各大门派助力，这不白吃白喝来了吗？而且到底赵遹这些人，武功能有多高，最近他们有没有练习断水刀法，是否更上一层楼，袁自甘都不知情，不知彼，就会心慌，想到这里，袁自甘压力又很大。

离、贝二仙提出，可否考虑服个软，暂牺牲其二人"清白之躯"，去套个底细出来，怎奈袁自甘不舍，找了各种理由反对。而在谷若智等人看来，未免可笑。

那还有什么办法？还是胡若勇想了个主意，与其去套赵遹等人的底子，还不如让贝仙儿去问问诸葛愚和吴道海他们呢。他们不是刚从中原回来吗，而且至少在岳阳是亲眼见过赵遹的功夫的。让贝仙儿套这两个光棍，多容易呀。侯子山坚决反对。如今的抽刀门，侯子山正当红，犹如少掌门一般，袁自甘对他言听计从。袁自甘对胡若勇提的这个馊主意非常不满！好在这次不用自己反驳，乖徒儿终于出面了。其实他哪里知道，侯子山哪会为了他去出面。侯子山绝不能容忍安排贝仙儿去做这件事。于是他提议，贝仙儿江湖阅历尚浅，莫不如派离仙儿。

袁自甘气得脑门绿光迸发！他正待发作，刘斯文接话了。此刻的刘斯文，与几个月前已经大不相同。他已经是审势堂的堂主了。而且不知为何，最近一段时间，他的话，总有办法能让袁自甘听得进去，袁自甘和他的关系，似乎越来越亲密。

刘斯文说道："二仙都不必去，那吴道海现在本就是我的副手，沈日新是我手下，我还问不出个实情吗？我谅他们不敢欺瞒我。否则，哼，就别怪我了。"

袁自甘一听，非常满意。马上让刘斯文落实去了。安排好了这一切后，他看着谷若智、胡若勇、涂若信他们几个："各位长老，这可是大敌当前了，这断水刀法可要加紧练习呀。这可是事关我抽刀门的生死之战。虽然有黄公公坐镇，可是我们也要拿出抽刀门的勇气和实力。"

几个人拍着胸脯："掌门放心，不在话下。"

袁自甘听完，觉得这表态表得也太快了，还是不放心，看着谷若智道："谷长老，小董那里还好？"

谷若智知道他提董华是什么意思："报告掌门，谷某一心为了抽刀门复兴大业，小董那里很久没去了。"袁自甘这才满意地点点头。

一旁的胡若勇暗自骂道："呸，昨天晚上你俩还在我隔壁一夜风流呢。弄得老子睡也不是，敲墙也不是。五更天亮，才眯了一会儿。"

涂若信也感觉谷若智张嘴就来的撒谎本领，已经到了出神入化的程度，不由得撇了撇嘴。结果被袁自甘看到了："涂长老，你最近的刀法练得如何呀？"

涂若信赶忙说："不瞒掌门，这刀法虽然博大精深。只不过，也不像江湖上吹嘘的玄而又玄，涂某每天练刀都过了一亿次，就算是卫雄复生，我也敢与之一战！"

"嗯，涂长老勤奋可嘉！赏地黄甘露饮一坛。"袁自甘说着往两边一看，"咦，怎么诸葛愚没来开会？"

"报告掌门，诸葛堂主在安排七月十五各路英雄的住宿和餐饮。"下面有弟子回应道。

"踏实干活倒是对，可这么重要的议事也不能不参加呀，算了，由他去吧。"袁自甘喃喃自语。

到这里，议事也就基本结束了。

七月十五越来越近了，长白山就在眼前。赵遁等四人已经来到山脚下的客栈。还是只有两家客栈，要么住断水客栈，要么住海升客栈。赵遁正待问三位姑娘想住在哪里，不远处一位黄衣姑娘已经笑盈盈地说："先生和三位姐姐来得好慢，可是光在一路上喝酒开心了吧？"

众人仔细一看，原来是回雪姑娘。轻云立刻飞奔过去，抱住回雪："妹妹原来已经到啦，他们几个呢？"回雪笑道："大家已经到了十几天了，就等你们了。现在都住在海升客栈。"于是回雪引路，大家一起奔海升客栈而去。

到了客栈后，发现果然如此，司马信等一众人早就把一层客房都包下来。大家许久不见，自然有很多话要聊。

李飞鸿说道："我说老弟，听说你血染九江，名震金陵，杀了大内的董公公，不得了哇。"

司马信道："赵兄弟刚到，先让他们到客房放下行李，短暂休息，一会儿咱们把酒肉摆上，边吃边聊。"

等到掌灯时分，大家都聚在一楼的问天阁，一边饮酒，一边诉说离别后的经历。说到开心时，众人哈哈大笑，说到紧张时，大家也屏住呼吸，静静倾听。此时，大家又想到几个月前在这里惨死的东方敏等人，都不禁唏嘘感叹。没想到武林的这一重大谜团，再过几天就可以正式揭晓了，也算是还了峨眉弟子一个公道吧。可是，峨眉是不是该还天下人一个公道呢？背后纵有操盘的推手，东方敏等十九人是否完全无辜呢？大家边吃饭喝酒，边议论着。

只有方月娴在一旁，神色有些恍惚，若有所思。

回雪问道："方姐姐是一路劳累了吗？怎么话这么少？"

方月娴赶忙说道："没，没有。只是听你们说到热闹处，插不上话。"

婉月看情形不对，略微思考了一下，问道："姐姐可是觉得到了长白山，不知该如何面对同门人？"

方月娴听完，低头不语。

司马信听完说道："哎哟，糟糕，这还真是我们考虑不周。若是七月十五那天，方姑娘和我们一起上山，定会引起抽刀门的猜忌，反而给方姑娘惹了麻烦。"

赵遁这时侧脸看着方月娴："是这样吗？司马兄所言可是？"

方月娴看了一眼赵遁，没说话。不过她又低下头，点了两下头。

果然如此。

赵遁道："司马兄所虑甚是。本来是我们和袁自甘的仇怨，不能因此让方姑娘在抽刀门无处容身。依我看，是否由轻云和婉月明晨把方姑娘送到抽刀门。等此战过后，我们再议未来之策？"

轻云说道："服从先生安排。"

婉月看了一眼赵遁，似有话说，不过犹豫了一下，还是没说。

方月娴道："已经到了长白山，自己的地盘，何劳相送。我这么个大活人还能丢了不成？我看天色还不算太晚，我想干脆连夜上山，向诸葛堂主、吴兄他们打听下抽刀门的近况，有消息也好尽早通知你们。"

李飞羽道："方姑娘何必急于一时呢，明早再上山不是更加从容？"

方月娴看了一眼赵遁，还是坚持要连夜上山。众人拗不过，只好当即送别。等送完方月娴回来，众人均默不作声，场子一下冷了起来。大家匆匆地吃过晚饭，都各自回房休息了。

赵遁正要回房，婉月拉住他："先生莫回，我有几句话说。"

赵遁有些诧异："何事？"

婉月见四下无人，说道："先生不该让方姑娘回去。"

"这是为何？"赵遁不解。

婉月说："几个月来，方姑娘几乎和我们寸步不离，尤其岳阳和南京，江湖上几乎人尽皆知，消息岂能不传到袁自甘耳朵里？方姑娘自己又岂不知道其中关系？我看她本意不是想回，而是看你留不留她。你若强留，她便不回了。"

"哦，原来如此。可她要回，我也不便强留哇。"赵遁说道。

"哎呀，先生，你真是个呆瓜。你看不出她喜欢你，想一直待在你身边吗？"婉月急道。

"我……不知道。哦，知道……"赵遁红着脸有些支吾。

婉月扑哧一笑。她还是第一次看赵遁这样不好意思。

"好了，先生，方姑娘既然已经上山，你后悔也没用了。但记得这件事完了，一定不要再辜负方姑娘心意了。我，我回去了。"婉月说完，转过身去，脸色有些灰白，很快消失在夜幕中。

赵遁在门口愣了一会儿，也推门进房了。

"婉月姐姐，你让先生不要辜负方姑娘，你不喜欢先生吗？"婉月正在路上走着，突然发现回雪姑娘不知什么时候到了身后。

"先生和方姑娘才更合适。"婉月说道。

"回避问题，看来你是喜欢先生的。喜欢就不要回避，我也喜欢先生，我就不回避这个问题。"回雪说道。

"那先生总不好把你俩和方姐姐都娶了吧？"二人一惊，发现不远处，一位红衣女子正在对她俩笑嘻嘻地说，正是流风姑娘。

"那可不行，我轻云怎么办？"不知什么缘故，四位女子，此刻不约而同地都聚在这长白山的夜空下。一开始，大家都略显尴尬，不过很快，大家用笑声就打破了这种尴尬。

"其实我觉得，喜欢未必是爱。我们都喜欢先生，可是不是爱先生，也许就说不清了。也未必一定会最终嫁给先生。而且就算我们愿嫁，先生也未必愿娶呢。我们何不就这样默默地喜欢着，但不论如何，我们始终都是好姐妹，是吧？"回雪姑娘的话，大家看来没有反驳的意见。

就这样，众人在海升客栈里平静地过了几天。明天就是七月十五，大会的正期了。这天早晨，大家刚刚吃过早饭。只见客栈门口急匆匆跑来了几个人，后面一群人拿着武器正在追赶他们，这几个人都负了伤，其中还有人背后背着一个女子。为首的浑身衣服破烂，血迹斑斑，大家仔细一看，正是沈日新。沈日新见到赵遁，大喊道："赵大侠，救我们！"

第三十七章　抽刀决战

旌旗翻涌兵千行，刀如雪，剑如霜，马踏秋草，沙场驰骋忙。挽起强弓似满月，苍茫处，射虎狼。

煮酒一壶气正爽，醉一场，梦一场，谈笑古今，几人安黎昌。挥毫万言落笔处，春雨润，杏花香。

这一天，赵遁他们起得很早，因为明天就是三个月之期，想想几年的准备和努力，即将有个结果，大家总感觉到一种兴奋和激动，同时，还有一种紧张和压抑。其实，能否顺利战胜袁自甘以及背后的黄公公，大家的心理准备并不充分。只不过，面对正义实现的鼓舞，让大家暂时忘却了恐惧。总有那么一群人，仅仅为了与自己看似无关的事情，就能够付出血和灵魂。他们不怎么考虑值得不值得，只考虑愿意不愿意。

早饭后的阳光，虽不刺眼，但长白山的天色，看起来比中原要更加明亮。只是缺少一场酣畅淋漓的夏雨，显得这种明色调的天空还不够透亮。刚过辰时，天气就开始燥热起来。赵遁等人在客栈门口走了一小会儿，就感觉到了炎热。这种炎热，虽然客观上温度没那么高，但是与南京的潮热比起来，也不见得舒服到哪去。

大家正准备回房继续喝茶，休息，储备体力的时候，有人发现了几个人狼狈而踉跄地向客栈奔来，几个人都受了不同程度的伤，有一名女子，似乎伤得最重，只能由一名中年男子背着，男子左腿的裤子已经被利刃划破，但已经顾不得这些，只好任血滴在路上。中年男子的身后，一人手执单刀殿后，这是一把好刀，在太阳的照耀下，格外醒目。除了刀尖滴着残留的血迹，整个刀身干净得很。但此人已经步履蹒跚，不知是激战后的力竭，还是受了很重的伤。跑在最前面的，外伤最重，衣服已经有多处破损，身上有多处伤口，仗着年轻力壮的一股勇猛，冲在最前面开路。此外还有三四名年轻人，手持宝剑，护在周围，也受了不同程度的外伤。

这几人匆匆忙忙，如丧家之犬，漏网之鱼。在他们身后，有几十个人，各拿武器，呼啸着追赶而来，最前面跑着一高两矮，高个子的年纪似乎不小，头发有些稀疏，但两只眼睛放着寒光，显然功底深厚。两个矮个子，是一胖一瘦，胖的这个长得尤其难看，整张脸如同被油炸过，脸上凹凸不平，又像很多过油的肉渣铺在五官周围。瘦的这个，又黑又瘦，两个颧骨在脸上格外突出，眼窝深陷，他一边跑着，一边身体连蹿带扭，冷眼一看，像一只进化得不太完美的猴子。他们三个一边带人追赶，一边扯着嗓子喊着，尤其两个矮子喊得最凶，似乎嗓子可以弥补他们本来笨拙、极慢的奔跑速度。三人身后，有一个身穿飞鱼服的人，他比众人显得沉稳，异常冷静。

几个被追杀的人，看到了客栈门口的赵遁他们。跑在最前面的年轻人拼尽力气喊了一声："赵大侠，救我们！"

赵遁他们此时已经认出，这个年轻人正是抽刀门的沈日新，后面跟着受了伤的吴道海，以及在最后面断后的诸葛愚。吴道海身上背的女子，虽看不太清，但根据衣着和身形，不是方月娴是谁？其他几个跟随的年轻人，想来是他们堂下的弟子。

追赶他们的，虽然大家不完全认识，但可以猜得到，定是抽刀门的人。"追杀诸葛愚他们的，都是抽刀门的。走在前面的，就是抽刀门的谷若智、胡若勇和刘斯文，这几个败类！"此时丁嵩已经站到大家前面，向大家做了简单的介绍。

"还不止哩，那个穿飞鱼服的，不是西厂的冯七吗？"李飞鸿说道。赵遁尚未说话，大家早已心有灵犀。只见司马信和李飞羽已经飞身挡在谷若智等人前面，丁嵩带着轻云、婉月她们几个，以最快的速度把受伤的沈日新等人接了回来。

赵遁一步纵到吴道海身边，让轻云和婉月接下方月娴，只见她双目紧闭，脸色煞白，呼吸微弱，已经陷入昏迷。嘴角渗出些血，血是紫黑色的。在她的右肩上，钉着一支飞镖，镖身呈墨绿色，已经钉入肌肤一寸多深，紫黑色的血染透了肩头。

赵遁眉头一皱，正要将飞镖拔出，身后回雪姑娘立刻制止："先生莫要轻举妄动，镖身涂有剧毒。一不留神怕害了方姑娘性命。"

赵遁回头看着她："那该怎么办？"

"先生莫急，待我和流风妹妹认真检查一下，然后再看怎么取下这支镖。"回雪说着和流风一起，把方月娴放在一旁平躺，细细观察伤口周围。

"这是怎么回事？"赵遁焦急地问着吴道海。

"唉，一言难尽。赵兄先安排打发了谷若智他们几个，回头我再跟大家细细地说。对了，方姑娘伤得重，很可能中了剧毒，得先处理一下。"

赵遁立刻转向回雪和流风两位姑娘："有办法吗？"

越是感觉紧张的时候,他的话越少。回雪当然听得出来语气中的异常。她和流风把方月娴肩头的衣服撕开,把伤口周围仔细检查了一下,抹了一些血迹在手上,闻了一下,非常刺鼻的味道!二人交换了一下眼神。

"到底如何?"赵遁的语气,让人感到他开始焦急。

"先生,这个毒,我们不认识。"回雪姑娘带有歉意说道。

回雪和流风本是暗器高手,一贯擅长用毒。能让她俩说出"不认识"三个字,可见必是人间罕见之毒!

"中毒多久了?"流风问吴道海。

"估计得有两三个时辰了。对了,诸葛师兄帮她点住了几处要穴,服用了一些他自己平时配制的解毒丹药,毒性这才没有即刻发作!"吴道海说道。

流风向回雪说道:"既然能撑过两三个时辰,说明镖可以取出来,从出血量看,镖打得歪了一点,没有打中主经络,打在了少阴心经和手太阴肺经之间,否则方姑娘的性命早就保不住了。"

此时回雪姑娘从腰间丝囊中取出一个白色瓶子和一个红色瓶子,向赵遁说道:"虽然毒性我们不认识,但天下镖毒,其原理不会相差太多,师父配制的天山雪莲散和滇中红药丹,用来外敷内服,应该可保住一时性命。一会儿我们抓两个抽刀门的舌头,逼问他们这毒镖是从哪里来的,解药放在何处,方姑娘自然可以无忧。"

赵遁眉头稍稍舒展:"有劳你们。"

言罢,赵遁转身,向谷若智等人而来。

不必等赵遁,那边已经打起来了。司马信可没有那么好的耐性。抽刀门这些人的武功,他藐视得很。几个月前把对方吓得不敢出战的样子,他还是记得很清楚的。就算他们练了一段时间断水刀法,又能有多大提高?司马信认为自己出面,对方会立刻一哄而散。自己随便抓两个俘虏,就可以解决绝大多数问题。在这些事情上,不必让赵遁去分心。可是他想错了。这几个抽刀门的人和几个月前判若两人。看到司马信,胡若勇和刘斯文咬牙又咬牙,竟拽出单刀,摇头晃脑,一左一右,呼啸而上,直奔司马信夹攻而来。

司马信气得无可奈何。要是谷若智上来一拼,他还能勉强接受。怎么如今胡若勇和刘斯文两个饭桶,也能有如此勇气?既然自己找死,司马爷今天就不必手下留情了!

"司马兄小心对方使诈。"一旁的李飞鸿提醒道。李飞鸿的担心不无道理。之前,他已经向丁嵩认真打听了抽刀门每个人的武艺如何,所以早就知道胡若勇的本领稀松平常，胆子还出奇地小，刘斯文更是摆不到台面了。如今看到这两个人如同吃错了药，这样卖命，若不是有天大的利益好处，就是有见不得人的阴谋诡计。司马信知道李飞鸿的好意。不过两个鼠辈，还能掀起多大风浪？司马信从骨子里看不起这两个人，觉得与二人对敌，赢了都是自己的耻辱。他只想用最短的时间，最少的招数，打发了这两个人，然后尽快把谷若智和冯七抓住，他知道，此行，这二人才是领导者，只有抓住了他们两个，才能化解眼前的各种问题。

七八个回合过去，胡若勇和刘斯文扭动着难看的身材，竟是在司马信面前硬挺过去七八个回合！"看来这断水刀法果然不同凡响，这二人最近武功居然有了脱胎换骨的变化。"司马信暗想着。不过仅此而已。司马信看过了他俩的招数，心中已经有底了，手下剑招一变，无论是速度、招式都采取了积极进攻的态势，胡若勇和刘斯文开始眼花缭乱，觉得怎么前后左右全都是这个糟老道？

胡若勇有些顶不住了，一边打，一边大声喊道："老谷，别看热闹了，你倒是支援哪。"

谷若智一听，不由得心中暗骂："这个二百五，本来是件出其不意的秘密手段，你说出来干什么，你这哪是提醒我，分明是提醒了司马信。"他本来想选个更好的出手机会，但如今不得不当即行动了。他也发现，这两个货，可能也扛不过几个回合了。只见谷若智右手一抖，寒光点点，三支暗器疾如风，向司马信打来！司马信早知谷若智善打暗器，刚才听胡若勇这么一提醒，就立刻留神了，见谷若智果然出手，司马信纵身一跃，跳起一丈多高，三支镖从脚下飞过。

司马信稳稳落在地上，哈哈大笑："一帮饭桶，不过尔尔。"谷若智恼羞成怒，左手一抖，又是三支镖。结果又被司马信躲过。

谷若智骂道："老胡头，你俩别看着呀，上去围攻，配合呀。"胡若勇和刘斯文只好拉刀，硬着头皮再次冲了上去。但如此一来，谷若智发暗器又不得不有所忌惮。一不留神不仅伤不了司马信，反而会把自己人伤了。尤其今天带的暗器，是喂了剧毒的，擦伤见血，都是要命的！可恨这个胡若勇，非要把秘密的事情公开说来，如果刚才他不说，自己找准机会，一镖就可以结果了司马信的性命！

不过如此一来，司马信也不敢进攻得过于凌厉，他毕竟得时时地防着谷若智那里来一手。当赵遁来到战场的时候，双方已经打了十五六个回合。

此时司马信已经有点焦急。急的时候，就容易出现疏漏。谷若智看到了千载难逢的机会，虽然冒着胡若勇和刘斯文被一起误伤的危险，但他还是决定一试！谷若智心里清楚，能除了司马信这个大敌，即使损失胡若勇和刘斯文这两个饭桶，也是相当值得的。未来不管袁自甘能否躲过这一劫，继续做抽刀门的掌门，抽刀门的人员换血也是必然，必须留下人才，而不是饭桶和搅屎棍子。这两个人在战斗中不幸捐躯，也未尝不是他们最好的归宿。如果能战死，已经是他俩最大的荣誉了。

"天女散花！"谷若智使出了自己的绝活，十几支暗器，从两只手中打出来，道道寒光，星星点点，一起向司马信飞来。至于飞行轨迹中，会不会碰到胡若勇和刘斯文，那就只有天知道了。

司马信大惊！他虽然一直在提防谷若智的暗器。但他没有想到天女散花的威力如此强大，谷若智看来名不虚传。他更想不到谷若智会置胡若勇和刘斯文的生死不顾，这种敌我一起打击的方法，让司马信领教了抽刀门里的人性。但是这个领悟，晚了一些。司马信拼尽全力，左躲右闪，身体的要害之处虽然躲过，但飞到右肋和肩膀的两支镖，看来是不能完全避开了。他闭上眼睛。死生的命运，只取决于暗器的毒性了！

"啊，啊……"几声惨叫，在客栈门口回旋着。

司马信觉得身体右侧一动，好像被什么碰了一下，但没有感觉到麻木，也没感到明显的疼痛。他睁开眼睛一看，一名抽刀门的弟子，已经横尸在自己面前，身上钉着两支镖，镖打入身体的地方冒着紫黑色的血，虽然没有打中必死的要穴，但此人已经口鼻冒血，气绝身亡。

好厉害的毒！司马信看到李飞鸿在离自己三四尺的地方，向自己微笑示意，知道是他救了自己。

"多谢兄弟。"司马信抱拳表示感谢。原来李飞鸿见谷若智的天女散花过于凌厉，司马信凶多吉少，他已经来不及再提醒了，于是飞身抓住离自己不远的一个抽刀门弟子。李飞鸿力大，他把这名弟子直接扔向司马信，正好替他挡住了两支飞来的暗器。两支镖并没有打在致命的大穴上，但这名弟子顷刻便死，让李飞鸿吃惊不小。他自己也没见过如此厉害的毒性。

但李飞鸿的动作，导致了新的后果。本来刘斯文并不在谷若智暗器的路线上，但这名弟子飞行过程中，正好撞到了刘斯文的腰部，刘斯文向前跌出两步，一支镖正好打入他的左眼。他疼得撒手扔刀，在地上不停翻滚。毒药的好处，在于比疼痛发作得更快。刘斯文还没有领略到眼是心中苗的疼痛，已经毒气攻心，一命呜呼。他曾经想过学古人拔箭啖睛，最终还是没有这个勇气。其实，上天也没给他这个机会。他临死时，只闪过一个念头。人死了，死之前受到的各种苦应该一了百了吧。不然在地狱里见到师姐郑若飞，自己是个独眼，她还会喜欢自己吗？

谷若智居然无心插柳般替心上人郑若飞报了仇。只不过这个念头只是一闪而过,他现在唯愿早点回去和董华共度良辰。如果说刘斯文被暗器打中是个意外,胡若勇则不是。因为暗器的飞行路线,本就绕不开他。谷若智不是神仙,打不出会拐弯的镖,他早就想好了,损失胡若勇,拿下司马信,代价相当值得!于是胡若勇毫无意外地在左臂上被镖打中,纵使他努力把身体扭成一条曲线,镖还是划破了肉皮,出血了!

胡若勇此刻,竟做出了有生以来第一个当机立断的决定,抡起右手上的单刀,挥向自己的左臂,咔的一声响,左胳膊已经掉在地上。左手的手指还在地上挣扎着弯曲了几下,仿佛它十分不愿离开曾经寄生的躯体。

胡若勇咬着牙,强忍着疼痛,脸色惨白,冷汗不停地滴下。李飞羽一步跃过去,拎起他的脖领子,如同提着一只毁了翅膀的小鸡,扔到了自己人的脚下。轻云疾步跳过去,给他涂了点刀伤药,嘴里灌了点止疼药,然后用绳子将他捆了个结结实实。

胡若勇放声大哭。三分之一原因是疼,三分之一原因是害怕。断了胳膊,搞不好命也保不住了。还有三分之一的原因,是恨,谷若智这种小人行径,枉大家共事多年,还有事没事地称兄道弟。

李飞羽听着烦心,把自己袜子脱下来,直接把胡若勇的嘴堵上。刹那间,发生了如此变化,赵遁看在眼里。既然如此,尽快抓住谷若智,才是关键。

谷若智见死了一个,被抓了一个,今天看来凶多吉少了。他知道赵遁必不会放过自己,干脆先下手为强。他镖囊里还有不少存货,干脆也不用跟对方拼什么刀法武功了,就这点存货,都招呼出去吧。谷若智也是恐惧到了极点,他不断重复着天女散花的手法,几十支飞镖,源源不断地向赵遁飞来。

赵遁冷笑着,像一只饿极了的猫,看着老鼠垂死的挣扎。他纵身欺上,根本没有做出躲避的动作,而是把手中的刀挥舞起来,将暗器逐个击飞!

刀法连绵,暗器横飞。谷若智手法越来越急,赵遁从容不迫。被击飞的暗器,时不时地会打在抽刀门弟子的身上,一阵阵惨叫声,盘旋在客栈上空,不绝于耳。谷若智睁大了眼睛,瞳孔放大,他看赵遁笑着挥刀,离自己越来越近。他手足无措,浑身战栗!

"他不是人,是魔鬼!"谷若智喊破的嗓音里,带着几分哭腔。

赵遁已经飘到谷若智的身前,举起断水刀,抽刀断水,快意恩仇,就在此刀落下之时。

刀光、阳光、谷若智发秃脑门闪烁的亮光,三处光线交织在一起,和远处长白山的雪,交相辉映着。

赵遁的刀没有落下，他得抓个活的。因为他已经看过刘斯文身上的镖伤，无论是暗器外形，还是伤口的出血反应，都与方月娴极其相似，他有理由相信，方月娴就是伤在谷若智手上的，抓住谷若智，才能有解药。

赵遁的刀尽管未落，可是谷若智突然瞳孔进一步放大，张开大嘴，哇的一声吐出一口绿水，整个人摔倒在地上。赵遁一惊，赶忙俯下身去，探其鼻息，竟然已经断气。

谷若智吓死了。赵遁呆在原地，懊恼异常。司马信等人都围过来，认真查看了一下，谷若智果然吓破了苦胆，已经死了。冯七等人趁这个混乱的时刻，立即逃之夭夭，比长白山的兔子跑得还快。大家也无心追赶他们。

李飞鸿说道："这个老杂毛，居然是这么个死法。"

回雪姑娘一皱眉："方姑娘是他打伤的，如今他死了，不知道解药好不好找。"

流风道："我们赶紧回客栈，问问诸葛兄他们到底是怎么回事。胡若勇在手里，看来一时半会死不了，也许能有线索。"于是众人匆匆忙忙赶回客栈。

赵遁安排了轻云和婉月照顾方月娴。回雪姑娘把天山雪莲散和滇中红药丸交给婉月，告诉她用法，叮嘱按时给方月娴服用。进了客栈，大家连水也来不及喝，立即围住沈日新他们，询问到底发生了什么事。

此时他们几人的伤口得到初步处理，已无大碍。

沈日新道："不瞒诸位，我和诸葛堂主、吴师兄回到抽刀门后，袁自甘已经对我们加以提防，只不过没有采取明显措施。直到前几天，刘斯文突然把我和吴师兄叫过去，非让我俩透露赵大侠等几位大侠的底细。我和吴师兄虽然跟诸位在一起待过一段时间，可是也并无什么底细可说，而且我俩看不惯那厮嘴脸，也不愿说。结果刘斯文把我俩软禁起来，一开始还各种威逼利诱，后来干脆找人把我俩秘密抓起来，每日拷打，非让我俩说什么赵大侠的断水刀法有什么进展和漏洞。我俩功力尚浅，哪里说得上来。"

"这个败类！"丁嵩骂道。

沈日新继续说道："前天晚上，方师姐上山，刘斯文他们立刻知道了，就开始打上了师姐的主意。他们知道师姐和赵大侠一直在一起，说是什么可以从师姐这里套出赵大侠的信息。结果他们和师姐谈了一上午，师姐什么都没说。于是他们起了歹心，想干脆抓了师姐，作为威胁赵大侠的筹码。而师姐也知道我和吴师兄被软禁，就打算和诸葛堂主带着本堂的几个弟子，偷偷将我们救出来，之后一起下山投奔赵大侠。不想被刘斯文猜到了意图，我们几个一起被刘斯文困住。"

"那方姑娘是怎么受的伤？"赵遁问道。

"我和吴师兄虽然受了点皮外伤，但刘斯文此事事先没有请示袁自甘，不敢下手太重，所以诸葛堂主和方师姐救下我们时，刘斯文是拦不住我们的。没想到刘斯文勾结了胡若勇、谷若智两个，诸葛堂主虽然武功高强，但独木难支，谷若智这个王八蛋，见赢不了诸葛堂主，就发暗器偷袭，方师姐替诸葛兄挡了一下，没想到暗器上是喂了剧毒的。于是诸葛堂主给方师姐点了几处大穴。使得毒性不会马上扩散，还立即服了解毒的丹药。我们几个拼尽全力，才从抽刀门逃了出来。"沈日新说道。

"谷若智的暗器不常喂毒，而且，他哪里懂得寻找毒性这么强的药。"丁嵩说道。

诸葛愚这时说道："此毒毒性，世所罕见。凭谷若智，定是研制不出来。前段时间，我听说刘斯文与谷若智那厮的情妇董华，上山不知抓到个什么稀罕之物，他们三个私下里混了好多天，不知会不会跟此毒有关。"

"可是刘斯文已死，线索已断。"众人如此想着。

赵遁急忙吩咐："把胡若勇带过来。"大家知道，只能寄希望于胡若勇能对此事知情了。此时的胡若勇，裤子湿透，已经不知尿了多少次，害怕已经超过了胳膊的疼痛。

见到众人，胡若勇扑通跪下，磕头如捣蒜一般："各位大侠饶命，有什么想知道的我一定知无不言，知无不言。"众人对其怒目而视。

"离仙儿和贝仙儿是袁自甘的情妇，贝仙儿、离仙儿和侯子山都有一腿，那董华是新来的，丈夫在京城吏部做主事，她，她是谷若智的情妇。"胡若勇边磕头边说，"那个……董华总是不甘寂寞，跟小的也有一手，谷若智不知道。"胡若勇继续磕磕巴巴地说道。

大家没心思取笑他这些无聊的事。不过李飞鸿听完，眼睛一转，立刻问道："你说你和董华也有一手？"

"不敢瞒着大侠，千真万确。"胡若勇说道。

"那你可知道，前段时间，董华和刘斯文、谷若智他们几个凑在一起，在搞什么？"李飞鸿问道。

"小的听董华说过，是在研制什么毒药，本打算在明天的大会上对付各位大侠的。"胡若勇说。

"哦？"众人眼前一亮，感觉发现了新希望。

"那你说说看，是什么毒药？"李飞鸿问道。

"据董华说，她丈夫久在吏部，有时会和礼部的官员一起参加接见各个边疆地区派来上贡的使者。有一次,她丈夫跟她在家里闲聊,提到过一个使者曾向宫里进贡了一种奇异之物,据说此物生在长白山地区,叫作绿蛤,毒性异常,能使人顷刻毙命,但如果能配合天山的冰川雪蛇一并入药,反而能够制约其毒性,成为益寿延年的佳品。使者虽然把绿蛤进到了宫里,却把图册留给了董华的丈夫。董华来到长白山时,觉得这东西也许价值连城,在行李中把这个图册也夹带了出来。那天她把这个消息告诉了谷若智和刘斯文。二人大喜,第二天就带着人去了山上,一连找了好几天,据说还死了几个弟子,他们终于把这东西弄到手里。把毒素挤出来后,据说一部分混上附子、草乌、鹤顶红等毒药,用来浸泡谷若智的暗器,另一部分则打算献给袁自甘,混在各位将来上山时的茶饭之中。小的知道的就这些了。"胡若勇说道。

"我在长白山多年,也听过绿蛤此物,确实剧毒无比。看来方师妹的镖伤,就是中的此毒。"诸葛愚说道。

"此物既然生活在长白山地区,那么本地应该有解毒之法。"回雪姑娘说道。

诸葛愚绝望地摇摇头:"此毒无解。"

"为何?"回雪问道。

"此物过处,百草不生,据说当地人如果不幸碰到了此毒,只有等死的份儿。这里只有一种岩石,据说绿蛤偶尔在其上做短暂休息,所以它对毒性能够略有缓解。可惜这种岩石不仅极难开采,数量也不多。我曾经得到过一些,都混在我的解毒药里了。如今看来,方师妹的毒性没有这么快发作,可能也和我给她服用的药物里有些这种岩石的成分有关。"诸葛愚说道。

听完诸葛愚的话,众人一阵沉默。

此时李飞羽问道:"刚才胡若勇说起天山的冰川雪蛇能够克制此毒,可否找到此物来救方姑娘?"

流风摇头道:"我们几个久居天山,都没听说过什么冰川雪蛇。就算真有此物,天山路途遥远,怕是还没赶到,方姑娘就已经……"

众人又是一阵沉默。

这时司马信打破了沉寂:"既然此物作为贡品,这帮狗官没有只进贡绿蛤,不进贡冰川雪蛇的道理。也许皇帝老儿的库房里有这个东西也说不定。只不过大内高手众多,不是硬手,恐怕闯宫不易。"

轻云道:"即便如此,也应该一试。"

回雪这时说:"虽然我们几个没有听说过冰川雪蛇,但此物既然出自天山,师父和师娘见多识广,听过甚至见过也说不定。真正的问题是,方姐姐还能撑多久。

另外，明天就是一场恶战，先生这里，也是难得很。"

众人又一起看着赵遁。所有的一切，都是他最关切的人和事。谁也无法替他做这个决定。

而赵遁，又该如何做出这个艰难的决定！方月娴对他的情义，他岂能不知？自从上次方月娴连夜上山后，婉月把话说明，他无时不想着抽刀门决战的尽快到来，了却了此桩心愿，带着方月娴离开长白山这个是非之地。喜欢也好，爱也好，说不清是喜欢还是爱也好，他会把长期以来的压抑又压抑的心里话，倾诉给她听，从清晨的朝阳升起，到夕阳落下，星月漫天的时刻。几年来，为了结卫雄这桩抽刀门的心愿，他轮回在醉与麻痹之中，不敢揭开心底的这份情愫，不敢面对自己内心的感情。有时候，他觉得方月娴的陪伴是自己心安的时刻，但每当有些微的念头，他便把酒寻来，一醉之后，不再想这些事情。面对强敌，身负重任，他无力去想感情这件奢侈的事。尤其最近，与方月娴在久别后的重逢，说说笑笑，他觉得人生的快意无过于此，更不必去纠结那些内心深藏的事。他习惯了她陪伴在身边作为自己的朋友，他藏起了反复令自己醉里轮回的那份感情。而如今，钉在方月娴肩头的镖，如同划过自己心头的伤疤，这种痛不只在于流出了许久不曾感受的血，还在于马上要把这片破碎的心，彻彻底底地分出一块去。

方月娴已经凶多吉少。远赴天山，为一个也许存在，也许不存在的救命良方，可能失去自己最终相伴她的最后时刻。谁能知道她还能活一个时辰，还是一天？留在自己身边，自己可以把多年埋在心底的话，好好和她倾诉一番，不管她能否听得到。可是，这也意味着，之后自己就将永远失去她。自己还不曾好好爱过她，却要永远地失去她。赵遁的心思，痛苦而复杂。但时间，连痛苦复杂也不愿给他。

赵遁知道，自己必须当机立断。

"诸葛兄，回雪，依你们看，方姑娘的命，还能维系多久？"赵遁问道。

"赵兄，我也看了回雪姑娘给方师妹服用的药，都是难得的极品解毒之物，再配上我的药品，我想，有很大机会撑个两三天，剩下的，就要靠方姑娘的个人意志和运气了。"诸葛愚说道。

"我听说黄公公已经来到了长白山，而且让龙五、冷潇和韦康他们三个把附近的交通要道都进行了封锁？"赵遁又问道。

诸葛愚点了点头。

赵遁想了想："龙五他们几个，我观察倒是有些侠义之心，你们四个与他们有过一面之缘，也许能够通融。你们四个即刻动身，带着方姑娘去天山找师父和师娘，让她们一定想办法。"赵遁对着轻云、婉月、回雪和流风说道。

四人点头。婉月道："放心吧，先生，师父看到我们四个一起回来，就明白先生的心意了，定会尽力的。"

这时李飞鸿说道："龙五他们，能以理说通最好，万一一言不合动起手来，回雪和流风姑娘，救人要紧，你们不要吝啬手里的暗器。"

回雪和流风答道："这个当然。"

说完，轻云等四人立刻准备好了车辆，带着方月娴匆匆上路。

赵遁叮嘱道："走漠北，路近，不要进关。"

轻云道："放心吧，先生。"

赵遁又看了一眼脸色显得黄白的方月娴，狠心转过身，挥了挥手，走吧。

待他们走远，赵遁偷偷抹了一下眼角。

司马信看在眼里，说道："兄弟，不必过于担心。我想，到了天山，令师自有起死回生之术。另外，我觉得皇宫也值得一去，黄公公把高手都带出来了，剩一个光杆吕公公和一堆喽啰，不足为惧，老兄替你走一趟如何？"

此时，诸葛愚说道："司马兄，方师妹是为救我而受伤，这趟皇宫，无论如何也应该我去，我就算拼出这条命，也要把这冰川雪蛇找到。明天还有一场恶战，老兄还需留下帮助赵兄弟。"

吴道海和沈日新道："诸葛师兄说得对，诸位要是不放心，我们便陪着一起去京城一趟。"

司马信道："如此也好。赵兄弟你看如何？"

赵遁点了点头。也只好如此。

于是诸葛愚三人，顾不得吃早饭，找了三匹快马，急奔京城而去。

除了赵遁，客栈里只剩下司马信、二李和丁嵩等寥寥几人。想起前两天还在为久别的重逢而热热闹闹，如今突遭变故，如此冷清，几人都闷闷不乐。司马信等人不知该如何劝解赵遁。明日大战，又不能喝酒。于是各自早早休息，补充体力。

天色已暗，赵遁辗转反侧，无法入眠。但明日大战，面临黄公公这个强敌，他必须压抑痛苦的心思，强迫自己休息。他脑子里反复回响着婉月清心咒的音律和节拍，恍恍惚惚，半梦半醒。

长白山，灯火通明，热闹异常。

上午巳时整，黄公公亲临抽刀门。这是有史以来最大的盛事。袁自甘率领抽刀门全体弟子和来了几天的各大门派代表，早就在山门外列队迎接。一番礼仪和客套之后，黄公公问道："袁掌门，怎么不见冯七，他应该比我早到了几天呢？"

"哦，这个，我也是早晨听下属报告说，冯公公带着谷长老等几个人去处理一点小事，一会儿就赶回来了。"袁自甘说道。

"龙五他们呢？"黄公公问道。

"按您和冯公公的吩咐，正在担任山下各处要道的警戒，定然让赵遁那帮人有来无回！"袁自甘答道。

"嗯。赵遁他们已经到了？住在哪里？"黄公公问道。

"听说是住在海升客栈。正因为他们住在海升，所以卑职把各大门派的掌门和代表都安排在了断水客栈，几个重要门派的，像武当的端木无牙等，都安排住在了山上。"袁自甘小心地应对着。

黄公公对袁自甘的回答还比较满意，就没再多说什么。因为黄公公他们到得晚，所以中午简单地用过午饭，就安排黄公公一行人休息了。正餐安排到了傍晚。下午，冯七灰溜溜地上山，把最近的情况向黄公公做了汇报。黄公公脸色低沉，非常不悦。

酉时末，刚刚宴请完各大门派代表，人都送走后，断水厅里，黄公公居中而坐。其他人分立两旁。有袁自甘、冯七、涂若信、侯子山、离仙儿、贝仙儿等等，还特意邀请了武当派的掌门端木无牙。

"各位，明日与断水山庄的赵遁等人一战，可有什么必胜的方案？"黄公公问道。看到冯七垂头丧气站到黄公公旁边，袁自甘知道，谷若智他们计划失败的事，黄公公已经全都知道。

"明日大计，还请黄公公指示。"袁自甘见无人说话，冒出这么一句。

"哼，你们还用我指示？抓了只蛤蟆，搞什么下三烂的手段，结果呢，死的死，伤的伤，被抓的被抓，脸都被你们丢尽了。"黄公公厉声说道。众人更不敢说话。

端木无牙一看，赶忙打了个圆场："禀公公，从昨晚到今天的事，下午我也听说了一些。袁掌门也是为了门派着想，谁也没有预料到谷长老他们事先不请示就行动，办事不周，他们也因此付出了代价。我们一切还得往前看不是？"

黄公公又狠狠瞪了身旁的冯七一眼，他何尝不知道一切向前看。端木这么一说，黄公公也没有继续往下发脾气。

"袁掌门，说说你的想法吧。只不过，下毒这种办法就不要再提了。"黄公公说道。

袁自甘知道，黄公公自恃武功高强，历来反对谷若智他们这种做法。所以这件事，袁自甘一开始就没有明确表态。就等着事成之后，再通过对谷若智他们略做惩戒，达到各方面的平衡。如今既然失败，就只能走正当途径了。而正当途径，尽管袁自甘煞费苦心，但能不能操作，他心里没底。

首先，袁自甘确有天赋异禀之处。他居然从断水刀法中，悟出了这套刀法如果能几个人同时使用，组成断水刀阵，则在短时间内能够威力倍增，胜算大大提高。他经过反复研究，觉得阵法由七个人组成的效果最好。本来他希望黄公公能带着冯七、龙五他们几个一起加入，再加上本门武功最好的自己和谷若智，拿下赵遁他们，问题不会太大。可是他没想到，黄公公根本就没让龙五他们三个上山，从而错失了他们熟悉断水刀法的机会，这几天只有冯七对刀法有了初步的熟悉。而谷若智的身死，让他觉得手下的人，越发捉襟见肘。这是难度之一。

黄公公作为大内第一高手，是一代武林宗师级的人物，他如果能参阵，并作为阵眼，是胜利的关键。但黄公公历来性情高傲，能否同意用这种近乎打群架的方式保住抽刀门，实难揣测。而且，就算黄公公同意，一夜之间，他又能领悟多少断水刀法，也是未知因素。这是难度之二。

第三就是这套断水刀法，表面上袁自甘早就发给整个门派，让大家不分日夜刻苦练习，但其实他不是没有保留，他早就偷偷撕下并藏起他认为极为精粹的几页刀法，就是怕教会了徒弟，饿死了师父。这种手段欺瞒别人可以，但黄公公可是一眼就能看得出来。于是他就必须主动把全套刀法重新贡献出来。这无异于打了袁自甘一记响亮的耳光。这让他这掌门还如何服众？

但是，为了朝廷，为了渡过眼前的难关，必须牺牲。

见黄公公现在问到自己，袁自甘只好硬着头皮，把自己的想法说了出来。出人意料的是，黄公公居然同意了这个方案。因为下午冯七向黄公公详细描述了他早晨看到的赵遁的断水刀法。虽然没有亲临战阵，黄公公已经感觉到，此刻的赵遁，实力已经超越了当年的卫雄。眼下，其他的一切都是小事，赢下来才是最主要的。在这个问题上，他作为个人，虽然极不愿意这样做，但是这关系司礼监的大局，不能冒险。

有了黄公公的支持，在场的人都大大松了一口气，尤其是袁自甘。他特意邀请冯七向大家解释断水刀阵的战法。这个阵法，理念重于形式，所以把这个露脸的机会交给冯七，也是袁自甘能够在官场屹立不倒的不二法门。

冯七也就当仁不让了："黄公公，诸位，一段时间以来，大家对断水刀法的精要想必已经基本掌握。冯某这几天，每日废寝忘食，也把这套刀法认真地研习了多遍。下面就由在下来解读下对断水刀阵的粗浅体会，不足之处还请诸位指正。"

"首先看这阵型，刀阵实际上是借鉴了北斗七星的季节变换，并根据上古玄武大阵变化而来。这天枢、天璇、天玑、天权、玉衡、开阳、摇光，正是北斗七星的七个方位，其中天权为阵眼，最为重要，故还请黄公公亲自坐镇。"

"嗯。"黄公公点头称善。

"但这套阵法的高明之处，便是并未完全恪守北斗七星的阵法，那样太容易被通晓奇门术数的人掌握，所以我和袁掌门研究多日，又听取了端木掌门介绍武当武学的精要，又变之以玄武大阵。"

"何谓玄武大阵？"涂若信不解问道。

"所谓玄武阵型，即龟蛇合体，龟前蛇后，故我和袁掌门打算弃天枢、摇光两星位不用，而代之以龟头蛇尾。袁掌门为抽刀门派主，这龟头一位当仁不让，侯少侠为抽刀门青年领袖，这蛇尾重任自当由少侠辛苦。"

端木无牙差点乐出声。心说这冯七真是损人于无形之中，先是拿乌龟一语双关调戏了袁自甘，后又用蛇鼠两端的典故，嘲讽了侯子山。袁自甘何等狡猾，岂能不知？怎奈黄公公在场，又不好发作，只是嘿嘿一笑。而侯子山则一副雄赳赳气昂昂的样子，大内慎刑司冯七能如此高抬自己，他感到无上光荣，偷偷看了一眼贝仙儿，贝仙儿秋波中洋溢着娇羞和赞许。至于冯七的一通乱扯，侯子山是听不明白的。

"接下来，"冯七见大家没有异议，继续讲下去，"天璇由在下担任，而另外三个位置，只能由熟悉断水刀法的抽刀门弟子担任。本来谷、胡、涂三位长老是最佳人选。可惜一位惨死，一位被抓，只剩下涂长老，所以这空余的人选，冯某也是难以决断。"冯七说道。

这时，离仙儿和贝仙儿挺身而出："冯公公，黄公公，袁掌门，如今门派大敌当前，人才凋零，我姐妹多年受袁掌门厚恩，怎能不思报答？前段时间，我俩也一直苦练断水刀法，并结合惊鸿剑法的轻功之术，想尽些绵薄之力。"

"哦，你二位也会断水刀法？咱家倒要看看。"冯七说道。黄公公不作声，也算是默许了。

于是二仙提起单刀，在大厅对舞起来。

想不到女人舞刀，竟是别有风情。二仙虽然武功基础一般，但此套刀法，竟然能够配合得天衣无缝，毫无破绽。连黄公公也是啧啧称奇。加之二人身法轻盈，竟是弥补了刀法本身一些招式的朴实笨拙。当然，袁自甘心里更清楚，二仙是看过完整的刀法的，这几页撕下来的精髓，他没有向二仙隐瞒。一点点的差异，就足以决定成败，何况这好几页的刀法呢！

涂若信暗地里想着："二仙这套刀法，有几个招式我从没见过，肯定是袁自甘藏了私货了。"

"好刀法，好身法。"冯七赞道，"如今看来，这天玑、玉衡两个星位，自然非离仙儿、贝仙儿莫属，开阳由涂长老坐镇。这样此阵发动起来，恰如常山之蛇，击其首，则尾至；击其尾，则首至；击其中，则首尾俱至。各位看如何？"

袁自甘心中叫苦，暗骂冯七，合着就忙活侯子山我俩。我俩一头一尾，哪出问题我俩都得到位，冯七你损透了。等过了这关你看我怎么报复！

不过这些话老袁又怎好讲？只得皮笑肉不笑："冯公公果然博学奇才，我等不胜钦佩，就按冯爷的安排布阵吧。"

阵法思路有了，但大家还没有磨合，绝不能明天到了战场，再临时配合。所以今晚尤为重要。所有人对刀法都有了基本的掌握，只有黄公公是陌生的，而黄公公的角色，又最为重要。大家的眼神中，流露了隐隐的担忧。

黄公公微微一笑："刀谱下午冯七拿给我，我翻了翻，加之之前曾和卫雄有过一些讨论，我想也勉强能用吧。大家现在就可以练习两遍了。"

看了一下午，就能领悟断水刀法？大家心中存疑。等到刀阵开始演示的时候，大家才不得不佩服，黄公公真的是武学奇才。不仅刀法领悟得比其他人还要透彻，还能不断地指点大家配合的不当之处。此时，涂若信发现，这里面只有他一个人被蒙在鼓里。这几页刀法，只有他刚刚拿到，所以不熟练，其他几个人，都是熟悉得很。难道和黄公公一样，都是奇才？

哪里有什么奇才。侯子山早就从贝仙儿那里得到了完整的刀法。冯七那里，袁自甘怎么敢欺瞒？自然也是奉上全套。都练习多日了，可不比他老涂熟练多了吗？在阵法发动上，端木无牙也给出了一些建议。于是到了亥时的时候，大家磨合得已经很熟练了。

"我看天色不早了，大家早点休息吧。涂长老，你的刀法今晚还要再熟悉，有几招我看你还是熟练度不够。"黄公公说道。

"对对，黄公公所言极是。老涂，你晚上就自己勤勉一些吧。"袁自甘说道。

涂若信暗地骂娘，不过也无可奈何。七月十四这一夜，长白山的山上山下，绝大多数人，都是久久难眠。

七月十五，晨起，刚刚下了一场小雨，长白山的空气中含着一股泥土的芬芳。不仅长白山的客栈全都满房，就连附近三十里的天池小镇的客栈，也已爆满，一铺难求！

伊川剑客司马信代表断水山庄对抽刀门袁自甘的挑战，轰动武林。尤其在岳阳事件、南京事件后，江湖上更是传言纷纷，都想一睹赵遁风采，同时再印证下传言的可信与否。而且这次大内的黄公公居然亲临抽刀门，江湖人都想来凑个热闹。

抽刀门的前街，院墙上，周边民宅的屋顶上，也都卖起了座位。抽刀门自然不会放过这个商业良机，大大方方把院门打开，将庭院打扫干净，卖起了部分视野超好的位置，一百两银子一位。

这天价的位置，竟是供不应求，只好用抽签的办法解决。

辰时，赵遁等五人已到。而黄公公、袁自甘等人早已在消愁厅喝茶等候。

"客人已到，看茶。"袁自甘自不会在武林面前失了礼数。

"不必虚情假意。既然黄公公在，某便要请问一句，我等与抽刀门的恩怨，与朝廷何干？黄公公此来，莫不是给袁自甘拔横？"司马信单刀直入，直奔主题，毫不客气。

"司马道兄，此言差矣。那抽刀门的掌门袁自甘是朝廷任命，故抽刀门有事，朝廷自会过问。假如袁掌门有违反门规国法之事，自有东厂依规处置。倘若袁掌门确属清白，也当给其澄清和公道。大明朝廷，决不允许尔等私斗！"冯七说道。

"哈！说得好听。什么东厂依规查处，你查了吗？那袁自甘与尔厂卫司礼监勾搭连环，狼狈为奸，指望你们查，无异于与虎谋皮。"司马信骂道。

"司马信，再要信口胡言，顶撞公公，可休怪国法无情。"袁自甘厉声说道。

"呦，讲法论规，袁自甘你也配！多说无益，闻得尔等皆把断水刀法练熟，来吧，本道爷要领教一二。"司马信说罢亮出伊川剑，寒光在消愁堂前打了一道霁闪。

话不投机，自然无须再说。

在场的武林各派，早就等不及这场大戏了，纷纷鼓噪。

袁自甘走在前面，对司马信说道："若是用断水刀法赢了你们，想是你们也不服。我看你们来的人多，我们何不以阵法赌个输赢？如今我抽刀门布下断水刀阵，你们可敢来破？"

说完，袁自甘等人站好身位，开始布阵。

黄公公也顾不得武林宗师的地位，加入战阵，七人严阵以待。

这有点出乎赵遁等人的预料。李氏兄弟建议，对方七人，且有战阵协助，我方只有五人，这买卖不划算，应该改为单打独斗。

丁嵩摇摇头："若是单打独斗，别人好说，胜黄公公太难。如今好不容易能把我们五个联合在一起，只要找到对方破绽，我们的整体实力明显优于对方。那涂若信的武功,与胡若勇在毫厘之间,侯子山是后辈,功力不会太高,离仙儿和贝仙儿,原来都是门派打杂的,哪里会什么高深武功啊。冯七的水平,也只在兄弟上下。所以集我们五人之力,尽管人少,赢面却是大大提高了。"

赵遁和司马信都同意丁嵩的这个分析。丁嵩建议:"袁自甘为罪魁祸首,侯子山武功不高,他俩居然作为大阵的一头一尾,简直不自量力。我们可以从这两个点入手,集中力量重点攻击。也许能打开阵法缺口,赵兄弟先不急于参战,暂且在场外观察其阵法的疏漏。我们四个先去试探一番。缺口一旦打开,你居高临下,一击必中,对方阵法必垮。"

商量已毕,四人各拉刀剑,攻阵!

事实永远比计划残酷得多。纵是司马信、李氏兄弟三名顶尖高手,加之丁嵩本就熟悉断水刀法,但从刀法变成刀阵,绝不是人数的简单相加,且有黄公公这样的泰斗级人物坐镇。不出二十回合,丁嵩的分析,四人的如意算盘便宣告破产,几人狼狈逃回。丁嵩的左肩还被离仙儿的柳叶刀划了一个口子,鲜血涌出。

"各位,我看打法需要改变。"赵遁冷静地说。

"兄弟有何见解?"丁嵩边说,边扯下一片衣襟,紧紧勒在肩头。

"如果按照常理破阵,丁兄的说法合情合理。但因对方有黄公公这样的绝世高手,其短板就会变成诱惑我们的陷阱。比如刚才丁兄猛攻侯子山,黄公公早就料到了这一手,从侧后方突袭丁兄,好在丁兄对断水刀法的变化了然于胸,不然这下定要吃了大亏。"

丁嵩知道赵遁话里给他留了面子,他虽勉强躲过黄公公这一刀,也是仰仗黄公公对刀法尚未完全吃透,即便如此,还是着了离仙儿的道。

赵遁继续讲下去:"如此看来,我等须有出其不意的战法,方能取胜。"

"怎么出其不意?"司马信问道。

"不攻最弱,反攻最强,集火黄公公。"赵遁说道。

"赵兄弟能否讲讲其中的道理?"李飞羽有些不解。

"大家请看,这阵法实乃由北斗阵法和玄武阵法综合变化而来,看来武当派也是出了力的,不然区区袁自甘鼠辈断无此才华。"赵遁说道。

"赵兄所言甚是,我看此阵确实有我道门的理念在里面。"司马信在一旁言道。

"这阵法的核心在于天权阵眼的位置,就是黄公公的位置,按理说,大阵应以全力保护阵眼为上,但不知谁出了个馊点子,把离、贝二仙放在天玑和玉衡,左右掣肘黄公公,岂能不乱?这是其一。其二,刚才我在你们搏斗中仔细观察,这袁自甘、侯子山与离、贝二仙定有奸情,所以二仙一旦受到攻击,袁、侯二人就开始乱,并同时将冯七和涂若信的身位也一并带乱。因此,我建议,李氏兄弟轻功最好,重点攻击离、贝二仙,记住以纠缠骚扰为主,不必出实招真打,黄公公定出手救此二人,而袁自甘、侯子山关心则乱,必从首、尾两处向中间地带收缩,这样冯七和涂若信就施展不开了,加之二人对断水刀法本就不熟,司马兄与丁兄趁机攻冯七和涂若信二人,此时阵法已乱。我当找机会对黄公公进行致命一击。"

司马信等人听后连连称是。赵遁兄弟不仅刀法出神,更是观察细微,推理严密。四人再入战阵,依计执行。计划与变化,从来不是绝对的。高明的计划,无不从变化中来,从智慧中来。而所有的变化,若无计划这一灵魂,就是无头苍蝇,毫无美感。真正的成败,取决于这个内在灵魂的水平高低,而不是计划或变化这个形式。赵遁就是这样严密而善于计划的人。这种人的计划,怎么会不成功?

在李氏兄弟的骚扰和纠缠式进攻下,离、贝二仙累得吁吁带喘,香汗淋漓,黄公公一看不好,急忙出手,刀掌齐发。袁自甘和侯子山如丧考妣般,发了疯地扑过来。他俩疯了,冯七和涂若信乱了,黄公公气晕了。

当初冯七把离、贝二仙安排在黄公公的身旁,并非没有考虑到个中的风险。但只有这样,袁自甘才能安心做好龟头。这个龟头,别人是不好做,也不愿做的。为了换取团队的精诚团结,只好冒一冒风险。何况,这种风险,本来就很难看出。可惜他漏算了赵遁。这样的机会,赵遁不仅能看出,还能把握住。

寒光一起,赵遁已经出刀,这势在必得的一刀,直扑黄公公而去!

黄公公素有贤名,这一刀,赵遁有些纠结,到底是劈,还是不劈?

刀已挥出,一定要劈!这是赵遁的信条。但没人要求他不可以把刀锋偏一偏。所以黄公公的左肩上,被划出一道长长的口子,鲜血涌了出来。没取黄的性命,因为其素有贤名,这点与陈公公、董公公绝不相同。仍取了他的血迹,因他仍免不了行恶。

黄公公扔刀,呆呆不语。败了。败给这个连名字才刚刚知道不久的年轻人。什么大内第一高手,一世英名,尽付诸东流。这抽刀门,自己已无颜面再待下去。而京城,也是不用回了。还是回到江南吧,多年梦寐的鱼塘桑田、读书赏花的闲隐日子,竟以这种方式实现。

这个世界上有两种平淡,一种是自始平淡,这种平淡是自然的,朴素的,但也是经不起诱惑的。第二种是辉煌后的平淡,这种平淡很少是主动的,但就算被动,也是难能可贵的。时间无限,生命有限。

黄公公的失败,就是袁自甘等人的绝望。但是,当因果报应、天道轮回的时候,仅仅绝望就够了吗?

司马信有话要说。

"各位武林同道,各位父老乡亲,各位抽刀门的弟子,在下兄弟几人,此来抽刀门,一非寻仇,二非私斗。而是有重要使命。刚才与黄公公、袁掌门切磋技艺,都是些雕虫小技,侥幸取胜,也不值挂在心上。前番英雄帖中已说明,此番我们兄弟还要揭晓武林中一桩天大的秘密。因黄公公也有所涉及,故请公公暂留。"司马信运足内力,话语中使用了伊川魔音,两三里外都能听到他在说话。现场的人们感觉耳中如金属敲击一般,嗡嗡回响,顿时安静了下来。

到底是什么样的秘密,众人私下小声议论着。黄公公本来心灰意冷,打算径自离开,闻听此言,也就不走了。他预感到司马信一定会说那件事。这件事他过去不愿听,也不敢听,遇到消息就想躲,如今看,躲是躲不开的。既然自己已经失败,再也无法成为那个叱咤风云的黄公公,干脆就听听吧,也了却自己多年来一桩内心的遗憾。

司马信继续说:"此秘密,牵涉抽刀门前任掌门卫雄之死,也牵涉本朝最初几年朝廷库银的莫名失踪,更牵涉海升票号等一干商号!"

众人哗然。以上三件事,多年来,江湖就有传闻,但今天司马信将三件事放在一起,难不成其中真的有什么关联?大家马上静下来,侧耳倾听。黄公公也在静静地听着。袁自甘则头顶开始冒汗。

"众所周知,三年前,卫掌门卫雄赴京城,一是向大内司礼监吕公公汇报,二是约了海升票号总管钱军核实情况。谁知钱军因故不到,卫雄反而成了谋逆之人,被大内十二名高手联手击毙。今日,黄公公和袁掌门都在场,当年你们也是参与者,此事我可有半句谎言?"司马信问道。

"司马先生所言属实。"黄公公答道。

"那么请黄公公回答在下一个问题,当年卫雄谋逆,可有实证?"司马信继续问道。

事到如今,黄公公也不再以大内司礼监秉笔太监并提督东厂自居,失败后的他不再迷了心窍,便有了正常的思维:"不瞒司马先生,没有实据,我们完全是按照吕公公的指示做事。吕公公说他谋逆,谁敢质疑?"

"那好,就算是吕公公处掌握了卫雄谋逆的事实,那也应你大内东厂、西厂、锦衣卫抓捕,为何动用江湖力量?"司马信问道。

此言一出,一片哗然。

"这本不稀奇。大内高手实属有限,卫雄武功高强,不动用江湖门派力量,恐拿他不住。因此吕公公、陈公公商议后，决定聘请少林、武当、峨眉、青城、海沙、泰山等帮派高手助阵。"黄公公回答得很平静。

"那么这么多高手来了，就一定有把握拿下卫雄吗？"司马信冷冷说道。

"司马先生这话问到点子上了。按理说这么多顶尖高手，就算卫雄绝世武功，也很难脱逃，但吕公公有明示，宁可就地斩杀，也绝不可放过卫雄，这是死命令，所以当时我等压力也很大，怕出意外，实话说并无十分把握。"黄公公说道。

"那就请黄公公当着天下武林的面，说一说你们如何从这无把握变成十拿九稳的？"司马信问道。

"这个……"黄公公犹豫再三，再转念一想，唉，事已如此，皆是孽债。当年做下的错事，今日也该一并还了吧。

想罢，黄公公高声言道："因当时对就地斩杀卫雄并无十足把握，我特意向吕公公提出，袁自甘与那卫雄曾有些交情，可派袁自甘与之对饮，卫雄酒量不大，醉后将其活拿便是。既保全了卫雄性命，我们也交了差。可万万没有想到，袁自甘竟然在酒中下毒，那卫雄不知从何处学来品毒观毒的本事，袁自甘的计谋被卫雄察觉。被迫，十二人与卫雄正式动手，双方打斗一度难解难分。司礼监这边抽调的各大门派高手，不仅没有稳稳拿下卫雄，反而伤了几个。最后袁自甘闪出退路，我们还以为袁自甘自觉对不起兄弟，要徇私放卫雄离开，而卫雄却在感激中，遭遇了死神。他刚刚转身，准备带这位丁兄弟离开的时候，背后插进了袁自甘的灭欲断情剑。可叹卫雄，死在了自认为好兄弟背后偷袭的剑下。"

黄公公的话引起了武林公愤。群情激昂，各拽兵器，当场要将袁自甘分尸。而袁自甘身如筛糠，口中不断重复着："我没有出卖卫雄，我只是尽到对朝廷的责任，我没有出卖卫雄……"

司马信不断挥手，示意大家静下来，因为他还有话要说："刚才黄公公也说了，从江湖聘请高手执行朝廷任务，早有先例。那么我请问公公，你可确定这些高手执行的是朝廷公务？"

"吕公公亲自交办，自然是公务。"黄公公回答道。

"那我倒是要问一问了，这几位可都是江湖顶尖人物，不是掌门就是派主，据我了解，这些人的出场费可是不菲，既然是公务，户部当拨出一笔不小的款项，这笔款子户部无权单独决定，必须有你黄公公的批红才行。请问公公，户部可支付了这笔银子吗？"司马信继续问道。

"这个……我印象里没有这回事。"黄公公回答。

"那这银子谁出的呢？大家猜猜看！"司马信提高了嗓音。

看着众人云里雾里的样子，司马信忍不住揭晓答案："海升票号！"

这四个字又如一声炸雷，在人群中引起骚动。

司马信看效果出来了，继续说道："可能有的朋友要问了，是不是海升票号为朝廷分忧，主动出了这笔钱呢？答案当然不是。"

司马信便讲出了海升票号的来龙去脉。

众人沸腾。

司马信继续高声说道："卫雄当年就是因为查到了部分端倪，才一面向吕公公紧急汇报，一面约了海升票号钱军，打算进一步查清此事，不想卫雄在紫禁城被杀，还被扣个谋反的罪名，对其罪名还不准议论。卫雄死后，海升票号感觉到峨眉山不再保险，于是就换到了当今的抽刀门，因为有袁大掌门这个值得信任可以代替监督的人执掌了抽刀门嘛。袁自甘，你说是也不是？"司马信厉声问道。

袁自甘哪里还敢回应，嘴唇紫青，已不知所言了。

"冯七爷，我知道你也在秘密调查海升票号的事，你且当着大伙说说，我刚才所言，是真是假？"司马信转头问冯七。

冯七眼见大势已去，还是不吃眼前亏的好。于是他点点头："司马先生所言不差。"

此时司马信从怀里掏出一本厚厚的册子："众位请看，这便是登记东方敏等人财产的账本。可惜这账本根本就不在东方敏等人身上，这才有了前一段海升客栈奸杀案，栽赃嫁祸韦康案，东厂巡狩少林峨眉案，性空、灭欲两位掌门通奸案等一系列事件，最核心的目的，陈公公也好，董公公也好，都是为了拿到这本账册。你黄公公此番大张旗鼓来到抽刀门，不也是为了这个册子吗？现在那两位公公已经身死，我和赵大侠已经商议过了，不愿江湖上再有人为此流血，所以早就安排了印厂，先印上它一千本，供江湖广为流传！"

众人纷纷叫好称赞。

"那既然如此，三年了，当年紫禁城的真相也很清楚了，卫雄被杀纯属海升票号一手造成的冤案，直接的罪魁便是袁自甘。"司马信高声说道，"冤有头，债有主，现在请抽刀门掌门大弟子丁嵩当着武林众位，执行门规。谁若有异议，请当面提出！"

众口一词："杀！"

丁嵩圆睁虎目，剑眉梢掠过层层杀意，袁自甘岂能自甘受戮？抄起改造后的灭欲断情刀，直奔丁嵩心口。

袁自甘的刀，真快，丁嵩的身法，也快。但都不及离仙儿、贝仙儿的杨柳双刀更快，只听一声惨叫，离仙儿的柳叶刀，贝仙儿的扬春刀，一起刺入袁自甘的后心。

扎心了，袁自甘的心中感到好凉，好疼，他真想在这个世界再多留几天，他想问问二仙的这两刀，是怎样的决心下的手。不过他觉得还是不要问了。二仙捅向自己身后的刀，正如同当年自己捅向卫雄的刀，这刀里不是一点感情没有，而是利益战胜了感情。这样的刀，扎起来才更狠。离仙儿、贝仙儿结果了袁自甘，也了结和割舍了过去。二人来到司马信等人面前，匍匐在地，忏悔自己误入歧途，愿将功补过，将海升票号留在抽刀门的所有材料交出，并永远退出江湖。

事出突然，但赵遁感觉如果杀了此二人，也玷污了宝刀。算了。

抽刀门的事，表面告结了。黄公公也回到浙江杭州，索性田也不种，鱼也不打了，去灵隐寺当了和尚。然而，这一切真的终结得了吗？真相真的大白了吗？海升票号为何能操控江湖，影响庙堂，并屡屡获益？从抽刀门的账本看，财产为何能够登记在东方敏等十九名女弟子名下，仅仅是给了封口费就安全吗？还是海升票号对东方敏等人有一种天然的信任？当然，最重要的，杀害卫雄的真凶，显然不只是袁自甘。这一系列的问题，一起指向了一个核心人物，而钱军和海升票号已经不重要了。

赵遁打算把抽刀门的事情简单安置后，就去北京，该问问那个高高在上的吕公公了。而司马信、丁嵩和李氏兄弟，自是要一起去的。更何况，最为重要的事，赵遁急于知道诸葛愚他们到底找到冰川雪蛇没有，轻云她几个能否将方月娴安全送到天山。

一场大战之后，赵遁身心俱疲。但他还是睡不着，因为他还没有方月娴的任何消息。也是，才过了一天多，哪里就有消息了呢。不过，至今还没有消息，也说明她们顺利闯过了龙五他们几个人的关口，已经飞驰在塞外的路上了。

第三十八章　卫雄之死

春去落花无觅处，小叶乘风。伽蓝殿处独坐，听雨过乱红。牵马夕阳叩柴门，流水匆匆。秋千荡去弯月，残剑挂青藤。慨入酒瓮，慷入茶盅，何妨岁月空？

北方夏季的结束，绝大多数并不是以立秋作为分界线。往往到了白露、秋分以后，才能感觉到秋天的凉爽。而长白山，地处辽北，天气冷得就要稍微早一些。过了七月十五，长白山的暑气就慢慢降下来了。又过了两三天，感觉气温有了明显的下降，在十五这一天下了一场小雨之后，又接连下了两场不大不小的雨，看来今年的农家损失，好歹能够挽回一些。

不仅天气转凉，往日喧闹的抽刀门也开始变得冷清。袁自甘死了，树倒猢狲散一般，他曾经提拔、重用的人，往往并不是抽刀门里面最出色的，见主子倒了，也就纷纷转投其他门派了。涂若信据说跑到了河南嵩阳派，靠着那不太熟练的断水刀法，依然混了个长老、堂主级别的位置，毕竟，跟赵遹、司马信亲自交过手的，江湖地位如今已是大大地不同。那个遇到困难就拉肚子上厕所的忠信堂堂主贾似忠，据说跑到黑熊山做了大寨主。黑熊山接连丧失两名寨主，都准备散伙了，这下看贾堂主能够屈尊，土匪们哪还顾得上之前的嫌隙，一通敲锣打鼓地迎上了山。贾似忠上山后做的第一件事，就是要求土匪们必须以忠孝仁义为本，盗亦有道，土匪之大者，也要为国为民。有的土匪没太理解，说贾寨主，您的意思是不是以后我们不抢粮食了？

贾似忠拍案大怒："不抢让大家都饿死吗？抢还是要抢，不过得合乎道义。"

"什么是合乎道义的抢呢？"最后大家发现，只要贾寨主同意的，都是合乎道义的，他不同意的，应该就是不合乎道义的。

侯子山应该也待不下去了。不过很多抽刀门的弟子不理解的是，他并没有把贝仙儿和离仙儿一起带走，而是独自回到京城六扇门，打算继续投靠胡波，去试试运气。其实很多人都知道，胡波虽与袁自甘共事，但早就不是同一路人，侯子山此次带着抽刀门惨败的标签回去，也很难继续获得重用。但此人吃得下苦，忍得住辱，也许未来还有翻身的机会。

离仙儿和贝仙儿走了，去哪里谁也不知道。作为安全离开的条件，她俩把抽刀门和袁自甘保存的所有资料全都交给了丁嵩，包括一些海升票号存在这里的账本、峨眉派的一些账册，甚至袁自甘与司礼监的一些信函。

至于像董华等本来就不受大家待见的人，什么时候离开，又去了哪里，根本无人关心，无人过问。

这样一来，几天之内，抽刀门竟是走了近一半的人。丁嵩暗自感叹，区区几年，袁自甘把一个好好的门派竟祸害成这个样子。抽刀门遭遇重大变故，门派需要振兴。为卫雄复仇，代价不能由抽刀门弟子来承担。赵遹建议丁嵩作为大弟子，站出来重新执掌门派。但是丁嵩只同意临时代管。

过去三年的颠沛流离，让丁嵩看透了人情冷暖，对掌门、帮主一类虚的头衔，早就不甚看重。如今他只是不愿一个好好的门派就此沦陷。可用之人不多，认识的人只剩下审势堂的柳岐等少数几个年轻人，他已经离开了几年，门派中谁可靠，可堪重用，已经不甚了解。好在这一天，吴道海从京城急匆匆地赶回来，向赵遁报告一个还算不差的消息。诸葛愚带着他们到处查访，终于了解到冰川雪蛇确实有边疆的使者作为贡品曾经上贡，用于与绿蛤配伍的特殊药材，准备给皇帝和吕公公延年益寿用的。但据说没有任何一个太医敢去配制，因为这种民间偏方，一旦吃出问题来，不仅配制的太医要灭族，就连太医院长也要承担连带责任。即便配制出来，皇帝和吕公公也不敢首次服用，而因为药材稀缺，下面的太监也不敢试吃，不是怕死，而是怕真的有延年益寿作用，那就抢了天功了。所以诸葛愚他们推测，宫里某个库房，一定还有冰川雪蛇的存货。所以他急忙打发吴道海回来报信，他和沈日新则继续查访东西的下落。

吴道海的到来，让赵遁稍稍心安些。按日程计算，这一两天，轻云她们带着方月娴应该也快到天山了。不知路上是否发生意外，不知道方月娴的身体状态能否撑到天山。但此刻，再过多考虑这个问题，已经是徒增烦恼了。吴道海的到来，也让丁嵩从容多了。门派的人和事，吴道海要更加熟悉和了解，于是丁嵩便把诸多事务交给吴道海去处理。自己则腾出手来，和赵遁一起将从袁自甘处得到的各种材料认真地看看。吴道海虽然武功达不到江湖一流，管理却是一把好手。几天下来，就把个抽刀门安排整理得井井有条。他还特意安排了几十名弟子，带了几十只信鸽，立刻出发，在长白山通往天山和京城的各处交通要道上找地方暂住下来，作为联络的信使，这样可以尽快地传递消息。吴道海的安排，让赵遁和丁嵩安心了不少。司马信他们几个闲来无事，除了对赵遁进行宽慰，也帮着整理从袁自甘那里弄来的各种账本、书信。

这天夜里，赵遁睡不着，找到丁嵩喝酒聊天。

"丁兄，最近这段时间，我把袁自甘与司礼监的通信都看了一遍，又把峨眉派和海升票号留在这里的各种账册简单看了看，越来越觉得当初卫掌门的冤死，也许是一开始就注定的。"赵遁说道。

丁嵩眼睛布满了血丝，已经流不出泪水来滋润，这些天，他何尝不是从早到晚地看这些东西，追踪师父曾经的痕迹。纸上的一页一页，脑海中的一幕一幕，仿佛昨天一般，重现在眼前。

赵遁和丁嵩，一人一坛酒，每喝一碗，就回忆起当年的一个片段，聊起当初与卫雄交往的那些细节，酒入愁肠人自醉，虽然杀了袁自甘，重整了抽刀门，但门派彻底失去了卫雄，失去了这个门派曾经引以为豪的精神脊梁。想到这里，二人不断扼腕叹息。夜半，酒未喝完，二人已经醉了，趴在桌上，伴着残烛睡去。在梦里，赵遁和丁嵩仿佛又回到了三年前的场景。

那是长白山的四月，冰雪刚刚解冻不久，山花已经迫不及待地争相绽放。抽刀门的后院子，一个年轻人正在练刀。只见他身法轻盈，刀法清奇，速度很快，两旁的树木，刚刚抽出一些新芽，被刀风纷纷扫落，却仿佛又立刻长起遍地的生机。

一位中年人坐在一旁，频频点头，同时也略做指点："世侄，这一刀赵客缦胡缨，力道还需加大。""这招飙沓流星，快则快了，但还不够稳……"

中年人身旁，站着一男一女，年纪比练刀的年轻人略长，但似乎也大不了几岁。

只见男人说："师父，我看赵兄弟这刀法，已经远远超过了我和诸葛师弟，他才来一个多月，有如此成就，已经难能可贵了。"

中年人微笑着说："虽然如此，但于他而言，未来不可限量，所以要求自然要高一些。武学不单是功夫高低，更是一种理念，要表现审美和艺术境界，所以，我特意把月娴叫来，对赵遁加以辅助，看来成效是不错的。"

那年轻女子谦逊地说道："哪里，赵兄弟本就天资聪慧，而且看得出长期在逍遥子和化真人两位世外高人的熏陶下，知识渊博。月娴这点底子，还真是有些贻笑大方呢。"

三人说着，赵遁刀法已经练完。方月娴递过来一条毛巾，让他擦擦汗。年长的男子将一个葫芦递过来，赵遁拔下盖子，咕咚咕咚喝了几口，然后冲着男子说道："丁兄，过分了，怎么把我的赵酒换成龙井茶了？"

丁嵩笑道："这可不关我的事，是师父特意交代，近期是你刀法提高的关键时刻，酒是万万不能碰的。"

赵遁道："我也明白。只不过有一分酒意，便有一分刀意。酒少了，耍刀总是差点感觉。"

中年人说道："我看世侄这断水刀法，招式已经比较熟练。剩下对刀意的理解，因人而异，就算是卫某人，也未必敢说理解得完全正确。这次下山时间也不短了，令师已经写来书信催促你回去。那么今晚就给你饯行了。"说罢他吩咐方月娴和丁嵩道："今晚可以饮酒。长白山地区，赵酒不易得。可到山下的酒铺多寻些农户自酿的烧酒，牛肉若是没有，可以弄些狍子肉，也是美味。记住，还是悄悄进行，不要让门中人知道。"

"是，掌门。"二人应允道。

月升半空，微风习习，酒已至半酣。卫雄说道："卫某不胜酒力，今夜已经喝了不少，就不陪你了。明日和你丁兄还要去辽东万胜门替海升票号收债，就让月娴送你一程吧。"

赵遁道："感谢卫掌门深情厚谊。此次抽刀门之行，收获良多。断水刀法的确博大精深，尤其当年张真人提点的四句诗，我反复琢磨，觉得很有深意。回到天山，我一定勤加练习，不负掌门期望。只不过，临别时有一句话，不知当说与否？"

"哦？世侄是自己人，但说无妨。"卫雄说道。

"近日我也听说卫掌门帮助海升票号收回债务之事，虽然欠债还钱是天经地义的道理，只不过这票号在江湖上的名声似乎不太好。此事还请掌门三思。"赵遁见卫雄如此说，也就直截了当。

"好，此事世侄能够当面说出来，说明心胸磊落。你说得并非没有道理，只不过这海升票号，后面关联着朝廷，这些钱也不仅是票号自己的收入，据说很多都会作为税利交到户部。如今朝局不稳，边疆沿海都有战事，我等身在江湖，也不得不关心庙堂之忧哇。"卫雄说道。

"这里面还有朝廷的事？那恕赵某还真是孤陋寡闻了。"赵遁不解。

"此事背景复杂，非三言两语能够说清。卫某在信函里曾与令师讨论过此事。等将来有机会，再慢慢告诉你吧。"卫雄说道。

"既然如此，那我就不再多问了。只不过，卫掌门，你也是我世叔，有句话我还是要讲，虽然侠之大者，处江湖之远不忘其君，但江湖自是江湖，朝廷自是朝廷。"赵遁说道。

"贤侄高见，卫某心中有数。"卫雄说道。

峨眉客栈。十三号客房。

丁嵩搬进来一坛酒，"师父，我弄来一坛当地的泸州老酒，咱们今晚痛饮一番，庆祝我们最新的调查胜利。"

卫雄微闭双目："不可盲目乐观，我看这里面情况没那么简单。"

"可是师父，我们确实查到海升票号凑足的三百万两银子，是从峨眉分号转过来的，而峨眉分号的账本我们已经偷出来看了，明确记载着是峨眉派的东方敏等人变卖了杭州等江南地区的土地和房产等凑足三百五十万两，其中三百万两通过分号交给了海升票号总部。之前海升票号向户部报告说借给峨眉派的钱亏损了很多，这明显是串通起来欺骗朝廷，我们查到这么大的线索，不是给朝廷立了个大功吗？"丁嵩说道。

卫雄摇摇头："虽然如此，可是你再想想，什么时候听说过峨眉派有三百五十万两银子的大产业？峨眉派到江南置办什么产业？"

丁嵩挠挠头："师父说得是。确实没有听过这种传闻。而且江南距离峨眉遥远，出家人在那里积攒这么多财产，也说不过去。可是师父，查到这里实属不易，你看下一步该怎么办？"

卫雄说道："看来峨眉派这些弟子有些问题。我总感觉她们和海升票号有些关联。"

卫雄的话提醒了丁嵩："对了，师父，前几天看峨眉分号账本的时候，我扫了一眼，这票号还给东方敏她们发银子呢。"

"哦，有这等事，我怎么没看到？除了东方敏，还有谁？"卫雄问道。

"因为账本是我们偷出来的，不能在手里保留太久，所以我就只把关键的给您看了，给东方敏她们发银子，我觉得不是很重要，也许是峨眉派也像我们一样替海升票号讨债的酬劳，所以没好好看，也没向您报告。现在想想不对，银子发得很多，每个月都有几十两到上百两银子，东方敏作为首席大弟子，冲着灭欲师太的面子，还勉强说得过去，剩下的弟子辈分都很低，居然也拿这么多，确实不合理。有十几个人呢。"丁嵩说道。

"你分析得有道理。看来将来得专门去趟江南，看看东方敏这些人在那里干什么，估计会发现线索。不过现在没时间了，我们现在需要回抽刀门，带上我们之前查到的证据，然后进一趟京城，呈给万岁。同时可以在京城见一见钱军，探探他的口风。"卫雄说道。

"对了，你刚才说三百五十万两，三百万两给了海升票号总部，那剩下的五十万两呢？"卫雄又问道。

"按照峨眉分号账册的记载，是给了少林寺。"丁嵩说道。

"少林寺？奇怪，峨眉派的银子，怎么会给少林寺？搞不好是海升票号记假账，搞的障眼法。算了，反正跟我们查的事情无关，先不理他了。我们即刻回抽刀门。"

抽刀门，卫雄、丁嵩、赵遁。

赵遁说道："卫掌门，家师听说你又接了朝廷的差事，私下调查海升票号买下朝廷欠银的内幕。家师觉得事关重大，要赵某务必来一趟长白山，转达他老人家的建议。"

"那么，贵师是什么建议？"卫雄问道。

"家师觉得，事关朝廷，又牵涉司礼监，掌门不蹚这趟浑水为好。他说，厂卫是真的查不清楚吗？恐怕未必。也许里面水很深。海升票号的钱军，据说在司礼监根基不浅。所以掌门多一事不如少一事。"赵遁说道。

卫雄长叹一声："我又何尝不知道里面关系错综复杂。可是，厂卫不尽职，正是我等江湖中人为皇帝分忧的时候。"

赵遁道："家师安排我在这里继续待几天，看有什么能帮得上掌门的。"

卫雄摆手道："不必。过几天我和丁嵩会去趟京城，把情况向万岁禀报后，如果局面复杂，自会想办法尽快抽身。你在门中小住几日，也尽快回去吧。"

京城，司礼监，待客房。

卫雄说道："此次来京，本来是有要事向万岁禀报的，因万岁日理万机，实在过于繁忙，故安排卫某尽快向吕公公报告。今日奉吕公公之命来此，据说还约了海升票号的钱总管，说是有要事共同商议，怎么不见吕公公和钱总管？反而是自甘兄和冯公公在这里呢？"

"嘿嘿，卫兄弟，难得你来一趟京城，小弟期盼已久哇。今天正巧袁某来司礼监办理公务，得知兄弟在此，岂能错过。所以冒昧约了冯公公就安排在司礼监小聚，你也知道，我们每天公务在身，加之外面馆子里吃实在诸多不便，熟人太多，所以只好屈尊兄弟在此了。来，今天为兄和冯公公就先敬兄弟一杯。"一个矮个子、身材有些发福的人说道。

卫雄赶忙起身："袁指挥不必客气，卫某感谢二位情谊。可是一会儿还要拜见吕公公，卫某实不敢在此吃喝，失了礼数。"

冯七道："哦，忘了告知卫掌门，方才黄公公通知我，吕公公今晚要陪万岁清修，不在司礼监。拜见的事就等明天吧。今晚卫掌门不必拘泥，我和自甘兄定要尽一尽地主之谊，请饮此杯。"

卫雄感到奇怪，明明是约了自己今晚过来，怎么吕公公和钱军两个主要人物却都不在？可是冯七和袁自甘一再劝酒，自己也不好推托，便端起了酒杯。心想陪他们喝两杯，哪怕今晚让他们帮着引见一下黄公公也好。黄公公为人宽厚，倒是不介意自己喝几杯酒再见他。

正当打算一饮而尽之时，卫雄借着灯光，发现酒体略显浑浊，颜色发暗，酒杯中还打着旋涡，他把酒杯放在鼻子处闻了一下，脸色立即变得很难看。坐在一旁的丁嵩看到师父如此表情，立刻明白了，酒中有毒。

丁嵩立即把杯子摔在地上，指着袁自甘厉声问道："袁自甘，你什么意思？打算毒死我们师徒吗？"

袁自甘装出一脸无辜的样子："贤侄何出此言哪？"

只见冯七冷笑着起身："既然敬酒不吃，来人，卫雄携徒，意图谋反，把人给我抓起来！"说罢，冯七抽出短刀，把自己左臂划破，鲜血流了出来。

此时待客房的门已经被人一脚踢开，闯进几个蒙面人，卫雄往门外一看，院子里也站了六七个人，都是黑布蒙面。

卫雄一下子明白了，看来自己真的是卷入朝局争斗的是非里了。他大声说道："黄公公何在？我有一事想当面汇报，等我说完再动手不迟。"

冯七狠狠说道："你个反贼，如今哪有你说话的余地。上！"

话音刚落，人们围拢上来，在屋子里就动起手来。

卫雄抡起身下的椅子和桌上的杯盘，直奔门口砸去，在大家纷纷躲闪之时，卫雄与丁嵩已经从窗户跳到院子里。十几个黑衣蒙面人立刻围了上来。又有上百个厂卫武士，点亮火把，手执刀枪和弓箭，把院子团团围住。

卫雄一看，围住自己和丁嵩的黑衣人，包括冯七和袁自甘在内，有足足十二人之多。他冷笑道："什么时候厂卫的爪子都不敢以真面目见人了？想抓卫某，上来便是，何必这般偷鸡摸狗的？"

十二人面面相觑，迟疑了一刻，终于有一人忍不住，挺刀而上，直奔卫雄。

三五个回合，卫雄反手一刀，正中对方左肩："哼，杏花村断魂刀宋鸣，这么多年刀法也没长进。"

对方看到卫雄叫出自己名字，也不再隐瞒，干脆拉下面纱。果然是他。

此时，又有二人跳过来，一左一右夹攻卫雄。七八个回合，被卫雄削断了兵器。"原来是巨鲸帮杜帮主、金刀门何掌门，你二人非卫某对手，再要上，休怪我不客气。"

二人又气又怕，还真就没敢再上。

此时有三人跳过来，站成品字形，围住卫雄，竟然置丁嵩于不顾。

丁嵩拽出刀，正准备过去帮忙。"嵩儿莫急，来日方长。"卫雄喝阻道。丁嵩听得出来，卫雄知他功力不够，这是劝他找机会尽快逃命，可是师父逢此大难，他怎肯独自偷生？丁嵩既怕对方人多势众，以多取胜，又怕自己武功不济，不仅帮不到师父，还会让师父分神照顾自己，一时纠结，不知所措。

此时四个人已经打了十几个回合，卫雄跳出战斗圈，拱手道："原来青城、华山、泰山派的高手都来了，既然如此，各位何必蒙住面纱，好歹也让卫某人死个明白。"

众人此时，眼睛纷纷转向冯七，冯七道："卫掌门果然武林奇才，寥寥数招就看穿了你们的底细，那就别藏着了，都见见面吧。"

除去冯七和袁自甘，那十人都揭开了面纱，卫雄一看，除去刚才那些，还有少林、峨嵋、武当等武林大派，不是帮主，就是掌门，都是武林中有头有脸的人物，有的还与卫雄颇为熟识。

卫雄哈哈大笑："想不到今夜卫某能与如此众多高手过招，实在是人生一大幸事。更想不到司礼监如此看得起卫某，看样子今晚是定要将卫某人诛杀在此了？"

冯七心一横，咬牙说道："众位，吕公公号令，卫雄谋反，格杀勿论！为朝廷诛灭叛贼，不必讲什么武林道义，大家一起上。"

卫雄一下子看明白了，看来赵遁对他讲的是对的。自己竟然不知不觉地陷入了宫廷的内斗，成了牺牲品。可惜，东方敏等人和海升票号，恐怕是再也查不清了。一帮赃官和为富不仁之辈，难怪如此嚣张，原来都是和吕公公勾连在一起。自己身死大内，是不听劝告自作自受，可惜徒弟丁嵩，还不到三十岁，竟要和自己一起蒙冤。今夜豁出性命，定要救得他一命。

想到这里，卫雄大吼一声，挥起手中刀，向十二人中功力较弱的几个人攻去。卫雄的断水刀法，刚猛迅捷，威力惊人，这些武林人士，无非是收钱办事，本就各怀心事，谁也不愿搭上自己性命去和卫雄以命相拼，如今看这断水刀法的招数惊奇，大家更不敢逼得太紧，竟是步步后退。

丁嵩紧紧跟在卫雄身后，拼命保护师父周全。几十招过去，十二名高手竟战卫雄不下。冯七眼看大家出工不出力，心急异常。

众人也不敢怯战过于明显，毕竟都是各大门派高手，大家的心思是，就这样围而不攻，等到卫雄力尽之时，自然擒拿要容易得多。

但卫雄是要一心把丁嵩救出去的，所以他有攻无守，逼得十二人不得不到处退让，十分难堪。眼看卫雄已经带丁嵩冲到围墙附近，这样打下去，让卫雄跑了都说不定。

此刻袁自甘已经看出了卫雄的心思。他主动挥剑迎战卫雄，打斗中低声说："兄弟，向我这里进攻。"

说着他故意卖出几个破绽，像是发力过猛，收招不及的样子。卫雄心下感激，连攻几刀，与袁自甘配合的是巨鲸帮和金刀门的两位掌门，武功在十二人中相对较低，抵挡不住卫雄的刀势，也纷纷败退一旁，此刻卫雄正从袁自甘身旁擦肩而过，低声说道："谢谢兄弟，大恩来日再报。"

说着卫雄转过身，抓起丁嵩的衣服，奋力将他扔到墙上。为了救丁嵩，他不得不把后背留给了敌人。但卫雄并不后悔，因为他的后背，留给的是自己曾经的朋友、兄弟，袁自甘。

丁嵩刚刚站稳在墙头，看到灯火下，袁自甘一脸狰狞，手中宝剑已经刺入卫雄的后腰。

"师父……"

第三十九章　月娴日记

年少策马千里猎，踏漠沙如雪。樽酒独对床前月，空许杏花约。锦书藏匣尘封不忍拂，秦筝低按静听空阶露。

清晨，趴在桌上的丁嵩一声高喊，醒了过来。他旁边的赵遁也醒了过来。

"丁兄，可是做噩梦了？"赵遁问道。

"梦到了师父。"丁嵩擦了擦头上的汗。

"我也一样。想是日有所思，夜有所梦吧。看来我俩昨晚喝得不少。"赵遁指了指里面所剩不多的酒坛子。

丁嵩一笑："我酒量不大，赵兄弟酒量退步了。看来方姑娘不在，几位美人也不在，赵兄弟酒不醉人人自醉呀。"说完，看赵遁脸色难看，丁嵩立刻后悔了。

他立刻劝慰道："兄弟不必过于担心，我想方师妹吉人天相，定会转危为安的。"

赵遁拍了拍丁嵩肩头："没事。"

天已经亮了好久，二人出来透透气。这时有一位女弟子过来说："报告丁师兄，这几天弟子们在整理门派中房间时，把方师姐的房间也做了简单的整理，发现了这个，因为上面写着给赵大侠，所以我们不敢翻看，就拿了过来。"

这时，赵遁和丁嵩才发现，这名女弟子手里拿着一个盒子，盒子用粉色的纸张包裹得严严实实，封面画着几片花瓣，还写着几个字："留给赵遁。"

丁嵩笑道："原来方师妹还有此秘密，那我就不打扰了，赵兄弟自己慢慢看吧。"

说着，丁嵩带着女弟子离开了。

赵遁一愣，仔细看了，确实是"留给赵遁"四个字，封面上的花瓣，他认识，是海棠花。

赵遁把盒子带回了房间，拆开后，发现是一个用草黄色的纸缝成的本子，外皮是红色的牛皮做的，非常精致。上面用针线绣了四个字"月娴日记"，下面还有一行小字："如果有一天我不在了，请把它交给天山的赵遁"。

赵遁心里一怔。他很想打开看看里面写了什么,可是方月娴明明写了她不在时,才能交给自己。

是什么样的东西,才能不在时交给自己?赵遁看着盒子封面的海棠花瓣,想着生死未卜的方月娴,想着一路上行程的点点滴滴,想着今夏之前自己在天山的内心挣扎,他还是忍不住将册子翻开……

从上午到晚上烛火亮起,赵遁已经喝光了三坛长白山烧刀子,脑子里昏昏沉沉,似睡似醒,脑子里不断浮现方月娴日记里的文字:

二月初四,惊蛰。今天,卫掌门交给我一项特殊的任务,让我和丁师兄一起,安排好一位从天山来的客人的日常生活。听丁师兄说,这本是郑若飞师妹负责的事,不知为何却又交给我。这位客人叫作赵遁,是个男人的名字。天山遁,连在一起,像是很有内涵的样子。我倒是很好奇,这是怎么样的一个人,让卫掌门如此挂怀?

二月初六,天气有些冷。不知为何,卫掌门要求必须低调安排,不可让门中其他人知道此事。我不知道他的生活习惯如何,也不知怎么安排,只好按常人的生活习惯去布置他的房间。丁师兄说,房间里要摆上十坛酒。我的天,这人难道是个酒鬼,要摆这么多?山下酒铺的长白山烧酒,已经多日不曾开张,这下倒是救了掌柜的生意了。

二月初八,卫掌门安排,在房间里,要放些唐诗宋词之类,各家对《诗经》《尚书》《周易》的注解,也要放一些。容斋随笔也要放一本。我越发好奇,这个叫作赵遁的男人是什么样子了。

二月十二,小雨。他来了。看着二十来岁的样子,比较瘦,性格有些腼腆,总是说,好的,这样挺好,谢谢关照之类的话。他穿着一身黑色的衣服,背后背个大葫芦,里面装的是酒吗?他的样貌,比较青涩,还算好看。

二月十六,草已经冒出泥土,树也开始发芽了。卫掌门对这个赵遁很客气,从他们的谈话中听出,卫掌门似乎与他的师父早就相识。他俩有时会谈论武功,这个赵遁有些狂傲,甚至可以说相当自大,不甚喜欢。

二月十七,晴天。今天的天气好暖。今天卫掌门居然有兴致拿起刀练起断水刀法。看样子像是要把刀法传给这个赵遁,难怪要避开门中的其他人。

二月廿一,天气又有点转凉。卫掌门教赵遁练刀已经有几天。赵遁的身法很轻盈,舞起刀来有一种流水绵绵的感觉,与卫掌门的朴实雄厚不大一样。不得不说,赵遁的断水刀法,更为流畅,也很好看。

二月廿二，想是昨日只顾看他们练刀，着了风寒，今天精神不佳，浑身酸痛。本打算找诸葛师兄开服药，可惜才听说他下山去办事了，要好几天后才回来。赵遁竟然自告奋勇，替我开了药，非说我是外寒内热，麻黄桂枝一律不用，开了一堆荆芥薄荷金银花之类，简直不懂装懂。

二月廿三，看来是真的感冒了，好难受。犹豫再三，还是把赵遁开的药喝下去了。奇怪，出了一身小汗，竟然好多了。这个家伙，也许碰巧蒙对了病症，不过这见效也太快了，不可思议。

二月廿四，看来他的方子是对了。三服药下去，已经好得差不多了。无论如何，得找个机会好好感谢他一下。

三月初一，天气转暖。不知道他是个什么样的人。向他表示感谢，他不冷不热的。和他一起吃饭时，他话也很少。不知道他有没有注意到，还有我这样一个人的存在。他好像很喜欢喝酒，不练刀的时候，就和丁师兄一起喝酒，有时丁师兄也拉上我，我不喝酒，只是看着他们喝。

三月初四，他的刀练得越来越熟练，常与卫掌门、丁师兄一起讨论断水刀法。除了练刀，他们也常讨论些诗书礼易之类。他好像懂得的不少，喜欢唐诗和宋词，有时我也能加入一起聊聊。

三月初八，今晚，我破例第一次饮酒。喝了不少。赵遁说起李清照的词，以"争渡，争渡，惊起一滩鸥鹭"为最佳，我不同意，我说"试问卷帘人，却道海棠依旧。知否知否，应是绿肥红瘦"才更打动人。他不肯服输，似乎很要面子。他的酒量很大，喝了两坛，不知醉了没有。

三月初九，晴天。昨晚喝得头有些疼。刚起床不久，赵遁居然来了，我还没有梳妆，惭愧死了。他说他想了一夜，觉得还是海棠依旧一词，确实更胜一等。说完就走了。这人难道脑子有毛病？

三月初十，山上的花开了，好美。独自在山坡吹风，碰到赵遁。我问他今天不练刀吗？他说今天卫掌门放假，让他出来透透气，参观一下长白山的春天。我和他一起走了走，向他介绍，长白山虽然地处严寒，但春天花开的时候，也毫不逊色中原。我向他介绍了本地著名的几种花，他说都不及海棠好看。我都没有见过海棠，也不知是真的好看，还是他还在理论这李清照的诗词。

三月十一，今天没见到他，不知道干什么去了。

三月十二，仍然没见到他。问丁师兄，师兄笑着说，他去做一件寻常人做不到的事。

三月十三，他又在和卫掌门一起练刀，不知什么时候回来的。傍晚，他来找我，手上带了一大束花，他说这是海棠。好漂亮的海棠。他说和丁师兄打赌，长白山也能找到海棠，丁师兄不信。结果他前两天下山，跑了方圆几百里，果然在人迹罕至的地方，找到了几株海棠花。他问我，海棠是不是比长白山的其他花更好看。我没有回答，心想这人真是个疯子。

三月十五，这一天练完刀，赵遁和卫掌门讲起游历的见闻，还从行李中拿出了个物件，很长，很像是书里记载的火器，威力好大，离着十几丈远，就能把瓶瓶罐罐击碎。赵遁说这东西比暗器要好用得多，卫掌门同意，不过说造型太大，携带不便。赵遁说只能做这么大，做小了打不准。我才不信。

三月十六，今晚的月亮格外圆。我看着插在窗口瓶子里的海棠花，浮想联翩。想着赵遁这人，总有些与众不同。

三月廿三，这几天，赵遁的刀法练得越来越熟。卫掌门对他赞不绝口，说他已经超过了丁师兄和诸葛师兄。我和他接触得也比以前更多，听他说天山的事，说他的江湖阅历，听他说对古代典籍的理解。他说，我听。

三月廿四，今晚，难得大家又一起喝酒。卫掌门说，他明天就要回去了。我心里有些难过。喝了不少酒。

三月廿五，天气有些阴沉。卫掌门安排我送赵遁下山。我默默地把他送到山下，我听，他却没说几句话。到了山脚，我问他，还会来吗？他说，不知，也许会。我说，那就再见，后会有期。他说，能否多送我一段？我答应了。他带我顺着山脚向西南，并未走官道。我很诧异。走了三四十里，眼前竟有一处长长的瀑布，我在长白山这么多年还没有见过。他指着瀑布边的悬崖上告诉我，看，那便是海棠花。果然，有几株海棠就长在悬崖的边上，开得好美。他突然从马上纵身而起，向瀑布旁的悬崖奔去，那悬崖有二三十丈高，非常陡峭。他飞身上去，站到一根粗一点的枝头，迅速折下几枝海棠花，正当纵身而下的时候，脚下的树枝突然折断了，他整个身体摔下来。我惊呼了一声，心里好紧张。只见他两只脚挂在悬崖突出的石块上，探出手来，抓住瀑布旁的一棵小松树，身体稳住以后，竟沿着瀑布旁的悬崖，一路飞跑下来。我顾不得欣赏他优美的身法，只担心他会不会出现意外。当他捧着几枝海棠花重新站在我面前的时候，他好像说，送给你，喜欢吗？还是我喜欢你？我紧张得脑子里什么都记不得了，只记得骂了他一句，疯子。

他骑上马，和我挥手告别的时候，我转过身去，眼泪掉了下来。我不敢看，又舍不得不看他远去的背影。待我挣扎着回过头来的时候，他已经走了好远。

四月初一，几天来，我一直闷闷不乐。我努力回忆着那天，赵遁临走一刻，到底说了什么。可是我什么都记不得。他是不是说过喜欢我？这么重要的话，我却不记得。

…………

十月初二，听说赵遁又要来抽刀门了。最近门派里发生了很多事，卫掌门和丁师兄去了峨眉。他们最近好像压力很大。这几个月，我感觉好无聊。找到一些图册，闲来无事，把赵遁的那种火器做了改良，其实完全可以做得短小精致。看着窗口瓶子里枯萎的海棠花，我突发奇想，把铁弹也改作海棠花瓣合在一起的模样，我管它叫作海棠镖。

十月初九，赵遁来了。许久不见，我有好多话想和他说。可见他似乎心事重重的样子。今晚，我听丁师兄说，他们一起商议了海升票号的事。我想，这几天还是不惹他烦心了。

十月十四，卫掌门和丁师兄去了京城。难得可以和赵遁聊聊。我跟他说起海棠镖，可他似乎还是满怀心事的样子，也不知道有没有认真听。他沉默，我也只好沉默。我想问他，上次临走时他到底说的什么，可是此时，似乎不合时宜。

十月十六，他说要回天山。我送他下山，又路过那片瀑布，我问他何时再来，他说很快。我见他心神不宁，便不再多说。

十一月初二，天好冷。最近，门中议论纷纷。京城的消息，卫掌门谋反，死在大内，丁师兄失踪了。

十二月十二，袁自甘做了抽刀门掌门。门派一片混乱。赵遁似乎失踪了。我好担心他，此时此刻，他千万不要再来。

…………

二月十二，今年的这一天，又下起了小雨。想起去年这个时候，想起了赵遁。还是没有他的消息。我一个人去了瀑布，太早了，海棠花还没有开。开了又如何呢？没有人替我去摘。

…………

二月十二，还是没有赵遁的消息。

…………

三月廿五，又是一年。每年的这个时候，我都会去山下的瀑布那里，去看看海棠花，回忆着那天，赵遁到底说了什么。我已经不在乎他说了什么，而是在想，如果此刻相逢，我会和他说什么。

…………

二月十二，还是没有赵遁的消息。他不会出什么意外吧。不会的。一定不会的。

…………

二月十七，春分。今天在弃剑大会上，听到一个消息，说是断水刀法重现江湖。根据冯七等人的推测看，应该就是赵遁了。其实我也知道，只有他，才能将断水刀法发挥得淋漓尽致，得其神，弃其形。难怪这些年没有他的消息，原来他一直在酝酿为卫掌门复仇。虽然有丁师兄、司马信他们帮忙，但袁自甘有东厂的势力撑腰，不是好惹的。欢喜的是，终于有了赵遁的消息。可担忧的是，他如今面临的麻烦，比当年的卫雄还要大。

二月廿七，天气转暖。明天就要和诸葛师兄、吴师兄和沈师弟一道启程去河南查司马信了。其实我知道，赵遁才是背后的一切。此番去，定能见到赵遁，我好开心。三年多未见，不知他现在是什么样子。好想帮他完成他的心愿。我知道这一路的艰难和凶险，我已经准备和他一起度过。等到合适的时候，我想正式和他站在一起，哪怕离开抽刀门，也在所不惜。我还想问他，当初长白山下，他到底跟我说的是什么。

如果我还没有来得及问，已经先出了意外，我便告诉他，无论他是不是说过喜欢我，我是喜欢他的。听说中原有很多海棠花，我想等有空了，和他一起好好看看……

这天夜里，赵遁又做梦了。他梦到了方月娴，梦到了海棠花，他努力着向方月娴说出心里的话，可就是说不出来。他看着方月娴离自己越来越远。他努力大喊着，声音却微弱得很……

早晨的阳光映入窗子的时候，赵遁觉得脸上热乎乎、湿漉漉的，不是酒，原来是眼泪将自己烫醒了。他擦去日记上自己的泪迹，把日记小心地合上，装进盒子里。

他叫来丁嵩和司马信以及李氏兄弟，说抽刀门的事已经完结得差不多，他想即刻去京城，完成剩下的事。大家表示赞同。丁嵩把抽刀门交给吴道海，自己也陪同赵遁一起上路。

临行时，传来天山的消息。轻云等四人已经安全把方月娴送到京城。不过师父逍遥子在外游历未归。师母化真人对冰川雪蛇不甚了解，先用天山冰蟾为方月娴暂时压制住了毒性，方姑娘性命暂无大忧，但神志尚未清醒。轻云和流风两位姑娘已经出发去寻找师父。婉月希望赵遁务必在京城大内再想想办法。

赵遁悬着的心，稍微放松了一点。他看过方月娴的日记后，内心从复杂难受，到坚定和坚韧，他一定要再次见到她，他也相信，一定会再见到她。他还有话没有对她说。

第四十章　抽刀断水

山恋霞云，云送斜阳，夕阳落，水彷徨。
风卷苍亭，雨打桂香，老树下，待秋凉。
一碗夏醴，两壶秋酿，长风送，雁几行。

赵遁他们到京城时，已经是九月初。九月的京城，阴雨不断。九月的司礼监，已是非常冷清。三名秉笔太监，两死一退，仅剩下吕公公与杨公公两个人，而杨公公的内行厂，最近又搬离了司礼监，独自找了一块地方办公，这也是皇帝批准的。于是司礼监内，少了往日的喧闹与争斗。而东厂、锦衣卫、西厂的骨干，也只剩下一个冯七。抽刀门一战后，只有冯七回了京城。龙五他们几个，听从了高人见解。这人只告诉了他们一句话，重耳在外而安，申生在内而亡。于是几个人干脆躲在京城附近，每日打听消息。这位高人，便是赵遁安排的司马信。

吕公公的此番清修，当真修成了孤家寡人。让他感到不解的是，就赵遁这么几个江湖闲人，怎么就将大内和江湖掀了个底朝天，甚至还将下一步矛头指向了自己，这是几个怎样的人？难道是皇帝派的吗？以他对当今皇帝的了解，又是九成不会。

北京，东郊，广华客栈。今天来了一批奇怪的客人，点的菜少得可怜，除了炒花生，就是醋熘土豆丝，而且花生还不让炒熟。却要了十坛二锅头。明代蒸馏技术发展迅猛，人们发现酿造酒已经不能满足要求，而用蒸馏技术酿出的白酒才更有味道。烧酒出锅，头锅辛辣，二锅醇厚，才有了所谓二锅头。

酒已到位，人全到位，除了赵遁一行，诸葛愚和沈日新也到了。他们向赵遁汇报了一个重要消息，经过多番打听，冰川雪蛇确实曾经作为贡品进献给皇帝，但皇帝本人还未见到，这东西应该一直存在司礼监的库房。别人不敢说，吕公公作为掌印太监，执掌大内一切大权，应该知情。于是众人有了新的希望。

大家在说话间，客栈还另外增加了两位客人，一个和尚一个尼姑。和尚与尼姑同行，还一同喝酒，甚为少见。和尚和尼姑为何要结伴来京城？李飞羽暗想，恐怕有的事情，看起来简单，却是人世间最大的哲学问题。

可是这两个和尚尼姑，并非寻常的和尚尼姑。赵遁认出了他们，正是少林的前任掌门性空和峨眉的前任掌门灭欲师太。南京之后，本以为他们已经退隐江湖，没想到在京城的近郊与他们不期而遇。赵遁他们对在北京遇上性空和灭欲，感到有点不可思议。怎么看都不像是偶遇。难道他们知道赵遁来到京城，故意来碰巧遇上的？那么他们又有什么目的呢？想到东方敏等人的账本，难道他俩此番要将账本抢回不成？赵遁心中冷笑，那你们也太小看我们了。而且这海升票号与东方敏等人的一番行为，想必灭欲师太是知情者，也正是解开诸多问题的一把钥匙。赵遁想到这里，打算随机应变，看看这两人到底意欲何为。

赵遁向他们打个招呼："大师，师太，不想我们又相逢了。远道皆是客，我们既然在这千里之外的京城相聚，何不一起喝一杯，叙叙友情？"性空和灭欲没有客气，还真就坐了过来。

灭欲师太道："赵施主在南京击败董公公，客观上也给我二人脱身创造了便利，虽然晚了些，老尼今天还是要补个道谢了。我不喝酒，就以茶代酒敬赵施主一碗。"

说着看了性空一眼，性空也端起了茶碗。

赵遁举起酒杯："二位客气了，赵遁举手之劳，不必挂怀。"说罢一饮而尽。二锅头，辣而冲，赵遁的嗓子感觉受到强烈冲击，不觉咳了几声。

过了好一会儿，赵遁被酒刺激的脸色才恢复正常："两位从江南一路来到京城，不会是专程来和赵某等人偶遇吧？可有什么指教给我们？"

灭欲说道："听说赵大侠南京之后又决战抽刀门，力挫黄公公，诛杀袁自甘，名震武林，贫尼十分佩服。最近贫尼内心也是反复争斗，觉得赵大侠早晚会来到京城。一切都应有个了结。贫尼也要来京城，对尘世做一番了断。至于在这里偶遇，却是没有想到。"

"既然师太如此说，赵某也就不再拐弯抹角了，关于海升票号和贵派东方敏等人的事情，赵某已经看过账本，其中隐情恐怕师太是清楚的，何不指点一二？"赵遁问道。

灭欲面无表情，口诵法号："赵施主来到京城，看来是要去找吕公公问个究竟。既然如此，解铃还须系铃人，一切还是等吕公公的回答吧。"

赵遁见灭欲没有回答自己的问题，有些不甘心，继续问道："师太不想说也罢，赵某不勉强。只不过自南京以来，赵某始终有一个疑惑解不开。吕公公安排海升票号做出如此惊天大案，隐匿如此众多的财产，怎么会登记在东方敏等人名下，就算每月给其银子堵嘴，怎能保证这些人不泄露半点口风呢？"

灭欲师太听到此言，脸色有异，灰白明暗不定，不过很快恢复了正常："还是那句话，赵大侠，见到吕公公，我想一切答案应会揭晓。"

"此番二位来到京城，难道也是去司礼监，找吕公公？"赵遁问道。

性空没有回答。灭欲道："是的。"回答得很简单干脆。

赵遁不再问了。

于是众人喝酒，吃饭，睡觉，赶路。已经不需要再到处走访和调查，当指向如此明确的时候，就需要直接拿对方的口供了。若是按照厂卫长年的办案经验，那自然是打斗，抓人，拿口供。而赵遁，就不用选择。他知道，只要他问，吕公公什么都会告诉他，因为他的身份和地位，根本没有资格让吕公公骗他。

他们几个干脆大大方方，就在白天向司礼监走去。今天的司礼监，与往日不同。大门敞开，没有看守。所有的看守和护卫，都躲到最安全的角落，偷看这场有史以来最惊心动魄的现场直播。当然，这样精彩的节目，应该不会马上结束，所以老白干，六必居的酱菜，前门大街的卤煮，都是不可少的。

"这帮京城的厨子，连个饭菜都不会做，怎么东西都这么难吃。"李飞鸿不断地抱怨。

"是呀，等这事完了，还是回浙江老家吧，饭菜比京城强百倍。"李飞羽安慰弟弟。

"这事能完吗？我们还回得去吗？"司马信可不那么乐观。

"哟，几位来啦，里面请，吕公公泡好了香茶，正等大家呢。"冯七出来了。

冯七这样的下属，是任何上司都会赏识的，因为他不怕事，不回避，该做什么，始终都会做什么。赵遁他们几个进去了。没想到性空和灭欲也一路跟随而来。司礼监也没拦着。

司礼监的大堂，弥漫着一股浓浓的淫羊藿的味道。赵遁闻得出来，其他几位只觉得味道有点冲，不知道这吕公公平日是什么喜好。灭欲的脸上，露出一副怪异的表情。

堂中只有吕公公一人，身材中等，但绝不算矮，略显消瘦。冯七带众人进入大堂后，知趣地退了出去。

"这位青年才俊，想必是近日在江湖中红得发紫的赵少侠了。"吕公公转过身，一脸和蔼，哪里找得出半分奸佞之色。

而赵遁身后站着的性空，虽然是第一次见到吕公公，可是看到吕公公后，却是惊得嘴巴难以合拢。

"听说赵少侠是逍遥子、化真人二人的徒弟，他二位我多年前相识，如果吕某高攀一下的话，也算是他们的老朋友了，他们身体还好吧，怎么今天没来？"吕公公问道。

"化真人为当今绝色佳人，逍遥子为今世奇才，二位说了，若是女人，化真人当会出面，若是男人，逍遥子也会亲临，唯独这不男不女的家伙，他二位就没有兴趣了。"赵遁的话攻击性很强。

"哦，那倒是一桩遗憾了。本想再次见到两位世外高人的风采，看来此生未必有机会了。"吕公公没有生气，有点出乎众人的意料。吕公公安稳地坐下，喝了一口茶，"众位来意，不说我也猜得出。也不用遮遮掩掩。我就直说了吧。不错，海升票号等一干票号是我让钱军控制的，钱军是我入宫前那个前妻的侄子。我那位前妻过世了。我因此也入了宫。卫雄是我安排杀的，因为他追踪到了峨眉派和东方敏等人。那些财产，除了已经处置的，绝大多数至今还在东方敏等人的名下，具体是由钱军他们操办的。陈公公暗自调查东方敏等人，我是知道的，我知他查不出什么来，所以由他折腾去了。没想到他居然痛下杀手，连杀十九条人命。更没想到他误打误撞，居然查到了峨眉和少林。所以我安排了董公公进行制衡，一旦有异常，我会让董公公持我的密令杀了陈公公，没想岳阳和南京都出了意外，这二人都输给了赵大侠。诸位，这下都清楚了吧？"众人没有想到，吕公公是如此直接。只见他说完，眼神中竟仿佛有一丝忧伤。

这是如此的意外，意外的意外。本以为需要以命相搏得来的真实，却在三言两语中结束了。就是这样仓促。人世间的事，当你做了那么多的准备，预想到这样那样的困难，结果却出奇顺利的时候，那会是一件令人无比沮丧的事情。毫无成就感！司马信等人没有感到丝毫的兴奋，只是觉得如同泄了气的皮球，有点打不起精神。

"公公此举，让赵某感到意外，看来之前是赵某低估了公公的坦诚。既然公公都已承认，那么我想再多问一个问题，公公此举到底为何？看得出，公公也并非贪财之人。公公不知这黄河泛滥，朝廷户部都拿不出钱来吗？看到百姓流离失所，而公公的一众票号却赚个盆满钵满，公公于心何忍？"赵遁显然对目前的结果并不满足。

"你以为这银子我不拿，就能拿去赈灾了？"吕公公一声苦笑。

"你们只知道前朝三十七年，户部库银有一千七百万两。可你们知道前朝二十八年，户部的存银是多少吗？那时已经有了两千二百万两！可前朝二十九年，黄河决口，陕西大旱，朝廷拿了多少钱出来？不到六十万两！"吕公公忍不住内心的悲愤，拳头重重捶在书案上。

"正是那年，我的发妻，在陕西老家，死于饥荒之中。而那年我正是户部主事。看着户部的银子百两千两甚至上万两地外流，我却不敢拿出一两来，寄回我的老家。可以说，我的发妻就是死于我的胆小与怯懦。"吕公公说着声音有些颤抖，眼圈有些发红。

众人有些沉默。

这时吕公公看到了灭欲师太，主动问道："师太此番来司礼监，可是陪同赵少侠同问这些问题的？"

灭欲答道："这些事情我本就知道，何必再多此一举？今日前来，是打算了断前尘，和你吕公公做个告别。敏儿死了，其他弟子也死了，从此这些财产再与峨眉没有关系，请你安排钱军总管去处置了吧。"

吕公公面色惨然道："既然如此，好，好。请问师太未来打算去何处？"

李飞鸿觉得这个吕公公是怎么回事，怎么在这种无聊问题上问来问去。只见灭欲师太拉起性空方丈的手："我们已经看破红尘，从此要寻一个余生的安乐之处，彻底退出江湖了。"

闻听此言，吕公公脸色更加惨淡："好，很好。"

灭欲和性空转身刚要走。赵遁突然说道："二位稍等，赵某还有个事情要搞清楚。"

二人停下脚步，转身看着赵遁。吕公公似乎也有一些不解。

"还有一个问题，我想大家都在时，能有个清楚的说法。吕公公看来是个谨慎之人，为何放心把财产放在峨眉派的东方敏等人名下？此事灭欲师太可知情？这里面有何缘故？"赵遁在停顿了一会儿后，继续问道。

吕公公凄然一笑："想不到赵少侠年少聪慧，明察秋毫，总算问到了这个问题。事到如今，我也不想再隐瞒。多年以来，这始终是压在我心头的一块大石。"说着他看了一眼灭欲师太。

灭欲的脸色很难看。

"东方敏是我和灭欲师太的私生女。"

当吕公公这句话出口的时候，全场哗然。

灭欲怒道："你胡说。"

李飞羽吐了吐舌头："乖乖，原来今天的主题在这里，你们请继续。"

此时性空大师的表情十分复杂。

赵遁说道："吕公公，灭欲师太是出家人，如此关系名节之事，还请你出言谨慎。"

吕公公看着灭欲师太，继续说道："你只道我是个太监，便心中有个难过的坎，于是这么多年来，就自己欺骗自己，麻醉自己，强迫自己以为东方敏是你和性空的女儿，可是如此？其实你和性空之事，我也早就知情，只不过装作不知。你愿寻你的一份真情，我作为一个六根不全之人，如何能拦？更何况，我是真的爱你的。敏儿是我们的女儿，她死了我很难过。也正因她的死，我最近越来越想得透彻了，觉得人生苦长，莫不如早早解脱。"

"无耻！到了此时，你还在挑拨我和性空的关系。你再怎么胡扯，也阻断不了我们一家三口的感情！"灭欲眼中喷起了怒火，牙关紧咬，嘴唇已经咬出血来。

灭欲不仅变相承认了私生女的事情，而且承认了和吕公公的私情。李飞鸿等人睁大了眼睛，张大了嘴巴。

司马信偷偷看了一眼性空，只见他的面部表情，如同少林七十二般绝技一般，变化无穷。

赵遁说道："吕公公，说句不该说的刺激话，请你也别见怪。你是个太监，就算与灭欲师太有些私情，如何能与她有女儿？灭欲师太与性空大师本已看破红尘，打算携手共度余生，你又何必强加干扰？"

吕公公道："赵少侠有所不知。吕某如今一把年纪，也不怕丢人现眼。我大明的阉割制度，在本朝初期，尚能够严格执行，到了后来，便有许多空子和漏洞可钻。很多用了钱的，只是做个形式阉割，断根并不彻底。"

"呦，居然还有这等事，何谓断根不彻底？"李飞鸿问这个问题时，脸上充满了好奇。

吕公公并不理他，继续说道："如果能拿到淫羊藿等壮阳之物，其实太监也可行正常男子之事。不止吕某，那些司礼监的公公，有几个是真太监？不然宫里何来对食一说？"

吕公公三言两语之间，就揭秘了大内多年的不传之密。在场之人对这个信息感到震惊之余，又感到讽刺和可笑。

吕公公看着灭欲师太神色开始不正常："你可要喝杯茶？这里的龙井是今年的新茶，不错。"

灭欲冷冷地看着他，脑子里一片空白，觉得胸口的气血不断翻涌，难受至极。她只是咬着牙："你继续说。"

"敏儿的出生日期，吕某是知道的，那段日子你本和我在一起，我服用了大量的淫羊藿，此事如何会与性空和尚扯上关系？但我身居大内，与你通奸已经坏了规矩，如何敢再让人知道有了私生女？就算我能躲过此劫，让你面对众多的压力，我又于心何忍？后来敏儿逐渐长大，我总想让她的日子过得好一些，所以就安排钱军把财产登记在她名下，为了不让你起疑，我特意让你还找了其他十八名你信得过的弟子，让钱军为她们每月发放银子，不让敏儿特殊化。这都是为了敏儿能有一个快乐的未来。"吕公公说此话时，眼中已经含泪。

"什么快乐的未来，你知不知道，你害死了敏儿……"灭欲师太的情绪已经开始失控。

此时，性空大师突然说话："吕公公，我俩之前，可曾见过面？"

吕公公道："我们算是老相识，我们一起谈论诗词。"

"是不是你知道东方敏的事情后，刻意与我接近，教我如何与女人，尤其是灭欲师太相处之道，原来一切都是你的精心安排？"性空问这个问题的时候，情绪也在崩溃的边缘。

吕公公仰天叹息，良久，对着灭欲师太，说出一句话："当初，因为你长得太像我的亡妻。与你缠绵，让我内心安宁。每次与你相会，虽有酒及药物作用，但你也并未完全失去情智，你难道不也是一心喜欢我的吗？若你执意不从，我岂不知退避？"

李飞羽和李飞鸿强忍住，就差没笑出声来。

"那仅仅是最初的时候。后来我遇到了性空，我才知他才是此生的真爱。而且每当灯光昏暗且你又黑纱蒙面的时候，我都认为是性空。我不愿那人是你。"灭欲的答案是如此灭欲。

李飞鸿绕着大堂转了几圈，详细打量着性空大师和吕公公，呜哇，二人身高体型果然有相似之处，只是现在吕公公略显瘦弱一些，性空要高大一些。

性空大师的心，由痛不可当，转为略有安慰，其中只怕还有一丝甜美。正如激烈的战斗后，在伤口附上一剂良药。

"你对性空的赏识，恐怕来自他的才华吧？"吕公公问道。

"那是自然！"灭欲所言不假。当年她苦求逍遥子而不得，万念俱灰，遁入峨眉，满以为此生将以青灯为伴。不想性空的出现，让她情愫复生。性空的诗词，哪怕是几句平淡的言语，也如江南的春风般抚慰她的心灵。而性空所谈的佛理，更是充满智慧。唯一让灭欲不解的是，性空明明不是个悲观的人，却总在诗词佛理中，隐含些多愁善感和淡淡的忧伤。

"性空大师，你说说吧，你那些才华，究竟是属于谁？"吕公公眼神中充满了复杂，也不知是忧伤，还是惨淡，或是通达。

性空倒退了两步，面无表情，心如死灰。本来刚刚用药敷愈的伤口，又被强烈地撕开。性空本是个武夫，哪有那些风花雪月的心思和洞彻天地的感悟？他只是多年喜欢灭欲，怎奈求之不得，辗转反侧。而吕公公则认为自己已是半个废人，终究给不了灭欲此生的幸福，思之再三，决定乔装后，频繁向性空面授机宜……

性空是悲剧的，满以为得了灭欲这般红颜，毕生足矣，哪怕破了清规戒律，身败名裂，也在所不惜。而如今，灭欲的身体，竟被吕公公分去一半，而灭欲的心灵，到底能有多少留到自己这里，就更说不清楚了。灭欲喜欢的诗词佛理，几乎无一是性空的。

他法号性空，难道只是个空空的躯壳？他在哪里，灭欲喜欢的那个性空又在哪里？

"阿弥陀佛，性空告退。"

只八个字，性空走了。

性空竟然走了！

灭欲也是个悲剧。她的第一个悲剧，自己满心喜欢的逍遥子与化真人成双成对地走了，自己苦求而不得。她的第二个悲剧，尽管当年吕公公有些依仗权势和地位的因素，自己难道对他没有一点喜欢和爱吗？这个问题，她始终无法欺骗自己。后来天顾垂怜，让自己以为终于遇到此生的真爱，性空大师。可是她又爱性空大师什么呢，她最爱性空的一切，如今才知道，竟然是来自吕公公。以她长期与性空的相处，难道性空的内在灵魂与外在气质的不符，她真的毫无察觉吗？那么自己爱的到底是自己一再拒绝的吕公公，还是被吕公公附了体，表面又让自己欢喜不已的性空？她的第三个悲剧，一生所爱的结晶就在身边，她本可以就此过上另一种幸福的生活，然而一切，都在她的纠结中失去了。

这三个悲剧式的问题，她都回答不了。

"诸位，我的心思已乱，告辞。"言毕，灭欲也走了，头也不回。也许去了断情谷，也许不知去了哪里。她到底爱谁，也许天知道。

赵遁也打算走了。临走时，他问了吕公公一件事："听说大内库房里有冰川银蛇这种贡品，公公可知在哪里？"

吕公公已经麻木，只是呆呆回应道："好像听说过此物，也许有，也许早就没了，户部的银子都能拿，还有什么是司礼监的人不敢擅取的？"

这时诸葛愚和沈日新跑进大殿："赵兄弟，所有的库房我们都查看了一遍，很多都已经空空如也，都是一些废旧的绸缎、瓷器、茶叶等，没有半点名贵之物，冰川雪蛇，也没找到。"

赵遁长叹一声，看看众人："我们也走吧。"

"去哪里？"李氏兄弟问道。

"自然是从哪里来，回哪里去。"赵遁机械地回应道，似乎有些心不在焉。

"可师父的大仇未报哇，还有户部的大案？"丁嵩有些不甘。

"丁兄，仇都已经报了。杀人的陈公公、袁自甘都死了。你看不出吕公公半点武功不会吗？他种的因果，无论善恶，自有循环。你见他今日的样子，也许早就想到了一切该有个了结。希望他能够大彻大悟，不要再堕入轮回。"赵遁说道。

众人走了，离开了大内。九月的京城，还是有些雨，有点凉，司马信提议喝点二锅头，赵遁说，算了，再也不喝这么难喝的酒了。他其实已经无心喝酒了。

此时，远处的天空飞来一只黑色的雕，在紫禁城的上空盘旋着，鸣叫着，赵遁看到这只雕，脸色异常沉重起来。他知道，这是自小就陪伴他的昆仑墨雕，若不是极为重要的事情，天山不会派出这只雕来。

这只黑雕似乎也发现了赵遁，呼啸着飞奔而来，落在赵遁肩上。雕的小腿处，绑着一卷丝布。赵遁匆忙将其打开，急不可待地读完，众人看到，他的手，在风雨中颤抖着。他的脸颊，不知流下的是雨水，还是泪水。

第四十一章　别杨公公

薄薄酒，微润喉，七碗茶，去烦忧。一抹淡眉胜深眸，白发更比青丝厚，不如月下酣饮安卧小西楼。庙堂战栗凤夜不眠不知肉，不如花下醉影相约柳梢头。

剑指春夏，笔扫冬秋，白驹一纵空悠悠。江上惊涛虽胜雪，不如扁舟一叶，谈笑成败释闲愁。

就在赵遁决定离开司礼监的时候，冯七从身后赶来："几位大侠且留步，冯某有话要说。"

众人看到冯七，不知是什么心情，总觉得这个人丝毫不可爱，也谈不上多可恨，但见了总让人心里不是很舒服。

"冯公公，什么事？"赵遁问道。

"不瞒几位，杨公公有请。"冯七满脸赔笑道。

"哪个杨公公，别绕弯子。"司马信说道。

"自然是主管内行厂的杨公公。他早就听说了几位的传奇事迹，也知道几位今天来到了司礼监，特意邀请各位去小坐，说是有国事相商。"冯七话说得很谦卑。

"他怎么会与我等共商国是？"众人知道，此时杨公公已经成为司礼监唯一有权势的公公，未来掌管司礼监恐怕非他莫属，但不知有什么必要，对他们几个如此客气，还拿出国事来说。

赵遁略微迟疑了一下，跟在了冯七身后，众人见他用行动做了表态，就也一起跟了过来。

此时的内行厂，已经不在司礼监的院落里。大家出了司礼监，走了几百米，在东侧的一个四合院里，新刷红漆的大门，尽管是阴雨天，门钉依然发着惨淡的光。大门已经敞开，一众人员精气神十足，都是二十岁出头的年轻人，分列两旁，领头的几个，赵遁他们认识，分别是龙五、冷潇和韦康。

三人满面笑容："赵大侠，我等恭候多时了。杨公公在里面等候，有惊喜带给您呢。"赵遁见三人容光焕发，不知何时，已经投靠了内行厂。看来真是一朝公公一朝臣，仕途上总是时不我待，只争朝夕。赵遁只是点头示意了一下，便带着众人进了大门。

从外面看，院子似乎不大，但其实里面层层叠叠，竟有好几重院子。他们跟着冯七进入了第三重院落，只见迎面一间大厅，非常敞亮，一位六十多岁的人，银发苍苍，已经坐在里面。几个从人下属，在忙着烧水，摆茶杯，沏茶。

老人见到冯七带领几人进来，把下人打发出去，亲自迎了出来："呵呵，这就是最近名动江湖的断水山庄的各位豪侠吧，果然是英雄出少年，冯七他们介绍的丝毫没错。"

冯七介绍，这便是杨公公。

大家早已猜到。

"杨公公过誉了，赵遁和丁嵩兄弟才是英雄少年，我们几个已经垂垂老矣。"司马信纠正道。

"哈哈，伊川剑客何必过谦呢，当年你的伊川剑法、伊川魔音，可是在江湖久负盛名呢。老夫在二十年前就如雷贯耳了。来，大家里面请。"杨公公笑着说道。

众人进到屋子里面，坐下后，杨公公盼咐倒茶。是天目湖的白茶，此茶产量极少，最为难得。看来，杨公公今天是把他们当贵客招待了。

此时有个小太监匆匆进来，在杨公公耳边嘀咕了几句，杨公公神色凝重，说道："知道了，下去吧。"接着继续微笑对众人道："请喝茶。"赵遁看他脸色，知道有事发生，但也不想多问。

众人品了一口，果然沁人心脾，纷纷赞道，好茶。

杨公公说道："众位好品位，此茶只有江苏溧水才有，一年也就采个几十斤。我这里多了没有，一会儿给每位各自备两斤。"

李飞鸿啧啧赞道："杨公公出手不同凡响，这两斤茶，可比两斤黄金还要贵重哩。"

杨公公笑道："如此微末薄礼，款待各位英雄，已是招待不周了。咱家还有一份特殊礼物，专程为赵大侠而备的。来人哪，拿上来。"

这时下人端上来一个礼盒，不用打开，光是这盒子的精美，就知道里面必定不是凡品。赵遁打开盒子，只见里面东西不大，是一个白色、类似蛇形的条状之物。

"冰川雪蛇！"诸葛愚忍不住叫了起来。

他和沈日新最近一直寻觅此物，图册都看了不下几十遍了。今日见到真品，怎不惊喜？

"诸葛堂主好眼力，说得一点不错。咱家知道赵大侠有一红颜知己，目下急需此物解毒。这东西原来放在司礼监，也没人知道珍贵，小太监们拿过来孝敬老夫，可老夫要他何用呢。今日便做个顺水人情，赠予赵大侠，算是小小的见面礼。"杨公公淡然说道。

司马信等人当然知道此物的珍贵，尤其对赵遁。这哪里是小小的见面礼，简直是雪中送炭。

李飞鸿心想，这个杨公公倒是很会做人。对他的坏印象，顿时少了很多。

众人看着赵遁。没想到赵遁的脸色平淡如水。他把盒子推到一边："杨公公，初次见面，送此厚礼，想要赵某哪方面为公公效力，请明说在先。"

"好，赵大侠快人快语，这种性格我不仅欣赏，也非常喜欢。有一股子老夫当年的样子。"杨公公说道。

"那就当着明人不说暗话。不瞒各位，刚才下面来报，吕公公已经服毒自尽。唉，与他同列司礼监多年，我也没有想到是这样的结局。更没想到，他竟然犯下这惊天的大案。司礼监陈公公、董公公，无不是死有余辜！那个黄公公倒是跑到杭州去躲了清闲，国事如此，吏治腐败，怎能不让正义之士扼腕？龙五、冷潇、韦康，皆是厂卫忠义之人，才华出众，多年来一心为了朝廷，勤勤恳恳，却得不到应有的提拔和回报。"说着，杨公公把茶杯重重摔在桌上。

"杨某听说赵大侠一干豪杰之士这几个月的义举，早就倍感钦佩。早就想结识几位，不为别的，希望各位能够挺身而出，与咱家，与龙五、冷潇、韦康，还有冯七，我们一起努力，为朝局效力，不知意下如何？"杨公公说到这里，语气激昂，听得在场的冯七有些热血沸腾，他已经许久不曾听到过这样的言语了。

赵遁没有说话。

此时李飞羽说道："感谢杨公公美意。这番话也许对赵遁兄弟有用，我们兄弟两个，还有司马兄，退隐江湖多年，早就对争斗没有心思。而且丁嵩兄弟，这么多年被朝廷追杀，如何能够再入司礼监？至于诸葛兄弟，沈日新兄弟，他们本是江湖中人，于朝局又能懂得多少呢？"

听完此言，大家纷纷点头。

杨公公朗声说道:"只要为朝廷分忧效力,原不分庙堂江湖。此话宋代的范文正公早就在《岳阳楼记》中说得明白。诸位如不愿出来做官,丁少侠、诸葛堂主可以继续领衔抽刀门,沈少侠可以到六扇门历练,司马先生,两位李先生,以你们在江湖的地位,还愁不会一呼百应?如果赵大侠能够统率厂卫,届时江湖庙堂,岂能不耳目一新?"

众人听完,感觉杨公公一片赤诚,所言也不是毫无道理。于是又一起看向赵遁。

赵遁沉默了片刻,说道:"杨公公,如今朝局之混乱,冰冻三尺,非一日之寒,纵使你我有吕公公之势,也难逃如今的下场。"

杨公公听完,竟是呆若木鸡。

冯七一看,形势不对,大声喊道:"来人,抓起来!"

只见杨公公一摆手:"送客。"

那冰川雪蛇,还留在茶桌上。

李飞鸿道:"哎呀,赵兄弟,你走就走了,为什么不把那冰川雪蛇带上呢?你可知道,那可是方姑娘救命之物哇。你自己做英雄也就罢了,怎么能置方姑娘于不顾呢?"

赵遁说道:"不义之财,君子不受。"

李飞羽不同意这个说法:"这东西留在杨公公那,啥用没有,而给了方姑娘,就是救了一个好人,你怎能如此腐朽不堪?"

众人同意李飞羽的说法。

赵遁微微一笑:"月娴得诸位厚爱,当真不白在中原走一遭。"说罢,他取出那卷丝布,交给诸葛愚。

诸葛愚赶紧抢过来,打开,仔细看着每一个字。

这是婉月的字迹,内容如下:

先生,多日不见,可好?师父已归。原来冰川雪蛇,在中原乃至天山,虽为难得之物,但在欧罗巴,却极为平常。先生此番游历,带回了许多,除了给方姑娘治病,说是其他的留给你,好好补养身体。方姑娘病情已经大有好转,意识彻底清醒了,估计再过几天就可以下地活动。她说海棠花看了许多,想去苏州看江南春雨杏花,还想喝梨花酒。轻云她们几个早就按捺不住去江南的喜悦了。天山一切都好,先生勿念。方姑娘尚不方便书写,故由婉月代笔,一并携轻云、回雪、流风转去问候。

诸葛愚看完，顿觉神清气爽，将信件传给大家逐一看去。

丁嵩笑道："赵兄弟，这下麻烦了，五个姑娘闹江南，你可受得住？"

赵遁笑而不语。

众人一路远离了司礼监，前方便是个岔路口。

"去哪？"李氏兄弟问道。

"当然是去江南，苏州。看杏花落，饮梨花酒！"赵遁头也不回地说道。

说完，几个人骑上马，各自狠抽一鞭，一行人等奔苏州而去了。从此，江湖中再无赵遁等人的消息，也没有了性空、灭欲的消息。

几个月后，在长白山的一个山村里，有两名妇人生下两个男孩，起名字颇为犯愁，是该姓袁，还是姓侯？虽然姓侯的概率更大一些，但是，算了，都是过去，该和过去说声再见了。两个孩子，既不姓袁，也不姓侯，就姓卫吧。将来让他们秉承抽刀门的传统，进一步发扬光大，尽忠朝廷，做个贤臣。于是哥哥叫卫忠，弟弟就叫了卫贤。五年后，姐妹俩相继去世，去世之前托关系找到冯公公，将两个孩子送进宫里……

很多年过去了，苏州，山塘酒家。

一位中年男子进来，带着一位七八岁的小女孩。

"伙计，来一坛杏花春雨酿。"中年男子说道。

伙计把酒打开："客官还吃点什么？"

只见小女孩一本正经地说道："要一碟花生，要炒得半生不熟的，再来一盘醋熘土豆丝，然后再来一碗阳春面就行了。"

"姑娘不吃点什么吗？"伙计问道。

"废话，阳春面就是姑奶奶吃的。"小女孩回答道。

"得嘞，稍等您哪。"伙计赶忙下去准备了。

今天是九月初六，酒馆里正在讲评书。这次说的是，当年的江湖，可不是像今天这样风平浪静，而是豪杰辈出。断水山庄庄主赵遁，带领一帮武林高手，闯少林，上武当，大闹岳阳英雄会，过九江，血染南京，智破断水刀阵，决胜京城。讲完书，有个伙计拿来一本书，说道："客爷，姑娘，您看，今天您来巧了，本店独家放送，断水刀法，断水刀阵，合套出售，买一赠一，要想成为赵遁那样的大侠，您可得买回去好好看看，就算您不看，您这女儿一看骨骼清奇，聪明伶俐，将来的武林保不齐要她来拯救呢。您可不能让她输在起跑线上啊。"

中年男子喝了一大碗酒，咳嗽了好几声。小女孩不停埋怨："说不让你一口喝这么多吧，这么多年也不改，好了回去吧。"说完，她看了一眼伙计，问道："断水刀法是吧？你跟我说说它厉害在哪里？"

"您刚没听到哇，这刀法呀可绝了，必须要喝完酒才能使用，而且跟使用者的情绪有关，有这个七情相克之法，最为厉害的是，它能在挥动过程中突然消失，然后在两三秒后击中目标。它还有四句口诀哩……"伙计还在喋喋不休的时候，小女孩早就不耐烦了，冲着中年人说道："看看，这都传成什么了呀。"

这时，只见小女孩从兜里掏出一件小玩意儿，指着三丈外的油灯说："看见了吗？"小姑娘话音刚落，只听得啪的一声，灯应声而灭，灯罩也被打得粉碎。伙计惊得目瞪口呆，暗自退下去了。

中年人和小女孩走了。伙计收拾残留物的时候，发现有些金属的碎片。"大家看看，这东西像什么？"

"这明明是海棠花瓣嘛。想不到这东西做得这么精巧。"有一个伙计说道。

伙计们望着远去的二人，摇摇头，真是奇人。

山塘古道，小桥流水。中年人口中反复念着："抽刀断水水更流，举杯消愁愁更愁。"江湖还是那个江湖，然水已变，刀岂能不变？

后　记

这本小说最初的起意来自2017年，自己凌晨坐在四号线，大兴通往北京南站的地铁上，昏昏欲睡中，有一些感触，总想写点什么，想要编个故事，但又不知道自己应该编个什么故事。然后从北京高铁到昆明，路上无聊，开始在手机上写，写着写着，故事慢慢有了梗概。一路十一个小时，到了昆明的时候，第一次觉得时间过得好快，这时候大致有一篇短篇小说的雏形了。那时总共只写了三万多字，算是个完整的故事，当然手机书写，错字应该不少，情节也有一些前后矛盾和不合理之处，往往写到后面就忘了前面怎么写的，也懒得去翻看和改正了。后来曾几次想把篇幅扩大一些，再修改一下，可惜都因为忙于各种事务，来不及也懒得动笔。2020年，当我第一次把这部短篇拿给朋友们和同事们看，他们建议我再多写一些。于是过了一年多，我开始动笔。其间之苦，自己知道。现在只好说，甚难。

2021年的春节以后，应该是3月份，开始动笔扩充和修改。在又一个新年假期的最后一天，终于把小说写完了。这次，写了将近十个月。这十个月，有苦恼，有畅快，有相聚，有离别，可谓饱尝人到中年各种难。少了许多与家人和朋友的陪伴和相聚，多了一些白发和苦苦冥想的闲愁。特别是这期间，对我一生有重要影响的父亲，永远离开了我。

小说写完了，从三万字到三十多万字，扩充了十倍。有些情节，觉得原来写得不甚合理，也做了改进。只不过这次写的时候，常在地铁上，或是出差的途中，或是带元姐出去玩耍的路上，陪父亲看病的病房里，所以仍不免会有些错误和疏漏。写完这本小说时，自己过了四十一岁生日不久，所以小说设计成了四十一章。算是对自己的一个交代，对耐心阅读的朋友们一个交代，对已经病逝的父亲的一个交代。小说写完，原来很多人生中想不清楚的事情，也就豁然开朗了。如果父亲还活着，我想应当会少了许多和他的争吵，愿他在天上看到这些文字，对我放心就好。

最后，感谢朋友们一直的支持。没有你们的鼓励，便不会有这本书，带着岁月的痕迹。